LA CITÉ DE LARMES

Du même auteur
chez Sonatine Éditions

La Cité de feu, traduit de l'anglais par Caroline Nicolas, 2020.

Kate Mosse

LA CITÉ DE LARMES

Traduit de l'anglais
par Caroline Nicolas

SONATINE ÉDITIONS

Directeurs de collection : Arnaud Hofmarcher
et Marie Misandeau
Coordination éditoriale : Pierre Delacolonge

Titre original : *The City of Tears*
Éditeur original : Mantle

Sonatine Éditions
32, rue Washington
75008 Paris
lisezsonatine.com

Ouvrage réalisé par Cursives à Paris

ISBN 978-2-35584-764-6
N° d'édition : 764 – Dépôt légal : janvier 2021

Comme toujours, à mes chers
Greg, Marta & Felix

Ainsi qu'au très regretté Peter Clayton
20 juin 1964 – 18 juin 2018

Mais Lui qui trône au-dessus des nues
Voit et entend les prières des justes
Et vengera le sang des innocents
Que dans sa trahison Guise tua
Et à leur fin éternelle mena.
Christopher Marlowe, *Massacre à Paris*, 1593

L'esprit est un lieu à part, et peut en soi faire,
de l'Enfer Paradis, du Paradis Enfer.
John Milton, *Le Paradis perdu*, I, 1667

J'ai déjà dit
Que l'expérience passée qui reprend vie dans le sens
N'est pas celle d'une vie seulement
Mais de plusieurs générations – sans oublier
Quelque chose de probablement assez ineffable :
Le regard en arrière derrière les garanties
De l'Histoire écrite, le coup d'œil jeté,
Par-dessus l'épaule, à la terreur primitive.
T. S. Eliot, « Les Dry Salvages », *Quatre quatuors*, 1941

SOMMAIRE

UN MOT D'HISTOIRE

Les guerres de Religion en France sont une succession de guerres civiles qui, après des années de tensions, débutèrent le 1er mars 1562 avec le massacre à Vassy de huguenots désarmés, par les forces catholiques de François, duc de Guise. Elles prirent fin le 13 avril 1598 avec la signature de l'édit de Nantes par le roi anciennement protestant Henri IV, ou Henri de Navarre, après la mort ou l'exil de plusieurs millions de personnes. Le plus célèbre des affrontements de cette époque est le massacre de la Saint-Barthélemy à Paris, qui débuta dans la nuit du 23 au 24 août 1572. Mais il y eut quantité de tueries semblables d'un bout à l'autre de la France avant et après cette date, notamment celle de Toulouse en 1562 (la période traitée dans *La Cité de feu*), et celles inspirées du massacre de Paris dans douze villes majeures en 1572.

Les événements du printemps et de l'été 1572 qui précédèrent et suivirent immédiatement le massacre de la Saint-Barthélemy – la mort de Jeanne d'Albret, le mariage de Marguerite de Valois et d'Henri de Navarre, l'assassinat de l'amiral de Coligny – et la responsabilité des divers acteurs dans la décision d'ordonner le massacre lui-même ont été amplement interprétés, pour ne pas dire fictionnalisés, par des générations de librettistes, d'artistes, de cinéastes, de dramaturges et de romanciers, notamment Christopher Marlowe, Prosper Mérimée et Jean Plaidy. Cependant, l'interprétation créative des faits historiques réels la plus pérenne reste le roman publié par Alexandre Dumas en 1845, *La Reine Margot*. Dans le même esprit, je me suis moi aussi permis une certaine dose de conjectures et de licence artistique…

Henri IV, premier monarque Bourbon de France, se convertit au catholicisme (pour la deuxième fois et pour de bon) en juillet 1593, dans un effort pour unifier son royaume fracturé et gagner l'adhésion de la capitale farouchement catholique. À cette occasion, il aurait dit : « Paris vaut bien une messe »… Il fut couronné à Chartres en février 1594, et son excommunication levée un an plus tard.

L'édit de Nantes, lorsqu'il entra en vigueur en 1598, était peut-être moins le reflet d'un désir sincère de tolérance religieuse que l'expression d'un épuisement général et d'une impasse militaire. Il apporta une paix sans conviction à un pays qui, à force de se déchirer sur des questions de doctrine, de religion et de souveraineté, était presque au bord de la faillite.

Louis XIV, petit-fils d'Henri IV, révoqua l'édit de Nantes à Fontainebleau le 22 octobre 1685, précipitant l'exode forcé des huguenots résidant encore en France. Tous les pays qui acceptèrent les réfugiés se trouvèrent enrichis par leur présence.

La guerre de Quatre-Vingts Ans aux Pays-Bas ne fut pas moins compliquée. Débutant en 1568, c'était une révolte des Dix-Sept Provinces – qui correspondent aujourd'hui aux Pays-Bas, à la Belgique et au Luxembourg – contre leur occupation brutale par l'Espagne des Habsbourg. Sous le commandement du prince d'Orange, Guillaume le Taciturne, les forces d'invasion conduites par le duc d'Albe – au nom de Philippe II d'Espagne – furent finalement repoussées du nord et de l'ouest du pays. Le 8 février 1578, la *Satisfactie* fut signée, réconciliant Amsterdam et le reste de la Hollande, et le 26 mai de la même année, Amsterdam – la dernière grande ville de Hollande à être restée catholique – devint enfin calviniste dans ce qui vint à être connu comme l'*Alteratie*. Ce qui est extraordinaire, dans le contexte de cette époque sanglante, est que personne ne fut tué. Je me suis également autorisé de nombreuses libertés artistiques dans la représentation que j'ai donnée de cet événement.

Hollandais, Frisons, Zélandais, Gueldrois et autres commencèrent progressivement à se considérer comme Néerlandais. Le 26 juillet 1581, les Provinces signèrent l'acte d'Abjuration, première étape de l'indépendance des Pays-Bas. En 1588, la république des Sept Provinces-Unies fut créée et en 1609, un an avant l'assassinat d'Henri IV à Paris, son indépendance fut reconnue. Il allait cependant falloir attendre 1648 pour que la paix de Münster soit signée, marquant la fin de la guerre de Quatre-Vingts Ans et le début de la période particulièrement faste du siècle d'or néerlandais.

L'histoire du protestantisme français et celle des débuts de la république néerlandaise s'inscrivent dans celle, plus vaste, de la Réforme en Europe, du placardage par Martin Luther de ses quatre-vingt-quinze thèses sur les portes de l'église de Wittemberg, le 31 octobre 1517, à la dissolution par Henri VIII d'Angleterre des monastères, qui commença en 1536, et à la création par le missionnaire évangéliste Calvin, en 1541, d'une terre d'asile pour les réfugiés français à Genève, suivie de celle proposée aux réfugiés protestants à Amsterdam et à Rotterdam à partir de la fin des années 1560. Les principales questions en jeu étaient le droit de vénérer le Seigneur dans sa propre langue ; le refus du culte des reliques et de l'intercession ; une attention plus rigoureuse aux mots de la Bible elle-même et le désir de pratiquer dans la simplicité, selon les règles de vie établies dans les Saintes Écritures ; le rejet des excès et des abus de l'Église catholique, révoltants pour beaucoup ; et enfin la nature de l'hostie pendant la communion. Pour la plupart des gens, cependant, ces points de doctrine étaient abstraits.

Il y a quantité d'excellents ouvrages historiques sur les huguenots, et cette petite communauté eut une influence extraordinaire, à travers une diaspora dont les membres – des immigrants hautement qualifiés – s'installèrent en Hollande, en Allemagne, en Angleterre, en Irlande, aux États-Unis, au Canada, en Russie, au Danemark, en Suède, en Suisse et en Afrique du Sud. L'origine du mot « huguenot » est incertaine, bien que certains éléments semblent indiquer qu'il s'agissait initialement d'une insulte, et que les adeptes de la foi protestante à cette époque aient préféré se présenter comme membres de l'Église réformée. Pour les besoins du récit, cependant, j'ai utilisé tour à tour les termes de « protestant », « calviniste » et « huguenot » dans ce texte.

La Cité de larmes est le deuxième tome d'une série de romans dont l'action se déroule sur trois cents ans d'histoire, de la France et de l'Amsterdam du XVIe siècle au cap de Bonne-Espérance des XVIIIe et XIXe siècles. Les personnages et leur famille, sauf indication contraire, sont imaginaires, bien qu'inspirés du genre de personnes qui auraient pu vivre à cette époque. Des femmes et des hommes ordinaires, luttant pour vivre, aimer et survivre sur fond de guerres de Religion et d'exode.

À l'époque, comme aujourd'hui.

Kate Mosse
Carcassonne, Amsterdam et Chichester
Janvier 2020

PERSONNAGES PRINCIPAUX

À PUIVERT
Marguerite (Minou) Reydon-Joubert, châtelaine de Puivert
Piet Reydon, son époux
Marta, leur fille
Jean-Jacques, leur fils
Salvadora Boussay, sa tante
Aimeric Joubert, son frère
Alis Joubert, sa sœur
Bernard Joubert, son père

À PARIS ET CHARTRES
Vidal du Plessis (cardinal Valentin), confesseur particulier d'Henri, duc de Guise ; plus tard seigneur d'Évreux
Louis (Volusien), son fils illégitime
Xavier, son intendant et valet
Pierre Cabanel, capitaine dans la milice catholique
Antoine Le Maistre, réfugié huguenot originaire de Limoges

À AMSTERDAM
Mariken Hassels, béguine
Willem van Raay, riche marchand de grains et bourgeois catholique
Cornelia van Raay, sa fille
La grande maîtresse du béguinage
Jacob Pauw, bourgeois catholique
Jan Houtman, soldat calviniste pendant l'*Alteratie*

Joost Wouter, mercenaire calviniste
Bernarda, fille cadette de Minou

PERSONNAGES HISTORIQUES
Catherine de Médicis (1519-1589), femme d'État et reine de France, mère de trois rois Valois : François II, Charles IX et Henri III
Marguerite de Valois (1553-1615), reine consort de Navarre et fille de Catherine
Henri de Navarre (1553-1610), premier roi Bourbon de France
Amiral Gaspard de Coligny (1519-1572), chef militaire des huguenots
Henri, duc de Guise (1550-1588), fondateur de la Ligue catholique

PROLOGUE

Franschhoek
28 février 1862

La femme est étendue sous un drap blanc dans une pièce blanche, et rêve de couleur.

Hier Rust. Ci-gît.

Elle ne se trouve plus dans le cimetière. Si ?

Elle est prise entre le sommeil et l'éveil, émergeant d'un milieu d'ombres pour entrer dans un monde de lumière dure. Elle porte la main à sa tempe et, bien qu'elle sente que la chair est ouverte, découvre qu'il n'en coule pas de sang. Son épaule lui fait mal. Elle l'imagine couverte d'ecchymoses laissées par la pression des doigts de son assaillant. Se représente maintenant le moment où le journal en cuir brun lui a échappé des mains pour tomber dans la poussière rouge du cap de Bonne-Espérance. C'est la dernière chose qu'elle se rappelle. Ça, et les mots qu'elle porte en elle.

Ceci est le jour de ma mort.

Elle ouvre les yeux. Elle distingue à peine la pièce où elle se trouve et ne la reconnaît pas, mais c'est une chambre typique d'un intérieur cap-hollandais. Des murs blancs, nus à l'exception d'une broderie représentant des versets de la Bible. Un plancher de bois brut, une commode et une table de chevet en micocoulier. Sur le chemin depuis le cap, en passant par Stellenbosch, Drakenstein et Paarl, elle a logé dans nombre de demeures semblables. Des maisons de colons, certaines imposantes et d'autres petites, mais toutes imbues d'une nostalgie d'Amsterdam et de la vie laissée là-bas.

La femme se redresse et pose les pieds par terre. Elle a la tête qui tourne et attend un moment que le vertige passe. Elle sent le plancher à travers ses bas. Son chemisier blanc et sa jupe de cavalière sont tachés de poussière rouge, mais quelqu'un lui a retiré ses bottes et les a placées au pied du lit. Son chapeau de cuir est pendu à un crochet au dos de la porte. Sur la commode est posé un plateau de cuivre avec un pichet en faïence – rempli d'un vin fort local, couleur de cerise –, un morceau de pain blanc et des lanières de bœuf séché protégées d'un torchon.

Elle ne comprend pas. Est-elle prisonnière ou invitée ?

D'un pas mal assuré, elle gagne la porte et la trouve fermée à clef. Puis elle entend les sifflements d'une volée d'étourneaux à l'extérieur. Elle lace ses bottes, s'approche de la fenêtre. Un petit carré garni sur l'intérieur de minces barreaux métalliques. Pour la retenir ou en empêcher d'autres d'entrer ?

Elle passe la main à travers les barreaux et ouvre la fenêtre d'une poussée. Le ciel au crépuscule est le même au cap que dans le Languedoc. Blanc, avec un lavis rosé alors que le soleil se couche derrière les montagnes. La femme peut voir la chapelle au sommet de la ville : encore un petit édifice blanc dans le style cap-hollandais, avec un toit de chaume et des fenêtres en ogive de part et d'autre de la porte voûtée. Depuis que la nouvelle église a ouvert ses portes à la congrégation protestante quelques années plus tôt, celle-ci sert d'école. Sa vue donne de l'espoir à la femme : au moins est-elle toujours dans la ville. S'il avait l'intention de la tuer, il l'aurait sûrement emmenée là-bas dans les montagnes ?

Loin des regards indiscrets.

Elle distingue également les vergers, aux branches alourdies de quetsches et de prunes de Damas, de poires safran et de pommes sucrées ; au cours des dernières semaines, elle a appris à identifier chaque variété et les fermiers qui les cultivent : les Hugo et les Haumann, les de Villiers et les descendants des du Toit.

Maintenant, elle peut entendre les voix chantantes de fillettes en train de sauter à la corde. Un mélange de hollandais et d'anglais, sans français, le résultat d'années de lutte pour prendre le contrôle de cette terre volée. Le cap est redevenu une colonie britannique, et la rue principale de Franschhoek a été renommée Victoria Street en l'honneur de la reine anglaise. Un peu plus loin, la triste mélopée des hommes rentrant des champs. Une autre langue, qu'elle ne reconnaît pas.

Son soulagement est de courte durée. Il cède rapidement place au chagrin devant la perte du journal, de la carte, du précieux testament qui étaient dans sa famille depuis des centaines d'années. Bien que le journal ne soit plus en sa possession, elle en connaît chaque mot par cœur. Elle connaît chaque pliure de la carte, chaque terme et disposition du testament. Alors qu'elle attend, et attend encore, en regardant la lumière s'estomper lentement dans le ciel, elle croit entendre la voix de ses ancêtres l'appeler à travers les siècles.

Château de Puivert. Samedi 3 mai, en l'an de grâce du Seigneur 1572.

Puis la tristesse d'avoir perdu ces documents se transforme en peur. S'il ne l'a pas encore tuée, ce ne peut être que parce qu'il veut d'elle autre chose. Elle regrette désormais sa prudence, la lenteur avec laquelle elle a tendu la main pour gratter le lichen qui couvrait la stèle. Frissonne au souvenir du canon froid du pistolet et de sa voix impitoyable. De son ombre, de son odeur de sueur et de mâchefer, de l'éclair de blanc dans ses cheveux noirs.

Elle avait dégainé son couteau, mais n'avait réussi qu'à lui égratigner la main. Cela n'avait pas suffi.

Le ciel ne cesse de s'obscurcir et l'air est immobile, bien que rempli du bourdonnement strident des insectes. Les enfants sont ramenés chez eux et, dans chaque maison, des points de lumière apparaissent alors qu'on allume les bougies. Malgré sa fatigue, la femme continue de veiller à la fenêtre. Elle grignote un peu de pain et ne boit que quelques gorgées de vin du cap avant de jeter le reste par la fenêtre. Elle ne peut se permettre de compromettre ses facultés.

Elle s'assied au pied du lit, et attend.

La cloche de l'église, dans sa tour blanche et solitaire, sonne le temps qui passe. 9 heures, 10 heures. Dehors, la nuit est tombée. Les montagnes ne sont plus que des ombres. Dans Victoria Street et l'entrecroisement de rues et de ruelles qui l'entourent, les bougies s'éteignent une à une. Franschhoek est une ville qui se couche tôt et se lève avec le soleil.

Ce n'est qu'après 11 heures du soir, alors qu'elle lutte contre le sommeil et que la douleur lancinante dans sa tête a repris, qu'elle entend un bruit dans la maison. Elle est immédiatement sur pied.

Des pas sur le plancher derrière la porte, mais discrets. Lents, comme pour ne pas être entendus. Elle a eu des heures pour décider de ce qu'elle allait faire, mais c'est l'instinct qui prend le dessus à présent.

Elle se glisse derrière la porte, le pichet vide à la main. Écoute le cliquetis d'une clef qu'on tourne dans la serrure, puis le bruit sourd du loquet qui se soulève, et la porte s'ouvre lentement vers l'intérieur. Dans le noir, elle ne voit pas bien, mais elle aperçoit l'éclair d'une mèche blanche, sent le cuir de sa veste et donc, dès qu'il est à sa portée, elle lui jette l'objet de faïence à la tête, estimant la hauteur de celle-ci dans l'obscurité.

Elle se trompe. Elle vise trop haut et, si l'homme chancelle, il ne s'écroule pas. Elle se rue vers la porte ouverte pour essayer de se faufiler dehors, mais il est plus rapide qu'elle. Il l'attrape par le poignet et la pousse à reculons dans la pièce, en lui plaquant une main sur la bouche.

« Silence, petite idiote ! Vous allez nous faire tuer tous les deux. »

Elle cesse aussitôt de se débattre. C'est une voix différente. Et au clair de lune qui filtre par la fenêtre, elle peut voir le dos de sa main. Nulle trace de l'égratignure laissée par son couteau sur la peau de son assaillant. Par ailleurs, semblant lui faire confiance, il relâche sa prise et recule d'un pas.

« Monsieur, pardonnez-moi, lui dit-elle. Je vous avais pris pour lui. »

Il lui répond en français également.

« Il n'y a pas de mal. »

Maintenant, dans l'ombre argentée, elle distingue son visage. Il est plus grand que l'homme qui l'a attaquée dans le cimetière et ses cheveux noirs sont plus courts, bien que traversés de la même mèche blanche.

« Vous lui ressemblez vraiment.

– Oui. »

Elle attend qu'il ajoute quelque chose, mais il se tait.

« Que fais-je ici ? » lui demande-t-elle.

Il l'interrompt d'un geste de la main.

« Il faut nous en aller. Nous n'avons pas beaucoup de temps. »

La femme secoue la tête.

« Pas tant que vous ne m'aurez pas dit qui vous êtes.

– Nous… » Il hésite. « J'ai vu ce qui s'est passé dans le cimetière. J'ai dû attendre jusqu'à maintenant. C'est mon frère. »

Elle croise les bras, ne sachant si elle doit croire cet homme ou non. Attend.

« Nous ne sommes pas toujours d'accord sur certains points. »

Là encore, elle s'attend à ce qu'il en dise davantage, mais il jette un coup d'œil en direction de la porte, visiblement impatient de partir.

« À qui est cette maison ? demande-t-elle.

– À notre mère. Elle est grabataire, elle ne sait pas que vous êtes là. Rien de tout cela n'est sa faute. » Il lui touche brièvement la main. « Je vous en prie, venez avec moi. Je répondrai à toutes vos questions une fois en sécurité, hors de Franschhoek.

– Où est votre frère à cet instant ?

– En train de boire, mais il sera de retour d'un moment à l'autre. Il nous faut partir. J'ai des montures qui nous attendent en bordure de la ville, à l'est. »

Elle décroise les bras.

« Et si je refuse de vous suivre ? »

L'homme la regarde droit dans les yeux et elle peut lire la détermination dans son regard ; l'inquiétude, aussi.

« Il vous tuera. »

Cette calme affirmation la convainc davantage que toute supplication ou tout effort acharné de persuasion. Il vaut mieux pour elle tenter sa chance avec cet inconnu que rester ici, passive, à attendre ce que l'aube risque d'amener. Elle prend son chapeau au dos de la porte.

« Me direz-vous votre nom ? » chuchote-t-elle en le suivant dans le long couloir en direction d'une porte à l'arrière de la maison.

Il porte le doigt à ses lèvres.

« Me direz-vous au moins où nous allons ? » insiste-t-elle.

Il hésite un moment avant de répondre :

« Au vieux pont de pierre qui passe au-dessus du gué. Les autres nous attendent là-bas.

– Je ne comprends pas.

– Jan Joubertsgat, répond-il. Là où Jan Joubert est mort. » Il se tourne vers elle. « N'est-ce pas pour cela que vous êtes ici ? »

La femme retient son souffle, se sentant soudain exposée.

« Vous savez qui je suis ? »

Le visage de l'homme se fend d'un sourire.

« Bien sûr, répond-il en soulevant le loquet avant d'ouvrir la porte. Tout le monde sait qui vous êtes. »

PREMIÈRE PARTIE

AMSTERDAM & PUIVERT

Mai-juin 1572

1

Béguinage, Amsterdam
Jeudi 22 mai 1572

Comme chaque soir depuis qu'elle avait reçu la lettre, la vieille Mariken s'agenouilla devant l'autel de la chapelle du béguinage et pria le Ciel d'éclairer sa décision. Écrite d'une main élégante, sur du papier de qualité, la missive était cachetée et frappée d'un noble sceau : il était de son devoir d'y répondre. Pourtant, les jours avaient passé et elle ne s'y était toujours pas résolue. Les mots semblaient la brûler à travers ses vêtements, lui marquer la peau de la flétrissure de la calomnie. Une promesse faite trente ans plus tôt au chevet d'une mourante, dans une pension près de Kalverstraat.

« *Heer, leid mij*, murmura Mariken. Seigneur, guidez-moi. »

L'auteur de la lettre était un cardinal français, un homme puissant. Elle ne pouvait se permettre de lui refuser une réponse. Sa demande d'informations concernant l'enfant et sa mère, formulée en termes clairs et raisonnables, semblait inoffensive. Il n'y avait pas lieu de s'inquiéter. Et pourtant, Mariken devinait une malveillance sous la semblance officielle des mots. En donnant à Son Éminence ce qu'il voulait, elle craignait non seulement de rompre le serment fait à une mourante, mais aussi de signer l'arrêt de mort du garçon. Les informations qu'elle détenait avaient un dangereux pouvoir.

Brièvement, Mariken sourit de sa propre sottise. Si le garçon était encore en vie, c'était désormais un homme de quelque trente-cinq années. Pourtant, il resterait à jamais dans ses pensées un jeune enfant sanglotant devant le corps de sa mère défunte, serrant contre lui le paquet qu'elle lui avait donné. Mariken avait confié ce dernier à la garde de son amie, sœur Agatha, dans l'intention de le récupérer pour le rendre au garçon lorsque le moment s'y prêterait. Mais, les années passant, elle avait oublié. Elle n'avait jamais su ce que contenait le paquet, même si elle en avait une petite idée. Une histoire relativement banale : les détails d'une promesse de mariage, une parole donnée et reprise, une naissance illégitime, une énième femme menée à sa perte.

« *Domine exaudi orationem meam.* »

Seigneur, écoutez ma prière.

Les mots de Mariken retentirent dans l'espace vide, trop fort. Son cœur fit un bond et elle se détourna de l'autel, craignant d'être surprise seule dans la chapelle à cette heure tardive. Mais personne ne souleva le loquet, personne n'entra dans la nef.

Elle leva les yeux vers la croix et se demanda si quelqu'un à part elle se souvenait de Marta Reydon et de son fils. Elle en doutait. La plupart de ses compagnes de l'époque n'étaient plus de ce monde. Malgré toutes les années passées, elle continuait à prier pour l'âme de Marta. La jeune femme avait été aussi maltraitée dans la mort que dans la vie.

Mariken avait fait sa connaissance dans les ruelles autour de l'Oude Kerk, la vieille église paroissiale dédiée à Sint Nicolaas, où se réunissaient les femmes qui vendaient leur corps aux marins débarqués. Avec son amie Agatha, religieuse dans un couvent voisin, elle avait fait ce qu'elle pouvait pour les malheureuses.

Elle secoua la tête. Tout cela était si lointain. Ses souvenirs avaient perdu leurs couleurs. Elle crispa les doigts sur la lettre cachée dans les plis de son long vêtement sobre. Elle ne pouvait plus différer. Elle serait amenée à le regretter si elle n'apportait pas au cardinal les informations qu'il cherchait – non, la confirmation de ce qu'il semblait déjà savoir. Car si les béguines n'étaient pas des religieuses cloîtrées mais de simples femmes pieuses, elles aussi faisaient vœu d'obéissance et de service, et leur communauté avait tout autant besoin de protection en ces temps troublés. Bien qu'Amsterdam ne soit pas encore tombée aux mains des rebelles protestants, Mariken craignait que ce ne soit qu'une question de temps. Les calvinistes s'attroupaient aux portes de la ville. Nombre de leurs frères et sœurs catholiques avaient déjà été chassés de leurs monastères, couvents et tranquilles jardins, et contraints de fuir. La grande maîtresse du béguinage attendrait d'elle qu'elle fasse son devoir envers leur sainte mère l'Église.

Et pourtant.

Lorsqu'elle avait reçu la lettre, Mariken était d'abord allée se renseigner du côté du port, où l'on pouvait se procurer des informations dans les tavernes de la Zeedijk et de la Nieuwendijk, à condition d'y mettre le prix. Puis elle s'était tournée vers une de ses connaissances dans Warmoesstraat. Willem van Raay, riche et puissant marchand de grains, était un homme pieux, discret, capable de garder un secret. Quelques années auparavant, Mariken avait aidé sa fille gravement malade à recouvrer la santé, aussi lui faisait-elle assez confiance pour lui demander s'il avait entendu parler d'un Pieter Reydon, ou s'il avait connaissance de rumeurs pouvant expliquer pourquoi les yeux d'un cardinal français aussi éminent étaient ainsi fixés sur Amsterdam. Il avait pris une lettre qu'elle avait écrite à Reydon, pour la lui donner s'il arrivait à le trouver, et promis de mener son enquête.

Mais deux semaines avaient passé et elle n'avait encore eu aucun retour.

Mariken s'était résignée au fait que sa seule option désormais était de se rendre en personne chez Willem van Raay. Mais c'était là un autre poids sur sa conscience. Les béguines n'avaient pas le droit de sortir dans la journée sans permission, et comme elle ne pouvait confier ses raisons pour souhaiter quitter la communauté, elle serait obligée de mentir. Au moins, essayait-elle de se persuader, en se glissant dehors à la faveur de la nuit, elle éviterait ce deuxième péché.

Plus tôt, elle avait subtilisé la clef du portail extérieur, même si elle n'était pas encore totalement décidée à s'en servir – ne serait-ce que parce que l'idée d'emprunter les rues sombres sans escorte à pareille heure ne l'enchantait guère. Mais Dieu veillerait sûrement sur elle. Et une fois qu'elle aurait parlé à M. van Raay, elle aurait les éléments nécessaires pour composer une lettre appropriée à l'adresse du cardinal, et la conscience tranquille. Elle ne porterait plus ce poids sur les épaules.

Mariken se signa et se remit lentement debout, le carrelage laissant une empreinte glacée sur ses genoux alors qu'elle prenait appui sur ses pieds fatigués. Le simple acte de vivre était une souffrance jusque dans chacun de ses os.

Elle réajusta son *falie* pour mieux couvrir sa maigre chevelure grise et sortit dans la nuit. Il faisait noir dans le jardin intérieur, bien que quelques chandelles de minuit brûlassent encore dans une ou deux des maisons de bois entourant la pelouse. Entre les aubépines, le ruisseau faisait entendre son gazouillement nocturne. Mariken jeta un coup d'œil à la fenêtre de la grande maîtresse, priant pour qu'elle ne se soit pas réveillée et aperçue de la disparition de la clef, et fut soulagée de voir qu'aucune lumière n'y brillait.

Inquiète et préoccupée, elle laissa la clef lui échapper des doigts. Jamais, dans toutes ses années passées au sein de cette communauté, elle n'avait ainsi enfreint le règlement. Le cœur battant dans sa vieille poitrine, elle réussit enfin à ouvrir la porte du béguinage. Elle sortit sur le pont qui enjambait le Begijnensloot puis s'enfonça rapidement dans les étroites rues médiévales de la ville. Elle était si nerveuse qu'elle ne vit pas les ombres miroiter derrière elle. Alors qu'elle traversait Kalverstraat, la tête baissée, elle ne sentit pas l'air se déplacer. Aussi, lorsque le coup s'abattit sur elle, la faisant tomber dans l'Amstel, fut-elle prise de court.

Comme beaucoup d'Amstellodamois qui passaient toute leur vie au milieu des canaux, Mariken ne savait pas nager. Alors que la première gorgée d'eau glacée lui remplissait les poumons, elle eut juste le temps de penser qu'ainsi, au moins, elle ne serait pas forcée de trahir la confiance placée en elle. Elle avait conscience de la présence d'un homme qui la regardait se noyer, debout sur le quai. Tandis que sa lourde robe grise l'entraînait vers le fond, elle pria pour que le jeune Pieter et sa mère soient un jour réunis dans la grâce de Dieu.

Et pour que le cardinal ne sache jamais la vérité.

2
Deux semaines plus tard

Château de Puivert, Languedoc
Vendredi 6 juin

Il y avait à peine un souffle de vent.

Minou porta ses longs doigts pâles à ses tempes pour les y appuyer. Le sang lui battait toujours douloureusement dans la tête. Elle pouvait sentir l'orage approcher dans le picotement sur sa peau et la sueur qui luisait à la base de sa gorge.

Sa famille devait être en train de se rassembler pour entendre sa décision. Elle ne pouvait plus différer, et pourtant elle hésitait encore. Elle parcourut brièvement du regard la salle des musiciens. La familiarité des lieux l'apaisa. Mais lorsqu'elle se retourna vers la fenêtre et vit les gros nuages noirs qui s'accumulaient au-dessus de la vallée, l'inquiétude lui étreignit le cœur.

Que devait-elle faire ?

Elle tira sur le haut col de sa robe pour en assouplir le brocart, raide entre son pouce et son index. Il n'était pas dans ses habitudes de se montrer si indécise. Ce devait être parce que tant de membres de sa famille étaient présents, faisant remonter à la surface les sombres souvenirs de la dernière fois qu'ils s'étaient trouvés tous ensemble à Puivert[1].

« Les fantômes d'été », murmura-t-elle.

Le sang, la chair, les os. Le ferraillement des épées et le claquement de la corde, le rugissement du feu alors qu'il embrasait

1. Voir *La Cité de feu* (Sonatine Éditions, 2020).

les bois au nord du château. Beaucoup avaient perdu la vie entre cette aube et ce crépuscule.

Dix ans avaient passé. La forêt avait repris vie. De jeunes pousses vertes avaient remplacé les troncs noirs et calcinés, mouchetant d'une douce lumière les nouveaux chemins entre les arbres. Un tapis de fleurs des bois roses et jaunes s'épanouissait à leur pied au printemps. Mais si la terre ne portait plus les traces de la tragédie, c'était une autre histoire pour Minou. Elle gardait profondément en elle l'horreur de ce qu'elle avait vu, telle une esquille de verre remuant dans sa chair. Elle n'avait jamais oublié combien la Mort les avait côtoyés de près. Comment son haleine lui avait brûlé la joue.

C'était pour cela qu'elle avait invité toute sa famille à un service commémoratif dans la chapelle, pour marquer l'anniversaire des événements et enterrer le passé une bonne fois pour toutes. Après cela, elle était allée toute seule dans les bois déposer des fleurs sur la tombe, cachée sous la végétation, de la précédente châtelaine de Puivert. Elle y avait trouvé d'autres tributs, des poèmes, des bouts de ruban. Une prière en latin. Car si le château était désormais une enclave huguenote, beaucoup dans la campagne environnante restaient fidèles à la vieille foi catholique. La prospère église Saint-Marcel dans le village de Puivert en attestait.

Comme pour faire écho au cours de ses pensées, les cloches de l'édifice commencèrent à sonner l'heure. Minou ramassa son journal. Elle avait l'habitude d'y écrire tous les après-midi, apportant encre et parchemin avec elle lorsqu'elle montait au sommet du donjon profiter de la vue panoramique qu'il offrait sur les environs. C'était sa façon de maintenir le lien entre la jeune fille qu'elle avait été et la femme qu'elle était devenue. Aussi, bien que le devoir l'appelle, décida-t-elle de s'accorder quelques minutes de solitude supplémentaires. Écrire l'aidait à comprendre le monde; c'était un témoignage de la vie telle qu'elle la vivait. À tout le moins, cela l'aiderait à calmer le doute dont étaient assaillies ses pensées.

Sortant de la pièce, Minou gravit l'étroit escalier de pierre, aux marches creusées par des générations d'usagers, qui menait au toit. Arrivée sur le petit palier au sommet du donjon, elle décrocha sa vieille cape de voyage verte du clou auquel elle était pendue à côté de la porte, souleva le loquet, et s'apprêtait à sortir lorsqu'une voix retentit à l'étage au-dessous.

« Maman ! »

Se faisant l'effet d'une fautive prise en flagrant délit, elle se retourna vivement.

« Je suis là, petite. »

Elle entendit des pas, puis vit le visage inquisiteur de sa fille de sept ans apparaître au pied de l'escalier. Marta ne tenait jamais en place, que ce soit physiquement ou mentalement. Elle était toujours en train de courir, de s'impatienter. Comme à son habitude, elle tenait à la main son bonnet de lin, brodé de ses initiales et tout froissé entre ses doigts.

« Maman, où êtes-vous ? »

Minou lâcha le loquet.

« Ici, en haut.

– Ah. » Marta scruta la pénombre et hocha la tête. « Ça y est, je vous vois. Papa dit que le moment est venu. Il est 4 heures passées. Tout le monde vous attend au salon.

– Dis-lui que j'arrive tout de suite. »

Elle entendit Marta prendre une inspiration pour protester puis, pour une fois, se raviser.

« Oui, maman.

– En fait, Marta, pourrais-tu également demander à papa de... »

Mais seul l'écho de sa propre voix lui répondit. Son feu follet de fille était déjà reparti.

Bois de Puivert

L'assassin était tapi dans les broussailles, pouce et index crispés en position sur son pistolet à rouet, les yeux fixés sur le plus haut point du château.

Il était prêt, depuis l'aube. Il s'était confessé et avait prié pour sa délivrance. Il avait déposé son offrande sur la tombe, dans les bois, de l'ancienne châtelaine, une pieuse et fervente catholique assassinée par la vermine huguenote. Son âme était pure. Absoute.

Il était prêt à tuer.

En ce jour, il allait purger Puivert du cancer de l'hérésie et être béni pour son acte. Il allait purifier la région. Depuis dix ans, la catin protestante, châtelaine par imposture, remplissait le château de réfugiés des guerres. Elle offrait l'asile à ceux qui auraient dû être poussés dans les feux de l'enfer. Pour les nourrir, elle ôtait le pain de la bouche aux fidèles catholiques dont ils volaient la place.

Cela avait assez duré. Aujourd'hui, il allait tenir son serment. Bientôt, les cloches de Puivert recommenceraient à sonner la messe.

« Tu ne laisseras point vivre l'hérétique. »

L'éminent prêtre n'avait-il pas prêché ces mots mêmes depuis la chaire à Carcassonne ? N'avait-il pas fixé sur lui un œil perçant, le choisissant parmi le reste de la congrégation pour exécuter le commandement divin ? Ne lui avait-il pas donné sa bénédiction, ainsi que les moyens de procéder à la chose ?

Sa main droite se crispa sur le pistolet alors qu'il portait la gauche à la lourde bourse pendue à sa taille, à côté de son chapelet. Même si sa plus grande récompense pour ce service suprêmement chrétien l'attendait dans l'au-delà, il n'était que justice qu'il en soit remercié sur cette terre également.

Il décontracta les muscles de son dos d'un roulement d'épaules et plia plusieurs fois les doigts. Il pouvait se montrer patient. Il était braconnier de métier, et donc habitué à pister et à guetter sa proie. Le sac taché de sang à ses pieds témoignait de son savoir-faire. Un lapin et toute une colonie de rats. Les jardins potagers dans la cour supérieure du château attiraient toutes sortes de maraudeurs. Il aurait été péché de ne pas profiter de sa présence en cet endroit.

Sentant un spasme agiter les muscles tendus de sa cuisse droite, il changea de position. Puis il leva les yeux pour regarder le ciel à travers la voûte de feuilles vertes au-dessus de lui. Le soleil était caché derrière des nuages noirs. Il entendit la cloche solitaire du village sonner l'heure. C'était l'habitude de la catin huguenote que de prendre l'air au sommet du donjon à ce moment de l'après-midi, alors pourquoi ne se montrait-elle pas aujourd'hui ?

Il tendit l'oreille, à l'affût du moindre bruit, et plus particulièrement du grincement de la porte en bois. Mais il n'entendit rien hormis le grondement lointain du tonnerre dans les montagnes et les glapissements des renards sur les pentes de la garrigue au-delà des bois.

C'était la volonté de Dieu que l'hérétique meure. Si ce n'était ce jour, alors demain. La France ne redeviendrait grande que lorsque le dernier protestant en aurait été chassé. Ils étaient l'ennemi de l'intérieur. Hommes, femmes ou enfants, morts, emprisonnés ou exilés : c'était sans importance. Seul importait que la plaie soit cautérisée.

L'assassin se réinstalla confortablement pour attendre sa proie. À ses pieds, le sang de ses prises continua de suinter à travers le jute du sac, tachant de rouge les herbes vertes du bois.

3

Saint-Antonin, Quercy

Au milieu des ruines calcinées du monastère augustinien, dans l'ombre de l'église noircie où tant de catholiques avaient péri, un garçon se tenait, silencieux. La nuit, dans ses cauchemars, il entendait encore leurs cris. Il voyait le visage en sang de la femme, sa voix fêlée qui lui disait de fuir, de sauver sa propre vie.

Les doigts maigres du prêtre appuyaient durement sur ses épaules étroites. L'enfant ne comprenait pas pourquoi il avait reçu l'ordre de rassembler ses maigres possessions ou dans quel but il avait été amené là ; il savait seulement que quelque chose d'important était sur le point d'arriver.

« Je n'aurais pas dû avoir l'audace d'abuser de votre temps, monsieur le cardinal, bégaya le prêtre, s'adressant à l'homme debout devant eux sur les marches cassées. Votre Éminence, pardonnez-moi. »

Le garçon sentit un postillon s'écraser sur sa nuque, puis dégouliner lentement entre son bonnet et son col. Il ne bougea pas. S'il était capable d'endurer les coups de canne sur son dos et le baiser du feu sur ses jambes nues, il pouvait supporter cela aussi.

« Je ne me le serais pas permis, si je n'avais jugé de mon devoir de vous informer...

– Un tel sens de votre pieux devoir est louable en ces temps difficiles », répondit le cardinal.

C'était la première fois que le visiteur ouvrait la bouche depuis son arrivée, et le garçon dut faire un effort pour ne pas lever les yeux et regarder son visage. Une voix où perlaient la distinction, l'autorité et le pouvoir. À chaque mot, le prêtre crispait douloureusement les doigts sur ses épaules.

« Bien entendu, vous pouvez compter sur ma discrétion, monsieur le...

– Bien entendu.

– ... mais votre présence propice dans notre ville assiégée est la réponse à nos prières. Un signe de Dieu. Que quelqu'un de votre stature ait...

– Qui d'autre est au courant ?

– Personne, répondit précipitamment le prêtre, crispant les doigts en un geste si convulsif que le garçon sut qu'il mentait.

– Vraiment, fit le visiteur d'un ton sardonique.

– Nous avons appris à tenir notre langue. Dans cette partie de la France, dans cette ville impie, nous sommes des parias. Des réprouvés. Un mot de trop suffirait à ramener ces chiens de huguenots à nos portes. Nous sommes si près de Montauban. Tant de catholiques ont été sacrifiés.

– Si vous observez fidèlement les commandements de Dieu, Il protégera les justes, répliqua le cardinal sans que sa voix se radoucisse.

– Oui, bien sûr, Votre Éminence. » Le garçon l'entendit hésiter, puis prendre une inspiration. « Et cependant, votre générosité serait d'un grand secours à notre église clandestine.

– Ah, nous y voilà donc, murmura le cardinal.

– Juste pour pouvoir continuer d'apporter la parole de Dieu aux fidèles qui vivent dans la peur, comprenez-vous. »

Un autre postillon coula lentement sur la nuque du garçon. Cette fois, il ne put retenir un frisson.

« Oh, croyez-moi, répondit froidement le cardinal. Je comprends parfaitement. »

Pendant un moment, le silence régna. L'enfant se força à garder les yeux rivés au sol : un carré de terre sèche, quelques graviers blancs éparpillés, des brins d'herbe piétinés. Le visiteur bougea et il aperçut brièvement le bas de sa soutane rouge, taillée dans une étoffe de qualité, et ses chaussures à coutures sombres sans la moindre trace de poussière sur la pointe.

« N'ayez crainte, il ne sera plus fait appel à votre charité après cela », ajouta le prêtre, essayant de pousser son avantage.

Le visiteur expira de façon audible.

« Je ne crains pas cela.

– Non, Votre Éminence ?

– Vous êtes un homme de foi, n'est-ce pas ? Un homme de parole.

– Je suis connu dans Saint-Antonin pour ma piété. »

Le garçon entendit la vanité dans la voix du prêtre et s'en étonna. Ne se rendait-il pas compte qu'il était moqué, et non flatté ? C'était un homme méchant et rusé, mais un imbécile malgré tout. À cet instant, l'enfant sentit le religieux lui donner un petit coup au creux du dos pour le faire avancer.

« L'enfant est robuste, en bonne santé. De noble lignée.

– Quelle preuve en avez-vous ?

– Ceci. » Le prêtre lui arracha son bonnet. « Et la confession de sa mère. »

Il sentit tout le poids du regard du visiteur se poser sur lui.

« Regarde-moi, petit. Nulle raison d'avoir peur. »

Il leva la tête et regarda l'inconnu dans les yeux pour la première fois. Grand, la peau pâle et les sourcils sombres, sa soutane rouge de cardinal presque entièrement cachée sous une cape noire à capuchon. C'était la première fois qu'il le voyait.

Et pourtant. Il y avait quelque chose.

« Je n'ai pas peur, monseigneur, mentit-il.

– Quel âge as-tu ?

– Neuf ans passés, répondit le prêtre.

– Laissez-le parler, il a une langue. »

À la stupeur du garçon, le visiteur ôta un de ses gants de cuir et tendit la main pour toucher la mèche blanche dans ses cheveux, cause de tant des mauvais traitements qu'il avait subis. Une marque du diable, un signe de pestilence. Il ne savait combien d'hommes d'Église avaient tenté de l'en débarrasser en arrachant les cheveux incriminés. Ils avaient toujours repoussé plus blancs encore qu'avant. Le visiteur frotta son pouce et son index l'un contre l'autre, puis renfila son gant et hocha la tête.

« Ce n'est pas de la craie. Il n'y a pas d'intention de tromper. »

L'homme ne donna aucune indication qu'il avait entendu, se contentant de glisser la main sous ses vêtements pour en sortir un petit sac de jute. Les yeux du prêtre s'arrondirent de cupidité.

« C'est la dernière fois que le sujet sera évoqué.

– Bien sûr, Votre Éminence. La mère de l'enfant est morte en couches. Il a été élevé dans l'amour et l'affection de notre sainte mère l'Église. Nous nous en séparons avec la plus grande réticence. »

Le visiteur ignora ses mots.

« Souhaites-tu m'accompagner, petit ? Me servir ? »

Le garçon songea à la chair blanche et flasque du prêtre, au membre flétri pendant entre ses jambes maigres, aux pleurs des autres garçons qui ne comprenaient pas que faire preuve de faiblesse avait pour seul effet d'encourager davantage de cruauté.

« Oui, monseigneur. »

L'ombre d'un sourire passa sur les lèvres du visiteur.

« Très bien. Si tu dois me servir, il serait approprié que je connaisse ton nom.

– Volusien est celui que m'a donné ma mère.

– Mais tout le monde l'appelle Louis, intervint le prêtre. Son tuteur a jugé cela plus adapté à un enfant dans cette fâcheuse situation. »

Le regard de l'homme se durcit.

« Fâcheuse ? »

Le garçon vit le prêtre s'empourprer violemment et s'en demandait la raison lorsque, dans le même instant, le visiteur tendit la bourse. Le prêtre avança une main avide mais, au dernier moment – trop soudainement pour que Louis sache avec certitude si c'était le résultat d'un geste accidentel ou délibéré –, la récompense tomba par terre. Les pièces s'éparpillèrent au sol.

« Viens, petit. »

Il hésita un moment, partagé entre l'excitation et la peur.

« Dois-je vous accompagner maintenant, monseigneur ?

– Oui », répondit le cardinal, en tournant le dos et en commençant à s'éloigner.

Louis resta figé, fasciné par la vue de son bourreau à genoux, en train de ramasser son argent sale, et se rendit compte qu'il ne ressentait rien. Tout ce qu'il avait pu y avoir en lui de pitié ou de compassion s'était tari sous les coups à l'orphelinat. Il n'éprouvait même pas de dégoût.

Il courut pour rattraper le cardinal. Allait-on faire de lui un écuyer, ou un page ? Il avait rêvé de tels destins, sans jamais cependant y croire vraiment. Il n'avait pas connu sa mère ; il savait seulement qu'une certaine honte entourait les circonstances de sa naissance, et que ses tuteurs n'appréciaient pas de devoir s'occuper de lui.

Alors qu'ils tournaient au coin de l'église détruite, deux hommes sortirent de l'ombre. Ils avaient le bas du visage caché par un foulard et l'épée dégainée. Louis leva aussitôt les poings, prêt à défendre son nouveau maître, mais sentit la main de ce dernier se poser sur sa tête, telle une bénédiction.

Le cardinal hocha la tête.

Les deux hommes s'éloignèrent, disparaissant bientôt. Quelques instants plus tard, un son à mi-chemin entre le grognement et le glapissement fendit l'air immobile, puis le silence retomba. Le cardinal interrompit ses pas, comme pour s'assurer que tout était bien fini, puis se remit en marche vers la voiture qui attendait non loin.

« Viens, petit.

– Oui, monseigneur. »

Bien que Louis ne soit jamais sorti jusqu'alors de Saint-Antonin et qu'il n'ait jamais reçu la moindre éducation, il avait l'esprit vif. Il observait, écoutait. Aussi, à cet extraordinaire moment, en cet extraordinaire jour, il reconnut le chardon et les couleurs des armoiries du duc de Guise.

Il avait la tête qui tournait à force de réfléchir, se demandant si les souffrances qu'il avait connues étaient sur le point d'être remplacées par d'autres pires encore. Il n'avait d'autre choix que d'aller de l'avant. Cependant, alors qu'il montait dans la voiture, il trouva le courage de poser une dernière question.

« Comment dois-je vous appeler ? Je ne voudrais pas causer d'offense par mon ignorance. »

Le cardinal afficha un froid sourire.

« Nous verrons, Volusien dit Louis, répondit-il. Nous verrons. »

4

Château de Puivert, Languedoc

Alors que Minou descendait à la hâte les marches étroites du donjon, elle entendit le premier grondement de tonnerre. Le temps avait passé à une vitesse incroyable. Elle n'avait eu l'intention d'écrire que pendant quelques minutes, mais près d'une heure s'était écoulée.

Les ombres de l'après-midi s'étaient allongées et la chaleur oppressante du début de journée avait laissé place à une fraîcheur silencieuse. Il régnait dans l'air électrique une sensation de menace, de danger. Minou secoua la tête, agacée. Il n'y avait pas de prophétie dans le ciel. À cette époque de l'année, dans les Pyrénées, les orages n'avaient rien d'inhabituel. Si les gens du village étaient enclins à voir chacun d'eux comme un présage de quelque catastrophe ou jugement divin, elle était pour sa part convaincue que c'était la Nature, et non les desseins de Dieu, qui modelait le monde.

Elle s'arrêta au bas des marches et se retourna pour jeter un coup d'œil au blason gravé au-dessus de la porte principale de la tour, avec son B et son P – pour Bruyères et Puivert. Depuis dix ans, elle était Marguerite de Bruyères, châtelaine de Puivert, de ses terres et de ses revenus. Les Bruyères avaient fait construire la tour carrée fortifiée au XIIIe siècle et Minou, lorsqu'elle était entrée en possession de son héritage imprévu, avait pris ce nom qui lui revenait de droit. Mais, bien qu'elle en soit venue à aimer profondément cette verte vallée qui s'étalait dans les contreforts des imposantes Pyrénées – et qu'elle soit fière de la terre d'asile qu'elle était devenue pour tous ceux de confession protestante qui fuyaient les persécutions –, le titre n'avait aucune importance à ses yeux. Elle se considérait comme une gardienne de Puivert, rien de plus.

Son nom de femme mariée – Reydon – lui avait été offert par son époux, Piet, qui le tenait lui-même du père français qu'il n'avait jamais connu. Toute son affection allait à sa mère hollandaise, Marta, qui reposait depuis quelque trente années dans un cimetière d'Amsterdam. C'était en souvenir d'elle qu'ils avaient donné ce nom à leur fille.

Mais en vérité, elle restait avant tout – et resterait à jamais – Minou Joubert. Ces deux mots brossaient le portrait le plus fidèle de la femme qu'elle était.

Dans les bois aux abords du château, l'assassin se réveilla en sursaut, le pistolet toujours à la main.

Avait-il raté sa proie ?

Il jeta un coup d'œil au sommet du donjon. Personne ne s'y trouvait. Pas un bout de cape verte en vue. La porte d'accès au toit était toujours fermée. Il se frotta le visage d'une main crasseuse, puis se figea en entendant un bruit dans les broussailles derrière lui. Posant son pistolet, il porta lentement la main au couteau de chasse glissé dans sa ceinture.

Il plissa les yeux. Le lapin, sentant le danger, dressa les oreilles et détala. Trop lent, trop tard. La lame fendit les airs et alla se ficher dans son ventre doux et blanc. L'assassin se leva pour ramasser sa prise, arrachant son arme du corps de l'animal dans une gerbe d'entrailles et de fourrure.

Il souleva la créature par la peau du cou, arrosant le sol d'un filet de sang, et l'ajouta à sa gibecière. Que la catin protestante se montre ou non cet après-midi, il aurait eu, somme toute, une bonne journée de travail.

Il essuya son couteau sur la manche de son pourpoint, prit une gorgée de bière à sa flasque. Vérifia que sa boîte de poudre et ses balles étaient toujours sèches, puis se réinstalla pour reprendre sa surveillance. L'après-midi n'était pas terminé. Il restait encore de nombreuses heures de soleil. C'était presque le jour le plus long de l'année.

Reprenant une contenance plus calme, Minou tourna les yeux vers la demeure familiale, de l'autre côté de la cour, alors même que la porte s'ouvrait et que son mari en sortait à grands pas.

« Minou, enfin ! Il est presque 5 heures. »

Elle se précipita vers lui en tendant les mains.

« Je suis désolée. »

Piet fronça les sourcils.

« Nous t'attendons depuis un moment au salon.

– Je sais. » Elle l'embrassa sur la joue. « J'étais en train d'écrire, et j'ai perdu la notion du temps. Me pardonnes-tu ? »

L'expression de Piet se radoucit.

« Comme si, après tout ce temps, je ne savais toujours pas ce qui se passe quand les mots s'emparent de toi !

– Je suis sincèrement désolée. »

De taille égale, ils regagnèrent lentement leur domicile, côte à côte. Voyant l'entrelacs de ridules soulignant les yeux de son époux, la façon dont il courbait les épaules, Minou se demanda ce qui lui causait du souci. Elle connaissait la musique du cœur de Piet aussi bien que la sienne propre. Mais depuis quelques semaines – non, plus longtemps encore – elle sentait une distance se creuser entre eux. Il avait fait plusieurs déplacements imprévus à Carcassonne et, même lorsqu'il était à la maison, il gardait pour lui ses pensées les plus intimes.

« Comment te portes-tu, mon amour ? lui demanda-t-elle d'un ton léger.

– Tout va bien », répondit-il, mais son attention était manifestement ailleurs.

Depuis la bataille de Jarnac quelque trois ans auparavant – un affrontement qui lui avait coûté l'usage de son bras droit –, Piet avait été contraint de poser l'épée et de trouver d'autres façons de servir la cause. Il avait mis en place des réseaux de messagers sûrs pour transmettre les ordres confidentiels, organisé l'évacuation en toute sécurité, vers les enclaves huguenotes, de leurs frères et sœurs protestants vivant dans les villes de France tenues par les catholiques, et collecté des fonds conséquents pour approvisionner en bottes les forces calvinistes rebelles des Dix-Sept Provinces.

Il avait suivi les rumeurs concernant la rébellion protestante aux Pays-Bas avec la plus grande attention. Minou se rappelait combien, lorsque la nouvelle de la victoire des Watergeuzen, les Gueux de mer, sur les forces espagnoles avait atteint Puivert, cela l'avait peiné de ne pas avoir été là pour combattre à leurs côtés, surtout à présent qu'Amsterdam semblait sur le point de renoncer à l'ancienne religion pour adopter la nouvelle.

Elle lui jeta un coup d'œil. Elle pensait qu'il s'était fait à sa situation, mais peut-être se trompait-elle. C'était pour cette raison que sa décision au sujet de Paris était si importante. Ce serait pour Piet l'occasion non seulement de renouer avec nombre de ses anciens camarades, mais aussi de se retrouver de nouveau au cœur de l'action. S'il plaisait à Dieu, l'aventure redonnerait à son époux un peu de ce qu'il avait perdu.

« As-tu pris ta décision, Minou ? lui demanda-t-il alors qu'ils arrivaient sur le seuil.

– Oui », mentit-elle.

Un roulement de tonnerre se fit entendre au loin dans les collines.

« Es-tu certaine ? Nous pouvons encore attendre une journée si… »

Minou lui serra affectueusement le bras, touchée par l'espoir audible dans sa voix.

« Tu n'as fait qu'attendre, mon amour. La commémoration est passée, tout le monde est ici, réuni, et nous sommes déjà en juin. » Un autre grondement de tonnerre sec retentit, suivi du chant d'un coucou. « Tiens, voilà. Il n'est pas meilleur héraut de l'été que cela. Il y aura de la pluie avant la nuit. »

Elle l'entendit prendre une profonde inspiration.

« Minou, avant que nous n'entrions, je dois te parler de quelque chose... Quelque chose dont je veux te faire part depuis quelque temps. »

Minou sentit son cœur se serrer brutalement.

« Tu peux tout me dire, tu le sais.

– Il y a quelques semaines de cela, j'ai appris...

– Maman ! lança à cet instant leur fille, en se penchant périlleusement à la croisée qui donnait sur la cour. Dépêchez-vous ! Nous sommes tous las de vous attendre !

– Marta ! » Minou agita la main. « Il est très imprudent de te pencher ainsi dans le vide ; rentre vite.

– Alors dépêchez-vous de venir.

– Nous serons là dans un instant. »

Minou se retourna vers Piet.

« Vraiment, Marta est trop hardie. Une vraie tête brûlée. » Elle posa la main sur sa joue, sentant sous ses doigts le chaume bien taillé de sa barbe rousse désormais grisonnante. « Que voulais-tu me dire, mon cœur ? »

Piet sourit.

« Peu importe. Cela peut attendre. Notre présence est requise !

– Mademoiselle Marta peut bien patienter encore quelques minutes, répondit Minou avec un rire.

– Je n'oserais éprouver davantage sa patience pour toutes les violettes de Toulouse. Nous ferions mieux de rentrer. »

Dans les mois et les années interminables qui allaient suivre, en repensant à cet instant, Minou verrait dans ce premier défaut de communication le moment charnière où tout avait basculé : cet instant fugace où, Marta n'eût-elle appelé, une histoire différente aurait pu être contée.

Mais en ce jour de juin, au côté de son Piet dans la haute cour du château de Puivert, Minou n'aurait jamais pu imaginer que toutes les peines et les souffrances qu'elle avait endurées par le passé ne seraient rien comparées au chagrin et au désespoir à venir.

5

La principale pièce de vie familiale occupait tout le premier étage du logis seigneurial. Vaste et confortable, bénéficiant de la plus belle lumière du soleil de l'après-midi, c'était l'un des premiers aménagements auxquels ils avaient procédé lorsqu'ils avaient pris possession du château. Minou avait fait démolir plusieurs murs intérieurs et remanier cages d'escaliers et couloirs pour qu'aucune trace ne reste de l'ancienne configuration – ou des sévices qui y avaient eu cours.

Trois hautes croisées à deux vantaux treillissés, encadrées chacune de rideaux de brocart, donnaient au sud sur la haute cour. Au-dessus de la porte courait une tringle en cuivre à laquelle était pendue une lourde tenture. Retenue sur le côté par un épais cordon l'été, elle était tirée l'hiver pour protéger la pièce des vents glacés descendant des montagnes. Il y avait une cheminée en pierre calcaire avec deux bancs disposés à angle droit de chaque côté de l'âtre, auxquels s'ajoutaient plusieurs fauteuils à hauts dossiers et repose-pieds capitonnés. Une grande table à manger en noyer flanquée de deux longs bancs occupait l'autre bout de la pièce, avec un buffet et un coffre assortis où étaient rangés linge et vaisselle.

Ce qui donnait à l'endroit son caractère particulier était son trio de tapisseries, commandées par Minou à un tisserand huguenot de Carcassonne. Deux d'entre elles couvraient le mur du sol au plafond, représentant pour l'une Puivert et pour l'autre une vue d'artiste du béguinage d'Amsterdam, la communauté religieuse blottie entre le Singel et Kalverstraat ; la troisième, bien plus petite, était un portrait de famille achevé l'hiver passé.

S'arrêtant sur le seuil avec Piet, Minou profita de la rare occasion qui s'offrait à elle d'observer les gens qu'elle aimait à leur insu : son père, Bernard, dont les yeux usés étaient désormais voilés et aveugles mais l'esprit toujours aussi alerte; sa sœur, Alis, avec son teint brun de méridionale et ses boucles folles domptées en une longue natte noire, dont la constitution ferme et robuste suggérait la vigueur plus que la grâce; puis son frère, Aimeric, lui aussi solide et trapu, qui, bien qu'âgé de vingt-trois ans quand Alis n'en avait que dix-sept, ressemblait tellement à cette dernière qu'on aurait pu les prendre pour des jumeaux. Il était en pleine conversation avec leur tante Salvadora, au double menton emmailloté dans sa capuche noire de veuve. Et enfin, Marta et son frère de deux ans, Jean-Jacques, en train d'écouter leur grand-père leur conter une histoire de chevaliers à la cour médiévale de Carcassonne que Minou se rappelait avoir entendue dans sa propre enfance.

Si leur fille ressemblait surtout à Minou – ne serait-ce que par ses yeux vairons, l'un bleu et l'autre marron –, leur fils tenait de Piet ses cheveux brun-roux, ses yeux verts et les taches de rousseur que ce dernier devait plus à sa mère hollandaise qu'à ses ancêtres français.

Puis le grincement d'une lame de plancher branlante révéla leur présence.

« Enfin, s'exclama Marta en sautant de la banquette sous la fenêtre. Nous sommes tous fort las de cette attente.

– Tu dois apprendre à être patiente, petite, répondit tendrement Minou.

– Tante Salvadora dit que dans les appartements royaux du palais du Louvre, les dames les plus nobles portent des jupes larges comme ça, continua Marta en écartant les bras. Trop grandes pour passer une porte autrement que de côté. Est-ce vrai ? Parce que comment feraient...

– Ce n'est pas du tout ce que j'ai dit, protesta Salvadora. J'expliquais que la mode à la cour a pour objet de démontrer l'élégance et la splendeur de la couronne. Notre noble roi, ainsi que sa sœur et ses frères, représentent la fine fleur de la France et, de ce fait, doivent prêter attention à l'impression qu'ils donnent. Dans leurs portraits autant que dans leur vie quotidienne. »

Minou vit Aimeric et Alis échanger un regard. Ils n'avaient aucune estime pour la cour des Valois. Leur tante Boussay ne partageait pas ce dédain. Malgré toute l'affection qu'elle portait à ses nièces et neveu – et celle qu'ils lui portaient en retour –, Salvadora restait fidèle à la religion dans laquelle elle avait été élevée. Et en dépit des rumeurs concernant le roi Charles, ses crises de colère et sa mauvaise santé – sans parler du fait, connu de tous, que c'était Catherine de Médicis, la reine mère, qui régnait véritablement à la cour –, Mme Boussay n'admettait aucune critique de la famille royale. Son admiration demeurait indéfectible.

« Les dames et les gentilhommes de la cour parisienne portent des parures élégantes pour les événements officiels, mais se vêtent plus sobrement au quotidien, comme nous. » Minou indiqua d'un geste le délicat portrait familial en tapisserie. « Papa ne met pas son pourpoint bleu à crevés argentés tous les jours, n'est-ce pas ? »

Marta, qui du haut de ses sept ans se jugeait sage, répondit d'un ton songeur :

« Et moi, je ne mets pas mon capuchon orné de pierreries. C'est pour les grandes occasions seulement.

– Exactement. » Minou lui caressa la joue. « C'est la même chose au palais du Louvre. »

L'enfant hocha la tête.

« Il est bon que même les reines et les princesses aient des vêtements de tous les jours, car sinon comment pourraient-elles jouer ? »

Tout le monde éclata de rire, même Salvadora, et Minou sentit son cœur se gonfler de gratitude devant l'amour et la bonne entente qui régnaient entre eux tous. Elle jeta un autre coup d'œil à la tapisserie. Piet et elle y posaient assis, vêtus de fil d'or et parés d'argent et de perles étincelantes ; sur des coussins devant eux se trouvaient Marta, avec son bonnet d'un blanc immaculé, et Jean-Jacques, en culotte de velours, sa crécelle à la main. Les couleurs étaient éclatantes et le point plein de vie et de mouvement. Bien qu'elle ne soit pas plus grande qu'un châle, c'était la tapisserie préférée de Minou. Des trois, c'était celle qui en disait le plus long sur eux.

Devaient-ils risquer tout cela pour Paris ?

Surprise de la pensée qu'elle venait d'avoir, Minou se redressa. Certes, le voyage serait long. Certes, l'équilibre tranquille de leur vie, gagné de haute lutte, se trouverait perturbé. Mais voir Paris de leurs propres yeux vaudrait sûrement les désagréments, quels qu'ils soient, qui les attendaient. Être présents devant les tours majestueuses de la cathédrale Notre-Dame pour voir l'histoire se faire était un honneur à ne pas manquer.

Minou avait conscience du regard de Piet posé sur elle. Nul n'aurait pu faire davantage que son époux pour défendre un message de tolérance, ou pour essayer d'amener ceux de religions différentes sur un terrain d'entente. Il était convaincu non seulement qu'une paix permanente était possible, mais aussi que la majorité des hommes et des femmes de France – catholiques ou huguenots – désiraient celle-ci. Pour preuve, il citait leur propre famille. Tandis que Bernard, comme Salvadora, restait fidèle à l'ancienne religion, Minou et lui avaient élevé leurs enfants dans la lumière de l'Église réformée. S'ils étaient capables de s'adapter à leurs différences respectives et de les respecter depuis plus de dix ans de guerre civile, pourquoi les autres familles n'en auraient-elles pas également l'aptitude ?

« Minou ? l'encouragea Piet doucement. Tu avais quelque chose à nous dire ? »

Il accompagna ces mots d'un sourire et, malgré leurs dix ans déjà de mariage, le cœur de Minou palpita. Elle sentit son indécision la quitter. Quels que soient ses doutes, elle devait à son époux d'être à ses côtés à Paris.

6

« Merci de votre patience, dit Minou en balayant du regard sa famille assemblée. Et je vous prie de me pardonner mon retard. »

Au son de sa voix, tout le monde se tut. Bernard se tourna dans son fauteuil. Tante Salvadora replia son éventail et le posa sur ses genoux. Alis arrêta de faire les cent pas et s'immobilisa à côté d'Aimeric. Même le petit Jean-Jacques perçut le sérieux du moment et cessa d'agiter ses petits pieds dodus lorsque Marta sauta sur le banc à côté de la nourrice pour chuchoter à son frère de se tenir tranquille.

« Je vous sais également gré de ne pas avoir essayé, du moins pour la majorité d'entre vous (en disant ces mots, Minou jeta un coup d'œil à sa fille), de précipiter ma décision.

– Mais vous dites qu'il faut toujours dire la vérité, protesta Marta.

– Chut, dit Piet en posant la main sur son épaule. Laisse maman parler.

– C'est un honneur pour notre famille d'avoir été invitée à assister au mariage royal. Pour certains (elle regarda Aimeric), être présent en ce jour faste relève du devoir. Pour d'autres, c'est la réconciliation qui est en jeu. »

Elle regarda son mari, qui l'encouragea d'un sourire à continuer.

« Catherine de Médicis et Jeanne de Navarre. Deux reines, deux mères, adversaires depuis des années. Par ce contrat de mariage, elles signalent leur intention de mettre de côté leurs différends afin de reconstruire un pays digne non seulement de leurs enfants, mais également de leurs petits-enfants. Si Marguerite de Valois – Margot – peut prendre le protestant Henri de Bourbon pour époux légitime, alors sûrement, tous les catholiques peuvent apprendre à vivre en paix avec leurs voisins huguenots.

– Bien dit, s'exclama Bernard. N'est-ce pas, Salvadora ?

– En effet. »

Minou regarda tour à tour chaque personne présente dans la pièce.

« Vous savez tous combien je trouve difficile de trancher entre ce que je juge être dans l'intérêt de notre famille, et nos responsabilités envers nos amis et camarades. Mais après ample réflexion, j'estime que ce sera un honneur, à la suite de ces longues années de guerre, de compter parmi les témoins de cet accord négocié entre anciens ennemis. » Ses yeux s'arrêtèrent sur Piet. « C'est pourquoi je propose que nous acceptions tous l'invitation et que nous t'accompagnions à Paris pour le mariage. »

L'espace d'un instant, l'air sembla chatoyer et palpiter alors que tout le monde dans la pièce prenait le temps de digérer ce qu'elle venait de dire. Puis Marta se mit à taper dans ses mains et le temps reprit sa course.

« Cela me fait plaisir, dit Piet, les yeux étincelants, en prenant la main de Minou. Tellement plaisir.

– Mon frère, ne saviez-vous donc pas ce que comptait faire votre épouse ? » s'étonna Aimeric en riant.

Piet rougit.

« J'avais bon espoir que sa décision serait de cet ordre !

– Moi aussi, même si, je l'admets, c'était autant par égoïsme que pour toute raison plus noble. J'ai reçu l'ordre de rejoindre l'entourage de l'amiral de Coligny. Il est resté à l'écart de Paris quelque temps – d'où la liberté pour moi de revenir dans le Languedoc ces dernières semaines – mais maintenant le roi requiert sa présence et il ne peut refuser. Savoir que vous êtes tous quelque part dans les murs de la ville rendra l'exécution de mes fonctions officielles d'autant plus plaisante. »

Minou sourit.

« Et ce sera une joie pour nous d'avoir ta compagnie là-bas, mon cher frère. » Englobant la pièce d'un geste de la main, elle ajouta : « Bien sûr, il n'y a aucune obligation de venir pour le reste d'entre vous, même si vous êtes tous les bienvenus. »

Bernard secoua la tête.

« Je suis trop âgé pour pareil voyage, *filha*. Je vais retourner à Carcassonne et j'attendrai avec impatience d'écouter vos récits lorsque vous reviendrez.

– Votre compagnie nous manquera, mais je comprends tout à fait. Et vous, chère tante ? »

Salvadora rouvrit vivement son éventail, faisant voler une plume noire qui tomba au sol.

« Comment pouvez-vous penser que je me priverais d'un tel spectacle, je ne peux l'imaginer ! Cela va être le mariage du siècle. Quoique la reine de Navarre se fourvoie dans sa foi, son fils est un prince du sang et il est d'ailleurs né catholique...

– Même s'il s'est converti à la religion réformée dès qu'il a su parler, murmura Alis.

– C'est un prince du sang », répéta leur tante Boussay d'un ton ferme. Puis son expression se radoucit. « Et voir Paris, enfin. Notre-Dame et la Sainte-Chapelle, où les reliques les plus sacrées de la Passion sont visibles : la Sainte Couronne d'épines, un morceau de la Vraie Croix...

– De vieux bois, plus probablement...

– Alis..., la mit en garde Minou à voix basse.

– Quand mes fonctions me le permettront, je serai ravi de vous emmener voir les hauts lieux de la ville, chère tante », intervint vivement Aimeric, en jetant un regard désapprobateur à sa petite sœur.

Marta ramassa la plume noire tombée par terre et en chatouilla Jean-Jacques sous le menton avant de la glisser dans les plis de sa jupe.

« J'ai moi aussi mûrement réfléchi à la question, déclara-t-elle de sa petite voix solennelle. Je vous accompagnerai, papa et vous, à Paris, ne serait-ce que pour garder un œil sur ce petit démon.

– Franchement ! protesta Salvadora. Minou, vous ne devriez pas la laisser tenir ce genre de…

– Mais c'en est un ! » insista Marta.

Salvadora pinça les lèvres.

« Eh bien, c'est tout de même impoli de le dire.

– Tous les frères sont des démons, Marta, fit Alis avec un grand sourire, en montrant Aimeric du doigt. C'est pourquoi je me sens moi aussi obligée de venir à Paris. Pour garder un œil sur lui ! »

Aimeric porta la main à son cœur d'un geste théâtral.

« Vous me blessez.

– Est-ce vrai, maman ? demanda Marta.

– Ce qui est vrai, c'est que ta tante Alis et ton oncle Aimeric ont passé leur vie entière à se taquiner ! Ne leur prête pas attention.

– Viens t'asseoir à côté de moi, Marta, dit Alis en l'entraînant vers la table. Nous pourrons parler des frères agaçants et de ce qu'on peut faire pour les dresser ! »

Piet se tourna vers Aimeric.

« Êtes-vous toujours décidé à partir demain ?

– Oui. Je passerai par Chalabre pour dire adieu à mon épouse, puis rejoindrai mes camarades à Saint-Antonin. Si tout va bien, je devrais être à Paris d'ici la fin juin.

– Seriez-vous en mesure de nous trouver un hébergement adéquat ?

– Pour combien de temps ?

– Le mariage proprement dit ayant lieu le 18, je crois que nous devrions viser une arrivée dans la première semaine d'août – la ville ne devrait pas encore être trop bondée, plaise à Dieu – et repartir à la fin des festivités, quelques jours après la Saint-Barthélemy. Cela nous accordera environ trois semaines à Paris. » Il regarda Minou. « Cela devrait suffire, ne crois-tu pas ?

– Amplement », répondit Minou avec un sourire.

Salvadora pointa son éventail vers Aimeric.

« Je souhaite être près du palais du Louvre, neveu. Dans la rue Saint-Martin ou la Vieille-Rue-du-Temple. Pas dans quelque quartier insalubre.

– Celui de l'université, sur la rive gauche, serait peut-être mieux, fit calmement remarquer Bernard. L'air y est plus pur. »

Salvadora fit entendre une exclamation désapprobatrice.

« Un endroit *convenable*, ai-je demandé, Bernard. Je ne souhaite pas me retrouver parmi les commerçants, les poètes ou…

– Les protestants ? » lança Alis.

Aimeric dissimula un sourire.

« Je vous donne ma parole, tante vénérée, que je ne vous exposerai pas à la souillure de la poésie et des presses de la Sorbonne. »

Elle fronça les sourcils.

« Vous savez très bien ce que je veux dire.

– Oui, répondit-il avec tendresse. Je trouverai un hébergement adapté aux besoins de chacun d'entre vous. N'ayez crainte.

– C'est réglé, donc, conclut Piet, d'une voix que la promesse de l'aventure faisait vibrer. Je propose que nous partions aux alentours du solstice, d'ici deux semaines, et que nous prenions notre temps pour faire le trajet.

– Avez-vous un itinéraire en tête ? » demanda Aimeric.

Piet jeta un coup d'œil presque timide à Minou et, brusquement, elle comprit. Tout en attendant qu'elle prenne sa décision, il avait déjà commencé à faire ses préparatifs en partant du principe qu'elle et leur famille allaient l'accompagner. Était-ce là ce qu'il avait été sur le point de lui avouer quelques instants plus tôt ?

Déchargée de ses responsabilités, elle prit une coupe de vin sur le buffet et la leva à la santé de son mari. Piet sourit, soulagé d'avoir sa bénédiction.

« Oui, en effet, répondit-il en se retournant vers son beau-frère. J'ai quelques idées. »

Dans les bois aux abords du château, un merle appelait sa compagne. Un renard longeait furtivement un sentier forestier, un couple de chevreuils était sorti du couvert des arbres pour brouter dans une clairière. Dans les montagnes, des aigles s'élevaient en tournoyant, portés par les courants d'air orageux.

Et l'assassin guettait toujours. Il avait renoncé à l'espoir de remplir sa mission avant la tombée de la nuit. Il se demanda quel événement avait pu modifier la routine, car il n'avait aucun doute sur la qualité des renseignements qui lui avaient été donnés. Tous les après-midi, l'hérétique montait au sommet de la tour. Pourquoi pas ce jour-là ?

Au crépuscule, il entendit la relève de la garde. Il vit les lampes dans les tours du château s'allumer une à une. Une chouette sortit chasser. Enfin, alors que les dernières lueurs s'estompaient dans le ciel, il alla s'abriter dans les profondeurs du bois. Il posa son pistolet, couvrit soigneusement sa boîte de poudre pour la garder bien au sec, puis sortit de sa poche le peu de vivres qui lui restait et s'adossa au tronc d'un hêtre afin d'y passer la nuit.

« Si ce n'est aujourd'hui, alors demain, déclara-t-il, les yeux brillants de zèle. La volonté du Seigneur sera faite. »

Petit à petit, le jour disparut derrière les collines.

La tante Boussay se remit à sa broderie. Alis emmena Marta voir les chatons dans le potager. Jean-Jacques s'échappa des bras de sa nourrice pour retourner en titubant auprès de son grand-père lui réclamer la fin de l'histoire.

Minou s'était assise sur la banquette devant les larges fenêtres pour écouter l'orage. Cela lui faisait plaisir de voir Piet, pourpoint en cuir délacé et manches retroussées, penché au-dessus de la table d'un air aussi excité qu'un garçon planifiant sa première partie de chasse. Sentant son regard, il se retourna et lui indiqua l'enchevêtrement de papiers et de cartes sur la table.

« Aimerais-tu voir ce que… »

Minou l'interrompit d'un geste de la main.

« Deux avis valent mieux que trois. Je suis parfaitement contente de vous laisser l'organisation du voyage, à toi et Aimeric.

– En êtes-vous sûre, ma Dame des Brumes ?

– Certaine, monsieur, répondit-elle avec un sourire. En vérité, je suis soulagée de ne pas avoir à y songer. »

Lorsque les cloches de Saint-Marcel sonnèrent 9 heures, la nourrice emmena les enfants se coucher, et les domestiques apportèrent vin et victuailles pour le souper. Une heure plus tard, Bernard se retira, suivi peu de temps après par Salvadora. Les chandelles répandaient en crachotant une lumière vacillante. Alis resta un peu plus longtemps, offrant suggestions et observations, puis gagna à son tour sa chambre. À l'approche de minuit, alors que les conciliabules de Piet et Aimeric ne donnaient aucun signe de se terminer, Minou prit également congé.

Enfin, la tempête arriva, avec ses vents déchaînés et ses rafales de pluie battant les vitres. Malgré son épuisement, Minou se découvrit incapable de trouver le sommeil. Les voix dans sa tête étaient trop fortes.

À 2 heures du matin, s'étant levée pour ouvrir la croisée afin de rafraîchir la pièce, elle entendit les voix indistinctes de son époux et de son frère dans la cour en contrebas. Elle regagna son lit aux draps entortillés en se demandant ce qui les retenait debout.

La tempête finit par s'essouffler. Toutefois, ce n'est que lorsque les premiers rayons d'une aube pâle effleurèrent timidement l'appui de fenêtre que Minou s'abandonna aux bras de Morphée.

7

Limoges, Limousin
Samedi 7 juin

De sa fenêtre, Vidal du Plessis – connu désormais sous le titre de Son Éminence le cardinal Valentin – regarda dans la petite cour en contrebas, baignée de lumière matinale. Le garçon était en train d'y jouer avec d'autres enfants.

Plus il observait Louis, plus il constatait chez lui une propension à garder ses distances. Il approuvait cette prudence. S'intégrer au groupe sans attirer l'attention, dans le but de mieux observer et écouter, était preuve de bon sens. Oui, il approuvait.

Toute la journée et la nuit précédentes, ils avaient fait route vers le nord depuis Saint-Antonin, parcourant quelque cinquante lieues pour atteindre les faubourgs de Limoges au petit matin. Vidal avait pris une collation et s'était baigné les tempes, mais il restait fatigué, irascible. L'incessant fracas des roues de la voiture continuait de retentir dans son crâne. Il était perclus de douleurs et souffrait d'un violent mal de tête.

Se détournant de la croisée, il balaya du regard la pièce élégamment meublée où il se trouvait. Limoges faisait partie d'une des principautés gouvernées par Jeanne d'Albret, reine de Navarre, et était contrôlée par les forces huguenotes. Cependant, une poignée de domaines seigneuriaux avaient été laissés aux mains des catholiques, non par compassion ou pitié, mais parce que la reine admirait les boîtes et bibelots en émail produits à Limoges même. Papistes ou non, elle ne souhaitait pas voir ces commerces détruits.

Vidal jugeait la situation absurde et n'appréciait pas d'être confiné dans cette enclave cernée d'hérétiques. Plus que quelques semaines, se disait-il, et il pourrait retourner à sa cause. Une fois la fête de la Nativité de Marie passée, en septembre, il serait libre de rentrer chez lui se consacrer à l'étape suivante du projet de sa vie. Il possédait une propriété privée aux abords de Chartres, achetée avec la promesse de l'héritage de son riche oncle, Philippe du Plessis. Celui-ci n'ayant pas eu de fils, Vidal était son seul héritier.

Du moins, c'était ce qu'il avait cru. Refusant de penser à ce sujet fâcheux, il secoua la tête et le regretta aussitôt, car une douleur lancinante commença à lui battre les tempes.

Vidal était une étoile au firmament de l'Église catholique. Après en avoir rapidement gravi les échelons pendant les guerres, rencontrant peu de résistance dans son ascension, il avait vite abandonné ses origines méridionales pour s'allier au Nord. Il était le confesseur personnel du duc de Guise lui-même et, pendant dix ans, avait tiré profit de la guerre et de ses misères. Il était désormais riche, et puissant. Mais à cet instant précis, pour que ses ambitions propres puissent se réaliser, il avait besoin que la trêve momentanée dure. Au moins jusqu'à la Saint-Michel; d'ici là, ses dernières dispositions seraient prises. Après, le pays pouvait aller à la ruine, pour ce que ça lui faisait.

Et pourtant, malgré toute son influence, Vidal sentait les choses échapper à son contrôle. La situation à Amsterdam – même s'il avait pris des mesures pour la maîtriser – l'inquiétait. Il avait assez d'argent dans l'immédiat, mais toute contestation de ses droits sur la succession de son oncle le ruinerait. Ses projets avaient un coût. Et ce séjour en Languedoc avait confirmé que l'ambiance fébrile qui régnait à Paris se retrouvait d'un bout à l'autre du pays. La France était une poudrière de ressentiments, de désaccords et de rancunes.

Tout dépendait si les noces royales auraient lieu comme prévu. Bien que le contrat de mariage ait été conclu entre la reine mère et la reine de Navarre en avril – et une date en août choisie pour la cérémonie –, le palais du Louvre attendait encore de recevoir une dispense de Sa Sainteté le pape. Et ce n'était là qu'un des obstacles. Il y en avait d'autres, notamment la liaison que continuait d'entretenir le duc de Guise avec la future mariée.

À l'aide de son mouchoir, Vidal s'essuya le front, où des rides profondes témoignaient de dix longues années au service des Guise. Il ignorait s'il existait une affection sincère entre Marguerite de Valois et le duc, et cela ne l'intéressait pas. Toutefois, il était certain que lorsque son employeur abattrait son jeu – s'il le faisait – ce ne serait pas l'amour qui l'aurait poussé à agir, mais plutôt une haine implacable de son rival, Henri de Navarre. Que le huguenot soit sur le point de s'apparenter à la famille royale catholique, unissant ainsi les dynasties des Bourbons et des Valois, portait un coup sévère aux ambitions de Guise lui-même. Celui-ci ferait tout ce qui était en son pouvoir pour déstabiliser cette alliance, Vidal n'en doutait pas un seul instant.

Il commença à tapoter du bout des doigts le dossier de sa chaise, de plus en plus vite à mesure qu'il s'absorbait dans ses réflexions. Non, il ne pouvait pas se permettre de faiblir à ce stade. Et bien que Dieu ait cessé de l'écouter depuis longtemps, il leva les yeux vers le ciel.

« Votre Éminence. »

Il se retourna. Son intendant, Xavier, se tenait sur le seuil. L'homme était d'une pâleur laiteuse malgré le soleil du Sud, et il avait le blanc des yeux jaunâtre. Cela ne l'empêchait pas d'être d'une robustesse à toute épreuve.

« Qu'y a-t-il ? demanda Vidal sèchement, en reposant sa barrette rouge sur sa tête.

– Pardonnez-moi d'interrompre votre repos, monseigneur, mais des nouvelles sont arrivées de Paris.

– Ah ? »

Vidal tendit la main. Xavier traversa la pièce en deux enjambées pour venir y placer la lettre, puis recula respectueusement d'un pas.

Vidal rompit le cachet familier, déjà un peu craquelé par le voyage, et parcourut des yeux la missive. Il fronça les sourcils, la relut attentivement pour vérifier qu'il avait bien compris, puis approcha le parchemin de la chandelle et le regarda partir en flammes.

« Votre Éminence ? »

Il jeta ce qui restait de la page noircie dans l'âtre froid.

« Il nous est demandé de revenir immédiatement à Paris. Apparemment, la reine de Navarre est souffrante. Elle a de la fièvre.

– Était-elle en mauvaise santé auparavant ?

– Je crois, répondit Vidal avec prudence.

– Alors il faut espérer que Sa Majesté se rétablira, même si… »

Vidal le regarda plus attentivement. De son réseau d'espions, qui couvrait tout le pays – et dépassait même ses frontières –, Xavier était l'un des plus fiables. Il ne lui avait jamais demandé comment il obtenait ses renseignements, ni auprès de qui, mais l'homme se trompait rarement. Et la fin justifiait toujours les moyens au service du Christ.

« Même si ? répéta-t-il en lui faisant signe de continuer.

– Je ne voudrais pas intervenir mal à propos, monseigneur.

– Je ne te réprimanderai pas si ce que tu dis n'est pas de mon goût. Parle. »

L'intendant hésita.

« Bien que je sois certain qu'il s'agit d'une fièvre ordinaire…

– Ne mets pas ma patience à l'épreuve, Xavier.

– Le messager qui a apporté le pli m'a confié que trois jours à peine auparavant, Catherine de Médicis avait offert des gants à sa royale invitée. »

Vidal haussa les sourcils avec surprise.

« Des gants parfumés ?

– Confectionnés par son gantier personnel, précisa Xavier. On dit qu'elle les a apportés elle-même à l'hôtel de Bourbon, où la reine de Navarre réside actuellement. »

Vidal réfléchit. Il n'était pas une femme ou un homme à Paris qui n'ait entendu parler de René le Florentin, parfumeur de Catherine de Médicis, ou dire qu'outre son activité légitime, l'Italien était également un pourvoyeur de poisons. Sa boutique n'était jamais vide.

« C'est ce qui se raconte dans la rue ?

– Le messager m'a dit que tout le monde en parlait, que ce soit dans les quartiers catholiques ou protestants. »

Vidal tapota plus vite des doigts. Cela ne faisait pas du tout son affaire. Si la rumeur d'un complot contre la reine de Navarre circulait – même s'il n'y en avait aucune preuve, mais que la populace y croyait –, les relations entre le palais du Louvre et l'hôtel de Bourbon deviendraient tendues et le mariage n'aurait peut-être pas lieu.

« Va me chercher le messager. Je souhaite l'interroger moi-même. »

Xavier leva les mains en signe d'excuse.

« Je n'ai pas pensé à le retenir. Il est déjà reparti.

– Reparti ? Où ?

– Je ne sais. Je suis désolé, monseigneur. »

Vidal fronça les sourcils.

« Peu importe. Nous avons nos ordres. Nous ne pouvons laisser pareils commérages nous détourner de notre objectif. Ce n'est pas à l'Homme de mettre en question les voies du Seigneur, Xavier, car Sa sagesse et Sa miséricorde dépassent notre compréhension. L'âme de la reine de Navarre est entre Ses mains.

– Oui, Votre Éminence.

– Prépare les chevaux. Je vais aller présenter mes excuses à notre hôte pour notre départ prématuré. Nous partons immédiatement. »

Xavier leva vivement les yeux.

« Nous n'attendons pas d'avoir des nouvelles de Puivert ? »

Vidal comprenait son hésitation. L'intention avait été de rester à Limoges jusqu'à ce qu'il reçoive confirmation que ses ordres avaient été exécutés avec succès.

« Le duc de Guise souhaite mon retour à Paris sans délai – en fait, il l'exige. Je vais devoir me contenter de présumer que l'affaire a été réglée de manière satisfaisante. » Il marqua un temps. « Néanmoins, laisse pour consigne qu'au cas où un courrier arriverait ici, on envoie immédiatement quelqu'un nous prévenir. J'aimerais être sûr.

– Fort bien, monseigneur.

– À ce propos, y a-t-il des nouvelles d'Amsterdam ? »

Xavier le regarda dans les yeux.

« La situation était telle que vous le pensiez, Votre Éminence. Cependant, le problème est réglé.

– En toute discrétion ?

– Nul lien ne pourra être établi avec vous, monseigneur. Et on n'a trouvé aucune preuve – si tant est qu'il en ait existé une un jour – dans la chambre de la nonne. Pas le moindre document. »

Vidal poussa un soupir de soulagement.

« Bien. Tu as fait du bon travail, Xavier. Je veillerai à ce que tu en sois récompensé.

– C'est un honneur que de vous servir, monseigneur. »

Un cri dans la cour ramena Vidal devant la fenêtre. En contrebas, le jeu des enfants s'était transformé en bagarre. Louis avait le poing droit crispé mais c'était l'autre garçon – le fils d'un des préfets de Limoges – qui présentait un nez en sang.

Même si cela allait l'obliger à émettre une réprimande quelconque, il n'en fut pas mécontent. Louis avait un tempérament combatif, un instinct de conservation affûté et un manque apparent de sens moral. Qu'il décide de le reconnaître ou qu'il entretienne la fiction qu'il s'agissait du fils d'un lointain cousin pris à son service par pure charité chrétienne, Vidal était convaincu que l'enfant saurait se montrer utile.

« Et pour le garçon ? » demanda Xavier.

Vidal regarda de nouveau dans la cour. Son fils sembla sentir qu'il était observé car il leva les yeux, sans la moindre trace de honte sur le visage. Un sourire fugace passa sur les lèvres de Vidal. Il referma la croisée.

« Le garçon vient avec nous à Paris. »

8

Château de Puivert, Languedoc

Les traces de la tempête étaient partout : branches et brindilles cassées jonchaient le sol mouillé. Alors que Minou et sa famille sortaient de leurs appartements, l'odeur entêtante de la paille humide et la lumière éclatante du jour les assaillirent.

Tandis que le soleil peignait ses motifs sur l'herbe, le groupe traversa solennellement la haute puis la basse cour en direction du corps de garde, pour dire au revoir à Aimeric. Marta partit devant en gambadant tandis que Minou et Alis marchaient plus lentement, faisant sauter le petit Jean-Jacques entre elles.

La basse cour était consacrée à la vie active du château : écuries et forge, chenils pour les chiens de chasse, réserves de provisions pour toute la maison, saloir. Chaque samedi, elle accueillait le marché hebdomadaire de Puivert. Commerçants et artisans avaient commencé à affluer du village en contrebas dès l'ouverture des portes, pour installer leurs étals. Les fermières aux chapeaux à large bord portant des paniers d'osier remplis des premiers fruits de l'été ; le tonnelier et son fils, en train de faire rouler bruyamment leurs tonneaux de bière sur le pont-levis pour aller les positionner à l'ombre du rempart ouest ; un volailler avec sa couvée de poules retenues dans un enclos de fortune. Les feux de la forge brûlaient déjà, le maréchal-ferrant avait sa râpe à sabots à la main. Il y avait même un colporteur de livres, avec ses recueils de contes folkloriques et ses brochures religieuses. Minou ne l'avait jamais vu auparavant et songea qu'il faudrait qu'elle pense à regarder ce qu'il proposait.

Sur son passage, les femmes inclinaient la tête et les hommes portaient la main à leur bonnet. Minou souriait et saluait de la main ceux qu'elle connaissait. Il lui avait fallu un certain temps pour apprendre à accepter ces marques d'allégeance, et à y répondre comme il se devait. Rien dans sa modeste éducation à Carcassonne, ou l'enfance qu'elle avait passée dans la librairie de son père à la Bastide, ne l'avait préparée à pareil statut, pareille position.

Elle avait hérité ce titre inattendu de sa mère biologique, Marguerite, à laquelle elle devait également son prénom. Le fait que Bernard et Florence n'étaient pas ses parents naturels était un secret qui ne lui avait été révélé qu'à ses dix-neuf ans. Aussi, bien que Minou éprouve de la gratitude envers la femme qui était morte en la mettant au monde – et dont elle tenait son apparence physique : sa haute taille et sa peau pâle, ses cheveux bruns lisses et ses yeux vairons –, elle considérait Florence, décédée depuis quelque quinze années, comme sa véritable mère. C'était l'amour qui comptait, non le sang. C'était auprès de Florence qu'elle avait appris la vie, et notamment la nécessité de respecter les leçons de l'Antiquité et d'en tenir compte : « Sans connaître les erreurs du passé, comment peut-on apprendre à ne pas les répéter ? avait l'habitude de dire celle-ci. L'histoire est notre professeur. »

C'était un conseil que Minou avait pris à cœur et donc, inconsciemment, elle avait modelé sa conduite sur celle du grand héros médiéval du Languedoc, le vicomte Trencavel[1]. Elle régissait son domaine à Puivert – leur domaine – dans le même esprit de tolérance et tirait fierté du fait que dans cette région du Midi, l'une des plus au sud, huguenots et catholiques vivaient côte à côte en voisins chrétiens, et non en ennemis.

1. Voir *Labyrinthe* (JC Lattès, 2006).

Lorsque Piet avait été absent durant les premières années de guerre, elle avait administré Puivert toute seule. Elle avait appris à se fier à sa propre réflexion, son propre instinct, pour déterminer qui était la partie lésée dans une rupture de fiançailles ou une dot non payée; pour écouter les accusations d'adultère, de malhonnêteté et d'héritage volé; pour protéger les innocents accusés à tort et faire justice des coupables.

« Merci infiniment, madame », dit Marta de façon charmante.

Tournant la tête, Minou vit sa fille accepter une poignée de cerises mûres et rouges que lui tendait une vieille femme habillée en noir des pieds à la tête, comme c'était l'usage dans les montagnes. À côté, la robe bleu pâle de Marta, avec ses délicates perles crème, attirait tous les regards.

« *Mercé a vos, madomaisèla* », répondit la femme dans la langue d'autrefois.

Minou avait longtemps tâtonné avant de comprendre son rôle, et cela l'amusait de voir avec quelle facilité Marta se conformait au sien. Elle était vraiment l'enfant chérie de tout le château. Minou jeta un coup d'œil à son fils et se demanda s'il en irait de même pour lui. Elle en doutait. Jean-Jacques était un enfant calme et aimable, d'humeur égale, et dépourvu de la curiosité imprévisible de sa sœur. Il inspirerait la loyauté. Marta inspirerait l'adoration.

L'assassin se réveilla en sursaut et se donna des claques sur les joues pour affûter ses sens.

Oui, il avait bien entendu. Non loin de là, des voix et des bruits de chevaux : ronflements, hennissements et un piétinement de sabots sur le sol humide. Cela venait des environs de l'entrée principale. Était-ce elle ? La fausse châtelaine était-elle sur le point de quitter le château ? L'angoisse lui étreignit le cœur à la pensée qu'il avait peut-être raté sa chance, puis il se rappela. Il avait entendu que son frère, hérétique lui aussi, partait ce jour vers le nord. Il leva les yeux vers le toit du donjon et n'y vit personne. La porte qui y menait était toujours fermée.

Il fit rouler ses épaules et s'étira les jambes pour chasser la nuit de ses muscles, puis délaça ses chausses pour uriner contre un hêtre.

Ramassant sa gourde, il prit une gorgée de bière rafraîchie par la rosée et mastiqua une bouchée de pain. Puis il se remit en position, assis, son pistolet à rouet en équilibre sur ses genoux. L'objet était magnifique. Peut-être le laisserait-on le garder une fois sa tâche accomplie.

« *Domine exaudi orationem meam.* »

Seigneur, écoutez ma prière.

À la pensée du sang qu'il allait bientôt faire couler, son cœur battit plus vite.

Piet et Bernard attendaient devant le corps de garde avec Aimeric.

Minou regarda père et fils échanger une étreinte. Elle fut touchée de voir que son frère portait la vieille dague de Piet à la ceinture. Un talisman pour lui porter chance ? À cet instant, Piet posa la main sur l'épaule d'Aimeric et se pencha à son oreille. Minou se demanda ce qu'ils avaient encore à se dire après avoir conversé toute la nuit.

« Pourquoi est-ce que vous chuchotez ? exigea de savoir Marta. Maman dit que c'est impoli. »

Les deux hommes s'écartèrent l'un de l'autre. Piet caressa les longs cheveux bruns de sa fille.

« Il y a des choses qui ne sont pas pour les jeunes oreilles.

– Quel genre de choses ?

– Des choses, répéta Aimeric, un pétillement dans ses yeux noirs.

– Je ne pense pas que ce soit juste. Maman dit…

– Assez, petite, intervint Minou en l'attirant contre elle. Viens près de moi. »

Elle trouvait fière allure à son frère, avec son pourpoint et ses chausses noires. Sous son bonnet de feutre, sa folle chevelure était presque domptée, et sa barbe soigneusement taillée en pointe. Le propriétaire terrien avait entièrement disparu, laissant de nouveau place au soldat.

« J'aimerais tant qu'il ne parte pas, murmura Alis. N'en est-il donc pas d'autres qui soient aussi haut placés dans l'estime de l'amiral ? Quel besoin M. de Coligny a-t-il de notre frère ?

– C'est son devoir, répondit Minou. Il s'est engagé à le servir.

– Paris est si loin.

– Pas plus que ses affectations précédentes, Alis, et ne nous est-il pas toujours revenu ?

– Mais imagine qu'il... »

Minou serra affectueusement la main de sa sœur dans la sienne.

« Donne-lui ta bénédiction. Laisse-le partir avec des mots fiers dans le cœur. »

Alis hésita avant de s'avancer, le vert de sa robe particulièrement vif à côté des vêtements noirs de son frère. Elle avait le visage crispé mais, à la façon dont elle serrait la mâchoire, Minou savait qu'elle n'allait pas enténébrer son départ de sa mélancolie.

« Même si le papisme règne jusque dans l'air de Paris, mon frère, avec ses prédicateurs qui promettent enfer et damnation à chaque coin de rue, je suppose qu'on y trouve aussi beaucoup de sources de divertissement et d'intérêt. »

Aimeric sourit.

« Je resterai sourd à toute corruption.

– Tu auras fière allure là-bas, j'en suis certaine. Mais ne t'attire pas d'ennuis, d'accord ? Laisse-toi guider par la prudence autant que par le courage...

– Parce que les frères sont de petits démons », ajouta Marta, lui coupant la parole.

Alis sourit avec gratitude.

« Exactement. Parce que les frères, petits ou non, sont des démons. »

Et, prenant tout le monde par surprise, elle jeta les bras au cou d'Aimeric pour l'étreindre avant de repartir à grands pas vers le logis, sans un mot de plus.

« Qu'est-ce qui arrive à tante Alis ? demanda Marta. Où est-ce qu'elle va ?

– Elle est triste, expliqua Piet. Que dis-tu d'aller la distraire, toi et moi ? Tu peux lui proposer une partie d'échecs.

– Les échecs, c'est ennuyeux. Je ne…

– Alors tu peux m'aider à tracer notre itinéraire. »

Le visage de la fillette s'éclaira aussitôt.

« Puis-je utiliser la boussole de grand-père ?

– *Si* tu lui demandes la permission, intervint Minou, et *si* il te la donne.

– Puis-je vous l'emprunter, grand-père Bernard ? »

Bernard planta sa canne plus fermement sur le sol.

« Allons la chercher. Donne-moi ton bras, Marta, et marchons ensemble.

– Je vais l'accompagner pour veiller à ce qu'elle ne sème pas une fois de plus la pagaille, dit Piet avec un sourire, en hissant Jean-Jacques sur ses épaules. Nous serons au salon, mon amour, lorsque tu seras prête à nous rejoindre. »

Minou les regarda s'éloigner, trois générations traversant la cour – son père, son époux et son fils, avec son feu follet de fille qui ouvrait la marche. Puis elle se retourna vers Aimeric et lui tendit la main.

« Ta compagnie va me manquer.

– Et réciproquement. Ces dernières semaines ici à Puivert m'ont rappelé le bon vieux temps. La famille Joubert, à nouveau réunie.

– Ç'a été un plaisir de t'avoir avec nous si longtemps. J'espère que ta femme nous pardonnera de t'avoir retenu. » Minou hésita un instant. « Êtes-vous parvenus à une décision hier soir, Piet et toi ? Vous avez discuté jusque tard dans la nuit. »

Aimeric hocha la tête.

« Il y a beaucoup de choses à prendre en compte. Malgré les termes de la paix, certains territoires sont moins sûrs que d'autres. Piet a raison d'apporter tant de soin à l'organisation de ce voyage.

– Et c'est tout ? insista Minou d'un ton léger. Rien de plus ?

– Que voudrais-tu qu'il y ait de plus ?

– Il ne te paraît pas distrait ? »

Aimeric fronça les sourcils.

« Piet a des sujets de préoccupation, bien sûr, mais rien qui sorte de l'ordinaire. Beaucoup de choses dépendent de ce mariage, et du fait qu'il ait lieu comme prévu, sans contretemps.

– C'est juste... » Minou s'interrompit, incertaine de ce qu'elle essayait de dire. « Piet ne t'a donné aucune autre raison pour expliquer sa distraction ? Il ne s'est pas confié à toi ? »

Aimeric secoua la tête.

« Non. Enfin, il m'a demandé de me renseigner sur la situation à Amsterdam lorsque j'arriverais à Paris. Il suit de près le soulèvement qui a lieu là-bas contre l'occupation espagnole, et aimerait avoir des informations de première main sur l'évolution des choses. »

Le cliquetis de harnais accompagnant l'arrivée du palefrenier avec le palefroi pie d'Aimeric mit fin à leur conversation. De l'autre côté des portes, ses compagnons de voyage l'attendaient : trois autres soldats, armés et déjà en selle. Leur livrée toute simple n'offrait aucun signe distinctif. Ils revêtiraient l'insigne de l'amiral de Coligny une fois qu'ils auraient rejoint leurs camarades à Saint-Antonin.

Minou vit une lueur résolue étinceler dans les yeux d'Aimeric et, bien qu'elle ait envie de continuer à l'interroger, elle comprit que les pensées de son frère étaient déjà tournées vers le voyage qui l'attendait.

« Dieu te garde sur la route, dit-elle d'un ton jovial.

– Prends bien soin de ma nièce et de mon neveu.

– Bien sûr. » Elle serra ses mains dans les siennes. « En attendant de te retrouver dans quelques semaines à Paris.

– Oui, rendez-vous à Paris. »

Le palefrenier s'avança pour faire la courte échelle à Aimeric et il sauta en selle. Puis il fit claquer ses rênes avec un cri d'encouragement, et son cheval s'élança.

Alors qu'il traversait le pont-levis, Aimeric se retourna et leva la main en un dernier geste d'adieu. Puis il talonna doucement sa monture et partit au galop, suivi de près par ses hommes.

9

Bois de Puivert

Deux chevaux, un étalon gris et une jument baie, apparurent au sommet de la colline.

La crinière et la queue au vent, ils traversèrent au galop les plaines de la vallée fluviale avant de prendre la direction des bois en amont, le tonnerre de leurs sabots résonnant sur la terre humide.

Le soleil était haut dans le ciel et les collines foisonnaient de couleurs : genêts à têtes jaunes et cyprès pourpres, fleurs des champs roses et blanches. Sur le sol, un tapis de feuilles couvertes d'argent. Brindilles et branches mortes, abattues par la tempête de la nuit passée, cassaient avec un bruit sec sous les fers des deux montures. Les tons vifs de l'habillement de leurs cavaliers semblaient sortis tout droit d'une tapisserie. Minou portait sa vieille cape verte et des jupes rouges, Piet un pourpoint et des chausses bleu myosotis. Tous deux arboraient une plume à leur bonnet.

Après l'émotion du départ d'Aimeric, Minou avait suggéré qu'ils se soustraient à la routine habituelle du château pour s'aérer l'esprit. À 10 heures, Piet et elle étaient partis se promener à cheval le long de la rivière. L'idée était de retrouver Salvadora, Bernard et les enfants sous leur tonnelle préférée dans les bois pour déjeuner, avant de retourner à Puivert vers le milieu de l'après-midi.

Minou poussa sa monture à accélérer ; elle ne pensait pas qu'il existe sur la terre de Dieu une liberté comparable à la joie de chevaucher dans la forêt en été, sous le ciel bleu et dégagé du Midi, lorsque le sol était ferme mais pas trop dur, le soleil éclatant sans être accablant.

« À moi la victoire ! » lança-t-elle.

Prenant son époux au dépourvu, elle agrippa ses rênes et fit claquer sa cravache.

« Morbleu ! » s'écria Piet.

La jument s'élança, l'encolure tendue, la marque blanche sur son chanfrein semblable à un parfait diamant. Monture et cavalière s'éloignèrent rapidement, remontant en trombe le reste du chemin qui menait à l'orée des bois, quelque cent vingt hectares de forêt qui s'étendaient au nord du château de Puivert.

Arrivée au sommet de la colline, Minou ralentit, passant à un trot paisible, puis au pas. Elle relâcha sa prise sur la bride, posa les mains sur le pommeau de sa selle, et suivit le sentier qui menait à la clairière où ils devaient tous se retrouver.

« *Brava* », dit-elle en flattant l'encolure fumante de sa jument.

Des mouchetures de lumière filtraient à travers les frondaisons, transformant le sol moussu en une mosaïque de formes ondoyantes. Une douce brise agitait les feuilles, les faisant passer en bruissant du vert au blanc, à l'argent, avant de revenir à un vert chatoyant.

En arrivant en vue de sa destination, Minou s'arrêta. Là-bas, au milieu de la clairière, les domestiques étaient en train de dresser la table sous une rangée de hêtres. À chaque souffle de vent, les coins de la nappe en lin blanc se soulevaient légèrement avant de retomber. À côté se trouvait une charrette à bras, utilisée pour apporter les victuailles, le vin et la vaisselle. Un peu à l'écart, la grosse carriole reposait sur ses deux grandes roues, dressant ses brancards vers le ciel. Le robuste cheval de trait à la robe baie paissait non loin, attaché à un aulne.

Bernard était installé avec Marta à une petite table pliante, à quelques pas de la cuisine improvisée. Minou s'émerveilla une fois de plus de la capacité que lui seul avait à toujours calmer l'agitation de sa fille. En sa compagnie, Marta ne s'ennuyait jamais.

La nourrice était assise avec Jean-Jacques sur une couverture à l'ombre, et Minou constata avec plaisir que Salvadora s'était jointe à la fête, elle qui considérait le fait de manger en plein air comme une affectation ridicule. Mais elle fut déçue de ne pas voir Alis. Elle comprenait le besoin qu'avait sa sœur de pleurer le départ d'Aimeric, son complice de tous les instants, en privé. Cependant, il n'était pas bon de la laisser broyer du noir.

Château de Puivert

Alis regardait fixement par la fenêtre de la chapelle.

Elle était venue se réfugier dans le donjon, loin des regards curieux, pour pleurer toutes les larmes de son corps. Elle, d'ordinaire si stoïque, se sentait cette fois rongée de chagrin.

Elle appuya le front sur la vitre. Ni le ciel azuré ni les vergers tachetés de rouge dans la vallée ne parvenaient à lui remonter le moral. Ils ne faisaient que lui rappeler comment, trois jours plus tôt, Aimeric et elle étaient allés se promener bras dessus bras dessous au milieu des pommiers, en bavardant jusqu'au coucher du soleil.

Il était stupide d'être aussi affectée par le départ de son frère. Elle aurait dû voir comme une faveur du Ciel qu'il ait seulement pu passer du temps à Puivert avec eux, d'autant plus sans sa femme. Il y avait eu des périodes, au plus fort des combats, où ils n'avaient pas eu de nouvelles de lui pendant des mois.

Mais si, cette fois, il ne revenait jamais ?

Alors qu'elle se retournait vers l'autel, quelque chose dans la nature de la lumière chatouilla sa mémoire. Brusquement, elle se revit à l'âge de sept ans, retenue prisonnière dans ce château par la belle dame brune et le prêtre à la mèche blanche. Une enfant, seule et perdue.

Une succession d'images s'invitèrent brutalement dans ses pensées, d'une netteté fulgurante : sa traversée des bois en direction du bûcher qui y brûlait, traînée par une corde passée à son cou ; Minou ligotée à un poteau au milieu des flammes ; sa tante Salvadora gisant par terre dans une mare de sang ; l'ancienne châtelaine retournant son couteau contre elle-même et l'enfant qu'elle portait. Tant de sang.

« Non ! »

Elle ne marcherait pas dans l'ombre du passé. Elle avait survécu. Elle était sortie de tout cela forte et indépendante. C'était seulement qu'aujourd'hui, la personne qu'elle aimait le plus était partie. La solitude ne lui convenait pas, Minou l'avait toujours dit. Elle la mettait à la merci de ses propres angoisses.

Le temps remplirait son office. Chaque jour, la douleur de l'absence d'Aimeric s'atténuerait un peu plus. Juin passerait, puis juillet. Dans quelques semaines, ils seraient réunis à Paris. Dans l'immédiat, c'était de compagnie qu'elle avait besoin, des bavardages de sa nièce, et même des discours interminables de sa tante sur la dernière mode à la cour.

Elle lâcha un soupir. Elle allait suivre le conseil de Minou. Lorsque la cloche sonnerait 2 heures, elle monterait au sommet de la tour pour guetter le retour de sa famille. De là-haut, elle aurait une vue dégagée sur les bois. Elle passerait l'après-midi en leur compagnie et ne ruminerait pas davantage au sujet d'Aimeric.

Le mois d'août serait là bien assez vite.

Bois de Puivert

Au grondement de sabots derrière elle, Minou se retourna.

« Monsieur, qu'est-ce qui vous a retenu si longtemps ?

– La victoire vous appartient, madame, répondit Piet avec un sourire, en se penchant pour l'embrasser alors qu'il arrivait à sa hauteur.

– Vous admettez votre défaite ?

– Oui », fit-il en déposant un baiser sur sa main gantée, sur l'intérieur de son poignet et enfin sur ses lèvres.

Luttant pour retenir son étalon agité, il descendit de selle, puis tendit les bras afin d'aider Minou alors qu'elle dégageait sa jambe du pommeau de la sienne et se laissait glisser à terre. Il fit signe au palefrenier de venir prendre la bride des chevaux.

Minou passa le bras sous le sien, tirant plaisir de la lumière tamisée du sous-bois et de l'odeur entêtante des pins. Sur une branche, une grive draine à la gorge crânement tachetée saluait en chantant l'arrivée de l'été.

« De quoi est-ce que vous parliez tout bas, avec Aimeric ? » demanda-t-elle à Piet.

Il éclata de rire.

« Je lui disais que s'il ne nous trouvait pas un hébergement adéquat à Paris – et que j'étais donc obligé d'endurer les doléances de Salvadora pendant toute la durée de notre séjour – je serais forcé de lui reprendre ma dague pour la retourner contre moi-même !

– C'est là en effet quelque chose qu'aucun de nous ne souhaite ! Cependant, je ne parlais pas de ce matin au corps de garde, mais d'hier soir. Vous avez parlé jusqu'à l'aube. »

Piet retira son bras.

« Qu'entends-tu par là ? » demanda-t-il vivement.

Minou le regarda avec surprise.

« Ce que j'entends ? Mais, rien de plus que ce que j'ai dit. Je n'arrivais pas à dormir, alors je me suis relevée pour ouvrir la fenêtre. Je vous ai entendus parler dans la cour.

– Tu nous espionnais ?

– Espionner ! Piet, comment peux-tu dire pareille chose ?

– Tu écoutais une conversation privée, quel nom donnes-tu à cela ? »

La froideur peinte sur son visage effara Minou.

« Il faisait lourd dans la chambre, l'air était moite après la pluie... » Elle lui toucha le bras. « Pourquoi t'offusques-tu ainsi de quelque chose qui n'était pas intentionnel ? Doutes-tu qu'il soit judicieux pour nous de t'accompagner à Paris ?

– Non ! Je ne vous laisserais pas ici sans protection.

– Sans protection ? Mais enfin, que veux-tu dire ? » Minou chercha son regard pour essayer de lire l'histoire que racontaient ses yeux. « Mon cher époux, quoi qui pèse sur tes pensées, dis-moi ce que c'est, je t'en prie. »

Piet soupira.

« Je crains seulement que la simple présence d'autant de huguenots à Paris ne soit vue comme une provocation par beaucoup, indépendamment de ce que souhaitent le roi ou la reine mère.

– Est-ce là ce que tu t'apprêtais à me dire hier ? »

Il évita son regard.

« Bien sûr.

– Nous sommes en sécurité ici.

– En sécurité ? explosa-t-il. Personne n'est en sécurité nulle part ! Il y a des espions partout. »

Minou le dévisagea avec stupéfaction.

« Piet, je t'en prie, dis-moi ce qui ne va pas. Il y a autre chose, je te connais bien. »

L'espace d'un instant, il soutint son regard et elle put lire l'indécision sur son visage. Puis il détourna les yeux et un petit morceau du cœur de Minou se brisa.

« Pardonne-moi, Minou, dit-il d'un ton soudain plein de lassitude. Je suis fatigué. Ne prête pas attention à ma mauvaise humeur. Tu n'es pas en faute. »

Puis, sans lui donner une chance d'insister, il remonta en selle et s'éloigna au galop dans les bois, la laissant perplexe sur ce qui venait vraiment de se passer entre eux.

10

Pendant quelques secondes, Minou resta immobile à regarder le vide en se demandant quel secret, jugé trop inquiétant pour qu'il lui en fasse part, son époux pouvait bien garder. Puis elle se rendit compte que Bernard, Salvadora et les domestiques avaient tous les yeux tournés dans sa direction.

Elle se força à sourire, comme si la querelle n'avait pas eu lieu, et s'avança dans la verte clairière pour les rejoindre.

« Maman ! s'exclama Marta. Regardez ce que j'ai dessiné. »

La petite table était couverte de papier, de plumes et d'encre, auxquels s'ajoutaient une règle pliante et des craies de couleur.

« Fais-moi voir, petite, dit-elle d'un ton aussi jovial qu'elle y parvenait.

– C'est une carte ! expliqua l'enfant en pointant le doigt vers un dessin. Grand-père m'a laissée utiliser sa boussole pour mettre les choses à la bonne place.

– C'est gentil de sa part.

– Nous sommes ici. » Elle désigna une grossière esquisse du château. « Et voici la route que nous prendrons, même s'il faut que je la soumette à papa pour vérifier qu'elle conviendra. » Elle se pencha pour regarder derrière sa mère. « Où est-il passé ?

– Papa a des affaires urgentes à régler. Tu pourras la lui montrer plus tard. »

Marta fit une moue boudeuse.

« Je voulais...

– Va jouer avec ton frère, l'interrompit Minou d'un ton ferme, en lui indiquant l'arbre tombé sur lequel Jean-Jacques s'amusait à marcher en équilibre, avec l'aide de sa nourrice. Et ceci, ajouta-t-elle en prenant la boussole de la main de sa fille, peut rester ici. Elle n'est pas à toi. À moins que grand-père ait dit que tu pouvais la garder ?

– Il n'a rien dit de tel, intervint doucement Bernard, avec toutefois un sourire.

– J'allais veiller à ce qu'il ne lui arrive rien.

– Je suis sûre qu'il ne lui arrivera rien ici », répliqua Minou en reposant le trésor sur la table.

Marta eut la bonne grâce de rougir.

Minou regarda sa fille rejoindre les autres en gambadant.

« *Filha*, dit Bernard en tapotant le banc sur lequel il était installé. Viens t'asseoir à côté de moi.

– Marta est une véritable pie voleuse. Elle ne devrait pas prendre des objets qui ne lui appartiennent pas.

– Elle est curieuse. Elle apprendra, répondit-il. Son dessin est-il bon ?

– En vérité, il est excellent. Elle a un joli coup de crayon et le sens du détail, même si elle ne maîtrise pas totalement la perspective. Elle a représenté Puivert légèrement plus grand qu'il ne le mérite. Il fait la même taille que Paris ! »

Bernard sourit.

« Puivert est le centre du monde de Marta. Si elle passait toutes ses journées à Carcassonne, je ne doute pas une seconde que la Cité et Paris seraient les deux piliers sur lesquels la France est fondée.

– Vous avez raison, dit Minou en riant.

– Ta mère t'avait dessiné un plan de Carcassonne lorsque tu avais à peu près l'âge de Marta maintenant. De la craie rouge pour la Cité, verte pour la Bastide, bleue pour le fleuve entre les deux, avec notre librairie rue du Marché et notre maison rue du Trésau marquées toutes les deux en jaune. Te rappelles-tu ?

– Bien sûr. Je l'ai toujours. »

Le vieux visage de Bernard s'éclaira.

« Je le croyais perdu depuis toutes ces années.

– Je le garde dans mon journal pour ne pas l'égarer.

– Ah, ton journal ! Florence serait stupéfaite de savoir que son croquis a servi si longtemps. »

Un silence plein de tendresse retomba entre eux. Minou pouvait sentir que Bernard attendait qu'elle reprenne la parole et, bien qu'elle ne souhaite être déloyale en aucune façon à son époux, elle avait besoin des sages conseils de son père.

« Vous avez entendu notre querelle ? lui demanda-t-elle.

– Oui », répondit-il, et elle lui fut reconnaissante de ne pas avoir feint l'ignorance.

Elle soupira.

« Nous étions parfaitement à l'aise en compagnie l'un de l'autre et brusquement... Je ne comprends pas.

– Si tu veux bien me pardonner de donner voix à quelque chose que tu sais déjà, *filha*, depuis sa blessure, Piet a eu peine à trouver un rôle qu'il puisse jouer avec honneur et détermination. Dans l'ensemble, il a réussi.

– Croyez-vous donc que je ne sais pas cela ?

– Mais peut-être que voir Aimeric partir avec ses compagnons ce matin lui a rappelé de façon inopportune ce qu'il avait perdu ? »

Minou sentit des larmes inattendues lui picoter les yeux.

« Peut-être. C'est juste que je l'ai entendu parler avec Aimeric dans la cour hier soir. Et je suis certaine qu'il me cache quelque chose. »

Bernard haussa les sourcils.

« Tu l'as entendu parler...

– J'aurais dû refermer la fenêtre, répondit Minou en s'empourprant. Je l'ai fait, dès que j'ai compris la situation. Mais ce qui m'afflige, père, c'est que lorsque je lui ai demandé – en toute innocence – la teneur de leur conversation, il a réagi comme s'il s'agissait de quelque terrible secret. J'ai même envisagé la possibilité qu'il ait une maîtresse à Toulouse. »

Bernard éclata de rire.

« Ma fille, tu peux écarter cette idée de tes pensées. Je n'ai jamais connu un homme plus constant dans son affection pour sa femme que Piet. »

Minou rougit.

« Je sais. Je m'en veux d'avoir seulement laissé une idée aussi déloyale entrer dans ma tête. Mais il y a quelque chose. Ces derniers temps, il est tellement renfermé. Et hier, avant que nous vous rejoignions au salon, il m'a dit qu'il voulait me parler de quelque chose. Son attitude était sombre et mesurée. Puis Marta nous a interrompus, et le moment est passé. »

Bernard soupira.

« La clef d'une longue et heureuse union n'est pas d'éviter la discorde, d'en avoir peur ou d'en nier l'existence. C'est plutôt d'essayer de trouver des moyens de faire de vos différends – surtout ceux qui semblent insurmontables – une source de force. Parle-lui de nouveau.

– J'ai essayé, mais il refuse de m'écouter. »

Bernard réfléchit.

« Si ce n'est une question d'infidélité – et nous sommes d'accord sur le fait que ça ne l'est pas –, alors passe en revue les raisons possibles de sa préoccupation et élimine-les une à une : soucis financiers, inquiétude pour les enfants, la perspective que les combats continuent, les récoltes de cette année, le voyage à Paris. Puis demande-toi ce que ça peut être d'autre. »

Minou examina la question, et un frisson d'angoisse lui parcourut l'échine. C'était si évident, brusquement.

« Vidal... », souffla-t-elle.

Vidal, l'ami le plus cher de Piet lorsqu'il étudiait à Toulouse. Il avait été un temps où ils étaient aussi proches que des frères. Mais Vidal avait trahi Piet puis – avec la complicité de la précédente châtelaine de Puivert – avait tenté de le tuer, le traquant de Carcassonne à Toulouse et enfin jusqu'à Puivert.

Tant de gens étaient morts pour un vieux morceau d'étoffe, une sainte relique.

Piet ne parlait jamais de Vidal et Minou ne l'interrogeait jamais à son propos, de peur de le ramener dans les pensées de son époux alors qu'il n'y était pas ; mais elle se demandait souvent si les rêves de Piet étaient habités par l'homme qu'il avait autrefois tant aimé. Et si, pendant ces heures perfides entre le crépuscule et l'aube, lorsque venaient les cauchemars, le souvenir des yeux noirs et perçants et de la mèche blanche de son ancien ami le hantait autant qu'il la hantait, elle.

Minou retint son souffle. Était-ce possible ? Les événements qui les avaient si violemment opposés l'un à l'autre appartenaient au passé. Vidal avait obtenu ce qu'il convoitait. Une décennie s'était écoulée sans aucune indication qu'il continuait de nourrir de la malveillance à leur égard, ou le moindre intérêt. Pourquoi se préoccuperait-il d'eux à présent ?

Mais si c'était le cas ?

« Vidal, répéta Minou, détestant souiller de ce nom la douceur de l'air printanier.

– Y a-t-il eu des nouvelles à son sujet ? demanda vivement Bernard.

– Pas que je sache. Cependant, Vidal sera certainement présent au mariage royal. Le duc de Guise le tient en grande estime. Peut-être est-ce l'idée de le revoir qui perturbe Piet.

– Tu ne le sauras jamais si tu ne lui demandes pas, *filha*. Au nom de l'amour qu'il y a entre vous, encourage-le à t'ouvrir son cœur.

– Et s'il refuse ? »

Bernard posa sa main tavelée de taches de vieillesse sur la sienne.

« Vous allez résoudre ce problème entre vous ; de cela, je ne doute pas un instant. Piet t'aime, et tu l'aimes aussi. » Il se leva péniblement, signalant la fin de la conversation. « Maintenant, n'est-il pas enfin temps de déjeuner ? »

Minou lui mit sa canne dans la main et, marchant côte à côte, ils gagnèrent la table à manger. Des cerises dans une coupe en bois, un plateau de fromage de chèvre accompagné de miel des montagnes, des corbeilles de *pan de blat*, des bols en terre cuite remplis à ras bord de bière. Il n'y avait plus qu'à sortir le jambon salé de la mousseline humide dans laquelle il était emballé.

« Va donc, Minou. Nous pouvons nous passer de toi ici.

– Je devrais rester. Les enfants…

– … sont parfaitement contents. »

Elle se retourna pour les regarder. Jean-Jacques dormait, blotti contre sa nourrice ; elle lui chantait une douce berceuse dans la langue d'antan qui rappelait à Minou sa propre enfance. Marta suivait pas à pas Salvadora, occupée à rectifier la disposition de la vaisselle sur la table et à critiquer l'état de la nappe.

« Vas-y, insista Bernard. Va arranger les choses avec ton époux. »

Minou le serra dans ses bras, sentant ses côtes saillantes sous son pourpoint.

« Merci. Que ferais-je sans vos bons conseils ?

– À quoi servent les pères, si ce n'est à conseiller leurs filles ? »

Ils firent encore quelques pas ensemble, puis Minou s'arrêta.

« Est-ce qu'elle vous manque encore, père ? Même après toutes ces années ?

– Tous les jours, *filha*. Ta mère me manque tous les jours. »

11

Piet lâcha la bride à son étalon.

Il avait envie de crier, pour éliminer le poison de son sang et la bile de son estomac. Il se pencha sur l'encolure de sa monture et la talonna pour aller plus vite, comme s'il pouvait ainsi échapper aux mauvaises pensées qui le taraudaient.

Il était empêtré dans un piège qu'il avait fabriqué lui-même, chaque nouveau mensonge s'entortillant autour du précédent jusqu'à ce qu'il ne puisse plus respirer. Minou était l'amour de sa vie, sa compagne affectionnée, sa complice. Ils se complétaient. Alors comment expliquer sa réticence à se confier à elle ? Une situation qui faisait de lui, si ce n'était exactement un menteur, du moins certainement un dissimulateur ? Son silence était en train d'élever un mur entre eux, il le savait. Et pourtant, chaque fois qu'il s'armait de courage pour lui parler, la peur lui liait la langue.

C'était son devoir de veiller sur sa famille, de la protéger.

Il sentit la honte monter dans sa poitrine, puis sa gorge, jusqu'à ce qu'il puisse à peine respirer. Il ne cessait de se dire, comme il l'avait fait chaque jour depuis qu'il avait reçu cette lettre d'Amsterdam, que c'était pour le bien de Minou qu'il gardait le silence. Cela n'avait pas de sens, tentait-il de se convaincre, de partager l'angoisse qui étreignait son cœur impuissant tant qu'il n'avait pas la preuve que la lettre était authentique. Que la menace était réelle. Minou avait tendance à se faire du souci, alors pourquoi l'accabler tant qu'il n'y était pas obligé ?

Il se rappelait encore le choc qu'il avait eu en lisant le prénom écrit au bas de la lettre : Mariken. Le visage compatissant de la vieille femme était à jamais associé dans sa tête aux lèvres bleuies de sa mère dans cette chambre glaciale et délabrée de Kalverstraat. Il se rappelait comme si c'était hier le clapotement des canaux, l'odeur de tourbe et de hareng, lorsque Mariken l'avait ensuite conduit à travers les rues étroites d'Amsterdam pour l'emmener en lieu sûr.

Il avait passé les dernières semaines à tenter de vérifier l'authenticité de la lettre de Mariken. Il avait écrit à ses camarades aux Pays-Bas, des rebelles à Brielle et Utrecht, sans succès. Il espérait seulement qu'il en saurait davantage une fois qu'Aimeric aurait atteint Paris et pris contact avec la communauté hollandaise qui y résidait.

Une fois certain de l'information, se promit-il, il dirait tout à Minou. Mais dans l'immédiat, il lui devait des excuses. La faire souffrir était la dernière chose qu'il voulait. Il regarda autour de lui, et se rendit compte de la distance qu'il avait parcourue.

« Allez », dit-il à sa monture en faisant demi-tour pour rentrer au château.

La cloche de l'église du village en contrebas sonna 2 heures de l'après-midi. L'assassin resta assis à attendre. Puis, par-dessus le murmure du vent, il entendit la porte s'ouvrir et aperçut un éclair de vert.

Elle était en avance aujourd'hui.

« *Sancte Michael Archangele, defende nos in proelio* », pria-t-il, s'adressant à l'archange dont il portait le nom.

Saint Michel Archange, défendez-nous dans le combat.

Ce simple assassinat serait autant un acte de guerre que n'importe quel siège ou charge d'infanterie. Il faisait partie de l'armée du Christ.

L'assassin se signa rapidement, puis sortit du couvert des broussailles. Il avait jaugé la distance et l'angle auxquels il se trouvait par rapport au parapet où la fausse châtelaine avait pour habitude de s'asseoir, et déterminé la position optimale. Si elle restait près de la porte, elle ne serait pas dans sa ligne de mire. Il avait besoin qu'elle se rapproche du bord.

« Allez, allez, exhorta-t-il sa proie à mi-voix. Encore quelques pas. »

Il se força à respirer plus doucement et fixa les yeux sur elle. Poudre et balle étaient en place. Il crispa le doigt sur la détente. Aligna son regard sur le canon.

Il vit la catin hérétique s'approcher du bord à l'autre bout du toit, pour contempler les terres au nord du château. Il garda la position. Enfin, elle se tourna vers sa place habituelle sur le parapet crénelé. L'angle n'était pas tout à fait adéquat, elle se tenait plus loin que d'habitude, mais il l'avait quand même dans sa ligne de mire.

Enfin.

Levant le bras à un angle d'environ quarante-cinq degrés pour que la poudre d'amorçage reste dans le bassinet, il serra l'index et le pouce, et tira. Il entendit le cliquetis du rouet, la tension du ressort, le crépitement incandescent de la pyrite crachant des étincelles alors que le coup partait.

Le son retentit dans les bois, dur et sec, tandis que la balle quittait le canon de l'arme pour se diriger vers le haut du donjon. Un pic à dos blanc s'envola dans un battement d'ailes effarouché.

L'assassin regarda la catin chanceler et une fleur rouge s'épanouir sur le vert alors qu'elle s'effondrait. Il relâcha son souffle et décrispa les épaules. Il ne pouvait pas être sûr qu'elle était mortellement blessée, mais elle était touchée, c'était certain. Dieu soit loué, sa balle avait trouvé sa cible.

Lentement, il laissa son bras retomber et prit une grande inspiration, surpris de découvrir que ses paumes étaient moites. Puis le temps se remit brutalement en marche. Il n'y avait pas un instant à perdre. Il lui fallait mettre le plus de lieues possible entre lui et Puivert avant que l'alarme ne soit donnée.

Il réintégra le couvert des arbres, impatient désormais de s'en aller. Il rassembla ses maigres effets, démonta le pistolet pour le replacer dans sa sacoche en cuir et redressa à coups de pied les feuilles et les fougères qu'il avait aplaties en dormant. Il ramassa ensuite son sac en jute enraidi de sang séché, avant de le laisser retomber par terre. C'était une bonne prise, mais une odeur nauséabonde de décomposition filtrait à travers la toile; les peaux resteraient encore récupérables pendant quelques jours, mais la viande était déjà en train de s'avarier.

Tournant les talons, il se dirigea vers le sentier forestier qui allait lui permettre de rejoindre d'abord Chalabre puis, à une dizaine de lieues au nord de celui-ci, la maison qui servait d'asile catholique à Carcassonne, où il recevrait sa récompense.

Alors qu'il traversait en courant, le dos courbé, l'armée de hêtres et de bouleaux blancs, il se demanda encore une fois si le cardinal l'autoriserait à garder le pistolet. C'était un objet de grande valeur, mais ne l'avait-il pas amplement mérité au service de Dieu ?

« Tout doux », murmura Minou à sa jument. Un coup de feu, tout proche dans l'air immobile de l'après-midi, avait effarouché l'animal. Elle avait failli se trouver désarçonnée. « Tout doux, calme-toi. »

Elle avait tendu l'oreille, à l'affût d'une autre détonation, mais aucune n'était venue. Elle n'avait pas autorisé de partie de chasse – ne pensait pas que Piet ait pu le faire sans lui en parler – et, de toute façon, les chasseurs des Pyrénées continuaient à préférer le couteau ou l'arc à n'importe quelle arme à feu. C'était étrange.

Dès qu'elle eut réussi à calmer sa monture, Minou reprit doucement sa route vers le château, en continuant de préparer ce qu'elle allait dire à Piet. Elle détestait le fait qu'il y ait de la discorde entre eux. Sa colère devant les accusations injustes dont elle avait fait l'objet avait laissé place à un désir de réconciliation. Son père avait raison. S'ils pouvaient parler de leurs problèmes, tout s'arrangerait.

Bientôt, la silhouette du donjon apparut devant elle, puis le long et bas rempart de pierre grise qui reliait les tours du château de Puivert.

Rien ne bougeait. La petite porte cintrée qui menait aux jardins potagers était fermée, mais elle entendait les bruits habituels de la vie quotidienne à l'intérieur de l'enceinte.

Elle longea lentement le mur, l'œil aux aguets, tant du côté du château que des bois. À l'affût du moindre élément sortant de l'ordinaire, du moindre signe qu'une arme à feu avait été utilisée. Arrivée au bout, elle fit demi-tour et, cette fois, en arrivant à hauteur de la tour Bossue, elle repéra quelque chose dans les broussailles. Elle descendit de selle. Sa jument refusant de s'approcher davantage, elle l'attacha à une branche et s'avança seule.

Un sac en jute crasseux gisait par terre derrière les arbres. Minou dénoua le lacet qui le fermait et eut un mouvement de recul devant l'odeur fétide de chair avariée qui en sortit. Elle le vida sur le sol. Plusieurs rats et deux lapins, dont un éventré. Pourquoi un braconnier aurait-il abandonné son butin, si maigre soit-il ?

Elle s'accroupit pour passer les doigts sur les feuilles, remarquant la façon dont l'herbe était aplatie par endroits. Une croûte de pain solitaire, dure comme du caillou. Quelqu'un était resté assis à cet endroit assez longtemps pour y laisser des traces.

Alors qu'elle se relevait, elle entendit des claquements : réguliers, rythmiques, répétitifs. La musique du bois heurtant la pierre ? Elle leva la tête et vit que la porte menant au toit du donjon était entrouverte, et battait au vent.

Sa première réaction fut de l'agacement. Le sommet de la tour était tellement exposé aux éléments – le souffle rude de la tramontane, les pluies torrentielles, la neige en hiver – que la porte était censée en être toujours tenue fermée. Puis elle s'interrogea. Puisque personne à part elle ne montait jamais là-haut, pourquoi était-elle à cet instant ouverte ?

Laissant son cheval où il était, elle se hâta de gagner l'entrée donnant sur les jardins potagers puis, avec une inquiétude grandissante, se dirigea vers le donjon et en gravit les marches au pas de course, sa cape flottant derrière elle.

Sur le toit, le vent claquait et soufflait en rafales. Minou s'arrêta sur le pas de la porte et son sang se glaça.

« Non... »

Elle ne voulait pas en croire ses yeux, mais il n'y avait aucun doute possible. Une femme gisait par terre, les bras en croix. Un capuchon vert, une robe verte tachée par la mare de sang autour d'elle.

« Alis ! s'écria-t-elle en se précipitant vers sa sœur. Alis ! »

Elle la fit rouler sur le flanc pour essayer de trouver où elle était touchée. Elle avait une profonde entaille à la tempe, mais le plus gros du sang coulait d'un trou laissé par une balle dans son dos.

Minou essaya d'étancher le sang avec son mouchoir, mais le carré de lin blanc s'imbiba immédiatement de rouge. Elle dégrafa le capuchon d'Alis, le plia pour le glisser sous sa tête en guise d'oreiller, puis courut se pencher par-dessus le parapet pour regarder en contrebas. Il lui fallait de l'aide de toute urgence, mais où se trouvait tout le monde ?

Dans le coin le plus éloigné de la cour, près du corps de garde, elle vit un vieil homme occupé à tirer lentement une charrette de foin.

« À l'aide ! lui lança-t-elle. Amenez de l'aide ! »

Elle agita les bras, mais ne put déterminer s'il l'avait entendue ou même vue. Elle retourna en courant auprès d'Alis, consciente qu'elle ne pouvait pas la laisser seule, de peur que son état se détériore. Elle appuya plus fort sur la plaie, dans un effort éperdu pour arrêter le flot de sang.

L'étoffe blanche de son mouchoir continua de virer au rouge.

« N'y a-t-il donc personne pour m'aider ? » lança-t-elle de nouveau en tordant le cou pour regarder en direction de la porte.

Alors que Piet approchait du château, il prépara ce qu'il allait dire à Minou. Des mots d'excuse et d'amour, celui qu'il avait pour elle et celui qu'elle avait pour lui.

Mais lorsqu'il arriva en vue des remparts et trouva la jument de sa femme attachée à côté de la porte latérale, les mots s'envolèrent. Qu'est-ce qui avait bien pu la pousser à laisser là sa monture plutôt que de l'amener à l'écurie ? Puis il vit les cadavres d'animaux par terre et son cœur se mit à battre la chamade.

Sautant de selle, il attacha son étalon à côté de la jument de Minou et se précipita dans le château comme s'il avait le diable en personne aux trousses.

Le temps semblait suspendu, son passage marqué seulement par le rythme irrégulier de la respiration d'Alis. Elle était de plus en plus pâle. Minou lui tapota la joue pour essayer de la ramener à elle, mais les yeux de sa sœur restèrent clos. Dès qu'elle ôtait sa main, le sang coulait de plus belle. Si elle la laissait, Alis mourrait. Elle n'avait aucun doute là-dessus.

« On va venir nous aider, affirma-t-elle en pressant sa cape verte sur la plaie. Ça ne va plus tarder. »

Enfin, elle entendit des pas dans l'escalier et Piet apparut brusquement sur le seuil, suivi de deux domestiques.

« Minou ! » s'écria-t-il.

Elle le vit absorber en un seul instant la vue de sa cape trempée de sang puis celle d'Alis gisant inerte sur le sol.

Il se précipita vers elle.

« Que s'est-il passé, es-tu blessée ?

– Non, pas moi. »

Elle entendit sa respiration trembler.

« J'ai craint un instant..., murmura-t-il en s'accroupissant à côté d'elle. Quand je t'ai vue, j'ai cru...

– Alis a reçu une balle, l'interrompit-elle. J'ai entendu la détonation il y a un moment déjà. »

Il eut un mouvement de recul.

« Quoi ? As-tu vu quelqu'un en traversant les bois ? »

Minou secoua la tête.

« Non, mais il a laissé derrière lui un sac rempli de charognes nauséabondes.

– J'ai vu ça.

– Quelqu'un nous surveillait, je crois.

– Est-elle très grièvement blessée ? »

Minou souleva à moitié le mouchoir et un autre flot de sang jaillit.

« La balle est toujours logée dans sa chair. Nous devrions l'extraire. C'est la meilleure façon d'empêcher une infection de s'installer. »

Piet hocha la tête.

« Tiens-lui la main. »

Tirant son couteau de chasse de sa ceinture, il en essuya la pointe sur la cape de Minou, puis enfonça celle-ci dans la plaie. Alis bougea légèrement, mais ne se réveilla pas.

« Je l'ai presque », annonça-t-il en faisant pivoter la lame aussi délicatement qu'il le pouvait.

Enfin, la balle ressortit, dans un nouvel épanchement de sang. Minou boucha immédiatement la plaie agrandie de son mouchoir trempé.

Piet se laissa retomber sur ses talons, le teint gris de soulagement.

« J'ai cru que c'était toi, Minou, répéta-t-il. J'ai cru que je t'avais perdue. »

Elle posa sa main ensanglantée sur la sienne.

« Je sais. »

Elle le regarda un bref instant dans les yeux, puis fit signe aux domestiques d'approcher.

« Mlle Joubert est gravement blessée. Faites apporter eau chaude, linges et vinaigre dans ma chambre à coucher. Et du miel, aussi. C'est un bon remède pour purifier le sang. Il empêchera peut-être la fièvre de s'installer. Et vous, Marcel, prenez un cheval et descendez au village dire au médecin que nous avons besoin de ses services, de toute urgence. Hâtez-vous. »

Les deux hommes s'inclinèrent, puis partirent en courant.

« J'ai peur que la bouger n'accélère l'épanchement, mais nous n'avons pas le choix. Si tu la portes, Piet, je pourrai garder la main appuyée sur sa blessure. »

Il hocha la tête.

« À trois. Un, deux, trois. »

Unissant leurs efforts, ils réussirent à la soulever du sol. Alis ne lâcha pas même un murmure. Elle resta inerte dans les bras de Piet.

« Vite », dit Minou désespérément, en sentant le sang jaillir de plus belle entre ses doigts.

Ensemble, ils se dirigèrent en titubant vers la porte et descendirent maladroitement l'escalier, laissant derrière eux, sur les marches de pierre, une piste ensanglantée.

12

« Pourquoi le médecin n'arrive-t-il pas ? » demanda une fois de plus Bernard.

Avec chaque minute qui passait, la respiration d'Alis se faisait plus courte, plus laborieuse. Ses joues perdaient rapidement leurs couleurs. Bernard étreignit la main de sa cadette tandis que Minou continuait d'appliquer des linges propres sur sa blessure. Elle pressait, remplaçait, pressait, remplaçait. Le flot de sang finit par s'atténuer.

« Elle se refroidit, murmura Bernard.

– Le médecin est en route. Piet va nous l'amener. » Minou ne savait plus combien de fois elle avait dit ces mots. « Ils ne vont plus tarder. »

Il s'écoula cependant encore un certain temps avant qu'enfin, elle entende la voix de Piet dans l'entrée, en dessous de leur chambre. Un bruit de bottes dans l'escalier, le parfum du monde extérieur, puis un homme grisonnant et voûté entra dans la pièce.

« Voici M. Gabignaud », annonça Piet.

Minou et son père sursautèrent tous deux devant ce nom familier, qu'ils n'avaient pas entendu depuis si longtemps.

« Il était parti à la guerre ces dernières années », continua Piet.

Minou se leva pour l'accueillir.

« Monsieur, merci d'être venu.

– À votre service, madame. Monsieur Joubert. »

Bernard inclina la tête.

« Monsieur Gabignaud. Votre tante nous a rendu un grand service autrefois, à ma défunte épouse et moi-même.

– Elle aurait été honorée que vous vous souveniez d'elle. »

Le médecin avait le visage grêlé et les mains crispées sur sa boîte en bois pleine d'instruments comme s'il craignait qu'on la lui vole, mais Minou vit que son regard brillait d'intelligence.

« Votre patiente est ici, monsieur, dit-elle rapidement. Mon époux vous a-t-il expliqué ce qui s'était passé ?

– Il m'a seulement dit que Mlle Joubert avait été blessée par balle.

– Nous n'en savons pas plus nous-mêmes. Nous avons retiré la balle et nettoyé la plaie avec du vinaigre.

– C'est ce que j'aurais fait moi-même, madame.

– Je vais aller voir Salvadora, la tenir informée, dit doucement Piet. Est-ce que ça va aller ? »

Minou lui effleura les doigts.

« Oui, mais reviens dès que tu le peux. »

La main sur l'épaule de son père – pour le réconforter ou se réconforter elle-même, elle ne savait trop –, Minou regarda Gabignaud procéder à un examen préliminaire. Sa crainte qu'il soit un boucher ayant appris son métier sur les champs de bataille se dissipa lorsqu'elle le vit inspecter doucement la plaie, un trou au contour déchiqueté dans la chair à la base de la colonne vertébrale d'Alis. À ses questions, elle comprit également que c'était un homme compatissant.

« Est-ce que ma fille va s'en sortir, Gabignaud ? demanda Bernard, d'une voix qui parut forte dans le silence de la pièce.

– Je vais faire tout ce que je peux pour le garantir, monsieur. Il n'y a pas de signe de fièvre – bien que ce soit encore tôt – ni de suppuration. Vous avez bien fait de retirer la balle, madame Joubert.

– Je suis contente que vous le pensiez.

– Mais cette entaille sur sa tempe…

– Nous pensons qu'elle s'est fait cela en tombant, répondit Minou. Est-ce grave ? »

Gabignaud leva les mains pour signifier son incertitude.

« Il est plus difficile de traiter ce qu'on ne peut pas voir, répondit-il avec prudence, mais j'ai de l'espoir. »

Alors qu'il nettoyait les plaies et y appliquait des bandages propres, Minou fut les yeux de son père. D'une voix basse mais ferme, elle lui décrivit chacune des mesures prises par le médecin pour sauver son enfant.

Gabignaud passa le reste de ce long après-midi à lutter pour garder Alis en vie.

Minou brûla de l'aubépine, du romarin et du serpolet dans l'âtre pour purifier l'air. Les domestiques allaient et venaient, apportant des casseroles en cuivre remplies d'eau chaude avant de repartir aux cuisines. Bernard était assis, pâle et silencieux, son vieux visage raviné de chagrin et d'angoisse pour sa cadette. Des servantes déchiraient des bandes de coton propres et les posaient sur la table de chevet, tandis que d'autres emportaient les bandages usagés, pleins de sang, pour les mettre à brûler dans la cour.

Dans la grande pièce familiale, Salvadora cousait et recousait la même pièce de tissu, se piquant les doigts et laissant des traces de sang sur l'étoffe jaune. Elle priait et, de temps en temps, buvait une gorgée de vin pour apaiser ses craintes. La nourrice occupait les enfants avec des jeux de cartes et des histoires. Piet allait d'une pièce à l'autre, prenant chaque fois congé de Minou d'une légère pression sur sa main ou d'un baiser affectueux sur sa joue.

Lorsque le soleil commença à descendre dans le ciel, Alis n'avait toujours pas repris conscience.

« Vous devriez aller vous reposer », dit Minou à son père, en voyant la façon dont sa tête retombait sur sa poitrine.

Bernard soupira.

« Ah, *filha*. J'ai veillé tant de nuits comme cela – assis au chevet d'Aimeric, Alis ou toi, à attendre que passe une fièvre ou une nausée. Même si je ne lui suis d'aucune utilité maintenant, j'aime à penser qu'elle sait que je suis là.

– Bien sûr qu'elle le sait, répondit farouchement Minou. Et votre visage sera le premier qu'elle verra en se réveillant.

– Dieu t'entende.

– Puis-je au moins vous apporter de quoi boire ou manger ?

– Tu es une fille attentionnée, mais ne te fais pas de souci pour moi. Je serai bien ici. »

Le cœur de Minou se serra au désespoir qu'elle entendait dans sa voix. Elle se pencha pour lui déposer un baiser sur le front, puis retourna à sa propre veillée au chevet de sa sœur.

« Réveille-toi, s'il te plaît, lui chuchota-t-elle à l'oreille. Je t'en supplie. »

Alors que le soleil entamait sa descente dans le ciel, projetant de longs rubans de lumière dorée sur le sol de la chambre, Minou repéra un épais filet de sang en train de couler sur le côté du lit.

« Monsieur Gabignaud..., dit-elle à voix basse, mais son père l'entendit quand même.

– Qu'y a-t-il ? »

Le médecin souleva la couverture et Minou retint son souffle. Le drap du dessus était propre, mais celui du dessous miroitait d'un sang frais couleur de rubis.

« Passez-moi un bol, je vous prie.

– Que se passe-t-il ? insista Bernard. Dites-moi.

– Je crois que le corps de Mlle Joubert tente de se purger, expliqua Gabignaud d'une voix tendue, en examinant la plaie.

– N'est-ce pas bon signe ? demanda Minou.

– Peut-être, répondit-il d'un ton prudent. Mais si c'est la volonté de Dieu de la rappeler à lui, alors... »

Le son de la canne de Bernard frappant le sol fit sursauter Minou.

« Non ! Ce n'est pas la volonté de Dieu, cela ne peut l'être ! »

L'espace d'un instant, ses mots semblèrent rester suspendus entre eux.

« Père, M. Gabignaud fait tout ce qui est en son pouvoir. Vous le savez. »

Bernard balaya ses paroles du revers de la main.

« Ceci n'est pas le fait de Dieu. Si c'est un homme qui a causé cela, un homme peut y remédier. Gabignaud, je vous en supplie. Sauvez mon enfant. »

Minou lui prit la main.

« Sauvez ma fille, Gabignaud, murmura-t-il, soudain vidé de toute énergie.

– Venez vous asseoir ici, dit Minou en le guidant vers une chaise près de la fenêtre ouverte. L'air frais vous fera du bien.

– Je ne sortirai pas de cette chambre.

– Bien sûr que non. Mais laissons au brave docteur l'espace nécessaire pour prodiguer ses soins. »

Elle retourna auprès de Gabignaud.

« Souffre-t-elle, croyez-vous ?

– Je ne peux l'affirmer avec certitude, madame, mais je ne pense pas.

– Et pourquoi ne se réveille-t-elle toujours pas ? »

Il secoua la tête.

« Il est possible qu'en restant dans cet état intermédiaire, Mlle Joubert se protège. Sa respiration s'est calmée, son pouls est régulier. Elle a une petite fièvre, mais cela peut même être bon signe. Le signe que son corps résiste. Vous voyez la façon dont elle agrippe les draps ? Il y a encore assez de vie en elle pour lutter. »

Alors que le samedi laissait lentement place au dimanche matin, la fièvre d'Alis retomba.

Minou était en train de somnoler à son chevet, pendant que Gabignaud surveillait le pouls de sa patiente, à l'affût de la moindre indication d'un changement dans ses humeurs, lorsqu'Alis ouvrit les yeux.

« Minou ? » murmura-t-elle dans l'ombre de la pièce.

Au début, sa sœur ne l'entendit pas.

« Minou, répéta-t-elle un peu plus fort. Où suis-je ?

– Docteur ! Elle est réveillée !

– Que s'est-il passé ? Qu'est-ce que je fais ici ?

– Alis ! Tu es réveillée ! »

Gabignaud sourit.

« Mademoiselle Joubert, comment vous portez-vous ? »

Alis le dévisagea.

« Qui êtes-vous ?

– Voici M. Gabignaud, Alis, répondit Minou d'une voix étranglée de soulagement. Il t'a sauvé la vie. »

Sa sœur lui étreignit les doigts, puis referma les yeux.

« Enchantée de faire votre connaissance, monsieur Gabignaud. »

Minou prit quelques secondes pour se ressaisir avant d'aller trouver Bernard, qui dormait dans son fauteuil.

« Père, lui dit-elle en posant doucement la main sur son épaule. Alis est réveillée. Il est encore trop tôt pour savoir, mais pour l'instant, c'est tout ce qui compte. Elle est réveillée. »

Seuls l'immobilité et le silence lui répondirent. Elle sentit un poing se crisper sur son cœur.

« Père ? » murmura-t-elle en le secouant légèrement.

Bernard ne bougea pas. Minou lui toucha la joue, et se rendit compte qu'elle était froide.

Dans les ténèbres des heures précédant l'aube, Minou s'assit à son écritoire, rongée de chagrin. La plume à la main, une feuille blanche posée devant elle, elle tenta de composer une lettre à l'intention d'Aimeric.

Alors que la lumière forcissait, rendant leurs formes aux collines et vallées de Puivert, elle continua de batailler avec des mots qui refusaient de venir, des mots qui étaient trop cruels, trop définitifs, quand tant de choses restaient incertaines. Mais son devoir de sœur la retint à sa place jusqu'à ce qu'elle ait enfin écrit ce qui avait besoin d'être écrit. Les faits, et rien de plus.

Qu'en ce septième jour de juin, sa sœur bien-aimée avait reçu une balle tirée par une main inconnue. Et qu'aux premières heures du huitième jour, le vieux cœur de leur père chéri avait cessé de battre.

Alors que les premiers rayons du soleil éclairaient la pièce, Minou signa, sécha et scella la lettre, puis agita la sonnette. Un domestique vint prendre le pli, emportant les mots qui allaient briser un autre cœur.

DEUXIÈME PARTIE

AMSTERDAM & PARIS

Juin, juillet et août 1572

13

Béguinage, Amsterdam
Lundi 9 juin 1572

Les cloches de l'Oude Kerk et de la Nieuwe Kerk retentissaient au-dessus des canaux. Sur la place de l'Hôtel de Ville, acheteurs et vendeurs débattaient le prix du hareng et de la tourbe, des mottes de beurre sur leur planche et des fromages à la riche couleur jaune. Les commerçants remplissaient leurs étagères de produits. Hommes et femmes se délassaient les jambes, assis sur des bancs de pierre sous les colonnades du vieux *stadhuis*, l'Hôtel de Ville médiéval.

C'était une belle journée à Amsterdam. Le soleil brillait et les rues étaient pleines de gens. Malgré la difficulté des temps, les blocus et la famine qui hantait la campagne environnante, à l'intérieur des murs régnait une ambiance d'été et d'abondance. Amsterdam était une ville fondée sur le commerce et la finance.

Cornelia van Raay attendait à l'ombre qu'on veuille bien lui ouvrir la porte du béguinage. De taille et de corpulence moyennes, elle avait des sourcils épais et un regard droit qui lui donnaient un air contrarié même quand elle était parfaitement contente. Ce jour-là, toutefois, elle était anxieuse. Son père l'avait envoyée porter un message à l'une des habitantes, Mariken Hassels. Elle se serait bien passée de cette mission. Elle n'aimait pas l'atmosphère confinée du béguinage, avec ces femmes pieuses qui passaient à petits pas pressés, les yeux fixés au sol, trop effrayées pour parler, rire ou tourner le visage vers le soleil. Mais elle était une fille obéissante et son père, qui montrait d'ordinaire si peu d'émotions, avait semblé très perturbé.

Elle croisa les mains et s'efforça de rester patiente.

Autour d'elle, elle entendait la mélodie familière d'Amsterdam. Le bruit des cordes et des treuils alors que les marchandises étaient transportées dans les entrepôts de l'Oudezijds Voorburgwal et de Warmoesstraat, où le négoce lucratif de son père était établi. Le fredon des tonneaux dévalant les pontons de bois branlants attachés les uns aux autres sur les quais du Nieuwe Zijde. Le clapotis des barges et des chalands descendant le Damrak jusqu'au port, où des débardeurs chargeaient et déchargeaient des provisions en provenance ou à destination des grands voiliers mouillant derrière la palissade flottante dressée dans l'IJ. Une futaie de mâts, une forêt dansante ancrée aux portes de la ville.

Lorsque Cornelia était enfant – et avant qu'il ne soit si occupé par ses responsabilités civiques de bourgeois de la ville –, son père l'emmenait souvent au port, sur ses épaules, pour inspecter sa flotte de bateaux, qui transportaient du grain jusqu'aux pays Baltes d'un côté et jusqu'en France de l'autre. Elle aimait observer les marins et les bateliers de toutes les couleurs qui s'interpellaient dans des langues inconnues en déchargeant leurs cargaisons, les pâles physionomies des Zélandais, les yeux pensifs des charpentiers danois, les domestiques pressés des riches marchands de bois polonais, la fructueuse flottille de harenguiers, le service de messagers qui portaient du courrier à Anvers et en rapportaient six fois par jour. Parfois, pour regagner leur belle maison, ils passaient devant In't Aepjen, la pension de famille dans Zeedijk, où la rumeur disait que les marins étrangers pouvaient payer leur chambre en singes plutôt qu'en espèces.

Les choses étaient difficiles pour beaucoup de monde. Les guerres avaient détruit nombre de commerces florissants, bien que celui du père de Cornelia ait mieux résisté que la plupart d'entre eux. Elle voyait les yeux caves des réfugiés qui venaient en trébuchant chercher asile dans la ville. Elle voyait les entrepôts condamnés lorsqu'un marchand faisait faillite, la peinture dont on recouvrait son nom pour mettre celui d'un autre homme à la place. Elle savait que sa famille avait de la chance.

Elle frappa de nouveau à la porte, mais le judas grillagé resta fermé. Les sœurs avaient-elles oublié qu'elle était là ? Elle comprenait leur circonspection. En ces temps de résistance et de révolte, où la plupart des autres villes de Hollande étaient tombées aux mains des rebelles calvinistes, Amsterdam restait une ville catholique, cernée de protestants. La nuit, des soldats armés de mousquets patrouillaient dans les rues. Les cinq portes de la ville étaient fermées dès le coucher du soleil et surveillées jour et nuit pour empêcher les réfugiés des guerres – ou ceux qui étaient trop malades – d'y entrer. Des gardes spéciaux défendaient les entrées du port et de l'IJ avec des poutres flottantes et des chaînes.

Malgré toutes ces précautions, à l'extérieur – lors des prédications en plein air, qui attiraient des centaines de fidèles – comme à l'intérieur des murs, les escarmouches entre calvinistes et membres de la milice municipale se multipliaient, ainsi que les agressions de prêtres et religieuses catholiques. Cornelia savait que la destruction des statues et des icônes était chose suffisamment courante pour que n'importe quel visiteur fasse l'objet d'une enquête approfondie avant d'être admis dans le béguinage.

Enfin, le judas s'ouvrit et un visage étroit, encadré par la coiffe grise caractéristique des béguines, apparut.

« La grande maîtresse est prête à vous recevoir.

– *Dankuwel.* »

Elle entendit un verrou coulisser en grinçant, une lourde clef tourner, et se glissa par l'entrebâillement de la porte qui se referma vivement derrière elle.

Elle suivit la béguine à travers les jolis jardins émaillés de rosiers tiges, de buissons épineux et de ruisseaux, passant devant la petite église en brique avec son haut et mince clocher pour atteindre la plus grande des maisons en bois entourant la pelouse. En silence, elles montèrent le sobre escalier de bois. Un coup toqué à la porte, une invitation péremptoire à entrer, et elle se trouva introduite dans une grande pièce claire.

« Bonjour. »

Cornelia inclina la tête.

« Il est bien aimable à vous de me recevoir, madame.

– Votre père est un fidèle ami de notre communauté. Il se porte bien, j'espère ?

– Oui. Il est récemment rentré de France, où il a contribué à l'édification d'une nouvelle église à Paris. »

La grande maîtresse hocha la tête, comme s'il n'était pas besoin d'en dire plus sur sa piété.

« Vous vous enquérez d'une de nos consœurs, Mariken Hassels ?

– Oui.

– Pourquoi ? »

Cette question abrupte prit Cornelia par surprise.

« Je... Parce que...

– Pourquoi souhaitez-vous voir Mariken ? insista la grande maîtresse.

– Mon père... » Elle se reprit. « C'est-à-dire, Mariken a rendu à mon père – m'a rendu – un grand service autrefois. Elle m'a soignée lorsque j'étais gravement malade et ramenée à la vie alors que notre médecin avait perdu tout espoir.

– J'en suis bien consciente, répliqua la grande maîtresse, ses yeux noirs luisant d'un éclat sombre dans son visage épais. C'était il y a quelque dix années. Aussi, bien que je ne remette pas en cause la gratitude que vous devez à Mariken, ma question est : pourquoi souhaitez-vous lui parler maintenant ? »

Cornelia sentit sa poitrine se serrer. Son père, pourtant d'un naturel débonnaire, avait été très explicite sur ce point.

« Mon père a fortement insisté sur le fait qu'il s'agissait d'un message confidentiel, répondit-elle. À l'attention de Mariken uniquement. Je ne voudrais pas lui désobéir. »

Elle leva les yeux et, l'espace d'une seconde, soutint le regard de son interlocutrice. Confrontant sa volonté à la sienne. Compte tenu de la générosité de Willem van Raay à l'égard du béguinage et du statut influent de leur famille à Amsterdam, elle faisait le pari que la grande maîtresse ne la questionnerait pas davantage.

« Bien entendu, il souhaitait que j'obtienne votre permission pour lui parler, par souci de courtoisie. Mais, pardonnez-moi, il m'a très clairement demandé de lui remettre ce message en personne, et à elle seule. »

Elle regarda l'agacement se peindre brièvement sur le visage de la béguine, puis la colère lorsqu'elle se rendit compte que malgré cet affront à son autorité, des considérations financières imposaient qu'elle n'y réagisse pas.

« Il y a une complication, finit-elle par admettre. Le fait est que Mariken n'appartient plus à notre communauté.

– Comment cela se peut-il ? s'exclama Cornelia avant de se ressaisir. Pardonnez-moi, je ne voulais pas vous manquer de respect. »

La grande maîtresse la rassura d'un geste.

« Cela a été un choc pour nous aussi. Mariken avait été des nôtres toute sa vie d'adulte, une cinquantaine d'années. Cela étant, pour des raisons que je ne prétends pas comprendre, elle a choisi de quitter notre communauté il y a quelques semaines. Elle n'en a donné aucune indication préalable, n'a laissé aucune lettre d'explication, n'a demandé ni la permission ni l'avis de qui que ce soit.

– Vous êtes sûre qu'elle est partie de son plein gré ? demanda Cornelia.

– Vous vous oubliez », se vit-elle répondre sèchement.

Elle s'excusa de nouveau.

« Mais vous semble-t-il plausible qu'elle ait simplement décidé de s'en aller ?

– Plausible ou non, c'est ce qui s'est passé. Je vous saurai gré de bien vouloir en informer M. van Raay. »

Rétrospectivement, Cornelia n'aurait su dire ce qui attira en premier son attention : un déplacement d'air, les coups d'œil que la grande maîtresse jetait dans le coin droit de la pièce, le timbre de sa voix. Juste un peu plus forte que nécessaire, juste un peu plus claire qu'avant. Elle comprit brusquement qu'on écoutait leur conversation.

Par un effort de volonté, elle réussit à garder les yeux fixés sur le visage de la vieille femme devant elle.

« Mon père sera fort affligé de l'apprendre. Je lui expliquerai que vous avez fait tout ce que vous pouviez pour nous aider.

– Exactement. » La grande maîtresse inclina la tête, puis ajouta, comme si cela n'avait aucune importance pour elle : « Puis-je vous demander à présent quel était le message ?

– Juste qu'il n'y avait rien à signaler », mentit Cornelia en souriant.

L'expression de la béguine ne changea pas, mais la jeune femme la sentit décrisper les épaules, relâcher presque imperceptiblement son souffle.

« Je ne sais pas ce qu'il entend par là, reprit-elle, mais puisque Mariken n'est plus ici, j'imagine que les choses en resteront là. » Elle se releva. « Merci de m'avoir accordé cette audience. »

Cette fois, le soulagement de son interlocutrice fut manifeste.

« C'était de mon devoir. Comme je l'ai dit précédemment, votre père est un ami fidèle et généreux de notre communauté.

– Et continuera de l'être, répondit Cornelia en inclinant la tête. Je ne vais pas abuser davantage de votre temps. »

La grande maîtresse tendit la main pour prendre une petite cloche sur la table à côté de son fauteuil. Là encore, Cornelia la vit couler un regard furtif vers le coin de la pièce et, cette fois, elle repéra une paire d'yeux sombres qui les observaient de derrière un paravent.

« Dieu vous accompagne, mon enfant. »

Cornelia se signa, puis recula pour s'en aller.

Elle avait espéré pouvoir parler à d'autres femmes de la communauté, au cas où Mariken se serait confiée à l'une d'elles dans les jours précédant son départ, mais elle n'en eut pas l'occasion. La béguine qui lui avait ouvert la porte revint pour l'y ramener, lui faisant emprunter exactement le même chemin en sens inverse. Avant d'avoir eu le temps de protester, Cornelia se trouva de retour sur le petit pont, à contempler le béguinage. Une communauté insulaire encerclée et divisée par l'eau, au cœur de la ville fourmillante. Un sanctuaire ou une prison ?

Alors qu'elle regagnait Warmoesstraat, elle resongea au message qu'elle était censée donner à Mariken : que le jeune Pieter Reydon avait survécu jusqu'à l'âge adulte et menait désormais une vie prospère dans le Languedoc. Converti au protestantisme, il était marié et père de deux enfants, une fille et un garçon, et sa propriété familiale à Puivert – dont il avait hérité par alliance, en épousant Marguerite Joubert – se trouvait quelques lieues au sud de Carcassonne.

Qu'il n'avait aucune idée de ce à quoi lui donnait droit sa naissance.

Cornelia avait dans l'idée que les choses n'allaient pas en rester là, quoi qu'elle en ait dit, et que ce n'était au contraire que le commencement ; et malgré la chaleur de ce jour de printemps à Amsterdam, elle frissonna.

14
Trois semaines plus tard

Château de Puivert
Dimanche 29 juin

À la lumière d'une lune pleine, le maréchal des écuries du château de Puivert procédait aux derniers préparatifs avant le départ de la famille pour Paris.

Les chevaux étaient ferrés et reposés, leurs harnais réparés et ornés de rubans. Chaque boucle, chaque étrier avait été vigoureusement astiqué. Le cuir luisant des selles et des sacoches sentait bon la cire d'abeille et la cendre. Les voitures destinées au transport de la famille et les carrioles réservées aux domestiques et aux bagages brillaient de mille feux, chacun de leurs axes et rayons soigneusement examiné et testé.

Lorsque sonneraient 8 heures, un service serait célébré dans la chapelle pour bénir leur entreprise, et leur aventure commencerait.

Aussi loin que portait le regard se trouvaient les signes d'un splendide été d'abondance : les champs de lin ondoyant délicatement sous le vent, leurs fleurs bleues pointant au bout de minces tiges vertes, et les oliveraies aux feuilles d'un gris argenté ; dans les vergers, les cerises rouge sang et les premières pommes de l'année, rousses et dorées.

Mais pour Minou, la beauté du monde était en décalage total avec ce que recelait son cœur. Elle avait hâte de s'en aller. La mort de son père et l'attentat inexpliqué à la vie d'Alis lui avaient volé la paix qu'elle ressentait à Puivert, leur sanctuaire depuis dix ans. Trop souvent, elle se surprenait à revivre chaque moment de cette longue journée, à ressasser les moindres détails qui auraient pu faire que les choses se passent différemment. Elle percevait chez Piet la même impatience de partir. Les souvenirs dont le temps avait jusqu'alors adouci la morsure, les secrets du passé émoussés par le passage des années, avaient soudain repris toute leur netteté et leur tranchant. L'impossibilité de savoir si Aimeric avait déjà reçu sa lettre la rongeait également. Ainsi que la douleur d'avoir dû enterrer leur père sans son frère ni sa sœur à ses côtés.

Extérieurement au moins, la complicité de Minou et Piet semblait restaurée. Ils étaient unis dans leur chagrin au sujet de Bernard et leur inquiétude à l'idée de laisser Alis toute seule au château. Mais sous la surface, la réserve qui s'était créée entre eux demeurait. Ils entretenaient des conversations affables et d'ordre essentiellement pratique, ne souhaitant ni l'un ni l'autre perturber le *statu quo*. Minou espérait que Paris, un lieu dénué pour eux de souvenirs communs, leur offrirait l'espace nécessaire pour retrouver leur chemin l'un vers l'autre.

Elle avait passé la majeure partie des journées qui lui restaient avec Alis. Bien que celle-ci soit encore alitée, elle semblait se diriger vers une guérison plus complète que le médecin ne l'avait d'abord estimé. Elle avait regagné une bonne partie de ses sensations dans les jambes et son humeur s'en trouvait allégée.

« En mon absence, tu dois suivre les instructions du docteur Gabignaud à la lettre, répéta Minou. Il est sûr que tu n'auras pas de séquelles définitives.

– Tu crois vraiment que je remarcherai un jour ?

– Avec le temps, oui. J'y crois et tu devrais y croire aussi. »

Les yeux sombres d'Alis étincelèrent de frustration.

« Je déteste dépendre d'un domestique pour tout. Ne pas pouvoir sortir ou aller à cheval, c'est une torture.

– Tu dois te montrer patiente. »

Alis soupira.

« Peux-tu faire une dernière chose pour moi ?

– Tout ce que tu veux.

– Emmène Salvadora à Paris ! Elle menace de rester ici pour me soigner et, sincèrement, je n'y survivrai pas.

– Alis !

– Je te le jure sur ma vie, Minou, si je dois l'écouter encore une seule journée discourir sur l'inégalable beauté de Marguerite de Valois et les titres de gloire de la famille royale, je me jetterai par la fenêtre pour en finir ! »

Au début, la route fut facile.

Le temps était clément. Les couleurs de l'été peignaient le Languedoc de roses, de jaunes et de violets éclatants. Ils firent les cent premières lieues sous un beau soleil, mais sans la chaleur torride et la poussière du Midi, qui arriveraient avec le mois d'août. De grosses averses la nuit entretenaient un sol mou pour les chevaux, et apportaient chaque matin un air doux et frais, plein de promesses.

Partout où c'était possible, Piet avait adapté son itinéraire de façon à traverser des territoires tenus par les huguenots, ou des régions qui avaient évité les pires excès des troubles civils. Ils passaient la nuit chez des amis ou des collègues de la foi réformée chaque fois qu'ils le pouvaient. Aux rares endroits où ils ne connaissaient personne, les pensions en bord de route s'avéraient généralement acceptables pour une nuit ou deux.

Chalabre, Toulouse, Saint-Antonin, et ainsi de suite. En ces premiers jours de juillet, leur lente progression fut agréable. Comme aucun d'eux, hormis Piet, n'était jamais sorti du Languedoc auparavant, ils trouvaient beaucoup de sujets d'intérêt et de distraction. Jean-Jacques, bercé par le mouvement régulier des roues de la voiture et confortablement assis sur les genoux de sa nourrice, montrait du doigt oiseaux, belettes et hermines ; Marta, quant à elle, posait question sur question – pourquoi les maisons étaient en brique et non en pierre, pourquoi leurs toits étaient en bois et non en tuiles, pourquoi les gens qui travaillaient si dur dans les champs étaient vêtus différemment, pourquoi, pourquoi, pourquoi.

« Ça suffit, la mettait en garde sa mère lorsque Piet commençait à perdre patience. Laisse papa tranquille. »

Dans la poussière et la boue, Minou sentait la France passer sous les roues de leurs voitures, sous les pieds de leurs chevaux, alors qu'ils remontaient lentement vers le nord. Les couleurs du Midi laissèrent bientôt place aux ciels nuageux du centre du pays, les sabots des montagnes aux chaussures en cuir des vallées du Massif central.

Dans un flamboiement de bruyères roses et violettes, la famille Joubert arriva dans le Limousin. Le vieux parler occitan allait bientôt disparaître, remplacé par les accents plus âpres de la langue d'oïl. Les ciels étaient couverts et les paysans dans les champs paraissaient blêmes.

« Papa, racontez-moi l'histoire de votre rencontre, à maman et vous », supplia Marta.

Ils se trouvaient dans une pension de famille au sud de Limoges. C'était un soir orageux de juillet, et des pluies torrentielles les retenaient à l'intérieur. Ils avaient pris une chambre modeste mais propre, avec des murs blanchis à la chaux et un sobre mobilier en bois, assez grande pour loger toute la famille, mais la taverne en dessous d'eux était bruyante. Salvadora avait insisté pour avoir sa propre chambre – qui ne devait se trouver ni trop près des cuisines ou des écuries, ni au rez-de-chaussée où buvaient les hommes, ni sous les combles où il y aurait forcément des puces. Minou avait dû faire appel à toute sa patience pour ne pas s'énerver.

« Je te l'ai déjà racontée mille fois », protesta Piet.

Marta pencha la tête d'un air implorant.

« Mais j'aime l'entendre.

– Papa est fatigué, petite, la gronda doucement Minou. Et tu devrais être au lit.

– Je n'ai absolument pas sommeil.

– Cela ne me dérange pas », dit Piet. Il se leva du rebord de la fenêtre pour venir s'asseoir au bout de leur grabat et hissa sa fille sur ses genoux. « La toute première fois que j'ai posé les yeux sur ta mère…

– Dans la Cité.

– Dans la Cité, à un pas tout au plus de la maison de ton grand-père Bernard, où les églantines poussent autour de la porte… »

Le visage de Marta s'assombrit momentanément.

« Grand-père me manque.

– Je sais, petite, dit Minou, assise dans le fauteuil à bascule. Il nous manque à tous. »

Piet continua l'histoire familière, tant racontée qu'elle en était éculée, tandis que Minou observait les expressions sur leurs visages : son époux imprégnant son récit de péril et de bravoure, sa fille bondissant pour le reprendre chaque fois qu'il tentait de sauter un passage ou de changer l'ordre de sa narration. Elle ne put s'empêcher de se demander si Piet l'aimait autant qu'avant. Il était courtois et prévenant, mais elle sentait la distance entre eux s'agrandir au lieu de diminuer.

Marta tira sur la manche de son père.

« Et après ?

– Attention, intervint Minou. Ne fais pas de tache sur les vêtements de ton père.

– J'ai les mains propres. Nourrice me les a fait laver cent fois. »

Minou haussa les sourcils.

« Cent fois, vraiment ?

– Au moins. Papa, continuez ! »

Piet leva les mains en signe de capitulation.

« C'était une nuit noire et froide à Carcassonne, il y a fort, fort longtemps. Les cloches avaient sonné les vêpres et c'était l'heure où l'on allume les lampes. C'est alors que cette dame d'une beauté extraordinaire apparut devant moi...

– Comme un ange envoyé par Dieu.

– Non, pas un ange, répondit Piet d'un ton ferme. Une vraie dame, de chair et de sang. » Il se pencha pour prendre la main de Minou. « Cette dame. »

Marta tapa dans ses mains avec ravissement, comme elle le faisait toujours. Piet posa la main sur son cœur, comme il le faisait toujours.

« Ne fais pas tant de bruit, petite, dit Minou. Jean-Jacques dort déjà. Et toi, mon cœur, tu ne vaux pas mieux. »

Piet porta un doigt à ses lèvres et Marta gloussa.

« Ce fut un vrai coup de foudre, reprit-il dans un chuchotement bruyant.

– Vous êtes tombé éperdument amoureux.

– Éperdument. » Il feignit de se pâmer. « Et bien que nous n'ayons pas été présentés, j'eus l'audace d'adresser la parole à cette belle dame.

– Et bien que nous n'ayons pas été présentés, continua Minou à sa place, je fus disposée à l'écouter.

– Mais papa ne pouvait pas s'attarder.

– En effet, car j'étais à Carcassonne pour une affaire importante. » Minou fit comme si elle n'avait pas vu l'ombre qui passa sur son visage. « Je fus obligé de prendre congé. Aussi, ne connaissant pas le nom de cette belle dame, je la baptisai ma...

– Dame des Brumes, termina Marta à sa place d'un ton triomphant. C'est-à-dire vous, maman.

– Moi. » Minou se pencha pour prendre la main de sa fille. « Et puis nous nous mariâmes et vécûmes heureux jusqu'à la fin de nos jours.

– Non, protesta Marta, vous avez omis toute la partie du milieu.

– Cela suffit, répondit Minou d'un ton ferme. Il est temps pour toi d'aller au lit. Nous devons partir tôt demain, si nous voulons rattraper le temps perdu et arriver à Limoges à l'heure prévue. »

Marta, gagnée par la fatigue à présent, ne discuta pas. Elle mit les bras autour du cou de son père, qui se leva et traversa la pièce pour aller la déposer doucement dans son lit.

« Bonne nuit, petite.

– Bonne nuit, papa, répondit l'enfant d'une voix assoupie. Bonne nuit, Dame des Brumes. »

15

Limoges, Limousin

Le lendemain, ils firent bonne route et arrivèrent à Limoges sur le coup de midi.

Leur hôte, Antoine Le Maistre, avait servi autrefois dans l'armée du prince de Condé. Comme Piet, il avait été blessé à Jarnac et s'était par la suite retiré dans sa propriété de campagne au cœur du Limousin, tenu par les huguenots. En cadeau de bienvenue, sa douce épouse offrit à Minou une magnifique boîte en émail champlevé bleu et or, et se donna beaucoup de peine pour organiser un banquet d'après-midi avec les enfants et permettre à Piet de passer quelques heures seul à seul avec son vieil ami.

« Nous ne serons pas longs, promit Piet.

– Prends le temps qu'il te plaira, répondit Minou avec un sourire. Mme Le Maistre et moi-même allons passer une agréable fin de journée. Être dans une maison, manger à une table et dormir ce soir dans un lit propre suffisent amplement à mon bonheur. » Avec un geste en direction de l'autre bout de la pièce, elle ajouta : « Et Marta a déjà pris les choses en main. »

Piet suivit son regard et vit sa fille occupée à convaincre avec autorité les quatre enfants Le Maistre – dont deux étaient plus âgés qu'elle – de se costumer pour donner un divertissement.

« Ils préparent une mascarade », expliqua Minou d'un ton narquois.

Piet haussa les sourcils.

« Seigneur…

– Une représentation du mariage royal ! Il va sans dire que Marta est Marguerite de Valois.

– Bien entendu. Et lequel des garçons est censé être son galant ? »

Minou sourit de nouveau.

« Elle est en train d'interroger les deux aînés de M. Le Maistre pour décider lequel choisir. »

Piet éclata de rire.

« Ne la laisse pas se montrer trop impudente, cela dit. J'aimerais être réinvité ici lorsque nous retournerons à Carcassonne en septembre !

– Ne t'inquiète pas. Va donc profiter de la compagnie de ton ami. Nous te reverrons au dîner. »

« Voici notre vin de paille local, annonça Le Maistre en tendant à Piet une coupe remplie d'un liquide ambré. Un grand nombre de vignobles ont été détruits pendant les guerres mais maintenant, nos vignerons recommencent à produire des vins dignes de n'importe quelle table.

– Merci bien. » Piet prit une gorgée avec un plaisir marqué, avant de balayer la pièce du regard. « Votre demeure est fort belle, Le Maistre. Aimez-vous la vie loin du champ de bataille ?

– Je n'ai jamais été comme vous, Reydon, répondit son hôte avec un rire. J'ai combattu par nécessité et par devoir, parce qu'il n'y avait pas le choix. C'était eux ou nous, aucun homme ne serait resté passif pendant que ses camarades tombaient. » Il marqua un temps. « Mais chaque soir que nous étions au combat, dans mes oraisons, je priais Dieu de m'épargner afin de pouvoir revenir à tout ceci. La vie de propriétaire terrien me convient. Le bonheur est pour moi de passer du temps dans mon foyer en compagnie de ma femme et de mes enfants, d'aller au temple le dimanche et de siéger au consistoire, de faire ma part pour que notre ville reste sûre, pieuse et respectueuse des ordres du Seigneur. J'espère ne jamais avoir à reprendre mon épée. »

Piet rit à son tour, mais en secouant la tête.

« Je suis heureux que le Seigneur vous ait écouté, mon ami.

– Comment en va-t-il pour vous ?

– Ah. » Piet hésita. « Eh bien, je vous envie votre contentement. Mon épouse est la meilleure des femmes, nos terres sont magnifiques, nos enfants… Nous avons réussi à faire énormément de bien pour notre cause. Mais, je l'avoue, la fièvre du champ de bataille me manque. J'aimerais être encore en mesure de servir. » Il leva sa main inerte. « Vous rappelez-vous Jarnac ? »

Le Maistre hocha la tête.

« Vous y avez été blessé, je m'en souviens, bien sûr ; mais pas avant d'avoir sauvé la vie de quatre de nos hommes.

– Je me suis entraîné à manier ma dague de la main gauche. Si je pouvais encore tenir une épée, je me battrais en ce moment aux côtés de nos frères protestants aux Pays-Bas, contre l'occupant espagnol.

– Votre épouse sait-elle que c'est là votre sentiment ? »

Piet sourit.

« Oui. Minou fait tout ce qui est en son pouvoir pour m'aider à voir ce qu'il y a de bon dans nos vies.

– C'est une femme sage. » Le Maistre l'étudia par-dessus le bord de sa coupe. « Mais vous aimeriez, parfois, qu'elle ne s'inquiète pas tant… »

Le sourire de Piet s'élargit.

« Mais écoutez-moi donc, à ne faire que me plaindre. Dites-moi, Le Maistre, y a-t-il du vrai dans les rumeurs que j'entends sur la mort de la reine de Navarre ? »

Les deux vieux amis allèrent avec leur vin s'asseoir sur le banc.

« Il n'est pas aisé ces temps-ci de séparer la vérité du mensonge, répondit Le Maistre, et les informations mettent un moment à arriver jusqu'ici. Mais ce qui semble être hors de doute, c'est que la reine est décédée le neuvième jour de juin à l'hôtel de Bourbon, à Paris. Le bruit qui court est qu'elle a été empoisonnée par la reine mère, Catherine de Médicis. »

Piet haussa les sourcils avec stupeur.

« Y a-t-il des raisons d'émettre pareille allégation ?

– L'inimitié de longue date entre les deux dames et le fait que, cinq jours avant sa mort, elle avait reçu en cadeau de la part de la reine mère une paire de gants en cuir blanc.

– Qui auraient été imprégnés de poison ? »

Le Maistre haussa les épaules.

« C'est ce qu'on dit, dans les quartiers protestants comme catholiques.

– Mais à quelle fin ? C'est la reine de Navarre elle-même qui a négocié le mariage de son fils et de la fille de Catherine.

– Je ne fais que répéter ce que j'ai entendu. »

Piet réfléchit un moment.

« Et qu'en est-il de la future mariée ? Les rumeurs sur sa liaison notoire avec le duc de Guise sont arrivées jusque dans le Languedoc. Consentira-t-elle à épouser Navarre ? C'est un roi, certes, mais un roi du Sud, et huguenot par-dessus le marché. »

Le Maistre eut un sourire narquois.

« Je doute que Marguerite de Valois ait son mot à dire sur le sujet.

– Le pape a donc accordé sa dispense pour que leur union ait lieu ?

– Cela, je ne sais pas, répondit Le Maistre en remplissant de nouveau leurs coupes. Veillez bien sur votre famille à Paris, Reydon. De ce que j'entends, la ville est encore plus divisée que d'habitude.

– Est-ce pour cela que vous avez choisi de rester à Limoges ? »

Le Maistre secoua la tête.

« J'ai tout ce qu'il me faut ici, Reydon. Je n'ai aucun besoin que nos commandants, si nobles soient-ils, voient mon visage dans la foule. Cette vie simple me suffit. »

Minou et Piet repartirent de Limoges au milieu de la dernière semaine de juillet.

Les conséquences de leur enfermement en compagnie les uns des autres, jour et nuit, commencèrent à se faire sentir. Ils avaient tous les nerfs à fleur de peau. Marta, en particulier, devint plus agitée et encline à la querelle. Jean-Jacques souffrait de coliques constantes et lorsque la nourrice, s'occupant du petit garçon en détresse, avait le dos tourné, Marta prit l'habitude de s'en aller toute seule à l'aventure. Salvadora se plaignait de tout, de la dureté des lits à la pauvreté de leur alimentation, en passant par la morosité du temps. Quant à Piet, agacé par les tracasseries de leur vie itinérante, il se mit à partir en avant chaque jour pour régler les détails de leur hébergement de la nuit, ne les rejoignant qu'au crépuscule.

Minou commença à regretter qu'ils ne soient pas restés à Puivert.

Plus ils avançaient vers le nord – quittant des régions majoritairement favorables à la cause huguenote pour passer dans des territoires tenus par les catholiques –, plus le mécontentement ambiant devenait palpable. Les taxes avaient été augmentées pour financer le mariage royal, encore plus que pendant les guerres, et après trois ans de mauvaises récoltes, le peuple souffrait. Les catholiques en attribuaient la faute aux huguenots, les protestants aux papistes ; les conséquences des dix dernières années de guerre civile étaient désormais évidentes dans chaque ville où ils s'arrêtaient.

Juillet laissa place à août.

Une dizaine de lieues au nord d'Orléans, on ne parlait dans les auberges que de l'arrivée à Paris du futur marié, Henri de Navarre, avec neuf cents nobles armés huguenots à ses côtés. Pour rendre hommage à sa royale mère ou venger sa mort, personne ne savait. Pour honorer les termes du contrat de mariage ou les contester, l'opinion publique était divisée sur ce point.

Lorsqu'ils entrèrent au cœur des territoires catholiques autour de Paris, on chuchotait dans toutes les tavernes qu'une armée huguenote avait l'intention de marcher sur la ville royale pour empêcher le mariage. Mille hommes, dix mille – et, comme l'avait signalé Le Maistre, il était impossible de distinguer les fausses rumeurs des vraies.

La dernière nuit qu'ils passèrent sur la route, dans une chambre sans air à une dizaine de lieues de leur destination, Piet ne dormit pas. Minou l'observa depuis le lit : assis sur le banc devant la fenêtre, le bras posé sur son genou replié, pratiquement immobile, les yeux fixés sur les remparts de Paris de l'autre côté des plaines. Seuls un soupir de temps en temps et le mouvement de ses yeux verts dans son visage tiré révélaient combien il était profondément plongé dans ses pensées.

Sortant furtivement de sous les draps, Minou vint s'asseoir à côté de lui à la croisée, silencieuse, et posa la tête sur son épaule. Elle pouvait sentir l'anxiété qui l'agitait à présent que la fin de leur voyage était en vue. Elle-même fut parcourue d'un petit frisson d'appréhension. Alors qu'elle attendait l'aube, elle se remémora ce qu'elle avait ressenti lorsqu'elle avait aperçu Toulouse pour la première fois. Par une douce journée de printemps, accompagnée d'un Aimeric réticent qui voulait juste rentrer chez lui, dans une voiture qui les emmenait vers une vie nouvelle et inconnue. Elle n'était qu'une jeune fille alors, innocente et pleine d'espoir, rêvant d'un garçon.

De ce garçon.

Elle étreignit le bras de Piet. En dépit de tout ce qui était arrivé, ils étaient encore ensemble et elle l'aimait.

« Je suis toujours ta Dame des Brumes, lui chuchota-t-elle, même s'il ne parut pas entendre. Mon cœur t'appartient. »

16

Deux semaines plus tard

Rue des Barres, Paris
Dimanche 17 août

La servante se dandinait d'un air gauche sur le seuil. « Un gentilhomme demande à vous voir », annonça-t-elle en tirant nerveusement sur son tablier.

Minou leva les yeux de son journal.

« Quelle sorte de gentilhomme ?

– Un d'eux, madame. » La servante eut un reniflement de mépris. « Je vous demande pardon, madame, je veux dire un soldat...

– Allez lui demander son nom et l'objet de sa visite », répondit Minou avec un soupir.

Les domestiques attachés au logement qu'ils louaient faisaient peu d'efforts pour cacher leur antipathie à l'égard des protestants à Paris, semblant oublier que leurs employeurs en faisaient partie. Malgré cela, Minou se plaisait dans cette maison. Bien que le quartier Saint-Gervais se trouve au cœur du Paris catholique, plutôt que du côté de l'université où logeaient la majorité des huguenots, ils s'y trouvaient bien. C'était un bâtiment d'angle de quatre étages, avec un vestibule pourvu d'une petite fenêtre carrée donnant sur la rue, et un escalier aux marches raides qui se dressait en colimaçon au centre de la demeure, telle une colonne vertébrale. La pièce de vie principale, au premier étage, était dotée de généreuses fenêtres donnant au nord et à l'ouest, et très lumineuse. Au deuxième, il y avait une bibliothèque bien garnie et, au troisième, des chambres confortables, assez grandes pour loger toute la famille. Le dernier étage était intégralement occupé par la chambre d'enfants, avec une unique fenêtre percée dans le toit, qui donnait sur l'église Saint-Gervais.

Les écuries se trouvaient à bonne distance de la maison, assurant un air respirable, et une petite cour intérieure, à côté des communs, offrait une ombre appréciée par les chauds après-midi d'été. Un discret portail en bois, verrouillé, donnait sur une ruelle. De là, il n'y avait que quelques pas à faire pour atteindre la place Saint-Gervais où, à midi, sous l'orme qui bordait l'imposant édifice gothique, ils pouvaient entendre les vociférations des hommes venus s'acquitter de leurs dettes. Marta s'était mise à les imiter dans ses jeux et essayait d'apprendre à Jean-Jacques à faire de même.

« Attendez-moi sous l'orme, attendez-moi. »

En fin d'après-midi, Minou regardait les religieuses sortir de leur maison à colombage comme une nuée de merles pour aller à l'église entendre les vêpres, avant de la regagner une fois leurs oraisons terminées. Chose très commode, la demeure qu'ils louaient se trouvait à quinze minutes de marche seulement de celle, dans la rue de Béthisy, où l'amiral de Coligny logeait avec sa suite, dont Aimeric faisait partie.

Frères blancs et noirs étaient partout : cisterciens et franciscains, jésuites, augustins. L'air était chargé de papisme et d'encens, mais Minou ne trouvait pas cela oppressant. Où que porte le regard, clochers et flèches fendaient le ciel, trente-neuf paroisses consacrées chacune à un saint différent. Dans la rue Saint-Jacques se dressait l'église médiévale Saint-Jacques-la-Boucherie avec sa grande tour, point de départ du chemin de Compostelle, dont les pèlerins revenaient avec une coquille de Saint-Jacques fixée à leurs vêtements comme témoignage de leur voyage.

Presque tous les jours depuis leur arrivée à Paris, Minou était sortie explorer, parfois accompagnée de Salvadora et des enfants, parfois seule : pour faire le tour du marécageux quartier du

Marais et de la forteresse de la Bastille, admirer les arcs-boutants de l'église Saint-Eustache, dont la magnificence croissait de jour en jour sous le ciseau des tailleurs de pierre, visiter le marché des Halles et les étals de bouquetières le long du fleuve. Trop souvent, elle pensait à des choses qu'elle aimerait raconter à son père, oubliant dans la joie du moment qu'il n'était plus de ce monde. Puis, la même douleur sourde s'emparait d'elle et elle pleurait sa mort comme si celle-ci venait de se produire. La compagnie de sa sœur lui manquait également. Bien qu'Alis méprise tout ce qui sentait l'idolâtrie, Minou avait dans l'idée qu'elle aurait adoré Paris.

Elle savait que par ces longues promenades elle cherchait en partie à combattre la solitude infligée par l'absence de Piet. Il était rarement à la maison. Quelques jours auparavant, alors qu'elle faisait du rangement dans le coffret en bois où elle conservait ses biens les plus précieux, elle avait effleuré du bout des doigts l'anneau de ficelle desséchée qu'elle avait fabriqué elle-même afin que Piet et elle puissent se faire passer pour mari et femme sur la route, avant même qu'il lui fasse sa demande. Elle avait souri en se rappelant celle-ci : un jour de mai 1562, alors que le soleil se levait au-dessus des Pyrénées et qu'ils avaient le visage encore rose de sommeil après une nuit passée dans une grange lors de leur fuite de Toulouse. Piet, rougissant, avait promis de lui acheter une vraie bague dès que possible pour marquer leurs fiançailles.

Ils avaient été si pleins d'espérance à l'époque.

Minou avait gardé le fragile souvenir dans sa main un moment avant de le glisser à son annulaire, mais elle ne pensait pas que Piet l'ait remarqué. Et comme son espoir qu'un cadre nouveau les aiderait à retrouver le chemin du cœur de l'autre ne s'était pas réalisé, elle continuait d'arpenter Paris, sa bague de fiançailles en ficelle collée à son alliance en argent.

Elle se rendit rapidement compte que les structures de la vieille ville médiévale offraient un contraste saisissant avec le marbre blanc des palais italianisants et les nouveaux hôtels particuliers à tourelles et toits d'ardoise grise des grandes familles de la noblesse catholique. La Vieille-Rue-du-Temple était celle où l'on trouvait les plus privilégiés, à commencer par celui du duc de Guise; les plus beaux manoirs et palais gothiques, le siège du gouvernement et du commerce. Des vergers cachés derrière de hauts murs.

Mais pour Minou, rien ne montrait mieux le mariage de l'ancienne capitale gauloise et de la France émergente que le palais du Louvre lui-même. La transformation de cet ancien fort en palais avait commencé sous le règne de François Ier. Il ne restait de la forteresse médiévale que la carcasse – ses douves et ses remparts donnant sur la Seine – mais, où qu'elle aille, Minou n'entendait parler que des splendeurs du nouveau palais : l'enfilade de pièces somptueuses permettant aux courtisans de passer de couloirs militaires parfaitement ordinaires au saint des saints abritant la famille royale; les hauts plafonds et tapisseries; les peintures et sculptures d'un artiste italien, Léonard de Vinci, ornant la nouvelle aile ouest et la salle des Caryatides; l'autre palais que la reine mère faisait construire juste à côté, sur le site d'une ancienne tuilerie.

L'imposante Seine, artère palpitante de la ville, grouillait autant d'activité que n'importe quel port côtier. Piet disait qu'elle lui rappelait Amsterdam, ses quais et ses appontements constamment peuplés de voyageurs et de travailleurs. Et, entre les deux rives, telle une gemme sertie dans la ceinture bleue du fleuve, se trouvait l'île de la Cité, reliée aux quartiers de part et d'autre par quatre ponts. C'était là, dans la magnifique cathédrale Notre-Dame, que le mariage royal aurait lieu.

La servante réapparut sur le seuil et attendit impatiemment la permission de parler.

« Eh bien, vous a-t-il donné son nom ? demanda Minou.

– Non, madame, répondit la jeune femme avec un reniflement de dédain, mais il dit être votre frère. »

Minou se leva vivement de son bureau.

« Ne le laissez pas patienter plus longtemps dans l'entrée. Faites-le monter. »

Son cœur se fit plus léger. Elle allait enfin voir Aimeric. Depuis toutes ces semaines qu'ils étaient arrivés à Paris, bien qu'il leur ait transmis ses vœux de bienvenue, il ne leur avait pas encore rendu visite. Elle rangea rapidement son journal et son matériel d'écriture, puis se retourna pour l'accueillir.

« Aimeric ! s'écria-t-elle en lui tendant les bras. Cela fait trop longtemps. »

Ils s'étreignirent jusqu'à ce qu'elle ait l'impression de ne plus pouvoir respirer, puis elle recula d'un pas pour le regarder.

« Ma parole, tu as grandi. »

Aimeric éclata de rire.

« Tu dis toujours cela quand nous ne nous sommes pas vus depuis un moment, et ce n'est jamais vrai ! Tu seras toujours un peu plus grande que moi, Minou. C'est parfaitement humiliant.

– Sornettes, cela montre ta courtoisie et ton bon sens, car c'est une bonne taille à avoir ! » Elle passa le bras sous le sien. « Aimeric, je suis tellement contente de te voir. Comment vas-tu ? À quoi as-tu été si occupé jusqu'à présent pour ne pas nous rendre visite plus tôt ? Quelles sont tes...

– Ma sœur, laisse-moi au moins prendre un siège avant de m'assaillir de questions ! »

Minou sourit de toutes ses dents.

« Pardonne-moi. »

Ôtant son chapeau et sa cape, Aimeric s'installa dans un fauteuil capitonné. Minou lui servit une coupe de vin.

« Je suis désolé de ne pas être venu plus tôt : chaque heure de ma journée est consacrée à servir l'amiral. Recevoir les visiteurs en son nom, guetter les moindres signes de problème, le protéger dans la rue, prêter l'oreille à chaque proclamation lue sur la place du marché et chaque sermon tonitruant donné le jour du Seigneur. Paris regorge de prédicateurs qui promettent les tourments de l'enfer.

– Tu es un espion, pas un soldat ! fit remarquer Minou avec un rire.

– C'est un peu cela ! Coligny est convaincu que certaines forces sont déterminées à empêcher le mariage. Je crains qu'il ait raison, même si, pour être honnête, ces forces se trouvent des deux côtés de la fracture religieuse. Il en est beaucoup parmi nous qui ne jugent pas approprié que Navarre s'apparente à la famille Valois. De leur côté, l'idée qu'un protestant se retrouve si près du trône les horrifie. » Il prit une longue gorgée de vin. « Mais assez parlé d'affaires d'État, si graves soient-elles. Je veux de tes nouvelles, raconte-moi tout. Paris te plaît-il ?

– À ma grande surprise, oui, répondit Minou avec un sourire. Je me découvre charmée par cette ville très catholique de cathédrales, d'abbayes et de monastères. »

Aimeric hocha la tête.

« Je comprends. Je suis moi aussi sensible à ses charmes. Et les enfants, Salvadora ? Trouvent-ils également Paris à leur goût ? Je gage qu'Alis est dans son élément, malgré tous les efforts qu'elle fait certainement pour résister. Est-elle là en ce moment ? Elle m'a beaucoup manqué. »

Minou sentit son cœur se serrer.

« Tu n'as pas reçu ma lettre, dit-elle d'un ton accablé.

– Quelle lettre ? demanda-t-il en reposant sa coupe sur la table. Minou, que s'est-il passé ? »

Elle prit une profonde inspiration.

« Je crains d'avoir de très mauvaises nouvelles à t'annoncer. »

Les mains à plat sur les genoux, il l'écouta lui raconter les événements des 7 et 8 juin : l'attentat à la vie d'Alis, la mort de leur père. Lorsqu'elle eut terminé, il resta un long moment sans bouger.

« Notre père n'est plus », dit-il d'une voix pâle.

Minou hocha la tête.

« Oui. Il n'a pas souffert, il s'est juste éteint dans son sommeil.

– Tu en es certaine ?

– Il semblait simplement endormi. Serein. Apaisé, enfin. »

Aimeric baissa la tête et, bien qu'il ne laisse échapper aucun son, Minou vit ses épaules tressauter alors qu'il sanglotait.

« J'aurais préféré que tu l'apprennes plus tôt, dit-elle. Toutes ces semaines, j'ai prié pour que ma lettre t'ait trouvé.

– Cela semble impossible, répondit Aimeric d'une voix qui se brisa. Tout ce temps, chaque fois que je voyais quelque chose de remarquable ou de perturbant, je m'imaginais le raconter à père. Je mémorisais chaque anecdote pour le jour où je le reverrais, à Puivert ou à Carcassonne. Et découvrir maintenant qu'il avait déjà quitté ce monde ! »

Il leva rapidement les yeux pour la regarder, avant de les baisser à nouveau comme s'il ne voulait pas voir la vérité écrite sur son visage.

« Je fais la même chose. » Minou posa la main sur le cœur de son frère. « Mais tu le portes en toi, Aimeric, là. Moi aussi. Il sera toujours avec nous. »

Il crispa les doigts sur les siens, comme un homme en train de se noyer agrippe la personne essayant de le sauver. Ils restèrent assis pendant quelques instants sans parler, Minou respectant la stupeur dans laquelle ce chagrin si soudain et inattendu avait plongé son frère.

« Pardonne-moi, reprit enfin Aimeric. Je suis de mauvaise compagnie. J'étais venu avec plein de nouvelles et d'anecdotes à te raconter, mais voilà que je n'arrive plus à penser.

– Nous aurons bien le temps dans les jours à venir. »

Aimeric s'essuya les joues du revers de la main.

« Mais Alis, alors ? Le médecin pense-t-il qu'elle va se remettre ? Pourra-t-elle remarcher ?

– À la longue, oui. J'ai reçu une lettre d'elle hier. » Minou hésita. « Salvadora avait menacé de rester à Puivert s'occuper d'elle, alors ses progrès rapides sont un soulagement. »

Elle fut contente de voir cette remarque faire naître l'ombre d'un sourire.

« Alis n'apprécierait guère cela. » Les yeux de son frère se remplirent à nouveau de larmes. « Ma pauvre, pauvre sœur. Je vais lui écrire et prier pour que ce pli-ci, au moins, ne se perde pas.

– Elle sera ravie de recevoir une lettre de toi. »

Aimeric passa les mains dans sa tignasse brune, avant de se laisser aller contre le dossier de son fauteuil. Il avait l'air si jeune, songea Minou ; les traces du petit garçon qu'il avait été se voyaient soudain si nettement dans la peine qui assombrissait son regard.

« Peux-tu rester un peu ? Dîner avec nous, peut-être ? Les enfants adoreraient te voir. »

Il soupira.

« J'aimerais vraiment, Minou, mais il y a trop à faire d'ici demain. Et de toute façon… » Il écarta les mains d'un air impuissant. « Je ne pense pas que je serais de bonne compagnie. J'ai besoin de temps pour digérer ces nouvelles. Je dois prier pour eux.

– Je comprends. Ton chagrin est encore trop frais. De notre côté, c'est quelque chose avec quoi nous avons appris à vivre ces deux derniers mois.

– C'est comme si j'avais les côtes prises dans un étau. Je n'arrive pas à respirer.

– Cela finira par passer, répondit doucement Minou. Bien que notre père ne soit jamais loin de mes pensées – et s'y invite cent fois par jour – la douleur si vive de ces premières semaines a laissé place à une tristesse plus discrète. »

Aimeric joignit les mains.

« Il est entre les mains de Dieu, désormais. Alis aussi. Il veille sur elle, j'en suis certain. »

Minou sourit, contente au moins de voir qu'Aimeric était capable de trouver du réconfort dans sa foi. Même si elle ne l'avait jamais avoué, elle ne ressentait pour sa part qu'une colère vaine et incrédule devant le fait que de telles choses puissent se produire. L'idée que son père était mort sans avoir reçu les derniers sacrements pesait lourdement sur son cœur, car elle savait que Bernard aurait voulu rejoindre son Créateur absous de tout péché.

Aimeric se leva.

« Reviendras-tu nous voir une fois le mariage célébré ? lui demanda Minou en glissant le bras sous le sien. Salvadora va regretter de ne pas avoir été là pour te voir. Piet aussi.

– Oui ; vous m'avez tous beaucoup manqué. Même si, bien sûr, j'ai déjà revu Piet plusieurs fois. »

Minou sentit son cœur se serrer.

« Ah bon ? Quand ?

– Il ne te l'a pas dit ?

– Non, il a omis d'en faire mention. » Minou marqua un temps. « Je ne veux pas manquer de loyauté, mais en vérité, Piet est rarement à la maison. Il passe une grande partie de son temps à rendre visite à des collègues du quartier hollandais et à d'anciennes connaissances de guerre. J'essaie de ne pas lui en tenir rancune, mais sa compagnie me manque. »

Aimeric tira sur son pourpoint, manifestement mal à l'aise.

« Il est bon pour lui de retrouver les camarades au côté desquels il a combattu.

– Bien sûr. » Minou hésita, puis reprit : « Aimeric, lorsque tu es parti de Puivert, je t'ai demandé s'il y avait une raison particulière au fait que Piet et toi soyez restés debout à discuter jusqu'aux petites heures de la nuit la veille de ton départ. Tu m'as dit que non. Est-ce toujours ta réponse ? »

Ce fut au tour d'Aimeric d'hésiter.

« Je ne voudrais pas trahir une confidence, répondit-il d'un air gêné.

– Il y a quelque chose qui le tracasse, mon frère. Je connais bien mon mari. Je peux lire en lui à livre ouvert. » Elle s'interrompit. « D'après la servante, une femme est passée plus tôt dans la journée et a demandé à lui parler. Je me demande maintenant s'il est possible que ce soit lié ? Si cela risque de m'affecter, ou d'affecter mes enfants, j'ai le droit de savoir. »

Le visage plissé par l'indécision, Aimeric finit par capituler avec un profond soupir.

« Je l'admets, Piet m'a demandé de me renseigner sur quelque chose pour lui. Cela concerne sa mère et son enfance à Amsterdam, mais je ne peux pas t'en dire davantage. Tu vas devoir lui demander directement. »

Minou retira son bras.

« Je savais bien que je ne me faisais pas des idées !

– S'il ne t'en a pas parlé jusqu'à présent, Minou, c'est qu'il a une raison. Il se confiera à toi quand il jugera bon de le faire. Il faut te montrer patiente. »

17

« Hé ! Toi, là-bas. Guenon de Hus. »

Depuis son arrivée à Paris d'Amsterdam, sur les ordres de son père, Cornelia van Raay avait été exposée à nombre d'injures et d'appellations calomnieuses lorsqu'elle s'aventurait seule dans la rue : putain, catin, garce de Hollandaise, ribaude, truie huguenote. « Guenon de Hus » était un terme qu'elle n'avait jamais entendu jusqu'alors, même si le ton de l'homme en rendait le sens clair comme de l'eau de roche.

Alors que la chaleur d'août s'intensifiait et que les voyageurs aux pieds endoloris continuaient d'affluer des quatre coins de la France pour le mariage, les insultes étaient devenues plus fréquentes. Il n'y avait pas assez de lits. Les tavernes étaient pleines, les pensions de famille aussi. Les gens étaient à bout de nerfs.

Cornelia détestait Paris, mais tant qu'elle n'avait pas donné le message de son père à Pieter Reydon, elle ne pouvait pas rentrer chez elle. Avec l'aide de domestiques bavards trouvés à l'ambassade de Hollande et dans les tavernes où s'étaient rassemblés les rebelles venus de tous les Pays-Bas, elle avait réussi à identifier la maison où logeait la famille de Reydon. Il ne lui restait plus qu'à remettre la lettre à ce dernier. Elle espérait pouvoir le faire ce jour. Si elle y parvenait, elle pourrait quitter la ville avant la nuit et être repartie avant la cérémonie de mariage.

Baissant la tête pour cacher son visage sous son sobre capuchon, elle continua de faire les cent pas dans la rue des Barres en attendant le retour de Pieter Reydon. Elle était allée frapper dès l'aube à la porte de la maison d'angle, mais la servante l'avait informée qu'il était déjà sorti. Elle avait décidé d'attendre pour l'accoster lorsqu'il reviendrait, mais sa présence dans la rue commençait à attirer l'attention. Une heure plus tôt, un soldat huguenot, reconnaissable à sa tenue noire, était entré et ressorti peu après. Puis, il y avait de cela quelques instants, un autre visiteur – marchand ou homme d'affaires, d'après son apparence – avait été reçu.

« Putain. »

Elle feignit de ne pas avoir entendu.

« Es-tu une fausse chrétienne ? Une huguenote ? » Son accusateur sembla presque cracher ce dernier mot. « Est-ce pour cela que tu n'es pas à la messe ? Que tu ne me prêtes pas attention ? »

Un deuxième homme rit, un troisième lança une autre insulte. Cornelia se détourna. Pourquoi ces riches jeunes gens parisiens, fils de courtisans et de nobles catholiques, supposait-elle – la noblesse protestante, française comme hollandaise, était fière de s'habiller sobrement de noir, en défi à la débauche vaniteuse de soies voyantes et de chapeaux ornés de pierres précieuses qu'on trouvait à la cour –, avaient-ils tant de temps à perdre ?

« Hé ! reprit le premier en claquant des doigts. Hé, truie huguenote. C'est à toi que je parle. »

Un gros rire et le bruit d'une bourse qu'on agitait.

« Un catholique, c'est pas assez bien pour toi, peut-être ? »

Un pincement d'inquiétude étreignit brusquement le cœur de Cornelia. Elle se concentra sur le rythme de ses pieds sur le sol sec, résistant à l'envie de se retourner. Si elle les regardait dans les yeux, elle était perdue. Son seul recours était de feindre qu'il ne se passait rien. Serrant contre elle son panier, elle continua d'avancer dans l'impasse, en priant pour que son persécuteur se lasse de son petit jeu ou – le simple fait d'avoir cette pensée était contraire à l'esprit chrétien, elle le savait – qu'il trouve une autre victime. Elle accéléra le pas pour gagner une rue plus passante, où la foule la protégerait. Elle pourrait revenir chez les Reydon plus tard.

« Catin ! »

Quelque chose lui heurta la nuque. Un caillou ? Une pièce. Cornelia tressaillit mais continua sans trébucher.

« Ou alors tu fais payer tes services plus cher que cela ? Une fille de l'escadron, peut-être ? »

Une autre pièce lui toucha l'omoplate. Puis, brusquement, elle sentit sa présence derrière elle et – cela lui fit un choc, bien qu'elle s'y soit à moitié attendue – sa main qui lui agrippait le bras.

« Monsieur !

– Oh, une étrangère », dit-il, la poussant dans l'allée qui longeait la maison des Reydon.

Les relents de vin ranci dans son haleine et de parfum de la veille sur ses vêtements révulsèrent Cornelia. Les deux compagnons de l'homme arrivèrent derrière lui et elle se retrouva cernée. Levant les yeux, elle vit une barbe soigneusement taillée, une grande fraise blanche, une toque à plume en velours malgré la chaleur étouffante, l'acier trempé d'une épée à sa ceinture. Un nez grêlé, trop large pour son visage. Elle sentit ses doigts lui pincer le menton.

« Je voulais seulement te parler, mais maintenant, tu m'as offensé. » Il resserra sa prise sur son bras. « Vous autres putains étrangères ne connaissez donc pas les manières parisiennes ? »

Cornelia savait que la sagesse dictait de ne rien faire qui puisse provoquer sa colère.

« Monsieur, je vous en prie, lâchez-moi, dit-elle en français. Mon époux m'attend.

– *Mon époux m'attend*, répéta l'un de ses comparses d'un ton railleur, en imitant son accent hollandais. Tu n'es donc pas l'une des courtisanes de la reine mère ? »

Cornelia sentit dans son dos quelque chose de dur, d'indécent, et s'écarta avec dégoût. Un gros rire retentit, porté par une haleine aigre, puis une main tenta d'agripper ses parties intimes.

« Ne me touchez pas ! »

Cornelia tenta un pas de côté, mais son agresseur lui bloqua le passage. Elle tourna violemment la tête pour dégager son menton, mais il ne fit que le pincer plus durement.

« Non mais regarde-toi ! À feindre la vertu quand, sous ce pieux extérieur, vous êtes toutes les mêmes. Le feu de vos joues vous trahit. » Il tira sur l'agrafe de sa cape jusqu'à ce qu'elle se détache. « Oh, mais qu'avons-nous là ? Voici de bien beaux habits sous ces dehors mornes et pudiques. »

Il posa la main sur son sein.

« Monsieur, non !

– Nous savons tous à quoi s'adonnent les protestantes en privé, quand vous vous croyez à l'abri des regards chrétiens.

– Je suis plus catholique que vous ! »

Les mots lui avaient échappé avant qu'elle puisse les retenir. Le regard de l'homme se durcit.

« Qu'est-ce que tu viens de dire ? »

Il abattit si vivement la main que Cornelia ne la vit pas venir : elle sentit seulement le claquement de la peau sur la peau, la brûlure sur sa joue, mais le choc engourdit toute douleur. Lui arrachant son capuchon, il attrapa une poignée de ses cheveux bruns et la repoussa brutalement contre le mur.

« Comment oses-tu t'adresser à moi de la sorte ? Peut-être qu'en dépit de ton habit terne, la reine mère te tient vraiment pour sienne. Une petite Hollandaise, fille de l'escadron.

– Monsieur, je vous en prie. »

Sa supplique se perdit dans un deuxième coup, plus fort cette fois. Un goût de sang lui emplit la bouche et une de ses dents se mit à branler. Lorsque son agresseur leva la main pour la frapper une troisième fois, elle retrouva enfin sa voix pour hurler.

Au-dessus d'eux, une croisée s'ouvrit et une femme élégante d'une trentaine d'années se pencha pour regarder dans la ruelle.

« Quel tapage est-ce là ? »

L'agresseur de Cornelia fit signe à ses compagnons de reculer dans l'ombre. Puis, lui plaquant la main sur la bouche, il recula pour se laisser voir.

« Madame, je vous demande pardon de vous avoir dérangée. »

Cornelia s'efforça de se dégager pour crier à nouveau, mais elle était prise au piège comme un oiseau englué.

« Mes compagnons sont pris de boisson. C'est de la bonne humeur, rien de plus.

– Est-ce là la courtoisie parisienne dont on nous a tant parlé ?

– Comme je vous l'ai dit, madame, ils marquent juste leur bonne humeur.

– Alors je vous suggère d'emporter votre bonne humeur ailleurs, monsieur ! » ordonna la femme.

Mais ensuite, au grand désespoir de Cornelia, elle recula et referma la fenêtre.

Loin d'avoir calmé les ardeurs pernicieuses de l'homme, cette intervention lui avait chauffé le sang. Cornelia sentit sa turgescence alors qu'il se pressait contre elle de tout son poids.

« Tu n'es peut-être pas de ce pays, ni une beauté, mais tu as la peau lisse, siffla-t-il, ses yeux bleus malveillants embrasés par l'ivresse de la traque. Et puisque tu m'as humilié de cette manière, j'ai droit à une compensation. »

D'un geste exercé, il insinua brutalement la main entre ses jambes. Cornelia lutta pour le repousser, mais le désir pervers de son agresseur l'avait rendu plus fort encore et elle n'arriva pas à se dégager. Elle lui donna des coups de pied dans les tibias sans que cela ait le moindre effet. Elle continua à se débattre, mais il avait à l'oreille les encouragements avinés de ses comparses.

« Après, c'est mon tour. »

Cornelia n'arrivait pas à croire que pareille vilenie puisse avoir lieu en plein après-midi, dans la ville la plus peuplée de France. C'était impossible. À Amsterdam, elle avait vécu toute sa vie protégée de pareil comportement obscène, même si elle savait que les petites rues derrière la Zeedijk et l'église Sint Nicolaas attiraient ce genre d'hommes.

« Messieurs, Mme Reydon ne vous a-t-elle pas dit d'emporter votre bonne humeur ailleurs ? »

Derrière eux, dans la rue des Barres, se tenait l'homme que Cornelia avait vu entrer chez les Reydon. Vêtu d'un pourpoint et de chausses de couleurs vives, une liasse de documents à la main, il arborait une expression de mépris.

Cornelia laissa échapper un soupir de soulagement. L'espace d'un instant, personne ne parla, puis son agresseur la relâcha, tandis que ses compagnons s'effaçaient dans l'ombre.

Il s'inclina à demi.

« Pardonnez-moi de vous avoir dérangé. Nous allons nous retirer. Votre serviteur. »

Il claqua des doigts et ses acolytes détalèrent après lui en direction du fleuve, se perdant rapidement dans la foule de la rue de la Mortellerie. Cornelia se détendit.

« Monsieur, je vous remercie. Si vous n'étiez pas...

– Vous me dégoûtez, vous et votre engeance, l'interrompit l'homme en pointant le doigt vers elle. À venir dans une ville chrétienne exercer votre infâme profession au grand jour. Polluer Paris. Repartez donc d'où vous venez. »

Cornelia recula comme s'il l'avait frappée, avant de comprendre qu'à cause de ses vêtements en désordre, de ses cheveux décoiffés et des pièces éparpillées par terre, il la prenait pour la chose même que les trois hommes avaient tenté de faire d'elle. Une prostituée.

« Monsieur, vous vous trompez sur mon compte.

– Nous ne voulons pas de vous autres étrangers, ici. » Il leva brièvement les yeux vers la maison. « Aucun de vous. »

Cornelia réajusta sa cape et son capuchon, ramassa son panier et sortit de la ruelle dans l'après-midi moite et nuageux avec toute la dignité dont elle était capable.

Elle se laissa porter par la fureur jusqu'à son logement près du fleuve, déterminée à obtenir vengeance, d'une manière ou d'une autre, des hommes qui l'avaient si mal traitée. Puis, petit à petit, sa colère retomba. Si elle n'avait pas réussi à remettre son message à Pieter Reydon, elle avait au moins appris une chose : Mme Reydon avait accompagné son mari à Paris, et c'était une femme honorable.

18

Le propriétaire de la maison revint dans la pièce, ses papiers toujours à la main.

« Vous les avez fait partir ?

– Ces gentilhommes se sont excusés de vous avoir dérangée. »

Minou haussa les sourcils.

« Des gentilhommes ? Je ne crois pas ! Les connaissiez-vous, monsieur ? »

Il secoua la tête.

« La demoiselle était étrangère.

– Cela ne fait aucune différence », répondit-elle sèchement.

Il haussa les épaules.

« Et maintenant, un prêté pour un rendu, madame Reydon. Pour en revenir à nos négociations…

– Je ne céderai pas, monsieur. Les termes ont été convenus avant notre arrivée. Mon frère, qui est au service de l'amiral de Coligny, a traité en notre nom.

– Si vous n'êtes pas en mesure de payer cette petite somme supplémentaire, madame Reydon, beaucoup d'autres le seront, répliqua le propriétaire. Paris est plein. On ne trouve plus un lit de libre.

– La question n'est pas de savoir si nous en avons ou non les moyens, mais si vous allez honorer notre contrat. Les termes en ont été acceptés et confirmés. Si vous estimez maintenant trop bas le prix que vous avez fixé, vous m'en voyez désolée. Mais nous nous étions mis d'accord sur un prix correct pour le mois.

– Comme je l'ai dit, insista-t-il de sa voix mielleuse, un prêté pour un rendu. »

Minou soutint son regard, puis soupira.

« Je vous paierai une livre supplémentaire par semaine. Cela vous satisfera-t-il ? »

Le propriétaire s'inclina.

« Ravi d'avoir traité avec vous, madame Reydon. Avec votre permission.

– Bonne journée. »

Lorsqu'il fut parti, Minou regarda de nouveau dans la ruelle. Elle était atterrée que la ville royale renferme pareils hommes. Ce n'était pas seulement leur attitude qui la choquait, mais leur absence de honte. Cela dit, étant donné la décadence qui régnait à la cour, elle supposait qu'elle n'aurait pas dû être surprise que des comportements aussi sauvages et licencieux se répandent comme du poison aux quatre coins de Paris. Elle espérait que la jeune femme avait réussi à s'en tirer indemne.

Elle ramassa ses gants d'été sur le coffre en chêne. Elle s'était fait une joie de la visite prévue ce jour-là à la Sainte-Chapelle, une sortie initialement organisée pour faire plaisir à sa tante. Elle refusait de laisser les machinations de leur propriétaire ou un incident scabreux dans la rue jeter une ombre sur cette journée.

Elle sourit. Il était étrange que la perspective de se trouver dans un lieu de culte consacré à la religion dont elle s'était détournée lui remonte ainsi le moral. Mais l'élégance et la grâce de l'architecture et de la musique ne connaissaient pas de frontières. Elle se remémora ce jour où, plus jeune et encore catholique, elle avait recousu à la hâte la doublure de sa vieille cape verte après y avoir caché le Suaire d'Antioche, émerveillée par l'histoire de la relique qu'elle tenait entre ses mains. Puis elle se rembrunit au souvenir de Vidal. Le Suaire était probablement encore en sa possession.

« Maman, qu'est-ce qu'une fille de l'escadron ? »

Elle fit volte-face.

« Marta ! Je ne savais pas que tu étais là. »

L'enfant la rejoignit à la fenêtre.

« La reine mère n'a-t-elle pas de fille ?

– Si, répondit Minou avec circonspection.

– Alors pourquoi cet homme a-t-il dit qu'elle tient cette dame pour sienne ? »

Minou soupira.

« C'est sans importance. Ces hommes sont partis.

– Qu'est-ce qu'une courtisane ?

– Marta, c'est assez, répondit-elle fermement. Cela ne nous concerne pas. »

Marta fit la moue, s'apprêtant à bouder, puis se ravisa.

« Comme vous le souhaitez. »

Minou la regarda d'un air soupçonneux.

« Tu ne chercheras pas à en savoir davantage, est-ce compris ?

– Oui, maman, répondit l'enfant, l'air parfaitement innocent.

– Marta, je suis sérieuse. Tu as interdiction d'importuner ta grand-tante Boussay – ni d'ailleurs qui que ce soit d'autre – avec tes questions ; sinon tu ne nous accompagneras pas à la Sainte-Chapelle. »

Marta fit une brève révérence, puis sortit de la pièce en gambadant.

« Marta, je ne plaisante pas ! » lança Minou dans son dos, sans nourrir le moindre espoir de recevoir une réponse.

Elle ne souhaitait pas que sa fille soit moins curieuse, mais parfois elle regrettait qu'elle ait l'oreille si fine.

Le mariage devait se tenir le lendemain, suivi par trois jours de fête. Après cela, ils seraient libres de quitter Paris. Bien qu'elle n'ait pas vu Aimeric avant ce jour, et qu'elle espérât que cela allait changer une fois la cérémonie passée, Minou ne pouvait nier qu'elle serait soulagée de ramener Salvadora chez elle à Toulouse et de pouvoir ensuite rentrer retrouver Alis et son propre lit. Deux jours plus tôt, elle avait reçu de sa sœur une lettre où celle-ci décrivait avec enthousiasme sa capacité maintenant à faire quelques pas en s'aidant d'une canne. Le post-scriptum de M. Gabignaud, le médecin, avait été plus mesuré et prudent au sujet du rétablissement de sa patiente. Minou avait hâte de pouvoir en juger par elle-même.

Elle sourit, songeant à la beauté du Languedoc au plus chaud de l'été. Les bois allaient chatoyer de couleurs – cuivres, ors brunis et le rouge bordeaux des vignes –, les vergers foisonner de pommes et de poires. Là-bas, l'air serait pur et les tournesols chanteraient leur dernière chanson jaune dans les plaines.

La vie continuerait. Même si la douleur de la perte de son père serait plus vive à Puivert, leur existence reviendrait à la normale. Paris ne serait plus qu'un souvenir.

Assise sur le banc à haut dossier dans l'entrée, Salvadora Boussay attendait patiemment sa nièce, les mains cependant agitées sur ses genoux. Elle était aussi excitée qu'une fillette à sa première communion.

À la sombre époque de son mariage, s'imaginer dans les rues de la plus sainte ville de France lui avait donné le courage d'endurer les coups et le dédain de son époux. Mais aujourd'hui, enfin, elle était sur le point de se rendre à la Sainte-Chapelle, un endroit qu'elle avait rêvé de voir toute sa vie, un lieu de dévotion où…

« Grand-tante Salvadora, puis-je vous poser une question ? »

Levant les yeux, Salvadora vit Marta descendre la dernière volée de marches en courant et sauter les deux dernières pour atterrir devant elle à quatre pattes comme un chat. Elle porta la main à son cœur.

« Franchement ! Où sont vos manières ? »

Marta se redressa vivement et lui fit une révérence insolente.

« Pardon. Je voulais vous poser une question. Qu'est-ce qu'une fille de l'escadron ? »

Les joues de Salvadora s'empourprèrent.

« Où donc avez-vous entendu pareil… Pas dans cette maison, je gage.

– Prononcé ici il n'y a pas trois minutes.

– Je ne peux croire cela. »

Marta eut la bonne grâce de rougir.

« Peut-être pas dans la maison même, je l'admets. J'ai entendu un monsieur le dire. Dans la rue. Maman l'a réprimandé avant d'envoyer ce fourbe de propriétaire lui parler. Est-ce qu'une fille de l'escadron est la même chose qu'une courtisane ?

– Seigneur, s'exclama Salvadora, scandalisée que l'enfant de sept ans connaisse pareil mot. Cela suffit !

– Mais si personne ne veut me donner d'explication, comment est-ce que j'apprendrai ? Il est important pour les filles d'apprendre. C'est ce que dit toujours tante Alis. » Se tapotant la tête, elle ajouta : « Je ne dirai à personne que vous m'avez expliqué. Je garderai l'information là-dedans, avec mes autres secrets.

– Vous êtes une enfant précoce. »

Marta inclina la tête.

« Et je suis jolie, aussi. Tout le monde le dit.

– Ce n'était pas un compliment, répliqua Salvadora en s'éventant. Vous êtes trop vaniteuse.

– Maman dit toujours qu'il ne faut pas mentir, riposta Marta. Alors, allez-vous m'expliquer ce qu'est une fille de l'escadron ?

– Certainement pas. Et je parlerai à votre mère de votre comportement, croyez-moi. »

Marta fronça les sourcils, puis quitta le vestibule aussi vite qu'elle en avait pris possession.

Le calme retomba.

Choquée par toute cette conversation, Salvadora continua d'agiter son éventail, si vigoureusement que trois autres plumes en tombèrent. Quel vilain comportement. Où allait le monde, si les fillettes étaient ainsi désormais ?

« Mais qu'est-ce que cela veut dire, nourrice ? » insista Marta.

Après avoir abandonné sa grand-tante dans l'entrée, elle était montée en courant dans la chambre d'enfants, au dernier étage, et, perchée en équilibre précaire sur l'appui de la fenêtre ouverte, balançait les jambes en tapant des talons contre le mur.

« Arrêtez ce tapage, mademoiselle; vous allez laisser des marques sur le mur. »

La nourrice dépassée faisait sauter Jean-Jacques dans ses bras pour essayer de le calmer. Il avait le ventre gonflé de colique.

« Je ne dirai à personne que vous m'avez expliqué.

– Je n'ai pas le temps pour vos questions, ne voyez-vous pas que votre frère est en train de pleurer ?

– Il est toujours en train de pleurer. Si vous voulez bien juste répondre, je vous laisserai tranquille. Croix de bois, croix de fer, si je mens, je vais en enfer.

– Ne dites pas pareilles choses. »

Le petit garçon lâcha une autre plainte.

« Allons, s'il vous plaît », la cajola Marta de sa voix la plus sucrée.

La nourrice eut un grognement d'impatience.

« La reine mère aurait – mais attention, je ne sais pas si c'est vrai – des... dames qui... en échange de faveurs – bijoux, colifichets, que sais-je encore –, persuadent les hommes de leur confier leurs secrets.

– Donc "escadron" veut dire "amies", c'est cela ?

– Chut, petit homme, murmura tendrement la nourrice. Voilà, c'est mieux, mon brave.

– Nourrice ! Que veut dire "escadron" ?

– Un groupe.

– Un groupe de filles ? » Marta fronça les sourcils, s'efforçant de déduire ce qui lui échappait encore. « Est-ce que "courtisane" est un mot licencieux ?

– Mademoiselle Marta ! » s'exclama la nourrice, lui accordant enfin toute son attention.

Comprenant qu'elle était allée trop loin, Marta déposa un baiser sur la joue rouge et chaude de son petit frère et s'enfuit de la pièce en lançant :

« Merci, nourrice ! »

19

Face à face dans l'entrée, dans leurs habits de sortie, Minou et Salvadora se disputaient, échauffant l'air de leurs échanges courroucés.

« Je n'arrive pas à croire que vous ayez eu la sottise de répondre à une telle question, s'exclama furieusement Minou. Marta est bien trop jeune pour comprendre. »

Salvadora referma son éventail d'un geste sec.

« Si vous voulez bien me laisser parler, nièce.

– Je sais qu'elle est persévérante, mais il y a des moyens de détourner...

– Croyez-vous vraiment, l'interrompit sa tante, que j'irais expliquer à Marta, une enfant qui n'en fait qu'à sa tête et parle si souvent à tort et à travers, que les filles de l'escadron sont des courtisanes qui séduisent les hommes pour leur soutirer leurs secrets ? »

Derrière elles, la porte s'ouvrit et Piet entra dans la maison.

« Que se passe-t-il ici, enfin ? Toute la rue peut vous entendre vous quereller. »

Salvadora gonfla ses joues rondes.

« Votre femme a une si piètre opinion de moi qu'elle me croit capable d'expliquer le fonctionnement de la troupe de maîtresses fardées de la reine mère à votre fille de sept ans !

– Quoi ? » Piet les regarda toutes deux avec effarement. « Je ne comprends pas. Où Marta a-t-elle bien pu avoir vent de cette histoire en premier lieu ? »

Minou lui rendit son regard.

« Elle a entendu les paroles d'un homme en pleine altercation dans la rue. Lorsque j'ai refusé de lui expliquer ce qu'elles signifiaient, contre mes ordres exprès, Marta est allée demander à Salvadora. Qui a répondu.

– Je n'ai certainement rien fait de la sorte ! »

Minou eut un geste d'exaspération.

« Si ce n'est vous, tante, qui, alors ? J'ai trouvé Marta en train d'arpenter le couloir en feignant d'être... »

Elle vit Piet retenir un rire et lui jeta un regard noir.

Salvadora leva le menton.

« Vous me pardonnerez, nièce, mais si vous teniez l'enfant d'une main plus ferme, elle n'aurait pas été – à toujours courir dans toute la maison sans surveillance – en position d'entendre langage aussi vulgaire en premier lieu.

– Êtes-vous en train d'insinuer que je ne sais pas m'occuper de ma propre fille ?

– Je ne crois pas que ce soit son propos », intervint Piet.

Minou retourna sa colère contre lui.

« Tu prends son parti ?

– Salvadora, vous voulez bien nous excuser ? »

La vieille femme hésita, puis, avec un dernier coup d'œil désapprobateur à sa nièce, se retira.

Minou croisa les bras, le regard dur de colère.

Desserrant sa collerette, Piet s'approcha du buffet et attrapa une carafe de vin pour en remplir deux coupes, avant d'en tendre une à sa femme.

« Nous ne pouvons pas être à couteaux tirés de cette façon.

– Cette dispute n'est pas de mon fait. Lorsque j'ai réprimandé Marta, j'ai tout de suite compris que quelqu'un lui avait expliqué. Et lorsque je l'ai interrogée, elle m'a avoué qu'elle avait trouvé notre tante Boussay dans l'entrée...

– Et tu en as tiré la conclusion que Salvadora avait répondu à sa question ?

– Qui pourrait-ce être d'autre ? Tu n'étais pas à la maison – une fois de plus – et Aimeric était reparti. Il n'y a personne d'autre.

– Mon amour, répondit Piet avec douceur, notre fille est pleine de ressources ; elle sera probablement montée harceler la nourrice. Ou allée à la cuisine : tout le monde l'adore là-bas. N'importe laquelle des servantes se serait fait une joie de l'éclairer. »

Minou fronça les sourcils.

« Marta ne me mentirait pas aussi effrontément.

– Elle ne raconterait pas de mensonge à proprement parler, non. Mais, de ton propre aveu, ce qu'elle a dit est qu'elle avait "trouvé" Salvadora. Pas que ta tante estimée avait répondu à sa question.

– Oh, fit Minou en prenant la coupe qu'il lui tendait.

– Oh, en effet, répliqua Piet en trinquant avec elle. Notre fille, toute merveilleuse qu'elle soit, est une enfant précoce pour qui raconter des histoires est aussi inné que de respirer. Tu le sais. Cela ne te ressemble pas de t'être laissé berner si facilement. »

Minou s'adossa au buffet.

« Il faut que j'aille m'excuser auprès de Salvadora. Non seulement pour ce que j'ai dit, mais pour le fait que cela a retardé notre visite de la Sainte-Chapelle.

– Vous comptiez y aller aujourd'hui ?

– C'est ce que nous avions prévu. D'où tout ceci, malgré la chaleur, répondit-elle en indiquant sa cape, son chapeau et ses gants.

– Je me suis effectivement posé la question.

– Le propriétaire est passé négocier une augmentation de notre loyer.

– Que lui as-tu répondu ?

– J'ai refusé, puis l'altercation dans la rue est survenue. Il a eu l'amabilité de descendre y mettre fin, aussi me suis-je sentie obligée de consentir à payer une livre de plus.

– Cela reste acceptable, je pense. »

Piet ouvrit la petite fenêtre treillissée. L'air chaud du mois d'août s'insinua dans la pièce, apportant avec lui la puanteur du fleuve et des rues surpeuplées.

« Lorsque Marta t'a raconté ce qu'elle avait appris au sujet de l'escadron volant, comment as-tu réagi ?

– Je lui ai dit que les jeunes femmes de la cour qui se comportaient de la sorte pour recueillir des secrets étaient des idiotes que personne n'admirait. Des créatures ennuyeuses.

– Et qu'a-t-elle répliqué à cela ? » demanda Piet en souriant de toutes ses dents.

Minou sentit l'ombre d'un sourire naître sur ses lèvres en réponse.

« Qu'elle méprisait toute personne incapable de garder un secret et qu'elle-même ne manquerait jamais à une parole donnée ni ne commérerait en échange de colifichets. Oh, puis elle a ajouté qu'elle supposait que ceux qui trahissaient leurs secrets devaient être des garçons, parce qu'il est bien connu que les garçons sont incapables de tenir leur langue ! »

Piet éclata de rire.

« Cela me rappelle les chamailleries d'Alis et Aimeric quand ils étaient petits. Elle aussi jugeait les garçons absolument méprisables.

– À une ou deux exceptions notables, je ne crois pas que son opinion ait beaucoup changé. » Minou prit une gorgée de vin. « Je voulais te dire, j'ai reçu une lettre d'elle il y a quelques jours ; elle y dit que tout va bien à Puivert et qu'elle arrive à marcher presque sans aide.

– C'est une merveilleuse nouvelle.

– Oui, même si M. Gabignaud était plus circonspect. Alis ne voudrait pas que nous nous inquiétions.

– Nous serons bientôt rentrés et pourrons voir par nous-mêmes. Quant à sa piètre opinion des hommes, cela changera quand elle tombera amoureuse.

– Elle dit qu'elle ne se mariera jamais. Qu'il n'est rien qu'un époux puisse lui donner qu'elle n'ait déjà de son propre fait.

– Pas même des enfants ? »

Minou sourit.

« Sa réponse a été qu'elle n'a pas besoin d'en avoir à elle quand elle goûte déjà les délices de la compagnie de Marta.

– Les délices !

– Et aussi, qu'elle craint qu'un enfant ne signe sa perte.

– Que veut-elle dire par là ? »

Minou réfléchit un moment.

« Dès l'instant où tu tiens ton premier enfant dans tes bras, ton cœur ne t'appartient plus. Ta détermination s'affaiblit, tu te mets à craindre le mal qui règne dans ce monde.

– Est-ce là ce que tu penses aussi ? demanda Piet avec surprise.

– Parfois.

– Mais, sûrement, les joies qu'offre un enfant compensent largement ces ravages causés à nos émotions ? »

Minou lui caressa la joue du revers de la main.

« C'est facile à dire pour toi. Tu es un homme. Mais pour une femme ? Ma faute de jugement aujourd'hui – si je peux la qualifier ainsi – était due, en partie, à mon inquiétude pour Marta. À ce besoin de la protéger du pire que ce monde a à offrir. Il en ira de même pour Jean-Jacques. Le souci que je me fais pour eux gouverne mes journées plus que tout ce que pourrait m'inspirer ma propre personne. » Elle fit un geste en direction du nouveau palais des Tuileries. « Même la reine mère, bien qu'elle ait porté dix enfants et en ait enterré cinq, est égarée par l'amour qu'elle éprouve pour son fils cadet. Et cela malgré les mignons de ce dernier, et leurs mœurs particulières. »

Piet lui prit la main.

« Pourquoi, vraiment, es-tu de si mauvaise humeur, Minou ? Est-ce la perspective du mariage de demain ? Ou le simple fait que nous soyons à Paris ?

– Non, ce n'est pas cela. Contrairement à mes attentes, je suis séduite par cette ville. C'est plus... Je ne sais pas. J'aimerais que demain soit déjà passé, que les festivités soient terminées et que nous soyons sur la route du retour. » Elle prit une grande inspiration. « Et toi, mon amour, tu es si rarement ici. Tu me manques. »

Piet se rembrunit.

« Je savoure la compagnie de ceux dont j'ai été si longtemps séparé. Tu ne me dénierais pas ce plaisir.

– Certainement pas. »

Minou marqua un temps. La dernière fois qu'elle avait essayé de persuader son époux de se confier à elle, cela s'était terminé en dispute. Mais après ce qu'avait dit Aimeric, elle ne se sentait pas capable, à cet instant, de garder le silence.

« Aimeric est passé.

– C'est merveilleux, répondit Piet avec sincérité. Je sais combien il te manque.

– Il m'a dit qu'il t'avait vu une ou deux fois. Que tu lui avais demandé de se renseigner pour toi à quelque sujet. Il pensait que j'étais au courant. »

Le visage de Piet s'assombrit.

« Il n'avait aucun droit de t'en parler.

– Tu ne peux pas en vouloir à Aimeric, il était dans une position intenable. Il s'est seulement ouvert à moi lorsque je lui ai dit qu'une femme était passée plus tôt, cherchant à te parler.

– Quel genre de femme ? demanda-t-il vivement.

– Je ne sais pas. Je ne l'ai pas vue.

– Était-elle d'âge assez avancé ? A-t-elle donné son nom ? »

Minou le regarda dans les yeux.

« Piet, sais-tu qui elle est ? »

Il rougit, puis répondit d'un ton hésitant :

« Peut-être. Était-ce une nonne ?

– Une nonne ?

– Ou du moins un membre d'un ordre religieux.

– Comme je te l'ai dit, je ne l'ai pas vue, mais je pense que si cela avait été le cas, la servante me l'aurait dit. » Elle prit une inspiration. « Aimeric m'a conseillé d'être patiente, mais cela fait des semaines que j'attends que tu te confies à moi. Ton silence a dressé un mur entre nous.

– Minou.

– Je ne dirai qu'une chose, continua-t-elle sans s'interrompre. Si la raison pour laquelle tu ne me dis rien est que tu essaies de me protéger de quelque chose, ou de m'épargner du chagrin, je te supplie – comme toujours – de revenir sur ta décision. Il ne devrait rien y avoir que tu ne puisses partager avec moi. »

Piet resta silencieux un moment, faisant tourner son vin dans sa coupe.

« Pouvons-nous faire attendre Salvadora encore un peu ? »

Minou sentit son cœur tressaillir.

« Elle comprendra. »

Il hocha brièvement la tête.

« Très bien, tu as le droit de savoir. »

À présent que le moment était venu, Minou appréhendait soudain les révélations de son époux. Mais il valait mieux savoir, affronter la vérité, que de rester toujours dans le doute. L'imagination avait tendance à représenter le monde en plus sombre qu'il n'était vraiment, n'était-ce pas ce que disaient les philosophes ? Et ce que ses propres pensées pernicieuses en plein cœur de la nuit lui avaient appris ?

« Retirons-nous dans notre chambre, dit Piet. Je ne souhaite pas être entendu. »

20

Marta descendit l'escalier en trombe, encore furieuse des réprimandes que sa mère lui avait adressées.

« Si on me prenait un peu plus au sérieux, je n'aurais pas besoin d'interroger les domestiques, se plaignit-elle. Ce n'est pas juste. Tante Alis m'aurait répondu, elle. »

Le portrait accroché au mur garda le silence.

Le cœur lourd d'injustice, elle s'arrêta devant la petite fenêtre du palier intermédiaire, juste à temps pour voir leur voiture disparaître au bout de la rue des Barres. Elle serra les poings. Elle n'avait pas cru un seul instant que sa mère mettrait à exécution sa menace d'aller à la Sainte-Chapelle sans elle.

Elle avait compté demander s'ils pouvaient faire un détour par la rue où tous les gantiers avaient leur boutique. Si tout se passait bien, elle avait même eu l'intention de suggérer qu'ils reviennent de l'île de la Cité par l'autre côté du fleuve. Elle avait entendu les filles de cuisine parler des mignons du frère du roi – des hommes mi-garçon mi-fille – qui paradaient dans le faubourg Saint-Germain avec dans leurs bras de petits chiens, et mêmes des singes, parés de gilets et de chapeaux miniatures.

Et voilà qu'elle se voyait refuser la chance de découvrir toutes ces incroyables choses.

Elle appuya le nez contre la vitre. Dans le monde lumineux hors des murs de la maison, elle voyait des gens passer, vêtus d'habits somptueux. « Pure ostentation, disait sa mère, qui ne révèle rien de la vraie valeur d'un homme. » Mais quel mal y avait-il à posséder des choses colorées ? Si une personne était favorisée par la richesse ou la fortune, Marta ne comprenait pas pourquoi elle n'aurait pas le droit d'en faire étalage.

Et la voilà qui se retrouvait cloîtrée dans la maison, avec la perspective d'une autre longue journée d'ennui devant elle. En compagnie des hurlements incessants de Jean-Jacques et de la nourrice qui n'avait d'yeux que pour lui.

Elle soupira. Elle était si négligée. Même quand tout le monde était à la maison, les journées étaient si longues. Il n'y avait rien à faire. Papa était généralement absent, parti elle ne savait où exactement. Oncle Aimeric passait ses journées en compagnie de l'amiral de Coligny et ne venait jamais les voir, maman était toujours distraite et grand-tante Boussay était… elle-même. Si seulement tante Alis les avait accompagnés. Elle était amusante. Elle aurait emmené Marta explorer un nouvel endroit chaque jour, si celle-ci l'avait souhaité.

Puis une pensée lui vint. Un frisson d'excitation au creux de l'estomac, elle écarta la tête de la fenêtre. Si elle se faisait prendre, elle serait de nouveau grondée, mais puisque la nourrice allait être occupée avec Jean-Jacques et que tous les autres étaient partis à la Sainte-Chapelle, qui restait-il pour l'attraper ?

D'un pas aussi discret que possible, elle monta l'escalier pour gagner les quartiers de nuit familiaux au troisième étage, puis longea le couloir jusqu'à la chambre de ses parents. Elle frappa, juste au cas où, même si elle ne s'attendait pas à y trouver qui que ce soit à ce moment de la journée. Par précaution, elle frappa une nouvelle fois, un peu plus fort. Puis elle ouvrit la porte et entra.

La pièce chatoyait aux quatre coins de la présence de sa mère : son parfum, ses chaussures, ses vêtements. Sa brosse à cheveux et son miroir – hérités de la grand-mère carcassonnaise que Marta n'avait jamais connue – sur la coiffeuse, la boîte en émail bleu et or qu'elle avait reçue en cadeau à Limoges, sa cape de voyage verte pendue à la porte de l'armoire.

De la présence de son père, il y avait moins d'indices. Juste une légère trace dans l'air de l'huile de santal qu'il utilisait pour se coiffer, et ses gants d'équitation, posés l'un sur l'autre sur la table de chevet à côté du lit à baldaquin.

Une fois la porte refermée, Marta se dirigea droit vers le coffret en bois où sa mère rangeait ses plus précieuses possessions. Frémissant d'excitation devant cet acte de transgression, tous les sens en alerte, elle l'ouvrit. Sa seule intention était de découvrir quelle sorte de colifichets sa mère avait apportés de Puivert. C'était la curiosité, non la cupidité, qui lui donnait envie de regarder.

Ignorant la vieille bible toute simple que sa mère avait toujours sur elle ainsi que son journal, fermé avec un lien de cuir et rempli de morceaux de papier et de parchemin, dont le plan tout abîmé de Carcassonne tracé à la craie, elle plongea les doigts dans la boîte pour en explorer les moindres recoins. Elle trouva une bague – en argent, ornée d'une tourmaline, la pierre porte-bonheur de sa mère. Elle était plutôt jolie, avec ses mouchetures roses à l'intérieur qui miroitaient dans la lumière du matin, mais trop grande pour sa main. Il y avait aussi plusieurs manchettes de dentelle soigneusement pliées, rien d'exceptionnel. Puis ses doigts rencontrèrent des perles, qui cliquetèrent contre les parois du coffret quand elle les en sortit.

C'était un chapelet en bois, orné d'une sobre croix en argent. Marta resta perplexe. Seuls les catholiques utilisaient ce type d'objet. Son grand-père Bernard et sa grand-tante Boussay suivaient l'ancienne religion, mais maman était protestante, comme papa.

Soudain, la porte s'ouvrit et une domestique entra avec un plateau de boissons. Paniquée, Marta referma brutalement le coffret et fourra le chapelet dans sa poche.

« Mademoiselle Marta !

– Je cherchais ma mère, bégaya-t-elle, la culpabilité lui déliant la langue. Je pensais la trouver ici. »

La servante la regarda d'un œil soupçonneux.

« Madame est au rez-de-chaussée avec votre père.

– Mais maman est partie à la Sainte-Chapelle, protesta Marta, horrifiée. J'ai vu la voiture s'en aller…

– Mme Boussay est partie toute seule. » La domestique balaya la pièce du regard, comme à l'affût de quelque chose qui ne serait pas à sa place, puis reposa les yeux sur elle. « Souhaitez-vous l'attendre ici, mademoiselle ?

– Non ! répondit Marta avant de lui adresser son plus joli sourire. J'avais quelque chose à lui dire, mais ce n'est pas urgent. »

Elle sortit de la chambre avec autant de dignité qu'elle pouvait, consciente du poids des perles dérobées dans sa poche. Dès qu'elle fut hors de vue, elle détala au pas de course, en espérant que la servante tiendrait sa langue. Elle avait été spoliée de la visite à la Sainte-Chapelle qui lui avait été promise. Elle mourrait si elle se voyait également interdire d'aller au mariage.

21

La Sainte-Chapelle, île de la Cité

Immobile au milieu de la foule peuplant la salle haute de la Sainte-Chapelle, le souffle coupé par l'émerveillement, Salvadora Boussay remercia la bonne fortune qui l'avait amenée là, en présence de Dieu.

Elle avait appris tout ce qu'il y avait à savoir sur l'édifice, mémorisé jusqu'au moindre détail, mais sa splendeur dépassait même ses attentes. La construction s'était achevée en l'an 1248. C'était un ouvrage inspiré par la grâce, commandité par le plus grand des rois chrétiens médiévaux, Saint Louis, pour accueillir les trésors de la passion du Christ rapportés de Terre sainte via Constantinople : des fragments de la Vraie Croix, la sainte lance qui avait percé le flanc du Christ pendant sa crucifixion, une fiole contenant des gouttes de son sang et, précieuse entre tous, la sainte couronne d'épines. Le roi lui-même avait, pieds nus et pénitent, accompagné les illustres reliques pour la dernière étape de leur acheminement vers Paris.

Des diamants de lumière multicolore emplissaient la salle, déversés par la flamboyante rosace de la façade ouest et les vitraux de l'abside. Chacun de ces derniers, haut de dix fois la taille d'un homme, illustrait une scène de la Bible. De la Genèse à l'Apocalypse, les images changeaient au fil de la journée, suivant le passage du soleil dans le ciel parisien.

Les douze apôtres se dressaient en statue sur des piliers s'élançant vers la magnifique voûte à croisée d'ogives. Salvadora chercha du regard, et trouva, les niches creusées dans le mur et destinées par le passé aux familles royales de France ; puis, plus loin, l'Oratoire, ajouté quelque deux cents ans après la pose de la première pierre pour permettre aux rois et reines suivants d'assister à la messe en privé, derrière un treillis.

Mais plus belle encore que tout cela était la grande châsse élevée sur une tribune à l'extrémité est de la salle et conçue pour abriter la collection royale de reliques : un coffre en or, émail et cristal de roche, incrusté de perles, de rubis et de saphirs. Un symbole de la souffrance du Christ, de son sacrifice volontaire pour permettre à l'humanité de continuer à vivre éternellement. Le miracle de cette manifestation de l'amour de Dieu était grisant.

Puis Salvadora cligna des yeux.

Peut-être était-ce la chaleur qui jouait avec ses sens, ou bien l'effort de se tenir ainsi immobile, le nez en l'air, pendant si longtemps, mais elle aurait pu jurer avoir vu quelque chose bouger au sommet du dais gothique, derrière la tenture. Ou peut-être que le pur émerveillement de se trouver là, dans ce lieu sacro-saint, était trop intense pour elle.

Prise de nausée, elle agita son éventail, mais cela n'eut aucun effet. Elle avait le tournis, à la fois trop chaud et trop froid. Elle recula en trébuchant et se détourna du reliquaire pour chercher éperdument un endroit où s'asseoir le temps que le vertige passe.

Sur son perchoir en hauteur, Louis fit prudemment le tour de l'étroite plate-forme pour atteindre l'endroit idéal, puis s'accroupit au bord pour regarder, par les fentes de la tenture, les préparatifs en cours en dessous de lui.

La messe du matin était terminée. Seules restaient les odeurs d'encaustique, de cire d'abeille et d'encens refroidi. Des particules de poussière flottaient dans l'air. Il régnait une ambiance caractéristique de délaissement après la fin d'une célébration. Tout semblait un peu moins éclatant, un peu moins remarquable.

Dans la masse grouillante de visages et de vêtements ecclésiastiques, Vidal – le cardinal Valentin – était clairement reconnaissable. Louis ôta son bonnet pour se rafraîchir. Bien que Xavier prenne un plaisir malveillant à lui noircir chaque matin les cheveux au goudron de houille pour cacher la mèche blanche assortie à celle de Vidal, l'enfant voyait dans les yeux de son père, lorsqu'il pensait ne pas être observé, un désir de le reconnaître pour sien. Même si rien n'avait encore été dit officiellement à ce propos, leur ressemblance, tant dans le physique que dans les manières, sautait aux yeux de tous. Louis savait que l'intendant versait du poison à l'oreille de Vidal au sujet de son comportement, et qu'une sévère correction l'attendrait s'il sortait tête nue. Xavier l'avait déjà châtié une fois – avec une impressionnante férocité – et, si on le découvrait caché dans la grande châsse même, il serait de nouveau rossé, encore plus brutalement.

Mais il n'avait pas l'intention de se laisser prendre.

Il remit son bonnet et regarda en dessous de lui. Quelques jours plus tôt, il avait assisté aux préparatifs de la susception de la sainte couronne dans cette énorme chapelle haute. Il avait regardé les domestiques courir en tous sens, les ecclésiastiques vérifier encore et encore que tout était en place. Lors de cette chaude matinée, une atmosphère de résolution avait régné. Pour cette célébration éminemment catholique, il n'était pas besoin de transiger ou de s'adapter aux attentes de l'époque. Louis n'accordait pas plus de crédit à cette superstition qu'à une autre – il trouvait ridicule de croire que cet objet puisse avoir été porté par le Christ sur la croix et avoir traversé indemne les continents et les siècles – mais il comprenait que la valeur symbolique de la sainte couronne avait plus d'importance que le bon sens. La populace, les superstitieux et les faibles d'esprit étaient convaincus que ce genre de reliques pouvaient transformer leur vie. Ce qui intéressait Louis était de savoir pourquoi son père avait accordé tant d'attention aux préparatifs et pourquoi Xavier, dont la présence malveillante ne quittait pas d'ordinaire leur lieu d'hébergement, avait passé toutes ses journées avant et après la cérémonie dans la Sainte-Chapelle.

En l'occurrence, les célébrations du 11 août s'étaient déroulées sans incident notable, mais Louis était certain que les choses n'allaient pas en rester là. Le mariage était pour le lendemain et il avait dans l'idée que lorsque tous les yeux seraient tournés vers Notre-Dame, ceux de son père seraient fixés ici.

Louis était capable d'une immobilité et d'une patience peu communes pour un enfant de son âge. Il pouvait rester là, caché dans son nid d'aigle exigu, autant de temps que nécessaire. Toute la journée et toute la nuit, s'il le fallait. Ces longues années passées à se tapir dans l'ombre, et surtout dans la dangereuse obscurité du dortoir lorsque les prêtres y venaient la nuit, lui avaient appris à limiter la place qu'il occupait dans le monde.

Une fois qu'il aurait déterminé ce que Xavier faisait là, il aurait une autre information à sa disposition pour négocier. Tout avait un prix. Tout pouvait être utilisé pour gagner un avantage ou nuire à un ennemi.

Il finit par repérer Xavier dans la foule. Était-il là sur les ordres de Vidal, ou pour lui-même ? L'intendant sortit une bourse de sa poche. Une main crasseuse se tendit, vive comme l'éclair, pour la prendre. Xavier la retint. L'espace d'un instant, les deux hommes restèrent là face à face, comme s'ils prêtaient serment sur la Bible ; puis l'intendant lâcha enfin prise. Le voyou glissa l'argent sous sa cape, s'inclina et sortit par la petite porte en bois à l'autre bout de la majestueuse chapelle.

Xavier regarda vivement autour de lui, comme pour s'assurer que personne n'avait pris note de la transaction, puis rejoignit furtivement Vidal.

La congrégation adorante s'était agglutinée autour du père de Louis à la fin de la messe. Il en regarda les membres s'approcher à tour de rôle pour baiser sa bague et lui demander sa bénédiction. Une vieille dame riche portant une capuche noire sembla soudain trébucher devant lui, et dut être escortée à l'écart.

Quelle bande d'imbéciles superstitieux.

Louis savait que la piété était un masque sous lequel se cachait la dépravation, que ceux qui parlaient le plus fort de l'œuvre de Dieu étaient souvent ceux dont le cœur était le plus noir.

L'incident terminé – la grosse veuve était partie –, Louis se laissa aller contre le bord de l'étroite plate-forme. Il n'avait que faire de ce que mijotait Xavier, s'il mijotait quelque chose ; seul lui importait le fait que l'intendant gênait son propre avancement. Mais il lui fallait jouer ses cartes avec prudence. Vidal comptait sur Xavier et semblait ne pas douter de sa loyauté.

L'avenir lui dirait comment procéder. Il n'allait faire aucune remarque pour le moment, mais continuer à observer et à amasser des preuves. Xavier finirait par se trahir. Les hommes comme lui le faisaient toujours.

22

Rue des Barres

Installée dans un des fauteuils en chêne de leur chambre, Minou attendait patiemment, en sirotant son vin, que Piet cesse de faire les cent pas devant elle. Elle savait qu'il essayait de trouver le courage d'entamer son récit.

« Lance-toi, mon cœur. L'histoire se racontera d'elle-même. »

Piet la regarda d'un air éperdu d'indécision. Minou tapota l'assise tapissée de l'autre fauteuil.

« Dès que tu auras commencé, les mots viendront. Je te le promets. »

Piet hésita encore un moment, puis se resservit du vin.

« Très bien », finit-il par dire, et il sembla à Minou qu'à cet instant, le silence de la pièce s'affûta, brusquement chargé d'attente.

Piet prit une grande inspiration.

« À la fin du mois de mai dernier, j'ai reçu une lettre. Elle était prétendument écrite de la main de Mariken Hassels, une femme vivant dans une communauté pieuse qui m'avait connu lorsque j'étais enfant à Amsterdam. »

Les pensées de Minou s'envolèrent vers la tapisserie ornant le mur de la grande pièce familiale au château de Puivert.

« Au béguinage. »

Il hocha la tête.

« C'est Mariken qui m'a sauvé. Elle m'a découvert alors que ma mère était mourante, et s'est occupée de moi jusqu'à ce qu'elle trouve une famille pour me recueillir. Comme je parlais très bien le français, on m'a amené dans le Languedoc et j'ai perdu tout ce qui me restait de mon passé hollandais. »

Minou se rendit compte qu'elle retenait son souffle, le cœur en larmes à l'idée de Piet, orphelin en deuil, laissé seul au monde.

« Voir le nom de Mariken au bas de cette page, après toutes ces années, a réveillé en moi des souvenirs si sombres, Minou. Des souvenirs dont je ne pensais pas qu'ils auraient encore le pouvoir de me faire souffrir.

– Je comprends. » Elle marqua un temps. « Que disait la lettre ? »

Piet prit une autre inspiration.

« Qu'au printemps dernier, un cardinal français lui avait posé des questions à mon sujet. Demandé si le moindre document en rapport avec ma naissance avait été laissé en sa possession.

– Quoi ! Pourquoi maintenant, après si longtemps ?

– Elle ne me l'a pas dit ; elle m'a simplement écrit qu'elle attendait, avant de lui répondre, de savoir si j'étais encore vivant. Elle voulait m'alerter, je suppose. »

Minou fronça les sourcils.

« Comment t'a-t-elle retrouvé ?

– Elle a confié sa lettre à un marchand hollandais en qui elle avait confiance, dans l'espoir qu'il soit en mesure de me la transmettre.

– Il est extraordinaire qu'il ait réussi à le faire.

– J'ai trouvé cela plutôt alarmant.

– Que ton nom soit suffisamment connu à Amsterdam ?

– Oui. Bien que je n'aie jamais fait secret de mon soutien à la cause des rebelles calvinistes, cela m'inquiète qu'on ait pu me retrouver aussi facilement.

– Sais-tu de quels documents il peut s'agir ? demanda Minou, les yeux fixés sur lui. Mariken te l'a-t-elle dit ?

– Non. J'ai dans l'idée qu'elle craignait que la lettre soit interceptée. J'imagine que cela a quelque chose à voir avec l'identité de mon père.

– C'était un marchand français, n'est-ce pas ce que ta mère t'a raconté ?

– L'histoire changeait d'une fois sur l'autre, répondit Piet en rougissant à ce souvenir. Parfois c'était un marchand, parfois un noble, un prince même ! J'ai cessé de l'interroger sur le sujet lorsque j'ai compris que mes questions la rendaient triste. » Il marqua un temps. « Avec le recul, je me rends compte qu'il est possible qu'elle n'ait...

– Même pas su qui c'était. »

Piet acquiesça.

« Oui, Dieu me pardonne. Si longtemps, j'ai essayé d'effacer de ma mémoire tous les détails du jour où ma mère est morte : le bruit rauque de sa respiration, chaque inspiration plus courte et plus douloureuse que la précédente ; la sensation de sa peau qui se refroidissait sous mes doigts ; l'humidité de la pièce et l'odeur de poisson pourri qui montait de Kalverstraat...

– Tu devais avoir si peur.

– Je défaillais d'épouvante. Encore maintenant, la terreur de me retrouver seul dans le noir alors que le jour déclinait... » Il appuya la main sur son ventre. « Je la ressens encore, là. Puis Mariken est arrivée, et elle s'est occupée de moi. M'a trouvé un endroit où vivre, des gens qui me traiteraient avec bonté. Je garde le visage de ma mère au plus près de mon cœur, mais j'ai essayé d'oublier tous mes autres souvenirs d'Amsterdam. Ils sont trop pénibles. Alors tu peux imaginer ce que cela m'a fait de recevoir cette lettre de Mariken : ç'a été comme si on me rouvrait violemment une vieille plaie. »

Minou hocha la tête.

« Le jour où ta mère est décédée, te souviens-tu si elle t'a donné quelque chose ? Des documents, des lettres, un paquet quelconque ? Ou si elle a confié quoi que ce soit à la garde de Mariken ?

– Cela fait plusieurs mois que je me creuse la cervelle à ce propos, mais rien ne me revient. Je me rappelle seulement le chagrin de sa perte, et la certitude que le monde que je connaissais avait pris fin. Je l'aimais profondément, Minou.

– Je sais, répondit-elle doucement.

– J'étais à peine plus âgé que Marta maintenant. » Une flamme passa dans son regard. « Si elle ou Jean-Jacques devaient connaître pareille épreuve, je ne... »

Minou lui prit la main.

« S'il nous arrivait quoi que ce soit – ce qui, plaise à Dieu, n'adviendra pas –, nos enfants ne se retrouveraient jamais seuls comme tu l'as été, mon cœur. Ils sont aimés, ils ont des oncles et tantes qui leur sont attachés. »

Pendant un moment, ils restèrent assis en silence. La distraction de Piet depuis le début de l'été, le gâchis de toutes ces semaines de distance entre eux, avaient enfin une explication ; mais ce qui n'était toujours pas clair aux yeux de Minou, c'était pourquoi il ne lui avait pas raconté tout cela plus tôt. Il n'y avait rien de honteux dans cette histoire, rien qui ternisse son image.

« As-tu toujours la lettre de Mariken ? »

Il traversa la pièce pour aller ouvrir leur malle et en sortit le pli pour le lui tendre.

« Tiens. »

Minou le lut, à l'affût de toute information cachée entre les lignes, puis étudia le visage de son époux.

« Je ne comprends pas pourquoi tu ne m'as pas parlé de cette lettre quand tu l'as reçue.

– Je voulais le faire. Plusieurs fois, j'ai essayé. Puis, avec ce qui est arrivé à Alis – et la mort de Bernard –, je n'ai pas voulu prendre le risque de te causer davantage de détresse. Si c'était une fausse alerte, pourquoi te troubler l'esprit ? Je n'avais aucun moyen de savoir si elle était authentique. »

Minou revint en pensée à ce jour de début juin : le départ d'Aimeric à l'aube, leur heureuse promenade dans les bois à la mi-journée, la violente dispute qui avait gâché leur après-midi, les conseils que son cher père lui avait dispensés, assis à la table qu'ils avaient dressée dans la clairière. Une mosaïque de couleurs et d'images, chacune aussi nette et présente dans sa tête que si c'était la veille.

Puis, brusquement, elle comprit. Elle baissa de nouveau les yeux sur la lettre.

« Est-ce parce que tu as vu dans tout ceci la main de Vidal que tu ne t'en es pas ouvert à moi ? » demanda-t-elle en s'efforçant de chasser tout blâme de sa voix. À la façon dont il rougit, elle sut que ses mots avaient fait mouche. « Piet, comment as-tu pu avoir si peu confiance en moi ?

– Je sais combien cela te contrarie quand je songe à lui », répondit-il en évitant son regard.

Minou ravala son agacement.

« Je regrette que Vidal domine tes pensées ou ton humeur quand il n'y a aucune justification à cela ; tu lui accordes sur toi un empire qu'il ne devrait pas avoir. » Elle tapota la lettre du doigt. « Sauf dans le cas présent. As-tu la moindre raison de croire que Vidal est le cardinal français auquel Mariken fait référence ? A-t-il le moindre lien avec le béguinage, ou Amsterdam en général ?

– Pas que je sache », admit Piet.

Minou soupira.

« Et c'est pour cela que tu as demandé à Aimeric de se renseigner à l'ambassade hollandaise ?

– Oui. Eux, bien sûr, connaissent le béguinage, mais aucun ne semble connaître Mariken en particulier. » L'ombre d'un sourire passa sur ses lèvres. « Pieter : c'est le nom qu'elle me donne, as-tu vu ? J'avais oublié que ma mère m'appelait ainsi. »

Minou lui rendit la lettre.

« Cela rend d'autant plus probable que Mariken en soit l'auteure, non ?

– Je suppose que oui. » Piet soupira. « Mais alors, de qui peut-il s'agir à part Vidal ? Je ne vois pas quel autre cardinal français – quelle autre personne, d'ailleurs – pourrait chercher à se renseigner sur mon compte. »

Minou s'émerveilla de l'innocence de son époux.

« Piet, tu es un ardent et éminent défenseur de la cause des rebelles. Tu viens de l'admettre, ton rôle dans le soutien apporté aux forces calvinistes des Pays-Bas n'est un secret pour personne. Le simple fait que cette lettre te soit parvenue en est la preuve. Tout ceci, en soi, est bien suffisant pour attirer sur toi l'attention des factions catholiques d'Amsterdam. Aussi, même si nous ne pouvons exclure la possibilité que Vidal soit l'auteur de la lettre que Mariken a reçue, il y a d'autres explications. » S'armant de courage, elle posa la question dont elle redoutait la réponse. « Depuis que nous sommes arrivés à Paris, as-tu essayé de le trouver ?

– Vidal ? demanda Piet en rougissant. Non, mais je l'ai vu une fois, par hasard. Il ne loge pas avec le reste de la suite du duc de Guise, mais près d'ici, dans la rue d'Orléans. »

Minou lui toucha tendrement la main.

« Qu'as-tu ressenti ? »

Il hésita.

« J'avais si souvent imaginé ce moment, Minou, me demandant ce que j'éprouverais : de la colère, du regret devant ce que nous avons perdu, de la rancune pour ce qu'il a fait à notre famille, de la haine, voire de la peur. Mais même si sa vue m'a fait l'effet d'un coup de poing sous les côtes, en vérité, elle m'a moins affecté que je ne m'y attendais. »

Minou hocha la tête, bien qu'elle ne le crût pas vraiment.

« T'a-t-il vu ?

– Non, je me suis caché.

– Comment semblait-il aller ?

– Il était plus vieux, bien sûr, mais il porte bien les attributs du pouvoir. Quant à son visage et à sa façon d'être, il n'a pas changé. Il a avec lui un petit entourage, notamment un page qui serait entré récemment à son service. Lorsqu'ils sont passés, je l'ai vu. L'enfant, je veux dire. » Il s'interrompit, avant de continuer : « Il a dans les neuf ou dix ans, je dirais. »

Minou le dévisagea.

« Pourquoi ce garçon a-t-il retenu ton intérêt ?

– Il y avait quelque chose dans sa personne, Minou. Ses traits, son expression, la façon dont il se tenait. De mon point de vue, il offrait plus qu'une vague ressemblance avec Vidal. »

Minou haussa les sourcils, surprise.

« Son fils ?

– Je ne sais pas. C'est possible, n'est-ce pas ? Nous savons qu'il a engendré au moins un enfant ; un enfant qui aurait pu être accepté comme héritier légitime de Puivert si les choses s'étaient passées différemment[1]. Alors pourquoi pas un autre ?

– C'est possible.

– Si ce page est bien son fils, et que Vidal l'a pris à son service, cela indique peut-être un certain remords pour ses actions passées. »

Minou ne répondit pas, le cœur serré en réalisant qu'encore à ce jour, malgré tous les malheurs que Vidal avait fait subir à leur famille, son mari continuait à vouloir croire que l'ami si cher de sa jeunesse, objet de son amour et de sa confiance, n'avait pas complètement disparu. Ils avaient été aussi proches que des frères autrefois.

« Bien sûr, Vidal a fait vœu de célibat, continua Piet, d'un ton presque enthousiaste, mais tout le monde sait que ce genre de choses arrivent. Ne crois-tu pas que cela peut indiquer que son cœur s'est radouci ?

– C'est une possibilité, répondit prudemment Minou. Certains hommes découvrent que la dureté de leurs jeunes années, leur intransigeance, s'estompe à la naissance d'un enfant.

– Peut-être, ayant péché lui-même, Vidal sera-t-il plus enclin à pardonner les transgressions des autres. Peut-être essaie-t-il de racheter ses erreurs passées. »

Bien que Minou eût envie de voir l'inquiétude de Piet apaisée, elle sentit son estomac se nouer devant l'espoir audible dans sa

1. Voir *La Cité de feu* (Sonatine Éditions, 2020).

voix. Et, malgré la chaleur de ce jour d'août, elle frissonna, ayant soudain l'impression que Vidal était avec eux dans la pièce. Non plus un fantôme du passé, mais une menace très tangible.

« Et j'avoue avoir envisagé qu'il puisse être derrière l'attentat à la vie d'Alis. »

Minou écarquilla les yeux.

« Pour quelle raison Vidal voudrait-il donc lui faire du mal ?

– Pas à Alis, à toi. Elle portait une robe verte ce jour-là, Minou. Il aurait été facile de la confondre avec ta cape. Dans la panique du moment, c'est ce que j'ai fait moi-même. Et personne d'autre que toi ne montait jamais sur ce toit.

– Pourquoi ne me l'as-tu pas dit lorsque c'est arrivé ? »

Piet passa la main dans ses cheveux.

« Je n'ai pas eu le temps de te faire part de mes soupçons. Bernard était mort, la vie d'Alis se jouait et, je ne sais comment, le moment est passé. » Il la regarda. « Il ne t'est jamais venu à l'esprit que Vidal ait pu commanditer cette attaque ? »

Minou fronça les sourcils.

« Toutes mes pensées étaient tournées vers la survie d'Alis.

– Sur le moment, oui, mais après ? Tu sais aussi bien que moi que ce ne peut avoir été un accident. C'est contraire aux lois de la nature pour une balle perdue d'aller si haut.

– Je conviens que c'était un acte délibéré. Et que j'en étais très probablement la cible. De loin, la robe d'Alis et ma cape peuvent sembler de la même couleur. Mais Vidal nous a laissés en paix pendant dix ans. S'il voulait nous nuire, il l'aurait fait avant. Pourquoi supposer que quoi que ce soit ait changé ? » Elle indiqua la lettre. « Juste sur la base de la coïncidence entre ceci et l'attentat à la vie d'Alis ? Tu fais le lien entre ces deux choses sans en avoir la moindre preuve. » Elle hésita. « Par ailleurs, si cette attaque était le fait de Vidal, la balle t'aurait sûrement été destinée, mon cœur, plutôt qu'à moi. »

Piet se pencha vers elle.

« Mais si ce n'est Vidal, qui ?

– Qui a écrit à Mariken, ou qui a commandité l'attaque ?

– L'un ou l'autre, les deux, je ne sais pas ! » s'exclama-t-il, la voix crispée de frustration. Puis il baissa brutalement les épaules. « Peut-être as-tu raison, Minou. Peut-être vois-je des liens là où il n'en est pas. »

Elle l'embrassa sur la joue.

« Ah, n'as-tu donc toujours pas compris, après presque dix ans de mariage, que j'ai généralement raison ? Quant à cette lettre de Mariken, avec l'aide d'Aimeric, nous saurons bientôt tout ce qu'il y a à savoir sur le sujet. Ce qui est arrivé appartient au passé ; essaie d'oublier Vidal. Ce n'est qu'un homme, comme tout autre. Ne le laisse pas régner sur tes pensées ni voler le sommeil de tes nuits. »

À sa grande surprise, elle vit un sourire se dessiner sur les lèvres de son époux et, pour la première fois depuis bien des semaines, une étincelle de désir s'allumer dans ses yeux.

« Pourquoi, ma Dame des Brumes ? Avez-vous une autre suggestion pour tenir le sommeil à distance ? »

Minou rougit.

« Peut-être… » Elle se déroba à son étreinte. « Mais dans l'immédiat, je dois aller trouver Salvadora. Cela fait près d'une heure qu'elle attend que nous partions à la Sainte-Chapelle. Même sa patience a des limites. »

Piet émit un grognement de dépit.

« Ce soir, alors ? »

Elle sourit.

« Nous verrons, mon amour. Nous verrons. »

23

La Sainte-Chapelle, île de la Cité

De retour dans la voiture, Salvadora Boussay se laissa aller contre son dossier, le cœur battant à tout rompre. Sa chemise lui collait au dos et ses paumes étaient moites sous ses gants. Elle brassait l'air confiné de son éventail, mais n'en tirait aucun soulagement.

Cela faisait dix ans qu'elle ne l'avait pas vu, mais c'était incontestablement lui. Ici à Paris. Cardinal, désormais, son habit l'indiquait. Même au milieu de la foule de fidèles, elle avait senti sa malveillance et sa froide ambition.

Salvadora était une femme fière. Toute sa vie, elle avait eu pour conviction qu'une dame ne devait pas attirer l'attention sur elle. Et pourtant, elle avait commencé cette journée en se disputant avec sa nièce, et venait d'enchaîner en se ridiculisant, à la Sainte-Chapelle de surcroît. Lâchant un cri involontaire, manquant tomber à sa vue, laissant des mains inconnues la toucher. Elle se sentait humiliée, une émotion qu'elle pensait avoir laissée derrière elle. Des années de mauvais traitements par son époux – une époque où chaque faute, même mineure, pouvait lui valoir un coup de poing, de canne, de ceinture sur le dos – l'avaient conditionnée à ressentir de la honte en permanence.

La voiture tourna au coin d'une rue avec une embardée et Salvadora tendit vivement la main pour éviter de glisser de son siège. Ses pensées continuèrent à la torturer. Malgré toutes leurs conversations au coin du feu sur le fait qu'on pouvait vivre ensemble en pratiquant des religions différentes, elle priait encore chaque nuit pour que sa famille retrouve le chemin de la vraie foi. Elle priait en particulier pour le salut d'Aimeric, car, bien qu'elle ressente une profonde affection pour ses nièces, il était son préféré. Le fils qu'elle n'avait jamais eu. Elle avait attendu un enfant une fois, mais une rossée particulièrement dépourvue de retenue l'avait privée non seulement de cette joie, mais aussi de la possibilité de recommencer.

Les roues du véhicule tressautèrent bruyamment sur les pavés, lui secouant les os.

Aimeric n'était-il pas né catholique ? Baptisé de même ? Et son père – Dieu ait son âme – n'était-il pas resté fidèle à Dieu jusqu'à sa mort ? C'était seulement l'admiration juvénile d'Aimeric pour Piet qui l'avait conduit aux portes du temple huguenot. Et parce que Minou était une épouse obéissante, qui respectait le jugement de son mari, elle n'avait eu d'autre choix que de suivre, emportant Alis avec elle.

Salvadora regrettait que son beau-frère ne soit plus de ce monde. Il aurait su quoi faire. Bernard avait possédé cette rare faculté d'être de bon conseil tout en restant juste et impartial. Il n'avait jamais jugé, se contentant d'offrir des suggestions utiles qui apportaient toujours du réconfort.

Ses pensées revinrent à leur cours initial. Que représentaient quelques années sur cette terre, comparées à l'éternité à venir ? Se pouvait-il que sa famille se soit fermé la porte de l'amour divin à tout jamais ? N'était-il pas de son devoir de chrétienne de la ramener au sein de la seule vraie Église ?

C'était pour cela que, malgré son enthousiasme à l'idée d'admirer la beauté de la Sainte-Chapelle, elle y était tout autant allée en pèlerinage. Pour implorer le Ciel à l'endroit où prières et miracles semblaient fondus dans la structure même de l'édifice.

Mais au lieu de trouver la paix, elle était tombée sur lui. Les mots de supplication s'étaient éteints sur ses lèvres parce que Vidal était là aussi.

Elle ferma les yeux pour prier.

« Ô glorieuse sainte Anne pleine de bonté pour tous ceux qui vous invoquent, pleine de compassion pour tous ceux qui souffrent, me trouvant accablée d'inquiétudes et de peines, je me jette à vos pieds, vous suppliant humblement de prendre sous votre conduite l'affaire qui m'occupe. Je vous la recommande instamment... »

La voiture s'arrêta brutalement, puis tangua lorsque le cocher en sauta pour venir lui ouvrir la portière. Salvadora souleva le rideau de gaze, maigre protection contre la poussière de Paris, et vit qu'ils étaient de retour dans la rue des Barres.

Elle resta assise encore un moment, troublée que sa prière n'ait pas réussi à l'apaiser. Lorsqu'elle repassa le seuil de la maison, poussée par le son des cloches de Saint-Gervais annonçant les vêpres, elle sentait encore le poids des yeux noirs et meurtriers du cardinal dans son dos.

24

Hôtel de Bourbon

Dans l'hôtel de Bourbon, Aimeric entendit les cloches de Saint-Germain-l'Auxerrois sonner les vêpres. Il avait les yeux mouillés de chagrin pour son père et sa sœur.

Le palais, magnifique bâtiment couvrant une parcelle de terrain autrefois occupée par quelque trois cents demeures et donnant au sud sur le fleuve, était doté d'embellissements et d'ornements qui en faisaient l'un des hôtels particuliers les plus admirés de Paris. Sa grande salle était plus vaste que même la plus somptueuse pièce du Louvre, et devait donc accueillir la mascarade commanditée par la reine mère pour célébrer le mariage.

À cet instant, pourtant, Aimeric n'avait de pensée que pour son sage et vénérable père. Mort et enterré depuis deux mois sans qu'il l'ait seulement su. L'idée lui était insupportable. Il lui semblait impossible qu'il ne revoie jamais le doux visage de Bernard, qu'il ne s'assoie jamais plus au coin du feu dans sa petite maison de la rue du Trésau à Carcassonne pour écouter ses récits du passé.

Il regarda dans la rue par la fenêtre du premier étage. Depuis deux jours, le peuple s'amassait pour s'assurer une place au mariage du lendemain, s'alignant le long de la route qu'emprunterait le cortège royal pour aller du palais du Louvre à la cathédrale Notre-Dame, où devaient être célébrées les noces. Il se demanda ce que son père aurait pensé de ce spectacle. Ses yeux s'embuèrent à nouveau de larmes. Désormais, il ne le saurait jamais.

Avec la foule étaient arrivés les saltimbanques, les tire-laines, les filles de joie et les escrocs. Les odeurs de rôtisserie et de pâtisserie émanant des étals des vendeurs de rue s'infiltraient par les fenêtres ouvertes. De temps en temps, Aimeric discernait les acclamations saluant la flamme d'un cracheur de feu ou le tour d'un acrobate. Il aurait aimé pouvoir savourer naïvement les plaisirs de Paris. Mais chaque soir, tout ce qu'il voyait étaient les tensions et la belligérance regagnant sournoisement les rues bondées.

Ses pensées se tournèrent de nouveau vers sa sœur. L'idée qu'Alis avait été victime d'une attaque si violente, qu'elle avait failli mourir sans qu'il en sache rien, l'ébranlait plus qu'il n'aurait su le dire. Il avait l'impression d'avoir manqué à ses devoirs envers elle, et de continuer à le faire. Elle était sa compagne de cœur, la meilleure amie qu'il avait jamais eue.

Mais derrière le saisissement et le chagrin, les rouages de son cerveau n'avaient cessé de tourner. Même s'il avait eu trop peu de temps avec Minou pour l'interroger à ce sujet, il ne pouvait s'empêcher de se demander pourquoi Piet n'avait pas mentionné les événements survenus à Puivert lorsqu'ils s'étaient vus, ni fait la moindre allusion à Vidal. Toutes ses pensées avaient été tournées vers Amsterdam, Aimeric comprenait cela, mais tout de même. Bien que Minou n'ait rien dit de cet ordre, dès l'instant où elle lui avait raconté les circonstances de l'attentat à la vie d'Alis, Aimeric avait soupçonné Vidal d'en être responsable. C'était un homme malintentionné et revanchard, qui s'acharnait sur ses ennemis et n'agissait que dans son intérêt personnel.

Aimeric ferma les yeux. Sa foi lui donnerait la force de tenir bon. Il aurait bien le temps de pleurer son père et de lui rendre hommage lorsqu'il retournerait dans le Languedoc à l'automne, pour passer du temps avec sa chère Alis.

Mais dans l'immédiat, son cœur et son épée appartenaient à Coligny. Il se frotta les yeux et prit une grande inspiration.

L'heure n'était pas aux larmes. Celles-ci viendraient plus tard, dans l'intimité de ses propres quartiers. Il lui fallait se reconcentrer sur le présent.

L'amiral de Coligny était en consultation privée avec Henri de Navarre, dans un effort pour encourager le jeune roi à s'intéresser davantage aux affaires d'État : les sujets abordés étaient censés aller du rôle des armées huguenotes aux Pays-Bas, et de l'inégale application de l'accord de paix récemment conclu aux préparatifs de son propre mariage. Bien que charmant et adoré de ses hommes, Henri était aussi viveur que n'importe quel soldat de bas étage. Les plaisirs et la boisson l'amusaient bien plus que les prières et la politique, et il se laissait aisément distraire par un joli minois. Dame bien née ou jeune villageoise dans un verger en été, il ne faisait pas de distinction. Il aimait facilement et entièrement, jusqu'à ce qu'une autre attire son regard. Comment il allait s'en sortir avec la princesse Marguerite de Valois – Margot –, qui le valait en intelligence comme en influence, Aimeric n'en avait aucune idée. De réputation, ils étaient tous deux indépendants, manipulateurs, amoraux et habitués à n'en faire qu'à leur tête.

Bien que Coligny ait retrouvé la faveur du roi Charles, Aimeric savait que son ascendant sur lui déplaisait à la reine mère, qui voyait sa propre emprise sur le jeune malade diminuer.

L'amiral voulait croire qu'une paix durable était possible. La reine mère était une femme pragmatique, disposée à faire des compromis si cela servait ses objectifs. Le roi était sous sa coupe et n'avait pas d'opinion personnelle sur la question. Le principal obstacle à la paix était le duc de Guise, catholique. Il détestait Coligny, le tenant pour responsable de la mort de son père à Orléans, et avait juré de venger ce dernier. Tout le monde savait qu'il était en pourparlers avec l'Espagne, dans le but de promouvoir une alliance catholique destinée à faire face aux nations protestantes émergentes.

Aimeric soupira, essayant de se convaincre que ce mariage était bon pour le royaume, bon pour leur cause. Étant donné la sincère affection que Navarre comme le roi vouaient à Coligny, cette union ne pouvait, sûrement, qu'apporter une plus grande liberté aux huguenots.

« Une paix durable », dit-il à voix haute, comme pour graver les mots dans l'air.

Bien qu'il ait fait ses oraisons habituelles à l'aube, et prié de nouveau pour l'âme de son père, il inclina la tête une troisième fois. Avec la foi inébranlable d'un homme certain que Dieu veillait sur les justes, il pria pour que la journée du lendemain se passe sans incident, que tous ceux qu'il aimait soient épargnés et connaissent un autre jour.

25

Palais du Louvre

Marguerite de Valois se tenait devant son miroir, en chemise, les bras nus et les épaules caressées par le soleil de l'après-midi qui entrait par la fenêtre. Elle se tourna d'un côté puis de l'autre, s'admirant sous tous les angles, avant de revenir à sa position initiale.

Elle tendit les bras au-dessus de sa tête. Sa peau était d'une blancheur immaculée, aussi dénuée d'imperfections que n'importe laquelle des statues du sculpteur italien, de Vinci, dans la salle des Caryatides. Elle s'était longuement brossé les cheveux, jusqu'à ce qu'ils luisent aussi chaudement que de l'acajou ciré. Ses yeux étaient clairs, ni trop écartés ni trop rapprochés, et il lui fallait peu de teinture pour mettre en valeur ses cils noirs. Ses sourcils formaient deux arcs parfaits. Elle sourit. Ses lèvres étaient naturellement aussi rouges et charnues que si on les avait carminées. Demain, bien sûr, ce que la nature lui avait offert serait mis encore plus en valeur par ses dames d'honneur.

Elle serait la plus belle mariée que Paris ait jamais vue, de cela elle ne doutait pas un instant. Elle entendait déjà la foule se rassembler dans les rues. Aujourd'hui princesse, elle serait demain reine. Dès l'instant où elle prononcerait ses vœux de mariage, elle accéderait au trône de Navarre. Elle parlait joliment plusieurs langues, avait étudié la grammaire et les lettres classiques, était une danseuse accomplie, une poétesse, et avait également une réputation d'excellente cavalière. Ce n'était pas pour rien qu'on la surnommait « la perle des Valois ».

Elle se rembrunit. Navarre avait dix-neuf ans, quelques mois de moins qu'elle. Elle avait été favorablement impressionnée lorsqu'elle avait rencontré son futur époux lors de leurs fiançailles. Il s'était avéré un homme spirituel, plus accompli qu'on ne le lui avait laissé croire, et elle s'était laissé charmer malgré elle. Lorsqu'il était arrivé à Paris en juin, tout de noir vêtu et accompagné de quelque neuf cents nobles huguenots, elle avait dû admettre qu'il avait fière allure. Mais son haleine empestait l'ail. Ses cheveux en brosse étaient trop longs et coiffés en arrière, et il avait des manières frustes et un accent provincial qui écorchait les oreilles. En outre, le cœur de Margot n'était pas libre. Navarre ne soutenait pas la comparaison avec son premier amour, Henri de Guise.

Elle plaça la main sur son sein, se remémorant la caresse de ses doigts sur sa peau. Le parfum de sa chevelure blonde et les muscles de son dos. Ils avaient savouré la compagnie l'un de l'autre pendant de nombreux mois avant d'être finalement trahis et pris en faute. La reine mère avait des espions partout. Guise avait été exilé de la cour et elle-même violemment battue par sa mère, avant de se voir séquestrée dans ses appartements pendant un mois.

Deux ans avaient passé. Mais, il y avait quelques jours de cela, des fenêtres du palais du Louvre, Margot avait assisté au retour du duc de Guise à Paris, accompagné d'une cavalcade d'une centaine d'hommes. Si l'intention de son ancien amant avait été de montrer à sa mauviette de frère, le roi, et à son impitoyable mère qui possédait le cœur du peuple, cela avait marché.

La peine de savoir Guise si proche, mais pourtant inaccessible, la rendait folle. Chaque nuit, bien qu'elle sache sa chambre gardée, elle priait pour qu'il trouve finalement un moyen de l'y rejoindre. Chaque jour, elle priait pour qu'un courrier arrive de la part du pape, annonçant qu'il leur refusait la dispense permettant l'union d'une catholique et d'un protestant, même si elle n'avait plus guère d'espoir à ce sujet désormais. Le matin même, elle avait entendu ses dames d'honneur chuchoter que sa mère avait donné l'ordre de retenir toute missive en provenance de Rome hors de France jusqu'au coucher du soleil le lendemain. Bien que le cardinal de Bourbon soit catholique et risque l'excommunication s'il célébrait la cérémonie sans cette dispense spéciale, c'était également l'oncle de Navarre. Margot avait dans l'idée qu'il craindrait davantage le courroux de Catherine de Médicis, tout près de lui à Paris, que le blâme du pape à Rome, à plusieurs journées de cheval de là.

Elle était prise au piège.

Elle détourna les yeux du miroir. Sa beauté ne lui procurait plus de plaisir. Rien ne le pouvait, hormis la compagnie de Guise. Il restait encore douze heures. Bien assez de temps pour qu'il vienne revendiquer ses droits sur elle.

« Que faites-vous ? »

Au son de la voix redoutée, le cœur de Margot fit un bond. Dès qu'elle se trouvait en présence de sa mère, toute son assurance, toute son élégance s'évaporaient, et elle redevenait une enfant tyrannisée et mal-aimée. Elle se retourna en s'efforçant de maîtriser ses réactions, mais ne put contenir le tremblement de ses mains.

« Vous m'honorez, madame. »

Catherine de Médicis se dressait, monstrueuse, sur le seuil de la pièce. Portant le deuil depuis la mort de son époux treize ans plus tôt, elle était vêtue presque intégralement de noir, à l'exception d'un bracelet porte-bonheur aux pierres colorées. Margot essaya de ne pas regarder ses yeux globuleux et ses lourdes bajoues, son visage poudré de blanc et ses lèvres carminées dont la couleur ne parvenait pas à maquiller la cruauté.

« Je vous ai posé une question. Que faites-vous ?

– Rien. »

La reine mère s'avança dans la chambre. Margot ne put s'empêcher de tressaillir.

Catherine afficha un sourire froid.

« Il est bon d'être anxieuse la veille de votre mariage. Cela fait montre d'une pudeur appropriée, même si tout Paris sait que vous avez la moralité d'une fille des rues. » Elle lui tendit une coupe. « Je vous ai apporté quelque chose pour apaiser vos nerfs. »

Margot regarda avec horreur le liquide rouge qui clapotait dedans. Se pouvait-il que sa mère n'ait jamais compté que le mariage ait lieu ? La rumeur à la cour voulait qu'elle ait empoisonné la reine de Navarre. Et si elle avait l'intention de faire du mal à sa propre fille aussi ? De détruire sa santé, physique ou mentale ? Margot ne pouvait se résoudre à boire.

« Prenez cette coupe, ordonna Catherine. Vous m'offensez par votre désobéissance.

– Je n'ai pas soif. »

Le regard de sa mère se fit suspicieux.

« Et je sais ce qu'il y a de mieux pour vous. » Elle eut un rire. « Croyez-vous que j'aie autre chose que vos intérêts à cœur ? » Elle lui tendit de nouveau la coupe. « Prenez-la. »

Margot savait qu'elle n'avait d'autre choix que d'obtempérer. Elle était impuissante à résister. Puis elle sentit sa mère lui pincer durement le menton.

« Je suis sûre que vous n'avez pas besoin que je vous le rappelle, Marguerite, mais vous ne ferez rien qui puisse déshonorer le nom des Valois. Je suis l'épouse d'un roi, la mère de deux autres et, par un travail acharné en votre nom, j'ai garanti que vous serez une reine. » La pression de ses doigts s'accentua. « Absolument rien qui puisse porter atteinte à l'honneur de cette famille. Les yeux de tout Paris seront sur vous. Si vous faites quoi que ce soit qui mette en péril ce que j'ai obtenu pour vous, votre vie ne vaudra plus la peine d'être vécue. Est-ce bien compris ? »

Margot, la gorge sèche, ne répondit pas.

« Est-ce compris ?

– Oui, maman. »

Catherine la relâcha.

« Je vais rassurer le roi et vos nobles frères sur votre obéissance. »

Tremblante de peur et de rage, Margot réussit cependant à faire la révérence.

Elle regarda en silence sa mère ressortir d'un pas pesant, puis une fureur aveugle s'empara d'elle. Elle était si mal traitée par sa famille, si impuissante à vivre la vie qu'elle souhaitait, ses désirs étaient si peu pris en compte. Avec un hurlement, elle jeta la coupe de toutes ses forces à travers la pièce, l'aspergeant de vin et brisant le miroir en une myriade de petits éclats de verre rouge sang qui s'éparpillèrent sur le sol de sa magnifique prison.

26

Rue des Barres
Lundi 18 août

« Réveillez-vous ! cria Marta en se précipitant dans leur chambre, apportant avec elle le vacarme des cloches sonnant matines. Je suis prête depuis l'aube. Regardez-moi. »

Elle tourna sur elle-même en écartant ses jupes.

Minou repoussa les courtines et se redressa dans le lit.

Piet, assis près de la fenêtre en chausses et chemise, porta le doigt à ses lèvres.

« Vous êtes trop bruyante et trop matinale, mademoiselle Marta ! Seuls six coups ont sonné. Nous ne partirons pas avant plusieurs heures. »

La nourrice apparut sur le seuil, rouge d'embarras.

« Madame, monsieur, pardonnez-moi. Mademoiselle Marta, je vous avais expressément ordonné de rester dans votre chambre jusqu'à ce que je vienne vous chercher. »

Minou sourit.

« Ce n'est pas un problème, nourrice, elle peut rester ici un moment.

– Allons-nous recevoir toute la maisonnée dans notre chambre avant même que le soleil soit levé ? demanda Piet avec un sourire taquin.

– Une certaine impatience semble en effet affecter l'ordre habituel des choses ce matin. »

Minou tapota le lit à côté d'elle et Marta grimpa dessus.

« Je me sentais seule dans ma chambre, maman.

– Seule ! répéta Minou avec un rire. Je ne peux croire cela possible dans une ville si populeuse.

– Je n'avais personne avec qui jouer, expliqua sa fille en étalant ses jupes bleues autour d'elle. Cette robe me sied beaucoup, n'est-ce pas ?

– Tu es aussi jolie qu'une princesse, répondit Piet. Et vous le serez tout autant, ma Dame des Brumes, lorsque l'heure l'exigera. » Il s'approcha pour déposer un baiser sur le front de Minou, puis se redressa pour enfiler sa robe de chambre. « Je serai l'homme le plus fier de Paris.

– Que portera la vraie princesse ? demanda Marta d'une voix vibrante d'excitation. Tante Salvadora dit que... »

Minou souleva sa fille pour la reposer par terre.

« Tu es peut-être prête depuis l'aube, petite, mais ce n'est pas mon cas. Ni, d'ailleurs, celui de ton père. »

Marta pencha la tête d'un air pensif.

« Je peux l'aider à s'habiller.

– Dieu nous épargne, un homme a parfois besoin d'être seul !

– Retourne dans ta chambre et attends patiemment, dit Minou. La nourrice va venir vérifier que tu as tout ce dont tu pourrais avoir besoin. La journée va être longue, et nous allons rester debout au soleil un certain temps.

– Mais j'ai...

– Marta, fais ce que je te dis », l'interrompit Minou de son ton le plus sévère.

La petite fille tapa du pied.

« Combien de temps vais-je devoir être patiente ? »

Minou retint un sourire.

« Lorsque les cloches auront sonné tierce, nous partirons. Nous ne sommes pas loin de l'île de la Cité, mais nous n'irons pas vite.

– Pourquoi ?

– Parce que les rues seront bondées.

– Cela fait encore des heures à attendre, geignit Marta. Ne pouvons-nous pas partir plus tôt ? »

Posant la main sur l'épaule de sa fille, Piet la poussa vers la porte, où il la remit à la garde d'un domestique.

« Si tu le veux bien, Marta, nous vous verrons, Jean-Jacques et toi, un petit peu plus tard. Retourne directement dans ta chambre. Ne cause pas davantage de souci à la nourrice. »

Dès que leur fille fut hors de portée de voix, ils éclatèrent tous deux de rire.

« Je suis sûr que tous les parents se disent la même chose, mais c'est vraiment une enfant extraordinaire, déclara Piet. Elle a tant d'assurance.

– Et l'esprit si curieux, ajouta Minou. Elle est toujours à l'affût de la moindre bribe d'information. Hier, je l'ai entendue dire à Salvadora qu'elle souhaitait apprendre le latin, quelqu'un lui ayant raconté qu'en plus de l'espagnol, du français et de l'italien, Margot est également versée dans le latin et le grec.

– Elle a même essayé de me persuader que nous devrions l'autoriser à nous accompagner aux festivités nocturnes qui vont suivre la cérémonie. La reine mère a prévu un divertissement exceptionnel : une mascarade écrite tout exprès pour ce mariage, ainsi que des danses italiennes et les meilleurs musiciens d'Europe. J'ai dit à Marta que nous avions refusé l'invitation. Elle a jugé que c'était une bêtise de manquer pareille occasion !

– Cela ne m'étonne pas d'elle ! Pour ma part, je suis tellement soulagée que tu n'aies pas envie d'y aller. J'ai dans l'idée que ce sera l'une de ces soirées plus intéressantes à s'entendre conter qu'à vivre soi-même. »

Piet fit tendrement courir son doigt le long de sa joue.

« Je préfère nettement que nous restions entre nous et créions notre propre divertissement.

– Vous êtes bien avisé ce matin, monsieur.

– À votre service, *madomaisèla.*

– *Madomaisèla !* Après toutes ces années et deux enfants, je vous remercie de votre galanterie.

– Vous êtes aussi fraîche qu'au jour où j'ai posé les yeux sur vous. »

Le cœur de Minou se gonfla de bonheur. Depuis que Piet lui avait parlé de la lettre de Mariken et de ses craintes au sujet de Vidal, la distance entre eux s'était dissipée comme une brume d'été. Ils étaient redevenus eux-mêmes : compagnons d'armes, amoureux, amants.

Elle lui déposa un baiser sur le bout du nez.

« Ça, mon cœur, c'est seulement parce que tu ne veux pas admettre que tu as besoin de lunettes. L'histoire des dix années passées, je le crains, est clairement inscrite sur nos deux visages. C'est seulement que tu ne la vois pas. »

Il afficha un grand sourire. Puis, la prenant par surprise, il referma la porte d'un coup de talon, traversa la pièce à grands pas et la souleva dans ses bras pour aller la déposer sur le lit.

« Mais enfin, monsieur ! Nous n'avons pas le temps pour... »

Il se laissa tomber à côté d'elle.

« Nous avons assez de temps, ma Dame des Brumes, pour honorer notre heureuse union avant d'aller assister à celle de deux personnes nettement moins bien assorties. En vérité, c'est notre devoir. »

27

Cathédrale Notre-Dame, île de la Cité

Les hautes tours carrées de Notre-Dame se dressaient, magnifiques, dans un ciel bleu sans nuages. La rosace ouest et les fenêtres cintrées qui l'encadraient, avec leurs vitraux ancestraux, brillaient de mille feux dans la lumière matinale. Même les gargouilles semblaient animées d'une expression plus affable que d'ordinaire.

Le parvis devant l'édifice foisonnait de couleurs : une foule parée de joyaux et de plumes, de velours et d'hermine, au visage rose et luisant dans la chaleur torride du mois d'août. Devant la grande porte, le blanc éclatant des habits cléricaux et le miroitement doré des croix et des encensoirs se détachaient nettement sur le reste.

Des rangées de sièges disposés en gradins, à destination des invités les plus prestigieux, avaient été dressées en hauteur aux abords de la porte, comme de part et d'autre d'une lice : catholiques d'un côté, protestants de l'autre. En dessous se trouvaient les places réservées aux ecclésiastiques et propriétaires moins importants : des nobles comme Piet et sa famille, dont la loyauté envers la Couronne ou Navarre, ou la contribution à la prospérité de Paris, leur avait valu une place.

Derrière, aussi loin que portait le regard, se tenaient des centaines de milliers de citoyens ordinaires venus voir une page de l'Histoire s'écrire. Rang après rang, rue après rue, le long des deux berges de la Seine, leurs voix emplissant l'air comme le grondement du tonnerre dans les montagnes. Invisible, mais toujours audible.

À l'entrée de Notre-Dame se tenait le cardinal de Bourbon, catholique, à côté de son neveu protestant, Henri de Navarre. Le marié était vêtu de satin jaune pâle brodé de perles et de pierres précieuses. Il portait encore les cheveux en brosse, à la mode béarnaise, et sa tournure évoquait davantage le champ de bataille et la chasse que les couloirs de la cour, mais il n'avait pas moins l'air d'un roi pour autant. Minou essaya en vain de trouver l'amiral de Coligny ou Aimeric dans les rangs des huguenots, qui, pour beaucoup, étaient vêtus de noir comme à leur habitude.

Elle balaya ensuite du regard les gradins de l'autre côté du chemin, jusqu'à ce qu'elle trouve la section exquisément décorée, drapée de rouge et de blanc, de bleu et jaune à fleurs de lys, réservée à la famille de Guise. Au centre du groupe se tenait le duc lui-même. Même elle fut obligée de reconnaître qu'il y avait quelque chose dans sa posture qui attirait tous les regards. Plus que Navarre, il semblait prendre possession de la journée.

S'armant de courage, elle scruta attentivement les rangs autour de lui jusqu'à ce qu'elle trouve Vidal. Et, bien qu'elle s'y soit préparée, elle sentit sa poitrine se crisper rien qu'à sa vue, comme si elle était captive de la torture d'une vierge de fer. Ses jambes lui parurent soudain de coton et ses mains se mirent à trembler, tandis que dans ses os semblait ressurgir le souvenir de chacune des violences infligées par Vidal. Elle agrippa un des poteaux derrière elle pour rester d'aplomb et s'efforça de contrôler la terreur qui hérissait tout son corps alors qu'une succession de visions l'assaillaient : Alis gisant dans une mare écarlate sur le toit du donjon, sa propre cape trempée de sang, les cadavres putrides de rongeurs dans les bois en contrebas, où l'assassin avait attendu son heure.

Elle secoua la tête, comme pour en chasser ces terribles images. Vidal avait perdu. Elle était vivante, et Alis reprenait de jour en jour plus de forces. Piet était redevenu lui-même. Vidal ne les avait pas vaincus et elle ne laisserait pas la peur qu'il lui inspirait lui faire perdre tous ses moyens maintenant. Elle se força à respirer calmement, jusqu'à ce que son cœur retrouve un rythme normal.

Enfin, elle lâcha le poteau et se redressa. Mais lorsqu'elle jeta un coup d'œil à Salvadora et Piet, elle se rendit compte que ni l'un ni l'autre n'avait remarqué quoi que ce soit. Quelques secondes tout au plus s'étaient écoulées.

« Tiens, dit Piet à Marta en écartant la banne qui les protégeait du soleil pour qu'elle puisse se hisser sur la rambarde. Vois-tu mieux à présent ?

– Oui, c'est mieux.

– Oui quoi ?

– Oui, *merci*, papa, répondit-elle avec une grimace. Où est Marguerite de Valois ? Pourquoi n'est-elle pas ici, alors que le roi de Navarre attend déjà ? »

Piet lui indiqua le palais du Louvre.

« La princesse va venir de cette direction en grande pompe. Vois-tu la passerelle spéciale qu'ils ont construite pour lui permettre d'arriver directement ici sans avoir à descendre au niveau de la rue ?

– Comme si elle flottait sur un nuage d'or. »

Salvadora, écarlate sous l'effet de la chaleur, hocha la tête en signe d'approbation.

« Marguerite de Valois sera accompagnée du roi Charles son frère et de la reine mère, ainsi que de ses autres frères, le duc d'Anjou et le duc d'Alençon, et de leur suite.

– Et de trois dames d'honneur pour porter sa traîne, ajouta Marta. J'ai entendu les domestiques en parler.

– Vous ne devriez pas écouter les ragots de cuisine, répondit Salvadora d'un ton réprobateur, mais c'est juste, effectivement. »

Marta jeta un regard plein de ressentiment à sa grand-tante.

« Attention, fit Piet alors que Marta se penchait davantage pour mieux voir.

– As-tu vu Vidal ? chuchota Minou à l'oreille de son époux, surprise d'entendre combien sa voix semblait normale. Parmi les gens du duc de Guise, dans la tribune d'en face ? »

Piet passa le bras autour de sa taille.

« Oui, mais j'ai pris à cœur tes conseils. Mieux vaut le voir maintenant, au loin dans la foule, que nous retrouver au même endroit ces prochains jours. Comme tu l'as dit, il ne peut pas nous faire de mal. C'est du passé. »

Minou hocha la tête, bien qu'au feu de ses joues, elle ne le crût pas aussi optimiste qu'il prétendait l'être.

« Regardez ! s'écria Marta. Ils arrivent. »

Dans un ondoiement de couleur, les trompettes de cérémonie se tournèrent vers le ciel et le parvis s'emplit soudainement de musique. Un frisson traversa la foule : l'attente laissa place à une effervescence qui fouettait les sens et chassait la banalité du quotidien. Malgré ses émotions à fleur de peau, la collision de son passé et de leur présent, Minou sentit l'exaltation la gagner aux premières notes dures et éraillées des trompettes.

« La mariée a fière allure, dit Salvadora avec approbation. Une vraie princesse du sang.

– Elle sera bientôt reine, ajouta Marta avec un soupir, car elle épouse un roi.

– En effet », répondit Salvadora avec un hochement de tête.

Marguerite de Valois, accompagnée par son frère aîné, était vêtue d'une robe en velours bleu brodée de fleurs de lys et d'un corselet d'hermine mouchetée. Sur la tête, elle avait une couronne et, sur les épaules, une large cape bleue, incrustée de joyaux, avec une traîne longue de quatre aunes portée par trois princesses. Étincelant de diamants qui accrochaient le moindre rayon de soleil, elle parcourut lentement la passerelle dorée la menant à son futur époux.

Le roi semblait pâle et essoufflé dans la chaleur torride. Inquiet, aussi, comme s'il craignait la foule et le mécontentement de la reine mère, jetant des regards nerveux autour de lui tandis qu'il avançait d'un pas trébuchant. Bien que magnifiquement vêtu, il était éclipsé par son frère cadet, le duc d'Anjou. Le teint plus sombre de ce dernier était parfaitement mis en valeur par une pâle toque ornée de pierreries et bordée de lourdes perles. Minou avait entendu les rumeurs au sujet des goûts contre nature d'Anjou, et les avait ignorées, n'y voyant que pure malveillance. À présent, elle était forcée de réexaminer la question. Ses mignons, aux cheveux soigneusement frisés comme les siens, semblaient aussi peu à leur place dans le cortège royal qu'une troupe de baladins faisant une apparition à la grand-messe.

« Qu'est-ce qu'elle est belle, soupira Marta. Le bleu est ma couleur préférée, moi aussi. »

Les trompettes se turent et la foule se calma lorsque la procession arriva devant la porte de la cathédrale et fut reçue par le cardinal de Bourbon.

Ils étaient trop loin pour entendre les mots de bienvenue, pour voir les expressions sur le visage des personnes attroupées autour de Navarre et Marguerite. Mais personne ne put manquer de remarquer le coup d'œil désespéré que la princesse jeta au duc de Guise, comme si elle le suppliait de mettre un terme à cette comédie ; ni le moment de silence lorsqu'elle refusa de répondre à la question du cardinal et de prononcer ses vœux ; ni le geste du roi chétif qui, à un signe de la reine mère, sembla incliner de force la tête de sa sœur, avant que la bénédiction nuptiale soit rapidement donnée.

Les trompettes se dressèrent à nouveau vers le ciel, et une immense clameur s'éleva de la foule. C'était fait.

« Ils sont mariés, dit Piet avec soulagement.

– Mais a-t-elle librement consenti ? » chuchota Minou.

Il haussa les sourcils.

« Assez pour satisfaire le cardinal, semble-t-il. »

La nouvelle reine de Navarre accompagna ensuite les Valois et leur suite à l'intérieur de la cathédrale même, laissant son nouvel époux attendre dehors avec son entourage de huguenots.

« Cela n'est vraiment pas orthodoxe, s'indigna Salvadora avec un coup sec d'éventail.

– Pourquoi son mari n'est-il pas entré avec elle ? demanda Marta.

– Le cortège royal va maintenant entendre la messe pour célébrer le mariage, expliqua Piet. Navarre ne va pas à la messe, alors...

– Parce qu'il est l'un des nôtres, et non un catholique comme eux ?

– Exactement. Tu n'accompagnes pas tante Salvadora à la messe, n'est-ce pas ? »

Marta fit la moue.

« Non, mais je n'apprécierais pas d'être laissée seule dehors le jour de mon mariage.

– Navarre ne sera pas seul longtemps. Il y a trois jours de banquets et de festivités à venir.

– Vont-ils bientôt ressortir ?

– Très bientôt.

– Ne pouvons-nous pas entrer dans la cathédrale pour regarder ?

– Pas aujourd'hui, petite, intervint Minou avec un rire.

– Quand, alors ?

– Je t'y emmènerai un autre jour, promit Piet. Nous ne serions pas autorisés à y accéder maintenant et, de toute façon, tu ne verrais rien tant il s'y trouve de monde.

– Alors pouvons-nous rentrer à la maison ? geignit Marta. Il fait trop chaud et j'ai soif.

– Pour une fois, je suis en accord avec Marta, déclara Salvadora en agitant son éventail. Il y a trop de soleil à mon goût. C'est mauvais pour le teint. »

Minou se demandait toujours si le mariage avait vraiment eu lieu devant Dieu. Les jeunes époux s'étaient à peine regardés. Et en jetant un coup d'œil autour d'elle sur le parvis, elle sut qu'elle n'était pas seule à avoir des doutes. Elle se força à ne pas tourner les yeux vers la tribune du duc de Guise. Elle était encore ébranlée par la violence de sa réaction à la vue de Vidal, et s'inquiétait pour Piet.

Elle sentit qu'on lui tirait sur la manche.

« Maman ! J'en ai assez d'être là, immobile ; pouvons-nous rentrer à la maison ? »

Elle posa la main sur l'épaule de sa fille.

« Je pense que c'est une excellente idée. »

Cornelia van Raay regarda Pieter Reydon et sa famille descendre les marches pour quitter leur tribune. Elle tenta immédiatement de les suivre. Son nouveau plan était de lui remettre la lettre dans la rue.

« S'il vous plaît », répéta-t-elle en s'efforçant de se frayer un chemin dans la foule. Celle-ci ne sembla devenir que plus impénétrable encore. « Mesdames, s'il vous plaît. Messieurs. »

Mais à présent que le spectacle était essentiellement terminé, tout Paris avait la même idée : gagner une salle de banquet ou une taverne, ou regagner son palais ou son couvent. Les rues étaient bondées.

Elle essaya de ne pas perdre Pieter Reydon – et son épouse à côté de lui, avec sa haute taille et son port altier – de vue, mais c'était sans espoir. Elle avait beau pousser, jouer des coudes, essayer de se faufiler entre deux paires d'épaules, deux dos imposants, elle se retrouva cernée de toutes parts.

Elle finit par céder à l'étreinte de la foule. Son plan n'allait pas aboutir. Il faudrait qu'elle se présente à leur logis plus tard, même si l'agression dont elle avait été victime dans la rue des Barres la rendait réticente à y retourner. Son père l'avait exhortée à la discrétion, mais quelle autre solution avait-elle ?

« Suis-les ! » lança Vidal, en jouant des coudes pour rejoindre Xavier sur la tribune.

L'intendant lui accorda aussitôt toute son attention.

« Votre Éminence ?

– Là. » Il pointa du doigt. « Piet Reydon. Ne le perds pas de vue. »

Il n'en croyait pas ses yeux. Non seulement Reydon, mais sa femme aussi. La fausse châtelaine, qui avait spolié son enfant à naître du patrimoine qui lui revenait de droit. Xavier lui avait rapporté que l'assassin avait touché sa cible. À l'évidence, l'homme avait menti.

« Trouve où ils logent et reviens m'informer. Hâte-toi !

– Oui, monseigneur. »

Xavier s'inclina avant de s'éclipser.

Comme l'objectif de Vidal en ordonnant l'assassinat de Minou avait été, en partie, de retenir Reydon à Puivert, loin des langues trop pendues – du moins jusqu'à ce qu'il ait reçu confirmation d'Amsterdam que la sœur converse n'avait laissé aucun document derrière elle –, découvrir que la famille tout entière était sous son nez à Paris depuis le début le rendait furieux.

Il porta les mains à ses tempes. Sa migraine était repartie de plus belle.

Louis observa l'échange entre Vidal et Xavier avec un froid intérêt. S'étant trouvé avec les autres domestiques, il n'avait pas vu ce qui avait tant perturbé son père, mais il avait compris que ce dernier était profondément ébranlé.

Il attendit que Xavier ait disparu, puis se faufila vers la tribune et monta les marches pour venir s'arrêter à côté de Vidal.

« Monseigneur ?

– Qu'y a-t-il ? dit sèchement Vidal.

– Souhaitez-vous que j'accompagne monsieur Xavier au cas où il aurait besoin d'assistance ? Il pourrait être reconnaissant d'avoir un messager pour vous tenir informé ? » Il sentit le regard dur de son père se poser sur lui et recula involontairement d'un pas. « Je ne voulais pas me mêler de ce qui ne me regarde pas. »

Il se prépara mentalement à recevoir un coup, mais sentit à la place le poids de la main de Vidal sur son épaule.

« C'est une bonne idée. Apporte à Xavier toute l'aide dont il peut avoir besoin, mais... »

Louis leva les yeux.

« Oui, monseigneur ?

– Sois prudent, termina Vidal avec une bienveillance inhabituelle. Les rues vont être dangereuses ce soir. »

28

Rue des Barres
Vendredi 22 août

Trois jours de festivités avaient suivi le mariage. Du matin au soir, toutes les cloches de Paris avaient carillonné en l'honneur des nouveaux roi et reine de Navarre. Célébrant la paix et l'union des deux plus nobles et plus anciennes familles de France.

Mais la fête était désormais terminée. Dans les rues jonchées de détritus, hommes et femmes se rassemblaient autour de braseros pour connaître les dernières informations. La rumeur que la princesse Margot n'avait pas vraiment consenti au mariage commençait à se répandre. Les conjectures allaient également bon train sur la question de savoir si l'union royale avait déjà été consommée. Des témoins avaient été présents dans la chambre nuptiale, comme la tradition l'exigeait, mais personne n'était sûr de rien.

Dans les campements de fortune et les ruelles médiévales, les esprits étaient échauffés. Les querelles éclataient au sujet de chaque parcelle de terrain, les couteaux étaient tirés au moindre prétexte et les insultes fusaient comme des pierres. Visages tuméfiés, honneur meurtri. Partout, la puanteur des corps confinés imprégnait l'air. Dans les maisons majestueuses des grandes rues, les époux se disputaient et les domestiques se plaignaient des exigences incessantes de leurs hôtes étrangers. Des voisins qui autrefois papotaient de la pluie et du beau temps dans la rue étaient désormais de trop mauvaise humeur, dans la chaleur étouffante du mois d'août, pour s'adresser la parole. Et au palais du Louvre, à l'hôtel de Guise et à l'hôtel de Bourbon, les trois factions étaient plus divisées que jamais. L'alcool et les divertissements avaient masqué leurs différends pendant un temps mais à présent, telles des braises prêtes à reprendre feu, les vieux griefs ressurgissaient. Guise était toujours là pour semer la zizanie. Chaque jour, si le roi convoquait Coligny pour obtenir ses conseils, la reine mère – qui rejoignait le duc de Guise sur ce point au moins, que l'influence huguenote devait être limitée – inondait la pièce d'espions, refusant de les laisser seuls.

Seuls Minou et Piet restaient à l'écart de tout cela. Savourant le plaisir d'être ensemble comme s'ils venaient eux-mêmes de se marier, ils n'avaient besoin ni de banquets ni de mascarades.

Rue d'Orléans

« Alors ? » demanda Vidal d'un ton impatient.

Louis regarda Xavier baisser la tête.

« Reydon n'a pas quitté la rue des Barres depuis les noces, Votre Éminence.

– Il n'a assisté à aucune des célébrations ?

– Non, monseigneur.

– Des visiteurs ?

– Pratiquement aucun. »

Conscient que Xavier le punirait pour son impudence, Louis effleura tout de même la manche de son père.

« Qu'y a-t-il, mon garçon ?

– Monseigneur, le frère de la dame est passé leur rendre visite plusieurs fois. Il est au service de l'amiral de Coligny.

– Tiens donc. »

Xavier jeta un regard de travers à Louis.

« Pardonnez-moi, c'est vrai. J'avais oublié. Je l'ai effectivement vu entrer chez eux une fois. »

Louis s'éclaircit la voix.

« Et il y avait une femme qui observait la maison ce matin. »

Vidal se tourna vivement vers son intendant.

« Pourquoi ne m'as-tu pas dit ceci ?

– Le garçon se trompe.

– Te trompes-tu, Louis ? Parle.

– Non, monseigneur. Une femme d'une vingtaine d'années, ni de haute ni de basse extraction, répondit Louis en ignorant la mise en garde dans le regard de Xavier. À sa tenue, je dirais qu'elle est étrangère. Elle est arrivée à l'aube.

– Elle ne s'est pas approchée de la maison ? »

Louis afficha une expression de regret.

« Monsieur Xavier m'a ordonné de rentrer avec lui, donc je ne saurais dire ce qu'elle a fait dans l'heure passée...

– Alors "monsieur" Xavier va retourner rue des Barres pour découvrir qui elle est. » Vidal congédia l'intéressé d'un geste du bras. « Hors de ma vue. »

Avec un dernier regard plein de haine à l'adresse de Louis, l'intendant se retira. L'enfant savait qu'il allait lui faire payer son audace d'une rossée plus tard, mais il n'en avait cure.

Pour la deuxième fois, il sentit la main de son père sur son épaule.

« As-tu faim, mon garçon ? »

Louis feignit de réfléchir.

« Seulement si cela vous agrée, monseigneur.

– Tu dîneras avec moi ce soir. En attendant, va à la cuisine et dis-leur de te donner tout ce qui te fera envie. Puis retourne rue des Barres. Tiens-moi informé de ce que fait Xavier.

– Bien, monseigneur. »

Louis avait assez de jugement pour ne pas le montrer, mais intérieurement, il jubilait.

Rue des Barres

« Elle est partie », dit Piet, debout à la fenêtre, la main sur la vitre.

Minou leva les yeux de son livre.

« Qui est parti, mon cœur ?

– Il y avait une femme tout à l'heure, à côté de la porte qui donne sur la sacristie de Saint-Gervais. Elle semblait surveiller la maison. »

Minou posa son livre sur le coffre en bois près de son fauteuil et le rejoignit à la fenêtre.

« En es-tu sûr ?

– C'est l'impression qu'elle m'a donnée. » Il fronça les sourcils. « Crois-tu que ce soit celle qui est venue pour essayer de me voir la veille du mariage ?

– C'est possible. » Minou regarda en direction de l'église. « L'as-tu reconnue ? »

Il haussa les épaules.

« J'ai atteint un point où j'ai l'impression de reconnaître tout le monde. Nous sommes à Paris depuis trop longtemps. »

Marta entra en courant dans la pièce.

« Maman ! s'écria-t-elle. S'il vous plaît, s'il vous plaît, est-ce que nous pouvons sortir aujourd'hui ?

– Je suis désolée, petite, mais Jean-Jacques est malade. Je ne veux pas le laisser tant que sa fièvre n'est pas passée. »

La petite fille fit volte-face.

« Papa, voulez-vous bien m'emmener avec vous ? Vous m'avez promis que nous visiterions Notre-Dame, et c'était il y a trois jours de cela. Même si, en fait, je crois que je préférerais aller à l'église des pèlerins.

– Saint-Jacques-la-Boucherie ?

– Oui. Il y avait tellement de coquilles par terre, j'en voulais une. Elles tombent de leurs vêtements, je crois. »

Piet lui ébouriffa les cheveux.

« Je te promets que je t'y emmènerai, mais pas aujourd'hui. J'attends la venue de ton oncle. Tu vas devoir t'occuper toute seule ce matin. »

Marta croisa les bras d'un air boudeur.

« Il n'y a rien à faire ici. Et Jean-Jacques n'arrête jamais de pleurer.

– Tu devrais montrer de la compassion pour lui plutôt que de l'impatience, la réprimanda Minou. Il est si petit.

– Il est pénible.

– Marta, ce n'est pas gentil de dire cela. »

Le visage de l'enfant s'éclaira alors qu'une autre idée lui venait.

« Et si je demande à grand-tante Boussay de m'emmener à la Sainte-Chapelle ? Si elle est d'accord, puis-je y aller ? »

Piet posa les mains sur ses épaules.

« Étant donné que tu n'as pas eu le droit d'y aller l'autre jour parce que tu avais été désobéissante – et que tu avais offensé tante Salvadora avec tes questions impertinentes –, il est peu probable qu'elle accepte de t'y emmener aujourd'hui, n'est-ce pas ?

– Je voudrais que tante Alis soit là ; elle m'emmènerait, elle. » Elle tapa du pied. « Je vais mourir d'ennui, et alors vous vous en voudrez. »

Et sur ces mots, elle quitta la pièce d'un pas indigné.

« Plus que trois jours, et nous serons sur le chemin du retour », soupira Minou. Depuis le mariage – depuis qu'elle avait aperçu Vidal –, elle n'avait plus l'esprit tranquille. Même à cet instant, elle avait des fourmillements dans les extrémités au simple souvenir du moment où elle l'avait vu. Elle jeta un coup d'œil à son époux. « Attends-tu vraiment Aimeric ? »

Piet sourit de toutes ses dents.

« Mais bien sûr ! C'est mal de mentir, n'est-ce pas ce que tu enseignes à Marta ?

– Pour l'effet que cela a sur elle », répondit-elle avec un rire. Elle redevint sérieuse. « Cela signifie-t-il qu'il a reçu des informations d'Amsterdam ?

– Je l'espère. Attendre ainsi de savoir me met les nerfs en pelote. » Il se retourna vers la fenêtre. « Je me demande ce que cette femme voulait. »

Minou lui passa un bras autour de la taille.

« Si elle revient, je descendrai lui parler. Essaie de ne pas t'inquiéter. »

Cornelia s'essuya la bouche du revers de la main, puis, appuyant l'avant-bras sur le bord de l'abreuvoir, tenta de se relever.

Elle avait espéré que la nausée qui l'avait retenue dans sa chambre sur le fleuve ces trois derniers jours était passée. Mais le simple effort de se rendre de sa barge à ce quartier semblait l'avoir fait ressurgir, pire que jamais. Elle avait été sur le point de frapper à la porte des Reydon ce matin lorsqu'elle avait eu son premier haut-le-cœur. Elle avait eu juste le temps d'atteindre cet endroit à l'abri des regards, dans la ruelle humide derrière un abreuvoir, avant de vomir.

À présent, elle se sentait creuse et avait le tournis. De son mouchoir, elle tamponna la sueur qui perlait sur ses tempes et à la base de sa gorge. Comment pouvait-elle se présenter à Pieter Reydon dans cet état ?

Elle inspira plusieurs fois profondément et attendit que ses frissons passent. La ruelle était en retrait du passage, comme elle l'avait appris à ses dépens quelques jours plus tôt, mais un avantage inattendu était qu'elle pouvait y entendre des bribes de conversation lorsque les domestiques sortaient dans le potager à l'arrière de la maison. Elle avait ainsi appris que Pieter Reydon était chez lui ce jour-là ; que le soldat huguenot aux cheveux noirs indomptables – que même les servantes catholiques de la maison admiraient – était le frère de Mme Reydon ; que la fillette avait sept ans et était jugée impertinente ; et que le petit garçon de deux ans était souvent affligé de troubles de la digestion.

Comme par solidarité, l'estomac de Cornelia se noua de nouveau. Pas une bouchée de nourriture n'avait passé ses lèvres depuis des jours, alors comment la nausée pouvait-elle encore la tenailler ainsi ? Ce devait être la faute du porc mal cuit qu'elle avait acheté le jour du mariage à un vendeur de rue. Elle priait pour que ce soit cela, car elle n'osait pas penser à l'alternative. Elle avait entendu les marins et les bateliers chuchoter qu'une épidémie de fièvre des camps avait éclaté en amont de l'île Louviers.

De la viande avariée, c'est tout, eut-elle juste le temps de penser avant qu'un autre spasme lui torde l'estomac et qu'elle se plie de nouveau en deux.

Dans la chambre d'enfants, Marta observa la bouffée d'air qui gonflait la lèvre supérieure luisante de sueur de la nourrice à chaque expiration, jusqu'à ce qu'elle soit certaine que la femme dormait à poings fermés. Ses mains rêches et rougies étaient posées sur ses genoux, inertes, ses joues étaient empourprées et son bonnet avait glissé, révélant des mèches de cheveux fins et grisonnants.

Évitant les lattes les plus bruyantes du plancher, Marta traversa la pièce pour aller regarder dans le berceau de son frère. Il avait les bras étendus au-dessus de sa tête et ses petites jambes dodues étaient écartées comme les branches d'une étoile. Elle lui toucha le front et sentit que sa peau était fraîche. Il ne se réveillerait pas avant plusieurs heures.

Attrapant ses chaussures et son bonnet, elle pinça le loquet de la porte entre le pouce et l'index pour l'empêcher de faire du bruit, puis descendit silencieusement l'escalier jusqu'au rez-de-chaussée, passant avec davantage encore de précautions devant la pièce, au premier étage, où elle pouvait entendre la voix de ses parents derrière la porte fermée. Puis, évitant également les cuisines, elle sortit à pas de loup dans la cour.

Un délicieux frisson lui parcourut l'échine. Elle aurait de plus sérieux ennuis que jamais si elle se faisait prendre mais, comme elle n'en avait pas l'intention, elle ne ressentait que de l'excitation.

Elle enfila ses chaussures, coiffa son bonnet et, ouvrant le portail, sortit discrètement dans la ruelle.

Le soleil pointait au-dessus de la maison, inondant l'étroite venelle de lumière. Les nombreuses heures d'ennui qu'elle avait passées à regarder par la fenêtre et à mémoriser chaque trajet effectué en voiture avaient gravé le tracé de la rue dans sa mémoire, aussi était-elle parfaitement à son aise.

Chacun de ses sens semblant vibrer comme les cordes d'un luth, elle passa devant une femme affalée à côté de l'abreuvoir, sauta par-dessus un chien noir et roux en train de mâchonner un os, et évita une flaque de bière qui fumait au soleil. Frémissant du frisson de l'interdit, elle tourna à gauche dans la rue des Barres et se dirigea rapidement vers le fleuve.

Elle craignait qu'on l'arrête pour lui demander où elle allait ainsi mais, bien que les gens semblent surpris de voir une fillette non accompagnée, ils se contentèrent de sourire ou de soulever leur couvre-chef. Marta prit de l'assurance. Arrivée au coin de la rue de la Mortellerie, elle s'arrêta. Elle ferma les yeux et refit mentalement le chemin qu'ils avaient pris pour aller au mariage : de ce croisement jusqu'au fleuve, puis le long de la berge en direction de l'ouest avant de traverser le pont menant à l'île de la Cité. Cela ne prendrait pas longtemps. Elle pouvait voir la Sainte-Chapelle et être de retour dans l'heure. Personne ne saurait jamais qu'elle était sortie.

29

La servante annonça : « M. Joubert.

– Aimeric ! s'exclama Minou en se levant.

– Vous êtes le bienvenu, enchaîna Piet en donnant à son beau-frère une claque amicale dans le dos.

– Neveu ! »

Le visage rond de Salvadora s'illumina.

Aimeric embrassa sa tante et sa sœur, serra la main de Piet, puis ôta le ceinturon auquel était pendue sa dague pour le déposer sur le coffre avec fracas avant de se laisser tomber dans un fauteuil.

« Impossible d'échapper à cette chaleur, même si tôt dans la journée. »

Piet lui tendit un verre de bière.

« J'espère que vous prenez bien soin de ma dague ? fit-il en indiquant l'arme qu'il lui avait prêtée à Puivert.

– Oui, même si je suis également ravi de vous avouer que je n'ai pas eu de raison de m'en servir.

– Quelles sont les nouvelles ? » demanda Minou.

Aimeric prit une gorgée de bière.

« L'amiral de Coligny est encore convoqué dans la chambre du roi ce matin. Charles l'aime comme un père et cherche à lui faire plaisir. C'est devenu un événement si régulier que la reine mère en conçoit une sérieuse inquiétude. Pour sa part, l'amiral souhaite seulement être autorisé à retourner auprès de sa femme dans son domaine de Châtillon – elle attend un autre enfant – mais le roi refuse de le laisser partir.

– Et Navarre ? » demanda Piet.

Aimeric haussa les épaules.

« Il est introuvable. Ses intérêts se bornent à faire ribote, chasser et courir le jupon. Il n'aime pas la politique, et s'absente donc dès qu'il est question d'affaires de cour. Ma seule prière est qu'il accorde assez d'attention à sa femme, pour qu'elle ne retourne pas en courant dans les bras de Guise. À présent que le mariage a eu lieu, et que la famille royale a accepté un huguenot en son sein, le roi pense que Guise a perdu une grande partie de son influence. »

Minou entendit le scepticisme dans sa voix.

« Mais ce n'est pas le cas ? »

Aimeric secoua la tête.

« Hélas, non. Il y a de plus en plus d'indices que les termes de la paix ne sont pas observés, particulièrement à Paris. Il y a eu des incidents – un huguenot tué sur la rive gauche, des rumeurs qui circulent aux Halles, affirmant que l'armée protestante rassemblée aux portes de Paris s'apprête à prendre la ville d'assaut, des allégations de femmes catholiques accostées alors qu'elles se rendaient à la messe. Le genre de rumeurs et contre-rumeurs habituelles.

– Vous pensez que ce sont des mensonges inventés par Guise ?

– Il est difficile de séparer le vrai du faux, concéda Aimeric, mais il ne fait aucun doute que Guise cherche à entretenir l'agitation. Il en fait ses choux gras. Bien qu'il soit trop prudent pour dire ce qu'il pense vraiment, je ne lui fais pas confiance. Il dit une chose en public mais une autre en privé, où il attise les sentiments anti-huguenots de ses partisans.

– Dans quel but ?

– Guise est un homme qui aime exercer le pouvoir, quoi qu'il en coûte à autrui et quelles que soient les conséquences. Il méprise le roi, le juge faible, est jaloux de Navarre et, comme vous le savez, a fait serment d'obtenir vengeance de Coligny pour l'assassinat de son père à Orléans. Plus vite il partira de Paris, mieux cela vaudra. » Aimeric vida son verre et le posa sur la table. « Mais pardonnez-moi, je jette une ombre sur notre réunion avec mes lamentations.

– N'est-ce pas à cela que sert une famille ? répliqua Salvadora d'un ton pince-sans-rire. À écouter quand l'intérêt de tous les autres s'est émoussé ? »

Aimeric éclata de rire.

« Vous être trop bonne, chère tante. » Il se tourna vers Piet. « Mais la raison de ma visite est que j'ai reçu des informations d'Amsterdam pour vous. Ce n'est pas grand-chose, mais vous allez vouloir les entendre. »

Salvadora les regarda tour à tour, puis ramassa sa broderie et se leva lentement.

« Minou, nous devrions nous retirer. Les hommes ont besoin de parler. »

Minou sentit ses joues s'empourprer. Il était ridicule qu'après toutes ces années, Salvadora n'admette toujours pas le fait que Piet et elle géraient leurs affaires ensemble.

« C'est fort prévenant de votre part, répondit vivement Piet, mais j'aimerais que Minou reste. »

Salvadora pinça les lèvres.

« Si c'est là votre souhait », dit-elle d'un ton lourd de désapprobation. Elle regarda Minou d'un œil dur. « Déjeunerons-nous à 2 heures comme à l'accoutumée ?

– Oui, tante.

– Dans ce cas, je vous verrai à table. » Elle se tourna vers Aimeric et son visage se radoucit. « Neveu, ce fut un plaisir de vous voir, bien que trop bref comme chaque fois. J'espère que vous reviendrez vite nous rendre visite. »

Il la raccompagna à la porte puis revint dans la pièce avec un sifflement.

« Dis donc, sœurette, elle est mécontente de toi.

– Elle ne m'a pas encore pardonné de ne pas l'avoir accompagnée à la Sainte-Chapelle comme je l'avais promis.

– Eh bien, j'espère pour toi qu'elle le fera rapidement. Sinon le voyage du retour à Puivert risque d'être long… »

Piet referma la porte.

« Qu'avez-vous à me dire ? »

Aimeric jeta un coup d'œil à sa sœur.

« J'ai tout raconté à Minou, le rassura Piet, comme j'aurais dû le faire depuis le début – et comme vous m'y aviez exhorté. Elle m'a pardonné ma lenteur.

– Et autres défauts », ajouta l'intéressée en lui étreignant affectueusement le bras.

Aimeric sourit.

« Je suis ravi de l'apprendre. Lorsque nous avons parlé l'autre jour, Minou, tu m'as dit qu'une femme était venue frapper chez vous, demandant à voir Piet ?

– Oui, c'est exact. La veille du mariage.

– Je crois savoir qui c'est. Une certaine Cornelia van Raay. C'est la fille unique d'un riche marchand de grains hollandais, catholique, du nom de Willem van Raay, qui vit à Amsterdam mais a beaucoup d'intérêts commerciaux à Paris. Il est très estimé. De ce que j'ai compris, il a envoyé sa fille ici pour vous trouver, Piet.

– Qu'est-ce qui a pu lui faire penser à me chercher ici plutôt qu'à Puivert ? »

Aimeric eut un geste incertain.

« Comme chaque noble et propriétaire terrien huguenot a été invité au mariage, il était raisonnable de supposer que vous seriez vous aussi à Paris en août. J'ai également découvert que van Raay est un important bienfaiteur du béguinage. Dans sa lettre, Mariken Hassels ne vous a-t-elle pas écrit qu'elle avait demandé de l'aide à un ami ? Je suppose qu'elle parlait de lui.

– Est-ce tout ? demanda Piet, sans réussir à masquer la déception dans sa voix. J'espérais davantage.

– Je vous avais bien dit que ce n'était pas grand-chose. »

Pendant un moment, ils restèrent tous trois silencieux.

« Tout à l'heure, j'ai remarqué quelqu'un dans la rue qui observait la maison, reprit Piet. C'était peut-être la même femme que celle qui est venue frapper à la porte avant – la description qu'en a faite la servante était trop vague pour être de la moindre utilité. » Il fronça les sourcils. « Mais elle était habillée sobrement, et n'avait aucun domestique avec elle ; se peut-il qu'il se soit agi de Cornelia van Raay ?

– Mais si c'était elle, intervint Minou d'un ton songeur, et que son objectif est de vous parler, pourquoi ne s'est-elle pas présentée ? Cela n'a pas de sens.

– Je ne sais pas », répondit Piet en haussant les épaules.

Minou se tourna vers Aimeric.

« Sais-tu où loge Mlle van Raay ? Nous pourrions aller la trouver plutôt que d'attendre qu'elle revienne.

– J'ai entendu dire qu'elle avait ses quartiers dans une des barges de son père.

– Où est amarrée celle-ci ?

– Cela, je ne sais pas, mais je peux me renseigner. »

Piet hocha la tête.

« S'il s'agit bien de la fille de van Raay, et qu'elle a des informations à me fournir, ce serait une excellente nouvelle. L'incertitude me ronge depuis trop longtemps. J'aimerais voir le mystère résolu, dans notre intérêt à tous. »

Aimeric le regarda.

« Et si le cardinal français s'avère effectivement être Vidal ? »

Piet fronça les sourcils.

« À chaque jour suffit sa peine. Nous aviserons en temps voulu, s'il y a lieu de le faire. »

Se rappelant la vague de pure terreur qui l'avait submergée à la vue de Vidal dans les gradins au mariage, Minou s'émerveilla du calme avec lequel parlait son époux. Elle ne lui avait pas raconté l'incident, de peur de lui donner une portée plus grande qu'il n'en avait. Mais depuis cet instant, elle avait l'impression que Vidal vivait sous sa peau. L'angoisse lui mettait chaque nerf à vif. Cette nuit encore, de penser qu'il se trouvait à seulement quelques rues de là, elle avait à peine réussi à fermer l'œil.

« Je vous suis reconnaissant de tout ce que vous avez fait, Aimeric. » Piet souleva le pichet de bière. « Un dernier verre avant de repartir ?

– Je ne peux rien imaginer qui me ferait davantage plaisir, mais j'ai laissé l'amiral de Coligny seul depuis trop longtemps déjà. Il va vouloir rentrer et il faut que je l'escorte. » Il se leva. « Puis-je plutôt dîner avec vous demain ? J'aimerais voir ma nièce et mon neveu avant que vous retourniez à Puivert.

– J'en serais très heureuse, répondit Minou avec un sourire, ne serait-ce que parce que Marta s'est déclarée lasse de notre compagnie à table et demande des invités pour la divertir ! »

Aimeric sourit à pleines dents, rappelant un instant le jeune garçon qu'il avait été.

« Marta ressemble tellement à Alis au même âge. Toujours à s'ennuyer, à se plaindre de n'avoir rien à faire. Veuillez m'excuser auprès de notre chère Salvadora pour avoir pris congé sans lui dire au revoir. Je me rattraperai demain soir. » Il reboucla son ceinturon. « Dès que j'aurai trouvé où la barge de van Raay est amarrée, je vous ferai prévenir. En attendant, si Mlle van Raay revient – si c'est bien elle –, me tiendrez-vous au courant ?

– Bien entendu, répondit Piet en lui serrant la main. Encore une fois, je vous remercie du fond du cœur.

– À demain, dit Minou. Nous dînerons à 6 heures. »

30

Rue de Béthisy

Marta s'essuya les yeux. Bien qu'elle s'efforçât de prétendre le contraire depuis un moment déjà, la simple vérité était qu'elle était perdue.

Les rues étaient différentes quand on les parcourait à pied. Tant de points de repère qu'elle croyait reconnaître s'avéraient inconnus lorsqu'elle s'en approchait. Cette fois-ci, elle avait été si sûre d'elle. Mais alors qu'elle levait les yeux sur le clocher devant elle, dont le carillon l'avait attirée, elle regretta brusquement qu'il y ait tant d'églises à Paris.

Ses yeux se remplirent à nouveau de larmes. Que dirait tante Alis, toujours si courageuse ? Marta fronça les sourcils. Sa tante lui dirait de continuer à marcher, que les choses allaient finir par s'arranger. Mais le soleil avait disparu derrière les nuages, de sorte qu'elle ne savait plus dans quel sens aller. Si elle arrivait à rejoindre le fleuve, ce serait déjà un point de départ.

Clignant des yeux pour en chasser la détresse, elle continua d'avancer, les pieds lourds, en essayant de se persuader que tout irait bien. C'était encore une aventure, mais elle était fatiguée. Elle glissa la main dans sa poche, à la recherche d'une pièce. Avec un sursaut, elle trouva sous ses doigts le chapelet en bois qu'elle avait pris dans la boîte à bijoux de sa mère. Elle avait eu l'intention de l'y remettre, mais avec le mariage et les pleurs incessants de son frère, cela lui était sorti de l'esprit.

Elle tourna au coin de la rue et soudain, avec la merveilleuse impression de reprendre enfin pied, elle sut où elle se trouvait.

C'était la rue de Béthisy, où logeait son oncle. Maman lui avait montré la maison, à moitié cachée derrière de hauts murs de pierre, lorsqu'ils étaient arrivés à Paris.

Le reste de la rue était composé de maisons à colombage, avec du plâtre blanc entre des pans de bois diagonaux à tous les étages supérieurs – papa lui avait expliqué que c'était pour empêcher le feu de se propager – et un premier étage qui s'avançait en surplomb, comme des sourcils froncés au-dessus de la rue étroite.

Marta sourit, retrouvant immédiatement sa bonne humeur devant cette preuve de sa propre débrouillardise. Elle était sur le point de s'avancer lorsqu'elle entendit des pas bottés derrière elle. Elle se retourna et vit une cohorte d'hommes en livrée noire qui approchait. Elle se rendit bientôt compte qu'ils entouraient un homme à l'allure noble, d'un certain âge, vêtu austèrement d'un pourpoint et de chausses noirs, avec une collerette amidonnée autour du cou et une barbe blanche taillée en pointe. Avec stupeur, elle reconnut l'amiral de Coligny, qui semblait indifférent à l'attention dont il faisait l'objet. Il paraissait plutôt absorbé dans l'étude d'un document entre ses mains. Puis, à sa grande consternation, Marta vit son oncle s'approcher de lui. Elle aurait de gros ennuis si Aimeric la découvrait là, non accompagnée. Vive comme l'éclair, elle recula dans l'ombre du bâtiment le plus proche.

Tout sembla arriver d'un seul coup.

L'amiral s'arrêta brusquement. Alors qu'il se retournait pour montrer le document à Aimeric, un coup de feu retentit. La détonation, assourdissante, se réverbéra dans la rue étroite.

Sous le choc, Marta leva les yeux à temps pour voir un nuage de poudre à la fenêtre du premier étage d'une maison en face d'elle, et le miroitement métallique d'un canon de pistolet qu'on reculait.

Puis une femme hurla et la rue sombra dans le chaos : ordres fusant en tous sens, soldats écartant brutalement la foule. L'amiral agrippait désormais son coude, les doigts mouillés de sang. Marta vit son oncle l'entraîner précipitamment à l'abri de leur logis ; simultanément, les soldats s'engouffrèrent dans la maison d'en face après en avoir enfoncé la porte, faisant voler des éclats de bois. Quelques instants plus tard, ils crièrent par la fenêtre du premier étage que l'assassin s'était enfui.

La femme hurlait toujours. Marta se couvrit les oreilles, trop terrifiée pour bouger. Les soldats lui bouchaient presque entièrement la vue, mais elle apercevait de temps en temps la pointe argentée d'une épée ou la hampe pâle d'une pique sur le sol poussiéreux. Il y avait une mare de sang sur les pavés, là où l'amiral avait été touché.

Elle se rendit compte qu'elle avait la joue mouillée. Ne trouvant pas son mouchoir, elle ôta son bonnet pour s'essuyer le visage. Lorsqu'elle l'écarta de sa peau, elle vit que des traînées rouge vif tachaient le lin d'une blancheur immaculée, couvrant ses initiales brodées – MRJ.

Prise de dégoût, elle jeta le bonnet loin d'elle. Le contact lui en était désormais insupportable.

31

Rue des Barres

L'horloge sonna le quart. Minou, Piet et Salvadora étaient assis à la table du déjeuner, devant des plats de service pleins et des assiettes vides.

« Pardonnez-moi de parler franchement, nièce, mais je ne vois pas pourquoi nous devrions tous souffrir les désagréments de l'impolitesse de l'enfant. »

Minou jeta un coup d'œil à la porte.

« Je comprends votre contrariété, tante, mais...

– Si Marta manque assez de considération pour ne pas venir quand on l'appelle à table, continua Salvadora sans la laisser terminer, alors soit. Rater un repas lui apprendra peut-être les bonnes manières.

– Salvadora, je vous en prie. » Minou n'était pas sûre de pouvoir supporter encore longtemps sa mauvaise humeur. Elle aussi ressentait de l'agacement, mais elle était également usée jusqu'à la corde par les incessantes récriminations de sa tante. « La nourrice aurait dû la faire descendre à 2 heures comme d'habitude. Je ne sais pas pourquoi elle ne l'a pas fait.

– Je vais aller la chercher, proposa Piet en reposant sa serviette sur la table.

– Non, j'y vais », répondit Minou, voyant une occasion de s'échapper. Elle repoussa sa chaise. « De toute façon, j'aimerais voir comment va notre petit guerrier. C'est affreux pour Jean-Jacques d'être si malade. Mais commencez, tous les deux. Je redescendrai avec Marta dans quelques instants. »

Ignorant le regard désespéré que lui lançait Piet à la perspective de rester en tête à tête avec Salvadora, Minou monta dans la chambre d'enfants. Ce n'était pas seulement la chaleur oppressante de l'après-midi qui faisait de chaque marche un tel effort, mais l'impression lancinante qu'ils étaient restés trop longtemps à Paris. Tout lui semblait désormais un peu sordide, défraîchi. C'était comme si les rideaux avaient été écartés à la fin d'une mascarade pour révéler une scène entièrement en papier mâché. La puanteur des rues, les relents aigres du fleuve, l'odeur rance des abattoirs à présent que le vent avait tourné, semblaient filtrer à travers les murs.

« Petite, c'est l'heure de manger », appela Minou en poussant la porte de la chambre d'enfants.

La pièce était vide : une couverture en boule dans le berceau de Jean-Jacques, une tasse en faïence à côté du fauteuil de la nourrice, les craies de Marta éparpillées sur la table, non loin d'un dessin à moitié achevé d'une princesse en robe de mariée, témoignaient des activités de la matinée mais gisaient à présent abandonnés. Des grains de poussière flottaient dans l'air chaud et silencieux.

Minou revint sur ses pas, jetant un coup d'œil dans chaque pièce devant laquelle elle passait jusqu'à ce qu'enfin, une grande perche de domestique à la cuisine l'informe qu'elle avait été envoyée puiser de l'eau pour le bain du petit garçon une trentaine de minutes plus tôt. Aussi Minou gagna-t-elle la cour, s'attendant à y trouver les deux enfants.

Sous le platane, Jean-Jacques était en train de barboter en riant dans une baignoire en bois. La nourrice, les manches retroussées et le sourire aux lèvres, lui versait de l'eau sur la tête.

« Madame.

– Il a l'air d'aller beaucoup mieux, constata Minou en caressant le menton de son fils, qui se mit à glousser. Eh bien, mon brave !

– C'est d'ordinaire un petit garçon si heureux de vivre, cela me brisait le cœur de l'entendre pleurer ainsi, madame. »

Minou se baissa pour prendre un peu d'eau dans le creux de ses mains et la faire cascader sur le ventre nu et rond de son fils. Il poussa un cri de joie.

« Et où est Marta ?

– Je la croyais avec vous dans la salle à manger, madame. » La nourrice sortit Jean-Jacques de l'eau et le plaça sur un drap de bain posé sur ses genoux. « Voilà, c'est cela, petit soldat. Ça va mieux maintenant.

– Non. Je ne l'ai pas vue depuis ce matin au lever. »

La nourrice fronça les sourcils.

« Elle m'a dit qu'elle descendait vous demander, à vous et au maître, si vous pouviez l'emmener en expédition.

– C'est ce qu'elle a fait, mais comme nous attendions la visite de M. Joubert, je lui ai ordonné de retourner dans la chambre d'enfants.

– Elle n'est pas remontée me voir, madame. »

Minou sentit un frisson d'inquiétude la traverser.

« Quand l'avez-vous vue pour la dernière fois ? »

La nourrice commença à montrer de l'agitation.

« Je m'occupais de ce petit monsieur, attendant que la colique passe. Mademoiselle Marta dessinait. Il n'avait pas dormi de la nuit, le pauvre petit père, et il ne voulait pas se calmer. Quand enfin la crise est passée, il s'est endormi et il est possible que j'aie fermé les yeux un instant.

– Vous vous êtes assoupie.

– Sur mon honneur, quelques minutes seulement. Elle doit se cacher quelque part. Elle ne peut pas être partie bien loin. Pardonnez-moi de dire cela, madame, mais vous savez comment elle est.

– Occupez-vous de Jean-Jacques, dit Minou d'un ton que l'inquiétude rendait coupant. Je vais la retrouver. Comme vous le dites, ce ne sont pas les cachettes qui manquent ici. »

Mais au bout d'une heure de recherches, elle n'avait toujours pas retrouvé Marta.

« Se peut-il qu'elle soit sortie de la maison ? » suggéra Piet.

Minou secoua la tête.

« Elle sait qu'elle n'a pas le droit de sortir seule.

– C'est une enfant désobéissante.

– Salvadora, s'il vous plaît, dit Piet. Mon amour, si elle avait décidé de partir en exploration, où crois-tu qu'elle pourrait être allée ? »

Minou leva les bras au ciel en un geste de désarroi.

« Elle s'est entichée des numéros sur la porte des maisons du pont Notre-Dame, répondit-elle, en s'efforçant de réfléchir. Et elle voulait retourner à Saint-Jacques-la-Boucherie avant que nous quittions Paris pour ramasser les coquilles que laissent tomber les pèlerins. »

Salvadora referma sèchement son éventail.

« L'enfant se sera rendue à la Sainte-Chapelle. Elle était fort contrariée que je ne l'y aie pas emmenée.

– Mais oui, bien sûr ! » L'étau sur le cœur de Minou se desserra légèrement. « Vous avez raison, nous devrions commencer par là. Pouvez-vous rester ici, tante, au cas où elle reviendrait entre-temps ?

– Je ne doute pas un instant que cette petite entêtée va revenir ici comme une fleur, en toute impudence, sans se soucier le moins du monde de l'inquiétude qu'elle a pu causer. » Salvadora s'interrompit, avant d'ajouter : « Ne vous inquiétez pas, nièce. »

Quelques minutes plus tard, Minou et Piet étaient dehors, dans la rue des Barres.

« Nous devrions nous séparer, dit Minou.

– Je n'aime pas l'idée que tu...

– Il ne m'arrivera rien à cette heure de la journée, répondit-elle d'un ton ferme. Nous parcourrons une plus grande distance ainsi, et plus vite. Commence par la Sainte-Chapelle. Si tu ne la trouves pas là-bas, va à Saint-Jacques ou dans le faubourg Saint-Germain, sur la rive gauche. Marta est fascinée par les mignons du duc d'Anjou et leurs animaux de compagnie parfumés.

– Je persiste à penser qu'il serait plus sage… »

Mais Minou ne l'écoutait pas.

« À la réflexion, Piet, va d'abord à Notre-Dame. C'est l'endroit le plus proche d'ici et tu lui avais promis de l'y emmener. C'est peut-être ce qui occupe en priorité ses pensées. »

Piet commença de nouveau à protester, puis s'interrompit.

« Où iras-tu, de ton côté ?

– Demander l'aide d'Aimeric. Il connaît la ville mieux que nous ; il a des hommes à sa disposition. Sa position dans l'estime de Coligny lui confère l'autorité nécessaire pour poser des questions. »

Piet hocha la tête.

« Il est à peu près la demie de 2 heures. Quoi que nous découvrions, que dis-tu de nous retrouver ici lorsque sonneront 5 heures ?

– J'espère être de retour bien avant cela, répliqua Minou en introduisant dans sa voix une confiance qu'elle ne ressentait pas. Et elle aura droit à de sérieuses remontrances ! »

Piet réussit à trouver un sourire, mais Minou savait qu'il était aussi inquiet qu'elle.

« À tout à l'heure », dit-il avant de lui baiser la main et de prendre congé.

Minou le suivit du regard jusqu'à ce qu'il disparaisse, en s'efforçant de bannir de ses pensées les pires visions que son imagination lui présentait. Puis elle se retourna pour partir en direction de la rue de Béthisy.

Alors qu'elle se frayait un chemin dans les boulevards noirs de monde pour rejoindre la maison où logeait Aimeric, elle réalisa avec désespoir l'ampleur de la tâche : la pure impossibilité de retrouver une petite fille de sept ans dans une ville de plusieurs centaines de milliers de personnes. Elle s'arrêtait dans chaque boutique où elles étaient entrées, devant les étals et les charrettes de chaque vendeur des rues qu'elle trouvait sur son chemin, pour demander si quelqu'un avait remarqué une petite fille aux longs cheveux bruns et à la robe bleue, mais personne ne l'avait vue.

À chaque pas qu'elle faisait dans les rues poussiéreuses de Paris, sa poitrine se serrait un peu plus. Et à mesure qu'elle avançait vers l'ouest, elle sentait un malaise grandir dans l'air, une tension, comme si la ville entière menaçait de s'embraser à tout moment.

Alors qu'elle passait le pont aux Meuniers, accompagnée par le chant de l'eau sous les roues à aubes des moulins flottants, Minou s'arrêta. Avec une lucidité terrible et pétrifiante, elle se vit soudain des années plus tard, en train de se remémorer ce jour comme une série d'erreurs et de bévues, chacune menant à la suivante jusqu'à ce qu'il soit trop tard. Que l'inévitable, l'irréversible arrive. Une tragédie écrite en lettres de sang.

Elle porta la main à sa poitrine et sentit son cœur qui battait à tout rompre. Puis le cri d'un débardeur sur le fleuve en contrebas attira son attention, et elle revint brutalement au présent.

Elle secoua la tête. Elle ne pouvait pas se laisser ainsi emprisonner par ses propres pensées. Elle n'était pas une de ces idiotes, facilement affolées, qui recherchaient l'avis d'un nécromancien ou d'un astrologue pour prendre la moindre décision. Ce n'était pas le moment de céder à l'apitoiement ou à la prémonition. Sa mission était de retrouver sa fille et de la ramener à la maison.

32

Rue de Béthisy

Marta ne savait que faire. Cela faisait une éternité qu'elle était cachée et, pire encore, il fallait qu'elle satisfasse un besoin naturel de façon pressante. Elle n'était pas sûre de pouvoir se retenir encore longtemps.

Elle avait pensé s'en aller discrètement une fois le calme revenu, mais il y avait à présent des soldats partout et les deux extrémités de la rue étaient barricadées et surveillées. Personne n'avait le droit de passer.

Marta serra les cuisses et essaya de penser à des choses agréables : le petit poney alezan avec une étoile blanche qu'elle avait laissé à Puivert, les biscuits à l'eau de rose que maman leur avait achetés au marché de Carcassonne, son beau capuchon brodé qui faisait si bien ressortir la couleur de ses yeux, la boîte en émail bleu et or reçue par sa mère à Limoges, qui miroitait au soleil.

« Que fais-tu là ? »

Marta fit volte-face.

« Tu ne devrais pas approcher les gens en tapinois comme cela, répliqua-t-elle sèchement, fâchée de s'être laissé surprendre.

– Es-tu perdue ? » demanda le garçon.

Elle le dévisagea. Il était peut-être un peu plus âgé qu'elle, mais se comportait comme s'il était parfaitement en droit de se trouver là.

« Non, pourquoi ? L'es-tu ?

– Nous vivons dans la rue d'Orléans, répondit-il avec l'ombre d'un sourire. Je suis sorti voir ce qui faisait tout ce bruit. Aimerais-tu voir ? »

Marta leva le nez d'un air dédaigneux.

« Il ne me viendrait jamais à l'idée de te suivre, mes parents n'approuveraient pas. »

Le garçon regarda autour d'eux avec un intérêt exagéré.

« Je ne vois pas tes parents. »

Marta resta un moment embarrassée avant de répondre :

« Avec toute cette agitation, nous avons été séparés.

– La garde personnelle du roi est en chemin. Elle va arrêter quiconque n'a pas de raison d'être là. » Il se pencha vers elle. « Vois-tu, on ne s'attend pas à ce que l'amiral survive. »

Marta écarquilla les yeux.

« Vraiment ?

– Tu aimerais bien le savoir, hein ?

– Mon oncle fait partie de sa maison. »

Le garçon recula.

« Je croyais que tu étais une des nôtres.

– Je suis aussi française que toi, riposta-t-elle, brusquement honteuse de son accent méridional.

– Non. » Il indiqua le chapelet qu'elle tenait à la main. « Une des nôtres.

– Oh. »

Marta rougit. Elle ne s'était même pas rendu compte qu'elle avait sorti l'objet de sa poche.

« Nous avons beaucoup de domestiques. Il y a à boire et à manger. Tu pourras te restaurer, puis te reposer en attendant que tes parents viennent te chercher. »

Marta regarda la foule amassée dans la rue. Elle ne pensait pas pouvoir se retenir plus longtemps et elle avait faim. Elle n'était pas censée suivre des inconnus, mais ce garçon semblait sympathique et bien élevé. Comme il le suggérait, elle pouvait se reposer un moment chez lui, reprendre des forces, puis rentrer chez elle dès que les rues seraient dégagées.

« Nous n'avons même pas été présentés !

– Si c'est tout ce qui t'inquiète, il est relativement facile d'y remédier. » Il ôta son bonnet et s'inclina. « Louis, à ton service.

– Marta, répondit-elle avec une révérence. Pourquoi tes cheveux sont-ils blancs au milieu ? C'est étrange.

– Pourquoi tes yeux sont-ils de deux couleurs différentes ? C'est encore plus étrange. »

Marta leva le menton.

« Je suis née ainsi.

– Moi aussi. » Il lui tendit la main. « Viens. Ce n'est pas loin. »

Dans sa chambre, l'amiral de Coligny était assis dans son lit, calé par des oreillers, entouré de ses gens qui continuaient de s'agiter. Il avait le coude gauche brisé et l'un des doigts de sa main droite avait été coupé net par la force de l'impact, mais le Seigneur avait veillé sur lui. S'il ne s'était pas tourné vers Aimeric à cet instant exact pour lui montrer le document, la balle aurait touché son cœur.

Dieu l'avait épargné.

Tout semblait se passer au ralenti autour de lui. Il entendait le martèlement incessant des bottes montant et descendant l'escalier, les ordres criés dans la cour sur laquelle donnait sa fenêtre, les exclamations dans la rue de Béthisy alors que ses hommes interrogeaient la foule et cherchaient des témoins de l'incident. Il savait que tout cela n'avait guère d'importance désormais.

La maison où l'assassin avait attendu en embuscade appartenait au duc de Guise. Le portail permettant d'en sortir pour gagner Saint-Germain-l'Auxerrois avait été laissé ouvert, et une monture avait attendu à côté. Ce n'était pas une attaque opportuniste. Il le savait bien et ses hommes aussi. La question était de déterminer ce qui allait se passer désormais.

Fermant les yeux, il vit le visage de sa jeune épouse, l'imaginant dans les vergers de leur domaine à Châtillon, et pria le Ciel de le laisser vivre assez longtemps pour voir leur enfant venir au monde. Il songea à sa fille et ses fils plus âgés, à ses petits-enfants.

« Monsieur l'amiral, dit une voix familière à son oreille. Pardonnez-moi de vous déranger.

– Qu'y a-t-il, Joubert ? »

Il était si fatigué et meurtri à force d'être palpé dans tous les sens. Combien de temps avait passé ? Une heure ? Plusieurs ? Les os cassés de son bras le lancinaient et il craignait que sa main droite soit déjà enflée de fièvre.

« Monsieur, Sa Majesté le roi a envoyé son médecin personnel vous soigner.

– Je n'ai pas besoin de davantage d'attention. J'ai seulement besoin de repos.

– Pardonnez-moi, monsieur, mais Sa Majesté et la reine mère l'ont accompagné en personne. »

Coligny ouvrit les yeux.

« Dans ce cas, je serai honoré de les recevoir, dit-il d'un ton las. Priez-les de me pardonner mon incapacité à me lever. »

Alors que Joubert était sur le point de se retirer, il agrippa le bras du jeune homme.

« Dites à vos hommes – et veillez à ce que le message soit clairement entendu au-delà de ces murs – qu'il ne doit pas y avoir de riposte. Laissez cela à Dieu. Pas de représailles, est-ce bien compris ? Guise n'attend qu'un prétexte pour pouvoir nous attaquer. Veillez à ce que nous ne lui en donnions pas. »

Rue d'Orléans

Marta s'arrêta devant le virginal posé sur une table et pianota une mélodie.

« Es-tu un domestique ? » demanda-t-elle en penchant la tête.

La surface de l'instrument était si bien cirée qu'elle pouvait y voir le reflet de son visage.

Le garçon lui avait fait traverser une succession des plus belles pièces qu'elle ait jamais vues, avec des miroirs dorés à la feuille suspendus au-dessus de cheminées en marbre ornées de porcelaines et de chandeliers en argent. De longs rideaux de soie bleue, couleur de myosotis, encadraient les hautes fenêtres.

Dans cette pièce-ci, la salle de musique, une saisissante tenture couvrait tout le mur : une scène de petit déjeuner estival avant la chasse, avec une table couverte de victuailles et de bière, un autour couleur cannelle, chaperonné sur le poing, des dogues tenus en laisse par des valets de limiers, un cor de chasse dressé et des armes prêtes à l'emploi, et enfin deux chevaux, un bai et un gris, qu'un gentilhomme médiéval et sa dame se préparaient à enfourcher.

Marta joua une dernière note, puis se retourna vers Louis.

« Eh bien, es-tu un domestique ou non ? »

Il croisa les bras.

« À ton avis ? »

Elle réfléchit.

« Tu sembles avoir la jouissance de cette maison – et c'est une très belle maison – donc je pense que non. Cependant, les servantes ne te prêtent pas attention. »

Le regard du garçon se durcit.

« Qu'entends-tu par là ?

– Elles ne font pas la révérence quand tu passes, ce qu'elles feraient si tu étais important. En fait, elles font comme si tu n'étais pas là. »

Il se renfrogna.

« Parles-tu toujours aussi franchement ?

– Maman dit que c'est mal de mentir.

– Même si dire la vérité peut te valoir le martinet ?

– Personne n'oserait jamais me battre ! répondit Marta avec mépris. Je suis aimée.

– Si c'est vrai, pourquoi errais-tu toute seule de par les rues ? Cela suggère le manque d'attention, pas l'amour. »

Marta fit un pas vers lui.

« Retire ce que tu viens de dire.

– Pourquoi ? »

Elle leva les poings.

« Fais-le ! »

Il leva les siens en réponse.

« Non !

– Tu es un idiot. Tous les garçons le sont. »

L'espace d'un instant, ils restèrent face à face, les poings levés, les yeux étincelants. Puis Marta ne put se retenir de glousser.

« Tu as l'air si fâché. »

Louis l'attrapa par le poignet et lui tordit le bras.

« Ne te moque pas de moi. »

Marta essaya de se dégager. Il resserra sa prise puis, aussi soudainement qu'il s'était emporté, il la relâcha. L'orage était passé.

« Quel âge as-tu ? demanda-t-il.

– Presque huit ans, répondit-elle fièrement. Comme toi, je gage.

– Faux. Essaie encore.

– Peut-être neuf printemps », tenta Marta en se frottant le poignet. Elle pouvait voir la trace rouge de ses doigts sur sa peau et se demanda quelle explication elle allait pouvoir donner. « Je dois prendre congé. Mes parents, *qui m'adorent*, vont s'inquiéter. »

Il rit.

« Connais-tu le chemin pour aller retrouver ta famille dévouée ?

– Qu'est-ce qui te fait penser que je ne suis pas parisienne ?

– J'entends les montagnes dans ta voix ! »

Marta leva le menton.

« Ton accent ne vaut pas mieux ! »

Soudain, un bruit de voix dans le couloir les fit s'interrompre. Louis porta le doigt à ses lèvres et la tira contre le mur derrière la porte.

« Tu me pinces encore, dit-elle en dégageant son bras.

– Veux-tu que je t'aide à rentrer chez toi, oui ou non ? » répliqua-t-il en chuchotant.

Elle ne voulait pas être redevable de quoi que ce soit à cet étrange garçon, dont l'humeur changeait avec la rapidité du vif-argent, mais elle avait effectivement besoin d'aide pour regagner son domicile. L'aventure avait perdu son charme.

« D'accord, répondit-elle.

– Où loges-tu ?

– Rue des Barres. Dans le quartier Saint-Gervais.

– Je sais. Comment se nomme ton père ? »

Elle le dévisagea.

« Pourquoi veux-tu savoir cela ?

– Parce que j'ai une idée. Si je vais voir ton père pour lui dire où tu es, il pourra venir te chercher en voiture.

– Oh.

– Vous avez bien une voiture, n'est-ce pas ?

– Bien sûr, répondit-elle d'un ton indigné. Mais ne vaut-il pas mieux que je vienne avec toi ? »

Il haussa les épaules.

« Je disais seulement cela pour épargner tes chaussures – tu pourrais attendre ici, dans cette belle salle de musique qu'on appelle la « chambre bleue » – mais peu m'importe ce que tu décides. Ça ne change rien pour moi. »

Marta hésita. Elle ne voulait pas rester seule, même dans une si belle maison, mais l'idée de ne plus avoir à marcher était plaisante. Son intention avait été de regagner le logis familial discrètement, sans que personne se rende compte de rien, mais elle était partie depuis trop longtemps pour cela. Comme papa ne pourrait pas la réprimander devant des inconnus, c'était peut-être là la meilleure solution.

« J'ai mal aux pieds, reconnut-elle.

– Raconte-moi quelque chose : une preuve, pour que ton père sache qu'il peut me faire confiance.

– Je vais plutôt te donner ça. » Elle porta la main à sa tête. « Oh, j'avais oublié. Je l'ai fait tomber dans la rue.

– De quoi parles-tu ?

– De mon bonnet. C'était mon préféré, avec mes initiales – MRJ – brodées dessus avec du fil rouge. J'allais te le donner pour que tu le montres à mon père.

– D'accord. Alors dis-moi d'où vient ta famille.

– Du Languedoc. Nous avons un château, avec un donjon à part, et plein de terres et de bois où la chasse est bonne, se vanta Marta. Même si j'avoue que notre maison n'est pas aussi belle que celle-ci, nous avons notre propre blason au-dessus de la porte : un lion rampant à la queue nouée et fourchue, avec les majuscules B et P – pour Bruyères et Puivert. »

Louis s'arrêta si soudainement que Marta se cogna à lui.

« Fais attention à ce que tu fais, se plaignit-elle.

– À quoi correspondent les initiales brodées sur ton bonnet ? demanda-t-il d'un ton désinvolte, comme si la réponse lui était indifférente.

– M pour Marta, évidemment, R pour Reydon et J pour Joubert. C'était le nom de ma mère avant qu'elle se marie. »

33

Rue des Barres

Minou était encore en tenue de sortie, bottes et cape couvertes de la poussière de Paris.

Après s'être fait refouler par un garde armé dans la grand-rue Saint-Honoré, elle avait essayé d'atteindre la rue de Béthisy par le nord. Mais toutes les voies du quartier semblaient bloquées. Le bruit courait que quelqu'un avait été tué par balle – ou simplement blessé, personne n'était sûr – et le fait était qu'il y avait des centaines d'hommes armés dans les rues.

Éperdue de désespoir, l'estomac noué de peur pour sa fille, Minou avait essayé de passer discrètement par le cloître de Saint-Eustache mais le périmètre nord semblait, si c'était possible, encore mieux gardé. Elle avait été obligée de renoncer à l'espoir de parler à Aimeric. Elle devrait se montrer patiente et attendre qu'il arrive pour le dîner. D'ici là, plaise à Dieu, la nécessité aurait disparu. Pour autant qu'elle le sache, Piet avait déjà retrouvé Marta.

À la place, elle avait parcouru tous les endroits qu'à sa connaissance, Marta aimait, indifférente à la possibilité qu'elle ne fasse que marcher sur les pas de Piet : le marché aux fleurs et le pont au Change, Notre-Dame et, de l'autre côté de la Seine, le faubourg Saint-Germain. La Sainte-Chapelle avait été fermée. Personne, nulle part, n'avait admis avoir vu une petite fille en robe bleue et bonnet blanc.

Finalement, elle avait dû rentrer rue des Barres, priant pendant tout le trajet du retour pour que Piet et Marta l'y attendent déjà. Mais lorsqu'elle était entrée dans la maison et n'avait vu que Salvadora, le visage blême d'inquiétude, elle s'était jetée dans un fauteuil et avait éclaté en sanglots. Elle était tellement épuisée qu'elle arrivait à peine à articuler deux pensées. Le cognac que sa tante lui avait mis de force entre les mains lui brûlait la gorge, et elle n'avait même pas la force d'avaler.

Au rez-de-chaussée, quelqu'un frappa à la porte.

« Est-ce eux ? » demanda Salvadora en se levant de son siège.

Minou bondit d'un coup et sortit en courant de la pièce.

Cornelia van Raay lissa ses cheveux sous son capuchon et leva les yeux pour regarder la maison des Reydon, en attendant qu'on vienne lui ouvrir.

Il était 5 heures passées. Elle n'arrivait pas à croire que la journée soit déjà terminée. Ses nausées successives lui avaient fait perdre le compte des heures. Mais, enfin, elles s'étaient calmées.

Juste au moment où elle levait la main pour frapper une deuxième fois, la porte s'ouvrit. Surprise de trouver devant elle l'épouse de Pieter Reydon, elle recula involontairement d'un pas.

« *Mevrouw* Reydon », s'exclama-t-elle en hollandais. Elle reprit ses esprits. « Madame Reydon, pardonnez-moi de me présenter chez vous sans m'être fait annoncer, mais je souhaiterais parler à votre époux d'un sujet urgent. Est-il ici ? »

La maîtresse des lieux la regardait fixement, sans la voir ; puis son expression changea. Elle avait les traits pâles et tirés, remarqua Cornelia : une apparence fort différente de celle de la dame qu'elle avait observée à Notre-Dame le jour du mariage.

« C'est vous, dit Minou. Il y a eu un incident dans la rue. Il y a quelques jours de cela. »

Cornelia se rembrunit.

« Des personnes – je ne les qualifierai pas de "messieurs" – ont cherché à me violenter. Vous avez eu la gentillesse d'envoyer quelqu'un à ma rescousse, ce dont je vous remercie.

– Leurs mères devraient avoir honte d'eux. » Minou marqua un temps. « Votre nom est-il van Raay ? »

Cornelia écarquilla les yeux.

« Comment se peut-il que vous sachiez cela ? J'ai été si prudente. »

Minou esquissa brièvement un sourire.

« Vous avez été vue ici trois fois, mademoiselle. Les gens parlent. »

Cornelia hésita, puis hocha la tête.

« Mon père m'a envoyée d'Amsterdam pour trouver votre époux. » Elle jeta un coup d'œil dans l'entrée de la maison. « Est-il présent ?

– Non, mais je l'attends d'un instant à l'autre. Notre fille a... Il est parti à la recherche de notre fille, qui semble être sortie de la maison... ou avoir été enlevée. »

Sa voix se brisa.

« Elle n'a pas été enlevée, la rassura Cornelia.

– Comment le savez-vous ? demanda Minou d'un ton éperdu, en lui agrippant le bras.

– Je l'ai vue. Du moins, je crois que c'était elle. Une petite fille est sortie dans la ruelle par le portail. Elle avait vos traits, madame, et les cheveux bruns. Elle portait un bonnet de lin et une robe bleue brodée. Elle était seule.

– Quand était-ce ? demanda Minou, le souffle court.

– Entre les cloches de 9 heures et celles de 10.

– Et elle était seule, dites-vous ?

– Oui, madame.

– Et son attitude ?

– Heureuse, souriante, répondit Cornelia sans hésitation. Comme si elle se lançait dans une aventure. »

L'ombre d'un sourire effleura brièvement les lèvres de Minou.

« Marta est intrépide, même si elle manque de sagesse, semble-t-il. » Ses épaules se voûtèrent. « Voulez-vous entrer attendre le retour de mon époux et de ma fille, mademoiselle van Raay ?

– Cornelia… », se présenta la jeune femme en lui tendant la main.

Mais c'est alors que, brutalement, une autre nausée la submergea, lui donnant l'impression qu'on lui retournait les entrailles comme un gant.

« Ce n'est pas contagieux, réussit-elle à dire en voyant l'inquiétude se peindre sur le visage de Mme Reydon. Juste de la viande mal cuite achetée à un vendeur de rue, je… »

La fin de sa phrase se perdit dans une grimace de douleur. La dernière chose dont elle eut conscience fut un bras robuste passé autour de sa taille pour l'aider à franchir le seuil de la maison.

34

Rue d'Orléans

Laissant Marta seule dans la chambre bleue, Louis traversa la maison à toutes jambes pour gagner les appartements privés de son père.

Pour une fois, la chance avait été de son côté. Sur les ordres de Vidal, il était retourné dans la rue des Barres, juste à temps pour voir une petite fille se faufiler dehors par un portail sur le côté de la maison que Xavier et lui avaient été envoyés surveiller. Pour avoir entendu des conversations à leur sujet, Louis savait que les Reydon avaient une fille de sept ans, bien qu'il ne l'ait jamais vue. Aussi l'avait-il suivie dans son errance à travers les rues de Paris jusqu'à la rue de Béthisy; lorsqu'on avait tiré sur Coligny, il l'avait regardée se cacher et, finalement, s'était décidé à l'approcher. À présent, il savait de façon certaine que la fortune lui avait livré la fille de Reydon. Son père allait être content.

Il négocia un virage périlleux, dérapant sur le carrelage, et s'arrêta brusquement. La porte des appartements de Vidal, au bout du couloir, était fermée. Continuant à pas de loup, il s'approcha lentement jusqu'à ce qu'il entende le bruit d'une discussion échauffée à l'intérieur.

Appuyant l'oreille à la porte, il identifia la voix aisément reconnaissable du duc de Guise.

« Je n'ai nul besoin de vos conseils, cardinal Valentin, ni d'ailleurs de votre permission.

– Monseigneur...

– Et je vous donne le droit de décider de votre propre ligne de conduite, ce dont, je pense, vous devriez me remercier.

– Bien sûr, monsieur le duc, j'ai conscience de votre bonté.

– En retour, j'ai besoin de votre absolution. »

Louis pressa l'oreille plus fort contre le bois.

« Monseigneur, si je puis dire quelque chose. Cette situation… Je pense que vous devriez attendre. Rien n'indique qu'ils vont chercher vengeance. Coligny a survécu. Je ne crois pas que vous devriez agir inconsidérément…

– Vous vous égarez, l'interrompit froidement le duc. Chaque fois que mon noble père, qu'il repose en paix, partait au combat, vous lui donniez la bénédiction de Dieu. Il est mort absous de ses péchés. Voudriez-vous donc que je rejoigne mon Créateur sans avoir reçu l'absolution ?

– Monseigneur, non. Mais les Écritures disent que ce qui est permis dans une guerre sainte sera jugé différemment…

– Ceci aussi relève de la guerre ! Parce que nous ne sommes pas sur un champ de bataille, vous estimez donc que nous n'accomplissons pas l'œuvre sacrée de Dieu ? Trop longtemps, les huguenots ont pollué notre pays de leurs hérésies et de leurs mensonges pernicieux. Ils sont l'ennemi du peuple, une lèpre qui infecte la cour et notre pays tout entier. Et maintenant, ne voyez-vous donc pas qu'ils vont utiliser cet attentat à la vie du traître Coligny pour se justifier de nous attaquer ? Son beau-frère est déjà installé aux portes de Paris avec quelque quatre mille hommes. Lui-même ne sera satisfait que lorsqu'il aura corrompu le roi au point de lui faire rejoindre leurs rangs. »

Louis dut tendre l'oreille pour entendre la réponse.

« Monseigneur, je ne crois pas que le roi se détournerait de la vraie foi.

– Coligny a son oreille. Vous êtes conscient, n'est-ce pas, qu'ils sont à l'instant rue de Béthisy – le roi et sa truie de mère – pour implorer son pardon ?

– Y a-t-il lieu de croire, monsieur le duc, que l'attentat à la vie de l'amiral est autre chose que le geste d'un aliéné ? »

Les mots pesèrent lourdement dans le silence entre eux.

« Il a été nommé, finit par répondre Guise.

– Qui donc ?

– Le seigneur de Maurevert.

– C'est lui qui a tiré le coup de feu ? Et d'une maison qui vous appartient, Votre Seigneurie ? »

Cette fois, Guise ne répondit pas. Louis imaginait sans peine les yeux noirs de son père fixés sur le puissant homme qu'il servait.

« Le roi approuve-t-il vos actions, monsieur ? » continua Vidal d'un ton égal.

Louis retint son souffle.

« Si le roi ordonne de tuer l'amiral, et les belligérants qui le suivent, ce serait trahison que de ne pas obéir. »

Louis appuya l'oreille encore plus fort contre la porte.

« Sa Majesté aime Coligny comme un père.

– Tandis que j'ai vécu ces dix dernières années privé du mien ! s'écria le duc. Mon père m'a été pris à Orléans, si ce n'est par l'amiral lui-même, du moins certainement sur ses ordres. Un fils ne devrait donc pas venger son père ? Coligny est un hérétique et un traître. Un meurtrier.

– Monseigneur, si j'admire et applaudis votre loyauté et votre sens du devoir filial, je vous conseille tout de même la prudence.

– Croyez-moi, vous ne pouvez rien faire pour empêcher ce qui est sur le point d'arriver. Personne ne le peut. Les choses sont déjà allées trop loin. Ces assurances hypocrites que les huguenots ne souhaitent rien de plus que de pratiquer leur foi en paix, ce mensonge détruit la France. Nos valeurs. Ils cachent leurs véritables intentions sous un masque de piété nauséeux, quand la vérité est que Coligny et Navarre veulent seulement le pouvoir. Ils ne seront pas satisfaits tant qu'ils n'auront pas chassé du pays le dernier catholique et fait de la France un État protestant. Je ne laisserai pas arriver cela sans agir. Est-ce bien compris ? Je suis un prince du sang, un descendant de Charlemagne. C'est *mon* droit de naissance, non celui d'un demi-Valois descendu de cette truie italienne. »

Dans le couloir, Louis écouta le silence qui suivit cette déclaration. Lorsque son père reprit la parole, ce fut sur un ton fort différent. Détaché, dénué d'émotion, pragmatique.

« Quand aura lieu ce qui doit se produire, monseigneur ?

– Nous nous retrouvons au palais des Tuileries demain, après le coucher du soleil. Le roi doit donner l'ordre. Tous les chefs militaires seront là : les ducs d'Anjou et d'Alençon rallieront leurs hommes, les gardes suisses seront mobilisés, la milice municipale aussi. Chacun nouera un linge blanc autour de son bras pour marquer son appartenance à la foi catholique. Nous attendons de tous les bons Français et Françaises, fidèles à la Couronne, qu'ils fassent leur devoir. »

Un autre silence, d'une telle durée et d'une telle intensité cette fois que Louis finit par se demander s'ils avaient quitté la pièce par une autre porte. Puis il comprit qu'ils étaient en train de prier. Malgré lui, il frissonna. Son père avait fait son choix.

« Ainsi, je vous absous de vos péchés. *In nomine Patris et Filii et Spiritus Sancti. Amen.*

– *Amen* », répéta le duc.

Louis eut tout juste le temps de se coller vivement au mur avant que la porte s'ouvre à la volée pour laisser sortir Guise, qui s'éloigna à grands pas dans le couloir, un sourire triomphant aux lèvres.

Un instant plus tard, Vidal apparut sur le seuil.

« Ah, Louis. Je crains que nous ne puissions dîner ensemble ce soir, finalement. Dis à Xavier de préparer les chevaux.

– Monseigneur, j'ai une bonne nouvelle. J'ai trouvé par hasard la fille de l'homme que vous nous avez demandé d'observer, dans la rue de Béthisy, et je l'ai amenée ici. Je lui ai donné quelque chose pour la faire dormir et l'ai laissée dans la chambre bleue. »

Sa voix s'éteignit lorsqu'il se rendit compte que son père ne l'écoutait pas.

« Va chercher tes affaires, puis attends-nous à l'arrière de la maison. Nous quittons Paris immédiatement. »

Louis fut soudain pris d'un doute sinistre. Il n'était pas sur le point d'être ramené aux horreurs de Saint-Antonin, sûrement ? Pas après tout le bon travail qu'il avait fait au service de son père ces derniers mois ? N'avait-il pas prouvé qu'il était digne d'être appelé son fils ?

Il se força à parler.

« Où allons-nous ?

– Dans l'Orléanais.

– À Chartres ? » demanda Louis sans réfléchir.

C'était la seule ville qu'il connaissait dans la province, autre qu'Orléans elle-même.

Son père tourna enfin ses yeux noirs vers lui.

« Ne me fais pas regretter de t'emmener avec nous, petit. Va ! »

Rue des Barres

Les derniers rayons du soleil allongèrent leur caresse dorée sur les lames du parquet tandis que Minou et Salvadora attendaient sans bouger. Il était près de 8 heures du soir, trois heures après celle où ils avaient prévu de se retrouver, mais Piet n'était toujours pas rentré.

« Combien de temps la Hollandaise va-t-elle rester ici ? » demanda Salvadora.

Minou leva les yeux. Enfermée dans la détresse croissante qu'elle éprouvait à l'idée de ce qui avait pu arriver à Marta – l'enfant avait disparu depuis près de dix, voire onze heures à présent –, elle avait pratiquement oublié que Cornelia dormait à l'étage.

« Mlle van Raay ne va pas bien, répéta-t-elle. Vous ne voudriez tout de même pas que je la jette à la rue, Salvadora ? Elle vient d'une bonne famille à Amsterdam.

– Que veut-elle ?

– Parler à Piet. »

Salvadora la fixa du regard.

« À quel sujet ?

– Au sujet de... son enfance.

– Son enfance ! Qu'importe son enfance maintenant ? Le passé est le passé. Parfois, il vaut mieux ne pas revenir dessus.

– Ce n'est pas aussi simple que cela », répliqua Minou en se levant pour aller une fois de plus à la fenêtre.

Pourquoi Piet n'était-il pas revenu ? Elle ouvrit la croisée et se pencha au-dehors comme si elle pouvait, par la seule force de sa volonté, faire apparaître son mari avec leur fille dans les bras.

« Souhaitez-vous que j'allume les lampes, madame ?

– Quoi ? demanda Minou en se retournant vers la servante qui venait de lui parler. Oh, oui, merci.

– J'ai apporté plus de vin, madame. » La jeune femme jeta un coup d'œil au plateau de nourriture qu'elles avaient laissé, intact, sur le buffet. « Aimeriez-vous quelque chose de différent à manger ?

– Je n'ai pas faim. Salvadora ?

– Je serais incapable d'avaler une bouchée. »

Elles attendirent en silence que la servante ait fini d'allumer les lampes, puis quitté la pièce.

« Prendrez-vous au moins un peu de vin, Salvadora ? Cela vous calmera les nerfs. Vous devez conserver vos forces. Moi aussi.

– Peut-être un peu, alors. Pour ses vertus médicinales. »

Soulagée d'avoir quelque chose à faire, Minou s'affaira avec le plateau et le pichet, leur servant à chacune une mesure de vin.

« N'avez-vous pas dit qu'Aimeric devait dîner avec nous ce soir ? »

Minou porta la main à son front.

« Oui. J'avais complètement oublié.

– C'est bon signe, alors, n'est-ce pas ? demanda Salvadora en prenant le verre qu'elle lui tendait. Puisqu'il n'est pas là, ni n'a prévenu qu'il ne viendrait pas, cela veut sûrement dire qu'ils cherchent Marta ensemble. »

Pendant un petit moment, le cœur de Minou s'allégea.

Lorsque les cloches sonnèrent 10 heures du soir, Salvadora se mit à pleurer.

« Je n'aurais jamais imaginé... Quand je pense maintenant à toutes ces fois où j'ai réprimandé Marta... Où je l'ai... »

Ses mots se perdirent dans un sanglot.

« Piet va la ramener à la maison, répondit Minou avec douceur. Il va la trouver. Je suis sûre que vous avez raison, Aimeric est avec lui. Quant à Marta, elle a l'esprit vif et elle est courageuse. Toutes ces qualités qui parfois nous agacent vont lui rendre grand service à présent. »

Sauf si elle a été enlevée, chuchota une voix malveillante dans la tête de Minou. *Sauf si elle est tombée dans le fleuve et s'est noyée.*

Sauf si, sauf si...

Rue de Béthisy

Sur la pointe des pieds, le vendredi soir s'effaça pour laisser place au samedi matin.

Piet entendit les cloches sonner minuit. Il était toujours caché dans la rue de Béthisy, où il se trouvait depuis quelques heures déjà. Tout Paris était désormais au courant de la tentative d'assassinat dont avait été victime Coligny et, bien que Piet ait réussi à se glisser dans la rue malgré les soldats en faction, le logement de l'amiral était étroitement gardé par les hommes de Navarre comme par ceux du roi lui-même; il n'avait aucune chance de réussir à parler à Aimeric. Mais il était prêt à attendre que son beau-frère sorte, ce que ce dernier ferait peut-être, avec l'aide de Dieu. Ce n'était pas grand-chose, mais c'était déjà cela. Il n'aurait pas supporté de passer la soirée rue des Barres. Il y était brièvement repassé pour apprendre d'une domestique que, bien que son épouse soit revenue, elle n'avait pas ramené leur fille. Avec une lâcheté qui lui faisait honte, Piet était discrètement reparti pour venir rue de Béthisy à la recherche d'Aimeric. Il avait su qu'il ne serait pas capable d'affronter Minou sans avoir quelque information, quelque espoir à lui donner, si petits soient-ils.

Il s'étira le cou, s'efforçant d'ignorer la boule froide qu'il avait au creux du ventre. Sa certitude initiale qu'ils allaient retrouver Marta avait fondu un peu plus avec chaque heure qui passait. Même si Aimeric pouvait lui prêter quelques-uns de ses hommes pour mener des recherches, quelle était la probabilité qu'ils la retrouvent désormais, dans une ville de plusieurs centaines de milliers d'habitants ?

Et si cela se trouvait, elle n'était peut-être déjà plus à Paris.

Il ferma les yeux, tentant d'échapper à ses propres pensées. Il avait parcouru Paris en long et en travers ces dernières heures, retournant dans chacun des endroits qu'ils avaient visités précédemment. Il était épuisé et perclus de courbatures, mais faire quelque chose – même si ce n'était qu'attendre indéfiniment d'apercevoir Aimeric – valait mieux que de renoncer à tout espoir.

35

Orléanais
Samedi 23 août

Juste après 1 heure du matin, plusieurs heures après avoir quitté Paris, Vidal et son entourage arrivèrent dans une propriété aux abords d'une petite ville. Les voitures passèrent un grand portail en pierre pour s'engager dans une longue allée toute droite, les sabots des chevaux résonnant dans le silence de la nuit, avant de s'arrêter enfin devant un manoir de pierre grise tout en longueur, avec un toit de tuiles faiblement pentu.

Louis sentit un poing lui heurter l'épaule et se réveilla immédiatement, prêt à se défendre, se rappelant l'odeur de moisi des robes crasseuses que portaient les moines, les relents de vin de communion ranci dans leur haleine. Les traînées de sang lorsque c'était terminé.

« Nous sommes arrivés. »

Louis n'aurait jamais cru être un jour reconnaissant d'entendre la voix de Xavier. Il n'était pas à Saint-Antonin, à la merci des religieux. Il avait été sauvé de cet enfer.

« Oui, monsieur », répondit-il, le soulagement le rendant poli.

Xavier plissa les yeux d'un air soupçonneux.

« Prends ça, dit-il en lui mettant dans les bras un coffre en bois ouvragé, avec plus de force que nécessaire. Ne le fais pas tomber, ou tu sentiras pire que ma botte sur ton derrière. »

Louis descendit avec peine de l'arrière de la voiture. Au loin, la cloche solitaire d'une église de village se fit entendre.

« Où sommes-nous ? » demanda-t-il.

Xavier cracha par terre.

« Ne t'occupe pas de ça. »

Louis cacha son agacement.

« Est-ce ici que nous allons nous installer ? »

Xavier lui pinça l'oreille.

« Assez de questions.

– J'allais seulement demander quel jour on était. »

Comme il l'avait prévu, Xavier ne résista pas à l'envie de se moquer.

« Es-tu idiot ? Cela fait seulement une journée que nous voyageons. Et dire que Son Éminence a de l'estime pour toi.

– Chartres », murmura le garçon, se rappelant brusquement l'expression sur le visage de son père lorsqu'il avait prononcé le nom de cette ville.

Un pincement de culpabilité lui étreignit brièvement le cœur au souvenir de la fillette, mais il le réprima. Quelqu'un la trouverait bien assez vite, pas de quoi s'inquiéter pour elle.

Xavier lui agrippa le bras.

« Qui t'a dit que nous allions à Chartres ?

– Personne ! J'ai deviné tout seul.

– Tu ferais mieux de fermer ton clapet. »

La voiture tangua alors que Vidal en descendait, passant devant eux sans leur adresser un mot pour entrer dans le long et étroit manoir. Xavier s'inclina.

Dans l'obscurité, Louis sourit. Non seulement Xavier ne savait pas que c'était son père qui avait confirmé leur destination, mais lui-même venait d'apprendre qu'un certain secret entourait celle-ci.

Rue d'Orléans

« Ce n'est pas ma faute ! » s'écria Marta, se réveillant en sursaut.

L'espace d'un instant, elle ne se rappela pas où elle était. Elle avait fait des rêves si étranges. Elle cligna des paupières et ses yeux s'accoutumèrent à l'obscurité : les murs bleus, les coussins sur le banc, les rideaux aux hautes fenêtres... Alors la mémoire lui revint.

Le garçon – Louis – l'avait laissée là pour qu'elle se repose. Il lui avait promis de revenir rapidement avec son père. Avait-elle dormi ? Sûrement, car elle avait la nuque raide, une sensation bizarre dans l'estomac et la tête cotonneuse. Elle se leva du banc et essaya de marcher, mais elle avait les pieds lourds comme des pavés.

« Louis... », appela-t-elle en regardant autour d'elle dans la pièce vide, comme s'il pouvait s'y cacher.

Elle se demanda si son oncle serait triste si l'amiral mourait. Puis elle songea au petit Jean-Jacques et, tout pénible qu'il soit, elle sentit les larmes lui monter aux yeux.

Louis lui avait dit de rester dans la chambre bleue jusqu'à ce qu'il revienne avec son père, mais cela devait faire des heures, parce que le ciel au-dehors était désormais noir. L'avait-il oubliée ?

Elle tapa des talons contre le caisson du banc, ne sachant que faire. Louis était un garçon et, à ce titre, aussi stupide que tous les autres, mais il était amusant.

« Reviens », murmura-t-elle.

Sa voix lui parut toute petite et insignifiante dans la pièce sombre et pleine d'échos. Les larmes débordèrent de ses yeux et commencèrent à rouler le long de ses joues. Toute cette situation était sa faute, elle ne pouvait s'en prendre qu'à elle-même. Elle aurait voulu être dans son lit, à écouter les ronflements disgracieux de leur nourrice, et même les reniflements nocturnes de Jean-Jacques. Elle ne ferait plus jamais preuve d'impatience à son égard. Elle ne se montrerait plus jamais désobéissante.

D'un pas traînant, elle gagna le bout du banc et tâtonna dans le noir jusqu'à ce qu'elle trouve le plateau que Louis avait apporté. Elle souleva le pichet à deux mains pour se resservir. La bière sucrée était devenue tiède, avec une pellicule à la surface et un goût amer, mais elle étancha sa soif. Elle la but tout entière, puis se recroquevilla de nouveau sur le banc, posa la tête sur ses bras et attendit. Louis reviendrait aussi vite qu'il le pouvait. Elle lui faisait confiance.

Une agréable somnolence s'empara d'elle. Rapidement, elle sombra de nouveau dans une torpeur lourde et dénuée de rêves.

« Maman », murmura-t-elle alors que le sommeil l'emportait encore une fois dans ses abysses.

Orléanais

Au lever du soleil, Xavier réveilla Louis et lui ordonna d'aller chercher le coffret qu'ils avaient apporté de Paris.

Puis il l'escorta à travers la maison, sans le lâcher du regard, rendant Louis encore plus curieux de ce qu'il tenait exactement dans ses bras.

« Ici, grommela l'intendant en le poussant dans une pièce élégamment meublée à l'arrière du bâtiment.

– Où dois-je le...

– À ton avis, imbécile ? Là, sur la table. Attention ! Garde-le bien droit. »

Dans la pénombre de l'étroite pièce, éclairée seulement par la lumière de l'aube, Louis passa en titubant devant l'âtre froid pour atteindre la longue table de réfectoire en plein milieu, et posa avec précaution son fardeau dessus.

« Maintenant, sors d'ici.

– Pour aller où ?

– À l'écurie, au chenil, aux latrines, peu m'importe. Ne sois pas là quand Son Éminence arrivera, c'est tout. Il souhaite être seul. »

Pris d'une envie soudain irrépressible de savoir ce qu'il y avait dans le coffret, Louis regarda autour de lui jusqu'à ce qu'il voie ce dont il avait besoin. Faisant discrètement un pas de côté, il donna un coup de pied, aussi fort qu'il put, dans un morceau de bois tombé de la grille du foyer. Comme il l'avait espéré, Xavier fit volte-face en direction du bruit, craignant une souris ou pire. Profitant de cette brève seconde d'inattention, Louis ouvrit rapidement la boîte, regarda à l'intérieur et la referma.

Il sourit. Maintenant, il comprenait le but de toutes ces visites à la Sainte-Chapelle. La question était de savoir pourquoi ?

« Encore là, vermine ? gronda Xavier, toujours à l'affût d'une paire d'yeux rouges.

– Je m'en vais. Souhaitez-vous que je vous apporte quelque chose à boire ou à manger ? »

Xavier lui appuya durement le doigt sur la poitrine.

« Tu as peut-être réussi à tromper Son Éminence avec ton empressement à plaire, mais pas moi, gamin. Hors de ma vue ou tu vas te prendre une correction. Je ne te le répéterai pas. »

36

Rue des Barres

Alors que les premières lueurs de l'aube effleuraient le rebord de la fenêtre, Minou entendit du bruit au rez-de-chaussée, dans l'entrée. Elle se leva immédiatement.

« Marta ? »

Elle avait les épaules et la nuque ankylosées par une nuit passée à somnoler dans un fauteuil. Elle avait réussi à convaincre Salvadora d'aller se coucher vers 3 heures du matin, mais était pour sa part retournée dans le salon. Elle devait s'être endormie.

Un grincement lui parvint de l'escalier, puis Piet apparut dans l'encadrement de la porte, les vêtements fripés et salis par les rues de Paris. Un bref instant d'espoir fut immédiatement suivi d'une cruelle déception lorsqu'elle vit qu'il était seul.

« Tu ne l'as pas trouvée, constata-t-elle d'une voix accablée de désespoir.

– Non.

– Tiens, dit-elle en lui tendant son mouchoir blanc pour qu'il s'essuie le visage.

– Et toi ?

– Non plus », répondit-elle.

Elle vit le peu d'espoir qu'il entretenait encore disparaître de ses traits.

« Je l'ai cherchée partout, Minou. À chaque endroit que nous avons visité ces trois dernières semaines, puis dans tous les lieux qu'elle avait pu mentionner : la Sainte-Chapelle, Notre-Dame, Saint-Jacques-la-Boucherie, le pont au Change. Mais je n'ai rien trouvé. » Il avait les épaules voûtées, vaincu. « Personne ne se rappelait avoir vu une petite fille en robe bleue ; personne. »

Minou se laissa retomber dans son fauteuil, les doigts crispés sur les accoudoirs comme pour s'y ancrer.

« Où étais-tu, Piet ? J'étais si inquiète.

– Je suis passé à 5 heures, mais lorsque la servante m'a dit que tu étais revenue seule, je suis reparti immédiatement pour continuer à chercher. »

Minou secoua la tête.

« Après tout ce que nous avions dit sur la nécessité de nous fier l'un à l'autre, tu n'as pas pensé à me prévenir ?

– Je ne voulais pas te décevoir, répondit-il doucement. Je suis désolé. »

Il posa la main sur son épaule – un geste d'excuse ou de réconfort, elle n'était pas sûre. Elle la couvrit de la sienne. Elle était trop fatiguée pour lui chercher querelle.

« Où as-tu passé la nuit ?

– Dans la rue de Béthisy. »

Minou sentit une lueur d'espoir se rallumer en elle.

« As-tu vu Aimeric ? J'ai essayé moi-même, dans l'après-midi, mais je n'ai pas pu m'approcher de chez lui. Toutes les rues autour étaient bloquées. »

Piet se servit un verre de vin et s'assit.

« On a attenté à la vie de Coligny hier, alors qu'il revenait du palais du Louvre. »

Minou se redressa.

« Quoi ? A-t-il survécu ?

– Ses blessures sont sérieuses, mais on s'attend à ce qu'il s'en sorte. L'assassin a tiré d'une propriété qu'on dit appartenir au duc de Guise, ce qui est peut-être un détail important, mais peut-être pas. N'importe qui aurait pu y avoir accès. Le logement de Coligny est désormais étroitement surveillé. Le roi lui-même est venu lui promettre son soutien et jurer qu'il ne reculerait devant rien pour traquer l'assassin.

– Comment as-tu fait pour passer sous le nez des gardes ? »

Piet frotta son pouce contre son index.

« J'ai graissé la bonne patte.

– Mais as-tu pu parler à Aimeric ?

– Non. J'ai attendu toute la nuit, au cas où il sortirait du logement, mais en vain. J'ai fini par persuader un soldat – un des hommes de Navarre – de lui transmettre un message au sujet de Marta. »

Minou soupira.

« Donc nous n'avons aucun moyen de savoir s'il l'a reçu, et s'il est à sa recherche ? »

Piet secoua la tête.

« Dès qu'il fera jour et que la garde aura été relevée, je retournerai rue de Béthisy pour réessayer de prendre contact avec lui. » Il laissa ses mains retomber. « Je suis désolé, Minou. J'ai fait tout ce que j'ai pu. »

Mais ce n'était pas assez, ne put-elle s'empêcher de penser. Ce n'était pas assez. Leur fille était toujours disparue.

« Il s'est passé autre chose en ton absence, dit-elle. Cornelia van Raay est ici. »

Piet posa sa coupe sur la table, si vivement qu'il renversa un peu de vin.

« Quand est-elle arrivée ?

– En fin d'après-midi. Elle a vu Marta quitter la maison, entre 9 et 10 heures hier matin. Il est rassurant, au moins, de savoir qu'elle est sortie de son propre chef. » Elle retint son souffle. « Elle n'a pas été enlevée. »

À l'expression qui se dessina sur le visage de son époux, elle comprit qu'il avait craint la même chose.

« C'est déjà cela.

– Cornelia m'a également assuré qu'elle avait l'air heureuse et excitée.

– Qu'a-t-elle dit d'autre ?

– Fort peu de choses. C'est effectivement elle qui était déjà venue frapper, et elle est à Paris sur les ordres de son père pour te voir. Mais avant que nous puissions aller plus loin dans la conversation, elle a été terrassée par un autre accès de l'intoxication alimentaire qui l'a retenue confinée dans sa chambre ces trois derniers jours. Je l'ai fait coucher à l'étage.

– Merci, Minou.

– Tu pourras lui parler toi-même dès qu'elle se réveillera. Avant que nous retournions dans Paris continuer de chercher Marta. » Elle regarda par la fenêtre. Le soleil levant rendait peu à peu leurs contours aux toits de Paris. « Nous allons la retrouver. Et dès que nous l'aurons fait, je veux repartir à Puivert. Je ne supporte pas l'idée de rester ici une seconde de plus que nécessaire. »

37

Domaine d'Évreux, Orléanais

La vieille route romaine partait de Chartres pour aller vers l'ouest, coupant à travers la campagne plate.

Louis était assis sans bouger. Le soleil se levait derrière eux lorsque la voiture ralentit. La chaîne cliqueta et les roues grincèrent en tournant. Puis, avec un claquement de fouet, ils repartirent : martèlement des sabots sur le sol sec, cliquetis des brides et des mors, vapeurs blanches d'une haleine chaude dans la fraîcheur du matin. La voiture se mit à osciller alors qu'elle prenait de la vitesse sur une longue voie d'accès toute droite menant au cœur d'une vaste propriété rurale.

Louis regarda fixement Xavier, dont la tête ballottait sur sa poitrine, puis tourna les yeux vers son père. Celui-ci avait les paupières closes et tenait sa barrette sur ses genoux, mais Louis doutait qu'il soit vraiment endormi. Depuis qu'ils avaient quitté Paris, il ne l'avait pas vu baisser sa garde une seule fois, même dans l'intimité de sa propre voiture.

« Qu'y a-t-il ? »

La voix de son père, forte dans l'espace exigu et silencieux, le fit sursauter.

« Rien », répondit-il précipitamment.

Il n'avait pas réalisé qu'il le dévisageait.

Vidal lui jeta un coup d'œil, puis croisa ses mains nues sur son bonnet et retourna à ses pensées.

« Très bien. »

D'un doigt, Louis souleva le rideau et regarda par la fenêtre de la voiture. Des bois formaient une ceinture verte autour du périmètre, mais ils en étaient déjà ressortis et avançaient au petit galop à travers champs. Un homme conduisant un char à bœufs s'arrêta pour soulever son bonnet à leur passage. Un peu plus loin, Louis repéra un garçon maigrelet qui menait un troupeau d'oies à l'aide d'un bâton. L'espace d'un instant, il ressentit le pincement familier qui lui nouait l'estomac – comme s'il était en train de tomber d'une haute tour et regardait le sol approcher à toute vitesse – chaque fois qu'il pensait à la vie qu'il aurait menée s'il avait été laissé à l'orphelinat, à la merci des religieux. Ou s'il avait fini comme ce garçonnet, à mener des animaux dans une ferme sale, dans l'humidité du petit matin : une vie de corvées et d'ennui. Il était déterminé à ne jamais tenir sa bonne fortune pour acquise.

L'allée était relativement plate et le balancement de la voiture apaisant. Malgré lui, Louis sentit ses yeux se fermer à leur tour. Dans son demi-sommeil, le joli visage de la fille à la robe bleue s'immisça dans ses pensées. Il se redressa en sursaut.

« Petit, parle si tu as quelque chose à dire. »

Louis jeta un coup d'œil à Xavier, puis à son père.

« Je me demandais juste où nous étions, monseigneur ? »

Un rare sourire se dessina sur le visage grave de son père.

« Chez nous, Louis. C'est ici que nous allons habiter désormais. »

38

Rue des Barres, Paris

« Bonjour, mademoiselle van Raay. »

Leur visiteuse hésita sur le seuil de la salle de séjour. Elle était pâle, et son regard trouble sous ses épais sourcils, mais Minou fut rassurée de voir qu'elle semblait aller mieux.

« Madame Reydon. Vous vous êtes déjà montrée trop bonne. Encore une fois, veuillez accepter mes excuses pour mon indisposition d'hier. Je me croyais guérie.

– Ce n'est rien. Je vous en prie, joignez-vous à nous. »

Cornelia fit un pas dans la pièce.

« Je ne veux pas m'imposer.

– Ce n'est pas le cas. Nous attendions votre réveil. » Minou lui indiqua Piet, à l'autre bout de la pièce. « Je vous présente mon époux, Piet Reydon. »

Cornelia lui tendit la main.

« Enchantée. C'est donc Piet, non Pieter ?

– Le plaisir est pour moi, mademoiselle van Raay, répondit-il en souriant. Et seules ma mère et Mariken m'ont jamais appelé Pieter.

– Je suis désolée si cela ne me regarde pas, mais y a-t-il du nouveau concernant votre petite fille ? »

Minou sentit une autre vague d'angoisse la traverser.

« Pas encore. Nous nous apprêtons à reprendre nos recherches, mais mon époux...

– … serait reconnaissant d'entendre ce que vous avez à dire avant de partir », termina Piet à sa place.

Minou regarda Cornelia jauger la situation, puis choisir la chaise la plus dure et la plus droite. C'était une jeune femme quelconque, au visage large et honnête, mais elle montrait une claire conscience de sa propre valeur. Cela la rendait sympathique à Minou.

« Vous savez déjà, je crois, que mon père m'a envoyée ici pour vous trouver, monsieur Reydon. »

Piet hocha la tête.

« Vous savez également, alors, que Mariken Hassels lui avait demandé son aide au printemps, après avoir reçu une lettre qui l'inquiétait fortement.

– Connaissez-vous – ou connaissait-elle – l'auteur de cette lettre ? demanda-t-il en jetant un coup d'œil à Minou.

– Non, je le regrette. Je sais seulement que c'était un cardinal français. Mariken a prévenu mon père qu'elle vous avait écrit. Ne vous a-t-elle pas dit de qui il s'agissait ?

– Non. Elle ne m'a pas donné de nom. »

Cornelia fronça les sourcils.

« Mon père a fait ce que Mariken lui avait demandé, puis m'a envoyée l'informer de ce qu'il avait découvert : que vous aviez survécu à l'enfance, que vous viviez désormais dans le Languedoc avec votre famille, que vous étiez huguenot et connu pour votre soutien aux rebelles d'Amsterdam. » L'espace d'un instant, l'amusement étincela dans ses yeux, transformant ses traits. « Cela l'a mis mal à l'aise.

– Vous êtes catholiques ?

– Mon père est un bon et pieux chrétien, madame Reydon. C'est également un homme d'affaires et la guerre est mauvaise pour le commerce. » Son ton redevint grave. « Je suis allée la voir au béguinage le 9 juin. C'est là que les choses sont devenues confuses. La grande maîtresse de la communauté m'a révélé – à contrecœur, ajouterai-je – que Mariken avait, sans demander la permission ni indiquer par avance ses intentions, quitté la communauté. Les béguines ne sont pas des religieuses. Elles sont, en théorie, libres d'aller et venir à leur guise, mais pas sans la permission de la grande maîtresse.

– Êtes-vous en train de me dire que Mariken a disparu ? demanda Piet.

– C'est ce qu'il semble.

– Quand ?

– La grande maîtresse n'a pas voulu, ou su, me le dire.

– Et personne n'a eu aucune nouvelle de Mariken depuis juin ?

– Non, madame. Il y a eu beaucoup d'attaques de couvents et de monastères à Amsterdam lorsque les calvinistes ont pris l'avantage dans les campagnes. Mon père a estimé possible que Mariken ait cherché refuge ailleurs, mais il n'a pas été en mesure de la retrouver. »

Piet secoua la tête.

« Elle l'aurait sûrement prévenu si elle avait décidé de rejoindre un autre ordre, non ?

– C'est ce que je crois, oui.

– Où pensez-vous qu'elle soit, alors ?

– À mon avis, soit elle s'est cachée pour se soustraire à l'attention de ce cardinal, soit...

– Il lui est arrivé quelque chose. »

Cornelia acquiesça.

« Lorsque j'ai obtenu mon audience auprès de la grande maîtresse du béguinage, je suis certaine que quelqu'un écoutait notre conversation.

– Qui ? » demanda vivement Piet.

Elle eut un geste d'impuissance.

« Je ne sais pas. »

Il fronça les sourcils.

« Dans sa lettre, Mariken m'a révélé que le cardinal cherchait à se renseigner sur mon enfance. En a-t-elle dit davantage à votre père ?

– Elle l'a seulement informé qu'il existait des documents – relatifs à votre filiation – que votre mère lui avait confiés. Mariken les avait remis à la garde d'une amie, avec l'intention de les récupérer et de vous les donner au moment propice. » Cornelia haussa les épaules. « Là encore, je ne sais pas si elle l'a fait ou si les documents sont désormais perdus. Je suis désolée. »

Piet se laissa aller contre son dossier.

« Donc c'est là que tout s'arrête. Nous sommes dans l'impasse. Mariken a disparu, donc il n'y a aucun moyen de découvrir où sont ces documents ni pourquoi ils ont tant d'importance. Après tout ce temps, nous ne pouvons aller plus loin.

– Je ne croirais pas nécessairement cela, monsieur Reydon. Mon père continue de se renseigner à Amsterdam. Mais je dirai une chose. C'est un homme pragmatique, peu enclin aux vives émotions. Or, il est convaincu que quel que soit l'enjeu, quelles que puissent être les informations au sujet de votre filiation, cela a pour quelqu'un une immense importance. Vous avez un ennemi dangereux. Mon père m'a dit de vous prévenir que vous devriez être extrêmement prudent.

– Vous pensez que Mariken est morte », dit Minou.

Moins une question qu'une affirmation.

« Hélas, oui. Tuée par, ou sur les ordres de l'auteur de cette lettre. Le cardinal. »

Leur conversation fut soudain interrompue par un bruit de pas dans l'escalier. Ils se retournèrent vivement tous les trois lorsque le domestique entra dans la pièce.

« Y a-t-il du nouveau ?

– Je suis désolé, madame, non. M. Reydon m'a demandé de l'informer lorsque nous serions prêts. Il y a une vingtaine d'hommes rassemblés en bas. »

Minou regarda Piet.

« Quels hommes est-ce là ?

– Il est possible qu'Aimeric ait reçu mon message, répondit-il, mais même si c'est le cas, je me suis dit que cela ne pourrait pas faire de mal de rassembler nos propres serviteurs, et tous ceux que les maisons voisines peuvent nous prêter, pour nous aider à chercher Marta. »

Et bien qu'une fois de plus, Piet n'ait pas jugé bon de l'informer de ce qu'il faisait, Minou eut les larmes aux yeux à la pensée qu'elle avait douté de sa détermination.

Il lui toucha légèrement la main.

« Veux-tu venir avec nous ? »

Elle hésita, puis secoua la tête.

« Je veux être là quand vous reviendrez. Mais puis-je abuser de votre gentillesse, Cornelia, et vous demander de rester avec moi ? Je vous serais reconnaissante de votre compagnie.

– Ce serait un honneur, madame Reydon. »

Minou se retourna vers son époux.

« Ramène-la, Piet. Ramène-moi notre Marta. »

39

Bien qu'il soit seulement 10 heures du matin, le soleil d'août tapait déjà fort lorsque Piet et ses volontaires se rassemblèrent dans la rue des Barres.

« Merci à tous – et aux employeurs qui vous ont laissés venir – pour votre assistance dans cette affaire. On vous a expliqué que notre fille de sept ans a disparu. » Piet s'interrompit brutalement, la gorge nouée par la peur. « Mais j'ai bon espoir qu'ensemble, nous parvenions à la retrouver. Vous connaissez tous Marta de vue, ou en avez reçu une description. Lorsqu'elle a été vue pour la dernière fois, elle portait une robe bleue et un bonnet blanc avec ses initiales brodées dessus au fil rouge. »

Il parcourut le groupe du regard. Plusieurs têtes acquiescèrent.

« Je ne sous-estime pas la difficulté de notre tâche. Chacun de vous a un quartier à explorer. Posez toutes les questions que vous jugerez bonnes, allez dans tous les endroits que vous, Parisiens, pouvez connaître. Lorsque vous aurez fait tout ce que vous pouvez, revenez ici en rendre compte à mon épouse. Chacun de vous recevra un sou et un verre de bière pour sa peine. Bonne chance, et que Dieu vous accompagne. »

Le soleil monta dans le ciel d'un bleu infini. Les heures passèrent. L'après-midi commença à peindre de longues ombres sur les maisons. Un par un, chaque homme revint déçu, les pieds endoloris, dans la rue des Barres où Minou, Cornelia et Salvadora attendaient.

Seul Piet continua de chercher, essayant d'échapper à ses pensées pernicieuses. Revenant encore et encore sur ses pas de la veille, posant aux mêmes boutiquiers et taverniers la même question, continuant d'espérer pourtant une réponse différente. Il était épuisé et perclus de douleurs, mais il ne pouvait se résoudre à abandonner.

À la tombée de la nuit, il retourna rue de Béthisy. Deux fois dans la journée, il s'était vu refouler à l'entrée de la voie. Il savait qu'il était imprudent et même dangereux d'essayer d'accéder au logement de Coligny, mais il fallait qu'il parle à Aimeric. Quoi qu'il arrive, il devait être en mesure de dire à Minou qu'il avait fait tout ce qu'il pouvait. Il n'aurait pas le courage de la regarder en face autrement.

La chance était de son côté. Le garde accepta son pot-de-vin.

« Merci, l'ami, dit Piet en lui tendant un autre sou. Tout est calme ce soir ?

– Pour l'instant », répondit le factionnaire. Il mordit dans la pièce pour en vérifier la valeur, puis lui fit signe de passer. « Mais je ne m'attarderais pas, si j'étais vous.

– Je vous suis redevable. »

Piet se glissa dans la rue et, avançant courbé dans l'ombre des encorbellements, se dirigea avec précaution vers les quartiers de l'amiral de Coligny. Il remarqua que certaines des maisons à colombage avaient sur leur porte une croix blanche qui n'y était pas la veille, à la peinture encore fraîche.

Alors qu'il se rapprochait un peu plus, espérant trouver une vue plus dégagée, son pied heurta quelque chose par terre. Il se baissa pour le ramasser. Un vieux haillon taché de sang, qui gisait piétiné dans la poussière.

Puis il comprit ce que c'était en réalité et le monde s'arrêta de tourner.

40

Rue d'Orléans
Dimanche 24 août, Saint-Barthélemy

Lorsque Marta se réveilla de nouveau, elle fut surprise de découvrir qu'il faisait encore sombre. Elle avait l'impression d'avoir dormi longtemps, mais il semblait encore faire nuit.

Elle se redressa. Elle avait mal à la tête et le pied gauche tout engourdi à force d'être restée couchée dessus. Elle appuya les poings contre son estomac pour calmer ses gargouillements de faim. Elle avait désespérément besoin d'aller aux latrines.

Elle se leva pour s'approcher avec précaution de la fenêtre ; elle avait l'impression que ses jambes ne lui appartenaient pas. Elle écarquilla les yeux puis, convaincue que sa vue lui jouait des tours, ouvrit la croisée. Des croix blanches avaient été badigeonnées sur la porte de la plupart des maisons en vue. Elle fronça les sourcils, puis gloussa en imaginant la fureur de grand-tante Salvadora si quelqu'un détériorait leur porte de cette façon. De ce qu'elle voyait, seules trois maisons dans toute la rue avaient été épargnées.

Elle tapota impatiemment du pied, croisant puis décroisant les bras, ne sachant que faire. Louis aurait dû être revenu de la rue des Barres depuis tout ce temps ; cela faisait des heures qu'il était parti.

Elle se retourna vers la pièce. N'était-elle pas une invitée dans cette maison ? Il était discourtois de l'avoir laissée seule si longtemps. Elle allait trouver un domestique et lui demander de lui apporter quelque chose à manger pendant qu'elle attendait.

Elle s'approcha de la porte et tourna la poignée. Il ne se passa rien. Elle essaya de nouveau, en s'y prenant à deux mains, mais ses doigts ne cessaient de glisser et la porte refusait de s'ouvrir. Après encore quelques tentatives infructueuses, elle eut l'idée d'introduire le petit doigt dans le trou de la serrure, et sentit un métal froid.

Elle était enfermée à clef.

Furieuse, elle secoua la poignée, puis se mit à crier et à taper sur la porte. Mais malgré tout le bruit qu'elle faisait, le couloir de l'autre côté resta complètement silencieux.

Un frisson lui parcourut l'échine. Quelqu'un l'avait forcément entendue, alors pourquoi personne n'était-il venu ? Elle recula d'un pas. Était-ce Louis qui l'avait enfermée ? Elle ressentit une bouffée de colère. Si c'était lui, il avait fait une erreur en croyant pouvoir lui jouer un tour.

« Les garçons sont tous des idiots, murmura-t-elle en regardant autour d'elle pour trouver ce dont elle avait besoin. Ah ! »

Prenant une partition sur le virginal, elle vérifia qu'elle était assez raide puis retourna en courant à la porte. Allongée à plat ventre sur le sol, elle la glissa sous le battant pour la placer juste en dessous de la poignée de l'autre côté. Puis, ôtant une épingle de ses cheveux, elle la fit lentement tourner dans la serrure, avec un mouvement de va-et-vient, jusqu'à ce que la clef tombe bruyamment dans le couloir. Le cœur battant, elle regarda par l'interstice et vit avec soulagement qu'elle avait atterri sur la feuille. Maintenant, elle n'avait plus qu'à ramener celle-ci de son côté de la porte, et elle serait libre. Se rallongeant par terre, elle la tira à elle avec précaution et récupéra la clef.

« Là ! » fit-elle en se relevant d'un bond, triomphante.

Elle enfonça la clef dans la serrure et ouvrit la porte. Elle avait hâte de raconter à tante Alis combien elle avait été maligne lorsqu'ils seraient rentrés à Puivert.

Le couloir était vide. Elle sortit sur la pointe des pieds, nerveuse à l'idée de se faire prendre, mais s'enhardit rapidement en voyant que personne ne l'arrêtait.

Alors qu'elle passait de pièce vide en pièce vide, sa fierté laissa progressivement place à l'inquiétude. Elle n'entendait aucun bruit et ne comprenait pas. Aucune voix, aucun pas, rien du tout. Tout le monde avait disparu. Elle était complètement seule dans cette magnifique maison.

Au rez-de-chaussée, elle tourna au coin d'un couloir et tomba sur un long corridor aux murs nus. Il ne s'y trouvait ni tentures ni portraits, juste une porte à l'autre extrémité.

Lentement, elle tourna la poignée.

Rue de Béthisy

Piet regarda avec incrédulité le bonnet en lin de sa fille entre ses mains. Que faisait-il là ? Un millier de questions retentissaient dans sa tête, toutes plus terrifiantes les unes que les autres.

Marta était venue dans cette rue, c'était certain. Mais où se trouvait-elle désormais ? Il fit courir ses doigts sur les trois lettres brodées. L'étoffe était raidie et tachée de sang séché. L'horreur de ce que cela impliquait lui noua la gorge.

Sa fille était-elle morte ?

Au-dessus des toits de Paris, le tocsin se mit à sonner. Piet releva vivement la tête. C'était un appel aux armes. Puis, derrière lui, il entendit un grondement de sabots. Il se replaqua dans l'ombre juste à temps, alors qu'un bataillon d'hommes armés, portant chacun un brassard blanc, débouchait dans un bruit de tonnerre à l'autre bout de la rue de Béthisy. Dans un chevauchement d'images fulgurant, il reconnut les couleurs du duc de Guise, la livrée de la garde suisse et les insignes des frères du roi, les ducs d'Anjou et d'Alençon.

Avec une appréhension croissante, il regarda le groupe s'arrêter devant la propriété où logeait l'amiral de Coligny. Au lieu de leur lancer une sommation, les mousquetaires devant le portail déposèrent les armes. Piet sentit ses entrailles se nouer. Quel que soit le commanditaire de la première tentative d'assassinat de l'amiral, il ne faisait aucun doute que cette seconde action était autorisée par le palais du Louvre lui-même.

Les gardes s'écartèrent pour laisser les soldats entrer. Il y eut un moment d'immobilité, puis un cri unanime s'éleva et les hommes du roi s'engouffrèrent dans la résidence, l'épée au clair.

« Mort au traître ! »

Une férocité sanguinaire sembla s'emparer des hommes attroupés. Pas seulement à l'intérieur de l'hôtel particulier, mais dans la rue elle-même. Les soldats commencèrent à enfoncer toutes les portes où n'était pas peinte une croix blanche et, brusquement, Piet comprit : les croix servaient à distinguer les maisons catholiques de celles appartenant à des huguenots et les brassards, à différencier les attaquants de leurs victimes. Lorsque, au loin, il entendit retentir les premiers coups de feu et tirs de canons, son sang se glaça dans ses veines. L'opération était beaucoup plus étendue que tout ce qu'il avait pu imaginer. Ce n'était pas un acte de meurtre isolé contre Coligny. L'intention était de tous les tuer.

Il risqua un dernier coup d'œil en direction de la résidence de l'amiral, puis se força à faire demi-tour. Il n'avait pas le choix. Il lui fallait retourner au plus vite rue des Barres, avant que la tuerie se propage davantage. Il ne pouvait rien pour Aimeric désormais : il n'était qu'un homme, seul contre des centaines.

Son devoir était envers son épouse et sa famille. Il ne pouvait que prier qu'il ne soit pas déjà trop tard pour les sauver. Le cœur déchiré de tristesse en pensant à sa fille disparue, il enfonça le bonnet de Marta dans sa poche et trouva sous ses doigts un morceau de tissu. Il sortit le mouchoir que Minou lui avait prêté plus tôt. Bien que noirci de crasse parisienne, il était encore assez blanc pour faire illusion. Cela le protégerait peut-être.

Rapidement, il le noua autour de son bras. Puis il s'élança en courant dans le labyrinthe des ruelles de Paris, les muscles palpitant du souvenir de ses jeunes années en tant que soldat et espion. Il ne savait pas que chaque pas l'entraînait un peu plus loin de sa dernière chance de sauver sa fille.

Rue d'Orléans

Marta était paralysée par la peur. La pièce où elle se trouvait l'effrayait, bien qu'elle soit remplie de beaux meubles et de magnifiques tentures. Il y avait un énorme bureau aux tiroirs grands ouverts, comme si quelqu'un y avait fouillé précipitamment avant de partir, et un immense tableau du Christ en sang sur sa croix au-dessus d'un petit autel, avec un prie-Dieu solitaire posé devant.

Elle voulait s'en aller. Mais voilà que les cloches s'étaient mises à sonner. Pas celles de d'habitude, mais un bruit terrible. Dur. Marta n'avait entendu sonner le tocsin qu'une seule fois par le passé, lorsque leur château à Puivert avait été attaqué par des soldats catholiques. Cela n'avait pas duré longtemps et elle était toute petite, mais elle n'avait jamais oublié la façon dont la lugubre cloche avait fait trembler chaque partie de son corps.

Elle se força à s'approcher de la fenêtre pour regarder dehors, les mains appuyées sur la vitre. Le monde extérieur était orange, au lieu de noir comme il était censé être la nuit. Elle se rendit compte qu'elle voyait des flammes s'élancer dans le ciel. Paris brûlait.

41

Rue de Béthisy

« Monsieur, dit Aimeric d'un ton pressant, il nous faut partir. Il n'y a pas de temps à perdre. N'entendez-vous pas sonner le tocsin ?

– Si, répondit Coligny. C'est celui de Saint-Germain-l'Auxerrois, l'église paroissiale du palais du Louvre, si je ne m'abuse.

– Mais le roi a posté ses propres hommes pour vous protéger, protesta Aimeric, incrédule. Et les soldats de Navarre aussi.

– Pensiez-vous donc qu'ils n'essaieraient pas à nouveau de me tuer ? »

Aimeric secoua la tête.

« Le roi lui-même est venu vous demander pardon. »

Coligny afficha un sourire sagace.

« Quoi que Sa Noble Majesté ait cru il y a deux nuits, Joubert, ce n'est plus le cas maintenant. Quant à ses hommes, ils ne lui obéissent que tant que la reine mère le veut. »

Dans la cour en dessous d'eux, Aimeric pouvait entendre le ferraillement des épées et les cris de douleur alors que les huguenots tentaient de défendre la maison.

« Il faut que j'aille aider nos hommes. Ils sont trop nombreux. »

Coligny lui prit le bras.

« Non. Allez chercher le pasteur. Je souhaite prier.

– Monsieur, nous devrions fuir.

– Joubert, c'est trop tard. Tout ce que nous pouvons faire à présent, c'est prier Dieu de nous délivrer de ce mal. »

En s'efforçant désespérément d'ignorer les bruits du massacre qui se déroulait au rez-de-chaussée, Aimeric fit entrer le pasteur terrifié et garda la porte pendant qu'il récitait les prières d'une voix chevrotante.

« *Amen* », murmura Coligny, à genoux.

Aimeric l'aida à se relever.

« Maintenant, je suis prêt à mourir dans la grâce de Dieu. Pasteur, vous pouvez partir si vous le souhaitez. » Coligny parcourut du regard sa chambre, où était rassemblée sa garde personnelle. « Il en va de même pour chacun de vous. Je vous remercie pour votre honnête service, mais c'est pour moi qu'ils sont là. Sauvez votre vie et allez dans la lumière de l'amour divin.

– Je ne vous abandonnerai pas, monsieur, répondit Aimeric alors que le pasteur le bousculait dans sa hâte à s'enfuir. J'ai prêté serment.

– Joubert, il le faut, insista Coligny. J'ai besoin que vous emportiez ceci. » Il ouvrit son coffre personnel pour en sortir un manuscrit. « C'est un compte-rendu historique de notre époque tourmentée, des batailles que nous avons livrées – celles que nous avons remportées et celles où Dieu n'était pas avec nous –, de la paix que nous avons eu tant de peine à trouver, de la guerre que nous avons menée pour défendre notre foi et nos territoires. Je vous le confie. J'aimerais que mes mots survivent longtemps après que j'aurai moi-même été mis en terre.

– Monsieur, si je vous quitte, vous serez sans protection. »

L'amiral le regarda dans les yeux.

« Si ma mort peut sauver d'autres vies, la vôtre comprise, Joubert, alors qu'il en soit ainsi. C'est la volonté de Dieu.

– Je ne peux laisser cela se produire.

– C'est le dernier ordre que je vous donnerai. Je crains qu'il ne s'agisse pas simplement ce soir de débarrasser le monde d'un vieux serviteur de Dieu solitaire. Trouvez une maison catholique où vous réfugier. Évitez nos alliés, restez à l'écart de nos caches. Est-ce bien compris, Aimeric ? »

L'emploi inhabituel de son prénom par l'amiral eut brusquement raison des hésitations d'Aimeric. Son devoir était d'obéir.

« Oui », répondit-il. Maîtrisant ses émotions, il prit le manuscrit et s'inclina. « Monsieur, ce fut un honneur de vous servir.

– Dieu vous garde, Aimeric. Au revoir, et nous nous reverrons. N'ayez crainte, car Dieu est avec vous. »

Aimeric s'inclina de nouveau, puis ouvrit la fenêtre et sortit sur le toit à l'arrière du bâtiment. Derrière lui, la porte vola en éclats alors que les meurtriers de Coligny s'engouffraient dans la pièce.

Serrant le précieux manuscrit contre lui sous sa chemise, Aimeric passa de toit en toit jusqu'à ce qu'il ne puisse aller plus loin.

Il ôta son pourpoint noir et son chapeau de soldat, et les cacha dans une cheminée. Cela ne lui serait pas d'une grande aide. Son visage était connu comme celui d'un des proches de Coligny. Il savait que si on l'attrapait, il serait tué et le manuscrit perdu. Jaugeant la distance qui le séparait de la prochaine maison, il estima qu'il pouvait la franchir d'un bond. Sous réserve que les soldats ne lèvent pas les yeux, il pourrait gagner le cœur du quartier catholique entourant le palais du Louvre et trouver un endroit où se cacher en attendant que le pire soit passé. Après cela, il n'avait pas la moindre idée de ce qu'il ferait. Il savait seulement qu'il avait ce dernier devoir à accomplir pour l'amiral de Coligny.

Il se remémora les jeux auxquels il avait joué avec Alis dans son enfance, grimpant sur les remparts de Carcassonne, sautant de parapet en parapet dans la Cité. Puis il leva les yeux vers Dieu, pria pour arriver sain et sauf de l'autre côté, et s'élança.

42

Rue d'Orléans

« Par ici », chuchota le jeune pasteur huguenot en entraînant ce qui restait de sa congrégation à travers d'élégants jardins en direction d'une écurie vide.

Il ne pouvait imaginer pour quelle raison une maison si majestueuse se trouvait désertée, mais ils n'avaient nulle part ailleurs où se cacher. Il barricada la porte avec une planche et indiqua par gestes aux dames de se cacher au fond des stalles, et aux hommes en état de se battre de trouver une arme, quelle qu'elle soit – fourche, pelle, morceau de bois. N'importe quoi ferait l'affaire.

Il savait qu'il ne faudrait pas longtemps à leurs poursuivants pour les retrouver. Les portes fragiles de l'écurie ne résisteraient pas à l'assaut des épées et des bottes.

Il cacha ses mains tremblantes sous son habit pour que ses compagnons – quatre hommes, dont un gravement blessé, et deux femmes – ne voient pas sa terreur. Son courage fléchit de nouveau au souvenir des domestiques gisant égorgés dans la rue de Béthisy, devant la maison voisine de celle où ils s'étaient rassemblés pour pratiquer leur foi. Un simple service dans une maison particulière, comme le permettaient les termes de la paix. Ils n'auraient rien dû avoir à craindre.

Il déglutit péniblement. Il avait la peur au ventre, mais était déterminé à résister. Son corps était fort, résultat d'une enfance à travailler la terre avant que Dieu l'appelle. Il se battrait pour protéger ses ouailles.

« Seigneur miséricordieux, protégez-nous de Vos ennemis, dit-il en attrapant une fourche et en signalant aux autres hommes de faire de même. Confondez Vos adversaires... »

Il n'aurait su dire si c'était dans sa tête ou dans la rue voisine, mais il entendit le bruit de sabots qui se rapprochaient, le cri de ralliement d'hommes poussés par la haine, et il sut qu'il n'y aurait aucune délivrance, aucune pitié.

« Mes amis, dit-il en écartant les bras. Prions. »

Leurs poursuivants étaient arrivés dans les jardins, leurs brassards éclatant de blancheur au clair de lune filtrant à travers les nuages. La plus jeune des deux femmes – encore une enfant, en vérité – fondit en larmes.

« Joignez-vous à moi, chuchota-t-il. Que Dieu Se lève, et que Ses ennemis soient dispersés ; et que fuient devant Sa face ceux qui le haïssent. »

Sous la force des coups de bottes, la planche qui condamnait la porte de l'écurie commença à se courber, avant de se casser en deux.

« Que Dieu Se lève, répéta le pasteur en élevant la voix, et que Ses ennemis soient dispersés ; et que fuient devant Sa face ceux qui le haïssent. »

Il se tourna pour faire face à leurs assaillants. Ceux-ci étaient moins nombreux que ce qu'il avait pensé et, l'espace d'un instant, il se demanda s'il était possible qu'ils réussissent à les repousser.

Le chef de la bande, les yeux étincelant de mépris, s'avança.

« Nous n'avons rien fait de mal, dit le pasteur.

– Et pourtant vous avez fui, répliqua l'homme d'une voix gonflée de dédain et de supériorité.

– À notre place, n'auriez-vous pas fait de même ? » Brièvement, le pasteur soutint le regard de son persécuteur et s'autorisa à espérer. « Nous sommes tous les créatures de Dieu. »

Un des autres soldats éclata de rire.

« Veux-tu que je le tue, Cabanel ?

– Non, il est à moi. »

Le bref silence qui suivit fut rompu par le crissement d'une épée tirée de son fourreau pour pénétrer la chair dans un éclat d'acier. Le pasteur écarquilla les yeux de surprise, avant de les baisser. Il vit la poignée de l'arme qui dépassait de son ventre et sentit le sang chaud qui trempait son habit noir. Puis, la succion de la lame qui ressortait, glissant sur les entrailles et les chairs. Alors seulement, la douleur l'assaillit et il recula en trébuchant.

« Faites ce que vous voulez avec elles, dit Cabanel en désignant les femmes, puis tuez-les. Tuez-les tous.

– Non ! » s'écria le pasteur alors qu'il tombait à genoux.

Il fallait qu'il les protège. Leur âme était entre ses mains.

Mais leurs bourreaux chassaient pour le plaisir. Le sang échauffé, ils rôdaient autour de leurs victimes en les raillant et en les tourmentant de la pointe de leur épée.

« Vermine hérétique. »

La plus vieille des deux femmes hurla lorsque son capuchon lui fut arraché, révélant de fines mèches de cheveux blancs. La plus jeune essaya de s'enfuir, mais reçut un coup violent sur la tempe et tomba de tout son long. Le sang fleurit sur la paille sèche et pâle. Un des hommes tenta d'intervenir, mais le soldat le frappa lui aussi, et il s'effondra, inconscient, à côté de la jeune fille.

Le pasteur essaya de la rejoindre en rampant, mais son corps ne lui obéissait plus.

« Au nom de Dieu, épargnez-la. Le Seigneur seul peut vous sauver, continua-t-il, bien que la tête lui tourne. Vous croupissez dans le péché. Repentez-vous. Expiez ces méfaits. »

Ses yeux commençaient à se fermer.

« Que mon cri parvienne jusqu'à toi, ô Éternel », ajouta-t-il, mais les mots passèrent silencieusement ses lèvres et se dissipèrent comme une brume.

L'homme que ses compagnons appelaient Cabanel s'accroupit à côté de lui et lui appuya la pointe de sa dague dans le coin de l'œil.

« Tu es un traître à la Couronne, dit-il. Un ennemi de la France. »

Le pasteur sentit la lame s'enfoncer dans son globe oculaire et poussa un dernier hurlement de douleur.

« De la racaille huguenote, tous autant que vous êtes. Ce soir, nous accomplissons ce qui aurait dû être fait depuis longtemps.

– Bien dit, mon capitaine ! s'écria l'un des soldats, inspirant des vivats à ses compagnons. À Cabanel ! »

Alors que le pasteur se vidait de son sang et de sa vie, il eut un dernier aperçu des jardins déserts à la faveur du battement de la porte de l'écurie. Il crut soudain voir une enfant dans la maison, debout à une fenêtre, bouche bée d'horreur. Ou peut-être était-ce un ange venu l'emporter vers la lumière.

Caché de l'autre côté des jardins, Aimeric inclina la tête et pria pour l'âme de ses frères et de ses sœurs.

Il était soldat. Assister au massacre sans rien faire était sûrement un péché, mais il n'avait eu d'autre choix. S'il voulait protéger le manuscrit que l'amiral de Coligny lui avait confié, il lui fallait rester caché. Ses écrits ne pouvaient tomber aux mains de pareils hommes. La vérité devait être entendue. Les mots de Coligny résonneraient pour les siècles à venir.

Il suivit la progression des soldats à travers les jardins. Il avait perdu ses repères plusieurs fois dans l'obscurité et la confusion de sa fuite par les toits, mais il pensait être dans la rue d'Orléans. Il n'avait jusqu'alors observé cette maison que de derrière ses hauts murs : une autre des belles demeures appartenant à la famille de Guise. Elle semblait bizarrement plongée dans l'obscurité.

Du mouvement à une fenêtre du rez-de-chaussée attira son regard. De petites mains contre la vitre. Un enfant ? Il plissa les yeux pour essayer d'y voir plus clair, mais il n'y avait pas assez de lumière. Puis, il entendit un bruit de verre brisé et réalisa, avec consternation, que les soldats avaient pris d'assaut le bâtiment.

Avec le poids de ce qu'il venait de voir déjà sur la conscience, il sut que cette fois, il avait le choix. S'il y avait un enfant à l'intérieur, seul et abandonné, il se devait d'agir.

43

Engourdie par l'horreur, Marta s'écarta de la fenêtre. Elle avait l'impression que son cœur allait s'arrêter.

Il y avait tellement de sang. Elle baissa les yeux sur ses mains, comme si elle s'attendait à en voir là aussi.

Puis elle entendit le bruit de verre brisé et sut que les soldats étaient dans la maison. Ils avaient tué tous ces gens, deux femmes en plus des hommes, et maintenant, ils venaient l'assassiner à son tour.

Elle savait qu'elle aurait dû se cacher, mais ses jambes refusaient de lui obéir. Elle était clouée sur place, aussi raide que le merle qu'elle avait trouvé un matin d'hiver à Puivert, collé au sol par le gel. À quoi bon, de toute façon ? Ces gens s'étaient cachés dans l'écurie et les soldats les avaient tués quand même.

Elle sentit un liquide chaud couler le long de ses jambes. Baissant les yeux, elle vit une flaque dorée autour de ses chaussures. Grand-tante Salvadora l'aurait réprimandée d'avoir fait pareille chose mais à cet instant, Marta ne s'en serait pas formalisée, parce que cela aurait signifié qu'elle était en sécurité chez elle, avec sa famille, et que tout était comme il se devait.

Puis elle entendit un bruit de bottes dans le couloir et, enfin, elle trouva le courage de s'enfuir. Elle se jeta dans l'espace sous l'énorme bureau en chêne, ramena ses genoux sous son menton et essaya de se faire aussi petite que possible. Elle tremblait de peur, mais il fallait qu'elle soit vaillante.

La porte s'ouvrit brutalement, allant taper contre le mur, et les soldats entrèrent en titubant dans la pièce. Certains tenaient à la main une chope de bière, d'autres une torche, et tous criaient et s'acclamaient mutuellement comme s'ils célébraient quelque chose. Marta se recroquevilla encore davantage dans l'ombre.

Mais à peine quelques secondes plus tard, elle sentit une main rude lui agripper la cheville et se trouva traînée hors de sa cachette.

« Tiens donc, qu'est-ce qu'on a là ? » Dressé menaçant au-dessus d'elle, avec son pourpoint éclaboussé de sang, le soldat ivre la regardait d'un œil mauvais. « Tu nous attendais, petite fille ? »

Elle ouvrit la bouche pour hurler, mais aucun son n'en sortit.

« Laissez-la tranquille ! »

Au début, Marta crut qu'elle l'avait imaginé. Comment se pouvait-il que son oncle Aimeric soit lui aussi à cet endroit ? Mais ensuite, elle vit la dague de son père dans sa main, et elle sut qu'il était venu la sauver.

« Ce n'est qu'une enfant, cria-t-il. Ne lui faites pas de mal. »

Il tourna la tête vers elle et lorsqu'elle vit ses yeux s'arrondir de stupeur, elle comprit qu'il n'avait, en réalité, pas eu la moindre idée que c'était elle. Il lui tendit la main. Elle se releva précipitamment et tenta de courir à lui.

Tout sembla arriver d'un seul coup.

Le soldat qui l'avait trouvée tendit vivement le bras pour lui porter un violent coup qui l'envoya s'écraser contre l'angle du bureau. L'arrière de sa tête heurta le dur coin en chêne et elle s'écroula, tout étourdie.

Son oncle chargea, mais un autre soldat lui fit un croc-en-jambe et il tomba par terre. Marta hurla en voyant ce qui ressemblait à une explosion de papier sortir de sa chemise, des dizaines et des dizaines de feuilles qui s'éparpillèrent par terre devant l'autel, tandis que sa dague lui échappait des doigts pour aller s'immobiliser un peu plus loin. Il tendit le bras pour l'attraper mais un troisième attaquant lui écrasa la main du pied. En quelques secondes, Aimeric se retrouva encerclé, au sol, quatre épées pointées sur sa poitrine.

Marta avait la tête qui tournait, la nausée. Elle plissa les yeux et regarda ses mains. Cette fois, le sang était réel.

« Je le connais, dit l'un des soldats en donnant un violent coup de pied dans les côtes d'Aimeric. C'est un des hommes de Coligny.

– Que Dieu vous pardonne », dit Aimeric en essayant de se relever.

Mais un deuxième coup de pied le fit immédiatement retomber.

« Je croyais que nous avions eu tous les hérétiques, mon capitaine.

– En voici un huitième pour le diable », cracha Cabanel.

Sur ces mots, il se pencha pour attraper Aimeric par les cheveux et, d'un geste expérimenté, lui trancha la gorge d'une oreille à l'autre. Une gerbe de sang aspergea le carrelage ciré, tachant de rouge le bas de la nappe d'autel blanche. Et tous les papiers qu'il avait fait tomber.

Marta s'entendit hurler.

« Faites-la taire ! » cria Cabanel.

Le soldat ivre pointa son épée sur elle.

« Tu veux finir comme lui ? Es-tu toi aussi des leurs ? » Il commença à s'approcher d'elle. « Viens là, petite catin. »

Marta réussit à se relever et s'élança en courant vers la porte ouverte, mais elle avait les jambes tremblantes et ne fut pas assez rapide.

« Pas si vite ! » Le soldat l'attrapa par la taille et la souleva dans les airs comme un trophée. Elle sentait un filet de sang lui couler sur la nuque de l'endroit où elle s'était cogné la tête. « Alors, qu'est-ce qu'on va faire de toi ? »

Brusquement, Marta se rappela ce qu'avait dit Louis, rue de Béthisy. Elle enfonça sa main tremblante dans sa poche et en sortit le chapelet de sa mère.

« Une des nôtres, souffla-t-elle.

– Qu'est-ce qu'elle a dit ? »

Elle essaya de se répéter, mais voilà que sa langue ne voulait plus lui obéir. Ils firent tous silence, puis Cabanel lui fit un signe de la main.

« Es-tu catholique ? demanda-t-il ? Bonne chrétienne ? »

Elle hésita, puis hocha la tête.

« Vis-tu ici ? »

Terrifiée, elle acquiesça de nouveau.

« À qui est cette maison ? » Il lui montra du doigt son oncle mort. « À lui ? »

Elle secoua la tête, ce qui fit encore plus tourner la pièce autour d'elle.

« Alors à qui ? »

Elle essaya de répondre, mais tous ses mots l'avaient abandonnée. Elle joignit les mains, puis fit le signe de croix comme elle avait vu Salvadora le faire.

« Un prêtre vit ici ? demanda-t-il en jetant un coup d'œil à l'autel. Quelqu'un d'important ? »

Elle hocha une troisième fois la tête.

Cabanel regarda l'opulence dont ils étaient entourés, puis tendit les bras.

« Donne-la-moi. Je vais la faire conduire à ma femme le temps que nous trouvions à qui elle appartient. Une maison aussi luxueuse, il y aura sûrement une récompense. Quelqu'un viendra la réclamer. »

Marta avait mal à la tête. Elle ne voulait pas aller avec cet homme. Mais ses yeux se fermaient malgré elle et, en dépit de tous ses efforts, elle ne put s'empêcher de s'affaler contre lui.

Alors qu'il l'emportait hors de la pièce, elle réussit à soulever les paupières une dernière fois. Elle vit Aimeric, avec son indomptable chevelure noire, étendu sur un lit de papiers éparpillés, dans une mare de son propre sang. Il avait les yeux grands ouverts, mais le tressaillement de sa main avait cessé, et elle sut qu'il était mort.

Puis, plus rien.

44

Rue des Barres

« Mon amour, je t'en prie, implora Piet.

– Je ne partirai pas sans ma fille ! »

Il était près de 3 heures du matin, Piet était rentré depuis une trentaine de minutes, et les bruits du carnage se rapprochaient. La famille Reydon était rassemblée dans les cuisines à l'arrière de la maison, ses biens les plus précieux autour d'elle, prête à partir. Cornelia van Raay était en train de nouer le dernier brassard blanc autour du bras de Salvadora.

« Non ! Je ne partirai pas. Je ne sais pas comment tu peux suggérer pareille chose ! » Minou serrait le bonnet maculé de sang de Marta entre ses doigts. « Ceci ne prouve rien. Imagine qu'elle revienne ici et nous trouve partis ? Non. »

Piet lui prit les mains.

« Écoute-moi. Je ne veux pas partir non plus, mais nous n'avons pas le choix. Ne les entends-tu pas ? Ils se rapprochent. Je les ai vus. Ils massacrent les civils : hommes, femmes et même enfants. »

Minou se frappa la poitrine.

« Si elle était morte, je le saurais. Il faut continuer à la chercher.

– C'est ton cœur qui parle, Minou, pas ta tête. » Il se rapprocha d'elle. « Nous avons exploré chaque recoin de la ville, tu le sais. Tant de gens l'ont cherchée, tu le sais également. J'ai fait tout ce que je pouvais, je te le promets. Il nous faut accepter que Marta n'est plus avec nous. »

Elle le regarda dans les yeux.

« Je refuse. Je n'abandonnerai pas ma fille, répondit-elle d'une voix qui lui semblait venir de très loin. Tu peux partir si tu le souhaites. Je reste. » Elle crispait tellement fort les doigts sur le bonnet de Marta qu'elle en avait les articulations toutes blanches. « Ceci ne prouve rien.

– Minou, écoute-moi ! la supplia-t-il à nouveau. Il ne nous reste plus beaucoup de temps. Nous devons partir. Il est dangereux de rester ici. Les rues sont remplies de gens égorgés. Je n'ai jamais rien vu de pareil. Les catholiques ont fermé les portes et installé des canons à l'Hôtel de Ville. C'est un plan minutieusement préparé et exécuté. Ils ont l'intention de tous nous tuer, ne comprends-tu pas ? »

Minou secoua la tête.

« Cette maison appartient à un catholique. Le propriétaire répondra de nous.

– Il mentira pour nous, veux-tu dire ? répliqua-t-il. Même s'il le faisait, cela ne changerait rien maintenant ! Les masses ont pris le contrôle. Quoi qui ait été prévu, il est trop tard. Paris est devenu fou.

– Ils nous ont laissés tranquilles pour l'instant. »

Piet ne l'écoutait pas.

« Ne crois-tu pas que nos voisins nous dénonceront comme huguenots pour sauver leur propre vie ? Les catholiques – d'honnêtes gens pour la majorité d'entre eux, des gens comme nous – ont reçu l'autorisation de se retourner contre nous. Ne te rappelles-tu pas comment les choses se sont passées à Toulouse au début de la guerre ? »

Minou ferma les yeux pour repousser les images de Toulouse en feu dix ans plus tôt. Du sang et des barricades, des interminables rangées d'hommes et de femmes mourants étendus dans le refuge.

« Je me rappelle », répondit-elle enfin à voix basse.

Piet l'agrippa par les bras.

« Eh bien, la situation est encore pire, maintenant. Des hommes ordinaires – comme notre propriétaire – bloquent les rues avec des chaînes. Des bandes de jeunes ciblent les quartiers où se réunissent les huguenots – Saint-Martin, Saint-Eustache, Saint-Honoré. Je l'ai vu de mes propres yeux. » Il tira sur le linge noué à son bras. « Une écharpe blanche ne les dupera pas longtemps. » Il laissa soudain ses mains retomber. « Pour l'amour de Jean-Jacques, de Salvadora, nous devons partir. »

Minou scruta le visage angoissé de son époux puis regarda sa tante, rouge de peur, et Cornelia van Raay, pâle et sérieuse alors qu'elle les écoutait attentivement. Ses yeux se posèrent en dernier sur son jeune fils, paisiblement endormi dans les bras de sa nourrice, inconscient que sa vie était en jeu. Enfin, sa détermination vacilla.

« Si nous quittons Paris maintenant, dit-elle, la voix brisée, nous ne saurons jamais ce qui est arrivé à Marta. Nous passerons le reste de nos jours à nous interroger. Ne comprends-tu pas ? Cela nous détruira. »

Piet lui prit le menton.

« J'en ai le cœur déchiré, moi aussi ; c'est tout juste si j'arrive à respirer et à réfléchir. Comme toi, je veux croire qu'elle est en vie, en sécurité. Mais c'est très improbable. Marta a disparu depuis deux jours entiers. Plus nous attendons, moins nous avons de chances de réussir à nous échapper. Pense à Jean-Jacques. »

Les yeux de Minou se remplirent de larmes.

« Maintenant, tu me demandes de choisir entre mon fils et ma fille ?

– Non, répondit doucement Piet, je te demande de choisir entre un enfant en vie et un qui ne l'est peut-être plus. Marta est perdue, Jean-Jacques est ici. Il a besoin de toi. » Minou entendit sa respiration se couper. « Et moi aussi. »

L'espace d'un moment, ses mots semblèrent rester suspendus entre eux. Durs, douloureux, terribles ; indélébiles.

Elle releva la tête.

« Tu comprends que si je vous accompagne maintenant, je n'arriverai peut-être jamais à te pardonner de m'avoir forcée à abandonner notre fille ? Ce moment nous désunira à jamais. »

C'était au tour de Piet d'avoir les joues baignées de larmes.

« Je comprends que nous n'avons pas le choix, répondit-il, la voix brisée, si nous voulons sauver ce qui reste de notre famille. »

Minou sentit son cœur se déchirer. Elle savait qu'il avait raison, tout autant qu'elle. C'était peut-être injuste, mais ce choix se dresserait entre eux pour le restant de leurs jours. Elle soutint son regard encore un moment, puis capitula.

« Très bien.

– Dieu merci, fit Piet avec un soupir. Et dès que je vous aurai tous mis en sécurité – et que le pire de cette terreur sera passé –, je reviendrai à Paris reprendre mes recherches. Je t'en donne ma parole, Minou. Je ne cesserai pas tant que je n'aurai pas retrouvé Marta. »

Mais bien qu'elle voie ses lèvres bouger, Minou n'entendit rien de tout cela, trop écœurée par le soulagement qu'il avait montré devant son renoncement. Elle lui tourna le dos pour prendre Jean-Jacques des bras de la nourrice.

« Mon amour, regarde-moi, dit Piet. S'il te plaît. »

Elle se sentait bizarrement calme à présent, détachée de tout ce qui se passait, comme si elle regardait la scène de très haut.

« Nourrice, pouvez-vous aller chercher mon coffret dans ma chambre ? Je ne veux pas partir sans. Et la toupie de Jean-Jacques.

– Minou, je t'en prie, implora Piet en essayant de lui prendre la main. »

Elle s'écarta hors de sa portée.

« Cornelia, pouvez-vous répéter à mon époux ce que vous m'avez dit ? »

La jeune Hollandaise hocha la tête.

« Pendant mon séjour ici, j'ai dormi sur une des barges de mon père. Si nous pouvons atteindre le fleuve, nous avons une chance de réussir à sortir de la ville.

– Où est-elle amarrée ? demanda vivement Piet.

– En amont de la place de Grève. En face de l'île Louviers.

– Mais sur cette rive-ci ?

– Oui.

– Vous pensez que les gardes nous laisseront passer ? »

Minou s'efforça de ne pas entendre l'espoir dans la voix de son mari. C'était comme s'il avait déjà oublié qu'ils étaient sur le point d'abandonner Marta.

« Mon père est aussi connu ici à Paris qu'à Amsterdam, monsieur Reydon. Il a une réputation de fervent catholique, ayant fait plusieurs dotations à l'église Saint-Merri. Nous y avons notre propre banc. J'ai donc bon espoir que si les veilleurs sur les tours reconnaissent notre pavillon, ils nous laisseront partir. Si nous arrivons à passer les postes de contrôle et à descendre le fleuve sans être fouillés, nous avons une chance d'atteindre Rouen, où la flotte de mon père est à l'ancre.

– Mon amour ? demanda Piet d'un ton implorant. Qu'en penses-tu ?

– Je suis d'accord, s'entendit-elle répondre. C'est notre meilleure chance.

– Bien, je suis content que tu sois d'accord. » Il relâcha son souffle. « Nous nous en sortirons. Si nous restons ensemble. Et je reviendrai, Minou. Je te le promets. »

Minou s'étonna de la naïveté de son époux. Même s'ils réussissaient à passer les barricades, à atteindre la rive, à descendre le fleuve sans être arrêtés, elle doutait fortement qu'aucun d'entre eux revienne un jour à Paris. En l'espace de quelques heures, ce 24 août, jour de la Saint-Barthélemy, leur monde avait irrévocablement changé.

45

Rue d'Orléans

« Où est-il ? »

Le duc de Guise parcourut d'un œil critique le chaos de la pièce, les tiroirs grands ouverts, les papiers éparpillés sur le bureau et par terre, le sang qui avait mouillé le bas de la nappe d'autel, avant de revenir au capitaine qui se tenait nerveusement devant lui.

Son euphorie à l'idée d'avoir vengé son père s'était estompée. Le triomphe des premières heures – la satisfaction d'enfoncer sa lame dans la poitrine de Coligny, sous l'approbation rugissante de ses hommes, et de voir le corps de l'amiral jeté par la fenêtre, sa tête coupée présentée à la vue de tous – avait passé, remplacé par un certain malaise lorsque les masses, encouragées par les mousquetaires et les milices, avaient commencé à se déchaîner dans tout Paris. D'un nombre de maisons déterminé à l'avance par le Conseil du roi – pour débarrasser le monde des « huguenots de guerre » – les attaques s'étaient étendues à d'autres, laissant place à une violence systématique. Des boutiques étaient détruites, des lieux de culte, des maisons catholiques, même. La foule était hors de contrôle, ne répondant aux ordres de personne. Et le massacre se poursuivait.

Il était passé 4 heures à présent, même si personne n'aurait pu entendre sonner les matines par-dessus la cacophonie ininterrompue du tocsin. Souhaitant échapper à la mêlée, Guise était venu chercher l'absolution auprès de son directeur de conscience.

Au lieu de Vidal, il avait trouvé en résidence un piètre bataillon de soldats ivres, et dans la cour un charnier.

« Quel est votre nom, capitaine ? demanda-t-il sèchement.

– Cabanel, monsieur le duc. Pierre Cabanel.

– Je vais vous reposer la question, Cabanel, et vous seriez bien avisé d'y répondre honnêtement. Où est mon confesseur ? »

À la lumière des torches, il vit la peur danser dans les yeux du capitaine.

« Monseigneur, je ne sais pas qui réside ici. » Il porta la main à sa poitrine. « Sur mon honneur, lorsque nous sommes arrivés, nous avons trouvé l'endroit désert. Il l'était depuis quelques jours déjà, si je devais hasarder une estimation. »

Guise l'arrêta d'un geste de la main.

« Expliquez.

– Nous sommes d'abord allés à l'écurie, monseigneur. Il n'y avait aucune trace fraîche de la présence de chevaux à l'intérieur. »

Un des soldats retint un rire. Cabanel lui jeta un regard noir.

« Que faisiez-vous là pour commencer, Cabanel ?

– Nous étions à la poursuite d'hérétiques, monsieur. Ils avaient fui une maison dans la rue de Béthisy, voisine de la résidence de l'amiral de Coligny. Lorsque leur pasteur les a conduits ici, nous les avons suivis, craignant pour la sécurité des habitants de la maison et conscients, comme je l'étais, que beaucoup des maisons de la rue d'Orléans appartiennent à votre noble famille. » Il déglutit. « Lorsqu'ils ont résisté, pour se défendre, mes hommes ont été obligés... »

Guise fit la grimace.

« Oui, j'ai vu ce que vos hommes avaient fait "pour se défendre", Cabanel. Continuez.

– Après avoir contenu la menace, nous avons fouillé le reste des jardins et les dépendances, les logements des domestiques et enfin la maison elle-même. Nous n'avons trouvé personne.

– Alors qui, je vous prie, est cet homme ? demanda Guise en indiquant le corps ensanglanté qui gisait encore devant l'autel.

– Un des soldats de Coligny, monseigneur. Il a dû nous suivre.

– Avec ce manuscrit ?

– Oui, monsieur le duc. »

Guise ramassa une poignée de feuilles, puis une autre. Un sourire narquois se dessina sur ses lèvres. Il claqua des doigts et un membre de sa garde personnelle accourut.

« Ramassez ces papiers. Veillez à ce qu'il ne leur arrive rien. J'ai dans l'idée que la reine mère sera intéressée. » Il poussa légèrement du pied le corps sans vie d'Aimeric. « Et débarrassez-moi de cet hérétique. »

Cabanel fit signe d'approcher à deux de ses hommes, qui traînèrent le cadavre hors de la pièce, laissant une traînée de sang sur le carrelage.

« Et il n'y avait personne d'autre ? Vous en êtes certain ? »

Le capitaine hésita.

« Non, monsieur le duc. »

Guise parcourut une dernière fois la pièce du regard. Il n'avait pas l'air convaincu.

« Ceci est la maison du cardinal Valentin – Vidal, de son vrai nom. Je serais affligé d'apprendre que quelque chose lui est arrivé. Mais je serais encore plus mécontent de découvrir qu'il a – de son propre chef – quitté Paris sans ma permission. Je considérerais cela comme un acte flagrant de déloyauté. » Il sortit une pièce de sa bourse. « Me suis-je bien fait comprendre ? »

Les yeux de Cabanel luisirent.

« Oui, monsieur le duc.

– Si vous obtenez l'information qui m'intéresse, vous en serez généreusement récompensé. Peu importe le temps que cela prendra, ou combien cela coûtera : je souhaite savoir où a disparu Vidal. »

46

Île Louviers

Minou suivit Cornelia dans le chaos des rues obscures, en serrant le corps chaud de son fils contre elle sous sa cape. Elle n'arrivait pas à penser, et ne pouvait se laisser ressentir quoi que ce soit. Par-dessus le bruit des combats lointains, elle entendait la respiration sifflante de Salvadora qui peinait à les suivre. Piet se maintenait à sa hauteur, le coffret où elle serrait son journal et autres trésors sous un bras, sa dague dégainée dans l'autre main.

Minou ne supportait pas de le regarder.

Bien que sa tête lui soutienne qu'il n'y avait aucun espoir de retrouver Marta dans ce chaos de terreur, son cœur lui disait qu'avec chaque pas qui les éloignait de la rue des Barres, elle trahissait un peu plus la chair de sa chair.

Beaucoup d'autres gens cherchaient à gagner le fleuve, et leur petit groupe se retrouva bientôt emporté dans un flot de réfugiés agglutinés. Quelqu'un marcha sur le bas de la cape de Minou, tirant sur le ruban noué à son cou. Un coude lui rentra dans les côtes. Elle était cernée d'inconnus à la sueur âcre et à l'haleine fétide.

Deux fois par le passé, elle s'était retrouvée prisonnière de la foule alors que l'anarchie s'emparait des rues. Une première fois lorsqu'elle n'était qu'une enfant de sept ou huit printemps, l'âge de Marta à présent, à Carcassonne. Elle se rappelait encore avec quelle force sa propre mère avait agrippé sa main, lui procurant un sentiment de sécurité malgré les hurlements de la cohue.

Comment Florence l'avait forcée à détourner les yeux des corps qui se convulsaient sur le gibet.

Puis de nouveau, il y avait de cela dix ans à Toulouse, au début de la première des guerres de Religion. En ce jour de mai 1562, Piet s'était jeté dans la mêlée pour défendre ceux qui ne pouvaient le faire eux-mêmes. Il avait gardé la tête haute face au danger, plutôt que de s'enfuir. Il n'avait montré aucune peur.

Ce jour-là, Piet l'avait sauvée.

Mais à présent ? Bien qu'elle ne juge pas ses raisons – elle ne doutait pas qu'il agissait ainsi par amour pour elle et leur fils –, ses actes la détruisaient.

« Tout va bien se passer, mon brave, murmura-t-elle à Jean-Jacques, se raccrochant à l'amour qu'elle ressentait pour son fils afin de ne pas perdre pied. Maman ne t'abandonnera pas. »

Elle était poussée en avant par l'expression féroce des visages qu'ils croisaient ; la haine et la malveillance qui transformaient des gens honnêtes en monstres. Sur ce point, Piet avait raison. Paris s'était retourné contre eux. Elle se rendait compte qu'ils ne pouvaient pas rester dans la ville et espérer survivre.

Ils étaient arrivés à son extrémité est, près de la Bastille : un quartier que Minou connaissait à peine.

« Par ici », chuchota Cornelia.

Ils tournèrent à droite et se dirigèrent prestement vers les remparts. Piet entreprit de s'avancer vers la porte, mais Cornelia tendit vivement le bras pour le retenir.

« Laissez-moi faire. Ils me connaissent. »

Après une brève conversation à voix basse, Cornelia glissa une pièce dans la main d'un des soldats de garde. À la stupéfaction de Minou, il déverrouilla le portail et les fit vivement passer.

D'un pas rapide, Cornelia les entraîna le long du quai des Célestins en direction des quais qui faisaient face à l'île Louviers, où plusieurs barges dansaient sur l'eau. Minou accéléra le pas, plus nerveuse maintenant qu'ils étaient presque arrivés à bon port.

Puis, sur une passerelle au loin devant eux, un mot retentit :

« Hérétiques ! »

Cornelia leur fit signe de reculer hors de vue. Ils attendirent en retenant leur souffle, et Minou vit avec horreur qu'une foule en colère avait acculé une famille sur un embarcadère : un vieil homme – le grand-père sans doute –, une femme et trois petites filles, dont les vêtements sombres trahissaient leur statut de huguenots.

« Traîtres ! Vous infectez la France de votre hérésie. »

Des mots acérés comme des épines, pour huer, railler, tourmenter. Minou vit un homme barbu attraper le grand-père et le pousser à l'eau, puis tendre le bras vers les fillettes. La mère tenta d'intervenir.

« Je vous en supplie, s'écria-t-elle. Elles ne savent pas nager.

– Votre Dieu les sauvera s'il le juge bon », répliqua l'homme avec un rire.

Et, attrapant la plus petite, il la jeta dans le fleuve comme si elle n'était rien.

« Nous ne pouvons pas rester sans rien faire, protesta Piet.

– C'est terrible, mais nous n'avons pas le choix. Ils s'en prendraient à nous aussi. »

Une clameur s'éleva de la foule alors que la mère et les deux enfants restantes étaient à leur tour jetées dans la Seine nauséabonde, où trop de cadavres flottaient déjà. Minou couvrit les oreilles de Jean-Jacques.

« Je suis trop vieille pour pareilles visions, sanglotait Salvadora. Je n'ai plus la force de continuer.

– Nous ne vous abandonnerons pas, répondit Piet en passant le bras autour de sa taille. Appuyez-vous sur moi. »

Minou se détourna.

Dès que la foule fut repartie, Cornelia leur fit signe de reprendre leur route.

« Ce n'est plus très loin, annonça-t-elle. C'est l'embarcadère tout au bout. »

Ils descendirent du quai sur la jetée de bois et se hâtèrent vers l'endroit où était amarrée la barge de Willem van Raay. Deux membres de l'équipage attendaient sur la passerelle en regardant tout autour d'eux d'un air inquiet. Minou vit le soulagement se peindre dans leurs yeux alors qu'ils se redressaient pour accueillir leur employeuse.

« *Zeg niks*, leur dit Cornelia. *Dit zijn mijn vrienden.* »

La barge était l'une des plus belles que Minou ait jamais vues. Équipée d'une vaste cabine centrale au milieu du pont et de bancs incurvés le long des bords, elle dansait bas sur l'eau. Il y avait quatre rameurs, deux de chaque côté, et, à l'arrière, un pavillon aux couleurs marchandes d'Amsterdam frappé de ce que Minou supposa être les armoiries de la famille van Raay.

« Je leur ai dit que vous étiez mes amis, expliqua Cornelia alors qu'ils montaient à bord, et les ai prévenus de ne rien dire si on nous arrête. Monsieur Reydon, il vaudrait mieux que vous restiez hors de vue jusqu'à ce que nous ayons laissé Paris loin derrière nous. Madame Boussay, peut-être seriez-vous également plus à votre aise à l'intérieur ? »

Piet donna l'impression de vouloir protester, mais se plia à l'avis de Cornelia.

« Venez, Salvadora, dit-il, je vais vous aider. Minou ?

– Je vais rester ici, si Cornelia m'y autorise.

– Comme vous le souhaitez », répondit l'intéressée.

Piet hésita, puis lui prit Jean-Jacques des bras pour le tendre à la nourrice avant d'offrir son bras à Salvadora, et tous quatre disparurent sous le pont.

« *Roeien !* » lança Cornelia à l'équipage.

Ils détachèrent immédiatement l'amarre pour la remonter à bord, puis prirent appui sur l'embarcadère pour en écarter le bateau, provoquant un mouvement de roulis. Les rameurs se mirent au travail, s'éloignant de la berge pour gagner le milieu du courant.

« Parfait, déclara Cornelia, bien qu'elle ait le visage pâle et tiré d'inquiétude. S'il n'y a pas de barricade à la sortie de Paris, nous avons une chance. »

L'air était empli de cris, de déflagrations, de mort. Tant de gens se débattaient dans l'eau, hurlant alors que le courant et les algues les entraînaient vers le fond. Le ciel était embrasé de flammes orange. Il semblait que des quartiers entiers, des deux côtés de la Seine, soient en feu.

Mais ils continuèrent d'avancer, au rythme régulier des rames entrant et sortant de l'eau, jusqu'à ce qu'ils arrivent à hauteur de la dernière tour des remparts.

Alors, juste au moment où Minou songeait qu'ils étaient saufs, un cri retentit derrière eux. Elle se retourna et vit un bateau lancé à leur poursuite.

« Au nom du roi, je vous ordonne de vous arrêter ! »

Le bateau vint se placer à côté du leur. En plus du capitaine, qui portait les couleurs royales, elle distingua quatre archers et deux gardes munis d'armes à feu.

« Expliquez votre présence ici, lança le capitaine.

– Cornelia van Raay, d'Amsterdam. » Minou fut impressionnée par le calme apparent de la jeune Hollandaise. « Je suis à Paris pour les affaires de mon père. » Elle indiqua leur pavillon. « Sa flotte mouille à Rouen. Au vu de ce qui se passe en ce moment – sûrement quelque nouvelle atrocité perpétrée par les protestants –, j'ai jugé opportun de partir. »

L'autre bateau se rapprocha, poussé par le roulis, si près que Minou put voir les traînées de sueur sur le front du capitaine.

« Pourquoi n'avez-vous pas attendu le matin ? »

Cornelia réussit à sourire.

« Je ne risquerais pas la cargaison de mon père juste pour quelques heures. »

L'homme promena un regard inquisiteur d'un bout à l'autre de la barge.

« Quelle sorte de commerce exerce votre père ?

– C'est un marchand de grains, monsieur, et un bienfaiteur catholique. »

Le capitaine posa un pied sur le rebord de la barge, comme pour établir son droit dessus, et indiqua Minou.

« Et elle, qui c'est ?

– L'épouse de mon père, répondit vivement Cornelia. Madame était à Paris pour rendre visite à sa famille. Nous retournons maintenant à Amsterdam.

– Personne d'autre ?

– Non, personne », mentit Cornelia. Elle indiqua la barge d'un geste. « Vous pouvez monter à bord pour vérifier, monsieur. »

Minou retint son souffle, priant pour qu'il décline l'offre et que personne sous le pont ne fasse un bruit. Son cœur battait si fort dans sa poitrine qu'elle avait peine à croire qu'il ne l'entendait pas.

Il ôta son pied du rebord et recula.

« Ce ne sera pas nécessaire, mademoiselle...

– Van Raay, répondit Cornelia, d'une voix toujours aussi claire. Mon père sera informé de votre courtoisie. Que Dieu garde le roi. »

Le capitaine salua, puis son bateau fit demi-tour sur le fleuve et entreprit de regagner la berge.

Cornelia resta un moment debout à le regarder, puis se laissa tomber assise à côté de Minou, en respirant bruyamment.

Minou lui mit la main sur le bras.

« Merci, Cornelia. »

La jeune femme ne répondit pas, agrippant seulement le banc à s'en faire blanchir les articulations. Puis elle lâcha un long soupir, et releva la tête.

« *Ga door*, ordonna-t-elle à son équipage. Reprenez votre route. »

Minou ôta de son doigt le vieil anneau de ficelle qui lui avait servi de bague de fiançailles au tout début, lorsque Piet et elle étaient tombés amoureux. Depuis qu'il avait retrouvé le chemin de son cœur et elle du sien à Paris, elle l'avait porté tous les jours, à côté de son alliance en argent. Elle le contempla un moment dans le creux de sa paume, puis le jeta dans les eaux noires de la Seine. À quoi bon désormais garder de tels souvenirs d'affection ?

Elle se retourna et regarda Paris devenir de plus en plus petit derrière eux. Elle se demanda s'ils ne faisaient que repousser l'heure de leur mort et si, à cet instant, elle en avait seulement quelque chose à faire.

« Pardonne-moi, petite », murmura-t-elle dans les ténèbres, nourrissant encore l'espoir, malgré tout, que Marta soit encore en vie. Et que, d'une manière ou d'une autre, elle puisse entendre sa voix.

TROISIÈME PARTIE

AMSTERDAM & CHARTRES

Mai 1578

47
Six ans plus tard

Zeedijk, Amsterdam
Samedi 24 mai 1578

Minou s'égoutta les mains puis s'avança sur la terrasse en pierre qui longeait le bâtiment pour les laisser sécher au soleil.

C'étaient les mains d'une travailleuse, désormais.

Après un hiver particulièrement rude et un printemps démoralisant de pluies, de brouillards et de vent violents, le mois de mai était arrivé soudainement à Amsterdam, accompagné de ciels dégagés, de gelées nocturnes et de belles et chaudes journées. Les feuilles des pommiers étaient devenues d'un vert pâle argenté et des nuages de fleurs blanches en avaient recouvert chaque branche. L'herbe était parsemée de trèfles, de millefeuilles, de marguerites et de chélidoines. À mesure que les jours s'allongeaient, le jardin retrouvait sa splendeur.

« Doucement ! lança Minou alors qu'un des grands garçons percutait une fillette pâle et sous-alimentée qui n'avait pas dit un mot depuis son arrivée. Fais attention, Frans. *Voorzichtig !* »

Le garçon agita la main en guise d'excuses. Minou s'approcha de la balustrade qui séparait la terrasse du verger, se demandant si elle devait intervenir davantage. Puis l'une des plus anciennes pensionnaires, Agnes – une enfant de Brielle dont la famille entière avait été assassinée dans les premières années de la Révolte – passa le bras autour des épaules de la petite fille et l'emmena s'asseoir au calme.

« *Voorzichtig* », répéta Minou.

Frans ne lui prêta aucune attention.

Minou eut un sourire en coin. Bien qu'elle ait fait de son mieux pour apprendre la langue, les sonorités anguleuses du hollandais lui étaient inconfortables et les enfants les plus effrontés, comme Frans, feignaient parfois de ne pas la comprendre. Cela ne l'empêchait pas de persister – tant de leurs orphelins venaient de Zélande ou de Frise, parfois de Flandre – mais souvent, elle devait faire appel à ses propres enfants pour qu'ils l'aident. Jean-Jacques, désormais âgé de huit ans, et la petite Bernarda, qui avait fêté ses cinq ans une semaine plus tôt, avaient tous deux le hollandais pour langue maternelle.

Elle entretenait de grands espoirs quant à la récolte de pommes cette année dans le verger, un minuscule Éden au cœur de la ville assiégée qu'ils habitaient désormais. Elle savait qu'elle devait s'estimer heureuse. Et, pour l'essentiel, c'était le cas. Elle se réveillait chaque matin avec un toit au-dessus de sa tête, en compagnie de ceux qu'elle aimait. Et, bien que les rues soient souvent dangereuses avec la guerre contre l'occupation espagnole qui s'éternisait – les marins en permission amenaient leurs ressentiments avec eux lorsqu'ils venaient dans la ville, et il n'y avait souvent pas tout à fait assez à manger –, la survie de sa famille quand tant d'autres avaient péri tenait du miracle. Elle était reconnaissante de la vie qu'ils menaient dans ce monde bouleversé. Même si ce n'était pas Dieu qu'elle remerciait de leur délivrance, mais Cornelia van Raay.

Dès l'instant où la jeune Hollandaise s'était présentée à leur porte dans la rue des Barres six ans plus tôt – le jour que Minou considérait comme marquant la fin de sa vie antérieure –, elle était devenue un membre de leur famille. Elle possédait une force et une ressource que le monde de privilèges dans lequel elle avait grandi n'aurait pas laissé imaginer. Elle avait réussi à les faire sortir de Paris quand la plupart des autres bateaux avaient été attaqués ou forcés à rebrousser chemin. Dans les sombres semaines qui avaient suivi le massacre de la Saint-Barthélemy, alors que la violence et la sauvagerie générales fomentées contre les huguenots se propageaient aux autres villes de France, elle les avait cachés à bord du bateau de son père, ancré à Rouen, jusqu'à ce qu'il soit sans danger de poursuivre leur route. Et c'était elle qui les avait amenés enfin, à l'hiver 1572, à Amsterdam. Lorsqu'ils étaient arrivés, Salvadora souffrait de goutte et de paralysie; Jean-Jacques n'était plus qu'un sac d'os; Piet était muet, en conflit avec lui-même et sa conscience; et Minou, que les premiers mouvements d'un enfant non désiré dans son ventre rendaient nauséeuse, était encore sous le choc de la perte de Marta et d'Aimeric.

Sans tambour ni trompette, Cornelia avait également continué à chercher pour eux les documents confiés à Mariken. En tant que fille d'un marchand catholique respecté, elle pouvait obtenir les réponses à des questions que Minou, réfugiée huguenote, n'aurait jamais pu poser. Mais bien qu'elle se soit rendue dans des dizaines de couvents – à la recherche de l'amie à qui Mariken avait confié les documents concernant la filiation de Piet –, elle n'avait rien appris de plus.

C'était elle, enfin, qui leur avait trouvé un logement, avant de persuader son père de les aider à négocier l'achat de cette modeste parcelle de terrain en coin de rue ayant appartenu au monastère des Frères Bruns. Comme la plupart des ordres monastiques établis dans l'Oude Zijde, le quartier le plus ancien de la ville, les Frères Bruns avaient été réduits à la pauvreté par les taxes et obligés de mettre la clef sous la porte. Seul celui des Frères Gris tant haïs, à deux pas de chez Piet et Minou, avait été épargné.

Minou regarda avec fierté leur maison de quatre étages tout en hauteur. Construite à l'extrémité est de la Zeedijk, l'une des premières digues de l'Amsterdam médiéval, qui bordait la ville au nord en s'incurvant autour du port, elle se dressait à l'autre bout d'une place sur laquelle donnait Sint Antoniespoort, la principale porte permettant d'entrer dans la ville par l'est.

La terrasse donnait sur un petit verger, où les enfants pouvaient jouer l'après-midi. Alors que leur communauté de fortune s'agrandissait, ils avaient eu besoin de plus de place. Willem van Raay avait racheté pour eux l'ancienne écurie des Frères Bruns afin qu'ils puissent la convertir en lieu d'hébergement et de vie.

Leur *hofje* – ou hospice – était aménagé sur le même modèle que celui pour réfugiés huguenots où Piet avait travaillé dans sa jeunesse, rue du Périgord à Toulouse. Toute personne dans le besoin y avait été la bienvenue. À présent, seize ans plus tard, Minou et lui s'occupaient de dizaines d'enfants déplacés, victimes innocentes des guerres en France et dans les Dix-Sept Provinces, qui se retrouvaient à Amsterdam. Des réfugiés comme eux. C'était pour le couple une chance d'exprimer leur gratitude envers la ville qui leur avait offert l'asile. Pour Minou au moins, c'était aussi un moyen d'alléger le poids qui lui écrasait le cœur.

Petit à petit, ils s'étaient taillé une nouvelle vie dans la cité de larmes, comme Minou avait renommé Amsterdam dans sa tête lorsqu'elle y était arrivée, le cœur brisé. Ils s'étaient habitués à manger des crêpes, de la perche et du hareng mariné plutôt que du *pan de blat*, du fromage de chèvre et des figues fraîches, à boire de la bière hollandaise aigre plutôt que du vin de Tarascon ; à porter des coiffes ajustées et des cols sans fioritures au lieu de capuchons brodés et de collerettes. Minou avait appris à s'attacher à une autre fille, Bernarda, née au printemps 1573, même si à sa grande honte, elle n'avait jamais réussi à l'aimer. Nommée en l'honneur du père de Minou, Bernarda avait les cheveux brun-roux de Piet et les taches de rousseur de Jean-Jacques. Elle ne ressemblait en rien à Marta.

À l'été 1573, la nouvelle que, deux mois après le massacre de la Saint-Barthélemy à Paris, Puivert avait été attaqué par des forces catholiques était enfin arrivée jusqu'à eux. Ils avaient appris qu'Alis, en dépit de ses blessures, avait réussi à s'échapper et s'était apparemment réfugiée dans le bastion huguenot de La Rochelle, sur la côte atlantique.

Minou avait attendu d'autres nouvelles. Mais les semaines avaient passé, puis les années, et aucune information supplémentaire ne lui était parvenue. Petit à petit, elle avait été forcée d'accepter l'idée qu'Alis, comme Aimeric et Marta, était perdue pour elle.

À partir de ce jour, elle avait essayé de rester aveugle et sourde aux fantômes du passé. Aussi, lorsqu'elle croyait voir le visage de sa fille sous les colonnades de l'Hôtel de Ville médiéval, elle détournait le regard. Lorsqu'elle apercevait un homme aux cheveux noirs comme Aimeric en train de prendre l'air sur l'Oudezijds Voorburgwal, ou qu'elle entendait une jeune femme fougueuse dont la voix aurait pu être celle d'Alis marchander avec un libraire dans Kalverstraat, elle savait qu'elle ne devait pas se laisser tromper. Elle ne pouvait pas permettre que son cœur en lambeaux se déchire une fois de plus.

Avec le déplacement de tant de milliers de personnes, les guerres qui ravageaient la France et les Dix-Sept Provinces, la violence sanglante de la Révolte contre l'autorité espagnole, la lutte quotidienne pour survivre, la faim et la paix fragile à l'intérieur d'Amsterdam même, la reconstruction prudente de leurs vies dans une nouvelle ville, les histoires du passé étaient oubliées.

Minou s'efforçait de se dire que tout ce qui comptait désormais était le présent.

Willem van Raay, bien que réservé et guindé, avait pris l'habitude d'accompagner Salvadora à la messe chaque dimanche. C'était un homme pieux, fervent observateur des traditions catholiques dans le respect desquelles il avait été élevé. Il faisait ses dévotions à la Nieuwe Kerk et avait été ravi d'emmener Mme Boussay avec lui. Il avait été un temps où Minou s'était demandé si quelque idylle automnale n'allait pas fleurir entre eux mais, bien qu'ils goûtent tous deux la compagnie de l'autre,

Salvadora ne s'était pas faite à la vie à Amsterdam. La langue, les coutumes, le confinement, rien ne lui agréait. Elle était en mauvaise santé et la perte de sa petite-nièce, de sa nièce et de son neveu préféré l'avait durement ébranlée. Lorsque la paix de La Rochelle avait été signée en juillet 1573, mettant fin à la quatrième guerre – et que les routes de France étaient redevenues praticables –, elle était retournée à Toulouse.

Minou avait été triste de la voir partir, et inquiète pour sa sécurité au cours de cette entreprise. Mais Willem van Raay lui avait fourni une escorte pour une partie du voyage, et Salvadora était rentrée chez elle sans encombre. Bien qu'ils ne reçoivent que sporadiquement des nouvelles, de temps en temps une lettre d'elle parvenait jusqu'à Amsterdam. À présent qu'elle n'était plus tous les jours en compagnie de sa tante, Minou trouvait plus aisé de penser à elle avec affection.

Et alors que la France ne sortait d'un conflit que pour tomber dans le suivant, leur faisant réaliser qu'ils ne pouvaient pas encore – peut-être jamais – retourner dans le Languedoc, Amsterdam était lentement devenue leur nouveau chez-eux.

48

Les hivers étaient moins rudes à Amsterdam qu'à Puivert, et l'air printanier y était plus doux. De l'autre côté des remparts, dans la campagne plate et mouillée, un entrelacs d'écluses, de digues et de canaux s'étendait à perte de vue. Des champs cultivés, des moulins à vent, de temps en temps un groupe de maisons, une église. Minou n'aurait pas pu concevoir paysage plus éloigné des reliefs gris et déchiquetés du Midi. Même la lumière y était différente.

De plus en plus, Minou en venait à voir la France comme un endroit qui n'existait que dans son imagination. Carcassonne, Toulouse, Puivert – des endroits qu'elle avait connus et aimés – n'étaient plus que le souvenir estompé, aux couleurs passées, de lieux vus autrefois en rêve. Aussi, malgré ses efforts pour garder en tête les détails de la chapelle à Puivert où Piet et elle s'étaient mariés, les hautes voûtes en bois peintes de scènes bibliques de Sint Nicolaas étaient-elles plus réelles pour elle désormais. Et lorsqu'elle tentait de se rappeler la sensation du vent sur son visage quand elle chevauchait sa jument baie dans les bois de Puivert par une belle journée d'été, c'était celle des âpres embruns de l'IJ sur sa peau qui lui permettait de se sentir vraiment vivante.

Alors que les mois laissaient place aux années, Minou s'était habituée à vivre dans un monde délimité par l'eau plutôt que par la forêt. Elle avait emprunté les ponts étroits et exploré les ruelles médiévales. Elle avait fait le tour de l'univers contenu à l'intérieur des remparts en longeant les larges canaux qui suivaient la courbe des douves médiévales protégeant la ville, du Singel à l'ouest à Sint Antoniespoort à l'est, avant de rentrer chez elle dans Zeedijk. Elle s'était arrêtée dans le Damrak et avait admiré, au sud, la chapelle de l'Heilige Stede, où un miracle survenu au XIVe siècle avait fait d'Amsterdam l'un des sites de pèlerinage les plus visités du Nord. Même en ces temps difficiles, des centaines de catholiques continuaient d'affluer chaque année en mars dans la ville pour honorer le Miracle d'Amsterdam en suivant l'itinéraire de la procession initiale. D'autres jours, elle s'était tournée vers le nord et la forêt de mâts qui occupait la partie la plus profonde des eaux de l'IJ. Elle avait appris à aimer le son des gréements claquant au vent dans la palissade flottante de hauts vaisseaux, et les cris stridents et discordants des mouettes qui semblaient rappeler les marins au port.

Malgré tout, parfois, quand elle était prise de mélancolie, Minou ne pouvait empêcher le spectre de sa fille de venir se poster à côté d'elle. Marta aurait adoré regarder les navires et leur promesse d'aventure, les voir prendre la mer pour gagner des pays lointains. Ces jours-là, Minou voyait des fillettes à robe bleue et longs cheveux bruns partout ; l'espoir s'emparait d'elle, son cœur s'emballait et elle s'élançait à leur poursuite. Mais l'apparition restait toujours juste hors de portée et, lorsque le rêve passait, Minou se retrouvait de nouveau seule avec son deuil, dans une rue qu'elle ne reconnaissait pas.

Ils avaient des nouvelles de la France en guerre par des marchands et des marins bavards, des soldats qui avaient déserté et des villageois qui avaient fui vers le nord. Ils avaient entendu parler des concessions accordées et reprises ; de la mort du roi Charles et de l'accession au trône de son frère, le duc d'Anjou ; de la création de la Ligue catholique par le duc de Guise et de l'évasion de Navarre, après une longue assignation à résidence, pour mener les forces huguenotes. Des bribes d'informations portées par le vent, dans les voiles des imposants navires et dans la coque des petits bateaux.

La situation n'était pas moins précaire dans les Dix-Sept Provinces. La répression brutale des forces du prince d'Orange par les Espagnols, et la destruction de villages et de récoltes qui l'avait accompagnée, avaient laissé la population affamée et sans toit. Amsterdam, seule ville à être restée catholique, souffrait économiquement, perdant de sa puissance commerciale et financière à mesure que la lutte pour l'indépendance s'éternisait. Il était temps que cela change. Beaucoup des calvinistes et des Gueux exilés dans les premières années de la Révolte avaient commencé à regagner leurs terres et leurs propriétés à Amsterdam.

Piet avait été accueilli parmi eux à bras ouverts. Ses nombreuses années de soutien à l'indépendance des Pays-Bas lui valaient d'être très recherché, comme allié, chef et ami. Au cours de l'hiver et du printemps précédents, il avait participé à de fréquentes réunions dans le Lastage, le quartier des constructeurs navals et des marchands de matériel pour bateaux, situé à l'extérieur des remparts du côté est, où vivaient de nombreux rebelles protestants. Amsterdam lui rendait une raison d'être et une vitalité dont il avait longtemps manqué. Minou s'efforçait d'être contente pour lui, mais en vérité elle lui en voulait de la facilité avec laquelle il semblait oublier le passé : la disparition d'Aimeric, celle d'Alis, la perte de Marta.

« Frans, lança-t-elle. C'est la dernière fois que je te le dis. Fais plus attention ! Tu es trop impétueux.

– *Het spijt me.* »

Je suis désolé.

Minou se servit un gobelet de bière, puis chercha ses propres enfants dans le groupe. Tout comme Aimeric et Alis avaient parfois été pris pour des jumeaux malgré leur différence d'âge, Jean-Jacques et Bernarda, en dépit de quelque trois ans d'écart, se ressemblaient comme deux gouttes d'eau. Tenant de leur père leur teint et leur couleur de cheveux, ni l'un ni l'autre n'offrait la moindre ressemblance avec elle, ou avec leur sœur aînée.

Marta. Minou sentit le pincement familier lui étreindre le cœur. Elle aurait eu treize ans cet été.

Six années avaient passé, et Piet et elle ne parlaient plus jamais de leur première-née. Cela ne servait à rien. Minou restait convaincue que si leur fille avait perdu la vie, elle l'aurait su, d'une manière ou d'une autre. Piet croyait le contraire et estimait que son refus d'accepter la vérité la retenait prisonnière du passé.

Elle enviait à Piet sa certitude. Lorsque son père adoré s'était éteint, elle avait songé que la mort était la pire chose qu'un cœur puisse avoir à endurer. Elle savait désormais qu'ignorer ce qui s'était passé était un enfer tout particulier. Il restait ce minuscule éclat d'espoir perfide, tranchant comme du diamant, qui refusait de mourir.

Ils passaient du temps ensemble, et se montraient courtois et respectueux des opinions de l'autre. Mais ils vivaient désormais plus comme des amis attentionnés que comme mari et femme. Minou avait essayé de pardonner à Piet de l'avoir forcée à abandonner Marta à Paris et d'avoir cessé de la chercher depuis. Après tout ce temps, elle admettait le fait qu'ils n'auraient rien pu faire d'autre – le nombre de morts et de disparus le confirmait. Mais, tout injuste que ce soit, elle continuait à lui reprocher de ne pas s'être évertué davantage. D'avoir renoncé.

« Madame Reydon ? »

Minou se retourna.

« Qu'y a-t-il, Agnes ?

– Il y a une personne à la porte qui demande à vous voir. »

Minou haussa les sourcils.

« Une personne ? »

Agnes afficha une moue perplexe.

« Un homme, je crois, bien qu'il soit de mince carrure. Il est négligé, et ses cheveux sont courts et hirsutes, mais ses vêtements sont... étranges.

– Étranges ?

– Je lui ai dit que vous n'étiez peut-être pas là. »

Agnes avait eu raison de se montrer prudente. De temps en temps, une mère ou un père, qui avait mis son enfant à la rue, se présentait à leur porte pour réclamer réparation. Cherchant à tirer profit d'un enfant qu'ils avaient abandonné.

Minou soupira.

« Cette personne t'a-t-elle indiqué son nom ?

– Je le lui ai demandé, mais... »

Derrière elles, la porte donnant sur la terrasse s'ouvrit à la volée et le visiteur se présenta sans attendre d'y être invité, chancelant sous le poids du fardeau qu'il portait.

Un bref instant, Minou crut qu'Aimeric lui était revenu. Elle cligna des yeux. Puis le visiteur ouvrit la bouche.

« Je t'ai trouvée. »

Au son de cette voix familière, Minou lâcha son gobelet, éclaboussant les dalles de bière. Avec ses folles boucles noires coupées court et de travers, la visiteuse ressemblait à un jeune garçon plus qu'à une femme de vingt-trois ans, mais il n'y avait aucun doute possible.

Minou franchit en courant les quelques pas qui les séparaient et serra sa sœur dans ses bras.

« Ma chère Alis ! Comment est-ce possible ?

– Enfin », dit l'intéressée avant de tomber évanouie à ses pieds.

49

Le soleil couchant peignait le haut des tours de Sint Antoniespoort d'un rouge flamboyant lorsque Piet arriva en courant dans la chambre mansardée au dernier étage de la maison.

« Est-ce vrai ? demanda-t-il. Alis est ici ? »

Assise au chevet de sa sœur, Minou leva les yeux et sourit.

« Oui. Salvadora dirait que c'est un miracle. »

Piet jeta un coup d'œil à Alis, qui gisait immobile sous les couvertures.

« Quand est-elle arrivée ? »

Minou regarda par la petite fenêtre carrée et vit que la nuit était presque tombée.

« En début d'après-midi. »

Piet avait le visage chiffonné d'inquiétude.

« Est-elle blessée ? Malade ?

– Épuisée. Elle s'est évanouie, aussi l'avons-nous portée jusqu'ici. Depuis, elle dort. » Minou marqua un temps. « J'ai envoyé Frans te chercher dans le Lastage il y a déjà quelques heures. »

Piet ignora la question contenue dans ses mots.

« Et elle n'a rien dit depuis tout ce temps ? Où elle se trouvait toutes ces années ou comment elle…

– Rien. » Minou tendit la main pour effleurer la tapisserie posée à côté du lit. « Te souviens-tu de ceci, Piet ? Alis a réussi à faire tout le chemin depuis Puivert avec. »

Minou ferma les yeux un instant, se rappelant la façon dont la lumière avait touché le portrait de famille pendu dans leur salle de séjour à Puivert alors qu'ils conversaient et vivaient sous son regard. Les couleurs en étaient désormais passées, mais le dynamisme et la vitalité du point utilisé demeuraient inchangés. La famille Reydon-Joubert revêtue de ses plus beaux atours. Piet et elle, parés de perles et de fils d'or et d'argent, Jean-Jacques à l'âge de deux ans, en culotte de velours, son hochet préféré à la main, et Marta à l'âge de sept, dans sa robe d'un bleu vif et coiffée de son bonnet préféré, brodé de rouge.

Elle rouvrit les yeux sur le crépuscule d'Amsterdam.

« Où étais-tu, Piet ? Frans m'a dit qu'il n'avait pas réussi à te trouver. »

Piet regarda autour d'eux comme s'il craignait des oreilles indiscrètes, puis ferma la porte et la fenêtre. N'eût été l'expression de son visage, Minou aurait pu rire de l'idée que leur conversation au dernier étage de la maison puisse être entendue de la rue.

« Il y a du changement dans l'air, répondit Piet d'une voix lourde d'appréhension et d'excitation mêlées. Hendrick Dircksz commence enfin à sentir la pression. »

Minou le rejoignit à la fenêtre.

« N'est-il donc plus à la tête du conseil municipal ?

– Pour l'instant, l'Hôtel de Ville est encore sous son contrôle, mais son influence décline. Les massacres de Naarden, de Haarlem, l'égorgement systématique de femmes et d'enfants par les troupes espagnoles, ces crimes ne sont pas oubliés. Dircksz a trop tardé à ratifier le traité de Satisfaction. Encore maintenant, il refuse de se conformer à nombre de ses termes.

– Pourquoi a-t-il accepté de le signer, alors ?

– Les Gueux l'y ont forcé de la pointe de l'épée. Mais (Piet se laissa entraîner par son sujet) en persistant à soutenir l'occupation espagnole contre le prince d'Orange – alors que toutes les autres grandes villes du nord et de l'ouest de la province se sont jointes à la Révolte –, Dircksz est en train de détruire la prospérité d'Amsterdam. Trop de navires nous évitent désormais au profit des ports de la Baltique. Les marchands déplacent leurs entrepôts en Angleterre et au Danemark.

– Pour des raisons de commerce, donc, fit observer Minou, plutôt que de souveraineté ou de foi.

– Dircksz et les autres bourgmestres se sont inclinés devant la pression commerciale, oui. Mais s'ils continuent à nous refuser nos églises, ils doivent partir.

– Nous ? demanda-t-elle d'un ton dégagé. Tu veux dire les huguenots, les réfugiés comme nous ?

– Huguenots, calvinistes, protestants, peu importe le mot. Tous les adeptes de la foi réformée. Hollandais, Français, Anglais même : cela non plus n'a pas d'importance. Nombre des calvinistes exilés d'Amsterdam y sont maintenant revenus. Je connais beaucoup de ces hommes de réputation, depuis une bonne dizaine d'années. Faire désormais partie de leur compagnie, être accueilli parmi eux comme un frère, est un honneur.

– Je sais tout cela, répondit prudemment Minou. Mais au vu de ton expression, quelque chose de spécifique est sur le point d'arriver. Est-ce que je me trompe ?

– Tu ne devrais pas craindre le changement, Minou.

– C'est une sottise de dire pareille chose. »

Piet soutint son regard.

« Cette situation dure depuis assez longtemps. Les partisans de Dircksz gouvernent cette ville depuis quarante ans. Le monde a changé, Amsterdam aussi. Il nous faut de nouveaux dirigeants, une nouvelle Hollande avec Amsterdam comme capitale pour la guider. Il nous faut regarder vers l'avenir, non le passé.

– Dois-je m'inquiéter ? demanda Minou d'un ton ferme. J'ai l'impression que je devrais. Pour nos amis et nos voisins, pour les enfants. Pour nous ?

– Non, bien sûr que non. Notre intention est que ce changement de gouvernement à l'Hôtel de Ville se fasse de manière pacifique, raisonnable, en faisant appel au bon sens de chacun. »

Minou dévisagea son loyal et honorable époux et vit le souci qui lui ridait le front. Le roux de ses cheveux s'était quelque peu estompé et il avait les tempes grises. C'était un bon père, un bon mari, un homme de principes, mais elle voyait du zèle dans son regard, ainsi qu'une lueur aventurière et une certaine naïveté. Elle ne trouvait pas cela rassurant.

« Il y a eu des rumeurs évoquant des religieuses forcées à aller nues de par les rues, un prêtre catholique trouvé mutilé et pendu à un arbre devant Schreyershoektoren, dit-elle. Après chacun de ces sermons en plein air où les calvinistes ameutent la foule, on entend parler de bandes de maraudeurs menaçant les populations locales du côté d'Haarlemmerpoort. »

Piet fronça les sourcils.

« Ce sont des opportunistes, des justiciers autoproclamés, rien de plus.

– Mais dangereux malgré tout, soupira Minou. Et qu'arrivera-t-il si les bourgmestres et les bourgeois – ainsi que le clergé catholique, j'imagine – ne s'en vont pas de leur plein gré ? S'ils refusent de simplement céder leurs fonctions à vos camarades ? »

Piet serra le poing.

« Ils le feront, ils n'auront pas le choix. Nous avons des hommes à l'intérieur qui pensent que le vent a tourné. Ils estiment que le moment est venu et que la loyauté religieuse n'est plus le facteur déterminant. Nous ne donnerons à la vieille garde d'autre choix que de se retirer. Pour le bien d'Amsterdam, et pour notre foi. »

L'espace d'un instant, Minou garda le silence, submergée de souvenirs de Carcassonne, de Toulouse, de Paris. Le sang dans les rues, les familles en guerre. L'histoire prouvait qu'une personne renonçait rarement de bon gré au pouvoir une fois qu'elle y avait goûté ; qu'un homme d'ambition ne cédait pas docilement les clefs d'une ville qu'il contrôlait à ceux qu'il méprisait.

« Faut-il que nous nous préparions à partir ? » demanda-t-elle, bien qu'elle doute de pouvoir survivre à un nouvel exil. Pas maintenant qu'elle venait de retrouver Alis. Elle avait déjà tout perdu une fois, elle n'était pas sûre de pouvoir endurer cela de nouveau. « Sois franc avec moi, Piet. Faut-il que nous partions avant que ce "coup d'État pacifique" mène à un nouveau massacre ?

– Non ! s'exclama-t-il. Minou, je t'en donne ma parole. Il n'y aura pas de sang versé par notre bord. Nous voulons protéger Amsterdam en tant que ville sûre et prospère pour nos enfants et nos petits-enfants, pas la détruire.

– Et Cornelia et son père ? Willem van Raay fait partie du conseil municipal. C'est l'un des hommes de Dircksz. Qu'adviendra-t-il de lui ? »

Il la regarda dans les yeux.

« Tous seront les bienvenus, sous condition qu'ils acceptent que les choses ont changé. C'est pour le bien de tous. »

Minou le dévisagea avec incrédulité.

« Après tout ce que M. van Raay a fait pour nous, tout ce que Cornelia fait encore, tu leur tournerais le dos ? Piet, tu dois l'avertir de ce qui se prépare.

– L'avertir ?

– Lui donner le temps de se préparer, au moins.

– Je ne peux pas trahir...

– Ce n'est pas de la trahison ! s'exclama-t-elle, haussant la voix. Mets-le dans la confidence, Piet. Sans Cornelia et lui, nous n'aurions rien. Nous n'aurions même pas survécu. »

Un grincement du cadre de lit les interrompit.

« Minou ? » murmura Alis.

Mettant de côté leur querelle, Minou se précipita au chevet de sa sœur pour étudier son visage chéri. Elle avait maigri, et ses boucles noires avaient disparu, mais l'éclat de ses yeux sombres était plus vif que jamais. À cet instant, elle ressemblait tellement à son frère. La gorge de Minou se noua. Comment allait-elle trouver la force de dire à Alis qu'Aimeric était probablement mort ?

« Minou..., répéta Alis en essayant de se redresser dans son lit. Suis-je vraiment ici ? Je n'ai pas rêvé ?

– Non, tu n'as pas rêvé, répondit Minou avec un rire. Bienvenue à Amsterdam. »

50

Warmoesstraat

« Vous m'avez mandée, père ?

– Entre donc, ma petite. »

Willem van Raay fit entrer Cornelia dans leur salon d'apparat au premier étage, et referma la porte.

Le cœur en bois de la ville médiévale avait été détruit par des incendies dévastateurs en 1421 et 1452. Mais ces tragédies avaient permis à la ville moderne d'Amsterdam de trouver sa forme et, de parent pauvre d'Anvers, de devenir une rivale qui la surpassait en puissance commerciale et en influence. Au cœur de ce nouveau centre de commerce se trouvaient des hommes tels que le père de Cornelia. Sérieux, honnête, pieux, mais dur en affaires quand c'était nécessaire.

Nombre des belles maisons de marchands en brique rouge de Warmoesstraat, la rue où ils vivaient, étaient hautes de quatre ou cinq étages, avec d'élégants pignons à cou et des frontons richement ornés. Des marches menaient de la rue à une étroite porte d'entrée, encadrée de longues fenêtres à petits carreaux. Sur certaines, au-dessus de la porte, une plaque décorative en plâtre sculpté, peint et doré donnait fièrement la date de construction et, souvent, une indication de la profession du propriétaire. Celle qui se trouvait entre les fenêtres cintrées encadrées de pierres de la maison des van Raay représentait un homme richement vêtu, debout devant un navire marchand arborant les couleurs de leur famille, laissant du grain glisser entre ses doigts au-dessus d'un panier.

Cornelia n'aimait pas cette ostentation, même si elle comprenait pourquoi son père tenait à ce que son succès soit visible, surtout à présent que tant de marchands et de commerçants avaient été réduits à la faillite par les guerres. Même en ces temps troublés, les apparences avaient toujours de l'importance à Amsterdam.

À l'arrière des maisons de Warmoesstraat, des entrepôts donnaient directement sur le quai. Par leurs longues et hautes fenêtres, Cornelia pouvait voir les derniers rayons du soleil couchant se refléter sur l'eau. Une armada de chalands, de barges et d'embarcations à faible tirant d'eau allaient et venaient sur le Damrak de l'aube au crépuscule, transportant des marchandises jusqu'aux navires ancrés dans le port et jusqu'aux chantiers de construction et de réparation navales du Lastage : grain, houblon, fromage, poisson, bière, vin, tissu, savon, chanvre, clous, corde, bois d'œuvre. Dans cette grande ville de commerce, tout était bon à être troqué ou vendu.

« Tu connais notre voisin, Jacob Pauw », dit Willem van Raay avec un geste de la main.

Cornelia jeta un coup d'œil à l'homme corpulent assis dans un fauteuil, une chope d'étain posée sur la table basse à côté de lui. Il portait un pourpoint de soie blanche matelassée à boutons dorés et des chausses en soie rouge. Elle savait que c'était un homme vaniteux, mais tout de même, il semblait vêtu un peu trop élégamment pour une simple visite de courtoisie. Son cœur se serra.

« Bien sûr, répondit-elle en inclinant la tête. Bonjour.

– *Juffrouw* van Raay, dit le vieil homme à la respiration sifflante, en se levant péniblement pour la saluer.

– Assieds-toi, Cornelia », dit son père.

Elle remarqua que lui aussi tenait un pot à bière à la main, bien que le couvercle en soit fermé. Était-il prévu qu'ils lèvent leur verre à quelque chose ? Qu'ils célèbrent quelque arrangement ?

Cornelia sentit son assurance vaciller. Elle n'avait que mépris pour le dédain affecté par les femmes qu'elle avait vues à Paris et l'arrivisme sans vergogne des filles de leurs voisins lorsqu'elles se pavanaient pour décrocher un mari, mais ce n'était quand même pas là le nouveau prétendant que son père espérait la persuader d'épouser ? Elle était d'une nature charitable, mais doutait de réussir à garder son sérieux si M. Pauw essayait de lui offrir sa main en mariage.

Elle s'assit avec circonspection au bord de sa chaise et posa les mains sur ses genoux.

Elle savait qu'on la jugeait quelconque, dépourvue à la fois des attributs féminins et des qualités domestiques considérés comme désirables chez une bonne épouse amstellodamoise. Elle avait les sourcils épais, les cheveux rêches, les traits larges et honnêtes. Il n'y avait rien de délicat dans son apparence. Elle avait vingt-cinq ans, ce qui ne la rendait pas encore trop vieille pour se marier, mais certainement assez pour que les veuves occupant les bancs de la Nieuwe Kerk chuchotent entre elles en la montrant du doigt.

Cependant son père était riche et elle était sa seule enfant. Il voulait un petit-fils à qui léguer les fruits de son travail. Cornelia choisissait de croire que dans ses calculs, il incluait aussi l'envie de la voir heureuse. Simplement, elle savait qu'un époux ne la rendrait jamais heureuse.

« Cornelia, commença son père. J'ai quelque chose à te dire. »

Il tira sur les manches de la longue robe de chambre qu'il portait toujours lorsqu'il était chez lui et elle se rendit compte, avec stupeur, que lui aussi était nerveux.

« Tu te rappelles sans doute qu'il y a quelques années je t'ai demandé... » Il leva la main. « Bien sûr, quel imbécile je suis. Évidemment que tu t'en souviens. Ce sont maintenant tes amis. »

Cornelia fut surprise par la note d'incertitude qu'elle entendait dans la voix de son père. Ce n'était pas un homme loquace, et il pesait soigneusement chacun de ses mots avant de parler. Il était toujours sûr de lui, dans sa foi comme dans les rapports commerciaux, et semblait avoir peu de doutes sur ce qui était juste.

Cela dit, depuis que Dircksz avait signé le traité de Satisfaction en février, trahissant les catholiques d'Amsterdam du point de vue de son père, elle avait remarqué de nombreux changements en lui. Sa foi en ceux avec qui il servait à l'Hôtel de Ville avait été ébranlée.

« Il y a six ans de cela, je t'ai envoyée porter un message à Mariken Hassels, que Dieu ait son âme. »

Cornelia se redressa vivement.

« C'était le 9 juin 1572. »

Il hocha la tête.

« Lorsque tu es revenue ce jour-là, après avoir découvert que l'honorable femme n'était plus au béguinage, te rappelles-tu m'avoir dit que tu soupçonnais quelqu'un d'avoir écouté ta conversation avec la grande maîtresse ?

– Oui. » Elle vit les deux hommes échanger un regard, et quelque chose de la gêne de son père commença à la mettre elle aussi mal à l'aise. « Qu'y a-t-il ? »

Pauw poussa un soupir qui fit siffler l'air dans sa poitrine.

« C'était moi. Caché derrière ce paravent.

– Je vois, répondit Cornelia, masquant sa surprise. À la demande de la grande maîtresse ? »

Il secoua la tête.

« Non, même si elle avait connaissance de mes intentions.

– Qui étaient ? »

Pauw regarda van Raay, comme s'il lui demandait la permission de répondre.

« Dites-lui, Jacob. »

Le vieil homme soupira de nouveau.

« *Juffrouw* van Ray, il y a beaucoup de choses que j'ai faites dans ma vie dont j'ai honte. Mais rien tant que celle-ci. Il faut que vous compreniez ma situation. Tous mes intérêts commerciaux, au moment où la Révolte a commencé, étaient à l'ouest. Dans la ville de Brielle, pour être précis. »

Cornelia hocha la tête. Tout le monde savait que la prise de ce port occidental par les Gueux de mer en avril 1572 avait constitué un tournant dans la guerre entre les rebelles calvinistes et leurs suzerains espagnols.

« Lorsque les Gueux de mer ont pris la ville, j'ai tout perdu. Je suis venu ici à Amsterdam, dans l'intention de repartir à neuf, mais prendre pied sur le marché n'a pas été facile. »

Cornelia regarda ses vêtements luxueux, songea au fait qu'il était l'un de leurs voisins dans une des rues les plus opulentes d'Amsterdam, et comprit immédiatement.

« Quelqu'un a proposé de vous aider...

– Je ne voyais pas quel mal il pouvait y avoir à accepter. Ils m'ont offert tant de guldens, je ne pouvais pas dire non. »

Cornelia jeta un coup d'œil à son père mais, avertie par ce qu'elle lut dans son regard, ne fit aucun commentaire.

« Je suis sûr que vous pensiez bien faire, mentit-elle.

– Un Français au service d'un éminent cardinal pensait qu'une des sœurs converses du béguinage – il l'identifia par son nom, Mariken Hassels – possédait des informations au sujet d'un huguenot. Un ennemi...

– Piet Reydon, l'interrompit Cornelia, est un ami.

– Bien entendu. » Pauw rougit et sa respiration se fit encore plus laborieuse. « Oui, bien sûr. » Il bafouilla un instant. « Ce monsieur tenta de parler à Mariken en personne, seulement pour lui poser la question, comprenez-vous. Il ne lui voulait aucun mal. Mais elle se méprit sur ses intentions et... elle quitta Amsterdam.

– "Elle quitta Amsterdam" ? » répéta Cornelia. Il ne pouvait quand même pas avoir accepté pareille explication ! « Êtes-vous en train de me dire qu'elle est partie de son propre chef ? »

Pauw continua en bredouillant.

« Le Français, naturellement, fut perturbé par ce départ, mais aussi par le fait qu'il n'était pas plus avancé dans ses efforts pour récupérer les documents que Son Éminence pensait en possession de Mariken. Des informations qui pouvaient nuire à notre cause.

– La cause de qui, exactement ? demanda Cornelia.

– Celle de notre sainte mère l'Église », répondit son père d'un ton posé.

Pauw fut soudain pris d'une violente quinte de toux.

« Aussi s'est-il adressé à Jacob pour obtenir son assistance, continua van Raay pendant que leur visiteur luttait pour reprendre son souffle.

– Il m'a offert tant de guldens, réussit à répéter Pauw une fois la crise passée. Assez pour m'acheter un entrepôt et repartir à neuf. Assez pour m'affilier à la guilde. »

Cornelia le dévisagea, avant de se tourner vers son père.

« Après avoir entendu ta conversation avec la grande maîtresse du béguinage, il a commencé à douter que les choses fussent vraiment telles qu'on les lui avait présentées.

– Tout cela est arrivé il y a tellement longtemps.

– Je crois que M. Pauw pensait que l'affaire en resterait là. N'est-ce pas, Jacob ? »

L'intéressé s'essuya la bouche.

« La grande maîtresse a fait fouiller la cellule de Mariken et n'a rien trouvé. Le monsieur non plus. Votre père me dit qu'elle est née à Amsterdam et y a vécu toute sa vie. Elle n'avait ni frères ni sœurs, et ses parents étaient décédés depuis longtemps. Elle n'avait jamais vécu ailleurs. Il faut que vous compreniez, je n'ai pas été souvent à Amsterdam ces dernières années. La Révolte, la perte de nos marchés à l'ouest... Ce n'est que récemment que j'ai appris la disparition de Mariken. »

Cornelia garda une expression neutre.

« Je me suis confié à votre père. Je me suis renseigné et j'ai appris l'existence d'une religieuse qui avait travaillé avec Mariken à l'église Sint Nicolaas, à peu près à l'époque où la mère de Reydon était morte. D'un grand âge désormais, sœur Agatha est l'une des rares nonnes qui résident encore au couvent Sint Agnes sur l'Oudezijds Voorburgwal. Je me suis demandé s'il était possible que Mariken ait laissé quelque chose à sa garde. »

Cornelia connaissait ce couvent. C'était l'un des rares où elle n'avait pas réussi à entrer à l'époque où elle cherchait les documents disparus.

« Et avez-vous trouvé ce que vous espériez, monsieur Pauw ? » demanda-t-elle en s'efforçant de ne pas laisser transparaître l'excitation dans sa voix.

Il glissa la main dans son pourpoint matelassé et en sortit une liasse de papiers enveloppés dans un vieux morceau de tissu gris.

« Prenez-les, dit-il en lui donnant le paquet. Je suis un bon catholique, mais assassiner – ou pourchasser jusqu'à la mort – une honnête femme qui a consacré sa vie à servir l'Église, au nom de ma religion ? » Il secoua la tête. « Cela, je ne peux y consentir. »

Cornelia le regarda dans les yeux.

« Quelle est la vraie raison qui, maintenant seulement, vous a poussé à révéler cela à mon père ? Vous avez eu six ans pour vous repentir de vos actions. »

Il lâcha un long soupir grêle.

« Je suis au seuil de la mort, *juffrouw* van Raay. Les tumeurs dans ma gorge et ma poitrine s'étendent. Bientôt, je ne pourrai plus respirer du tout. Je n'ai pas d'enfant en vie, pas d'épouse. J'aimerais ne pas mourir avec la mort de Mariken sur la conscience. »

51

Chartres

Lorsque l'après-midi laissa place à l'heure bleue qui précède la nuit, le gentilhomme et son fils de quinze ans parcoururent en silence la courte distance qui séparait leur imposant hôtel particulier, rue du Cheval-Blanc, du cloître de la cathédrale.

Le seigneur d'Évreux avait fière allure dans la lumière du soir. Grand et mince, ce noble éminent jouissait d'un statut et d'une richesse que reflétait sa tenue raffinée. Il portait une chemise de batiste sous un pourpoint brodé de fil d'or et de sequins, une fraise en dentelle amidonnée et des manchettes assorties, un haut-de-chausses court matelassé et des bas verts. Ses chaussures étaient ornées de rosettes et leur semelle en liège rehaussée par les talons que le roi avait rendus à la mode. Sa barbe noire était taillée en pointe, et sa tête tonsurée couverte d'une toque froncée et apprêtée, du même vert que ses bas. Sous sa courte cape en velours bleu, il portait une sacoche en cuir d'Espagne.

Louis savait qu'il ne fallait pas le déranger dans ses pensées, mais il se demandait où ils allaient et pourquoi. D'ordinaire, lorsque son père se rendait à Chartres, le garçon restait dans leur propriété de campagne à l'ouest de la ville.

Mais pas cette fois. L'air lui semblait vibrer d'anticipation et d'intrigue.

Avançant d'un pas rapide, père et fils passèrent devant le palais épiscopal et continuèrent le long du périmètre nord de la grande cathédrale gothique que les chroniqueurs surnommaient « le livre de pierre ». L'intégralité de l'Ancien et du Nouveau Testament était gravée sur ses portails, et ses vitraux rivalisaient même avec ceux de la Sainte-Chapelle.

Louis n'était entré qu'une fois à l'intérieur, discrètement, pour voir le célèbre labyrinthe pavé[1]. Il avait regardé les pèlerins suivre le « chemin de Jérusalem » – certains debout, d'autres sur les genoux – et avait ressenti un dégoût et un mépris violents à l'égard d'une religion qui réduisait ainsi les êtres humains à l'état de bêtes inintelligentes. Chartres, Paris, Saint-Antonin, la masse des fidèles trompés par le mirage d'un au-delà, par les fausses promesses de colporteurs de mensonges et d'hypocrisie qui n'avaient que leur propre intérêt à cœur. Il était resté indifférent à la Sancta Camisia, cette robe prétendument portée par la Vierge Marie et qui, disait-on, avait été offerte à la cathédrale par Charlemagne en personne.

Mais le labyrinthe en lui-même était beau, mystérieux. Taillé dans le sol de la nef, un ruban de pierre se déroulait en une succession de tournants le long de onze cercles concentriques, jusqu'à une plaque en cuivre miroitant au centre, représentant Thésée aux prises avec le Minotaure. Cette chose avait trouvé le chemin de son cœur comme rien d'autre ne l'avait fait.

Louis avait détesté cette sensation. Elle le rendait faible.

« Par ici », ordonna son père en entrant d'un pas majestueux dans le transept de la cathédrale.

C'était l'heure entre vêpres et complies et le silence régnait dans le vaste espace de pierre. Cependant, Louis vit un prêtre en soutane noire debout dans l'ombre devant la porte de la sacristie.

« Attends ici. Si quelqu'un approche, quel qu'il soit, ne le laisse pas passer. »

Louis inclina la tête.

« Très bien, monseigneur.

1. Voir *Labyrinthe* (JC Lattès, 2005).

– L'affaire ne me retiendra pas longtemps. »

Louis obéit jusqu'à ce que son père ait disparu dans la sacristie avec le prêtre, puis s'approcha de la porte. Elle fermait mal et, bien qu'il ne voie qu'un filet de lumière en provenance de la pièce, il pouvait tout entendre.

« L'avez-vous ? était en train de demander son père.

– Oui, monseigneur d'Évreux, mais...

– Oui ?

– Si ce n'était la réputation d'équité et d'honnêteté en affaires qu'a votre seigneurie, je n'en ferais pas mention. Mais je crains que les dépenses que j'ai été contraint d'engager pour me procurer cet objet ne soient supérieures à la somme que vous aviez mise à ma disposition.

– Vraiment ? répliqua froidement Évreux.

– Oui, monseigneur. L'artisan a réclamé le fil le plus fin qui soit, lequel hélas n'était pas disponible à Chartres. Ni même à Paris. J'ai dû envoyer quelqu'un en Espagne.

– En Espagne, vraiment ! Je suis impressionné par votre diligence. »

Louis sentit un frisson lui parcourir le dos. Il se rappelait ce qui arrivait lorsque son père employait ce ton. Brusquement, il se revit dans les ruines de ce vieux monastère à Saint-Antonin.

À l'évidence, le prêtre avait relevé aussi, car il se mit à bégayer.

« Mais ç'a été un honneur. Je ne voulais pas vous donner l'impression de me plaindre, ni de...

– Il m'incombe de veiller à ce que vous receviez votre juste rétribution.

– Je vous suis infiniment reconnaissant de... », commença le prêtre d'un ton servile.

Ses derniers mots se perdirent dans un hoquet de surprise suivi d'une longue et douloureuse expiration. Puis Louis entendit quelque chose tomber lourdement à terre.

Il recula rapidement. Lorsque son père ressortit quelques minutes plus tard, Louis était de retour à la place qu'il lui avait assignée, à surveiller les abords de la sacristie. Évreux tenait un morceau de tissu jauni entre ses mains. Louis lui emboîta le pas.

« Tout va bien, monseigneur ? »

Évreux plia l'étoffe et la glissa sous sa cape.

« L'humanité éprouve un désir constant d'être bernée. Tous les hommes sont des imbéciles. Les bons mots prononcés lors d'une prière, un nombre de pièces suffisant donné lors de la quête, l'adoration d'une relique... Ils confèrent à toutes ces choses le pouvoir de transformer leur vie sordide et pitoyable. Et pourtant, ce qu'on pourrait accomplir... »

Il s'interrompit brutalement, comme s'il regrettait d'avoir révélé ses pensées secrètes, puis rangea l'étoffe dans sa sacoche en cuir.

« Ceci est destiné à s'ajouter à ma collection.

– Votre collection, monseigneur ? » demanda Louis sans comprendre.

Son père marqua un temps d'arrêt, puis sourit.

« Notre collection. »

52

Zeedijk, Amsterdam

« Tiens, dit Minou en tendant à sa sœur un mouchoir pour qu'elle s'essuie les yeux.

– Mais ils sont peut-être encore en vie, insista Alis. Tu me croyais morte, et me voilà. Tu ne peux pas être sûre. »

Le soir était tombé. Les deux sœurs, assises à présent sur le banc qui occupait la longue terrasse en pierre, regardaient le verger s'enfoncer lentement dans le noir. Minou venait de raconter à Alis tout ce qui s'était passé à Paris, et ce qu'avait été leur vie depuis.

« Il est difficile de décrire l'ambiance qui régnait à Paris en ces jours d'août, répondit Minou, en faisant attention au choix de ses mots. En surface, tout était convenu. Le mariage allait avoir lieu, l'alliance allait permettre aux factions catholiques et huguenotes de se rapprocher. Mais sous le vernis de courtoisie, les vieilles haines n'en étaient que plus puissantes. » Elle soupira. « Aimeric était toujours aux côtés de Coligny. Il est presque certain qu'il s'y trouvait aussi la nuit de son assassinat. Celui-ci, et le massacre qui a suivi dans les premières heures de la Saint-Barthélemy, faisaient partie d'une offensive délibérée contre la communauté huguenote, Alis. Que ce soit feu le roi, Guise, Anjou ou la reine mère qui ait donné l'ordre, ils étaient tous unis. Je ne crois pas qu'Aimeric ait pu survivre. L'attaque était trop bien orchestrée.

– Il a peut-être réussi à s'échapper, sanglota Alis. Quelques-uns y sont parvenus.

– Mais pas la grande majorité. Des milliers de personnes sont mortes cette nuit-là, et des milliers d'autres dans les autres grandes villes au cours des semaines qui ont suivi. »

Les yeux d'Alis s'emplirent à nouveau de larmes.

« Il semble impossible que je ne puisse jamais le revoir. Comment fais-tu pour l'accepter ? »

Minou prit une grande inspiration.

« Je ne l'accepte pas, mais j'ai appris à vivre avec. Je n'ai pas eu le choix. Cela devient plus facile avec le temps. »

La porte était encadrée de deux lampes et, de temps en temps, le battement des ailes d'un papillon de nuit attiré par la flamme se faisait entendre, seul bruit dans le jardin. Les enfants étaient dans leur dortoir, les cuisines plongées dans le silencc.

Après son réveil, Alis avait pris un bain et mis des vêtements propres. Elle avait mangé une assiettée de crêpes et bu tout son content. Elle avait grimacé à sa première gorgée de bière amstellodamoise, habituée qu'elle était au brandevin qu'on buvait dans les camps de réfugiés à l'intérieur et autour du bastion huguenot de La Rochelle, mais avait rapidement terminé son verre avant d'en demander un autre. Elle avait été présentée à sa nièce, Bernarda, et refait connaissance avec Jean-Jacques, qui ne se souvenait pas d'elle. Alors seulement, Minou l'avait informée de la disparition d'Aimeric et de Marta.

Alis lui rendit son mouchoir.

« Te sens-tu mieux ? demanda doucement Minou.

– C'est extrêmement étrange, répondit sa sœur avec un haussement d'épaules. Depuis que j'ai fui Puivert, il ne s'est pas passé un jour sans que je pense à toi et Aimeric, aux enfants. La conviction qu'un jour, nous serions de nouveau tous réunis est ce qui m'a donné le courage de continuer d'avancer. Alors apprendre maintenant qu'Aimeric est probablement mort… et Marta… »

Minou serra sa main dans la sienne.

« Je sais. C'est trop à absorber d'un coup. »

Les deux sœurs restèrent un moment silencieuses. Derrière les murs, dans la ville, la vie continuait. Minou savait qu'il ne fallait pas brusquer Alis.

« Cela fait du bien d'entendre des sons aussi normaux, aussi domestiques », finit par dire celle-ci.

Minou sourit.

« Amsterdam est une ville qui ne dort jamais. Jour et nuit, on entend les charrettes qui transportent des marchandises vers le port, le vent qui souffle dans les gréements. Les guildes qui patrouillent dans les rues et sur les canaux. On s'y habitue.

– Ça me plaît. Ce sont les bruits d'une vie qui continue. » Alis lissa sa jupe d'emprunt. « Je ne suis pas sûre de me réhabituer un jour à ceci.

– Tu as porté des chausses tout le temps que tu étais sur les routes ? »

Elle hocha la tête.

« Après avoir fui Puivert, je me suis rendu compte qu'il était plus sûr de me faire passer pour un garçon. Une femme qui voyageait seule de ville en ville, comme moi, attirait une attention inopportune. Alors j'ai coupé mes cheveux, j'ai troqué mes jupes contre un pourpoint, un haut-de-chausses et des bas, et j'ai dissimulé ma vraie nature du mieux que je pouvais.

– Tu as bien fait, dit Minou en lui tapotant la jambe. Ta blessure est-elle complètement guérie ? La dernière lettre que j'ai reçue de M. Gabignaud, il y a certes des années de cela, indiquait que tu te remettais, mais lentement. »

Le visage d'Alis s'assombrit.

« Ce cher docteur Gabignaud. Il a été tué dans l'attaque de Puivert à l'automne 1572.

– Oh non ! En tant que catholique, pourtant, il aurait dû être sauf ?

– Il est mort en protégeant ses amis et voisins huguenots. » Alis fronça les sourcils. « Gabignaud était de nature mélancolique. Il craignait que j'aie des difficultés à accepter le fait que je boiterais du pied gauche. De mon côté, je ne me souciais que de ce que j'étais capable de faire. J'étais déterminée à me rétablir. Chaque jour, je marchais une heure dans la cour pour prendre l'air et retrouver mes forces ; j'ai dû rendre fou le pauvre docteur. »

Minou lâcha un rire, avant de reprendre :

« Je suis désolée de le savoir décédé.

– C'était un homme bon. Après la chute de Puivert, j'ai fui en n'emportant que ce que je pouvais porter. Lorsque je n'ai plus rien eu à vendre, j'ai continué ma route en travaillant, de village en village, proposant mes services pour lire et écrire des lettres en échange d'un lit pour la nuit. » Elle regarda de nouveau ses jupes. « Je faisais un garçon crédible. Tu me l'avais toujours dit !

– Tu étais si jalouse d'Aimeric et de sa liberté, répondit Minou avec un rire. Tu passais ton temps à l'imiter, même lorsque tu étais en mauvaise santé, essayant de grimper dans les arbres de la place Marcou, courant après lui dans les ruelles de la Cité ou dans la rue devant la librairie de père à la Bastide. J'avais toujours une déchirure à raccommoder dans tes jupes, un soulier ou un bonnet perdus à te renvoyer chercher près du fleuve ! »

À la mention du nom d'Aimeric, l'ombre retomba entre elles.

« Crois-tu vraiment qu'il est mort ? demanda doucement Alis. Et pas simplement disparu ? Tant de gens ont disparu.

– Il aurait trouvé un moyen de nous contacter, Alis.

– Mais ta petite fille… Ta Marta. N'y a-t-il aucun espoir qu'elle soit retrouvée ? »

Minou ne répondit pas immédiatement.

« Le jour de l'assassinat de Coligny, Piet a trouvé son bonnet dans la rue, taché de sang. Cela faisait déjà deux jours qu'elle avait disparu. Il y a vu confirmation de ses pires craintes.

– Mais toi ? »

Minou hésita. Après avoir gardé ses pensées pour elle pendant si longtemps, il semblait presque dangereux de les dévoiler. Mais c'était à Alis qu'elle parlait. Sa sœur comprendrait.

« Si Piet n'avait pas été si convaincu que Marta était morte, il n'aurait pas quitté Paris cette nuit-là, ni ne m'aurait forcée à le suivre. Je ne voulais pas. Encore maintenant, après toutes ces années, je me réveille en pleine nuit, glacée de culpabilité à l'idée que je l'ai abandonnée. Plusieurs fois, j'ai songé à prier pour son âme. Ou à faire graver une pierre tombale à son nom, pour me persuader qu'elle nous avait vraiment quittés. Mais chaque fois, j'ai reculé. Je ne peux renoncer à l'espoir de la retrouver, Alis. Je n'accepterai jamais le fait qu'elle soit morte tant que je n'aurai pas son corps entre les bras. »

Alis fronça les sourcils.

« Tu ne crois pas qu'elle soit morte ? »

Minou secoua la tête.

« Dans mon cœur, je sens qu'elle est encore en vie, quelque part dans le monde. Et bien que je sache que cela va à l'encontre de toute probabilité ou raison, je prie pour elle chaque soir : pour qu'elle soit en bonne santé, choyée, heureuse et... pour qu'elle ne nous ait pas oubliés.

– Ma chère sœur... »

Un silence différent emplit l'air.

« Te rends-tu compte qu'elle aurait treize ans maintenant, reprit doucement Minou. Une jeune dame. »

Alis éclata de rire.

« Marta se considérait déjà comme une dame à l'âge de sept ans ! Te rappelles-tu combien elle aimait ses fêtes d'anniversaire, le cas qu'on faisait d'elle, les cadeaux ?

– Elle adorait être le centre de l'attention.

– Et combien cela fâchait Salvadora ! Elle était toujours à la réprimander parce qu'elle se "donnait en spectacle". »

Minou sourit.

« Salvadora est de la génération qui estimait qu'une petite fille doit être vue mais pas entendue.

– Elle me faisait les mêmes reproches, te rappelles-tu ? Toujours à me dire de me tenir davantage comme une demoiselle, d'être plus calme, plus raffinée. Pour l'effet que cela a eu ! »

Minou hocha la tête.

« C'était à Aimeric qu'elle était le plus attachée. Le perdre a été plus qu'elle ne pouvait supporter. »

Alis soupira.

« Je comprends pourquoi Piet pense ce qu'il pense, mais tu as l'intuition d'une mère. Si tu crois Marta vivante, peut-être l'est-elle vraiment. » Elle leva les mains au ciel. « Doit-il y avoir une limite aux miracles ? Regarde-moi, ne suis-je pas la preuve vivante qu'ils peuvent arriver ? »

Minou ressentit une bouffée de gratitude et d'amour pour sa sœur.

« Oui. Contre toute probabilité et en dépit de tous les dangers, tu as réussi à nous retrouver.

– L'intuition d'une mère », répéta fermement Alis.

Et, pour la première fois depuis elle ne savait combien de temps, Minou sentit son cœur s'alléger quelque peu.

53

Warmoesstraat

Cornelia baissa les yeux vers le paquet qu'elle tenait sur ses genoux.

M. Pauw était resté jusque tard dans la soirée. Cet homme qui avait retrouvé la prospérité après avoir connu la ruine avait cependant payé un prix trop élevé pour le rétablissement de sa fortune. Pas de femme, pas d'enfants, juste une vie qui s'éteignait lentement alors que les tumeurs envahissaient son corps. Il ne lui restait plus que la peur du jugement à venir lorsque Dieu prendrait enfin son âme.

Pour faire plaisir à son père – et par pitié pour le moribond –, elle était restée avec eux jusqu'à ce qu'on vienne allumer les lampes et qu'enfin Jacob Pauw prenne congé. Alors seulement avait-elle pu se retirer dans sa chambre avec le paquet que Mariken avait laissé à la garde de sœur Agatha tant d'années auparavant.

Ses doigts curieux hésitèrent au-dessus du morceau d'étoffe grise, passée aux plis. Un bout de ficelle était enroulé plusieurs fois autour comme une ceinture, et serré d'un nœud. Personne ne semblait y avoir touché depuis la mort de la mère de Piet, toutes ces années plus tôt. Cependant, il n'y avait pas de cachet, et Cornelia avait désespérément envie de savoir ce qu'il contenait.

« Sauf que Piet est ton ami », se répéta-t-elle.

Elle n'avait aucun droit de mettre le nez dans sa correspondance privée, ni d'apprendre son secret avant lui.

Alors que l'écho des cloches de 10 heures s'éteignait, elle parvint à une décision. Si elle apportait le paquet à Piet tout de suite – ce soir même –, au moins apprendrait-elle peut-être ce qu'il contenait. Après tout, c'était ce qui les avait amenés à devenir amis en premier lieu.

Elle prit la plus sobre de ses capes marron dans son armoire et, en faisant attention à ne pas être entendue par les domestiques, descendit discrètement l'escalier pour sortir dans Warmoesstraat. Du pas résolu qui lui était coutumier, elle traversa le canal qui passait devant Sint Nicolaas pour gagner l'Oudezijds Voorburgwal, puis le canal suivant pour se perdre dans le réseau de ruelles qui menaient à la Zeedijk.

La chance était de son côté. C'était une nuit calme, et elle ne rencontra aucun *schutterij* à mousquet exigeant de savoir où elle allait, aucun marin sorti en titubant d'une taverne ou d'une maison de débauche pour l'accoster ni mendiant affamé tendant la main, alors qu'elle se hâtait de par les rues en direction de la maison de ses amis.

Zeedijk

Lorsque la nuit était tombée et que le blizzard d'insectes minuscules planant au-dessus des cours d'eau d'Amsterdam était sorti en force, Minou et Alis avaient été obligées de se réfugier à l'intérieur et s'étaient installées dans le salon privé, où Piet les avait rejointes à 10 heures.

C'était une pièce sobre mais plaisante. Ce qui lui donnait son cachet était une copie imprimée du célèbre plan d'Amsterdam dessiné par Cornelis Anthonisz, accrochée au-dessus de l'âtre. Commandé par les édiles de la ville en 1538 pour la visite de l'empereur Charles Quint, il était devenu un symbole de fierté municipale et, en tant que tel, avait été exposé à l'Hôtel de Ville. Le cartographe avait commencé à produire des versions imprimées de sa célèbre carte, qu'il vendait dans son atelier derrière la Nieuwe Kerk. Willem van Raay en avait généreusement acheté une pour l'offrir à Piet à l'occasion de leur installation.

Dans les rues au-dehors, les lampes étaient allumées, projetant des halos de lumière dorée dans la Zeedijk et sur la place devant Sint Antoniespoort. Alors que tous trois discutaient, ils avaient entendu les portes se fermer et la garde de nuit arriver, les cloches des églises s'appeler les unes les autres par-dessus les canaux. Minou et Piet avaient parlé de la vie qu'ils s'étaient construite à Amsterdam. Alis leur avait raconté le siège de La Rochelle, puis son long et méandreux voyage vers le nord, de port en port. Les cruautés dont elle avait été témoin. Près de six ans à bouger constamment, sans jamais dormir dans le même lit plus de quelques jours de suite, avec pour seule raison d'aller de l'avant l'idée de retrouver sa famille – et l'espoir qu'elle ne se trompait pas en les croyant à Amsterdam.

« Je suis stupéfiée que tu aies pensé à emporter ceci quand tu as fui Puivert, dit Minou en faisant courir ses doigts sur les fils épais de la tapisserie. Et que tu ne l'aies jamais vendue. Encore un autre miracle !

– J'ai été tentée de le faire, répondit Alis avec un rire ; elle était lourde, encombrante, et j'en aurais tiré un bon prix ; mais elle me donnait du courage. Elle m'aidait à croire que vous étiez tous en sécurité quelque part, en train de m'attendre. » Elle eut un sourire amusé. « Et je dois admettre qu'elle m'a été bien utile d'autres façons. Elle m'a servi de cape en hiver, de tapis de selle, de matelas et de couverture. Elle est devenue un talisman, je suppose, un peu comme votre vieille dague, Piet. Celle que vous avez donnée à Aimeric le jour où il est parti de Puivert.

– Je me rappelle, répondit-il avec tristesse.

– Mon coffret en bois a la même importance à mes yeux, remarqua Minou avec un sourire. Je n'ai pas pu me résoudre à le laisser à Paris lorsque nous avons fui. Certains des objets qui s'y trouvaient ont disparu – le chapelet de notre mère, notamment – mais j'ai toujours mes papiers, le plan de Carcassonne dessiné à la craie…

– Je m'en souviens ! s'exclama Alis.

– Et mon journal, je l'ai encore aussi.

– Y écris-tu toujours ?

– Pas vraiment, répondit Minou en haussant les épaules. Ces jours-ci, le simple fait d'être en vie suffit. »

Ils restèrent un moment plongés dans un silence confortable. Il y avait à la fois trop à dire, et nul besoin de parler. Puis Alis reposa sa chope et Minou remarqua une autre façon dont toutes ces années de vie travestie avaient changé sa sœur. Elle se tenait assise comme un homme, les genoux écartés et les mains fermement posées sur les cuisses.

« Il y a autre chose, même si je ne suis pas sûre que vous ayez envie de l'entendre, Piet. »

Il fronça les sourcils.

« Qu'est-ce donc ?

– Au début de cette année, je me suis retrouvée dans la région de Champagne, à traverser des terres appartenant au duc de Guise… » Elle s'interrompit brusquement. « Saviez-vous que depuis que Guise a été blessé lors de la cinquième guerre, on l'appelle le Balafré, comme son père ?

– Je l'ai entendu dire, oui, acquiesça Piet.

– Je me dirigeais vers la Flandre, continua Alis, d'où je pensais ensuite gagner Amsterdam.

– Comment avez-vous su que nous étions ici ? »

Alis secoua la tête.

« Je n'en avais aucune certitude. Lorsque la rumeur du massacre de Paris est arrivée dans le Languedoc, j'ai désespérément attendu des nouvelles. Personne ne savait rien. Puis le carnage s'est étendu à Toulouse et à Puivert, et j'ai compris que vous ne pourriez pas rentrer à la maison. Lorsque le siège de La Rochelle a pris fin et que les bateaux ont commencé à revenir dans le port, j'ai entendu de plusieurs sources qu'Amsterdam avait accueilli de nombreux réfugiés huguenots. Connaissant les origines hollandaises de Piet, je me suis dit qu'il était possible que vous en fassiez partie.

– Ce fut audacieux de ta part de faire tout ce trajet portée par ce seul espoir », fit remarquer Minou.

Alis haussa les épaules.

« Je ne voyais pas où aller d'autre. Quoi qu'il en soit, c'était le mois de mars et je traversais la Champagne. On approchait de la période pascale, et la ferveur inspirée par la Ligue catholique de Guise était plus forte qu'à l'ordinaire. Et un soir, dans une taverne de Reims, j'ai entendu une conversation entre deux soldats au sujet du confesseur personnel de Guise.

– Vidal ? »

Alis hocha la tête.

« Il semble qu'il ait disparu la nuit du massacre de Paris. Le saviez-vous ? »

Piet devint blême.

« Vous voulez dire qu'il a été tué ? Vidal est mort ?

– Personne ne le sait avec certitude. Mais la maison où il logeait a été retrouvée vide. Il a peut-être été victime des émeutes de la Saint-Barthélemy, ou pris en otage, ou assassiné. Ce qu'on sait, par contre, c'est que Guise a consacré une grosse partie de sa fortune ces cinq dernières années à essayer de découvrir la vérité. »

Piet se laissa aller contre son dossier.

« Est-il possible, Minou, que tout ce temps, Vidal ait été mort sans que je le sache ?

– Si Guise le fait rechercher, cela laisse à penser qu'il n'y croit pas lui-même. »

Piet s'apprêtait à répondre lorsqu'un coup sec à la porte d'entrée mit fin à leur conversation. Il se leva aussitôt, la main sur la poignée de sa dague.

« Qui peut bien frapper à pareille heure ? s'étonna Minou.

– J'y vais, dit Piet. C'est très probablement pour moi. »

Alis attendit que le bruit de ses pas se soit estompé, puis demanda :

« Pourquoi Piet est-il si nerveux ? »

Minou n'avait pas voulu alarmer sa sœur en admettant qu'Amsterdam risquait de s'avérer tout aussi dangereuse que les campagnes ravagées de France qu'elle avait traversées. Aussi ne lui avait-elle rien dit de la situation politique dans la ville.

« Piet craint qu'il y ait bientôt quelque coup d'État à Amsterdam », commença-t-elle prudemment. Elle vit l'épouvante se peindre sur le visage d'Alis. « Il est convaincu que celui-ci sera pacifique, mais... »

Minou s'interrompit en voyant Piet revenir dans la pièce accompagné de leur visiteuse.

« Cornelia ? s'exclama-t-elle, stupéfaite. Que faites-vous ici ?

– Pardonnez-moi de passer à une heure aussi peu raisonnable, et alors que vous avez de la compagnie... »

La jeune femme s'interrompit en voyant Alis.

Minou sourit.

« Voici ma sœur Alis, Cornelia. Elle vous rappelle Aimeric, je suppose. Après six ans de séparation, elle vient enfin de nous retrouver. Alis, je te présente notre chère amie, Cornelia van Raay.

– C'est un plaisir de vous rencontrer, mademoiselle van Raay, dit Alis d'un ton chaleureux. Minou m'a raconté de quelle bonté vous avez fait preuve, votre père et vous. »

Piet leva le petit paquet entouré de ficelle qu'il tenait à la main.

« Minou, Cornelia les a trouvés. » Sa voix vibrait d'excitation. « Après tout ce temps, elle a trouvé les documents que ma mère avait confiés à Mariken avant de mourir. »

54

Minou prit les deux bougeoirs posés sur la tablette de la cheminée et les plaça au milieu de la table.

« Apporte le paquet ici, dit-elle. Nous y verrons mieux.

– Voulez-vous que je m'en aille ? demanda Cornelia. Je suis curieuse de savoir ce qu'il contient, mais si c'est une affaire privée…

– Étant donné que c'est vous qui l'avez trouvé, Cornelia, je pense que vous devriez rester. Qu'en dis-tu, Piet ?

– Bien sûr. »

Les trois femmes se réunirent autour de la table et regardèrent Piet poser le paquet dessus avec précaution. Tirant sa dague de sa ceinture, il coupa délicatement la ficelle avant de la retirer.

« Qu'est-ce que cette étoffe ? demanda Alis.

– Je crois que c'est un morceau de *falie*, répondit Cornelia.

– Et qu'est-ce que cela ?

– C'est la coiffe que portent les béguines, expliqua Minou. Mariken Hassels était avec la mère de Piet lors de son décès. »

Piet déplia doucement l'étoffe, comme s'il craignait qu'elle tombe en poussière entre ses mains.

« Qu'y a-t-il à l'intérieur ? lui demanda Minou. Le vois-tu ?

– Une lettre, répondit Piet. Non, deux. Celle-ci est cachetée et écrite d'une main officielle. » Il la reposa sur la table. « Sur la seconde, l'encre est plus passée et les mots couchés à la va-vite. » Il la plaça à côté de la première, puis s'écarta. « Je n'ose pas les lire. »

Minou posa la main sur son bras.

« Il n'y a rien là-dedans qui puisse te faire souffrir à présent.

– Tu n'en sais rien.

– Ce sont de vieux mots. Nous sommes ici, ensemble. Rien ne compte plus que cela. »

Le visage de Piet se radoucit.

« Peux-tu les lire à ma place, cependant ? Je t'assure que je m'en sens incapable.

– Si c'est ce que tu souhaites, bien entendu. »

Piet approcha une chaise pour s'asseoir à la table. Alis et Cornelia firent de même. Minou attendit, intensément consciente du crissement des pieds en bois sur le carrelage, puis de l'immobilité qui se fit, des respirations retenues. Tous les regards étaient posés sur elle.

Elle prit la deuxième lettre.

« Elle est écrite en hollandais, Piet. Je ne peux pas la lire. Je suis désolée.

– Je peux la traduire, si vous le voulez ? » proposa Cornelia.

Piet hésita, puis hocha la tête. Minou tendit la lettre à la jeune femme et s'assit à côté de son époux.

« Elle est de votre mère et vous a été écrite le 8 mars de l'an 1542.

– C'est le mois où elle est décédée. »

Minou prit la main de Piet et la serra fort alors que Cornelia commençait à lire.

« *Mijn lieveling* – Mon petit amour. Je t'écris à la hâte, et avec l'aide de ma chère amie Mariken, car je n'ai guère de forces. La maladie me tient dans son étau. Je ne pense pas vivre jusqu'à la fin du mois. Lorsque tu seras en âge de lire ces mots, je serai enterrée depuis longtemps. »

Cornelia s'interrompit, comme réticente à s'immiscer dans un moment si privé.

« Continuez, l'encouragea doucement Minou.

– Il y a peu de choses qui me manqueront dans cette vie à part toi, mon beau fils. Ma vie, ces sept dernières années, a été un calvaire. Ton père m'aimait. Nous passâmes la porte rouge ensemble le 12 mai de l'an 1534. Exception faite du jour de ta naissance, où tu es venu au monde rapidement et en bonne santé, ce fut le plus beau jour de ma vie.

– Que veut-elle dire par "passer la porte rouge" ? demanda Alis.

– La porte de l'église Sint Nicolaas est rouge, expliqua Minou. Cela veut dire qu'ils se sont mariés là-bas.

– Mariés ? fit vivement Piet. Mais j'ai toujours cru... »

Minou se rappela le jour où Piet, avec un mélange de honte et de fierté, lui avait révélé que sa mère avait été réduite à vendre son corps dans les rues d'Amsterdam pour pouvoir le nourrir.

« Mon cœur, écoutons la suite, l'interrompit-elle. Cornelia, je vous en prie.

– Philippe ne put rester avec moi à Amsterdam après l'été, car ses devoirs et ses responsabilités envers son père et ses terres le rappelaient en France. Pour nom à prononcer devant le prêtre, nous choisîmes Reydon, en l'honneur de son domaine familial. Nous savions que tant que Philippe n'aurait pas demandé – et reçu – la bénédiction de son père afin que je puisse être reconnue comme sa femme, il nous faudrait un nom à nous à partager. »

Alis se redressa sur son siège.

« Qu'entend-elle par là ?

– Je suppose que comme Philippe avait contracté cette union sans la permission de son père, répondit Minou, il ne pouvait pas octroyer son nom de famille à sa nouvelle épouse tant qu'il n'aurait pas parlé à ce dernier.

– Mais, souhaitant la protéger, il a choisi un nom qui la liait à lui ?

– C'est ce que je pense. »

Minou jeta un coup d'œil à Piet, mais il était enfermé dans ses propres pensées.

Cornelia continua sa lecture.

« Philippe me donna sa promesse solennelle qu'il reviendrait me chercher, qu'il était impatient de rencontrer son fils et qu'il m'enverrait de l'argent en attendant. Il me laissa un testament – pour prouver l'authenticité de notre mariage et ta légitimité – que tu trouveras ci-joint.

– Pauvre, pauvre femme, murmura Minou.

– L'automne arriva, puis l'hiver. J'attendis, longuement, mais rien ne vint. Je ne le revis jamais et ne reçus pas la moindre explication. Aussi, sans moyens de subsistance, je fus obligée de retourner à Sint Nicolaas, non plus en tant que jeune mariée mais… »

Cornelia rougit et s'arrêta de lire.

« Les quelques lignes qui suivent sont difficiles à déchiffrer. »

Minou sourit.

« C'est très délicat de votre part, Cornelia, mais nul besoin. Piet sait ce que sa mère fut obligée de faire pour vivre. C'est comme cela qu'elle a fait la connaissance de Mariken. »

Cornelia hocha brièvement la tête.

« *Lieveling*, tu es le fils légitime et l'héritier de ton père. Je prie pour que tu aies une belle vie, plus belle sans moi. Je te confie aux soins de Mariken. Elle trouvera une bonne et pieuse famille pour te recueillir. Tu es un enfant intelligent et capable, que n'importe quel homme dans Amsterdam serait fier d'appeler son fils. Je confie mon âme à Dieu et prie pour qu'Il veille toujours sur toi. *Je liefhebbende moeder* – ta mère qui t'aime –, Marta Reydon. »

Alors que Cornelia reposait doucement la lettre sur la table, Piet se couvrit le visage de la main et éclata en sanglots.

55

Pendant un moment, l'air de la pièce sembla résonner de l'écho poussiéreux des mots d'amour d'une mère décédée à son fils.

Enfin, Piet reprit la parole.

« Merci, Cornelia. »

Elle inclina la tête.

« Ce fut un honneur de lire pareille lettre.

– Veux-tu que je lise l'autre ? » demanda doucement Minou, ne souhaitant pas le forcer à continuer avant qu'il ne soit prêt. Mais il hocha la tête, et elle prit donc le deuxième document. « Ce doit être le testament dont elle a parlé. Veux-tu que je l'ouvre ? »

Piet lui donna sa dague pour qu'elle s'en serve comme coupe-papier.

« Oui, s'il te plaît. »

Minou glissa la pointe de l'arme sous le sceau intact et le brisa, faisant voler des éclats de cire rouge partout sur la surface de la table. Elle déplia l'épaisse feuille de parchemin et l'aplatit.

« Celui-ci est écrit en français, je suppose de la main de ton père. C'est un document officiel confirmant que le 12 mai de l'an 1534, en l'église Sint Nicolaas d'Amsterdam, Marta Franssen, fille de la paroisse, a épousé Philippe du Plessis, seigneur de Redon et de Forges. »

Piet se leva d'un bond, repoussant violemment sa chaise.

« Mon cœur, qu'y a-t-il ? » s'exclama Minou, alarmée par son expression. Elle se leva à son tour. « Quel est le problème ?

– Ce nom, dit-il, les yeux étincelants. Il n'est pas possible que ce soit…

– Le fait que Reydon et Redon s'écrivent différemment, est-ce là ce qui t'arrête ?

– Non ! Du Plessis. Philippe du Plessis. »

Minou secoua la tête, perplexe. Piet prit le document, comme s'il avait besoin de lire les mots de ses propres yeux, puis le jeta violemment sur la table.

« Piet, qu'importe ce nom ? Explique-moi. »

Elle le regarda passer les doigts dans ses cheveux, puis prendre une profonde inspiration.

« Philippe du Plessis est un homme qui a recueilli son jeune neveu après que le père de l'enfant – son frère – fut exécuté pour trahison. C'est l'homme qui a payé les études de son neveu à Toulouse. Qui l'a élevé comme son propre fils et lui a acheté sa première cure à Saint-Antonin. »

Minou sentit le sol se dérober sous ses pieds.

« Cela ne se peut. »

Alis et Cornelia se regardèrent.

« Je ne comprends pas, dit Alis. Qui est le neveu de Du Plessis ?

– Vidal », répondit Minou, d'une voix qui lui semblait venir de très loin.

Alis pâlit à son tour.

« Ce qui veut dire que Vidal et vous êtes cousins germains ? »

Piet hocha la tête mais resta muet.

« Nous avons toujours soupçonné que c'était lui, le cardinal qui avait écrit à Mariken, dit Minou, même si nous ignorions pourquoi. Maintenant, nous le savons. »

« Hé, petit ! Oui, toi. »

Frans se réveilla en sursaut. Après avoir ouvert la porte à *juffrouw* van Raay – c'était une visiteuse régulière chez les Reydon, aussi n'avait-il eu aucun scrupule à la laisser entrer –, il s'était assis, pensant jouir de quelques minutes de tranquillité. Il y avait trop de monde et pas assez d'air dans le dortoir des garçons, trop de reniflements, de pets et parfois aussi, quand les chandelles s'éteignaient, de pleurs.

Il se releva vivement.

« Qu'est-ce à dire ? »

Un homme aux dents toutes noircies sortit de l'ombre.

« Est-ce ici la demeure des Reydon ?

– Cela dépend, qui êtes-vous ? »

Il se retrouva brutalement plaqué contre le mur, tenu à la gorge par son interlocuteur.

« Lâchez-moi !

– Je vais te reposer la question, petit, et cette fois, tu vas me répondre. »

Frans tenta d'acquiescer, mais l'homme avait resserré sa prise.

« Compris ?

– Oui, monsieur, répondit-il d'une voix rauque.

– Bien. Est-ce ici la maison de Piet Reydon ?

– Oui, monsieur.

– J'ai un message pour lui – juste pour lui – de la part de ses camarades. Dis-lui que c'est prévu pour après-demain. Dis-lui exactement ça.

– Après-demain, répéta Frans en luttant pour respirer.

– Voilà. »

L'homme exerça une dernière pression sur sa trachée, puis le lâcha. Frans tomba à genoux en portant les mains à sa gorge.

« N'oublie pas », dit l'homme avant de se fondre à nouveau dans les ombres de la rue.

Frans se pencha en avant pour vomir. Maintenant, il se rappelait le nom de son agresseur : c'était Joost Wouter, un des hommes de Houtman.

Il connaissait ce dernier. À genoux tous les dimanches au service calviniste, mais à genoux dans une position très différente le reste de la semaine. Et pourtant, marié et ayant des enfants à nourrir.

Piet faisait les cent pas dans la pièce.

« Vidal doit savoir que nous sommes cousins, c'est la seule explication.

– Et il en cherchait confirmation auprès de Mariken ? »

Piet reprit vivement le testament.

« Ou alors il savait que ceci existait et voulait le détruire.

– Philippe du Plessis est-il encore en vie ? » demanda Alis.

Piet haussa les épaules.

« Je ne sais pas.

– Il doit y avoir une raison qui explique que tout ceci a commencé au moment que nous savons, après tout ce temps, réfléchit Minou tout haut. La lettre à Mariken, la tentative d'assassinat à Puivert. Vidal nous avait laissés tranquilles pendant dix ans. Mais si du Plessis était sur le point de mourir, il est possible qu'il ait confessé ses péchés – et ses erreurs de jeunesse – sur son lit de mort. »

Piet s'arrêta.

« Oui, ce qui veut dire que c'est peut-être alors seulement, à l'hiver ou au printemps 1572, qu'il a compris que quelqu'un d'autre avait de meilleurs droits sur la succession de son oncle.

– Et apprendre que cet homme était toi, Piet. Peux-tu imaginer sa stupeur ?

– Lorsque nous étions étudiants, Vidal m'a dit que son oncle ne s'était jamais marié et qu'étant donc son seul légataire, il hériterait un jour d'une importante fortune.

– Il devrait être possible de découvrir si du Plessis est mort. Nous savons où sont ses domaines ; le testament nous le dit. Nous devrions commencer par là. » Minou claqua des doigts. « Et si Vidal est devenu très riche du jour au lendemain, quel besoin avait-il de rester au service du duc de Guise ? Cela explique également sa disparition. Si nous partons de la supposition que Guise a refusé de le laisser partir, il se peut que Vidal ait saisi sa chance de disparaître pendant le chaos du massacre de la Saint-Barthélemy. »

Les yeux de Piet étincelèrent.

« Tu penses donc que Vidal vit toujours ?

– Si l'on doit en croire la conversation qu'Alis a entendue à Reims, cela semble probable.

– Pourquoi Guise aurait-il refusé de le laisser partir ? » demanda Alis.

Minou prit un air songeur.

« Vidal était le confesseur personnel de Guise. Il a dû entendre de nombreuses choses que ce dernier souhaitait garder secrètes, notamment sa kyrielle de défauts et de péchés – nous savons tous quel genre d'homme est Guise. À présent qu'il est à la tête de la Ligue catholique, il voudrait d'autant moins que Vidal puisse le trahir ou révéler ses impiétés.

– Et Guise est un homme rancunier, ajouta Piet. Il n'hésiterait pas à punir Vidal pour montrer aux autres que nul, si haut placé soit-il, n'est à l'abri de sa vengeance. » Il fronça les sourcils. « Vidal ne peut pas s'être caché sur les terres de son oncle. Guise l'aurait retrouvé depuis longtemps. Alors où est-il ? »

56

« Excusez-moi, madame Reydon. »

Minou se retourna.

« Frans, tu m'as fait peur ! Tu devrais être au lit.

– J'ai un message pour le maître.

– Cela ne peut-il attendre demain matin ?

– Je ne crois pas.

– Laisse-le entrer », intervint Piet avec un geste de la main.

Frans jeta un coup d'œil aux trois femmes.

« C'est confidentiel.

– Ne sois pas ridicule, répliqua Piet. Allons, parle. »

Frans fit quelques pas de plus dans la pièce.

« Il m'a dit de vous dire que c'est prévu pour après-demain. »

L'attitude de Piet se métamorphosa.

« *Il* ? Qui a apporté ce message ?

– Un homme, il y a tout juste quelques minutes. Il ne m'a pas donné son nom, mais je le connais. Joost Wouter. C'est un des hommes de Houtman. »

Lentement, Piet remit sa dague à sa ceinture et se tourna vers Minou, semblant avoir tout oublié des révélations capitales de la soirée.

« Je dois y aller.

– Maintenant ? s'étonna-t-elle. À cette heure de la nuit ? » Elle indiqua d'un geste les documents sur la table. « Après tout cela ? »

Il lui prit la main.

« Je ne serai pas long. »

« Que se passe-t-il ? » demanda Alis dès l'instant où Piet eut quitté la pièce.

Dans l'excitation de la découverte faite par Cornelia, Minou avait chassé de son esprit les révélations de Piet sur le coup d'État qui se préparait. Mais à présent, ses craintes revenaient au galop. Elle laissa retomber ses mains.

« Sais-tu où va Piet ? insista Alis.

– Non, répondit Minou, d'un ton plus sec qu'elle n'en avait l'intention.

– Mais tu sais ce que le message veut dire, je le vois à ton expression.

– Est-ce vrai ? » demanda Cornelia.

Minou hésita, tiraillée entre sa loyauté à son époux et sa gratitude envers ses amis, qui leur avaient sauvé la vie non pas une fois, mais plusieurs. Son cœur se mit à battre violemment à la pensée qu'elle était sur le point de trahir son mari. Elle ne voyait pas les choses sous cet angle, mais qu'en dirait Piet ? Avant l'arrivée de Cornelia, le dilemme de prévenir celle-ci ou non l'avait tourmentée des heures durant. Elle ne contestait pas la justice de la cause de son époux, mais seulement le fait qu'il soit aussi disposé à mettre de côté tous ses liens d'amitié et ses obligations familiales au service de celle-ci.

Elle ne connaissait pas bien Willem van Raay – il avait toujours gardé une distance respectueuse. Mais elle s'était fait une idée de son caractère grâce aux fragments d'information que Salvadora avait donnés au fil du temps : qu'il aimait sa ville et faisait son devoir ; qu'il avait une voix magnifique lorsqu'il chantait, profonde et sonore ; qu'il était pieux ; qu'il allait toujours à la messe et tous les vendredis à confesse, sans faute ; qu'il restait fidèle à la mémoire de sa défunte épouse.

Qu'il avait élevé une fille exceptionnelle.

Minou était consciente de tout ce qu'elle-même devait à son propre père, et savait qu'elle aurait tout fait pour le protéger. Ne devait-elle pas au moins cela à Cornelia ? Il ne s'agissait pas de trahir son époux, mais d'honorer leur amitié.

« Cornelia, pouvez-vous me conduire auprès de votre père ? »

La jeune femme écarquilla les yeux.

« À cette heure de la nuit ? Il sera couché depuis longtemps.

– Je suis consciente de l'heure tardive. Néanmoins… »

Cornelia soutint son regard, puis hocha la tête.

« Très bien.

– Et moi ? demanda Alis. Que dois-je faire ? »

Le visage de Minou se radoucit.

« Tu devrais aller au lit. La journée a été longue. Tu dois être extrêmement lasse.

– Que dois-je dire à Piet s'il revient avant toi ?

– Dis-lui que j'ai raccompagné Cornelia dans Warmoesstraat. Il sait combien les rues sont dangereuses à cette heure-ci.

– Ç'a été un plaisir de faire votre connaissance, dit Cornelia en tendant la main. *Tot ziens*. Cela veut dire "au revoir".

– *Tot ziens* », répéta Alis, et les deux femmes sourirent.

Minou embrassa sa sœur sur le front.

« Ne t'inquiète pas, ma chère Alis. Je serai de retour avant l'aube. »

57

Vieille-Rue-du-Temple, Paris

« Comment cela, vous n'avez rien trouvé ? demanda Guise d'un ton impérieux. Cela fait six ans que vous vivez à mes frais, Cabanel. Et pendant tout ce temps, vous m'avez apporté des bribes de rumeurs, mais pas la moindre information utile. »

Cabanel avait été mandé auprès de Guise à l'improviste, et n'avait pas eu le temps de préparer son rapport. Nerveux, il ne savait que dire et essayait juste de ne pas regarder trop fixement la balafre cramoisie qui barrait le visage du duc.

« Monseigneur, je n'ai pas été oisif…

– Ni n'avez-vous été productif », l'interrompit Guise.

Cabanel ne se laissa pas démonter.

« Encore maintenant, il y a tant de gens dont personne ne sait ce qu'ils sont devenus après le massacre, et les archives…

– Le massacre de la Saint-Barthélemy ! s'emporta Guise. Combien de temps encore sera-t-il utilisé pour justifier le moindre échec ? Quelqu'un de l'importance du cardinal Valentin ne disparaît pas comme cela.

– Ces cinq dernières années, j'ai fouillé chaque couvent, chaque monastère, chaque prieuré, j'ai épluché les archives de toutes les églises jusqu'à la plus petite, ainsi que…

– Je ne veux pas de vos excuses, Cabanel. Je vous ai ordonné de trouver mon confesseur. Si vous avez réellement fouillé tout Paris, c'est que, clairement, il n'y est plus.

– Je l'ai aussi cherché à Saint-Antonin, à Toulouse, sur les terres de son défunt oncle.

– Alors cherchez mieux. Vidal n'est pas inconnu des gens du peuple. Il a des traits distinctifs qui le font remarquer. »

Cabanel marqua un temps avant de répondre.

« Mais s'il est mort, monseigneur ? »

Le duc se rapprocha d'un pas.

« Alors ramenez-moi son corps, Cabanel. J'ai généreusement rémunéré vos services, mais je commence à perdre patience. M'avez-vous bien compris ?

– Oui, monseigneur. Et si… quand je l'aurai trouvé ? »

Guise soutint son regard.

« Ceux qui n'honorent pas leurs serments, qui trahissent leurs supérieurs, ceux-là mêmes qui les ont élevés à de plus nobles fonctions, méritent le même sort que les hérétiques et les traîtres. Est-ce clair, Cabanel ? »

À un bruit dans l'entrée, il dégaina son poignard. Cabanel savait que le duc vivait sous la menace constante d'un assassinat. Il avait beaucoup d'ennemis, chez les huguenots comme dans son propre camp. Sa garde personnelle, disait-on, était encore plus nombreuse que celle du roi lui-même.

« Qui va là ? »

Un garde poussa dans la pièce une jolie adolescente en robe indigo.

« Je l'ai trouvée en train de rôder dans le couloir, monseigneur de Guise. »

Cabanel sentit la peur lui liquéfier les entrailles.

« Monseigneur, pardonnez-moi. C'est ma fille. Elle était en ma compagnie lorsque vous m'avez mandé, et ne souhaitant pas vous faire attendre, je l'ai emmenée avec…

– Assez. »

Guise rengaina son arme et fit signe à la jeune fille de s'approcher.

« Comment t'appelles-tu, petite ?

– Marie Cabanel.

– Montre le respect adéquat ! lui chuchota furieusement son père.

– Je m'appelle Marie Cabanel, monseigneur de Guise », se reprit-elle d'une voix douce, avec une rapide révérence.

Au grand soulagement de Cabanel, Guise parut charmé.

« Quel âge as-tu, Marie Cabanel ?

– J'ai fêté treize printemps, monseigneur, mais je suis en avance sur mon âge. »

Cabanel commença à s'excuser pour elle.

« Monseigneur, elle...

– Taisez-vous », l'interrompit Guise en levant la main. Il se pencha pour mettre son visage à la hauteur de celui de la jeune fille. « Tu es bien hardie, petite. »

Marie ne détourna pas le regard.

« J'ai été élevée dans la croyance qu'il faut toujours dire la vérité, monseigneur.

– Vraiment », fit Guise avec un sourire. Il lui prit le menton entre le pouce et l'index. « Es-tu une bonne chrétienne ? Sers-tu Dieu en pensée comme en actes ?

– Je vais à confesse le vendredi, à la messe le dimanche, et je dis mes prières tous les soirs. »

Cabanel était terrifié à l'idée qu'elle offense le pieux et fervent duc de Guise par son impertinence. Elle n'avait jamais appris à tenir sa langue.

« D'où vous vient cette cicatrice ? demanda-t-elle en touchant le visage du duc.

– Marie ! » s'exclama Cabanel.

À sa stupeur, Guise éclata de rire.

« Quels yeux extraordinaires, murmura-t-il avant de la relâcher. Cabanel, emmenez votre fille. Et faites mieux. Je veux que le cardinal soit retrouvé, et son compte réglé. Le simple fait de soupçonner qu'il est encore en vie me rend malade.

– Oui, monseigneur. »

Sur ces mots, Cabanel s'inclina et, attrapant brutalement sa fille par le bras, l'entraîna hors de la pièce.

58

Lastage, Amsterdam

Il était près de minuit lorsque Piet arriva aux abords du lieu de rendez-vous dans le quartier du Lastage. Entendant des pas devant lui dans le noir, il s'effaça dans l'ombre avant de voir de qui il s'agissait.

« Le Maistre ! s'exclama-t-il en s'avançant vers son vieil ami. Par Dieu, je ne savais pas que vous étiez à Amsterdam. »

Il n'avait pas eu de nouvelles d'Antoine Le Maistre depuis plus de six ans. La dernière fois qu'il l'avait vu remontait à l'étape qu'il avait faite avec sa famille à Limoges alors qu'ils se rendaient au mariage royal à Paris.

Les deux hommes s'étreignirent.

« Reydon, par tous les saints ! Je suis ravi de vous voir.

– Comment allez-vous ? » demanda Piet, consterné par le changement qu'il constatait chez son ami.

Le temps avait été cruel avec ce dernier. Désormais maigre comme un clou, Le Maistre avait le teint cireux et le visage strié de rides, les cheveux blancs comme neige. Alors qu'ils mettaient fin à leur accolade, Piet sentit les côtes de son ami sous ses vêtements. La mélancolie semblait flotter autour de lui comme une brume.

Antoine leva les mains.

« Comme vous le voyez, je suis encore de ce monde.

– Comment se porte votre famille ? »

Le Maistre secoua la tête.

« Je n'ai plus de famille. Nos terres ont été assiégées pendant la dernière guerre. » Il soupira. « Je n'étais pas là pour les défendre. Aucun d'eux n'a été épargné.

– Mon ami, je suis désolé. »

Piet songea à l'épouse de Le Maistre, au visage si doux, à ses enfants aux joues rondes comme des pommes, et aux jours heureux qu'ils avaient passés à Limoges en ce mois de juillet.

« Nous vivons des temps troublés, Reydon, répondit doucement Le Maistre. Après cette tragédie, plus rien ne me retenait à Limoges, alors je suis venu dans le Nord offrir mon épée. Et vous ?

– Nous vivons ici à Amsterdam, maintenant. Puivert est tombé aux mains des catholiques, alors après les événements de la Saint-Barthélemy, nous n'avons pas pu rentrer chez nous.

– Votre femme et vos enfants sont-ils avec vous ? »

Une ombre passa sur le visage de Piet.

« Nous avons perdu notre fille aînée, Marta, dans le massacre de Paris. Nous ne sommes pas sûrs qu'elle soit morte, elle a seulement disparu, mais tout de même. Mon beau-frère également.

– Vous avez, vous aussi, toutes mes condoléances. »

Piet hocha la tête.

« Mais Minou va bien, notre fils est en bonne santé et notre cadette, Bernarda, aussi. Prénommée ainsi en l'honneur de son grand-père maternel, bien entendu. Et aujourd'hui même, la sœur de Minou, Alis, dont nous n'avions pas eu de nouvelles depuis l'attaque de Puivert, nous a rejoints à Amsterdam. » Il donna une claque affectueuse sur le bras de Le Maistre. « J'ai beaucoup de raisons de remercier le Ciel. »

Pendant encore quelques instants, les deux hommes restèrent immobiles, silencieux, en compagnie de leurs fantômes.

« Donc nous y revoilà, dit enfin Le Maistre. Pour le meilleur ou pour le pire, frères d'armes.

– Frères d'armes, répéta Piet, avant d'ajouter avec un sourire amusé : et une fois de plus, appelés à servir. Allons-y, voulez-vous ? »

Alors qu'ils montaient les marches escarpées jusqu'au dernier étage de la maison, Piet remarqua avec tristesse combien Antoine avait le souffle rauque. Mais lorsqu'il suggéra qu'ils fassent une pause, son vieil ami balaya ses inquiétudes du revers de la main.

Ils entrèrent dans une pièce mal aérée qui empestait le hareng et le feu de bois.

« Reydon ! »

L'un des chefs de la faction de rebelles calvinistes qui opéraient dans le Lastage était Jan Houtman – un soldat intransigeant, grand buveur, dont les parents, les frères et les sœurs avaient tous été massacrés par les troupes d'invasion espagnoles lors du siège de Haarlem. Il se leva.

« Je ne m'attendais pas à vous voir. »

Piet eut un pincement de déception au cœur. Bien que la majorité de la communauté calviniste d'Amsterdam l'ait accueilli à bras ouverts, lui et tous ceux qui partageaient leur détermination à bâtir cette nouvelle nation protestante, il restait un noyau dur de Hollandais et de Zélandais remontés contre quiconque n'était pas originaire des Pays-Bas.

« Un messager a été envoyé chez moi ce soir. »

Dans un coin de la pièce, Piet remarqua un homme d'apparence fruste occupé à enlever la crasse de sous ses ongles à l'aide d'un couteau. Il correspondait exactement à la description faite par Frans de l'homme qui l'avait accosté.

« Vous n'aviez pas besoin de venir en personne », répondit Houtman d'un ton brusque.

Piet soutint son regard.

« Le message ne m'ayant pas été délivré personnellement, j'ai jugé plus avisé de m'assurer que j'avais bien toutes les informations. »

Houtman jeta un coup d'œil furieux à l'homme dans le coin.

« Je vous l'avais pourtant dit ! À qui avez-vous parlé ?

– Un gamin qui traînait dehors.

– Vous êtes un imbécile, Wouter. »

Piet força Houtman à le regarder dans les yeux.

« J'aimerais être sûr de ce qui est prévu, afin de mieux remplir toute tâche qui me sera confiée. »

Houtman hésita, puis lui fit signe de s'asseoir.

« Vous devez être Antoine Le Maistre, dit-il d'un ton considérablement plus chaleureux. Vous êtes le bienvenu ; votre générosité au cours de ces derniers mois a été grandement appréciée, monsieur.

– À votre service. »

Antoine jeta un coup d'œil à Piet avant de s'asseoir à son tour, comme pour s'excuser de lui avoir caché l'étendue de son engagement au sein du groupe.

Piet regarda autour d'eux. C'était une assemblée moins nombreuse qu'à l'accoutumée, et il reconnaissait peu de ses membres, un mélange d'agitateurs calvinistes, du genre qui prêchaient sur la place de l'Hôtel de Ville chaque fois que le conseil municipal siégeait : vendeurs de hareng ou de matériel pour bateau, comptables, cordonniers. Des travailleurs ordinaires.

« Est-il vrai que la date a été avancée au 26 ? demanda-t-il.

– Oui », répondit Houtman, avec un regard noir devant le manque d'ambages de sa question.

Piet n'était pas sûr de comprendre pourquoi les événements s'étaient ainsi accélérés, ni pourquoi l'ambiance semblait si tendue. Étant donné les extraordinaires révélations qu'il avait eues sur sa vie personnelle plus tôt dans la soirée, il était possible qu'il accorde plus de sens aux choses qu'elles n'en avaient vraiment. Mais, bien qu'il ait sous les yeux la preuve qu'un accord avait été trouvé sur la façon de faire d'Amsterdam une ville calviniste, il régnait dans la pièce une atmosphère de dissentiment. Il ne croyait pas l'imaginer.

« Vous nous trouvez en plein milieu d'une discussion, avoua Houtman en choisissant prudemment ses mots, sur la manière exacte de procéder.

– Je croyais que la décision avait été prise ? »

Houtman sourit froidement.

« La question n'est pas quand, mais comment.

– Et nous n'avons pas le temps de reprendre toute la conversation à zéro pour faire plaisir à deux étrangers, grommela un autre homme, zélandais d'après son accent.

– Nous sommes tous frères dans la foi réformée », dit précipitamment Houtman en jetant un coup d'œil à Le Maistre, craignant qu'il se vexe.

Antoine le rassura d'un geste de la main.

« Je comprends. C'est l'époque où nous vivons qui nous rend enclins à ne faire confiance qu'aux nôtres. J'ai tendance à faire de même.

– Wouter, continua Houtman, est persuadé que les partisans de Dircksz ne capituleront que face à la pointe d'une épée ou d'un mousquet. Pas moi.

– Nous ne pouvons pas leur faire confiance, maugréa Wouter. Ils ont signé le traité de Satisfaction, ratifié les termes, puis n'en ont pas tenu compte.

– Il y a beaucoup de catholiques modérés au conseil, répliqua Houtman. Ils entendront raison.

– Vous êtes vraiment facile à berner si vous croyez cela ! »

La pièce s'emplit brutalement d'un concert de vociférations. Piet avait participé à nombre de débats de ce type au fil des ans – à Carcassonne, à Toulouse, à Amsterdam. La question était toujours la même : fallait-il agir de bonne foi et présumer que l'autre bord ferait de même, ou augurer le pire et attaquer les premiers ?

« Écoutez-moi jusqu'au bout, cria Houtman pour se faire entendre par-dessus le charivari. Il y a autant de catholiques désireux de parvenir à un compromis qu'il y a de modérés parmi nous qui œuvrent pour la paix et la justice.

– Ce sont tous de la vermine papiste ! » rétorqua Wouter en tapant du poing sur la table.

Houtman l'ignora.

« Monsieur Le Maistre, qu'en pensez-vous ? Sentez-vous libre de donner votre avis. Nous sommes entre camarades. »

Antoine l'arrêta d'un geste de la main.

« Je ne me sens absolument pas en mesure d'offrir une opinion. Je ne suis à Amsterdam que depuis quelques semaines.

– Et vous alors, Reydon ? demanda Wouter d'un ton railleur. Vous êtes à moitié d'ici, au moins, même si c'est seulement par votre mère. »

Piet sentit l'ambiance se crisper. Comme les liens du sang, de la loyauté et de la naissance étaient enchevêtrés ! Dans sa jeunesse de combattant à Carcassonne et à Toulouse, son allégeance au Languedoc avait souvent été mise en doute parce qu'il n'était qu'en partie français. Plus de quinze ans plus tard, voilà qu'on se méfiait de lui parce qu'il avait trop de sang français dans les veines.

« Comme Le Maistre, je ne me permettrais pas de parler au nom d'Amsterdam. Ainsi que le fait remarquer mon ami ici présent (il indiqua Wouter), je ne suis qu'à moitié hollandais. Mais, si vous m'y autorisez, je dirai ceci : cette splendide, magnifique ville moderne – qui a accepté comme des frères tant d'adeptes de notre foi – devrait selon moi former, et formera, le cœur d'une nouvelle nation protestante. Sachant cela, crois-je que notre ambition de conquérir les cœurs et les esprits risquerait de souffrir d'un transfert de pouvoir accompli par la violence ? Oui, je le crains. Si vous me demandez comment prouver que nous sommes dignes de prendre le gouvernement de cette ville, alors je répondrais que nos arguments devraient l'emporter sans usage de la force. Il y a déjà eu assez de sang versé. » Piet parcourut la pièce des yeux, cherchant le regard de chacun des hommes présents. « Nous méritons d'être au pouvoir. Nous devrions respecter les termes du traité de Satisfaction que Dircksz a signé avec le prince d'Orange, même si ses partisans et lui n'ont pas été capables de l'honorer. Nous devrions prouver que notre cause est tellement justifiée que nous n'avons pas besoin de recourir à la violence pour l'imposer. »

L'espace d'un instant, le silence régna dans la pièce. Il n'y eut pas un mot, pas un geste. Puis, un par un, tous tournèrent les yeux vers Jan Houtman.

« Vous parlez bien, Reydon. Mais les mots ne suffiront peut-être pas.

– Nous avons le peuple de notre côté », argua Piet.

Houtman fronça les sourcils.

« Ainsi que de nombreux partisans dans les guildes armées, reconnut-il.

– Et au sein du conseil, ajouta un autre. S'ils arrivent à persuader leurs collègues…

– Exactement », acquiesça Piet.

Houtman hochait la tête à présent.

« Une transition pacifique nous donnerait – à notre nouvelle administration – l'influence nécessaire pour mettre rapidement en œuvre les changements que nous désirons.

– Et s'ils refusent de partir docilement ? répliqua Wouter. Alors quoi ? Nous demanderez-vous de nous mettre à genoux, comme des nonnes, pour les supplier de nous céder les clefs de notre propre ville ?

– Les choses n'en arriveront pas là, insista Piet. Ils verront que leur temps est révolu. »

Alors qu'il étudiait leurs expressions, il se retrouva emporté dans le souvenir d'une autre conversation de ce genre, dans une autre pièce : à Carcassonne, à l'aube des guerres de Religion. Un débat semblable entre des hommes – dont certains s'avéreraient plus tard être des traîtres – qui pour les uns souhaitaient à tout prix préserver la paix, et pour les autres croyaient qu'on ne pouvait triompher que par la force.

Il se rappela comment le jeune homme qu'il était alors – avant que l'amour, la guerre et le deuil ne l'épuisent – avait ôté de son épaule une sacoche en cuir usé pour la poser avec précaution sur la table. Comment il avait défait la boucle et plongé la main à l'intérieur, comment les rayons du soleil s'étaient emparés de la pâle et délicate étoffe qu'il en avait sortie, et comment le Suaire d'Antioche avait semblé chatoyer, transformant la pénombre grise de la modeste pièce en un écrin de lumière.

Emporté par le cours de ses pensées, Piet se revit brusquement dans la Sainte-Chapelle en ce jour d'août 1572 où Marta avait disparu, entendant les gardes dire qu'on avait tenté de voler la sainte couronne dans son reliquaire. Le souvenir de ces terribles heures à arpenter Paris pour tenter de retrouver sa fille perdue passa sur lui comme une lame de fond.

Et, dans son sillage, une idée soudaine de la raison, peut-être, pour laquelle Vidal cherchait à amasser tant de fortune. Vidal, son cousin. Pendant toute sa conversation avec Minou, la question de ce qui avait bien pu pousser le cardinal à troquer prestige et influence contre une vie d'obscurité l'avait chiffonné. Peut-être tenait-il là la réponse ? Son obsession, son ambition, sa cupidité. Les choses qu'il était prêt à faire pour obtenir ce qu'il voulait. C'était un chasseur, mais pas d'animaux ou d'hommes.

Un chasseur de reliques.

59

Warmoesstraat

Quittant leur maison dans Zeedijk, Minou s'éloigna rapidement dans la rue avec Cornelia, le cœur battant devant l'heure tardive.

Elles traversèrent les canaux médiévaux de l'Oude Zijde, évitant les escouades de gardes municipaux qu'elles rencontraient à chaque coin de rue en se cachant dans l'ombre jusqu'à ce qu'elles soient passées. Minou se demanda de quel côté les arbalétriers, les jeunes soldats qui tiraient une fierté si vaine de leurs armes à feu, se rangeraient si le coup d'État avait lieu.

Elle s'arrêta brusquement. Pas « si », mais « quand » il aurait lieu.

Il était presque 1 heure du matin lorsqu'elles atteignirent la maison des van Raay dans Warmoesstraat et s'installèrent dans la pièce même où Pauw avait fait ses aveux quelques heures plus tôt. Puis elles attendirent que le père de Cornelia les rejoigne, entretenant une conversation émaillée de silences. La flamme des chandelles commença à vaciller, la cire pâle à former des flaques dans les coupelles en laiton.

« Croyez-vous que Piet va maintenant essayer de trouver Vidal ? demanda Cornelia.

– Je ne sais pas. »

Alors que l'amitié et la confiance grandissaient entre elles, Minou avait raconté à la jeune femme non seulement dans quelles circonstances elle avait découvert sa filiation et était devenue châtelaine de Puivert, mais aussi comment Vidal avait presque réussi à détruire leur famille.

« Il faut que vous compreniez que Vidal est en permanence présent à l'esprit de Piet. Telle une ombre malveillante. Découvrir qu'ils sont cousins, eh bien... Piet n'a jamais jugé sûr pour nous de retourner en France, même à présent qu'une trêve a été signée. Mais ce nouvel élément pourrait changer les choses.

– Parce que si du Plessis est effectivement mort sans autre descendance, alors c'est Piet et non Vidal l'héritier légitime de ses terres.

– Exactement.

– L'affection de Piet pour sa mère sera-t-elle altérée par ce qu'il a appris ce soir ? »

Minou sourit.

« Non ; en dépit de la vie qu'elle a menée et de la tragédie de sa mort, Piet l'aimait sans réserve. Découvrir qu'elle était finalement mariée ne fera que confirmer l'image vertueuse qu'il a d'elle.

– Et noircir la mémoire de son père ?

– Piet n'a jamais eu la moindre estime pour ce dernier. Il avait supposé que c'était... Il méprise les hommes qui cherchent à acheter les femmes de telle façon. »

Cornelia haussa les sourcils.

« Si cela ne tenait qu'à Piet, assura Minou avec un rire, toutes les maisons de passe seraient fermées. Il réglementerait les tavernes et les auberges près du port où se retrouvent les marins, et ferait surveiller les points de rassemblement où les gardes municipaux achèvent leur ronde de nuit et vont en quête de compagnie.

– Le mariage ou rien ?

– Le mariage ou rien. Cela vous surprend ? »

Cornelia réfléchit à la question.

« Je suppose que j'associe ce genre de moralité rigoureuse aux calvinistes. L'austérité de leurs pratiques religieuses et leur adhésion absolue aux commandements divins à chaque seconde de leur vie semblent vider les choses d'une grande partie de leur joie.

Piet ne m'a jamais frappée comme quelqu'un qui souscrivait à ce genre de doctrine.

– Après le massacre de Paris, les attitudes se sont durcies chez les catholiques comme chez les huguenots. Les voix modérées n'ont plus réussi à se faire entendre alors que leurs chefs renonçaient à croire qu'un compromis soit possible, pour adopter une vision manichéenne du monde.

– Vous êtes mon ami, ou mon ennemi, fit Cornelia avec un soupir. Pas d'entre-deux. »

Minou acquiesça.

« Je ne dirais pas que Piet est ainsi, mais il se définit désormais prioritairement comme protestant. Avant, bien qu'il soit fier d'être huguenot, il était également un propriétaire terrien, un habitant du Languedoc, un époux, un père. »

Cornelia hocha la tête avant de demander :

« Piet va-t-il chercher à disputer son héritage à Vidal ? »

Minou réfléchit un instant.

« Il fut un temps où j'aurais su vous répondre. Maintenant, je ne suis sûre de rien. Nous avons survécu aux trois premières guerres, pour finalement perdre tout ce que nous possédions après le massacre de Paris. Nos terres, notre fortune, l'héritage de nos enfants, notre foyer. Mon frère et ma fille, surtout. Sans vous et votre père, Cornelia, nous n'aurions toujours rien. Grâce à vous, nous avons pu rebâtir une partie de ce que nous avions perdu. Mais Piet ne cessera jamais d'être sujet à l'inquiétude, et je crains que celle-ci ne trouve sa source dans son enfance – dans le souvenir de ces journées passées au chevet de sa mère dans Kalverstraat et de sa prise de conscience alors, malgré son très jeune âge, qu'elle était en train de mourir parce qu'ils étaient pauvres. Ils n'avaient pas d'argent, que ce soit pour se payer un logement, pour se nourrir ou pour s'offrir les services d'un médecin afin d'alléger ses symptômes. Alors, oui. Il est possible que Piet tente d'obtenir une partie de ce qui lui revient – peut-être – de droit, s'il croit pouvoir ainsi assurer l'avenir de nos enfants.

– Je comprends ce raisonnement. Mais vous, qu'en pensez-vous ? »

Minou soupira.

« Je ne veux pas qu'il aille à la recherche de Vidal. J'ai beau tenter de le rassurer en disant que ce dernier ne peut plus nous faire de mal maintenant, il me fait peur. » Elle hésita. « D'un autre côté, si Piet réussissait à prouver qu'il est bien l'héritier de Du Plessis, nous aurions les ressources nécessaires pour recommencer à chercher Marta. Nous n'avons jamais rien entrepris, nous n'en avions pas les moyens. Nous avons fait ce que nous pouvions, posé des questions et envoyé des lettres, mais nous n'avons jamais lancé de recherches dignes de ce nom. Nous avons renoncé, et j'aurai toujours cela sur la conscience.

– Mais, Minou, après tout ce temps... Y a-t-il encore de l'espoir ?

– Au moins je saurais que nous avons tout essayé. »

Elles se turent à nouveau, essayant d'imaginer, pour l'une, ce que cela faisait d'être ainsi hantée par le souvenir d'un enfant perdu et, pour l'autre, à quoi sa fille ressemblerait désormais – comme elle l'avait fait chaque jour depuis sa disparition.

« Marta a les mêmes yeux que moi. L'un brun et l'autre bleu. C'est très rare.

– D'après la tapisserie qu'Alis a apportée de Puivert, il semble que ce ne soit pas le seul trait qu'elle a hérité de vous.

– Physiquement, elle me ressemblait effectivement beaucoup. Mais de caractère, si elle tenait de quelqu'un, c'était d'Alis. Elle était toujours en train de courir, toujours impatiente, prompte à s'emporter et à trouver une repartie. »

Cornelia sourit.

« Alis correspond exactement à l'image que je me faisais d'elle d'après vos descriptions.

– Dans le camp de réfugiés aux portes de La Rochelle, et pendant tout le temps qu'elle a été sur la route, elle s'est déguisée en garçon !

– Peut-être, sachant combien elle m'a rappelé votre frère – comme vous l'avez vous-même fait remarquer –, cela ne semble-t-il pas si saugrenu. »

Les rouages de la petite pendule à côté d'elles commencèrent à ronronner et à cliqueter alors que son aiguille atteignait l'heure pile.

« 1 heure », annonça Cornelia. Elle leva les yeux vers le plafond, à l'affût du moindre signe de vie en provenance de la chambre de son père, mais le parquet resta silencieux. « Il se couche tôt et a le sommeil lourd. Il vaudrait peut-être mieux retourner…

– Il faut que je le voie ce soir. »

Minou frissonna et resserra son châle autour de ses épaules. Elle n'avait pas dit à Cornelia pourquoi il était si urgent qu'elle parle à Willem van Raay. Et son amie, qui la connaissait bien, ne lui avait pas posé de questions.

« Alors nous allons continuer à attendre », dit Cornelia.

60

Zeedijk

Piet s'arrêta devant sa porte d'entrée et entendit les cloches sonner 1 heure du matin. La maison était plongée dans le noir. Tous ses occupants devaient être couchés.

Exactement comme Frans l'avait fait plus tôt, il s'assit sur le perron pour se remémorer les événements de la soirée : la confirmation de ses craintes au sujet de l'immixtion persistante de Vidal dans leurs vies, l'identité de son père, les mots d'amour de sa mère qui venaient seulement de lui parvenir après toutes ces années. Mais il savait que pour les quarante-huit heures à venir, au moins, il devait mettre tous ses sentiments personnels de côté.

Il avait dit à Minou, en toute bonne foi, que le coup d'État consisterait en un changement pacifique de l'ordre régnant, de l'ancienne façon de faire à la nouvelle. Pour qu'Amsterdam ne soit plus un État vassal sous la botte de l'Espagne, mais le cœur d'un nouveau pays indépendant gouverné par le prince d'Orange. Un État protestant à part entière, rien de moins.

Mais après avoir écouté Jan Houtman et ses partisans, il n'en était plus si sûr. Il avait vu dans leurs yeux le même bellicisme que dans ceux des hommes de Guise dans les rues de Paris en 1572, alors qu'une folie sanguinaire vidait leur cœur de toute émotion humaine. La même brutalité qu'il avait vue se répandre dans Toulouse en cette première nuit de mai 1562, lorsque la ville avait commencé à brûler.

Puis il se rappela tout le bien qui avait découlé de cette période sombre, car cette fameuse nuit à Toulouse avait été celle où il avait amené un camarade blessé à l'abri dans une maison – celle de Salvadora – et retrouvé Minou. Une jeune femme courageuse, honnête, de principes. Celle qui lui ferait plus tard l'honneur de devenir son épouse. C'était un miracle que même dans les pires moments, le cœur humain continue ainsi de battre.

L'amour, l'espoir.

« Ma Dame des Brumes », souffla-t-il dans l'air nocturne.

Son sourire s'éteignit sur ses lèvres. Il avait promis à Minou qu'Amsterdam effectuerait sans violences la transition du passé à l'avenir. Houtman était loin d'être le pire d'entre eux. C'était un homme intelligent, et de parole, malgré son antipathie envers les étrangers. Piet en avait-il assez fait ce soir pour le convaincre que leur meilleure option était d'agir en politiciens et non en soldats ?

Si ce n'était pas le cas, que leur arriverait-il à tous ?

Sans Willem van Raay, Minou et lui se seraient retrouvés sans rien. Aussi la question qu'il lui fallait se poser était la suivante : devait-il sa loyauté en priorité à un idéal, à la cause huguenote, ou à ceux qui les avaient aidés lorsqu'ils en avaient le plus besoin ?

Piet se releva. Minou avait raison. Il devait à leurs amis de les prévenir. Van Raay était un homme sombre et consciencieux, extrêmement dévot. Mais Piet savait qu'il trouvait les excès des forces catholiques dérangeants. Il allait devoir parier sur le fait que le père de Cornelia aimait davantage Amsterdam que ceux qui la gouvernaient actuellement, et l'avertir de ce qui se préparait, en priant pour que l'homme ne prévienne pas les autorités. Autrement, Piet aurait autant de chances de trouver la mort à la pointe d'une épée calviniste qu'à celle d'une épée catholique. Jugé comme traître par les deux bords.

Warmoesstraat

« Et ce coup d'État doit avoir lieu dans deux jours ?

– Mon époux m'assure que l'intention est d'éviter la moindre effusion de sang. Il m'en a donné sa parole. »

Van Raay regarda Minou dans les yeux.

« Et vous le croyez, madame Reydon ?

– Je crois que c'est ce qu'il croit, répondit-elle prudemment.

– Mais il n'y a aucune garantie, conclut van Raay avec un sourire fatigué.

– Dans ce genre de situation, il n'y en a jamais.

– En effet. »

Cornelia se pencha en avant.

« Père, qu'en pensez-vous ? Dircksz est-il susceptible de céder ? Vous servez à ses côtés depuis de longues années. »

Van Raay posa la main sur l'épaule de sa fille.

« Nous sommes de vieux hommes, ma chérie. Prisonniers de notre propre expérience et, oserai-je le dire, de nos traditions. Hendrick est un fervent catholique, quelque peu inflexible. Il est difficile pour lui d'imaginer un ordre des choses différent. »

Minou jeta un coup d'œil à son amie, avant de reposer le regard sur son hôte.

« Piet croit qu'il se trouve au sein même du conseil une importante minorité d'hommes – eux aussi pieux catholiques – qui ont perdu foi dans la capacité de Dircksz à gouverner. Qui pensent que son intransigeance nuit à Amsterdam de façon presque irrémédiable. Et qu'il ne s'agit plus d'une affaire de foi mais d'une trahison de l'avenir économique de la ville. » Elle regarda van Raay dans les yeux. « Diriez-vous qu'il a raison ? »

Elle voyait bien qu'il était perturbé par sa question. Depuis des années, elle n'était à ses yeux que l'amie de sa fille et la femme de Piet Reydon. Qu'elle puisse avoir sa propre opinion le décontenançait.

Cornelia remarqua également sa confusion.

« Minou était – est toujours – châtelaine de Puivert dans le Languedoc, père. Elle a administré le domaine toute seule pendant de nombreuses années. »

Willem van Raay toussota.

« Je ne voulais pas insinuer le contraire. » Le silence retomba pendant qu'il réfléchissait à la question de Minou. « Oui, je dirais que c'est une assez juste estimation de la situation. »

Minou poussa un soupir de soulagement.

« C'est une bonne nouvelle.

– Et maintenant, à vous de me répondre, madame Reydon. Croyez-vous en la vertu inhérente de l'humanité, ou pensez-vous que nous sommes tous déchus ? »

Minou cacha sa surprise devant la nature de sa question.

« Je pense que c'est peut-être là la différence entre nous, monsieur van Raay. Vous croyez au péché originel, à la chute de l'homme. Nous croyons que l'homme sera sauvé par la grâce de Dieu, et elle seule. Nous n'avons pas besoin d'intercession, seulement de notre propre force spirituelle. »

Les yeux du vieil homme étincelèrent.

« Je remplis mon devoir chrétien en pratiquant l'aumône et la charité, tout comme vous, madame Reydon. Votre *hofje* est construit sur le modèle même d'un hospice catholique.

– Exactement, répondit Minou avec un sourire. Nous estimons tous deux qu'il est de notre devoir de chrétiens d'aider ceux dans le besoin. Peut-être ce que nous accomplissons ainsi compte-t-il quel que soit l'endroit où nous prions le dimanche ? »

Van Raay l'arrêta d'une main.

« Vous ne pouvez pas attendre de moi que j'accepte cela. Je crains pour l'âme de ceux qui se sont détournés de la véritable Église.

– Vous nous qualifieriez d'hérétiques ?

– Je préfère vous dire fourvoyés. Je prie pour que vous retourniez à la grâce de Dieu et au pardon des péchés, à la religion de votre tante estimée. »

Minou inclina la tête.

« Comme dans mes conversations avec Salvadora, nous allons devoir accepter nos divergences de vues. »

Un autre lourd silence suivit, puis van Raay reprit :

« Dites-moi juste une chose, madame. Serons-nous autorisés à pratiquer notre foi en paix ? Ou bien nos églises seront-elles saisies ? »

Minou sentit le doute l'étreindre, et le regard de Cornelia se poser sur elle.

« En toute franchise, je ne sais pas », répondit-elle.

Le vieil homme salua son honnêteté d'un hochement de tête.

« Il se fait tard. Que voulez-vous précisément de moi ?

– Je voulais juste vous prévenir. Et vous remercier de tout ce que vous avez fait pour nous au fil des ans. »

Van Raay balaya sa gratitude du revers de la main.

« Mais encore ?

– Ma question est la suivante : si les calvinistes se comportent honorablement, pensez-vous que leur voix pourra être entendue et leurs conditions acceptées ? Pour le bien d'Amsterdam et de sa population ? »

Van Raay pressa ses doigts les uns contre les autres.

« Si votre époux ne se trompe pas en croyant que les Gueux souhaitent sincèrement une transition pacifique – et si nous parvenons à mobiliser assez de voix modérées au sein du conseil pour soutenir pareille action –, alors, oui, il y a moyen qu'Amsterdam réussisse à montrer au monde comment il est possible de procéder. »

À cet instant, la porte s'ouvrit et un domestique entra, effaré, immédiatement suivi de Piet. Échevelé et à bout de souffle, celui-ci cligna des yeux, stupéfait de voir sa femme.

« Minou ?

– Si tard, et encore un autre visiteur..., fit observer le maître des lieux d'un ton amusé.

– Monsieur van Raay, pardonnez mon intrusion à cette heure tardive, mais j'ai quelque chose d'urgent à vous dire. »

Le vieil homme se mit à rire.

« Père ? » fit Cornelia en se précipitant vers lui, interloquée par son comportement.

D'un geste de la main, il lui fit signe de s'écarter.

« Va donc chercher du vin pour notre visiteur.

– Mais il est 1 h30 du matin !

– Il est l'heure de boire quelque part dans le monde », s'exclama-t-il en partant d'un nouvel éclat de rire.

Cornelia se joignit à lui, bientôt suivie de Minou. Piet resta à les regarder avec perplexité.

L'aiguille de la pendule cliqueta, déclenchant son carillon hésitant, quelques secondes avant que la sonnerie des cloches de Sint Nicolaas n'entre dans la pièce et ne couvre leurs rires de sa clameur.

61

Domaine d'Évreux, Chartres
Dimanche 25 mai 1578

Louis sentit quelqu'un tirer sur sa couverture. Il se leva d'un bond, le cœur battant, brusquement de retour à l'orphelinat. Puis il se rappela où il était. Cette époque était révolue.

« Debout ! cria Xavier. Monseigneur d'Évreux réclame ta présence. »

Louis était aussi grand que l'intendant, désormais ; il n'était plus un enfant sans défense qu'on pouvait faire taire d'une rossée. Et, ces jours-ci, il était sûr de l'estime que son père lui portait. Le fait que ce dernier l'ait emmené à Chartres la veille n'en était-il pas la preuve ?

« Vous ne devriez pas me parler sur ce ton », dit-il en attrapant son pourpoint.

Xavier lui donna un petit coup sur la poitrine.

« Je te parlerai comme bon me semble, gamin. Tu as peut-être réussi à le berner, mais pas moi. Il est sur la jetée.

– Au bord du lac ? »

Xavier était déjà en train de ressortir à grands pas de la chambre.

« Dépêche-toi, lança-t-il par-dessus son épaule. Ne fais pas attendre monseigneur d'Évreux. »

Louis le regarda partir, dévoré de haine à son égard. Il frissonna. Il était tôt. Les premiers rayons du soleil commençaient seulement à entrer par sa fenêtre. Plongeant les mains en coupe dans la cuvette d'eau froide posée sur sa commode, il se lava le visage et les mains, puis s'habilla et sortit en courant dans le couloir.

Dehors, l'aube était en train de poindre.

Cathédrale de Chartres

Personne ne s'était inquiété lorsque le prêtre n'avait pas célébré les matines. Les jours qui n'avaient pas d'importance religieuse particulière, même s'il s'agissait d'un dimanche, le chapitre était prêt à fermer les yeux sur une absence de temps en temps.

Lorsque l'aube avait commencé à filtrer doucement dans la cathédrale par les vitraux, quelques sourcils s'étaient levés en voyant que sa stalle restait vide à laudes.

Il était maintenant 6 heures du matin et les prières de prime étaient presque terminées.

« Peut-être est-il tombé malade ? » chuchota un des novices.

C'était une nouvelle recrue d'origine bretonne, pâle et débordant de ferveur religieuse, intransigeant et plein de zèle. Il n'avait pas encore appris les usages du chapitre.

« Il ne s'est probablement pas réveillé », répliqua son voisin, qui savait que le prêtre en question était tout aussi susceptible d'être trouvé dans les bras d'une femme dans la rue du Cheval-Blanc qu'à genoux dans la cathédrale. « On a tous besoin d'un petit coup de pouce pour se lever », ajouta-t-il en riant de sa propre plaisanterie.

Le novice fronça les sourcils et se remit à murmurer les paroles de l'office jusqu'à ce que la prière soit terminée.

« *Sancta Maria et omnes sancti. Amen.* »

Il se signa et fit une génuflexion devant l'autel, puis gagna le transept nord pour y accrocher son surplis.

Le soleil n'était pas encore complètement levé, mais il y avait assez de lumière pour qu'il distingue quelque chose sur les dalles.

Il s'arrêta. Son père était boucher : il connaissait bien l'odeur du sang. Soulevant le bord de sa soutane, il s'accroupit. Un ruban rouge et visqueux entraîna son regard jusque sous la porte de la sacristie. Le cœur battant, il la poussa.

Au début, il ne comprit pas ce qu'il voyait. Une nuée noire d'insectes vrombissant. Puis le sacrilège devint clair à ses yeux : les mouches qui grouillaient autour du corps, la peau déchiquetée d'une gorge tranchée d'une oreille à l'autre, l'auréole de sang autour de la tête du prêtre, ses mains aux veines bleutées serrant une sacoche en cuir contre sa poitrine comme un bouclier. La clef du reliquaire de la Sancta Camisia gisait par terre à côté de lui.

Malgré son enfance passée à l'abattoir, le novice recula en chancelant, et poussa un hurlement.

Domaine d'Évreux

Louis sortit dans le soleil levant.

Du haut des jardins à côté du manoir lui-même, il pouvait voir jusqu'en bas des immenses pelouses qui descendaient vers le lac occupant le centre de la propriété. Les créneaux blancs et délicats de la tour italianisante sur la petite île étaient tout juste visibles à travers la brume matinale qui s'élevait de l'eau.

Puis il repéra son père, debout à côté de la jetée, et courut vers lui.

« Tu m'as fait attendre, dit Vidal en écartant le linge humide qu'il tenait appliqué contre sa tempe.

– Pardonnez-moi, je suis venu aussi vite que j'ai pu. » Louis regarda le visage pâle de son père. « Ça ne va pas, monseigneur ?

– Une migraine, rien de plus. Viens. »

Son père avait de plus en plus souvent mal à la tête, ces derniers temps. L'apothicaire l'avait saigné, mais pour autant que Louis puisse en juger, cela n'avait pas eu le moindre effet.

Il suivit Vidal sur la jetée, où les attendait un passeur.

« Allons-nous sur l'île ? »

Vidal ne répondit pas, se contentant de lui faire signe de monter dans la barque à fond plat et de s'asseoir à l'avant. Louis était bon nageur mais il n'aimait pas la façon dont l'embarcation tanguait au ras de l'eau et, enjambant les bancs de bois pour atteindre la proue, il s'agrippa aux plats-bords.

Le bateau fit une autre embardée lorsque son père monta dedans pour s'installer à la poupe. Le passeur écarta l'esquif de la jetée puis sauta dedans, avant d'attraper la lourde chaîne de fer qui pendait d'un poteau, reliant la rive à l'île. Lentement, une main après l'autre, il entreprit de les haler à travers le lac.

Alors qu'ils s'approchaient de la tour carrée, Louis ressentit un pincement d'excitation. Son père ne l'avait encore jamais emmené sur l'île.

« Pourquoi sommes-nous ici, monseigneur ? demanda-t-il en se retournant.

– Tu poses trop de questions.

– Pardonnez-moi, s'excusa de nouveau Louis. Je suis désolé.

– Trois fois avant que le coq chante, fit son père avec un rire. Dois-je t'appeler Pierre ?

– Pierre, monseigneur ? »

Vidal haussa les sourcils.

« Pour un enfant élevé dans un orphelinat de monastère, ton éducation spirituelle laisse terriblement à désirer. Il va falloir que nous y remédiions. »

62

Zeedijk, Amsterdam

Dehors, les premiers rayons du soleil commençaient à caresser Amsterdam, peignant les remparts de la ville de l'éclatante lumière du matin. Dans la chambre de Minou, la pénombre régnait encore.

« Les enfants vont se demander où je suis », dit-elle en se retournant vers son mari.

Piet se rapprocha, de sorte que leurs nez se touchaient presque.

« Je devrais me lever, insista-t-elle.

– Tu peux m'accorder encore quelques instants de ta compagnie, répondit-il doucement, en passant les doigts dans ses longs cheveux bruns, étalés sur l'oreiller. Agnes peut se débrouiller sans toi. Et Alis est là, maintenant. »

Minou lui sourit, étudiant son visage tant aimé, sa barbe rousse et ses cheveux mouchetés de gris. Lorsqu'ils s'étaient revus la première fois à Toulouse, il s'était donné beaucoup de peine pour en assombrir la couleur. Son teint pâle et sa tignasse rousse d'homme du Nord l'avaient fait remarquer parmi les habitants à la peau et à la chevelure brunes du Languedoc. À Amsterdam, il ressemblait aux autochtones.

« As-tu dormi ? » lui demanda-t-elle.

Il était 3 heures du matin lorsqu'ils avaient enfin pris congé de Cornelia et de son père ; presque 4 heures avant qu'ils soient dans leur lit, à parler dans le noir en se tenant la main. Minou supposait qu'elle avait dormi, car elle n'avait pas vu le jour commencer à filtrer autour des volets, mais elle n'avait aucun souvenir de s'être assoupie. Elle avait les membres lourds et une sensation nauséeuse au creux de l'estomac.

« Pas beaucoup, répondit-il en lui caressant la joue. Et toi ?

– Un peu. Chaque mot de notre conversation a tourné en boucle dans ma tête jusqu'à ce que je croie devenir folle. »

Piet se redressa sur un coude.

« Moi aussi. La situation est tellement fragile. Un seul mot de travers, d'un côté ou de l'autre, une seule pierre jetée ou un garde rancunier, et ce sera fini. Jusqu'à hier soir, je croyais sincèrement qu'il n'y avait pas d'intention de violence. Mais Houtman...

– Je sais, dit Minou, comprenant combien il tenait à ce qu'elle sache qu'il avait été de bonne foi. Tu as agi comme il le fallait, mon cœur. Tu n'as pas sacrifié nos amis au nom d'une idée. Tu les as avertis.

– Non, c'est toi. »

Elle l'embrassa sur les lèvres.

« Que crois-tu qu'il va décider ? Pouvons-nous lui faire confiance ?

– Je ne connais pas très bien M. van Raay. Il a une réputation d'homme de principes et de piété mais, par-dessus tout, c'est un commerçant. Je prie pour que cela guide ses actes. J'espère qu'il ira défendre la modération devant le conseil.

– Il ne va pas fuir ? »

Piet réfléchit.

« Je ne crois pas. Si la voix de van Raay prévaut, nous devrons juste veiller à ce que les hommes de Houtman suivent leurs ordres. »

Le silence se referma autour d'eux. Tout ce qui pouvait être dit l'avait déjà été. Il n'y avait plus qu'à attendre.

Pendant un moment, ils restèrent tendrement allongés dans les bras l'un de l'autre. Minou se rendit compte qu'ils n'avaient pas fait cela depuis une éternité. La perte de Marta leur avait volé leur intimité, comme tant d'autres choses.

Elle se rappelait parfaitement la dernière fois qu'ils avaient eu de véritables relations conjugales. Le matin du mariage royal, dans la chaleur du mois d'août, la conscience qu'ils auraient dû être en train de s'habiller au lieu de rester enlacés sous les draps pour un dernier baiser prêtant à leur rencontre une saveur clandestine. Bernarda avait été conçue ce jour-là, même si Minou ne l'avait su que bien plus tard, alors qu'ils se trouvaient à des lieues de Paris.

Une fille contre une autre.

Minou aimait sa petite dernière, bien sûr, même si elle ne pouvait s'empêcher de trouver sa timidité pénible. Mais dans ses moments d'introspection, elle savait qu'elle ne lui pardonnerait jamais de n'être pas Marta, et elle s'en voulait pour cela.

« M'aimes-tu encore ? » murmura Piet.

Le doute dans sa voix fendit le cœur de Minou.

« Mon amour, comment peux-tu demander pareille chose ?

– Réponds-moi.

– Bien sûr.

– J'ai été un piètre époux. Je t'ai négligée, j'ai... »

Minou lui posa un doigt sur les lèvres.

« Assez de tout ceci. Tu es un homme bon, Piet, un bon père. Tu as fait du mieux que tu pouvais. Moi aussi. Nul ne pourrait en demander davantage. »

Elle se pencha au-dessus de lui, laissant ses cheveux tomber comme un voile sur sa peau nue, et l'embrassa sur la bouche. Il sentait bon le santal, comme toujours.

Il leva sur elle des yeux où brillait le désir.

« Es-tu certaine ?

– Assez parlé, monsieur », répondit-elle.

Elle laissa glisser sa chemise de ses épaules, puis se rallongea à côté de lui. Elle pouvait sentir la chaleur de sa peau.

« Minou », laissa-t-il échapper en se tournant de nouveau vers elle.

Elle pressa les mains dans son dos, doigts écartés, et accueillit la force qui le mouvait. Il se mit à respirer plus vite, plus fort, poussé par le souvenir de tout ce qu'ils avaient perdu, jusqu'à ce qu'enfin il lâche son nom dans un dernier soubresaut, avant de s'immobiliser.

Lentement, le rugissement du sang dans les oreilles de Minou s'estompa, jusqu'à ce qu'il ne reste que le silence feutré de la pièce et les bruits d'Amsterdam qui se réveillait au-dehors. Mais pour les amants retrouvés, seul comptait l'autre. Piet déplaça la tête pour la poser sur l'épaule de Minou, lui mouillant la peau de ses larmes. Elle le sentit bientôt s'alourdir entre ses bras alors qu'il sombrait dans le sommeil.

Réconciliés. En paix.

63

Domaine d'Évreux, Chartres

Alors qu'ils s'approchaient de l'île, Louis vit que la haute tour blanche était bien plus imposante qu'elle ne le paraissait du rivage, et encore plus magnifique.

Construite dans le style italien qu'il avait déjà rencontré dans la maison du duc de Guise à Paris, elle arborait une façade impeccablement lisse, un fronton parfaitement centré, des angles symétriques, des pilastres sans le moindre défaut. À chaque coin se dressait une tourelle ornementale carrée.

Il se demanda ce que c'était. Une fabrique ? Ou bien une chapelle ? Il écarta cette idée. Il y avait un lieu de culte à l'intérieur du manoir pour leur usage personnel, et une petite église aux abords du domaine pour les travailleurs et leur famille.

Le passeur sauta à terre, faisant tanguer la barque, attacha celle-ci à un pieu en bois planté dans l'eau, puis tendit la main au seigneur d'Évreux. Louis les suivit.

« Tout ceci était autrefois sous l'eau, expliqua son père comme s'il montrait les lieux à un acheteur potentiel. Sous la tour et l'antichambre, il y a un canal équipé d'une vanne qui donne dans le lac, au cas où l'eau monterait trop haut. Comme tu peux le voir, nous nous trouvons dans une cuvette – une ancienne doline, en fait –, aussi le bâtiment est-il potentiellement inondable.

– L'a-t-il déjà été ? »

Vidal secoua la tête.

« Jamais. J'ai fait venir des ingénieurs d'Amsterdam pour qu'ils construisent la pièce, en dessous, où se trouve l'écluse qui permet de contrôler le débit d'eau. Leur maîtrise de ce type d'ouvrage est inégalable. Quant à la tour, c'est l'œuvre de tailleurs de pierre italiens que j'ai fait venir de Venise.

– Cela a dû vous coûter très cher. »

Vidal sourit.

« En effet, mais tu apprendras avec le temps que les meilleurs artisans valent le prix qu'on les paie. »

Ils s'éloignèrent en silence du débarcadère par un chemin dallé. Au milieu de la façade se dressait un portail en bois richement sculpté, avec une porte plus petite à côté. On y accédait par des marches de pierre, agrémentées d'une balustrade, qui montaient par la gauche. Au-dessus, sous le pignon, était enchâssée une unique fenêtre ronde, tel un œil géant reflétant les rayons du soleil levant.

La main en visière, Louis examina la gravure ornant le tympan et se rendit compte qu'elle représentait une scène de la passion du Christ. Était-ce donc une église, finalement ?

« Monseigneur, quel est cet endroit ? se risqua-t-il à demander.

– Tu vas vite le découvrir, mon garçon, répondit son père avec un sourire. Viens. »

Il ouvrit le portail à l'aide d'une lourde clef en fer. L'espace d'un instant, ils restèrent sur le seuil, projetant des ombres monstrueusement étirées avec le soleil derrière eux ; puis ils entrèrent.

Aussitôt, les sens de Louis furent assaillis par une odeur d'encens, de cire et d'air confiné. Sur un côté de l'étroit couloir, des appliques doubles en fer forgé étaient fixées à intervalles réguliers le long du mur. Toutes les chandelles étaient allumées, leur lumière vacillante projetant des ombres sur les fresques saisissantes peintes dans les alcôves qui occupaient le mur opposé : le Christ en croix au Golgotha, le flanc percé d'une lance par un centurion romain ; Saint Louis en humble robe de pénitent, passant les portes de Paris pour aller porter la couronne d'épines à la Sainte-Chapelle ; Marie de Magdala dans le jardin de Gethsémani, pleurant sur le suaire entre ses mains ; Marie, mère de Dieu, avec sa robe sacrée, tenant le Christ dans ses bras ; une femme essuyant le front du Christ avec un linge ; Charlemagne tenant une fiole de sang royal ; Constantin, son épée à la main et sa vision de la croix peinte dans le ciel au-dessus de lui.

Louis ne put s'empêcher de tendre le bras pour en suivre des doigts le contour.

« *In hoc signo vinces*, dit Vidal. Par ce signe, tu vaincras. On dit que l'empereur Constantin vit un présage dans le ciel avant une importante bataille. Contre toute attente, il remporta celle-ci. Ce jour-là, en reconnaissance de sa victoire, il se convertit au christianisme.

– Et ça ? demanda Louis en indiquant une illustration du labyrinthe de la cathédrale de Chartres.

– Certains disent que les ossements de Marie de Magdala reposent dessous. » Il eut un geste prudent. « Je n'en suis pas encore convaincu.

– Pourquoi y a-t-il aussi une coupe de représentée ?

– Ah, la légende du Saint-Graal, la coupe dans laquelle des gouttes du sang du Christ furent recueillies. Elle est également associée à la cathédrale. » Il afficha un sourire sarcastique. « Cela dépasse un peu les limites de ma crédulité, mais le labyrinthe lui-même est un ouvrage d'une qualité exceptionnelle. Il y a de la transcendance à y trouver. »

Sa voix s'éteignit. Louis hocha la tête, ne voulant pas rompre le charme. Cela faisait longtemps qu'il n'avait pas vu son père ainsi. Du moment où il avait rangé son habit rouge de cardinal pour endosser celui de noble et de propriétaire terrien, Vidal semblait avoir eu les yeux fixés sur les rouages du monde terrestre plutôt que sur ceux du Ciel. Vidal, estimé confesseur du duc de Guise, était devenu seigneur d'Évreux, riche reclus vivant au fond de la campagne chartraine.

Louis avait toujours supposé que ce n'était pas l'amour de Dieu qui avait guidé la piété de son père, mais plutôt le pouvoir que lui conférait sa charge. Sa position au service du duc de Guise avait en fin de compte freiné son ambition au lieu de la servir, et Louis comprenait pourquoi il avait été forcé de se cacher – Guise n'était pas un homme habitué à voir ses souhaits ignorés ou bafoués. Malgré tout, le garçon s'était demandé pourquoi Vidal avait été disposé à renoncer à tant de choses pour vivre en ermite.

À présent, il comprenait.

« C'est un reliquaire », dit-il en levant les yeux vers son père.

Celui-ci hocha la tête.

« Il m'a fallu de nombreuses années pour l'achever. J'ai attendu dix ans avant de pouvoir transférer le premier de mes trésors, le Suaire d'Antioche, de son abri temporaire à sa dernière demeure, et d'entamer l'œuvre de ma vie : la glorification du royaume de Dieu sur terre grâce au pouvoir que me conféreront ces objets sacrés. Cela marque le début d'une nouvelle ère dans la foi chrétienne, basée ici à Chartres et non plus à Rome.

– Vous êtes un chasseur de reliques… »

Vidal sourit.

« C'est ce que diraient certains. Viens, mon garçon. »

Ils firent quelques pas de plus pour venir s'arrêter devant un lourd rideau rouge au bout du couloir. Vidal l'écarta, révélant une porte dont la clef en cuivre attendait dans la serrure.

« *Car l'Éternel, ton Dieu, va te faire entrer dans un bon pays, pays de cours d'eau, de sources et de lacs, qui jaillissent dans les vallées et dans les montagnes*, récita-t-il en tournant celle-ci. Deutéronome, chapitre VIII, verset 7. Car bien que nous n'ayons guère de montagnes à Chartres, nous avons des cours d'eau, des sources et ceci, notre île au milieu du lac. »

Louis sentit la main de son père au creux de son dos le pousser en avant, et il entra dans une pièce longue et voûtée.

Au premier abord, elle semblait quelconque après les couleurs somptueuses du couloir. Il vit une table servant d'autel, et deux chaises installées au milieu. Deux candélabres équipés de chandelles d'un blanc pur étaient posés par terre. Il n'y avait pas de fenêtres, seulement une petite porte à l'autre bout qui semblait mener à un vestibule, mais un large lanterneau dans le plafond en plâtre blanc et bois inondait la pièce de l'éblouissante lumière du matin.

Avec un émerveillement sincère, Louis tourna lentement sur lui-même, conscient du regard de son père posé sur lui.

« N'est-ce pas ainsi que nous devrions vénérer Dieu ? dit Vidal.

– Je n'ai jamais rien vu de pareil, monseigneur », répondit le garçon avec franchise.

Alors que ses yeux s'accoutumaient à la danse de la lumière et de l'ombre, il vit que les fresques de ce saint des saints couvraient le mur entier à sa gauche. Devant chacune, sur un piédestal, se trouvait un coffret en verre et en or.

« Nous allons commencer ton éducation religieuse ici, déclara Vidal. Rapproche-toi. Que vois-tu ?

– Que toutes ces fresques ont été peintes de la même main ?

– C'est vrai, acquiesça son père, mais je parlais de ce qu'elles représentent.

– Ce sont les stations du chemin de Croix, répondit Louis, se rappelant les murs de l'église à Saint-Antonin avant qu'elle soit rasée par les huguenots.

– Donc tu sais quand même des choses, bien. À l'origine, c'étaient de vrais endroits où les pèlerins pouvaient prier sur la Via Dolorosa, le chemin des souffrances : l'itinéraire emprunté par le Christ pour se rendre à sa crucifixion sur le Golgotha. Avec le temps, des peintures illustrant chacune des sept stations ont commencé à orner les murs des églises et des cathédrales.

– Pourquoi sept ? »

Vidal eut un geste d'approbation.

« C'est là une question dont les théologiens et les érudits débattent depuis des siècles. Rome considère que ces sept scènes sont les plus importantes d'un point de vue théologique. Pour ma part, cependant, je crois que si nous voulons ramener les croyants au sein de la seule vraie Église, il devrait y en avoir plus – douze ou même quatorze –, afin de raconter toute l'histoire, de Ponce Pilate condamnant le Christ à mort jusqu'à l'Ascension de ce dernier au ciel pour s'asseoir à la droite de son père. » Louis vit les yeux de Vidal étinceler de zèle. « Un jour, cela arrivera. Les choses sont sur le point de changer. »

Il fit signe à Louis de s'avancer.

« Voici la première station. Après avoir été condamné à mort, le Christ prend sa croix. Et cette relique, la première de ma collection, est censée être un morceau de la Vraie Croix. »

Louis regarda dans le coffret et vit un morceau de bois noirci de la largeur d'une main, posé sur un coussin de satin blanc.

Vidal passa au second tableau.

« Ici, c'est la chute du Christ. »

La boîte en dessous était vide.

« Vous n'avez pas de relique pour celle-ci ?

– Pas encore, répondit Vidal en passant à la troisième station.

– Ce coffre-là est vide aussi.

– C'est pour cela que nous sommes ici. » Vidal ôta le couvercle et le tendit à Louis. « Cette fresque représente le moment où Jésus rencontre sa mère, Marie, sur le chemin du Golgotha. »

Il glissa la main dans son pourpoint et en tira le morceau d'étoffe qu'il avait pris dans la cathédrale.

« Qu'est-ce, monseigneur ? demanda Louis, pris malgré lui dans le mystère du moment.

– La Sancta Camisia. Détenue autrefois à la cathédrale de Chartres et maintenant tellement mieux protégée dans notre reliquaire, à l'abri des prêtres cupides et voleurs. On dit que c'est un morceau de la sainte tunique portée par Notre Dame lors de la naissance du Christ. »

Louis regarda son père draper délicatement l'étoffe fragile sur un petit cadre de bois.

« Replace le couvercle. »

Il obéit.

« Mais les prêtres ne vont-ils pas se rendre compte de son absence et donner l'alerte ?

– Ah, il a été procédé à un échange bien avant hier après-midi. Une copie de la sainte tunique, d'excellente facture, est exposée dans le reliquaire de la cathédrale de Chartres depuis la Pentecôte.

Il s'agissait seulement hier de rétribuer ce tour de passe-passe antérieur et de prendre possession de l'original. » Vidal tapota le couvercle du coffret. « C'est une astuce que j'ai apprise d'un vieil ami, Piet Reydon. C'est à lui que je dois d'avoir acquis le tout premier des trésors de ma collection, le suaire d'Antioche. »

Avec un sursaut, Louis se rappela brusquement la fillette aux yeux dépareillés. Il n'avait jamais reparlé à son père de la fois où il l'avait suivie jusque chez l'amiral de Coligny, avant de l'emprisonner dans la chambre bleue.

« L'homme que vous m'aviez envoyé surveiller rue des Barres ? »

Vidal haussa les sourcils.

« J'avais oublié que tu avais eu l'occasion de le voir. Oui. C'est Reydon qui m'a appris que si une copie est assez bien faite, si elle correspond à ce que le commun des mortels s'attend à voir, alors ils l'accepteront. La foi, dans ses propriétés, est plus importante que l'objet lui-même.

– C'est M. Reydon qui vous a vendu la relique ?

– La transaction ne s'est pas exactement passée comme ça », répondit Vidal avec un rire.

Il passa devant la quatrième fresque, en indiquant un autre coffret vide.

« Celui-ci attend le Sudarium, le voile de Véronique. Plusieurs pièces de tissu sont présentées comme le linge avec lequel sainte Véronique essuya le visage du Christ sur le chemin de croix, qui fut perdu pendant le sac de Rome en 1527. Certains disent qu'il n'a jamais quitté Rome, d'autres qu'il a été apporté à Vienne. Alicante me paraît une piste plus probable, mais je n'ai pas encore réussi à le trouver. »

Il passa devant les deux stations suivantes sans ralentir, puis s'arrêta devant le dernier des sept coffrets.

« Voici ce que Reydon m'a apporté, dit-il. Le Suaire d'Antioche. »

Louis regarda l'étoffe chatoyante, étudia les broderies ornementales et les étranges caractères, et sentit quelque chose lui étreindre le cœur. C'était une sensation inconfortable.

« Qu'est-ce que c'est que ces lettres ?

– Du coufique. Une des plus anciennes formes de calligraphie au monde.

– C'est magnifique.

– Oui », répondit Vidal avec un hochement de tête.

Désireux d'échapper à l'envoûtement du Suaire, Louis revint vivement en arrière pour s'arrêter devant une des fresques qu'ils avaient sautées.

« Et celle-ci ? »

Son père haussa les sourcils.

« Je crois que tu le sais. Du moins, Xavier m'a toujours affirmé que tu savais.

– Pardon, monseigneur ?

– Lorsque je t'ai amené à Chartres, la veille du massacre de Paris, et que nous nous sommes arrêtés pour la nuit afin de laisser reposer les chevaux ; il t'a accusé d'avoir regardé à l'intérieur du coffret que nous avions apporté, contre ses ordres exprès. »

Louis sentit ses joues s'enflammer, se rappelant la façon dont il avait nargué l'intendant et, d'un coup de pied, fait voler un bout de bois à travers la pièce pour détourner son attention le temps de soulever le couvercle.

« Xavier voulait te donner une correction. Il te jugeait – et te juge toujours – désobéissant, et dangereusement déloyal. » Vidal l'attrapa soudain par la nuque, lui enfonçant les doigts dans la peau. « Es-tu déloyal, mon garçon ?

– Non, monseigneur, répondit Louis en s'efforçant de ne pas tressaillir ou détourner le regard. Mais je ne dois mes services et ma loyauté qu'à vous, et à nul autre. »

Vidal soutint son regard.

« Bonne réponse. Mais souviens-toi. Xavier me sert fidèlement depuis plus d'années que tu n'en as passé sur cette terre. Ne t'en fais pas un ennemi. »

Puis, comme si cette conversation n'avait jamais eu lieu, il le relâcha. Louis ravala un soupir de soulagement.

« Viens donc regarder ce que mon intendant ne voulait pas que tu voies. »

À l'intérieur du coffret devant la sixième station, une épine solitaire, mince et longue comme la main de Louis, était posée sur un morceau de soie blanche. Complètement quelconque. Elle aurait pu venir de n'importe quel arbre ou buisson sur leurs terres.

« Une épine de la sainte couronne. »

Vidal hocha la tête.

« Si j'avais pu trouver un artisan capable de reproduire la couronne en entier, je l'aurais fait. J'ai consacré bien trop de temps et de ressources à tenter de trouver pareil artisan – en France, au Levant, en Terre sainte – mais sans succès. À la Sainte-Chapelle, je suis allé l'étudier dans la grande châsse de nombreuses fois. Mais elle est trop délicate, et on ne peut jamais y accéder seul, de sorte qu'il est impossible de l'observer assez longtemps d'assez près. » Il tapota la paroi de verre. « Pour le moment, cette épine solitaire devra suffire, mais un jour la sainte couronne reposera ici. »

Les mots de son père résonnant à ses oreilles, Louis parcourut des yeux l'alignement de coffrets.

« Monseigneur, est-il vraiment important ce que soit la vraie relique et non une copie ? »

Vidal se tourna pour le regarder.

« Toute chose utilisée au service de Dieu doit être authentique et précieuse en soi. Une relique touchée par la Sainte Vierge ou Notre Seigneur n'a pas de prix. » Il s'interrompit, avant de reprendre : « Cependant, si le peuple croit en un objet, y investit sa foi et sa confiance, alors même que ce n'est qu'une copie de la véritable relique, la volonté de Dieu est également faite. Reydon m'a aussi appris cela. »

Louis se replongea dans le souvenir de toutes ces chaudes journées d'août passées perché sur le toit du majestueux reliquaire de la Sainte-Chapelle, à observer les gens minuscules en dessous de lui. Il ferma les yeux et se représenta les dimensions de la couronne.

« Je pourrais vous la dessiner, monseigneur. »

Une tension soudaine emplit l'air.

« Tu te considères plus doué que les meilleurs artisans de France ? Es-tu donc si orgueilleux ?

– Non, monseigneur, mais je pense que je serais capable d'en faire un dessin suffisamment précis pour qu'un faussaire expert puisse la reproduire. »

Il avait désormais toute l'attention de Vidal, et le savait.

« Comment est-ce possible ?

– Lors de notre séjour à Paris, j'ai passé beaucoup de temps avec Xavier. Lorsqu'il se rendait à la Sainte-Chapelle sur vos ordres, je l'accompagnais. J'ai passé de nombreuses heures en compagnie de la sainte couronne.

– Comment as-tu pu l'observer de près quand j'en ai moi-même été incapable ? »

Louis hésita, avant de répondre :

« J'ai grimpé sur le rebord étroit qu'il y a au sommet de la grande châsse, monseigneur, et je me suis caché là. Personne ne m'a vu. »

Un grand sourire se dessina lentement sur les lèvres de Vidal.

« Tiens, tiens, Volusien que tout le monde appelle Louis. » Il marqua un temps. « C'est ainsi que tu m'as été présenté, te rappelles-tu ?

– Oui, répondit le garçon, ravi que son père n'ait pas oublié. Mais, si cela vous convient, je préfère Louis. »

Vidal l'arrêta d'un geste de la main.

« Rentrons à la maison, Louis. Puis tu me montreras ce dont tu es capable. J'espère pour toi que tu n'as pas exagéré l'étendue de ton talent. »

64

Zeedijk, Amsterdam

Lorsque Minou se réveilla, elle était seule dans la chambre. Pendant un moment, elle se crut redevenue jeune mariée, se rappelant le plaisir d'être aimée pour la première fois. Mais lorsqu'elle se redressa pour s'adosser aux oreillers qui gardaient l'odeur de son époux, elle sentit les craquements douloureux de l'âge dans ses os, et éclata de rire.

Repoussant les draps, elle se leva. Elle utilisa le pot de chambre, puis s'aspergea le visage d'eau froide et s'habilla rapidement. Un fin corset de toile par-dessus sa chemise, et un léger vertugadin en dessous. Bien que les femmes des bourgeois de la ville portent des cerceaux rigides sous leurs jupes, Minou avait depuis longtemps renoncé à suivre la mode pour privilégier l'aspect pratique. Elle s'habillait désormais pour des journées de travail physique.

Elle sortit de la penderie sa robe verte préférée et la laça sur le devant avant d'y fixer un col ouvert. Bas et chaussures à semelle rouge étaient ses seules concessions aux temps nouveaux.

Après avoir ouvert les volets, elle s'assit à sa coiffeuse et entreprit de se brosser les cheveux. Cent coups de brosse matin et soir, comme sa mère le lui avait appris il y avait si longtemps à Carcassonne, et comme elle l'avait elle-même appris à Alis et, plus tard, à Marta. Et maintenant à Bernarda. Alors qu'elle comptait, ses yeux se posèrent sur la boîte en émail que lui avait offerte l'épouse d'Antoine Le Maistre toutes ces années auparavant; Piet lui avait appris la nuit précédente que l'homme était désormais veuf et habitait Amsterdam, où il contribuait largement à financer les rebelles calvinistes.

À côté se trouvait son coffret en bois, le seul objet d'importance qui lui restait de Puivert et de sa fuite de Paris. Elle en souleva le couvercle : sa bible toute simple, seul objet hérité de sa mère naturelle ; le plan de Carcassonne dessiné à la craie dont Alis aussi avait gardé le souvenir ; la bague en argent sertie d'une tourmaline, sa pierre porte-bonheur, qu'elle portait rarement désormais. Mais elle n'avait plus le chapelet de bois à croix d'argent, vestige de sa vie passée de catholique. Elle ne s'était même pas rendu compte de son absence avant qu'ils arrivent à Amsterdam.

Minou baissa les yeux sur son annulaire, se rappelant le moment où elle avait jeté sa bague de fiançailles en ficelle dans les eaux noires de la Seine. Un geste symbolique, supposait-elle, de la rupture du lien de confiance entre elle et Piet. Était-ce encore son sentiment ? Ou bien la nuit passée pouvait-elle enfin commencer à réparer ce qui avait été brisé entre eux ? Elle l'espérait.

Avec stupeur, elle découvrit alors que sans même s'en rendre compte, elle avait enfin pardonné à Piet. Il était encore l'amour de sa vie. Avec un sourire, elle attrapa son journal. La question d'Alis la veille au soir lui avait rappelé combien elle aimait y écrire autrefois : encore un plaisir qui lui avait été volé par l'absurdité des guerres. Mais sa sœur lui était revenue saine et sauve, et elle était libre à présent de se remémorer avec bonheur ces longs après-midi d'été passés à écrire sur le toit du donjon. Autrefois, écrire l'avait aidée à analyser ce qu'elle ressentait. Ç'avait été sa conversation quotidienne avec elle-même. Puis le donjon était devenu l'endroit où Alis avait failli mourir, et Minou avait perdu la foi.

Elle dénoua le lien de cuir et ouvrit le carnet, laissant s'en échapper l'odeur du Languedoc et des bois de Puivert. Pins, hêtres et la chaleur du Midi. Elle chercha les dernières pages écrites ; elles dataient du vendredi 6 juin 1572 – presque six ans plus tôt.

Elle relâcha son souffle, se rappelant ses tergiversations cet après-midi-là, alors qu'elle s'efforçait de décider s'ils devaient accompagner Piet à Paris ou non. Si seulement elle était parvenue à une autre conclusion ; comme leurs vies auraient été différentes !

Puis elle se ressaisit. Ils n'auraient pas perdu Marta, c'était indéniable. Et elle ne vivrait pas chaque jour avec un trou dans le cœur, à se demander si sa fille était encore en vie. Mais Aimeric aurait quand même été à Paris, et Piet avec lui. Ils se seraient quand même retrouvés au cœur du massacre. Et quelques mois plus tard, Puivert aurait quand même été attaqué aussi.

Et si, et si.

Minou sentit une vague de tristesse la submerger. Il ne servait à rien de regretter les décisions du passé. Elle ne pouvait pas revenir en arrière. Sa seule option était de tirer le meilleur parti possible du présent et de chérir ce qui leur restait.

Alis était là. Elle avait survécu.

Aujourd'hui, elle allait montrer à sa sœur la ville qu'elle avait appris à aimer. Elle allait l'accompagner chez les marchands de tissus du Rokin pour acheter de quoi lui confectionner de nouveaux vêtements. Puis, elle l'emmènerait dans Kalverstraat, où se trouvaient les ateliers d'artistes et de relieurs, pour s'y procurer une plume et un encrier neufs. Après-demain – si tout se passait pacifiquement, avec l'aide de Dieu – Alis pourrait commencer une nouvelle vie à Amsterdam, et elle-même se remettre à écrire. Elle jeta un dernier coup d'œil à la page blanche dans son journal et s'imagina y inscrire la date du jour : le 25 mai de l'an 1578.

Un jour à marquer d'une croix blanche.

Puis elle songea à tout ce qui pouvait mal tourner pendant le coup d'État – il suffirait d'un garçon nerveux armé d'une pierre – et ses pensées s'assombrirent.

Elle entendit un bruit derrière elle : Frans venait d'entrer dans la pièce.

« Madame, le maître veut savoir si vous avez l'intention de le rejoindre en bas ? »

Elle referma le coffre.

« Dis-lui que j'arrive. »

Au lieu de ressortir, le garçon s'approcha nonchalamment de la fenêtre.

« Est-ce que ça va mieux ? lui demanda-t-elle gentiment.

– Je peux me débrouiller tout seul, répondit-il d'un ton bravache. Je l'ai reconnu – c'est un des hommes de Houtman. Joost Wouter. Un idiot. La prochaine fois que je le croise, je lui mets mon pied aux fesses !

– Il n'en est pas question, répondit-elle en riant.

– Quand on parle du loup », fit Frans en se rapprochant de la croisée pour mieux voir.

Minou le rejoignit à la fenêtre.

« Est-ce là l'homme qui t'a fait du mal ? Wouter, m'as-tu dit ? »

Elle suivit la direction de son regard jusqu'à Sint Antoniespoort, en face d'eux.

« Non, ça c'est Jan Houtman. C'est leur chef. » Il eut un reniflement de dédain. « Cela dit, je pourrais vous raconter quelques histoires à son sujet.

– Quel genre d'histoires ?

– Des histoires qu'il ne voudrait pas voir circuler, je peux vous le garantir. »

Une idée commença à se faire jour dans la tête de Minou. Elle posa fermement les mains sur les épaules du garçon et le tourna vers elle.

« Frans, c'est peut-être important. Dis-moi tout ce que tu sais au sujet de Jan Houtman. »

65

Place de l'Hôtel de Ville
Lundi 26 mai

Au début du jour où Amsterdam allait quitter le passé pour entrer dans son avenir, l'air était lourd et graisseux des odeurs et des bruits d'une ville surpeuplée. Le vent soufflait vivement sur Op 't Water en direction du Damrak, faisant claquer pavillons et drapeaux. Un murmure agitait les gréements des navires amarrés dans l'IJ alors que des messages étaient échangés entre chalands et barges. Le soleil jouant à cache-cache avec les nuages qui filaient dans le ciel faisait chatoyer ce dernier.

Lorsque Minou regarda par la fenêtre du dernier étage, elle remarqua un groupe d'hommes attroupés au coin de la Zeedijk. Elle tourna la tête vers la droite et vit que les portes du monastère des Frères Gris, à quelques pas de leur petite maison, étaient encore fermées alors que le soleil était levé. De l'autre côté de la place, derrière Sint Antoniespoort, elle se rendit compte que certains soldats étaient encore à leur poste bien que la ronde de nuit se soit terminée quelques heures plus tôt.

Le coup d'État – si tout se déroulait comme prévu – devait avoir lieu à l'Hôtel de Ville dans l'après-midi, lorsque le conseil tiendrait séance.

La poitrine crispée de nervosité, Minou se détourna de la croisée, en espérant que ce que Frans lui avait raconté la veille sur Houtman serait un moyen de pression suffisant pour lui faire tenir parole. Il était la clef. Ses hommes suivraient son exemple. S'il leur disait d'attaquer, ils le feraient. S'il ordonnait la retenue, ils obéiraient.

Mais peu après midi, Minou entendit un coup de mousquet retentir du côté de Sint Antoniespoort. Elle se précipita à sa porte et vit un homme traverser la place au pas de course, en agitant les couleurs des rebelles.

« Qui aime Orange, courage et suivez-moi ! »

L'action était censée commencer à l'Hôtel de Ville, et pourtant il se passait quelque chose ici. C'était trop tôt. Elle regarda nerveusement les portes de Sint Antoniespoort s'ouvrir en grand et des hommes entrer en chancelant sous le poids de balles de foin, puis d'autres traverser le pont qui enjambait les douves en poussant des canons pour les amener sur la place.

« Que se passe-t-il ? demanda Alis d'un ton inquiet, en apparaissant à côté d'elle. Est-ce que ça commence ?

– Je ne suis pas sûre. Il faut que je prévienne Piet.

– Je viens avec toi. »

Minou hésita avant de répondre :

« D'accord. Dis à Agnes de fermer les portes à clef et de garder les enfants à l'intérieur jusqu'à notre retour. »

Alis s'en fut et elle se retourna pour continuer de regarder. À l'autre bout de la place, elle pouvait désormais entendre des bruits d'affrontement – entre *schutterij* et hommes de la garde de nuit – et il était impossible de savoir à quel camp appartenait chacun d'entre eux.

Elles se hâtèrent à travers rues et canaux en direction de la grand-place. C'était jour de marché, et les rues étaient bondées. Pour l'instant, les troubles à la porte est ne semblaient pas s'être étendus au cœur de la ville.

Mais lorsqu'elles arrivèrent près de la place, Minou vit que les rebelles en avaient bloqué tous les accès. Les petites rues qui y menaient du nord et de l'ouest étaient déjà barricadées. Des hommes étaient alignés sur le Damrak.

« Sont-ils catholiques ou protestants ? » demanda Alis à voix basse.

Minou se remémora les brassards blancs et les croix peintes sur les portes des maisons catholiques la nuit du massacre de la Saint-Barthélemy, et réalisa combien les choses étaient plus compliquées à Amsterdam.

« Difficile à dire, répondit-elle. Il y a des hommes des deux confessions dans chaque guilde de *schutterij* ainsi que dans la garde. »

L'Hôtel de Ville se dressait, impassible, dans le ciel couvert. Comptant autrefois parmi les plus beaux édifices médiévaux d'Amsterdam, il avait été terni par le passage du temps et par le feu. Des slogans en faveur de la Révolte avaient été peints sur le plâtre écaillé. La girouette au sommet du beffroi était à moitié tombée, donnant l'impression que le vent soufflait des pavés de la place plutôt que de l'ouest.

« Est-ce que Piet est ici ? demanda Alis.

– Quelque part. »

Alors que Minou parcourait la foule du regard pour essayer de le trouver, elle se rendit compte qu'il y avait très peu de femmes présentes. Et tout autour de la place, les marchands tentaient de partir, refermant bruyamment leurs étalages et chargeant leurs marchandises dans des charrettes pour les emporter loin du grabuge. Sans qu'un ordre ait été donné ou un coup tiré, l'Hôtel de Ville était devenu un point de rassemblement. Les membres de la garde et les *schutterij* favorables à la cause calviniste protégeraient les portes. Les chefs des Gueux entreraient dans la chambre du conseil pour interrompre la séance. L'objectif était de pousser Dircksz et les bourgeois d'Amsterdam à s'incliner en les intimidant par la pure force du nombre.

Piet avait expliqué à Minou que Houtman et ses hommes approcheraient depuis la direction de Sint Nicolaas. Elle continua de chercher jusqu'à ce qu'enfin elle le trouve, sous l'arche centrale des larges arcades en pierre de l'Hôtel de Ville. Il était avec Houtman, qui s'apprêtait à monter les marches.

« Là, dit-elle d'un ton pressant à Alis. Viens. »

Rapidement, elles se frayèrent un chemin à travers la place jusqu'à ce qu'elles soient assez près pour attirer le regard de Piet. Il hocha la tête puis, comme convenu entre eux la veille au soir, s'écarta pour laisser Minou prendre sa place aux côtés de Houtman.

« *Meneer* Houtman ?

– Pas maintenant, femme.

– *Meneer*, insista-t-elle dans son hollandais circonspect. Je souhaiterais vous parler. »

Houtman l'ignora. Minou monta vivement les marches pour se poster juste devant lui. Il fallait qu'elle l'oblige à l'écouter.

« Écartez-vous de mon chemin », dit-il.

Elle resta où elle était.

« Je sais que vous êtes un homme d'honneur.

– Hors de mon chemin », répéta-t-il.

Il essaya de la contourner, mais elle lui bloqua de nouveau la route.

« Entrez dans la chambre du conseil armés de mots et non de mousquets.

– Quoi ! s'exclama-t-il en hésitant.

– Nous ne voulons pas qu'il y ait de sang versé. Nous en avons déjà trop vu. »

Houtman fit le geste de la pousser pour passer, mais Alis lui attrapa le poignet et lui tordit le bras dans le dos. Un de ses hommes voulut intervenir, mais Piet s'interposa.

« Lâche-le, Alis », dit calmement Minou.

Alis lui poussa durement le bras entre les omoplates, puis le relâcha.

Houtman se frotta le poignet.

« Pour qui vous prenez-vous ? Je n'ai pas le temps d'écouter des jacasseries de femmes. »

Minou soutint son regard.

« Justement, ce n'est pas ce que j'ai entendu dire. En fait, j'ai cru comprendre que vous appréciez tellement la compagnie des femmes que vous n'avez pas une, mais deux épouses et deux familles. La question est : ces dames connaissent-elles leur existence mutuelle ? Et nos pasteurs calvinistes, sont-ils au courant ? »

Houtman s'empourpra violemment.

« C'est un mensonge.

– Une jolie maison près de Heiligeweg – avec un rang de carreaux bleus au-dessus du linteau – et l'autre, plutôt moins salubre, près de Sint Olofspoort. »

Houtman rapprocha son visage du sien.

« Qui vous a dit cela ? cracha-t-il. Qui que ce soit, il ou elle ment. »

Minou sourit.

« Peut-être est-ce un malentendu, mais les gens parlent, et les rumeurs se propagent si vite, qu'elles soient vraies ou fausses.

– Si je soutiens financièrement le moindre ménage à Sint Olofspoort, c'est pour pure raison de charité. Tout bon citoyen devrait être conscient de son devoir chrétien.

– C'est très honorable de votre part », répliqua Minou, en masquant sous un sourire ce qu'elle pensait vraiment.

Houtman se tourna vers Piet.

« Est-ce vous qui êtes derrière cela, Reydon ?

– Écoutez ce que mon épouse a à vous dire, Houtman.

– Que voulez-vous exactement, femme ? Parlez. Je ne peux pas attendre.

– Je veux seulement qu'il n'y ait pas de sang versé.

– Et vous pensez que j'ai le pouvoir d'éviter cela ? fit-il avec un rire.

– Je pense que vous avez le respect de vos hommes, répliqua Minou d'un ton égal. Ils suivront vos ordres.

– Et si je préconise la modération, répondit-il après un moment de silence, vous ne répéterez pas un mot de ces odieux commérages ? »

Minou le regarda dans les yeux.

« Si vous faites tout votre possible pour veiller à ce que cette transition s'effectue pacifiquement, alors je garderai pour moi ce que je sais. Servez-vous de votre influence, *meneer* Houtman. Pas d'armes, pas de simulacre de procès, pas d'exécutions. »

Puis elle se pencha à son oreille pour lui chuchoter la dernière bribe d'information accablante qu'elle détenait.

Houtman recula la tête, furieux.

« Je ferai tout ce qui est en mon pouvoir, déclara-t-il. Vous avez ma parole. »

Et sur ces mots, il monta rapidement les marches pour entrer dans l'Hôtel de Ville.

Minou fit un signe à Piet, qui attendait au coin de Kalverstraat, pour lui indiquer qu'elle avait bien transmis son message, puis prit Alis par le bras et s'éloigna du bâtiment. C'était désormais à son époux d'agir.

« Alis, tout va bien ? demanda-t-elle en se rendant compte que sa sœur avait du mal à la suivre.

– Je marche un peu plus lentement ces jours-ci.

– Je n'y avais pas pensé, pardonne-moi. »

Alis inspira profondément plusieurs fois.

« Te rappelles-tu, lorsque j'étais petite, j'étais capable de battre même Aimeric à la course.

– Oui. Et à l'instant, quel courage tu as montré en attaquant Houtman de la sorte ! Je te remercie.

– C'est l'habitude. » Alis afficha un sourire narquois. « Ces dernières années, j'ai appris quelques tactiques pour décourager les hommes aux mains baladeuses. Neutraliser d'abord et voir après, telle est ma devise.

– Je n'ose pas imaginer ce que tante Salvadora aurait à dire sur le sujet. C'est étrange de m'entendre prononcer ces mots, mais sa compagnie me manque.

– Nous la reverrons. Et nous reverrons Toulouse. »

Alis regarda la foule en train de se rassembler. Certains criaient, mais la plupart étaient silencieux.

« Qu'est-ce qu'ils attendent ?

– De voir ce qui va se passer maintenant.

– Et nous, que devrions-nous faire ? »

Minou n'en était pas sûre. Les canons ramenés de Sint Antoniespoort et d'ailleurs étaient désormais alignés le long du Damrak. Près de l'Oudezijds, des balles de foin bloquaient l'accès au barrage et dans l'eau en dessous, deux barges gardées par des *schutterij* attendaient, amarrées. Si une émeute éclatait, Alis et elle seraient prises au piège.

« Au premier signe de violence, nous partons », répondit-elle à voix basse.

Elle avait le cœur qui battait la chamade ; d'espoir ou de peur, elle n'aurait su le dire. Combien de temps allaient-elles devoir attendre avant de savoir ce qui s'était passé dans la chambre du conseil ?

« Pourquoi Houtman s'inquiète-t-il autant de voir révélé pareil secret ? demanda Alis. Il y avait à peine un homme dans toute La Rochelle qui n'ait une maîtresse cachée quelque part.

– Amsterdam est une ville qui fonde sa prospérité sur l'ordre. Les calvinistes sont très austères en matière de moralité. Ils jugent les pratiques vénielles des hommes presque aussi durement que celles des femmes. Si Houtman souhaite obtenir de l'avancement au sein du nouveau régime, il ne peut pas se permettre d'avoir un scandale attaché à son nom.

– Cela semble un détail si insignifiant, répondit Alis avant d'ajouter vivement, en voyant l'expression de Minou : Pas pour les femmes concernées, bien sûr. Mais, pour moi, cela semble un argument si léger pour marchander avec un homme tel que Houtman, voilà tout.

– Frans – l'aîné de nos garçons à l'hospice, tu l'as rencontré hier soir – m'a dit que la nouvelle femme de Houtman est riche, une veuve âgée sans enfants. Sa première femme, par contre, est jeune et lui a donné trois fils en autant d'années, mais elle est pauvre comme Job. »

Alis haussa les sourcils.

« Donc il s'est remarié illégalement pour subvenir à leurs besoins, je vois.

– C'est ce qu'il semble, acquiesça Minou. Amsterdam n'est pas comme Toulouse, où seuls les hommes des plus anciennes familles sont autorisés à occuper des fonctions municipales. Mais pour gravir les échelons, Houtman aura besoin d'argent. Sans, il n'a aucune chance d'accéder aux plus hautes charges. » Elle indiqua les entrepôts neufs, les volets fraîchement peints, les clefs de voûte ornementées au-dessus des portes, les heurtoirs en cuivre rutilant qui se reflétaient à la surface de l'eau immobile. « Regarde autour de toi. Toute cette respectabilité a un prix.

– Et c'est là le genre d'homme en qui tu places ta confiance ? Si ceux qui nous dirigent sont malhonnêtes, dissimulateurs, quel espoir y a-t-il pour le reste d'entre nous ? »

L'expression de Minou se fit grave.

« Je sais. J'espère seulement que cela va suffire.

– Crois-tu vraiment que la parole d'un seul homme peut faire la différence ?

– D'après mon expérience, c'est toujours la voix d'un seul homme qui fait la différence. En bien ou en mal. Si Houtman plaide bien sa cause, les autres suivront. » Minou soupira. « Et il faut espérer que je ne suis pas toute seule. À Amsterdam, aussi vrai que nous nous tenons là, il y a une armée de femmes qui usent de leurs pouvoirs de modération et de persuasion dans le même but : convaincre les hommes de déposer les armes.

– Un régiment marchant à la paix plutôt qu'à la guerre. »

Minou baissa les yeux pour regarder son propre reflet dans l'eau. Avec sa coiffe blanche, sa robe modeste et son col de matrone, elle ressemblait vraiment à une ménagère hollandaise ces jours-ci. Elle sourit.

« Exactement. »

66

Place de l'Hôtel de Ville

Piet trouva une place au balcon qui courait en hauteur sur trois côtés de la chambre des débats.

Les calvinistes avaient pris possession de l'Hôtel de Ville sans rencontrer grande résistance. Bien que la foule amassée dehors sur la place soit bruyante, eux étaient restés calmes, comme s'ils ne concevaient pas de se heurter à la moindre opposition, et les Gueux, flanqués de civils armés et de soldats, étaient entrés dans le bâtiment sans qu'on les arrête.

Lorsque les meneurs de la rébellion avaient ensuite pénétré dans la salle d'audience même – provoquant la frayeur et l'indignation parmi les membres du conseil –, leurs partisans étaient restés dans l'entrée pour que la garde officielle n'ait pas de raison d'intervenir.

Assis dans des stalles de bois, loin en dessous de Piet, se trouvaient les bourgeois de la ville, magistrats, conseillers et représentants de la cour, avec le bonnet noir plat et l'étole de fourrure de leur fonction. Certains étaient debout pour protester contre l'occupation de la chambre, mais la plupart attendaient en silence de voir ce qu'il allait se passer.

Sur l'estrade, à l'extrémité ouest de la salle, se tenait Hendrick Dircksz, bourgmestre et chef du conseil depuis quarante ans. Ses alliés les plus proches étaient assis derrière lui sur deux rangs de fauteuils en chêne à haut dossier. Devant l'estrade, deux scribes et le greffier du conseil étaient installés sur de hauts tabourets à un long bureau étroit, leur plume à la main comme si on les avait interrompus en train de consigner les délibérations de quelque affaire officielle qui ne serait désormais jamais conclue.

Piet fut soudain assailli par le souvenir de ce moment, lorsqu'il était plus jeune, où il s'était discrètement invité à une autre réunion de ce genre, à Toulouse, au tout début des guerres. En ce jour d'avril 1562, la mauvaise décision avait été prise, entraînant un carnage qui avait duré cinq jours et détruit des quartiers entiers de la vieille ville. Plusieurs milliers de huguenots – des catholiques également – avaient été massacrés, tout cela parce que leurs commandants n'avaient pas su trouver un compromis. Il retint son souffle. Avec l'aide de Dieu, cela ne se reproduirait pas ici.

C'était Amsterdam, pas Toulouse.

Debout devant Dircksz se tenait le chef des Gueux calvinistes, flanqué de ses camarades. Piet ne le connaissait pas mais il pouvait voir les médailles en croissant d'argent qui brillaient sur son pourpoint noir, et savait que l'homme avait dû rendre grand service à la cause des rebelles pour mériter pareilles décorations.

Il parcourut la pièce des yeux, repérant les hommes qu'il connaissait, que ce soit dans son camp ou parmi les membres du conseil : Willem van Raay, debout sur un côté ; Jansz, marchand de savon dans Warmoesstraat ; le voisin des van Raay, Jacob Pauw ; Joost Buyck, un des marchands de grains les plus prospères de la ville. Et à l'autre bout de la chambre, Jan Houtman, avec Wouter à ses côtés.

L'atmosphère de la pièce rappelait le calme avant un orage dans les Pyrénées, crépitant d'expectation et de menace alors que les deux opposants, ennemis depuis tant d'années, se retrouvaient enfin face à face.

« Voici nos revendications », dit le chef des calvinistes en tendant un document à Dircksz.

Celui-ci le prit d'une main qui ne semblait pas trembler, et commença calmement à le lire. Piet avait l'impression que chaque homme présent dans la pièce, quelle que soit la façon dont il vénérait Dieu, retenait son souffle.

Arrivé au bout du document, Dircksz le lut entièrement une deuxième fois puis releva la tête.

« Je regrette d'avoir à vous dire qu'à défaut de meilleures sauvegardes, je ne peux accepter ces termes. » Il donna un coup sur le papier du revers de la main. « Nous avons besoin de garanties que vous respecterez vos promesses. Comment pouvons-nous être certains que vous honorerez ces conditions en échange de notre consentement à démissionner ? »

Piet s'était attendu à ce qu'il refuse catégoriquement de négocier, voire à ce qu'il appelle la garde, mais le bourgmestre semblait laisser entendre qu'une forme de tractation était envisageable. Y avait-il lieu d'espérer ? Agrippant la balustrade en bois, il se pencha un peu plus dans le vide.

« Doutez-vous de ma bonne foi ?

– Je vous en demande simplement une preuve. »

Puis quelqu'un dans le bas de la salle lâcha un juron et soudain, ce fut comme une explosion. Tout le conseil se mit à crier, certains en agitant furieusement le doigt en l'air, un prêtre en levant les mains comme s'il prenait le Ciel à témoin. Plusieurs calvinistes s'y mirent aussi, lançant des insultes, jusqu'à ce que, sur un signe de Dircksz, un violent coup de marteau se fasse entendre par-dessus le vacarme.

« Silence ! tonna le greffier. M. Dircksz va parler ! »

Mais le chef des calvinistes s'avança d'un pas.

« Vous insultez le prince d'Orange, et notre identité nationale, en refusant de vous conformer aux termes du traité de Satisfaction. C'est lui le souverain légitime de ces provinces, non un roi espagnol qui étaye depuis Madrid son empire criblé de dettes grâce à nos taxes.

– Un roi règne de droit divin.

– Pas en Hollande. Ce n'est qu'un homme. »

Dircksz se signa.

« Vous offensez Dieu par ce blasphème. »

Le calviniste se détourna. Encore une fois, ses partisans se mirent à protester bruyamment.

« Silence ! Silence dans la salle ! hurla le greffier. Membres du conseil municipal, messeigneurs, messieurs, veuillez respecter les traditions de cette chambre. »

Alors que le débat continuait à faire rage, Piet vit Houtman s'approcher du chef des calvinistes pour lui chuchoter quelque chose à l'oreille. Au même moment, il vit également Willem van Raay sortir de sa stalle pour s'approcher de l'estrade afin de parler à ses collègues.

Le cœur de Piet se serra d'angoisse. Leur plan allait-il fonctionner ? Dircksz semblait secouer la tête. Houtman posa la main sur le bras de son chef et se vit repoussé.

Puis les portes s'ouvrirent à la volée et un messager entra en courant, se frayant un chemin au milieu des hommes amassés dans les allées pour atteindre l'estrade. Rouge et hors d'haleine, il donna un pli au greffier, qui monta sur l'estrade pour le remettre à Dircksz lui-même.

Un silence anxieux se fit dans la salle.

« Il n'y a aucun doute là-dessus ? demanda le bourgmestre.

– Aucun », répondit le messager d'une voix parfaitement claire.

Dircksz relut le mot une dernière fois, puis hocha la tête. Il semblait avoir pris dix ans en autant de minutes, comme si ses quatre décennies de responsabilités avaient soudain laissé leur marque sur lui. Ses épaules retombèrent, mais de soulagement ou de désespoir, Piet n'aurait su le dire.

« Je vois, finit par dire le bourgmestre en se tournant d'abord vers ses alliés, derrière lui, puis vers la masse des conseillers assis devant l'estrade. *Mijn vrienden*, déclara-t-il, mes amis et loyaux collègues, pour le bien d'Amsterdam, je m'incline. »

Un murmure incrédule se répandit comme une traînée de poudre dans toute la pièce. Des regards, des chuchotements fébriles furent échangés ; personne n'était vraiment sûr de ce qui venait de se passer. Le chef des calvinistes hésita un moment, puis prit la parole :

« En vertu de l'autorité qui m'est conférée, j'atteste par la présente qu'en ce 26 mai de l'an de grâce 1578, en présence de tous ses membres, nous prenons le contrôle de cette chambre au nom du prince d'Orange. » Il se retourna. « Veuillez escorter ces messieurs hors de la salle. »

Piet se rendit compte qu'il avait retenu son souffle. Était-il possible que le pouvoir puisse être pris si facilement, et sans qu'un coup de feu soit tiré ?

Avec une grande dignité, la tête haute, Dircksz descendit de l'estrade. Après un moment de stupeur incrédule, ses collègues, bourgmestres et bourgeois, le suivirent, traversant la pièce en silence pour sortir par la porte principale.

Pendant quelques secondes après leur départ, le silence régna. Puis, un véritable tohu-bohu. Les calvinistes se donnaient mutuellement de grandes tapes dans le dos, certains s'installant même déjà dans les stalles qui venaient d'être libérées.

« Vive Amsterdam ! cria une voix. Vive le prince d'Orange ! »

Les conseillers qui restaient se dirigèrent à leur tour vers les portes, se bousculant les uns les autres dans leur hâte à regagner leurs boutiques et leurs bateaux, leurs foyers et leurs entrepôts. Leurs responsables étaient partis, mais ils n'avaient aucune idée de ce que cela voulait dire pour le peuple. Seul l'avenir le dirait.

Au balcon, Piet se laissa aller contre le mur, en essayant de comprendre ce qu'il venait de voir. Était-il possible qu'il ait été aussi simplement mis fin à quarante ans de pouvoir sans interruption ?

Il savait ce que le message disait : que toutes les portes de la ville étaient désormais aux mains des calvinistes, ainsi que le contrôle du port. Dircksz n'avait eu d'autre choix que de capituler. Avec les autres bourgmestres et bourgeois condamnés à l'exil, il allait être escorté hors d'Amsterdam. Deux barges attendaient près du Damrak pour les emmener, eux et les membres dirigeants du clergé catholique. C'était une mesure de précaution raisonnable pour les empêcher d'organiser une opposition au nouveau conseil. Par ailleurs, de nombreux calvinistes ayant eux-mêmes été exilés de la ville au cours des guerres, il n'était pas étonnant qu'ils souhaitent imposer la même sanction aux hommes qu'ils avaient enfin vaincus.

Piet savait également que le message présenté à Dircksz promettait que tous les efforts seraient faits pour protéger des pillards la demeure des exilés, et que leur famille serait autorisée à les rejoindre.

Les protestants allaient désormais avoir leurs églises. Mais les catholiques également seraient libres de pratiquer leur religion en paix. Amsterdam serait une ville moderne, tolérante.

Piet secoua la tête, peinant encore à croire ce que ses propres yeux lui montraient. Était-il réellement possible que pas un seul homme, d'un côté comme de l'autre, n'ait levé son arme ou laissé glisser sa main vers son couteau ? Il hésita, le cœur étreint d'un doute soudain. Et si quelque embuscade les attendait à la sortie du bâtiment ? Si tout cela n'avait été qu'une ruse, de la poudre aux yeux ? Si les barges étaient attaquées ou qu'un assassin les attendait sur la place ? Il suffirait d'un coup de feu tiré ou d'un homme dégainant son épée pour anéantir la diplomatie.

Se relevant d'un bond, il se précipita vers l'escalier.

67

Place de l'Hôtel de Ville

Alis se retourna vers l'Hôtel de Ville.

« Minou, je crois qu'il se passe quelque chose. »

Une demi-heure s'était écoulée depuis que les calvinistes étaient entrés dans le bâtiment. Minou entendait elle aussi les cris, mais ne voyait pas à quoi réagissait la foule. L'ambiance ne ressemblait à rien de ce qu'elle avait pu connaître. Il y avait de la colère et des protestations, mais aucune trace de la rancœur sourde qui pouvait si facilement déchaîner une foule.

« N'est-ce pas Cornelia, là-bas ? demanda Alis.

– Où ? »

Alis tendit le doigt.

« Là. »

Minou regarda en direction de Kalverstraat, puis agita la main. Cornelia se fraya rapidement un chemin jusqu'à elles.

« Que se passe-t-il ? lui demanda vivement Minou. Avez-vous vu ?

– Les Gueux sont en train de faire sortir les bourgmestres et certains des bourgeois. Ils les emmènent vers les barges », répondit Cornelia. Elle agrippa le bras de Minou, blême de peur. « Et si mon père en fait partie ? Que ferai-je s'ils me le prennent ? Il ne survivra pas à l'exil. Et notre négoce non plus.

– Piet a fait ce qu'il pouvait pour protéger votre père, répondit Minou, en priant pour que Houtman tienne parole. Il ne lui arrivera rien.

– Les chefs du mouvement, dans la chambre, ont peut-être accepté, répliqua Cornelia avec désespoir, mais eux ? » Elle indiqua la foule. « Tous ceux qui sont irrités depuis si longtemps par la mainmise de Dircksz sur la ville ? Ils les tiennent, lui et ses associés, pour responsables de leur faim et de leurs souffrances ; comment peuvent-ils savoir, eux, que mon père est un honnête homme ? »

Minou ne se rappelait pas avoir déjà vu Cornelia perdre ainsi le contrôle de ses émotions. Lors de leur fuite de Paris et de leur dangereux périple vers le nord, elle s'était toujours montrée d'un calme à toute épreuve.

« Même si votre père est obligé de quitter la ville un temps, vous êtes capable de gérer ses affaires en son absence. Nous vous aiderons.

– Quoi qu'il arrive, enchérit Alis en acquiesçant, votre père restera sauf, Minou et Piet y veilleront. Et je ne peux imaginer que votre père voudrait vous voir ainsi affligée. »

Cornelia relâcha son souffle.

« Cela, au moins, est vrai. »

Brusquement, la foule s'écarta pour laisser passer trois ou quatre Gueux suivis de deux colonnes de citoyens lourdement armés encadrant Hendrick Dircksz et les autres bourgmestres. Le greffier du conseil et d'autres bourgeois leur emboîtaient le pas deux par deux, suivis par les membres dirigeants du clergé catholique et les Frères Gris tant haïs, qui avaient été les yeux et les oreilles des Espagnols à Amsterdam.

« Pourquoi ont-ils capitulé ? » demanda Cornelia.

Minou la regarda.

« Les calvinistes sont trop bien organisés ; et le peuple est de leur côté.

– Notre curé à la Nieuwe Kerk est parmi eux, dit Cornelia, bouleversée. Je prie pour qu'ils ne lui fassent pas de mal. »

Seuls les Frères Gris montraient des traces de violences : robes déchirées et visages en sang. Dès que les gens dans la foule les voyaient, ils commençaient à les huer en vociférant des injures.

Cornelia lâcha un sanglot en voyant son père vers la fin du cortège, qui avançait lentement en soutenant Jacob Pauw, lequel arrivait à peine à marcher.

Lorsque les prisonniers atteignirent le bord de l'eau, les cris et les railleries cessèrent. Un lourd silence s'abattit sur la foule qui observait, tout autour du Damrak et du Nieuwe Zijde.

Dircksz fut le premier à être mis dans une barge.

Il hésita un moment sur le quai, se retournant comme pour dire un dernier adieu à son fief. Puis, ignorant la main que lui tendait un soldat, il descendit sans aide dans l'embarcation. Le greffier suivit, puis le reste des bourgmestres, faisant tanguer la barge sur l'eau.

Ce fut alors au tour de Willem van Raay d'être amené au bord du quai. Minou regarda autour d'elle, cherchant éperdument Piet dans la cohue.

« C'est trop dur, sanglota Cornelia. Il faut que je lui parle ! Je ne peux pas le laisser partir sans un mot. »

Minou la retint.

« Je sais qu'il est difficile de rester à regarder sans rien faire, mais vous rendriez seulement les choses plus difficiles pour lui. Nous avons un plan. Essayez de ne pas trop vous inquiéter. »

Elle parcourut de nouveau la place d'un œil anxieux, à temps pour voir un homme accourir de l'Hôtel de Ville, jouant des coudes sans le moindre égard. Ce n'est que lorsqu'il atteignit le Damrak qu'elle se rendit compte qu'il s'agissait de Houtman lui-même.

« Arrêtez ! lança-t-il, avant de continuer en haletant, avec un geste en direction de Willem van Raay : Ce prisonnier doit m'être confié. »

Minou lâcha un soupir de soulagement.

« Sur les ordres de qui ? » voulut savoir un soldat.

Houtman lui tendit un document.

« C'est écrit ici, noir sur blanc. Le prisonnier doit être amené à Sint Antoniespoort.

– Non ! gémit Cornelia. S'ils l'emmènent là-bas, je ne le reverrai jamais. Les prisonniers ne survivent pas dans cet endroit, vous le savez. Lâchez-moi.

– Cornelia, il faut que vous me fassiez confiance, lui chuchota impérieusement Minou. Nul mal ne sera fait à votre père, je vous en donne ma parole. »

Willem van Raay fut extrait de la file, les bras ramenés dans le dos, et immédiatement entouré des hommes de Houtman.

« Non ! s'écria de nouveau Cornelia. Lâchez-moi ! »

Elle essaya de se dégager, mais les soldats entraînaient déjà son père à travers l'Oude Zijde. Brusquement, toute sa combativité la quitta. Vidée de son énergie, elle appuya la tête contre l'épaule de Minou et fondit en larmes.

« Tout ira bien, mon amie. Tout va s'arranger. »

Sauf que ce n'était peut-être pas vrai, murmura une voix malveillante dans la tête de Minou. Et si Houtman revenait sur sa parole ? S'il était arrivé quelque chose à Piet et qu'il ne pouvait pas intervenir ? Si le prix à payer pour éviter un conflit généralisé s'avérait être la vie de Willem van Raay ?

« Tout ira bien », répéta-t-elle en priant pour ne pas se tromper.

La deuxième barge, celle-ci avec Jacob Pauw à son bord, s'écarta du quai et entama sa descente vers l'IJ.

« Comment pouvez-vous en être sûre ? sanglota Cornelia. Les hommes tiennent rarement parole.

– Suis-les, murmura Minou à Alis. Vérifie qu'ils emmènent effectivement Willem à Sint Antoniespoort. »

Une expression de panique passa sur le visage d'Alis. Minou réalisa brusquement que sa sœur n'avait aucune idée de comment se rendre là-bas. Cela lui semblait si naturel de l'avoir à ses côtés qu'elle avait oublié qu'Alis n'était à Amsterdam que depuis quarante-huit heures.

« Nous allons y aller ensemble », dit-elle rapidement.

Les trois femmes suivirent les hommes de Houtman dans le dédale de rues et de canaux en direction de l'est de la ville. Derrière elles, sur la place, retentissaient des cris de joie et de célébration, mais Minou garda les yeux fixés sur Willem van Raay. La peur que leur plan échoue lui crispait les nerfs.

À la hâte, elles traversèrent l'Oudezijds Voorburgwal puis remontèrent le Kloveniersburgwal en direction de Zeedijk, jusqu'à ce que les tours rouges familières de Sint Antoniespoort apparaissent. En arrivant aux abords de la place, Minou put voir que leur propre maison était calme et épargnée par les troubles dans le soleil de cet après-midi de mai, mais les portes du couvent des Frères Gris étaient grandes ouvertes et elle soupçonna les pillards d'être déjà à l'intérieur. L'ordre était haï du peuple.

« Attendez », ordonna-t-elle.

Elles durent se contenter de regarder les soldats entraîner Willem van Raay sur la passerelle enjambant les douves, puis dans le corps de garde.

Cornelia laissa retomber ses mains le long de son corps.

« Je ne le verrai plus.

– Tout cela fait partie de notre plan, répondit Minou d'un ton ferme. Allez attendre chez moi avec Alis. Je vous rejoindrai dès que je peux.

– Qu'allez-vous faire ?

– Piet et moi vous avons promis de veiller sur votre père.

– Mais il est impossible d'entrer dans cette prison ! »

Alis passa le bras autour des épaules de Cornelia.

« Venez ; Minou sait quoi faire. »

Baissant son bonnet sur son front, Minou traversa vivement la place en direction de Sint Antoniespoort. Contrairement à ce qu'avait assuré Alis, elle n'avait aucune idée de ce qu'elle allait faire à présent ; elle savait seulement qu'il valait mieux qu'elle soit à portée de main lorsque Piet arriverait. Il aurait déjà dû être là.

Le corps de garde était entouré de douves, avec un étroit pont plat qui menait à l'entrée. Du côté de la ville se trouvaient quatre massives tours de défense en brique rouge, surmontées d'un toit gris semblable à un chapeau pointu. Il y avait une autre porte flanquée de deux tours tournée vers la campagne au-delà des remparts, ainsi qu'une écluse souterraine, de sorte que le chant de l'eau courante était perceptible en permanence sous les bruits quotidiens de la relève de la garde et le fracas des roues de charrettes sur les pavés.

L'étroite porte dans la haute tour hexagonale était gardée par les *schutterij*, comme d'habitude. Cela était rassurant. Rien dans l'attitude des soldats ne donnait la moindre indication que quelque chose de particulier se passait à l'intérieur.

Soudain, la porte s'ouvrit brutalement. Minou entendit des voix, puis le plus jeune des deux gardes leva son mousquet et disparut à l'intérieur. À la faveur de ces quelques secondes, Minou aperçut un homme debout dans la cour. Elle vit son pourpoint déchiré, ses cheveux brun-roux, ses mains ensanglantées liées dans son dos. Puis le soldat lui donna un coup de mousquet et le prisonnier se retourna, révélant un visage couvert de coupures et de contusions.

« Piet ! »

La porte se referma dans un claquement qui la fit vibrer sur ses gonds avant d'être verrouillée, laissant Minou du mauvais côté des murs, folle d'angoisse.

68

Domaine d'Évreux, Orléanais

À plusieurs centaines de lieues d'Amsterdam, par un après-midi couvert dans la campagne chartraine, Vidal regardait son fils peindre.

Dès leur retour du reliquaire la veille, Louis lui avait fourni une liste du matériel dont il aurait besoin, à transmettre aux domestiques. Tout l'après-midi, des paquets étaient arrivés.

Puis, tôt ce matin, ils s'étaient retirés dans un des appartements privés de Vidal dans le manoir, où la lumière était bonne, et Louis s'était mis au travail.

De hautes fenêtres courant du sol au plafond couvraient tout un côté de la pièce rectangulaire. Sur le mur opposé, tableaux et miroirs dorés reflétaient le mobilier en chêne et en noyer cirés, dont les assises et dossiers étaient assortis aux rideaux de satin vert pâle. C'était une pièce destinée à recevoir des invités d'honneur, pas un atelier d'artiste. Néanmoins, c'était là que Louis avait demandé qu'on l'autorise à travailler. Et pour une fois, Vidal avait accepté de lui donner satisfaction.

« Où as-tu acquis ton talent ? » demanda-t-il, sincèrement curieux.

Louis leva les yeux.

« Dans le scriptorium du monastère de Saint-Antonin. Les moines utilisaient ceux des grands garçons qui montraient la moindre aptitude à manier la plume, pour économiser leurs propres mains.

– Que t'ont-ils enseigné ?

– À préparer les pigments – un travail lent et laborieux – et à copier parfaitement chaque lettre. » Son visage s'assombrit. « C'était la seule pièce du monastère où il faisait chaud.

– Tu t'es rendu indispensable ?

– C'était un endroit plus sûr que... ailleurs, répondit simplement Louis, en fronçant brièvement les sourcils. Et ils me laissaient garder les morceaux de parchemin abîmés. »

Vidal but le reste de son vin, apercevant le reflet de sa tête rasée au fond de la coupe vide. Il la replaça sur la table.

« Pourquoi n'as-tu pas mentionné cela plus tôt ?

– Je n'ai jamais pensé que c'était un talent utile.

– Jusqu'à maintenant.

– Oui, monseigneur.

– Mais tu as continué à le pratiquer en secret. »

Louis hésita.

« Ai-je mal fait ?

– Au contraire, répondit Vidal en souriant, d'autant que ton talent est maintenant employé pour la gloire de Dieu. »

Louis lui rendit timidement son sourire avant de reprendre son pinceau.

Vidal se servit un autre verre de vin et but longuement, la tête ailleurs.

Dieu avait cessé de lui parler bien des années plus tôt, Sa voix devenant de plus en plus ténue avant de disparaître complètement. Il était possible qu'Il ne lui ait jamais parlé, ni prêté l'oreille. Mais bientôt, les choses allaient changer. Vidal était conscient que sa foi, si souvent compromise, remise en doute, brisée, reprenait de la force à mesure qu'il se rapprochait de la tombe. Avec le pouvoir que lui conférerait l'acquisition des reliques les plus sacrées, il réaliserait son ambition de créer un nouvel ordre catholique au cœur de l'ancien diocèse de Chartres. Lorsqu'il n'y aurait plus de danger à ressortir de l'ombre – une fois que Guise serait mort ou aurait perdu son influence –, il se révélerait comme le véritable représentant de Dieu sur terre, sans les entraves de l'Église catholique moribonde. Il sourit. Il forcerait Dieu à le réaccepter dans Sa grâce.

Lorsqu'il était étudiant dévot à Toulouse vingt-cinq ans plus tôt, Vidal avait rapidement découvert que c'étaient la richesse et les connaissances qui comptaient au service de la sainte mère l'Église, et non la piété. C'était le pouvoir qui donnait aux hommes de l'avancement. Il avait appris vite : latin, grec, italien, anglais, espagnol, un peu d'hébreu. Un désir de ne jamais être à la merci de l'interprétation d'autrui – et donc de pouvoir lire les Saintes Écritures lui-même – avait fait de lui un des étudiants les plus travailleurs au collège de Foix.

Il avait toujours su qu'il n'était pas fait pour les rigueurs d'une vie au service de l'Église mais, étant le fils d'un traître dont les biens avaient été confisqués, il se voyait des perspectives d'avenir limitées. Son seul soutien financier lui venait de son oncle pieux et, sans le patronage de celui-ci, sa vie n'en aurait pas valu la chandelle. Aussi, lorsque son oncle avait exprimé le désir de le voir entrer dans les ordres une fois ses études terminées, Vidal avait su qu'il n'avait pas le choix.

Durant les premiers mois de son premier ministère à Saint-Antonin, il avait servi Dieu avec sincérité et foi, même s'il avait toujours l'œil attiré par un joli visage ou la vision fugitive et illicite d'une cheville. La vie de l'âme était considérablement moins attrayante que les plaisirs de la chair. À cette époque, sa conscience l'avait tourmenté. Après chaque nouvelle faute, il implorait le pardon du Ciel. Il se flagellait et confessait ses péchés. Il jurait de ne jamais plus faillir, faisait pénitence et renouvelait ses vœux. Il s'infligeait les pires sanctions physiques et se cantonnait à l'étroit chemin de la vertu. Mais quel que soit le temps que duraient ces résolutions – jusqu'à telle ou telle fête, parfois plus longtemps – il avait toujours fini par se retrouver dans un lit chaud.

Maintenant, enfin, son sang s'était refroidi. Il se servit un autre verre de vin, espérant atténuer la douleur lancinante dans sa tête. Elle était particulièrement violente aujourd'hui. Le médecin l'avait saigné et lui avait donné des poudres, mais cela n'avait eu aucun effet.

Vidal avait toujours été conscient du fait qu'il ne pouvait pas s'écarter de l'Église catholique tant que son oncle n'était pas mort, pas sans risquer de perdre son héritage. Il avait su se montrer patient. Mais en attendant, il s'était arrangé pour bâtir secrètement sa propre fortune. Il avait vendu des indulgences, accepté les cadeaux de veuves reconnaissantes : ses stratagèmes avaient été divers et variés. Enfin, il s'était trouvé en mesure d'acheter ce domaine en ruine aux abords de Chartres, prêt à investir sa nouvelle identité quand le moment serait venu.

Enfin, en août 1572, cinq mois après la mort de son oncle, les étoiles lui étaient devenues favorables. L'attentat à la vie de Coligny et le complot pour assassiner les chefs des huguenots le jour de la Saint-Barthélemy lui avaient fourni l'occasion de disparaître.

Le cardinal Valentin était devenu le seigneur d'Évreux.

Pourtant Reydon hantait encore ses pensées. Il avait fini par apprendre que son ancien ami et sa famille avaient survécu au massacre de Paris et s'étaient réfugiés à Amsterdam. Cependant, comme Xavier maintenait qu'aucune preuve de l'union malavisée de son oncle ou de la légitimité de Reydon n'existait, il avait décidé de le laisser tranquille, même s'il avait continué de payer des gens pour le surveiller, au cas où les choses changeraient. Mais son cousin était resté présent à son esprit comme une écharde sous sa peau. En confessant sur son lit de mort qu'il avait engendré un fils, son oncle y avait veillé.

Vidal savait également que le duc de Guise n'avait pas renoncé à le chercher. Même avec la Ligue catholique à diriger et la spirale sans fin de guerres et de traités, Guise avait réussi à maintenir en place un vaste réseau d'espions. Ses tentacules se déployaient dans toutes les provinces de France, et, en quittant son service sans sa permission ou sa bénédiction, Vidal s'était fait de son ancien protecteur un dangereux ennemi.

Longtemps, ses précautions avaient fonctionné. Son identité était restée secrète. Mais avec les huit mois de paix relative qui s'étaient écoulés depuis la fin de la sixième guerre, Guise avait de toute évidence eu plus de temps pour reporter son attention sur son confesseur infidèle. Ces dernières semaines, Vidal avait été prévenu par plusieurs informateurs de confiance qu'un homme au service du duc de Guise – un Parisien du nom de Cabanel, ancien capitaine de la milice – avait posé des questions sur lui à Reims et à Blois.

Pour la première fois depuis sa disparition, il sentait sur sa nuque l'haleine des chiens de Guise lancés à ses trousses. Il n'avait pas encore décidé ce qu'il allait faire pour y remédier. La tentation d'envoyer un assassin à la chasse d'un autre était grande. Ce n'était pas sa conscience qui le retenait. Il avait le sang de quantité d'autres personnes sur les mains. Au début des guerres, il avait été un inquisiteur efficace et redouté à Carcassonne et à Toulouse. Au nom de Dieu, il avait ordonné qu'on étire, qu'on flagelle et qu'on pende. Il avait traqué les hérétiques et les blasphémateurs sans la moindre pitié. Et il y avait eu d'autres victimes bien sûr, tuées par intérêt ou par vengeance, qu'il ne pouvait imputer à Dieu.

Mais il savait également que parfois les pistes se perdaient, et aussi qu'en agissant trop vite on prenait le risque d'attirer l'attention au lieu de l'éviter.

Dans l'immédiat, son instinct lui soufflait d'attendre.

« Pas de précipitation, dit-il.

– Monseigneur ? » fit Louis d'un ton interrogateur.

Vidal fut surpris de découvrir qu'il avait parlé tout haut.

L'horloge sonna 3 heures de l'après-midi. Vidal se rendit compte que le garçon travaillait depuis des heures sans s'être arrêté une seule fois pour se sustenter. Sa concentration était absolue.

Enfin, Louis repoussa sa chaise et se leva.

« Voilà. C'est terminé. »

Vidal sentit un frisson d'excitation le parcourir, une sensation dont il n'avait pas l'habitude. Alors qu'il s'approchait de la table, il prit conscience de l'ardeur avec laquelle il espérait découvrir que l'enfant avait fait du bon travail.

Louis s'assouplit les doigts et recula.

« Ce n'est pas parfait, monseigneur, mais je ne peux pas faire mieux. »

Dans la lumière blafarde de cet après-midi couvert, l'image semblait chatoyer et danser sous les yeux de Vidal. Il examina le brillant halo de couleur peint sur un simple panneau de bois, le faisceau de joncs contenu dans un cercle de cristal. Au sommet, un écusson bleu représentait le Christ en croix. Deux autres disques, plus petits mais du même bleu cobalt, tout aussi magnifiques, représentaient pour l'un Saint Louis entrant dans Paris avec la relique entre les mains, et pour l'autre les portes de Jérusalem.

« Les scènes représentées sur les écussons ne correspondent peut-être pas exactement aux vraies, dit Louis. Je ne me suis jamais approché d'assez près pour les voir vraiment. J'ai dû deviner le détail de ce que chacun montrait. J'ai fait de mon mieux. »

Vidal se redressa. Il pouvait entendre la peur dans la voix de son fils et comprit que l'enfant prenait son silence pour du mécontentement.

« C'est le plus beau cadeau que tu aurais pu me faire », déclara-t-il.

Le visage de Louis s'éclaira.

« Cela vous plaît, monseigneur ?

– Oui. C'est là la sainte couronne dans ses moindres détails. Elle en a la taille, la forme et la beauté. »

Louis relâcha son souffle.

« Est-ce une assez bonne copie pour être placée dans le reliquaire ? »

Vidal le dévisagea, surpris du malentendu qui s'était glissé entre eux. Puis, conscient de la fierté que lui inspirait le travail de son fils, il sourit.

« Ce n'est pas sa raison d'être, Louis. Ce que nous allons faire maintenant, c'est trouver un artisan capable de fabriquer une reproduction convaincante de la couronne elle-même. Puis nous retournerons à la Sainte-Chapelle. Paris est sûr pour l'instant, mais la menace de l'hérétique Navarre et de ses partisans iconoclastes est toujours présente. »

Il vit la compréhension s'afficher sur les traits de son fils.

« Comme avec le Suaire d'Antioche et la Sancta Camisia. »

Vidal sourit.

« Les reliques les plus sacrées doivent être protégées, mises à l'abri de ceux qui voudraient les détruire. Pour mieux rendre gloire aux desseins de Dieu. » Il marqua un temps. « Tu as un grand talent, Louis. »

L'enfant rougit.

Pour la première fois depuis la mort de la seule femme qu'il ait jamais aimée – une mort dont il tenait Reydon pour responsable –, Vidal sentit son cœur s'animer. Et pour la première fois, il passa les bras autour des épaules de son fils et le serra contre lui. Enfin, il le reconnaissait complètement comme sien.

69

Sint Antoniespoort, Amsterdam

Minou regarda éperdument autour d'elle, à la recherche d'un moyen, quel qu'il soit, d'entrer dans le corps de garde.

Elle longea les douves, mais toutes les portes en bois enchâssées dans des arches de pierre étaient fermées à double tour et verrouillées de lourdes barres de fer, et la porte principale était gardée par deux sentinelles armées. Il y avait également une grille en fer en travers de la vanne d'écluse, pour arrêter quiconque essaierait d'entrer par les égouts. Elle n'avait aucun moyen de s'introduire dans les lieux sans être vue. Elle leva les yeux vers les fenêtres. Elles avaient toutes les volets fermés et étaient tout aussi exposées aux regards.

Puis une idée commença à se faire jour dans l'esprit de Minou. Si elle ne pouvait pas entrer dans le corps de garde subrepticement, elle allait devoir le faire au vu et au su de tous. Elle balaya la place des yeux jusqu'à ce qu'elle aperçoive une vieille femme. Vêtue d'une cape en laine peignée marron avec une capuche, tout élimée et complètement quelconque, elle portait un panier d'osier recouvert d'un linge rouge et blanc. Cela servirait très bien l'objectif de Minou. Mieux encore, la vieille femme semblait se diriger vers Sint Antoniespoort – peut-être pour apporter du pain et du hareng à un fils ou un époux en service dans le corps de garde ? Même par un jour comme celui-ci, la vie ordinaire continuait.

Minou vint vivement régler son pas sur celui de la femme.

« Bien le bonjour, *mevrouw*. Bel après-midi, n'est-il pas ? »

La vieille femme se tourna vers elle d'un air soupçonneux.

« J'ai connu pire.

– J'espère que vous me pardonnerez d'abuser ainsi de votre temps, mais j'ai une proposition à vous faire. Un ami m'a parié – vous savez comment vont ces choses – que je ne pourrais pas trouver de femme disposée à échanger sa cape contre la mienne. Je lui ai dit qu'il se trompait et ai soutenu la gageure. »

La vieille femme s'arrêta.

« Pourquoi feriez-vous pareille chose ? Votre cape est-elle de si mauvaise qualité ?

– Non, au contraire, regardez donc », répondit Minou en lui présentant la matière douce de son propre vêtement en laine filée.

Elle la retourna d'un vif mouvement du poignet, révélant sa riche doublure en soie couleur cerise. La vieille femme frotta l'étoffe entre ses doigts.

« Elle ne vient pas d'Amsterdam.

– Non. J'ai reçu pour mission d'échanger mon habit, si beau soit-il, contre un autre d'origine locale. Comme le vôtre, *mevrouw*. Telle est la gageure.

– Comme le mien ?

– Oui. C'est ridicule, je le sais, mais je ne voudrais pas que mon ami croie que j'ai échoué à accomplir la tâche qu'il m'a confiée.

– Je vois, fit la vieille avec un grognement railleur. N'êtes-vous pas un peu vieille pour ce genre de jeu ? »

Minou haussa les épaules.

« Que voulez-vous que je vous dise ? Il ferait un bon parti. Je suis veuve. Je n'ai ni père, ni frères. Pas de fils non plus, ajouta-t-elle, bien que ce mensonge la mette mal à l'aise.

– Quel âge avez-vous ? demanda la vieille avec un ricanement de mépris.

– Je vais déjà vers mes quarante ans », exagéra Minou.

Elle voulait inspirer pitié à son interlocutrice.

« Ce n'est pas un bon âge pour chercher un nouveau parti.

– Non, admit Minou. Mon premier époux a été tué durant le siège de Haarlem.

– Par les catholiques ? » Minou essayait de déterminer de quel côté portait son allégeance lorsque la vieille continua en crachant par terre : « Deux de mes fils sont morts quand ces chiens d'Espagnols ont pris la ville.

– Tant d'hommes honorables sont morts. »

La femme resta un moment silencieuse. Minou pria pour que ce soit parce qu'elle envisageait d'accepter l'échange.

« Je vais y réfléchir, finit-elle par dire, brusquement rusée. Je dois porter ceci à mon neveu à Sint Antoniespoort. Si vous êtes encore là quand je ressortirai, nous verrons.

– Que dites-vous de me laisser faire cela à votre place après les troubles qu'il y a eu là-bas aujourd'hui ? répondit vivement Minou. On y a tiré un coup de feu, avant que commence toute cette affaire à l'Hôtel de Ville. Du moins, c'est ce que j'ai entendu dire. »

La vieille femme jeta par-dessus son épaule un coup d'œil au couvent pillé des Frères Gris, et cracha de nouveau.

« Amsterdam se portera mieux sans eux. On devrait les pendre, tous autant qu'ils sont.

– Ma cape contre la vôtre – un simple échange – et une corvée effectuée à votre place », insista Minou, refusant de laisser la conversation s'éloigner de son objectif.

La femme plissa les yeux.

« Votre bonnet semble être en lin. »

Minou soutint son regard.

« Il l'est.

– Un simple échange. Ma cape contre la vôtre et votre bonnet ?

– Un simple échange. »

La vieille fit la moue, hésitant encore.

« Et mon panier ? Je ne voudrais pas le perdre.

– Je le rapporterai chez vous si vous me dites où vous habitez.

– Vous pourriez, je suppose. »

Minou retint son souffle. La vieille était coriace : elle savait que sa cape ne valait pas le quart de celle de Minou, mais elle voulait quand même continuer à marchander.

« Votre accent. Vous n'êtes pas d'ici. Comment puis-je savoir que je peux vous faire confiance ?

– Je suis née ici », répondit vivement Minou, volant l'histoire de Piet pour la faire sienne. Elle avait appris à quel point les Amstellodamois pouvaient être méfiants à l'égard de toute personne étrangère à la Hollande. « Mais ma mère est morte et, pour mon malheur, j'ai été emmenée vivre chez ma grand-mère en Flandre.

– Ce n'est pas de chance, effectivement. » La vieille hésita encore. « Mon neveu est dans le corps de garde. Vous allez devoir monter le voir immédiatement.

– Je peux faire cela. »

Enfin, la femme hocha la tête. Elle défit sa cape miteuse et la tendit avec son panier, puis prit celle de Minou et son bonnet en échange. Elle noua fermement le ruban sous son menton flasque.

« Il s'appelle Joost. Joost Wouter. Il est généralement posté au sommet de la tour. Il y a trois portes. Veillez à ne remettre le panier qu'entre ses mains, ce sont tous des voleurs.

– Je comprends.

– C'est fait. Trop tard pour changer d'avis. Cochon qui s'en dédit. Ce n'est pas comme ça que ça se passe par ici.

– Un accord est un accord », acquiesça vivement Minou.

Le plus difficile restait à faire.

70

Sint Antoniespoort

Quelqu'un enfila un sac de jute sur la tête de Piet. Il se débattit, mais il ne put rien faire.

Les bras liés dans le dos, il se sentit poussé en avant de la pointe d'un mousquet. Il ne comprenait pas ce qui s'était passé. Tout avait semblé se dérouler comme prévu. Lorsque les hommes de Houtman avaient quitté la place avec Willem van Raay, Piet les avait suivis, comme convenu. Mais dès qu'il était entré dans la cour du corps de garde, au lieu d'y trouver Willem et Houtman en train de l'attendre, il avait été capturé. Il avait réussi à décocher quelques coups de poing, mais ils étaient quatre contre lui. L'un d'eux était Wouter.

« *Naar beneden* », dit une voix, lui ordonnant de descendre un escalier.

Il obtempéra en trébuchant et en glissant sur les marches, incapable de voir où il allait. Plus ils descendaient, plus la température baissait. Piet sentait l'humidité suintant sur les murs de brique. À travers la toile de jute, il entendait le bruit étouffé de l'eau ruisselant par la vanne d'écluse. La puanteur empirait à chaque marche, un mélange fétide de peur, d'excréments et de sang. Piet avait entendu les rumeurs évoquant une prison secrète sous Sint Antoniespoort, mais il les avait crues infondées. Dans cette ville de canaux et de digues, il y avait peu de caves et, à terme, l'eau finissait toujours par gagner. Et pourtant, voilà qu'on l'emmenait dans une Amsterdam cachée à l'existence de laquelle il n'avait pas voulu croire.

Déséquilibré par un dernier coup dans le dos de la part du garde, Piet trébucha sur le seuil visqueux d'une pièce. Alors qu'on lui arrachait le sac en jute de la tête, il entendit une lourde porte se refermer à double tour derrière lui.

Il cligna des yeux, les laissant s'accoutumer à l'obscurité de l'étroite cellule. Il n'y avait aucune fenêtre et pas d'autre issue que la porte par laquelle il venait d'entrer.

Puis un goût de bile lui monta à la bouche. Le sol et les murs étaient couverts de taches de sang. Deux sangles de cuir pendaient d'anneaux en fer scellés dans la brique. Un chat à neuf queues, aux pointes brunies de sang séché, était posé sur une table à côté d'un cornet à encre et d'une plume. Piet avait le souvenir de pareilles chambres de torture sous les rues de Toulouse, où l'Inquisition questionnait ses prisonniers. Le défunt père de Minou avait souffert dans un de ces endroits. Nombre de ses anciens camarades y étaient morts.

Mais tout cela avait eu lieu en France quinze ans plus tôt. Ici, c'était Amsterdam.

« Sur les ordres de qui suis-je ici ? » demanda-t-il d'un ton impérieux.

Il pouvait à présent distinguer la silhouette de deux hommes au visage masqué par l'ombre. L'un d'eux semblait être un soldat, en pourpoint et haut-de-chausses. L'autre portait des robes plus longues.

« Pourquoi suis-je ici ? Répondez-moi. »

De l'ombre, une voix répliqua :

« Pourquoi pensez-vous être ici ? »

Le cœur de Piet accéléra. Il connaissait cette voix – solennelle, précise, mesurée – mais pourtant, ce ne pouvait être. Il devait se tromper.

« Savez-vous où vous êtes ?

– Monsieur, dit-il en français, voulez-vous bien vous identifier ?

– Monsieur ? répéta le second homme d'un ton railleur. Vous êtes à Amsterdam maintenant. Vous autres étrangers, vous êtes tous les mêmes. »

L'estomac de Piet se noua. Cette voix-ci, il la reconnaissait sans l'ombre d'un doute.

« Houtman ! Bon sang, qu'est-ce que c'est que cette histoire ? »

Applaudissant lentement, l'intéressé sortit de l'ombre.

« Êtes-vous aussi imbécile que vous en avez l'air, Reydon ? »

Lorsqu'il se déplaça, Piet put voir clairement le visage de son acolyte derrière lui. La confirmation de ce qu'il avait refusé de croire lui donna l'impression d'avoir reçu un coup dans la poitrine. Willem van Raay. L'homme qui avait aidé sa famille, qui avait négocié pour eux, l'homme qu'il avait donc prévenu du coup d'État, était celui qui se tenait désormais devant lui comme si leur amitié ne signifiait rien à ses yeux.

« Willem ? fit-il, incrédule. Je ne comprends pas. »

Van Raay ne répondit pas.

Houtman appuya durement le doigt sur la poitrine de Piet.

« Imaginez ma surprise, huguenot, lorsque *meneer* van Raay m'a informé que j'avais un espion dans mes rangs. »

Piet sentit son sang se glacer.

« Je ne sais pas de quoi vous parlez. »

Houtman lâcha un rire sec.

« Quel genre de vermine quitte ses camarades, après avoir juré loyauté et silence, pour immédiatement aller trouver quelqu'un dont l'allégeance va à nos ennemis ? » Il lui donna un autre petit coup. « Quel genre de traître fait cela ?

– Je peux m'expliquer. »

Van Raay l'interrompit d'un geste de la main.

« Il n'y a rien à expliquer. C'était un acte de trahison.

– Nous sommes nés à Amsterdam, van Raay et moi. Pensez-vous vraiment que nous laisserions des étrangers nous dire comment gouverner notre ville ?

– Et notre cause commune ? »

Houtman se tenait désormais nez à nez avec Piet.

« Ne comprenez-vous pas ? Il n'y a pas de cause commune. La nouvelle Amsterdam nous appartient. À la Hollande, pas à une alliance disparate de réfugiés. Et certainement pas à vous, huguenot. »

Piet réfléchissait furieusement pour essayer de trouver une issue à sa situation. Il avait pour seule arme ses mots, comme Minou l'avait dit, et la pensée de son épouse chérie lui redonna de la détermination. Après tout ce qu'ils avaient enduré ensemble, les choses ne pouvaient pas finir de cette façon. Il devait continuer à les faire parler.

« Houtman, vous n'avez aucune considération pour moi, je le sais. Je sais également que vous ne me faites pas confiance, même si je vous donne ma parole que mes intentions en parlant à M. van Raay étaient honorables. Pour son soutien indéfectible à ma famille et à notre hospice, je lui dois tout autant de loyauté qu'à notre cause. Notre cause *commune*, croyais-je. Vous savez également que j'ai bien servi la Hollande. Ce qui a été accompli à Amsterdam aujourd'hui est un miracle, ni plus ni moins. Une passation pacifique du pouvoir. L'histoire vous verra comme un acteur essentiel de cet exploit. » Il regarda autour de lui. « Ne compromettez pas votre réputation.

– Et la voilà, répliqua Houtman avec aigreur. L'arrogance française que nous connaissons si bien. Pensez-vous vraiment que la mort malencontreuse d'un seul homme changera les choses ? Vous accordez une valeur trop importante à votre propre vie.

– En quoi vous servirait ma mort, Houtman ? demanda Piet d'un ton las, avant de se tourner vers l'homme qu'il avait cru son ami. Ou vous, Willem ? Au nom de l'amitié entre nos deux familles, je vous supplie de ne pas vous rendre complice de ceci. Car c'est une affaire personnelle entre Houtman et moi. » Il se retourna vers l'intéressé. « N'est-ce pas ? Cela n'a rien à voir avec la loyauté ou le dévouement à une cause, et vous le savez. »

Sans prévenir, Houtman lui décocha un coup de poing à l'estomac. Piet recula en chancelant, le souffle coupé, mais resta debout.

« Un chien de huguenot qui déballe tout comme une pucelle dans une maison de passe ne nous est d'aucune utilité. »

Piet entendit le crissement d'une lame sortie de son fourreau et son sang se glaça.

« Il est temps d'avoir un étranger de moins dans notre ville », ajouta Houtman en se jetant sur lui, dague tendue.

Cette fois, Piet était prêt. Déportant son poids sur sa jambe droite, il leva l'autre pour porter un violent coup de pied au poignet de Houtman. L'arme lui vola de la main, allant glisser sur les pavés.

Avec un hurlement qui se réverbéra sur les murs humides, Houtman tomba à genoux, les yeux écarquillés de surprise. Piet resta interloqué : il lui avait peut-être cassé le poignet, mais rien de plus. Cependant l'homme s'effondrait maintenant sur le côté, sans rien faire pour arrêter sa chute. Sa tête heurta le sol avec un craquement mais, cette fois, aucun son ne s'échappa de ses lèvres.

« Dieu ait son âme, dit van Raay en essuyant une dague ensanglantée sur sa manche.

– Willem ? fit Piet, les yeux fixés avec incrédulité sur l'arme. Mon ami, je vous en conjure... »

Van Raay soupira.

« Vous n'avez rien à craindre de moi. »

Piet regarda l'homme étendu mort à ses pieds.

« Je ne comprends pas.

– C'était la seule manière de le prendre au dépourvu.

– Donc Houtman et vous n'étiez pas de connivence ?

– Non.

– Alors comment a-t-il su que je vous avais prévenu de nos projets ?

– Je le soupçonne de vous avoir suivi jusque chez moi lorsque vous avez quitté la réunion dans le Lastage samedi soir. Le lendemain, il s'est présenté à ma porte, en prétendant avoir des informations au sujet de vous et votre famille, et en offrant de m'en faire part si je voulais bien participer à... (il jeta un coup d'œil autour de lui) cette mascarade. Étant donné ce qui était en jeu – pour vous et pour Amsterdam –, je n'ai eu d'autre choix que d'accepter sa proposition. »

Piet baissa de nouveau les yeux sur Houtman.

« Pourquoi voulait-il me tuer, quand il y a tellement plus important en jeu ? Cela n'a pas de sens. »

Van Raay lâcha un autre soupir.

« Ne connaissez-vous pas encore Amsterdam, Reydon ? N'avez-vous pas appris jusqu'où les hommes sont prêts à aller pour s'acheter une respectabilité ? Houtman nourrissait l'ambition de faire partie du nouveau conseil. Les calvinistes souhaitent peut-être se débarrasser du joug espagnol mais, à leur façon, ils sont tout aussi obtus que les bourgeois catholiques qu'ils prétendent mépriser. Pour avoir la moindre chance d'être invité à prendre un siège à l'Hôtel de Ville, un simple soldat comme Houtman avait besoin d'argent.

– D'où la riche veuve dans Heiligeweg. »

Van Raay hocha la tête.

« Notre seul but en utilisant cette information, Minou et moi, était d'encourager Houtman à tenir sa promesse de ne pas laisser ses hommes recourir à la violence. Nous ne nous en serions jamais servis contre lui.

– Ah, mais Houtman ne pouvait pas être certain de cela. Il voulait s'assurer que vous ne pourriez parler. »

Piet fronça les sourcils.

« Vous a-t-il révélé l'information qu'il détenait, de son côté, sur ma famille ?

– Non. Il m'a seulement dit qu'il y avait des espions à Amsterdam, qui posaient des questions sur vous pour le compte d'un noble français. »

Le sang de Piet se glaça.

« Connaissait-il le nom de ce gentilhomme ?

– Il ne me l'a pas dit. C'est peut-être pure invention. Il cherchait juste une excuse pour s'en prendre à vous.

– Et Amsterdam pullule d'espions », ajouta Piet en essayant de se persuader que cela ne voulait rien dire. Il secoua la tête.

Il aurait le temps plus tard de réfléchir à la signification de tout cela, mais ce n'était pas le moment. Il regarda de nouveau le corps à ses pieds. « Il faut que nous sortions d'ici. Quelqu'un ne va pas tarder à se rendre compte de son absence. » Il tendit ses poignets liés à van Raay. « Pouvez-vous couper mes liens ? »

Van Raay s'excusa d'un haussement d'épaules.

« Étant donné que les hommes de Houtman sont partout, il serait peut-être plus prudent de prolonger cette mascarade encore quelque temps. S'ils vous croient encore prisonnier, mais sous ma responsabilité désormais, ils ne m'arrêteront peut-être pas. »

L'espace d'un instant, Piet resta à le dévisager, stupéfié par la transformation qui s'était opérée chez l'homme sombre et pieux qu'il avait pensé connaître.

Van Raay remarqua sa confusion et sourit.

« Je n'ai pas toujours été marchand de grains, Reydon. »

71

Les deux soldats de garde devant l'entrée principale de Sint Antoniespoort étaient toujours là.

Prenant une grande inspiration, Minou traversa le pont en tenant devant elle le panier qu'elle avait emprunté, avec son linge à rayures rouges et blanches.

« J'apporte des victuailles pour Joost Wouter ! »

Le plus jeune des factionnaires lui fit signe de passer sans vérifier quoi que ce soit, mais l'autre – un homme défiguré par la petite vérole – l'accompagna dans la cour, refermant la lourde porte derrière eux et tirant le verrou.

« Wouter est en haut de la tour. »

Le cœur brutalement étreint d'une angoisse nauséeuse, Minou se rendit compte que dans sa frénésie à trouver un moyen d'entrer dans le corps de garde, elle avait oublié de réfléchir à ce qu'elle ferait une fois à l'intérieur. Piet pouvait être n'importe où.

« Alors, vous y allez ou quoi ? grommela la sentinelle. Vous ne pouvez pas rester ici.

– J'y vais, murmura Minou en gardant le visage caché sous son capuchon. *Dankuwel.* »

Elle se dirigea vers la tour, mais à peine avait-elle fait quelques pas qu'elle entendit un cri quelque part en dessous d'eux.

« Qu'est-ce que c'est encore ? » bougonna le soldat en portant la main à son arme.

Minou se glissa vivement dans l'ombre de l'escalier.

« Qui va là ? » lança le soldat.

Il ne reçut aucune réponse. Minou le regarda hésiter, puis se diriger vers les marches. Mais presque immédiatement, il recula, comme effrayé, trébuchant sur un pavé alors que deux hommes arrivaient vivement en haut de l'escalier.

« Ce prisonnier doit être transféré sans délai à la garnison de la Schreyershoektoren. Ouvrez la porte. »

Le soldat se mit hâtivement au garde-à-vous.

« *Zeer goed.* »

Minou crut sentir le sol s'ouvrir sous ses pieds. Tout sembla ralentir autour d'elle, comme dans un rêve : le factionnaire à la peau grêlée qui se précipitait pour obéir ; Piet, le visage meurtri et les mains toujours liées derrière lui ; l'homme qui le menaçait d'une dague dans le dos portant le bonnet noir et plat caractéristique des bourgeois d'Amsterdam.

Le père de Cornelia.

Le panier lui échappa des mains, rebondissant sur la marche pour aller atterrir à la vue de tous. Une cruche en terre cuite en roula et se brisa aussitôt. L'espace d'une seconde, Minou croisa le regard de Piet, puis le temps réaccéléra.

Le garde se tourna vivement vers elle juste au moment ou un autre soldat, saignant abondamment d'une entaille au front, débouchait en chancelant de l'escalier, derrière Willem van Raay.

Celui-ci approcha sa dague de Piet. Minou hurla.

« Piet !

– Tout va bien ! lui lança-t-il en levant les poignets pour lui montrer la corde qui pendait à présent entre eux.

– Sonnez l'alarme ! » s'écria la sentinelle.

Avant que l'homme puisse hurler de nouveau, Minou se jeta sur lui. Pris par surprise, il laissa son arme lui échapper des doigts. Willem van Raay se retourna pour affronter le soldat blessé qui arrivait derrière lui, tandis que Piet donnait un coup de poing dans la mâchoire de la sentinelle, l'envoyant au sol.

Minou entendit des pas bottés au-dessus d'eux.

« D'autres soldats arrivent ! lança-t-elle.

– Minou, sauve-toi tant que tu peux, lui cria Piet en essayant d'aider van Raay. Nous pouvons les contenir.

– Je ne partirai pas sans vous. »

Le garde, bien qu'étourdi – Piet lui avait cassé un tabouret sur la tête lorsqu'ils étaient sortis de la prison –, rugissait avec la sauvagerie d'un ours. Il fendit l'air de sa dague. Piet para le coup, mais la pointe de la lame trouva son bras. Un sillon rouge de sang frais s'ouvrit sur sa peau.

Minou sentit quelqu'un la soulever du sol. Elle porta les mains à sa gorge pour ne pas se laisser étrangler par le cordon de sa cape d'emprunt, qui s'enfonçait douloureusement dans sa peau. Puis elle se retrouva plaquée contre le mur avec une telle violence qu'elle en perdit le souffle. Un homme aux dents noircies lui agrippa le cou d'une main crasseuse.

« Qu'est-ce qu'on a là ? »

Piet fit volte-face.

« Lâchez-la avec vos sales pattes, Wouter !

– On aura tout vu ! fit Wouter avec un ricanement. Amener sa femme pour faire le travail d'un homme, franchement. »

Dans le chaos des quelques secondes qui suivirent, Minou ne vit pas ce qui se passait dans l'escalier en dessous d'elle. Mais elle entendit un cri, doublé du bruit du garde dégringolant les marches de pierre pour aller s'écraser sur les pavés à l'étage inférieur avec un bruit sourd. Puis le silence.

Piet se jeta sur Wouter, le forçant à la libérer. Reprenant son souffle tant bien que mal, Minou monta précipitamment les marches jusqu'à l'étage et poussa le verrou de la porte pour empêcher tout autre soldat de descendre.

Piet et Wouter se tournaient à présent autour, dague au poing, attendant chacun que l'autre baisse sa garde pour attaquer. Minou vit que Willem van Raay était lui aussi en difficulté : toute couleur avait disparu de ses joues et sa respiration était haletante.

Et voilà que les autres soldats tambourinaient à la porte au-dessus d'eux. Même s'ils ne pouvaient pas passer, Minou savait qu'il ne faudrait pas longtemps pour que le bruit attire les sentinelles qui se trouvaient encore dehors, et ce serait alors la fin.

Une idée lui vint. S'accroupissant, elle tendit la main vers le panier, qui gisait renversé près du mur. Il était juste un peu trop loin. Elle tendit un peu plus les doigts, ne voulant surtout pas alerter Wouter ou distraire Piet, puis encore un peu plus, jusqu'à ce qu'elle trouve enfin prise sur le côté du panier. Avec précaution, elle le ramena à elle tandis que les deux combattants continuaient à se tourner autour en parant.

Elle attendit que Wouter soit plus près d'elle, et lui jeta le panier entre les pieds. Il trébucha seulement, sans tomber, mais cela suffit à lui faire perdre sa concentration, assez longtemps pour que Piet lui porte un coup de poignard à la cuisse. Wouter hurla comme un cochon qu'on égorge et s'effondra. Puis il resta immobile, les yeux écarquillés. Piet le fit rouler sur le dos. Minou porta la main à sa bouche, horrifiée. Il avait le sang et les entrailles qui dégoulinaient d'une plaie béante dans son ventre. Il était tombé sur sa propre lame.

« Ne regarde pas, dit vivement Piet en lui prenant la main, avant d'appeler van Raay : Il nous faut partir !

– Allez-y, Reydon, répondit le vieil homme. Je vous suis. »

Minou pouvait voir la sueur qui luisait sur son front.

« Êtes-vous blessé, monsieur van Raay ?

– Un peu essoufflé, ma chère, rien de plus.

– Êtes-vous capable de marcher ? demanda Piet. Si nous faisons comme vous l'avez initialement suggéré, nous avons encore une chance de nous enfuir. »

Van Raay acquiesça, mais Minou put voir l'effort que le geste lui demandait.

« Minou, tu vas distraire les sentinelles pendant que nous passons. Notre plan était de dire que Willem m'emmenait dans un autre corps de garde. Ils déplacent souvent les prisonniers d'une tour à l'autre.

– Je vais faire de mon mieux. » Elle jeta un coup d'œil au garde inconscient. « Il ne devrait y avoir qu'un seul homme en faction dehors. Celui-ci m'a accompagnée dans la cour. »

Piet hocha la tête.

« Peux-tu remettre mes liens en place ? »

Minou enroula les bouts de corde coupés autour des mains de Piet, cette fois devant lui pour qu'il puisse les maintenir en place. Puis, en détournant les yeux du corps de Wouter, elle ramassa le panier. Elle drapa le linge rouge et blanc par-dessus, ajusta sa lourde cape pour cacher les marques écarlates sur son cou, et repassa la lourde porte extérieure, la laissant entrouverte.

À son soulagement, elle vit que le jeune factionnaire était seul. Il ne donnait pas l'impression d'avoir entendu le vacarme derrière les murs épais.

« Wouter m'a dit de vous remercier de m'avoir laissée entrer, dit-elle.

– Il ferait la même chose pour moi, répondit le garçon. Et puis, j'ai une bière à y gagner.

– C'est bien normal, répondit Minou. Un prêté pour un rendu. »

Du coin de l'œil, elle vit que Piet et Willem van Raay attendaient, prêts à passer. Elle feignit de trébucher et agrippa le bras du garde, avant de leur faire signe de commencer à avancer.

« Attention, *mevrouw*, dit le garçon.

– Je ne sais pas ce qui m'arrive. Je suis toute retournée aujourd'hui. Ce doit être toute cette affaire à l'Hôtel de Ville.

– On vous a raconté ?

– J'y étais. J'ai vu Hendrick Dircksz se faire escorter hors de la ville.

– Vraiment ! Des jours meilleurs arrivent. La Hollande mérite d'être indépendante.

– Pourriez-vous m'aider à traverser le pont, jeune homme ? » demanda Minou, poussant son avantage. Elle agrippa son bras encore plus fort. « Pour rien au monde ne voudrais-je tomber dans cette eau. J'ai entendu dire que l'insurrection avait commencé ici ?

– En effet, répondit-il fièrement. Tous les hommes de cœur suivent le prince d'Orange.

– Je ne comprends rien à la politique, déclara Minou en faisant discrètement signe à Piet et van Raay, derrière lui, de sortir. Mais regardez donc là-bas. » Elle lui indiqua l'autre côté de la place, à l'opposé de la direction que prenaient Piet et Willem. « Ils ont enfin fait déguerpir les Frères Gris.

– Bon débarras ! »

Minou vit que Piet avait enveloppé ses mains dans ses manches, laissant un bout de corde en pendre comme s'il était encore ligoté. Willem van Raay avait la main sur son épaule comme s'il le poussait en avant. Il fallait juste qu'ils continuent d'avancer.

« Cela dit, il n'y a pas un politicien pour rattraper l'autre, ajouta Minou, parlant pour ne rien dire afin de retenir sur elle l'attention du garde. C'est toujours nous, les gens du peuple, qui souffrons, peu importe qui siège à l'Hôtel de Ville. La vie des gens ordinaires leur est bien égale.

– La Hollande ira mieux une fois indépendante. Nous n'avons pas besoin que ces chiens d'Espagnols nous disent quoi faire. Qu'ils décident de nos taxes, qu'ils écrivent nos lois, qu'ils nous refusent nos églises. »

Piet et van Raay étaient presque tirés d'affaire. Plus que quelques pas. Mais soudain, un grand bruit dans le Lastage fit se retourner le soldat et il les vit, au dernier moment.

« Hé ! s'écria-t-il. Vous, là ! »

Willem van Raay le regarda par-dessus son épaule.

« Transfert à la Schreyershoektoren, lança-t-il, d'une voix où Minou perçut cependant sa faiblesse. Sur les ordres de Jan Houtman. »

Le garde commença à les suivre. Minou fit un pas devant lui, lui bloquant le chemin.

« La Schreyershoektoren ! fit-elle d'un ton désapprobateur. Je me demande quel crime il a commis. Ce doit être grave pour qu'il l'emmène là-bas, ne croyez-vous pas ?

– Avez-vous dit sur les ordres de Houtman ? lança le garçon par-dessus son épaule.

– *Ja*, répondit van Raay, sans se retourner cette fois-ci.

– Arrêtez-vous, c'est un ordre ! »

Minou lui tira sur la manche.

« Quelle chance nous avons d'avoir d'aussi bons soldats que vous pour nous protéger. Vous savez quoi, la prochaine fois que je viens, je veillerai à apporter un petit quelque chose pour vous. »

Le garde jeta un dernier regard aux deux hommes en train de s'éloigner vers le nord de la place, puis haussa les épaules. Minou remercia silencieusement le Ciel.

« Bon, eh bien, je ferais mieux de m'en aller. Merci de votre assistance, jeune homme. »

Il inclina la tête puis retourna dans le corps de garde tandis que Minou partait en direction de Zeedijk, en se retenant de courir. Alors seulement, le garde vit quelqu'un qui agitait frénétiquement le bras à une des fenêtres de l'étage.

« Qu'est-ce qu'il y a ? lança-t-il.

– La porte est verrouillée. Nous sommes enfermés ! »

Minou ne s'arrêta qu'une fois sûre d'être hors de vue.

Elle trouva un recoin tranquille pour faire le point. Appuyée au mur de la taverne, elle inspira profondément plusieurs fois. Elle avait les mains qui tremblaient et de la sueur qui s'accumulait au creux du dos. La peur et la colère qui lui avaient donné la force de se battre commençaient déjà à se tarir.

Elle ferma les yeux. Elle n'arrivait pas à croire qu'ils aient tous frôlé l'arrestation. Piet avait pris de vilains coups et le père de Cornelia était clairement exténué, mais avec l'aide de Dieu, ils étaient saufs désormais. Elle supposait qu'ils rebrousseraient chemin pour gagner Zeedijk quand ils seraient certains de ne pas être suivis.

Mais ils avaient réussi. Ils avaient vaincu les gardes et étaient parvenus à s'échapper. Elle eut un frisson en songeant qu'ils avaient tué au moins un homme, et que Wouter était également mort. Que se passerait-il lorsque les corps seraient retrouvés ? Elle avait gardé son capuchon sur sa tête, mais Piet serait reconnu. Willem van Raay aussi. Écartant cette pensée de son esprit, elle se força à se concentrer sur le présent. Ils auraient bien le temps de décider quoi faire à ce propos une fois à l'abri chez eux.

Alors qu'elle entrait dans Zeedijk, elle vit Piet et van Raay arriver de l'autre bout de la rue. Elle se hâta de les rejoindre.

« Mon cœur, tu es sain et sauf. Dieu merci.

– Willem est blessé, répondit Piet à voix basse. Je crois qu'il a des côtes brisées.

– Le coup m'a ôté le souffle, expliqua van Raay d'une voix haletante. J'ai seulement besoin de quelques secondes pour le reprendre. »

Minou le regarda. Il avait la peau couleur de lait et la respiration sifflante.

« Cornelia et Alis nous attendent à l'intérieur, dit-elle. Laissez-moi vous aider, ce n'est plus très loin. »

Elle passa le bras autour de sa taille tandis que Piet soutenait son poids de l'autre côté et, ensemble, ils l'escortèrent vers leur maison au coin de la rue. Ils n'avançaient pas vite. Puis Minou changea de position et se rendit compte qu'elle avait la main poisseuse. Elle baissa les yeux et vit que du sang frais lui tachait les doigts. Ce n'avait pas été un poing du tout, mais une lame qui s'était glissée entre les côtes de van Raay.

« Piet, chuchota-t-elle d'un ton pressant. Dépêchons-nous. Il a été poignardé. »

72

Zeedijk

Minou et Piet entrèrent dans la maison en chancelant sous le poids de van Raay entre eux. Il était à peine conscient à présent. À chaque pas, Minou sentait un nouveau flot de sang suinter à travers ses vêtements.

« Frans ! appela Piet dans le couloir désert. Frans !

– Nous allons le mettre là, dit Minou en indiquant la pièce au rez-de-chaussée qui donnait sur le verger. Nous n'avons pas le temps de l'emmener dans une chambre. Il faut qu'il arrête de bouger. »

Piet ouvrit la porte d'un coup de pied.

« La plaie saigne-t-elle encore ?

– Oui.

– Est-ce que ça va faire l'affaire ? » demanda-t-il en lui indiquant du menton le banc en chêne.

Minou secoua la tête.

« C'est trop étroit. Il a besoin d'être étendu sur le dos. Nous allons le hisser sur la table. Étends ta cape sous lui, et nous allons trouver autre chose à glisser sous sa tête. »

Ensemble, ils réussirent à appuyer van Raay contre le bord de la table, puis Piet lui souleva les jambes et l'allongea doucement. Un autre flot de sang jaillit de la blessure et commença à goutter de la surface en chêne sur le sol.

Dehors, dans le jardin, Minou entendait les voix des enfants de l'orphelinat en train de jouer. Des sons tellement innocents et incongrus comparés aux horreurs de la journée.

« Piet, demande à Agnes d'apporter de l'eau et des linges. Il nous faut nettoyer la plaie et la bander. Puis va trouver Cornelia.

– Compris. Est-ce qu'il va s'en sortir ?

– Tant que je n'ai pas vu la plaie, je ne peux pas le dire, répondit Minou, bien qu'elle craigne, à la pâleur de Willem et à la quantité de sang qu'il avait perdue, qu'il soit déjà trop tard. Dis-lui aussi d'apporter de l'eau-de-vie et de la racine de valériane. Pour calmer la douleur. Il y en a dans le tiroir du bas du meuble de notre chambre. »

Alors que Piet ressortait précipitamment dans le couloir, Frans arriva du jardin, et s'arrêta net en voyant le blessé.

« Le diable nous préserve...

– Frans, l'interrompit Minou. *Juffrouw* van Raay est-elle ici ? »

Le garçon avait les yeux fixés sur la mare de sang en train de se former sous la table.

« Frans ! répéta sèchement Minou.

– Pardonnez-moi. Oui, elle est sur la terrasse. Que lui est-il arrivé ? Nous avons entendu toutes sortes de rumeurs depuis ce matin, et ils sont en train de piller le monastère des Frères Gris.

– Alis est-elle avec elle ?

– Non. Elle est allée dans Warmoesstraat chercher quelque chose. »

Minou fronça les sourcils.

« Sans alarmer *juffrouw* van Raay, retourne dans le jardin lui demander de me rejoindre ici. »

Avec un dernier coup d'œil au blessé, Frans ressortit en courant.

Minou se retourna vers son patient. Un terrible clapotis se faisait entendre à chaque inspiration qu'il essayait de prendre. Elle pouvait voir qu'il n'y avait pas d'espoir.

« Comment allez-vous, monsieur van Raay ? lui demanda-t-elle, soulagée de voir ses yeux s'ouvrir au son de sa voix.

– Ah, Minou. » Il tendit la main pour prendre la sienne. « Un prêtre... Je dois confesser mes péchés et recevoir la communion. J'aimerais rejoindre mon Seigneur l'âme délivrée de mes péchés.

– Vous n'allez pas mourir, Willem. Je ne vous le permettrai pas. »

Il réussit à sourire.

« Ah, mais pourtant je meurs. Et si c'est la volonté de Dieu, qu'il en soit ainsi. J'ai eu une belle vie. J'ai fait mon devoir. »

Minou ravala ses larmes.

« Oui. Vous êtes un honnête homme. »

Agnes entra discrètement dans la pièce, les bras chargés de ce que Minou avait demandé. Elle aussi fit les yeux ronds en voyant le mourant.

« Je croyais que personne n'avait été blessé à l'Hôtel de Ville.

– Ceci est arrivé ailleurs. » Minou lui prit les bandages des bras, bien qu'elle sache qu'ils étaient désormais inutiles. « J'ai besoin que tu ailles à la Nieuwe Kerk et que… » Elle s'interrompit en se rappelant brusquement que le prêtre et les membres de son clergé avaient été parmi les premiers à être mis dans les barges. « Va au couvent le plus proche trouver un prêtre. M. van Raay souhaite recevoir les derniers sacrements. Hâte-toi. »

Agnes fit une brève révérence et s'en fut. Quelques secondes plus tard, Minou entendit la porte d'entrée s'ouvrir puis se refermer à la volée. L'air sembla résonner de l'écho du claquement avant de redevenir immobile.

Minou fit couler quelques perles de valériane entre les lèvres de Willem puis resta à lui tenir la main en écoutant le râle qui s'échappait de sa poitrine. Elle craignait que la lame lui ait percé le poumon.

« Père ! s'écria Cornelia en accourant dans la pièce. Que s'est-il passé ?

– Il faut vous préparer, Cornelia », dit doucement Minou.

En entendant la voix de sa fille, Willem rouvrit les yeux avec effort.

« Ah, te voilà. Je suis heureux. Le prêtre va bientôt arriver.

– Vous n'avez pas besoin d'un prêtre, protesta Cornelia avec désespoir. Vous allez vous en sortir. Dites-lui, Minou. »

Pleine de pitié pour son amie, Minou lui prit la main.

« Le moment est presque arrivé. J'ai envoyé chercher un prêtre, mais... »

Les pupilles de van Raay semblèrent s'assombrir.

« Est-ce toi, Cornelia ? »

Elle regarda Minou d'un air affolé, puis parut accepter la situation. Sa voix se fit calme et douce.

« C'est moi, père. Je suis là. »

Il toussa, et du sang apparut au coin de sa bouche.

« Et si nous nous sommes trompés, Cornelia ? Si rien ne nous attend de l'autre côté ? Seulement les ténèbres ? »

Cornelia secoua la tête.

« Dieu vous attend. Il attend de vous ramener là où est votre place.

– Ah. » Un soupir s'échappa de ses lèvres, et il sourit. « J'aimerais voir Son visage. Et ta chère mère, elle m'a tellement manqué.

– Vous avez été à la fois un père et une mère pour moi, dit Cornelia en refoulant ses larmes. Je n'ai manqué de rien.

– Mène une longue et heureuse vie, ma chérie. Et lorsque ton heure viendra, nous t'attendrons. Ta mère et moi. Prends soin de notre belle ville. » Il sourit de nouveau. « Veux-tu bien prier avec moi, ma chérie ? Une dernière fois. »

Minou recula, sachant le moment venu. Elle regarda Cornelia prendre les deux mains de son père dans les siennes et commencer à prier.

« *Pater noster, qui es in caelis, sanctificetur nomen tuum...* »

Et bien que depuis quinze ans, Minou récite le Notre Père en français plutôt qu'en latin, les mots d'autrefois lui vinrent aisément aux lèvres à elle aussi :

« *... et ne nos inducas in tentationem, sed libera nos a malo.*

– *Amen* », conclut Cornelia en traçant le signe de croix sur le front de son père avant de se pencher pour l'embrasser.

L'espace d'un instant, la couleur sembla revenir dans les joues de Willem van Raay. Il tourna la tête vers Minou.

« Dites à Piet… Je viens de me rappeler une autre information que Houtman m'a transmise. »

Cornelia lui serra doucement les doigts.

« Chut, père. N'essayez pas de parler.

– C'est important. » Il agrippa la main de Minou. « Le chasseur de reliques… Le prêtre, le même…

– Un prêtre va arriver, l'interrompit éperdument Cornelia.

– Non, le cardinal français… Dites à Piet qu'il… »

Mais ses mots se perdirent dans une autre quinte de toux.

« Père ! sanglota Cornelia. Père ! »

Enfin, les yeux de Willem s'écarquillèrent, comme s'il avait vu quelque chose de merveilleux au loin, puis une expression de grande sérénité illumina son visage.

« Il m'attend. Il m'attend en compagnie de Ses saints. »

Et ses yeux se refermèrent pour la dernière fois.

Alors qu'il rendait son dernier souffle, Cornelia s'effondra par terre, en larmes. Minou la prit dans ses bras et la serra contre elle tandis qu'elle pleurait. Elles étaient encore dans la même position lorsque le prêtre arriva du couvent une demi-heure plus tard avec son chapelet et son huile bénite.

Au loin, Minou distinguait tout juste la clameur de la foule sur la place de l'Hôtel de Ville et l'éclatante fanfare de trompettes alors qu'Amsterdam fêtait sa révolution sans effusion de sang.

QUATRIÈME PARTIE

AMSTERDAM & CHARTRES

Juillet-août 1584

73
Six ans plus tard

Zeedijk, Amsterdam
Vendredi 13 juillet 1584

Minou se tenait dans leur quartier général – comme Piet et elle avaient baptisé la pièce au rez-de-chaussée dont ils avaient fait leur centre d'opérations pour localiser Vidal –, les yeux fixés sur le panneau de bois appuyé contre le mur en plâtre blanc. Papiers, missives, documents de toutes sortes épinglés de haut en bas en occupaient presque toute l'étendue.

Elle leva le bras pour y ajouter la lettre qu'ils avaient reçue d'Antoine Le Maistre, en se demandant quand ils auraient d'autres nouvelles. Le vieil ami et camarade de Piet avait promis de leur réécrire dès qu'il obtiendrait plus d'informations. Après des années à chercher le confesseur disparu de Guise, c'était la piste la plus prometteuse qu'ils tenaient.

C'était un chaud après-midi d'été. En se penchant pour ouvrir la fenêtre afin de faire entrer un peu d'air dans la pièce, Minou vit son fils Jean-Jacques, dans le verger de l'autre côté de la terrasse, hisser un de leurs plus récents arrivants sur l'escarpolette et se mettre à le pousser. Doucement au début, jusqu'à ce que le petit garçon commence à lui faire confiance et à sourire. Minou savait que c'étaient souvent les choses les plus simples qui aidaient un orphelin de guerre à se remettre : une toupie, des craies de couleur et une ardoise, une crêpe à la cannelle tout juste cuite à la poêle, une pomme cueillie sur l'arbre.

Brun-roux comme son père autrefois, Jean-Jacques, à quatorze ans, était de taille moyenne mais large d'épaules. Son apparence était révélatrice de ses vertus. Il était constant et fiable, patient, travailleur et loyal. Il ne parlait que lorsqu'il avait quelque chose d'utile à dire. Peu de vestiges lui restaient de son héritage français et, bien que Piet et Minou parlent encore la langue maternelle de cette dernière dans l'intimité de leur chambre à coucher, le hollandais régnait désormais exclusivement dans l'hospice. À présent qu'il avait grandi, et surtout au vu du sentiment anti-français croissant à Amsterdam, il s'était mis à se faire appeler par la forme hollandaise de son prénom, Johannus. Minou remerciait chaque jour le Ciel qu'il n'ait pas encore été appelé à rejoindre l'armée du prince d'Orange pour se battre.

Malgré les défis des six dernières années – alors que la Révolte calviniste contre l'occupation tyrannique des Espagnols continuait dans les Provinces –, leur vie à Amsterdam était restée relativement paisible. Ils avaient beaucoup de raisons de s'estimer heureux, parmi lesquelles le fait que Piet et elle soient restés libres.

Elle ne craignait plus qu'on leur demande des comptes pour la mort du chef calviniste radical Houtman et de son homme de main Wouter à Sint Antoniespoort. Pendant des mois après ce qui s'y était passé en mai 1578, elle avait vécu dans la peur de voir des soldats arriver pour les arrêter.

Le soir de l'*Alteratie*, il y avait eu des pillages généralisés dans les églises, couvents et rares monastères restants. Les jours avaient passé, puis les semaines, et Minou avait commencé à se demander si les événements de Sint Antoniespoort allaient être oubliés face aux batailles plus importantes qui faisaient rage ailleurs dans la ville. La mort de Houtman, de Wouter et des deux gardes avait-elle été attribuée à une querelle entre voleurs ? À un règlement de comptes entre la faction du Lastage et d'autres rebelles plus modérés ? Et le jeune factionnaire n'avait jamais évoqué les deux hommes qu'il avait vus quitter le corps de garde cet après-midi-là, ou alors il n'avait pas été en mesure de les identifier.

Ces derniers jours de mai 1578, les rues avaient été dangereuses, envahies de bandes de calvinistes excités que personne ne cherchait à maîtriser. Mais petit à petit, Amsterdam s'était faite à son nouvel ordre. Un conseil modéré avait été formé, composé de protestants et de catholiques, bien que sous contrôle calviniste. L'Oude Kerk avait été réaffectée à la foi protestante, mais la Nieuwe Kerk était restée un lieu de culte catholique pendant quelque temps. Une foule de protestants en colère avait attaqué la chapelle de l'Heilige Stede, détruisant tout ce qui lui rappelait le culte du Miracle d'Amsterdam. Mais les béguines avaient été laissées tranquilles, comme promis, et avaient reçu la permission de prendre en charge la célébration de ce Miracle, pour qu'il continue à attirer dans la ville, chaque mois de mars, de nombreux visiteurs qui dépensaient leur argent dans les tavernes et les pensions de famille.

À chaque phase, la priorité du nouveau conseil avait été le développement de la ville et de ses échanges commerciaux. En quelques mois, le port autour du Lastage avait été agrandi : ses travailleurs y avaient construit des ateliers de blanchiment plus grands, de vastes entrepôts et d'élégantes maisons des corporations. Les défenses de la ville avaient été renforcées avec le Nieuwe Gracht à l'est et, petit à petit, même les bourgeois catholiques avaient commencé à revenir discrètement de leur exil à Haarlem ou à Leiden.

Hors des remparts, dans les vastes étendues de plaines et de champs verdoyants, de nouvelles communautés émergeaient également. D'autres huguenots persécutés étaient arrivés de France pour s'installer à l'ouest, tandis que juifs marranes et séfarades, fuyant les horreurs de l'Inquisition en Espagne et au Portugal, s'étaient établis de l'autre côté de Sint Antoniespoort, à l'est.

Les navires avaient recommencé à entrer dans le port. Amsterdam était prête à faire affaire, accueillant à bras ouverts les réfugiés de Gand et de Bruges, de Bruxelles et d'Anvers.

Marchands, artisans, musiciens, artistes, banquiers, avocats, des gens d'éducation et de talent à la recherche d'un endroit sûr où poser leur baluchon. Tant de choses avaient changé en six ans.

Minou referma la fenêtre, pour éviter de laisser entrer les mouches qui envahissaient la ville en été, et aperçut son reflet dans la vitre : une femme élégante d'âge mûr, à la chevelure encore épaisse et brune, sans la moindre trace de gris, avec quelques rides autour des yeux. Elle ne regrettait pas sa jeunesse perdue. Son visage racontait l'histoire de sa vie : l'amour et le deuil, la joie et le chagrin, toutes ces émotions qui donnaient au monde sa couleur.

Elle regarda de nouveau la lettre d'Antoine Le Maistre épinglée sur le panneau, et pria pour qu'ils reçoivent rapidement confirmation de sa part. Au fil des ans, Piet et elle avaient appris à ne jamais donner libre cours à leurs espoirs – ils avaient eu trop de déconvenues –, mais à présent ? Cette information avait des accents de vérité.

Depuis qu'ils avaient découvert ce que contenait le paquet de Mariken – la lettre écrite à Piet par sa mère et la preuve de son mariage avec Philippe du Plessis –, ils avaient consacré l'intégralité de leur temps libre et de leurs ressources limitées à essayer de localiser Vidal. Partant de l'hypothèse qu'il était encore en vie – les rumeurs concernant les efforts du duc de Guise pour le retrouver le confirmaient –, ils avaient suivi chaque piste, mais les déplacements massifs de populations dus à cet enchaînement ininterrompu de guerres de Religion, associés à la destruction des archives des villes françaises lorsqu'elles étaient pillées, leur en avaient laissé peu. Les domaines de Du Plessis aux abords de la ville de Redon en Bretagne avaient été vendus et son seul parent, un neveu, avait été l'unique bénéficiaire de la vente. Personne qui corresponde à la description de Vidal n'avait été vu dans la région depuis la maladie et la mort de son oncle en mars 1572, et aucune rumeur ne circulait sur l'existence d'un fils légitime né d'une mère hollandaise à Amsterdam des années plus tôt.

Parce que la survie de Vidal dépendait de sa capacité à échapper aux espions omniprésents de Guise, Minou était convaincue qu'il avait complètement changé d'identité. Aussi avaient-ils reporté leur attention sur le seul autre indice qu'ils avaient, si ténu soit-il, à savoir la révélation par Willem van Raay, sur son lit de mort, que le cardinal français était désormais un chasseur de reliques.

Cornelia n'avait rien trouvé dans les papiers de son père qui explique ses paroles, ni la moindre indication des informations que Wouter avait pu avoir à vendre. Mais compte tenu de leur interaction passée avec Vidal, Minou avait estimé que c'était une piste qui méritait d'être explorée. Depuis le tout début des guerres de Religion, en 1562, des objets sacrés volés dans des monastères et couvents circulaient librement en France, et le commerce des reliques était particulièrement lucratif. Nombre des sites catholiques les plus importants étaient désormais gardés jour et nuit, et les détails des tentatives de vol partagés. Tante Salvadora, toujours confortablement installée dans son deuil rue du Taur à Toulouse, n'avait jamais oublié la cruauté de Vidal – ni les actes criminels auxquels il s'était livré pour se procurer le Suaire d'Antioche – et faisait donc tout ce qui était en son pouvoir pour les aider.

Mais jusqu'à ce qu'ils reçoivent cette lettre de Le Maistre, tout cela n'avait mené à rien.

Minou se tourna vers la table en chêne au milieu de la pièce, sur laquelle était posée une gigantesque carte de France. Celle-ci était marquée de croix noires, indiquant chacune un endroit où, au cours des six années passées, un chasseur de reliques correspondant à la description de Vidal avait été vu : Saint-Antonin, Toulouse, Carcassonne, Reims, Vassy, Rouen, Nantes, Amiens. Elle prit un morceau de charbon et en traça une nouvelle sur la ville de Chartres.

Un bruit soudain la tira de ses réflexions. Levant les yeux, elle trouva sa fille sur le seuil de la porte qui menait à la terrasse, passant nerveusement d'un pied sur l'autre.

« Bernarda, tu m'as surprise !

– *Het spijt me.* »

Âgée désormais de onze ans, l'enfant était dotée de taches de rousseur et d'une chevelure cuivrée qui la désignaient clairement comme la sœur de Johannus, dont elle partageait également la silhouette robuste. Née à Amsterdam et y ayant passé toute sa vie, elle était hollandaise jusqu'au bout des ongles. Elle parlait un français hésitant, avec un accent haché.

« Ne reste pas là comme ça, petite, dit Minou en lui faisant signe d'avancer. Entre. »

La fillette fit un pas dans la pièce et s'arrêta, les mains sagement jointes devant elle.

« Je ne voulais pas vous déranger.

– J'étais seulement en train de réfléchir. »

Comme Bernarda était une enfant affligée d'un manque cruel de curiosité, elle se satisfit de sa réponse.

Minou soupira.

« Que puis-je faire pour toi, Bernarda ?

– Puis-je aller voir tante Alis ? Elle m'a promis un livre et je n'ai plus rien à lire aux enfants.

– C'est gentil de ta part. Bien sûr, tu peux y aller. Demande à Johannus de t'accompagner.

– Je n'ai pas besoin de chaperon, marmonna Bernarda.

– Je ne veux pas que tu y ailles toute seule. Emmène ton frère comme je te l'ai demandé. »

La fillette regarda ses pieds. Sa docilité rendait la vie plus facile dans leur foyer, mais Minou aurait aimé parfois qu'elle montre un peu plus de hardiesse. Et comme si souvent, même après toutes ces années, elle ne put s'empêcher de comparer sa fille très hollandaise à la fille française qu'elle avait perdue.

La perte de Marta était devenue une douleur sourde, présente en permanence mais de moins en moins vive au fil des ans. Douze hivers et douze étés avaient passé depuis que Minou avait vu sa fille fougueuse et imprévisible pour la dernière fois et, bien qu'elle continuât d'entretenir dans son cœur l'infime espoir qu'elle ait d'une façon ou d'une autre survécu, en vérité, elle n'y croyait plus.

Elle s'efforçait de perpétuer son souvenir au sein de son foyer. Le portrait en tapisserie de la famille Joubert-Reydon qu'Alis avait réussi à emporter dans sa fuite de Puivert était pendu dans leur pièce de vie principale, et elle s'était toujours fait un devoir de parler à Johannus et Bernarda de leur sœur aînée, avec sa robe bleue et ses yeux dépareillés. Mais elle savait que Marta ne représentait rien pour eux. C'était juste la petite fille sur la tapisserie.

« Je ne veux pas que tu te promènes dans les rues toute seule, Bernarda.

– Comme vous le souhaitez, mère. »

Honteuse de trouver son obéissance si contrariante, Minou lui passa le bras autour des épaules et la serra contre elle un peu trop fort.

« Tu es une bonne petite fille, lui dit-elle. Fais-toi accompagner d'Agnes, si tu préfères. Transmets mes amitiés à Alis et Cornelia, et propose-leur de venir dîner avec nous ce soir. Aimerais-tu cela ? »

Bernarda haussa les épaules.

« Cela ne me dérange pas. »

Minou soupira de nouveau.

« Alors dis-leur de venir à 6 heures. »

Tandis que Bernarda ressortait par le jardin, Minou s'approcha de son secrétaire pour en sortir son journal, et s'y installa pour écrire. Il valait mieux faire quelque chose qu'attendre simplement de recevoir d'autres nouvelles de Le Maistre. Elles pourraient mettre des jours, des semaines à arriver.

Durant les années qui s'étaient écoulées entre leur fuite de Paris et l'arrivée de sa sœur à Amsterdam, son encre et sa plume étaient restées inutilisées dans leur tiroir. C'était Alis qui l'avait encouragée à s'y remettre. Forte de son soutien passionné, Minou avait recommencé à écrire chaque jour, déterminée à s'assurer que la voix des femmes ordinaires comme elle ne tombe pas dans l'oubli, remplissant carnet après carnet en racontant la façon dont une famille, la leur, avait survécu aux guerres, décrivant ce que cela faisait de fuir de chez soi pour bâtir une nouvelle vie dans une ville lointaine.

Désormais, écrire était aussi vital pour elle que respirer. C'était une nécessité, une responsabilité. Ses journaux n'étaient plus un recueil de ses peurs et de ses espoirs personnels, mais plutôt le récit de ce que cela voulait dire d'être une réfugiée, une personne déplacée, un témoin de la mort d'un monde pour laisser place à un autre. Elle savait qu'il n'y avait jamais que la vie des rois, des généraux et des papes qui finisse dans les archives. On prenait leurs préjugés, leurs actes et leurs ambitions pour la seule vérité de l'histoire.

Elle attrapa sa plume et la trempa dans l'encre, mais n'eut que le temps d'écrire la date avant d'entendre la porte d'entrée se refermer à la volée.

Elle leva les yeux. Ni les enfants ni les domestiques n'étaient autorisés à entrer par là – ils passaient tous par le jardin pour sortir directement dans la Zeedijk – et, à cette heure de la journée, Piet était généralement à l'entrepôt de van Raay. Cornelia et lui, avec l'aide d'Alis, avaient repris la gestion des affaires du défunt quelques années plus tôt.

« Piet ? Est-ce toi ? »

Il entra à grands pas dans la pièce, une expression animée sur son visage séduisant. Minou se leva d'un bond.

« Qu'y a-t-il ? Une deuxième lettre de Le Maistre est-elle arrivée ?

– Le prince d'Orange est mort. Assassiné voici trois jours dans son quartier général, à Delft. »

74

Le reliquaire, Chartres

Le seigneur d'Évreux était assis au milieu de la pièce, ses doigts minces crispés sur les accoudoirs sculptés de sa cathèdre, son trône d'évêque.

Les grands candélabres d'argent qui se dressaient de part et d'autre de l'autel étaient allumés, bien que cela ne soit pas nécessaire. Le soleil éclatant de cet après-midi estival entrait à flots par le lanterneau encastré dans le plâtre blanc du plafond, inondant d'une lumière riche le centre de la pièce. Les coins et les murs de celle-ci restaient plongés dans l'ombre, protégeant des rayons les magnifiques fresques des stations du chemin de croix et les coffrets placés devant chacune.

Vidal porta la main à sa tempe. La tumeur faisait la taille d'un poing désormais, étirant à la blanchir la peau au-dessus de son oreille droite. Elle ne lui faisait plus mal, cependant, et, bien qu'il souffre régulièrement de pertes de connaissance qui lui volaient des journées entières, il était convaincu que Dieu continuerait à l'épargner jusqu'à ce que sa tâche soit achevée.

Six ans.

Il n'avait pas pensé qu'il lui faudrait si longtemps pour compléter sa collection. Le Suaire d'Antioche en 1562, une épine de la sainte couronne en 1572, la Sancta Camisia en 1578. Depuis, grâce à la magnifique reproduction peinte par son fils de ce qu'il avait vu dans la Sainte-Chapelle, il avait fait fabriquer par un verrier vénitien une excellente réplique de la couronne du

Christ : un faisceau de joncs enserrés dans un cercle de cristal. Pourvu que le peuple croie, qu'il place sa foi et sa confiance en un objet même si ce n'était qu'une copie, les desseins de Dieu étaient servis.

Dans le coffret placé devant la deuxième station du chemin de croix se trouvait une fiole de terre brun clair prélevée sur la Via Dolorosa, à l'endroit où le Christ était tombé pour la première fois ; et dans le cinquième coffret, désormais, une autre ampoule contenant une goutte du sang du Christ, versée lorsqu'il était tombé la deuxième fois.

Un seul coffret restait vide.

La tourmente des guerres de Religion en France, et les périodes de paix armée, avaient aidé Vidal à échapper aux espions de Guise. Mais elles avaient également rendu plus difficile l'obtention d'informations. Il comprenait que tant que la dernière relique n'aurait pas été rapportée à Chartres, son ambition d'établir une véritable Église catholique en France, pour concurrencer la fausse piété de la Ligue catholique dirigée par Guise et financée par l'Espagne, ne pourrait se réaliser.

Douloureusement conscient de son âge et de sa maladie, Vidal se releva. Il marchait avec une canne désormais. Les potions et traitements des apothicaires avaient laissé de lourdes séquelles. Sa tête était couverte d'un chaume blanc et rêche, comme un champ en hiver après une chute de neige. Sa mèche caractéristique avait disparu.

La virole argentée cliqueta sur le sol carrelé du reliquaire alors qu'il s'approchait du coffre vide.

L'heure était venue.

Un mois plus tôt, en juin, après une campagne militaire désastreuse en Flandre, le fils cadet de Catherine de Médicis était mort et le monde avait tremblé sur son axe. Son frère le roi – le duc d'Anjou, comme Vidal persistait à l'appeler dans sa tête – n'avait pas d'enfants, ce qui voulait dire que le huguenot Henri de Navarre était désormais héritier présumé du trône français.

Personne ne croyait que la Ligue catholique accepterait un monarque protestant, mais Guise aurait-il le courage de s'opposer à l'ordre de succession légitime ? Navarre était un prince du sang. Guise n'était pas en position de contester son accession au trône, même si Vidal ne doutait pas un instant qu'il essaierait de le faire.

La France sombrait déjà dans le chaos. Et Vidal sentait que, bientôt, il pourrait enfin sortir de l'ombre. Son organisation exploiterait le pouvoir ineffable des reliques pour honorer les principes ancestraux de leur sainte Église apostolique. Son Dieu était celui de l'Ancien Testament, vengeur, tyrannique et omnipotent. C'était ce dont la France avait besoin pour retrouver sa splendeur d'antan. Seules la puissance et la force pouvaient désormais ramener la paix dans leur pays divisé. Une fois sa domination assurée, et inébranlable, il offrirait son soutien à Guise.

Mais d'abord, il lui fallait la dernière relique.

75

Zeedijk, Amsterdam
Vendredi 20 juillet

Minou passa la tête par l'entrebâillement de la porte de leur quartier général.

« Qu'est-ce qui te retient ici et t'empêche de me rejoindre, mon cœur ? Tu avais dit que tu m'accompagnerais au marché. »

Piet leva les yeux de la table.

« Je n'ai pas vu le temps passer. »

Minou se glissa dans la pièce et referma la porte, pour venir l'embrasser.

« Tu es claquemuré ici depuis l'aube.

– Et j'en suis désolé. »

Elle sourit.

« Nul besoin de t'excuser. » Elle sortit son mouchoir pour essuyer une tache de charbon qu'il avait sur le visage. « Je m'inquiète juste pour toi, enfermé ici. Nous aurons des nouvelles d'Antoine quand nous en aurons. Il n'y a rien que nous puissions faire en attendant. »

Plus d'une semaine s'était écoulée depuis l'assassinat du prince d'Orange dans son quartier général à Delft, d'un coup de pistolet tiré à bout portant par un catholique français fanatique. Les rênes de la Révolte avaient été reprises par son fils aîné et fidèle général, mais personne ne savait ce qui allait se passer désormais. L'ambiance à Amsterdam était explosive, les esprits échauffés.

La veille, Minou avait retrouvé Cornelia et Alis sur le banc des Reydon à l'Oude Kerk pour écouter les femmes autour d'elles échanger des commérages dans la fraîcheur du matin, en attendant que le pasteur commence son prêche. Avant qu'arrive le soir, des groupes d'hommes s'étaient déjà formés à l'ombre au coin des rues et le long des quais pour se transmettre les dernières nouvelles. Quelles allaient être les conséquences du meurtre du prince pour la Hollande ? Pour Amsterdam ?

« Est-ce autre chose qui occupe tes pensées ? » demanda Minou.

Piet ne répondit pas.

« Tu as assez travaillé. Viens dans le jardin prendre un peu l'air.

– Je ne peux pas. »

Minou lui appuya tendrement la main sur la joue. Elle connaissait bien cette humeur chez son époux. Il était comme un terrier avec un os, incapable de prendre du recul – quelle que soit l'heure du jour ou de la nuit, peu importait le temps que cela pouvait prendre – tant qu'il n'était pas venu à bout de ce qui le préoccupait.

« Que fais-tu exactement ? »

Piet resta de nouveau sans répondre et Minou frotta distraitement du doigt une tache brune sur la table. Les domestiques avaient eu beau astiquer, encore et encore, la surface en chêne sur laquelle Willem van Raay s'était vidé de son sang, cette tache-là n'était jamais partie. Le sang avait pénétré trop profondément dans le grain du bois. Elle déplaça un morceau de papier pour la cacher, puis balaya du regard l'amas désordonné de documents.

« Peut-être qu'une autre paire d'yeux pourrait t'aider ?

– Ce n'est pas cela.

– Alors quoi, mon amour ? »

Pendant un moment, Piet resta silencieux. Puis il ramassa la boussole et se pencha au-dessus de la table, en la tenant délicatement entre ses mains.

« Elle me rappelle celle de ton père, dit-il. Toutes les histoires qu'elle aurait pu raconter sur ses voyages. »

Minou sourit.

« Tu ne l'as connu que vieil homme, mais avant les guerres, dans les années 1550 et 1560, il a parcouru toute la France – il s'est même rendu à Londres une fois, et ici, à Amsterdam – pour constituer le stock de notre librairie rue du Marché.

– C'est là que je t'ai vue la première fois. Tu as rembarré les soldats venus m'arrêter !

– J'étais jeune alors, et stupide !

– Tu as vu une injustice et n'as pas détourné le regard. » Il lui prit à son tour la joue dans la main. « Tu n'as pas changé, Minou. »

Elle s'abandonna à sa caresse.

« Tu es bien galant de mentir si joliment. »

Il reposa l'instrument sur la table.

« Marta adorait la boussole de Bernard, reprit-il. Elle passait son temps à "l'emprunter". Te rappelles-tu ? »

À cette évocation inattendue de sa fille, Minou retint son souffle. Piet parlait rarement d'elle – pour ne pas dire jamais.

« Marta était une vraie pie voleuse. » Elle hésita avant de continuer : « Je ne savais pas que tu pensais encore à elle.

– Comment as-tu pu en douter ! s'écria Piet avec une telle douleur dans le regard qu'elle en fut retournée. Parler d'elle me déchirait le cœur, alors je me suis tu. Je sais que tu en as souffert, Minou, et je regrette de ne pas avoir été d'un meilleur réconfort pour toi dans ces premiers jours, mais prononcer son nom me causait tant de peine. Quand j'essayais d'en parler avec toi, je ne faisais qu'aggraver les choses.

– Nous voyions les choses différemment, répondit Minou en choisissant prudemment ses mots. Tu pleurais une fille que tu pensais morte. Moi, une fille que je croyais perdue mais en vie. »

Il baissa la tête.

« Tu m'en voulais de t'avoir forcée à quitter Paris sans elle.

– C'est vrai, avoua Minou en rougissant. Pendant des années, je t'en ai voulu. Il m'a fallu longtemps pour te pardonner, mais je sais que tu as fait tout ce que tu pouvais pour la retrouver, Piet. Moi aussi. »

Il lâcha un soupir plein d'émotion.

« Penses-tu encore à elle ?

– Bien sûr, répondit-elle avec un sourire. Chaque jour. Mais je ne m'attends plus à la voir – dans une rue bondée, à l'église, lorsque je dis mes prières le soir. Trop d'années ont passé sans le moindre signe d'elle, Piet. Que ce soit la sagesse de l'âge, ou simplement le passage du temps, j'ai fini par accepter que tu avais raison. »

À sa grande surprise, Piet prit quelque chose sur la table avant de se diriger vers le banc.

« Minou, viens t'asseoir.

– Qu'y a-t-il ? » demanda-t-elle vivement, sentant son cœur s'arrêter.

Elle avait soudain très peur de ce que Piet pouvait s'apprêter à dire. Il n'y avait pas de vie sans chagrin, mais celle qu'ils s'étaient construite à Amsterdam était bonne et elle ne voulait pas tout perdre une fois de plus.

« Qu'y a-t-il ? répéta-t-elle, assise nerveusement à côté de lui, le dos droit, comme si elle posait pour un portrait.

– Ne te fâche pas, mais ce matin, j'ai reçu la lettre que nous attendions de Le Maistre.

– Quoi ! » Minou s'empourpra de vexation. « Pourquoi ne me l'as-tu pas dit immédiatement ? Tu savais avec quelle impatience je l'attendais. C'est cruel. » Elle voulut se relever mais il la retint par la main. « Non, Piet ! Si souvent par le passé – trop souvent –, nous avons parlé de cela. Chaque fois, je te supplie de te confier à moi, de ne pas me cacher les choses. Chaque fois, tu me donnes ta parole que dorénavant tu me diras tout, et pourtant...

– Je suis désolé.

– Je ne comprends pas. » Minou se força à prendre quelques inspirations profondes. « Eh bien, alors, que dit la lettre ? Avait-il raison ? Est-ce Vidal ? »

Piet ne répondit pas immédiatement.

« Te rappelles-tu ? Après l'*Alteratie*, Antoine Le Maistre s'est engagé dans l'armée du prince d'Orange et l'a suivi dans le Sud.

– Je sais déjà tout cela, protesta Minou avec un geste impatient de la main.

– Il s'est retrouvé à Anvers lors du massacre et a réussi de justesse à y échapper. Il a alors quitté la Flandre pour s'installer à Chartres, où il a de la famille.

– Pourquoi me racontes-tu des choses que je sais déjà ? »

Piet continua sans s'interrompre.

« Et c'est là qu'il a entendu les rumeurs au sujet d'un propriétaire terrien de la région, répondant au nom d'Évreux. Celui-ci est vu un peu comme un reclus. » Il donna un petit coup sur la lettre qu'il tenait à la main. « Antoine a d'autres informations.

– Il a la confirmation qu'Évreux est Vidal ? demanda vivement Minou.

– Il n'est pas catégorique, mais a découvert trois éléments qui semblent corroborer cette théorie : tout d'abord, Évreux a un fils de dix-neuf ou vingt ans. Ce qui serait l'âge du garçon que j'ai vu en compagnie de Vidal à Paris le jour du mariage. »

Minou secoua la tête.

« Mon cœur, comme je te l'ai dit à l'époque et depuis, beaucoup d'hommes ont un fils de cet âge ! Ce n'est pas une preuve.

– Deuxièmement, Antoine nous écrit que peu après l'installation du seigneur d'Évreux aux abords de Chartres – à l'automne 1572, ce qui correspond également à la date à laquelle Vidal a disparu – un prêtre novice a été trouvé assassiné dans la cathédrale. L'explication officielle est qu'il essayait de voler – ou peut-être de protéger – la Sancta Camisia et qu'on l'a tué pour cela.

– Mais la Sancta Camisia est encore à la cathédrale de Chartres, n'est-ce pas ?

– Il y a une relique exposée », répondit Piet avec l'ombre d'un sourire.

Minou comprit.

« Mais ce meurtre donne du poids à l'idée qu'il y a eu substitution – une fausse relique à la place de la vraie – comme l'a fait Vidal avec le Suaire d'Antioche.

– Oui, acquiesça-t-il. Et la date de la disparition de Vidal à Paris concorde avec celle de l'apparition d'Évreux à Chartres. »

C'était là un élément très corroborant, mais Minou ne voulait toujours pas tirer de conclusions hâtives.

« Tu as dit qu'il y avait trois indices.

– Cette dernière semaine, un capitaine à la solde du duc de Guise – un certain Pierre Cabanel – serait arrivé à Chartres pour poser des questions sur le seigneur d'Évreux.

– Un homme de la région ?

– Non, de Paris. Apparemment, Guise est parvenu à la même conclusion que nous, à savoir qu'Évreux est son confesseur infidèle. » Piet se tourna vers son épouse. « Je sais que tu m'as mis en garde contre les faux espoirs, mais mon instinct me dit que c'est lui, Minou. J'en suis certain. »

Minou partageait son intuition. Elle se laissa aller contre le dossier du banc, faisant craquer le bois, et tendit la main.

« Puis-je lire la lettre d'Antoine de mes propres yeux ? »

Pour une raison inconnue, elle sentit une tension s'installer dans la pièce. Elle jeta un coup d'œil à Piet, s'efforçant de déchiffrer l'expression de son visage, mais il ne dit rien. Lentement, il lui passa le document.

Elle commença à le lire, sans y trouver quoi que ce soit qui puisse expliquer que Piet lui ait caché l'arrivée de la lettre toute la journée. Le pli ne contenait rien de plus que ce qu'il venait de lui dire. Jusqu'à ce qu'elle atteigne le post-scriptum, griffonné à la hâte au bas de la page.

Son sang se glaça.

« Voilà pourquoi j'ai passé la journée enfermé ici, dit doucement Piet. Je ne savais pas comment tu réagirais. Je ne savais pas ce que je ressentais moi-même.

– Oui, je comprends », dit Minou dans un murmure à peine audible.

Ses pensées rugissaient dans sa tête. Son cœur battait à tout rompre.

Piet reprit doucement la lettre de sa main tremblante.

« "Cabanel, dit-on, est accompagné de sa fille, lut-il. Je ne l'ai pas vu, lui, mais quant à elle, c'est une magnifique jeune femme de dix-huit ou dix-neuf printemps. Chose étrange, Reydon, il y avait quelque chose en elle qui m'a fortement rappelé votre chère épouse : les mêmes longs cheveux bruns, la même peau pâle, et une coïncidence extraordinaire : elle a un œil bleu et l'autre marron." »

Il prit la main de Minou.

« Cabanel vient de Paris. Et si c'était elle, Minou ? Si c'était Marta ? Notre fille, enfin retrouvée. »

76

Chartres

Un rayon de soleil solitaire filtrait par l'espace entre les volets, tombant comme un ruban doré en travers du lit. Marie Cabanel, debout à la fenêtre qui donnait sur la rue du Cheval-Blanc, regardait en direction de la porte nord de la cathédrale. Elle s'était placée là stratégiquement, afin que le sacristain ait d'elle la vue la plus envoûtante, avec sa haute taille et ses longs cheveux bruns qui lui tombaient pudiquement sur les épaules et dans le dos. Elle appuya une main pâle sur la croisée, de façon que la peau blanche de l'intérieur de son bras offre une vision cruellement tentante.

« Ai-je fait quelque chose qui vous offense ? » demanda-t-elle dans un murmure, assez fort cependant pour faire accourir l'ecclésiastique.

Marie pouvait sentir sa présence, juste derrière elle. Elle percevait la chaleur qui émanait de lui. Elle pouvait se représenter avec précision la main qu'il tenait suspendue entre eux, brûlant de la toucher sans oser le faire. Elle le laissa attendre encore un peu puis, sans se retourner, tendit la main derrière elle, faisant étinceler brièvement dans la lumière le saphir à son doigt. Il ne fallait laisser aucun doute au sacristain sur le fait qu'elle était une femme aux qualités exceptionnelles. Une femme très convoitée. Le genre de femme au nom de qui, dans l'Antiquité, des guerres auraient été menées.

Le jeune ecclésiastique agrippa sa main comme un homme en train de se noyer, et entrelaça ses doigts avec les siens.

D'un geste presque imperceptible, Marie laissa le ruban de sa cape se dénouer complètement. L'étoffe bleu pâle glissa de ses épaules pour aller former une mare au sol, révélant qu'elle ne portait en dessous qu'une chemise. Elle entendit le souffle du jeune homme se couper et se retourna lentement, pour qu'il puisse voir ses formes, la douce courbe de sa taille.

« Vous êtes... »

Marie lui posa un doigt sur les lèvres.

« Je n'aurais pas dû venir, mais je n'ai pas pu m'en empêcher. »

Elle se pencha vers lui de sorte que son pendentif de saphir, au bleu parfaitement assorti à celui de sa bague, toucha son habit noir. Elle colla son corps au sien, juste quelques instants. Puis elle s'écarta. Elle avait besoin qu'il soit torturé par le souvenir de ce qu'il pouvait avoir. Sans cela, elle ne pourrait pas obtenir l'information qu'elle souhaitait lui soutirer.

« Nous ne pouvons pas... », murmura-t-il.

Mais le reste se coinça dans sa gorge. Il ferma les yeux et commença à remuer les lèvres.

Elle sut qu'il était en train de prier et sourit. Les hommes de Dieu étaient tous pareils. L'esprit n'avait pas de mal à dominer la chair lorsqu'ils étaient seuls dans leur cellule monastique le soir. Mais en sa présence, leurs vœux étaient aisément rompus.

Son dernier amant, un gentil petit prêtre qui servait à la Sainte-Chapelle à Paris, lui avait expliqué de façon détaillée ce qui se passait dans sa tête lorsqu'il essayait de résister à la tentation. Il s'imaginait à genoux devant le magnifique autel, et se remplissait l'esprit d'images de la majestueuse voûte en pierre, des pieds et des mains ensanglantés de Jésus sur la croix. Il tentait de remplacer le martèlement de son pouls par la mélodie du chœur dont les voix s'élevaient dans la nef jusqu'au vertigineux plafond. Il s'obligeait à se rappeler la promesse de la résurrection et de la vie qui attendait ceux qui suivaient le Christ et obéissaient aux commandements de Dieu.

Marie mit les mains sur les épaules du sacristain et le força doucement à s'agenouiller. La respiration du jeune homme s'accéléra.

« Je souhaite seulement vous apporter du réconfort. Vous travaillez si dur pour le bien d'autrui. »

Il appuya la tête contre son ventre et elle l'entendit pousser un grognement en savourant l'odeur de sa peau à travers la mince étoffe. Il essaya de passer les bras autour de ses cuisses.

« Vous rappelez-vous les jours qui ont suivi notre première étreinte ? demanda-t-elle en s'écartant légèrement pour arrêter son geste. Mon amour, je ne dormais plus, j'en avais perdu le boire et le manger. J'étais malade de ne pas vous avoir à mes côtés.

– Vraiment ? fit-il d'une voix où elle pouvait désormais entendre le désarroi.

– Vous étiez si adorable, répondit-elle avec un sourire. Mon petit rossignol. »

Il ferma les yeux.

« Mais je ne peux pas. C'est un péché. Mes vœux me l'interdisent. »

Marie se laissa tomber à genoux devant lui pour le regarder dans les yeux.

« Me donnerez-vous votre bénédiction, murmura-t-elle en prenant sa main pour la presser contre son cœur, ou bien est-ce aussi contraire à vos vœux ? »

Elle pouvait voir l'ardeur de son désir pour elle et les efforts qu'il faisait pour tenter de lui résister. Puis elle sentit la pression de sa main s'accentuer légèrement sur son sein.

« Merci de votre bonté, lui dit-elle en glissant une main experte sous son habit. Personne n'a besoin de savoir.

– Mais le Seigneur voit tout.

– Et Il pardonne à tous ceux qui se repentent sincèrement », chuchota-t-elle en faisant courir un doigt le long de l'intérieur de sa cuisse.

Il se laissa retomber sur ses talons et elle sut qu'elle le tenait.

Brusquement, il la souleva du sol et la porta jusqu'au lit à baldaquin, tirant les courtines si brutalement que les anneaux tintèrent sur la tringle.

« À Chartres, ils parlent de vous en termes si élogieux, dit Marie en le laissant la déposer sur les draps. Je peux vous apprendre à devenir l'homme que vous êtes né pour être. »

Il avait oublié ses vœux, avait oublié que la pièce donnait sur la cathédrale.

« C'est cela », l'encouragea-t-elle en s'ouvrant à lui.

Il ferma les yeux, aveugle et sourd désormais à tout ce qui n'était pas le mouvement de son corps dans le sien, et toute pensée occultée par le désir.

« Avez-vous découvert ce que je vous ai demandé ? » lui murmura-t-elle à l'oreille, en gémissant comme si ses coups de reins lui donnaient du plaisir.

Il ne répondit pas. Il en était incapable. Il n'avait même plus la moindre idée d'où il était. Mais Marie savait qu'elle devait le faire parler tout de suite. Certains restaient ouverts après l'acte, mais d'autres étaient pris d'une honte immédiate et avaient hâte de s'en aller.

Elle agrippa une poignée de ses cheveux et lui tira brutalement la tête en arrière. Il lâcha un cri mais elle le fit taire d'un baiser avant de lui mordre la lèvre. La délicieuse douleur lui arracha un gémissement.

« Où peut-on le trouver ?

– Marie... »

Elle enroula ses jambes autour de sa taille et, avant qu'il ait compris ce qu'elle était en train de faire, le fit rouler sur le dos pour se retrouver à califourchon au-dessus de lui.

« Où vit le seigneur d'Évreux ? insista-t-elle, en laissant ses cheveux tomber sur lui comme un voile. Vous m'avez promis que vous découvririez cela pour moi.

– J'ai l'information que vous recherchez, répondit-il en haletant.

– Vous avez apporté les papiers comme je vous l'avais demandé ?

– Oui ! lâcha-t-il. Je les ai cachés dans la sacristie au cas où. Au cas où vous… J'espérais que vous reviendriez.

– Vous avez bien fait, dit-elle avant de l'encourager en l'embrassant à pleine bouche. Et le domaine d'Évreux se trouve… ?

– Tout y est indiqué, bredouilla-t-il, achevant de perdre le contrôle de ses mots. J'ai tout noté. Pour vous. »

Elle ondula des hanches en cambrant le dos. En arrivant à son terme, il cria son nom.

Après, elle resta allongée à côté de lui et lui murmura des paroles apaisantes jusqu'à ce qu'il s'endorme. Elle excellait dans son domaine. Elle ne faisait pas partie de l'escadron volant de Catherine de Médicis – elle n'était pas d'assez haute naissance pour mériter pareil honneur. Mais, ayant grandi au cœur de Paris, elle avait observé leurs méthodes et les avait adaptées pour les faire siennes.

Soudain, un souvenir fugace lui transperça l'esprit. L'impression, semblable à une perle roulant au milieu d'un grenier poussiéreux, de quelque chose qu'elle pouvait presque voir, presque toucher, mais qui restait insaisissable : le souvenir d'un bonnet blanc, d'une conversation entendue dans la rue, d'un jeune enfant qui pleurait sans cesse, de questions restées sans réponse.

De brefs aperçus d'une vie avant celle dont elle se souvenait.

Qu'est-ce qu'une fille de l'escadron ? Qui avait dit ces mots ? Elle ? *Les garçons sont des imbéciles, de trahir leurs secrets pour des colifichets.*

Elle détestait ces moments, échos d'une époque antérieure. Ils devenaient de plus en plus fréquents, et elle n'avait personne à qui s'adresser pour les comprendre. D'autres visages, d'autres voix qu'elle ne parvenait pas à identifier, mais qui semblaient logés quelque part dans les profondeurs de son âme. Datant d'avant qu'elle soit Marie Cabanel.

Elle ferma les yeux et se concentra sur le présent. Elle n'avait nul besoin du passé. Tout ce qui comptait était de prendre soin d'elle-même, au jour le jour. Il n'y avait personne d'autre.

Elle attendit que l'homme assoupi devienne pesant entre ses bras, puis s'extirpa de sous son corps. Alors que les grandes cloches de la cathédrale de Chartres marquaient le passage de l'heure, le sacristain ne la vit pas fouiller d'une main experte les plis de sa soutane, puis sa sacoche de cuir, jusqu'à ce qu'elle trouve les documents. Il ne vit pas la lueur de satisfaction dans son regard alors qu'elle les lisait.

Ressortie dans la rue du Cheval-Blanc, Marie s'arrêta à l'ombre du chaud soleil de 4 heures et s'accorda un moment de triomphe. Entre autres nombreuses choses, elle avait obtenu confirmation que, bien que le seigneur d'Évreux possède un hôtel particulier dans cette même rue, son domaine principal se trouvait à l'ouest de la ville, dans la campagne chartraine ; qu'il y vivait avec son fils, un homme d'une vingtaine d'années ; et que selon la rumeur, c'était un chasseur de reliques.

C'était Vidal, elle en était certaine.

Ce qu'elle devait faire à présent, c'était lui écrire afin de lui soumettre une proposition à laquelle il ne pourrait pas résister. Ce qui se passerait par la suite était entre les mains de Dieu. Elle fit rouler la chaîne en argent de son pendentif entre ses doigts, laissant la pierre scintiller dans la lumière. De toutes les nuances de bleu, le saphir était sa préférée.

Elle sourit. Son père aurait été fier d'elle.

77

Warmoesstraat, Amsterdam

« Que vas-tu faire ? » demanda de nouveau Alis.

Après le dîner pris à 6 heures, les enfants étaient sortis dans le jardin profiter de la fraîcheur du soir tandis que les adultes se retiraient dans la salle de séjour familiale. Minou et Piet avaient révélé le contenu de la lettre de Le Maistre à Alis et Cornelia. La discussion qui avait suivi avait duré assez longtemps pour que l'air de la pièce devienne confiné.

Lorsqu'il avait été temps pour Cornelia et Alis de rentrer chez elles dans Warmoesstraat, Minou avait décidé de les raccompagner. Cornelia s'était excusée, prétextant des documents de transport maritime à ratifier, pour laisser Alis et Minou seules.

La nuit était désormais en train de tomber et les deux sœurs étaient assises dans la pièce principale de la maison. Les hautes et élégantes fenêtres étaient ouvertes sur le canal. Des lucioles papillonnaient autour des chandelles posées sur leur rebord, qui embaumaient la citronnelle.

Minou était incapable de se calmer. Après avoir passé douze ans à essayer d'accepter que sa fille était morte, l'idée qu'elle puisse en fait être en vie était presque trop pour elle. Elle avait l'impression qu'on lui avait enlevé une couche de peau pour exposer ses nerfs à l'air libre. Elle était excitée, oui, mais en même temps complètement défaite.

« Tu sais ce que Piet veut faire. Mais toi, Minou, qu'est-ce que tu veux ? »

Elle regarda Alis.

« Je ne sais pas. Je veux croire que cette jeune fille est Marta. Mais en même temps, l'idée qu'elle puisse l'être m'est insupportable.

– Pourquoi cela ? »

Minou prit une profonde inspiration.

« Parce que je l'ai abandonnée, Alis. J'ai arrêté de croire qu'elle pouvait être retrouvée.

– Ce n'est pas vrai, répondit sa sœur avec loyauté. Tu as fait tout ce que tu pouvais, mais tu étais à Amsterdam. Trop de gens ont disparu ou sont morts cette nuit-là ; il n'y avait aucun moyen de retrouver une petite fille de sept ans de si loin. Et Paris était – est encore – trop dangereux pour nous. Tu es trop dure avec toi-même. Tu n'as pas à te sentir coupable.

– Mais je ne peux m'en empêcher », s'écria Minou.

Pendant un moment, elle se laissa apaiser par le bruit des barges sur le canal, des rames qui s'enfonçaient dans l'eau, des vaguelettes qui clapotaient doucement contre les murs. Elle se rendit compte qu'elle n'avait jamais permis à Marta de grandir. Toutes ces années où elle s'était représenté son visage – une image qui s'était progressivement estompée avec le temps –, Marta avait toujours été la même petite fille, vêtue de sa robe bleue préférée, son bonnet blanc à la main, qui était venue se plaindre d'être enfermée dans la chambre d'enfants avec son frère malade par cette chaude journée d'août. L'enfant courageuse, audacieuse et désobéissante qui, lasse d'attendre, était sortie toute seule dans les rues de Paris et n'était jamais revenue.

« Et si c'est bien Marta et qu'elle ne me reconnaît pas ? Elle aurait dix-neuf ans aujourd'hui.

– Bien sûr qu'elle se rappellera de toi, répondit fermement Alis.

– Et si c'est bien elle, mais que je suis incapable de l'aimer ? »

Alis sourit.

« Tu l'aimeras. Cela prendra peut-être un moment, et ce sera peut-être difficile, mais elle retrouvera le chemin de ton cœur et toi celui du sien. Tu es sa mère. Elle ne t'aura pas oubliée.

– C'est une possibilité. Tant de temps s'est écoulé. »

Minou sentit la détresse l'envahir par tous les pores, lui alourdir les membres comme si elle s'était réveillée trop tôt d'un profond sommeil. Elle était désorientée, confuse. Depuis douze ans, elle priait pour que sa fille lui soit rendue. Et à présent, à cette perspective, elle ne ressentait que de la terreur.

Elle joignit ses mains pâles sur ses genoux, se tordit les doigts.

« Et si elle a souffert ?

– Ce n'est pas l'impression que donne la jeune femme que Le Maistre a décrite dans sa lettre, répondit Alis, bien que Minou voie une lueur de pitié passer dans son regard. Mais quoi qu'il ait pu arriver dans la vie de Marta, en bien ou en mal, tu sauras y faire face. Il est possible qu'elle te dise des choses que tu ne voudras pas entendre. Qu'elle ait vécu une vie très différente de celle que tu lui aurais donnée. Il serait stupide de prétendre le contraire. Il n'est pas facile d'être une femme en temps de guerre, encore moins une fille.

– Si c'est bien elle, dit Minou une fois de plus.

– Si c'est bien elle. »

Minou prit une grande inspiration.

« Piet est tout excité, tant à l'idée que nous ayons peut-être trouvé Vidal après toutes ces années, qu'à la perspective de revoir Marta. Il ne fait aucun doute pour lui que c'est elle. Mais il n'y a aucune raison de croire que Cabanel ou sa fille sont encore à Chartres.

– Il n'y a aucune raison de croire qu'ils n'y sont plus », répliqua Alis.

Minou regarda sa sœur.

« Donc tu penses que je devrais y aller ?

– Bien sûr que tu dois y aller, répondit Alis avec un éclat de rire. Tu ne peux pas rester ici à te poser la question. Ou à attendre que Piet revienne. Plus vite vous partirez, plus vite tu sauras. Quelle que soit la réponse à tes questions, tu sauras. »

Il y eut un bruit derrière elles et Cornelia passa la tête par l'entrebâillement de la porte. Le visage d'Alis s'éclaira.

« Je vous dérange ? demanda Cornelia.

– Bien sûr que non », répondit Alis en lui tendant la main.

Cornelia entra, portant un plateau en étain sur lequel étaient posés trois chopes et un pichet de bière.

« Je me suis dit que vous auriez peut-être besoin de rafraîchissements. »

Minou s'émerveilla de la faible prise du temps sur l'apparence de Cornelia depuis qu'elle l'avait rencontrée toutes ces années plus tôt. Sa chevelure brune s'était un peu affinée, mais c'était tout. Cependant, si l'âge n'avait pas adouci ses traits, il semblait l'avoir aidée à trouver sa propre beauté. La trentaine lui seyait.

Elle la vit poser une main sur l'épaule d'Alis en passant, et sourit. L'amour aussi lui allait bien. Il leur allait bien à toutes les deux.

Cornelia n'avait jamais eu à se marier. Elle était financièrement indépendante, et n'avait donc pas besoin d'un époux pour subvenir à son existence. Avec l'aide de Piet, elle avait continué à développer le négoce de son père, et la flotte van Raay était désormais l'une des plus prospères d'Amsterdam.

Dès son plus jeune âge, Alis avait clairement affiché son dédain à l'égard des garçons, puis de l'institution du mariage. Minou avait cru que c'était une humeur qui lui passerait avec l'âge, mais alors qu'Alis s'habituait à la vie à Amsterdam et qu'elle-même réapprenait à côtoyer sa sœur, elle avait compris que cette dernière connaissait bien son propre cœur.

« À quoi penses-tu ? demanda Alis.

– À rien », répondit Minou avec un sourire.

Pendant un moment, les trois femmes burent leur bière en silence, à petites gorgées. Alis et Cornelia occupaient leurs fauteuils habituels de part et d'autre de l'âtre. Minou resta assise à la table, à dessiner des formes du bout du doigt sur le bois ciré.

« Si nous allons à Chartres, finit-elle par dire, pourrez-vous vous occuper de Jean-Jacques et Bernarda ? Et de l'hospice ? »

Elle les vit échanger un regard et comprit qu'elles en avaient déjà parlé entre elles.

« Bien sûr, répondit Cornelia.

– Bernarda et Johannus seront parfaitement heureux sous notre garde, ajouta Alis avec un grand sourire. Je retournerai vivre dans Zeedijk et veillerai au bon fonctionnement de l'hospice jusqu'à votre retour.

– Tu es consciente que nous risquons d'être partis pendant un mois ? Peut-être plus, en fonction de ce que nous trouvons ? »

Cornelia et Alis échangèrent un autre regard.

« Je me demandais si nous ne pourrions pas inviter Salvadora, suggéra Alis avec hésitation. Pour nous aider à nous occuper des enfants. Johannus l'aime beaucoup.

– Mais pas toi ! s'exclama Minou. Je crois me rappeler que lorsqu'elle t'a veillée à Puivert après... tu as dit que si nous ne l'emmenions pas à Paris avec nous, tu te jetterais d'une fenêtre.

– Elle n'a pas dit ça ! » s'effara Cornelia en riant.

Alis leva les mains pour tempérer l'accusation.

« Je veux bien admettre que je la trouvais pénible. Mais j'étais plus jeune. Et elle a toujours préféré Aimeric. » Son expression se fit plus sérieuse. « Je crois qu'elle serait contente d'être là quand vous reviendrez. Si c'est bien Marta. Elle n'a pas oublié ces jours terribles, ni votre fuite de Paris. Cela pèse lourdement sur son cœur à elle aussi.

– Elle était toujours si sèche avec Marta.

– C'était juste sa manière d'être. Dans ses lettres, elle demande toujours si nous avons des nouvelles.

– Tu corresponds avec Salvadora ? s'étonna Minou, sincèrement surprise.

– Elle aime évoquer ses souvenirs d'Aimeric. » Alis soupira. « Et moi aussi.

– Tu aurais pu en parler avec moi, fit remarquer Minou en essayant de ne pas se vexer.

– Tu avais les pensées déjà bien occupées par Marta, répondit Alis avec simplicité. Par ailleurs, tante Salvadora se languit des enfants. Elle demande souvent de leurs nouvelles.

– Je l'ai suppliée de rester ici avec nous, fit Minou en fronçant les sourcils, mais elle était déterminée à rentrer à Toulouse. »

Alis eut un grand sourire.

« Pardonne-moi, Cornelia, mais Salvadora n'aimait pas la société hollandaise et détestait Amsterdam. Un endroit "affreusement humide", selon la description qu'elle en a faite dans l'une de ses lettres.

– Mon père m'avait dit qu'elle se plaignait souvent, répondit Cornelia avec un rire. Chaque fois qu'il l'accompagnait à la messe à la Nieuwe Kerk, m'a-t-il raconté, elle trouvait toujours une chose ou une autre à critiquer. »

Minou les regarda se sourire, encore étonnée de la relation entre sa tante et sa sœur dont elle n'avait pas soupçonné l'existence.

« Croyez-vous que Salvadora viendrait ? demanda-t-elle. Avec la situation telle qu'elle est en France depuis la mort du frère du roi – et maintenant l'instabilité qui règne ici après l'assassinat du prince d'Orange –, les temps sont dangereux pour les voyageurs.

– Cornelia a eu une idée, répondit Alis. Elle a suggéré que si vous décidiez d'aller à Chartres, il serait plus sûr de faire la plus grande partie possible du trajet par bateau. Celui qui vous emmènera en France, toi et Piet, pourrait ensuite continuer de longer la côte atlantique jusqu'à Bordeaux et y récupérer tante Salvadora. Si, de son côté, elle trouvait un arrangement sûr pour venir de Toulouse. »

Minou hocha la tête.

« Il serait rassurant d'avoir Salvadora ici de nouveau. » Elle se tourna vers Cornelia. « Pensez-vous pouvoir nous trouver une place sur l'un de vos bateaux ?

– Il va falloir que je regarde sur le registre, mais je crois que nous en avons un qui part après-demain. Vous pourriez aller jusqu'à Rouen, puis continuer en voiture jusqu'à Chartres. Il est dangereux de traverser les provinces du Sud en ce moment – les affrontements y sont pires que jamais. La destruction, la disette y sont terribles, dit-on. Vous serez plus en sécurité sur l'eau.

– Et vous auriez aussi de la place pour Salvadora au retour ?

– Bien sûr. »

Enfin, un sourire se dessina sur les lèvres de Minou.

« Le même trajet que celui que nous avons fait il y a toutes ces années, mais à l'envers. Vous nous sauvez une fois de plus, Cornelia. »

À sa surprise, son amie rougit.

« Nul besoin de me remercier, répondit-elle d'un ton bourru. Vous m'avez rendu au moins autant de services en retour. »

Alis frappa dans ses mains.

« C'est décidé, donc. »

Minou sentit le poids qu'elle avait sur le cœur s'alléger soudainement.

« Si Piet accepte – et que vous êtes toutes les deux certaines que cela ne vous dérange pas de gérer l'hospice jusqu'à notre retour –, alors oui, c'est décidé. Nous partirons pour Chartres dimanche. »

78

Domaine d'Évreux, Chartres

« Vous croyez la lettre authentique, père ? »

Depuis que leur était parvenue, par l'intermédiaire d'un sacristain de la cathédrale, la lettre d'une femme affirmant être en possession du Sudarium, le voile de Véronique, Louis était inquiet.

« La lettre, ou la relique ? demanda Vidal avec brusquerie.

– Les deux.

– Je l'espère. »

Louis hésita. L'humeur de son père était si changeante ces derniers temps, et il ne voulait pas le provoquer. Vidal avait encore subi une saignée le matin même et, bien qu'il sache que son père souffrait, il estimait que les visites de l'apothicaire causaient plus de tort que de bien à ce dernier. Le souci qu'il se faisait était tel qu'il avait commis l'erreur d'essayer d'en parler à Xavier. Plus tard ce jour-là, lorsqu'il avait voulu sortir se promener à cheval, il avait trouvé la sangle de sa selle coupée. C'était pure chance qu'il s'en soit rendu compte à temps pour éviter d'être sérieusement blessé. Il en était toujours allé ainsi entre eux, mais dernièrement la haine que lui vouait Xavier semblait être devenue encore plus farouche.

« Quand bien même, reprit-il en choisissant prudemment ses mots, est-il vraiment nécessaire de l'inviter à venir ici, monseigneur ?

– Mets-tu en doute mon jugement ?

– Bien sûr que non ; cela me semble seulement un risque inutile. Vous avez si bien protégé votre vie privée jusqu'à présent. Il vaudrait sûrement mieux lui donner rendez-vous à Chartres ? Je pourrais rencontrer ce sacristain pour vous et en apprendre davantage sur cette femme.

– Non. »

Louis ravala sa déception.

« Ou vous accompagner, à tout le moins. »

Vidal secoua la tête.

« Il y a des espions partout. »

Ils étaient assis dans la bibliothèque de leur manoir. Son père tapotait des doigts sur l'accoudoir de son fauteuil, un tambourinement régulier. Louis vivait en sa compagnie depuis assez longtemps pour savoir qu'il ne faisait cela que lorsqu'il était préoccupé.

« Est-il arrivé quelque chose qui vous pousse à vouloir éviter Chartres ? » demanda-t-il prudemment.

Il vit l'indécision dans les yeux de son père et devina que Xavier lui avait encore versé du poison à l'oreille à son sujet. L'intendant était sournois et rusé. Il ne disait jamais rien d'explicite dont Vidal aurait pu prendre ombrage, mais même la plus infime remarque désobligeante au sujet de la loyauté de Louis pouvait faire énormément de tort à ce dernier. Et dans l'état où se trouvait désormais son père, sa capacité de jugement était diminuée.

« Il a été porté à mon attention que quelqu'un pose des questions à mon sujet, répondit enfin Vidal.

– C'est Xavier qui vous a dit cela ? »

Il vit une lueur agacée passer dans le regard de son père.

« Peu importe qui me l'a dit, je le crois.

– Il y a toujours des gens qui posent des questions, père.

– Pas si près. »

Louis se releva.

« À Chartres même, voulez-vous dire ? Savez-vous qui ? »

Vidal porta la main à sa tempe.

« La menace est crédible, c'est tout ce que tu as besoin de savoir.

– Si cela est vrai, père, pardonnez-moi, mais la décision de laisser cette femme – cette inconnue – venir ici semble encore moins judicieuse. Je suis surpris que ce soit là ce que Xavier vous a conseillé de faire.

– Xavier a la situation bien en main. »

Cela ne disait rien qui vaille à Louis.

« Père, je ne souhaite pas donner mon avis de façon intempestive, mais ne croyez-vous pas qu'il soit possible que cette menace prétendument crédible et la lettre qui vous propose le Sudarium soient liées ? »

Pour la première fois, Vidal le regarda en face.

« La coïncidence m'interpelle, en effet.

– Dans ce cas...

– Assez ! » Le tapotement des doigts de son père s'accéléra. « Si le voile est authentique, c'est un risque qui mérite d'être pris. Je ne le saurai qu'en voyant l'objet de mes propres yeux.

– Et si c'est une contrefaçon ? »

Vidal eut un rire forcé.

« Je ne vois pas Guise envoyer une simple femme pour me tuer, cela ferait affront à son sens de la justice ! Par ailleurs, bientôt il viendra à moi en rampant. »

Louis le regarda, mal à l'aise. Son père était d'ordinaire si prudent, si posé en dépit de sa maladie. Mais à présent, il y avait une certaine irrationalité dans sa pensée. Tantôt il se cachait de Guise, tantôt il semblait chercher à attirer son attention.

« Je suis à votre disposition, père.

– Je vais écrire une lettre à ce sacristain pour l'informer que cette femme sera invitée à se présenter une fois qu'elle aura l'objet en sa possession. Xavier la lui remettra.

– Je peux faire cela pour vous, monseigneur, proposa rapidement Louis, songeant que cela lui donnerait au moins l'occasion de se renseigner lui-même sur l'intéressée.

– J'ai besoin de toi ici. »

L'humeur de Vidal changea soudainement, une fois de plus. Ses traits semblèrent se détendre et la lumière revenir dans son regard.

« Il n'y a personne qui ait tenté de faire ce que je suis en train de faire. Je suis si près du but. Personne, depuis que Saint Louis a fait construire la Sainte-Chapelle pour accueillir les reliques les plus sacrées de la Passion, n'a jamais eu pareille ambition. »

Louis resta immobile à l'écouter, les mains respectueusement jointes.

« Tu as l'impatience de la jeunesse. J'ai su pour ma part être patient, mais maintenant, enfin, mon objectif est à ma portée. L'heure est venue. Le roi n'arrive pas à décider s'il doit écraser la menace huguenote ou l'embrasser. Navarre est à présent l'héritier présomptif et Guise ne le tolérera pas. La France court à l'effondrement. Et lorsque cela arrivera, je serai prêt à devenir le prêtre-confesseur d'une nouvelle Église renaissant de ses cendres pour défier Rome et l'Espagne. » Il se versa un verre de vin et le leva comme pour boire à son propre succès. « Et si je meurs, tu achèveras ce que j'ai commencé. Pour veiller à ce que l'œuvre de ma vie me survive. C'est ton rôle de fils, me comprends-tu ? C'est la raison pour laquelle je t'ai amené ici. »

Il reposa sa coupe sur le plateau.

« Apporte-moi du papier et de l'encre, je vais écrire cette lettre tout de suite. »

Louis n'osa pas répondre, de peur de trahir ses pensées. Il craignait que son père ait perdu la tête.

79

Damrak, Amsterdam
Dimanche 22 juillet

Deux jours plus tard, alors que le soleil était haut dans le ciel et qu'Amsterdam se montrait sous son meilleur jour, Piet et Minou s'avançaient au bout de la jetée des van Raay sur le quai Op 't Water.

Minou embrassa tour à tour ses deux enfants, en leur promettant qu'ils seraient de retour avant que l'automne soit très avancé et en les implorant d'être gentils avec leur grand-tante Salvadora lorsqu'elle arriverait. Piet exhorta Johannus à être l'homme de la maison en son absence.

« Même si c'est tante Alis qui commande vraiment », ajouta Minou en souriant.

Tandis que le domestique de Cornelia descendait leur malle dans la barge, Piet vérifia le contenu de sa sacoche en cuir. Minou se tourna vers Alis pour lui faire ses adieux.

« Rappelle-moi une dernière fois que c'est la bonne décision, lui dit-elle en fixant les yeux sur les toits d'Amsterdam. D'abandonner tout cela. De vous abandonner, vous. »

Alis lui prit les mains.

« Ma chère sœur, tu n'as pas d'autre choix. C'est la bonne décision.

– Tant qu'au moins l'une d'entre nous en est sûre. »

Minou se retourna vers la rangée de hautes maisons de l'autre côté du canal, prise d'une étrange nostalgie.

« Mais si…, commença-t-elle.

– Tu seras sur le chemin du retour avant que les feuilles commencent à dorer, l'interrompit Alis. Et lorsque les dernières pommes de la saison seront tombées dans le verger, tu seras chez toi.

– Chez moi… », murmura Minou.

Elle se rappela soudain ce jour de mars 1580 où elle était venue sur la place de l'Hôtel de Ville avec Alis, Jean-Jacques et Bernarda pour assister à l'arrivée de Guillaume d'Orange. Debout sur le pont avant d'une galère drapée de l'orange, du blanc et du bleu de ses armoiries, il était arrivé sur le Damrak à la tête d'une flottille. Lorsqu'il était descendu du bateau, Minou avait vu l'épaisse fraise blanche au-dessus de son col en fourrure, son pourpoint de velours brodé à fermoirs d'or. Tout en lui avait semblé indiquer l'homme qui les délivrerait du joug espagnol.

« Es-tu prête ? » lui demanda Piet, déjà dans la barge, en lui tendant la main.

Minou observa le visage qu'elle connaissait si bien, la détermination lisible dans son regard et dans toute sa personne, et fut rassurée. Elle était prête. Alis avait raison. Ils étaient obligés d'y aller. Car même si c'était une bien mince information sur laquelle miser tous leurs espoirs – la coïncidence d'une paire d'yeux vairons –, ils avaient raison d'y croire.

Elle porta discrètement la main à sa poche. Plus tôt dans la matinée, elle y avait mis le vieux bonnet de Marta. Un porte-bonheur, ou quelque chose pour rafraîchir la mémoire de sa fille, elle ne savait trop.

S'ils la trouvaient.

Au dernier moment, Minou avait également glissé son journal dans la malle.

« Oui, je suis prête, répondit-elle en descendant dans la barge.

– Nous prendrons bien soin de tout en votre absence, promit Alis. Vous n'avez à vous soucier de rien. Au revoir !

– *Tot ziens !* » lança Minou en réponse. Alors que Bernarda et Johannus commençaient à agiter la main, elle se sentit soudain vaguement coupable de les abandonner de la sorte. « Vous allez me manquer, mes petits. Je vous aime. »

Cornelia donna ses instructions au batelier. Il écarta son embarcation du quai, sauta dedans et lui fit gagner le milieu du canal pour se joindre à la file ininterrompue de petites embarcations qui se dirigeaient vers l'écluse menant au port, et au-delà, au grand large.

80
Quatre semaines plus tard

Rue de la Poissonnerie, Chartres
Mardi 21 août

Minou et Piet arrivèrent à Chartres au crépuscule. Le trajet depuis Amsterdam leur avait pris environ quatre semaines. Poussés par un vent favorable, ils avaient fait bonne route jusqu'à Rouen – traversant d'abord l'IJ vers le nord pour ensuite longer la côte de Flandre vers le sud-ouest, et enfin remonter la Seine. Arrivés à Rouen, ils s'étaient reposés quelques jours. Piet avait été soulagé de trouver un message d'Antoine Le Maistre l'informant que Cabanel et sa fille étaient encore à Chartres. Il lui avait écrit en retour pour l'aviser de la date à laquelle ils espéraient arriver.

Le soleil éclatant de juillet avait laissé place en août à des cieux gris ardoise et à une pluie incessante alors qu'ils entamaient la dernière étape de leur voyage.

Prenant droit au sud, ils avaient traversé la Normandie puis l'Orléanais, passant par Évreux, Nonancourt et Dreux pour enfin se diriger vers Chartres même. Les récoltes pourrissaient sur pied dans les champs. Le sol était complètement détrempé. Plusieurs rivières avaient débordé.

Le martèlement sourd et monotone des sabots sur la terre humide, l'implacable crachin, le branlement qui accompagnait chaque tour de roue, jusqu'à ce que Minou ait l'impression que ses dents allaient tomber : tout avait contribué à les épuiser. Plus d'une fois, elle avait regretté de ne pas être chez elle à Amsterdam, plutôt que lancée dans une quête qu'elle craignait désormais de voir se solder par un échec.

« Tu es sûr qu'il nous attend aujourd'hui ? demanda de nouveau Minou, alors que la voiture avançait avec fracas dans les petites rues pavées pour les amener à l'adresse que Le Maistre leur avait donnée.

– Oui, répondit Piet d'un ton agacé, un signe évident que lui aussi craignait que Le Maistre n'ait pas reçu sa dernière lettre. Je l'espère. »

Mais lorsqu'ils s'arrêtèrent devant la maison à colombage de la rue de la Poissonnerie, le serviteur qui leur ouvrit la porte était prévenu de leur venue, et Antoine lui-même attendait dans l'entrée pour les accueillir en personne. Minou et Piet furent conduits dans une chambre confortable où ils purent se laver le visage de la poussière de la route, et moins d'une heure après leur arrivée, ils étaient assis en compagnie de leur hôte dans une cour abritée à l'arrière de la maison, à boire du vin blanc doux et manger des cochelins, une pâtisserie locale.

« Je vous prie de m'excuser pour le temps maussade, dit Antoine avec un sourire contrit. Chartres n'est pas à son avantage sous la pluie. Ce mois d'août a été anormalement humide.

– Nous sommes habitués à vivre dans un monde d'eau », répondit Piet en riant.

Épuisée par le voyage et les sens agréablement engourdis par le vin, Minou était parfaitement contente d'écouter les deux hommes parler.

« N'avez-vous jamais été tenté de revenir à Amsterdam ? » demanda Piet.

Le Maistre secoua la tête.

« Je ne m'y suis jamais senti chez moi. Je n'arrivais pas à apprendre la langue et après Anvers – et la mort de tant des hommes au côté desquels j'avais combattu – je voulais juste rentrer en France. Mais pas à Limoges. Je n'aurais tiré aucun plaisir de me voir rappeler chaque jour la perte de ma femme et de mes enfants. Ici, au moins, il n'y a aucun souvenir à éviter. »

Piet hocha la tête.

« Vous avez des amis ici ?

– Nous sommes fort peu de la foi réformée à Chartres. C'est une ville très catholique, et certaines sections des remparts nord de la ville portent encore les traces du siège huguenot pendant la deuxième guerre, donc ce n'est pas le grand amour entre eux et nous. Mais nous nous retrouvons en secret pour pratiquer et la situation est, pour le moment du moins, aussi paisible qu'ailleurs. » Antoine sourit. « Et il y a une veuve, une femme de gente tournure et d'âge moyen. Elle ne prendra jamais la place de ma femme dans mon cœur, mais nous apprécions les moments que nous passons ensemble. Ces jours-ci, sécurité et contentement me suffisent. L'ardeur de ma jeunesse est passée. »

Piet leva son verre.

« Je suis heureux pour vous, mon ami. »

Dans les branches au-dessus de leur tête, un merle commença à pleurer la fin du jour.

« Et le sujet qui nous amène ici ? » demanda Minou.

Le Maistre jeta un coup d'œil au mur couvert de lierre et se leva. L'humeur de la soirée changea.

« Que dites-vous de rentrer à l'intérieur ? suggéra-t-il. Je ne voudrais pas être entendu. »

Rue de la Porte-Cendreuse

Marie Cabanel tira sa capuche de soie bleue sur sa tête, dit à la voiture de l'attendre et partit à pied dans les rues de plus en plus sombres.

Elle passa à la hâte sur les places minuscules et devant les maisons à colombage qui se dressaient d'un air morose sous la pluie battante. Derrière elle, l'Eure toute proche menaçait de sortir de son lit.

À l'heure prévue, Marie était de retour devant l'atelier d'artiste dans l'ombre du prieuré Saint-Vincent. Elle jeta un coup d'œil autour d'elle. Elle ne pensait pas avoir été suivie – elle avait fait des détours et, de toute façon, il faisait sombre – mais mieux valait s'en assurer.

La pluie traversait son capuchon pour couler entre sa robe et sa collerette. Malgré tout, c'était un soulagement que de quitter le confinement de son logement. Depuis qu'elle avait passé commande de la contrefaçon trois semaines plus tôt, elle était restée hors de vue dans les appartements qu'elle avait loués au nom de son père. Un homme du coin était grassement payé pour se faire passer pour ce dernier, mangeant et buvant chaque soir jusqu'à l'hébétude, mais c'était une précaution nécessaire. Si l'on savait qu'elle n'était pas accompagnée, elle ne serait pas en sécurité.

Elle détestait tout cela. Le calme, le manque de compagnie et de divertissements. Mais, avec l'aide de Dieu, il n'y en aurait plus pour longtemps. Si tout se passait comme prévu, dans quelques jours elle pourrait enfin rentrer chez elle.

Pendant quelques brèves secondes, elle se laissa transporter là-bas par ses pensées. Elle n'avait presque aucun souvenir de ses jeunes années, juste une impression fugace de temps à autre, mais sa mémoire la ramenait toujours à la ville qu'elle aimait. Paris. Elle se rappelait un moment sur le seuil d'une magnifique chambre bleue, la vue d'une enfilade d'autres pièces s'ouvrant les unes sur les autres jusque dans le lointain. Le sentiment que si seulement elle parvenait jusqu'à la dernière, elle trouverait quelque chose qu'elle avait besoin de voir. Après cela, ses souvenirs s'assombrissaient : la vision fugitive d'un homme aux boucles noires gisant mort sur le sol. Tant de sang.

Puis, plus rien. Une des premières choses que lui avait racontées son père au sujet de son enfance était qu'elle avait fait une vilaine chute lorsqu'elle avait sept ans et s'était cogné la tête.

Elle porta discrètement les doigts au chapelet accroché à sa taille, comme elle le faisait toujours lorsque ses pensées s'embrouillaient ainsi. Une fois, elle avait demandé à son père s'il était possible qu'elle ait été témoin d'un meurtre. Il n'avait pas répondu et il était mort désormais, lui aussi, la laissant achever seule la mission qui l'avait obsédé.

La porte de l'atelier qui s'ouvrait la ramena brutalement au présent.

« Mademoiselle, bienvenue. Entrez donc, je vous prie. »

Elle regarda le vieil homme, un tailleur et faussaire de talent. Il avait un entrelacs de rides autour des yeux et des lunettes-loupes perchées sur le bout de son nez comme si elle l'avait interrompu en plein milieu d'un délicat travail de couture. Des aiguilles de tailles différentes étaient piquées dans son pourpoint en feutre, formant une échelle d'argent qui rappelait les bandes d'une casaque de soldat.

« Il est terminé ?

– Oui. »

Marie le suivit à travers un dédale de pièces minuscules, jusqu'à un vaste atelier à l'arrière du bâtiment. Une rangée de lampes allumées étaient suspendues au-dessus d'un long comptoir en bois à la surface couverte d'échantillons de tissu, de ciseaux et de couleurs. Elle fut soulagée de voir qu'il avait obéi à ses instructions et renvoyé ses apprentis.

« Où est-il ? » demanda-t-elle d'un ton que l'empressement rendait sec.

Le vieux tailleur sourit.

« Je crois que vous n'allez pas être déçue, mademoiselle. »

Marie espérait que tout cela ne serait pas en vain. La dépense, l'attente, les encouragements pour s'assurer que le travail serait fini à temps. Bien qu'on sache peu de choses sur Évreux, il avait la réputation de posséder un œil acéré et une rare connaissance des antiquités. Marie avait contrefait des lettres de recommandation en provenance du port d'Alicante dans le royaume de Valence, le plus prometteur des sites prétendant détenir le voile de Véronique, l'une des reliques de la Passion les plus difficiles à trouver.

On disait Évreux fort désireux de l'acquérir.

« Montrez-moi », dit Marie.

Le vieil homme ouvrit une boîte. Il en sortit un rouleau de tissu et l'étala sur la table. Marie se garda bien de le toucher, mais admira aussitôt l'habileté avec laquelle il avait reproduit la senteur et le chatoiement d'un objet venu de Terre sainte. L'étoffe semblait dégager une odeur d'olivier, de santal et de cèdre. L'image imprimée dessus représentait un homme doux aux yeux tristes emplis de la souffrance du monde.

« Cela conviendra-t-il ? » demanda nerveusement le tailleur.

Marie relâcha longuement son souffle.

« Oui. »

Rue de la Poissonnerie

Piet et Minou étaient à l'abri dans le bureau d'Antoine Le Maistre, en train d'étudier une carte des environs.

« Le domaine d'Évreux se trouve ici, dit Le Maistre en indiquant une vaste étendue de terres à environ cinq lieues de Chartres, à l'ouest. Je n'ai jamais vu l'homme en personne, mais la rumeur dit que Pierre Cabanel, un capitaine au service du duc de Guise, garde un œil sur l'hôtel particulier d'Évreux dans la rue du Cheval-Blanc, non loin d'ici, tandis que des hommes à lui surveillent le manoir sur ses terres mêmes.

– Vous êtes certain que ce Cabanel a été envoyé pour le tuer ?

– Si Évreux est bien l'ancien confesseur de Guise, alors oui. Tout le monde sait que le duc a mis la tête du cardinal à prix.

– Pourquoi Cabanel n'est-il pas encore passé à l'acte ? »

Le Maistre haussa les épaules.

« Évreux quitte rarement son domaine. Lequel est bien gardé : il emploie des mercenaires des dernières guerres. Et même en ces temps d'anarchie, j'imagine que Guise, dont la position à la tête de la Ligue catholique est fondée sur son autorité morale et sa piété, ne voudrait pas être tenu pour responsable du meurtre d'un prêtre.

– Cela n'a pas de sens ! »

Le Maistre eut un rire amer.

« Rien de tout cela n'a de sens, Reydon. Des centaines de milliers de personnes massacrées au nom de Dieu, non seulement des soldats sur le champ de bataille mais aussi des femmes et des enfants, pour le droit de pratiquer notre religion comme nous l'entendons, dans notre propre langue. Nous avons détruit notre pays avec cette folie. Rien de tout cela n'a de sens.

– Je sais », dit Piet en posant la main sur l'épaule de son ami.

Le Maistre soupira.

« Pardonnez-moi, je suis si las de tout cela.

– Où se trouve Cabanel à présent ?

– J'ai réussi à découvrir qu'il loge dans un relais de poste sur la route au nord du domaine d'Évreux. Il attend probablement la suite de ses ordres.

– Sa fille est-elle toujours avec lui ? demanda anxieusement Minou.

– Je vous avoue que je ne sais pas. » Le Maistre soupira. « Madame Reydon, peut-être n'aurais-je rien dû dire. Après vous avoir envoyé cette lettre, je me suis rendu compte que j'avais peut-être ravivé vos espoirs sans raison. C'est juste que la ressemblance était si forte, et je garde un souvenir tellement vif de votre fille. Je n'ai pas pu m'empêcher de me demander si c'était elle. »

Minou hocha la tête.

« Pouvez-vous me la décrire ?

– Elle est de votre taille, madame Reydon, et vous ressemble dans l'allure et les manières. Il y avait quelque chose en elle. Une élégance, une assurance, un certain aplomb dans sa façon de se tenir.

– De quelle couleur étaient ses cheveux ?

– Ils étaient cachés sous son capuchon, mais j'ai pu entrevoir des mèches brunes.

– De la couleur des feuilles en automne », dit Piet en souriant.

Le Maistre hocha la tête.

« Ses traits m'ont si immédiatement rappelé les vôtres, madame, que j'en ai été décontenancé. Son teint pâle, la forme de son nez, le dessin de sa bouche. Mais, surtout, ses yeux. Nous nous sommes croisés dans la rue du Cheval-Blanc.

– Vous avez clairement vu ses yeux ?

– L'un brun et l'autre bleu. Je me suis souvenu que ma chère épouse m'en avait fait la remarque lors de votre séjour chez nous à Limoges. À son sujet comme au vôtre.

– J'ai toujours la boîte en émail que Mme Le Maistre m'avait offerte, dit Minou avec un sourire. Je l'ai gardée précieusement. »

Le Maistre lui rendit son sourire, se perdant un instant dans une époque plus heureuse. Dans la cour, le merle chantait toujours sur sa branche de platane.

« Que suggérez-vous que nous fassions ? » demanda Piet.

Le Maistre leva les mains au ciel.

« C'est comme vous voulez, mon ami. Je peux vous emmener au domaine d'Évreux, même si je ne sais pas comment vous ferez pour accéder au manoir une fois sur place. Ou bien je peux vous montrer d'abord où logent Cabanel et sa fille. Je vous fournirai toute l'assistance dont vous aurez besoin. Le choix vous appartient. »

Piet hésita, puis se tourna vers Minou.

« Que ferais-tu ? »

Elle le regarda. Les rides soucieuses de son visage semblaient plus profondes à la lumière vacillante des chandelles.

« Réalises-tu quel jour nous serons demain, mon cœur ?

– Le 22 août... » Il s'interrompit. « Oh. »

Minou glissa furtivement la main dans sa poche pour toucher le vieux bonnet en lin de Marta.

« Demain, cela fera douze ans, jour pour jour, que nous l'avons vue pour la dernière fois. Je me rappelle chaque instant de cette journée comme si c'était hier : la chaleur oppressante, l'odeur de la rue, ses bruits. C'était une journée chaude et moite. Aimeric était passé – c'est la dernière fois que je l'ai vu, lui aussi ;

Jean-Jacques souffrait de colique et avait pleuré toute la nuit ; Marta a fait irruption dans notre chambre pour demander que nous l'emmenions visiter la ville. Elle n'avait que sept ans.

– Minou, murmura-t-il. Mon amour.

– J'ai besoin de voir cette jeune fille, dit-elle, laissant les mots s'échapper de ses lèvres à toute vitesse. Ce soir, demain, le plus tôt possible. Je ne supporte pas de rester un jour de plus sans savoir. »

81

Environs de Chartres, Orléanais

Au cœur de la campagne chartraine plongée dans le noir, Marie Cabanel, assise dans sa chambre, écoutait la pluie battre les carreaux. Avec l'aide de Dieu, ce serait là la dernière nuit qu'elle passerait dans cet endroit bruyant et nauséabond.

Après avoir quitté l'atelier de l'artiste à Chartres, elle avait envoyé une lettre au seigneur d'Évreux pour lui demander une audience, cette fois en son propre nom plutôt que par l'intermédiaire du gentil sacristain. Elle était ensuite revenue dans ce relais de poste qui était son quartier général depuis sept semaines, pour attendre et se reposer, mais elle n'arrivait pas à se calmer. Chaque petit détail susceptible de faire échouer son plan était comme une épine qui lui picotait l'esprit, à commencer par la possibilité qu'Évreux ne morde tout simplement pas à l'hameçon. En avait-elle assez mis dans la lettre pour le convaincre de la recevoir ? Et s'il ne répondait même pas ?

Elle se releva et se mit à arpenter la pièce. Son plan était excellent. Il fallait juste qu'elle ait foi dans le fait que tout allait se dérouler comme prévu.

« Il faut que cela marche. » Le son de sa propre voix lui donna du courage. « Ça va marcher. »

Elle avait suggéré de le retrouver chez lui, rue du Cheval-Blanc. Ce serait plus sûr. Pierre, le manœuvre imbibé de bière qu'elle avait recruté pour jouer le rôle de son père – et qui à cet instant ronflait à en cracher ses boyaux dans la petite chambre voisine – surveillerait l'entrevue à distance respectable. Même si tout dépendait de la capacité de Marie à convaincre Évreux de lui faire confiance, elle n'était pas imprudente au point de s'y rendre seule.

Elle prit une grande inspiration. Elle avait les nerfs tendus ce soir. L'anxiété lui tordait le ventre. Tout ce qu'elle avait à faire, pourtant, c'était obtenir la confirmation qu'Évreux était bien Vidal – elle avait appris de son père le moindre de ses signes distinctifs – et prendre congé avant qu'il ne s'aperçoive que la relique était une contrefaçon.

Le faussaire avait fait un excellent travail. Mais suffirait-il à tromper un œil aussi averti que celui d'Évreux ? Elle ne le saurait que lorsqu'elle aurait étalé le faux voile devant lui.

Son cœur se serra d'angoisse. Il lui fallait croire que le Ciel lui serait favorable.

Si tout se passait bien, elle pourrait quitter Chartres immédiatement après et rentrer à Paris. Avec un peu de chance, elle serait de retour dans leur modeste demeure de la rue Saint-Antoine pour la Saint-Michel. Cela faisait plus d'un an qu'ils en étaient partis.

Plus personne ne l'attendait là-bas. Elle n'avait ni frères ni sœurs, se souvenait à peine de sa mère – une femme maigre et terne décédée au cours de l'épidémie qui avait ravagé Paris après le massacre de la Saint-Barthélemy –, et son père était mort l'hiver précédent. Une stupide rixe dans une auberge rouennaise.

Cabanel avait été un homme rude et taciturne, peu enclin à faire preuve d'affection, mais il n'avait jamais levé la main sur elle. À sa façon, pensait-elle, il l'avait aimée. Elle ne se faisait pas d'illusions sur sa nature – c'était un assassin de métier, un meurtrier et un intrigant – mais il l'avait traitée comme un fils et lui avait appris les ficelles de cette vie passée dans l'ombre.

L'étape suivante de son plan serait de demander une audience au duc de Guise. Elle mettrait sa plus belle robe bleue et se montrerait charmante et réservée, parfaitement candide. Elle implorerait son pardon en lui racontant comment, du haut de ses dix-neuf ans, elle avait accompli la mission qu'il avait confiée à son père, Pierre Cabanel. Elle avait été en présence de Guise avec ce dernier une fois, quand elle devait avoir treize ou quatorze ans. Le duc l'avait honorée de son attention et avait admiré son audace et la couleur inhabituelle de ses yeux. Elle pensait qu'il se souviendrait d'elle.

Et ensuite ?

Marie se laissa aller à rêver.

Son espoir – avec une recommandation de la part de Guise – était d'être remarquée par Charlotte de Sauve, la femme à la tête de l'escadron volant de Catherine de Médicis. Ancienne maîtresse à la fois de Navarre et de Monsieur, le frère cadet du roi, elle avait également attiré l'œil de Guise, tout Paris le savait. Sûrement, si le duc était satisfait de ce que Marie avait accompli à Chartres, accepterait-il de la lui présenter ? Et elle prendrait un autre nom de famille. Celui de Cabanel était trop ordinaire, elle n'avait jamais pensé qu'il lui allait. Avec une nouvelle identité, elle recommencerait sa vie, comme la femme qu'elle était censée être.

Puis, tout à coup, elle fut saisie d'un inexplicable sentiment de chagrin. Et de honte. Serrant le poing, elle refoula cette émotion. Elle n'avait à se justifier auprès de personne. Personne, de toute façon, ne se souciait de ce qu'elle faisait. Elle n'avait pas choisi la vie qu'elle menait, et elle n'avait d'autre choix que de jouer de son intelligence et de sa beauté pour survivre. Elle aurait bien le temps de se repentir et de mener une vie meilleure lorsqu'elle aurait de l'argent de côté, qu'elle serait enfin en sécurité.

Un cri dans la rue la tira du précipice de ses pensées insidieuses.

Elle regagna vivement la fenêtre, à temps pour voir le plus jeune des palefreniers, un gentil garçon avec une tache de naissance bordeaux sur le visage, se précipiter pour attraper les rênes d'un attelage qui arrivait trop vite dans la cour.

« Tout doux ! s'écria-t-il. Tout doux. »

Marie baissa les épaules, déçue. Ce n'était pas le messager qui revenait du domaine d'Évreux, mais simplement des clients qui arrivaient pour la nuit.

Pendant encore un moment, elle resta à la fenêtre, les yeux fixés sur la campagne déserte, à l'affût encore d'un martèlement de sabots. Il avait cessé de pleuvoir, mais la soirée était moite, et une brume nocturne s'était déposée sur les terres plates et obscures alentour. Soudain, une expression lui vint inopinément à l'esprit.

« Ma Dame des Brumes. »

Et elle se trouva assaillie par un souvenir vague, à l'image incomplète : une nuit d'hiver, des rues pavées, un jeune homme et une jeune femme se rencontrant dans l'ombre d'une cathédrale enveloppée de brume. Une jeune femme qui lui ressemblait.

Ébranlée, elle ouvrit la fenêtre aussi grand qu'elle put pour respirer l'air de la nuit. Les bruits s'étaient tus dans la taverne en dessous. Plus rien ne bougeait. Seule l'odeur aigre de la paille mouillée de pluie, d'urine et de crottin s'élevait jusqu'à elle.

Elle s'assit sur la malle à côté de la croisée et ramassa la dague de son père. Ç'avait été son bien le plus précieux, celui qu'il ne perdait jamais de vue. Son porte-bonheur, lui avait-il dit ; un symbole de la nuit où sa chance avait enfin tourné. Il avait crispé les mains dessus alors qu'il mourait, se vidant de son sang pour une pinte de bière dans une taverne du port de Rouen. Soudain, Marie se rappela ses dernières paroles.

« Je n'avais pas l'intention de te garder », avait-il chuchoté.

Elle revécut le moment en pensée : le verglas au sol, le marin chancelant, horrifié par ce qu'il venait de faire, le bruit de la porte de la taverne et l'odeur de sueur et de bière alors que des hommes s'approchaient pour porter son père à l'intérieur. Les cris des mouettes au-dessus de l'eau. Elle n'avait pas pleuré. À quoi bon ?

« Je n'avais pas l'intention de te garder... »

82

Domaine d'Évreux

Louis se tenait devant la porte de la bibliothèque, la lettre de son père à la main. Le message de la femme affirmant être en possession du Sudarium était arrivé peu avant minuit. Il était à présent 2 heures du matin et le messager attendait encore la réponse.

L'obscurité régnait, mais il continua à hésiter. Tendit l'oreille. Rien ne bougeait, les domestiques étaient dans leurs quartiers, son père s'était retiré dans sa chambre. Sûr désormais que personne ne pouvait le voir, il glissa la pointe de sa dague sous le cachet d'Évreux et le décolla du papier. Il essaya de se convaincre que ses actes étaient justifiés par la protection des intérêts de son père.

Inclinant la feuille vers sa chandelle, il lut les quelques mots écrits dessus : rien de plus que ce qu'il savait déjà – Marie Cabanel devait venir au domaine le lendemain au coucher du soleil. Son nom n'évoquait rien pour lui.

Il passa la cire rouge au-dessus de la flamme, juste assez longtemps pour qu'elle se ramollisse, et recacheta la missive. Puis, bourrelé de doutes, il sortit dans la cour pour gagner le potager, où le messager avait reçu l'ordre d'attendre.

Le garçon somnolait sur un banc.

Louis se plaça devant lui.

« Que veut dire ceci ? »

L'enfant se releva précipitamment.

« Monsieur !

– Avec les compliments de monseigneur d'Évreux, dit Louis en soulevant la lettre entre le pouce et l'index. Où dois-tu remettre cette lettre ?

– Je ne puis vous le dire, monsieur. »

Louis le dévisagea.

« Tu ne peux pas, ou tu ne veux pas ?

– La dame m'a demandé de ne pas le dire... Pour sa réputation.

– T'imagines-tu que mon père a pour habitude de... » Louis s'interrompit et lui donna une claque sur l'épaule. « Dans ce cas, j'espère pour toi que ta route n'est pas trop longue.

– Non, monsieur.

– Je gage que Mlle Cabanel séjourne à proximité, mais assez loin pour rester discrète. » Il tendit une pièce à l'enfant. « Monseigneur d'Évreux te sera reconnaissant de ton tact dans cette affaire. Tu sais combien les gens aiment à commérer.

– Merci, monsieur, répondit le messager avec un soupir de soulagement. Son hébergement n'est qu'à une lieue d'ici, puis je rentrerai à Chartres. »

Rue de la Poissonnerie

Minou était assise dans le noir, dans leur chambre. Ses pensées en ébullition refusaient de la laisser dormir.

Elle se faisait l'effet d'une personne sur le point de partir au combat. Résolue, impatiente, mais également terrifiée par ce qui l'attendait peut-être. Elle avait la tête emplie de pensées de sa fille, tentant d'imaginer la belle jeune femme qu'elle allait rencontrer. Que lui dirait-elle lorsqu'elles se retrouveraient face à face après toutes ces années ? Que ressentirait-elle ?

Elle essaya de se rappeler toutes les versions de Marta auxquelles son imagination avait tenté de donner vie durant ces douze ans de deuil impossible : à dix ans, un peu plus grande mais inchangée ; à douze, les cheveux tressés et relevés ; à quinze, presque une femme. Et maintenant, à en croire Antoine, aussi semblable à

Minou elle-même que son propre reflet dans le miroir. La même allure et les mêmes manières, avait-il dit. Les mêmes yeux insolites, l'un bleu et l'autre brun, une association de couleurs si rare. Minou allait se trouver face à une version plus jeune d'elle-même, et cette pensée lui plaisait et la terrifiait à la fois. Mais, en vérité, seule l'enfant qui avait disparu ce jour d'août 1572 était clairement présente à son esprit. La petite fille de la tapisserie.

Une vive douleur lui étreignit la poitrine et elle appuya les mains sur ses côtes pour se retenir de crier. Après tant d'années de prudence, elle avait baissé sa garde et laissé ses espoirs se raviver. S'ils étaient de nouveau déçus, elle n'était pas sûre que son cœur pourrait le supporter.

Domaine d'Évreux

Louis se précipita vers l'écurie.

Il n'y avait qu'une seule auberge à proximité du domaine. Si ses soupçons se confirmaient et que Marie Cabanel s'y trouvait, il pourrait l'observer lorsqu'elle recevrait l'invitation de son père, et évaluer la situation. Si elle semblait sincère, alors soit. Mais si quelque chose lui semblait louche, au moins serait-il prévenu.

« Où est-ce que tu crois aller comme ça ? »

Louis sentit un poing s'écraser entre ses omoplates. Il fit volte-face.

« Ne me touchez pas ! »

Xavier le poussa de nouveau, l'acculant contre la barrière d'une stalle. Louis entendit le cheval derrière lui piétiner nerveusement la paille.

« Je vous préviens, ne mettez pas ma patience à l'épreuve. »

L'intendant éclata de rire.

« Sinon quoi ? Tu iras pleurnicher dans les bras de papa ? Comment crois-tu que notre noble maître réagirait s'il savait que tu ouvres sa correspondance privée ? Ou s'il apprenait que tu cherches à t'enfuir au milieu de la nuit ? »

Louis ne se laissa pas décontenancer.

« Ce ne sont pas vos affaires. Poussez-vous de mon chemin.

– Je t'ai posé une question, gamin. Où vas-tu ? »

Louis vit avec horreur l'éclat d'une lame dans la main de l'intendant.

« Ne soyez pas idiot, dit-il en cherchant éperdument autour de lui quelque chose avec quoi se défendre. Ni vous ni moi ne voulons d'ennuis. »

Xavier donna un petit coup de couteau dans sa direction.

« Depuis le jour où nous sommes allés te récupérer à Saint-Antonin, tu n'as fait qu'en causer, des ennuis. J'ai dit à Son Éminence alors, et je continue de le lui dire, que tu n'étais qu'un vaurien. Tu es incapable de loyauté, d'affection. Tu n'es qu'une vermine. Il ne peut pas te faire confiance, surtout maintenant qu'il est malade. » Il eut un sourire en coin. « Si terriblement malade. Il n'en a plus pour longtemps, je dirais. »

Le sang de Louis se glaça.

« Qu'entendez-vous par là ? »

La réponse de Xavier vint accompagnée d'un autre brusque coup de couteau, qui entailla l'avant-bras de Louis.

« Tu t'imaginais donc que juste parce que tu as son sang dans les veines, parce que tu partages ses traits, je te laisserais me supplanter après l'avoir servi pendant si longtemps ? »

Du coin de l'œil, Louis repéra un râteau appuyé contre le montant au bout de la stalle. Il tendit vivement le bras pour l'attraper et en abattit le manche sur l'épaule de Xavier.

Celui-ci poussa un hurlement de douleur mais ne lâcha pas son arme.

« Ne faites pas cela, Xavier ! » lança Louis en abattant de nouveau le râteau.

Avec un craquement nauséeux, le bois toucha le côté du crâne de l'intendant, qui s'effondra. Dans les stalles derrière Louis, les chevaux se mirent à hennir et à piaffer.

L'espace d'un instant, Louis resta juste pétrifié d'horreur, les yeux fixés sur l'intendant. Était-il mort ?

Il s'agenouilla à côté de lui.

« Xavier ? »

Il pressa deux doigts sur son cou, mais ne trouva pas son pouls. L'homme ne donnait pas l'impression de respirer. L'avait-il tué ?

Une vague d'épouvante pure le submergea, et il redevint l'enfant impuissant, prisonnier du monastère de Saint-Antonin, qu'il avait été toutes ces années auparavant.

Puis il se releva. Il n'était plus un garçon faible attendant dans le noir un châtiment qui ne manquerait pas de venir. Il était le fils du seigneur d'Évreux, son héritier légitime. Il n'avait fait que se défendre. Protéger les intérêts de son père.

Mais Vidal le croirait-il ?

Il regarda dehors par la porte ouverte de l'écurie et vit les premières lueurs de l'aube à l'est. Une chose était certaine : il ne pouvait pas laisser Xavier là. Sa meilleure chance était que l'absence de l'intendant soit découverte le plus tard possible. L'attention de son père serait concentrée sur l'arrivée de Marie Cabanel au crépuscule. Son obsession était de compléter sa collection. Il ne penserait sûrement à rien d'autre de la journée ?

Espérant qu'il ne se trompait pas, Louis cacha le râteau taché de sang puis, priant pour qu'aucun des travailleurs du domaine ne soit encore réveillé, attrapa Xavier par les jambes. Lentement, prudemment, il traîna le corps hors de l'écurie et jusqu'au lac dans la lumière grandissante du jour. Sa progression était difficile et l'herbe était mouillée de rosée matinale, mais il réussit à atteindre sa destination.

Haletant, il s'accorda un moment pour reprendre son souffle, puis fit rouler le corps dans l'eau et le regarda disparaître sous la surface sombre. Ensuite, choqué par ce qu'il venait de faire, il regagna le manoir en courant avant que quelqu'un ne puisse remarquer qu'il n'était pas dans son lit.

83

Domaine d'Évreux
Mercredi 22 août

Alors que le jour se levait, Marie Cabanel et ses deux compagnons se frayèrent un chemin au milieu des bois qui marquaient la frontière nord des terres d'Évreux. Ils lui avaient assuré qu'aucun soldat ne serait de garde dans cette partie du domaine si tôt le matin. S'ils manquaient de chance, un garde-chasse pourrait les voir, mais tant qu'il n'avait pas de chiens, ils ne risqueraient rien.

Marie avait reçu la réponse d'Évreux au milieu de la nuit. Il avait accepté de la recevoir, mais l'entrevue devait se faire chez lui à la campagne plutôt qu'à son hôtel particulier de Chartres, comme elle l'avait espéré. À ce moment-là, sa détermination avait faibli. Cela rendait certainement l'opération plus dangereuse et sa position plus périlleuse.

Mais alors que les lueurs roses du soleil levant caressaient le rebord de la fenêtre, elle s'était reprise. Elle était arrivée trop loin pour reculer maintenant. Le succès était à portée de main, il fallait juste qu'elle garde son sang-froid.

À 6 heures du matin, elle avait quitté sa chambre, réglé ses comptes avec le logeur et fait charger ses affaires dans la voiture. Il semblait judicieux de se familiariser avec le domaine avant d'y retourner à la tombée de la nuit. Même si la dépense entamerait encore davantage ses ressources déclinantes, elle avait décidé de prendre avec elle, pour sa protection, non seulement Pierre mais également son frère. Avec le cocher, cela faisait trois. Tous étaient des hommes de la région, qui connaissaient le terrain. Par ailleurs, si tout se déroulait comme prévu, l'argent qu'Évreux lui donnerait pour le Sudarium contrefait couvrirait aisément ces frais supplémentaires.

S'il se laissait tromper par la contrefaçon.

Marie s'approcha de l'orée des bois, puis s'arrêta. Au loin, elle pouvait voir le manoir, seul au milieu d'un vaste espace dégagé au sommet de la colline.

« J'approcherai de la maison en voiture par l'allée principale. »

Pierre se racla la gorge.

« Ce n'est pas la maison qu'il vous faut. C'est là-bas que vous le trouverez. »

Marie regarda dans la direction qu'il indiquait et repéra un miroitement d'eau. Elle plissa les yeux. L'étendue d'herbe verte formait une cuvette, dans laquelle elle découvrit un lac d'agrément. Au centre se dressait une île et sur celle-ci, un bâtiment blanc.

« Une église ? Je n'ai nulle intention d'aller prier, messieurs ! »

Jean lui lança un regard narquois.

« Le seigneur d'Évreux a pour habitude de se rendre sur l'île chaque soir au coucher du soleil. »

Marie fronça les sourcils, sentant l'inquiétude palpiter dans sa poitrine. Cela compliquait encore plus les choses. Entrer seule dans la maison d'Évreux était déjà risqué, mais cela ?

« Et il est généralement seul ? demanda-t-elle.

– À l'exception du passeur qui le fait traverser, oui.

– Son fils ne l'accompagne pas ?

– De temps en temps, répondit Pierre avec un haussement d'épaules.

– De quelle source tenez-vous ces informations ? »

Pierre et Jean échangèrent un regard.

« Nous avons un homme dans la place, expliqua l'aîné. L'intendant du seigneur d'Évreux.

– On peut lui faire confiance ?

– Xavier sert Évreux depuis quelque vingt ans. »

Marie regarda longuement l'édifice. À présent qu'il commençait vraiment à faire jour, la tour blanche se détachait encore plus nettement sur le ciel bleu. Était-ce une chapelle privée ? Un mausolée ? Puis elle comprit. Si tout ce qu'elle savait au sujet d'Évreux était vrai, n'était-il pas probable qu'il s'agisse d'un reliquaire ?

Elle sentit son assurance revenir à grands pas. Cela changeait la donne. Elle laissa ses pensées s'emballer, imaginant déjà la gratitude de Guise lorsqu'elle lui apporterait des informations non seulement sur l'endroit où trouver Vidal, mais aussi sur sa cache de reliques. Celles-ci seraient d'une valeur inestimable pour la Ligue catholique.

« Où est l'embarcation ? »

Pierre toussota.

« Il y a une chaîne à l'autre bout du lac, qui relie l'île à un embarcadère en contrebas du manoir.

– Mais on peut s'en passer, ajouta Jean. À moins qu'il y ait trop de pluie ou que la rivière sorte de son lit, on n'a de l'eau que jusqu'ici. »

Il approcha la main de son épaule.

« Donc si nous devons effectivement nous retrouver dans le reliquaire, réfléchit tout haut Marie, vous seriez en mesure de me suivre là-bas aussi.

– Exactement », acquiesça Pierre.

Marie fronça les sourcils.

« Comment le saurez-vous ? Je doute de pouvoir vous faire passer le moindre message.

– Nous surveillerons la maison, mademoiselle. Si nous vous voyons en sortir pour descendre au lac, nous gagnerons nous aussi l'île. »

Marie posa la main sur la dague de son père, qu'elle portait à la ceinture. Passée maintes fois sur la pierre à aiguiser, l'arme avait bien servi ce dernier jusqu'au jour de sa mort. Peut-être la protégerait-elle aussi.

Elle savait qu'elle prenait un énorme risque. Même s'il était convaincu par la contrefaçon, quelle garantie avait-elle qu'Évreux la laisserait repartir ? Néanmoins, le jeu en valait la chandelle. Si elle réussissait son coup, elle aurait de quoi commencer à se fabriquer la vie qu'elle méritait. Elle serait, enfin, à l'abri du danger.

Elle regarda une dernière fois le manoir au sommet de la colline et la tour blanche au milieu du lac, puis se retourna vers les bois. Parisienne de naissance, elle avait toujours trouvé étrange combien elle se sentait à son aise au milieu des arbres. Ils étaient pour elle synonymes de longues et heureuses journées d'été, de pique-niques en plein air, de liberté. L'espace d'un instant, elle eut une vision : une enfant assise à côté d'un vieillard, une table couverte de papiers et de craies de couleur, une carte dessinée à main levée. Le sentiment d'être aimée, chérie.

« Les fantômes d'été, murmura-t-elle.

– Mademoiselle Cabanel ? »

Marie cligna des yeux et fut surprise de se retrouver dans la campagne chartraine. Les images nébuleuses d'étés passés s'évanouirent.

« Nous reviendrons au crépuscule », déclara-t-elle d'un ton sec, avant d'entreprendre de regagner la voiture.

84

Rue de la Poissonnerie, Chartres

Les cloches de la cathédrale sonnaient sexte lorsque Minou, Piet et Antoine Le Maistre sortirent par la porte est de la ville.

C'était le 22 août. La date anniversaire du jour où Marta avait disparu. Le soleil était haut dans le ciel d'un bleu infini, même si de fins nuages blancs à l'horizon annonçaient le risque que le temps change.

Les trois vieux amis chevauchaient en silence, perdus chacun dans ses pensées. Minou portait sa fidèle cape de voyage verte, au cas où la vue de celle-ci rafraîchirait la mémoire de Marta, et avait coiffé ses cheveux comme elle le faisait du temps où ils étaient à Paris, plutôt qu'à la mode hollandaise contemporaine. Dans ses sacoches de selle, elle avait mis son dernier journal de l'époque de Puivert et le vieux bonnet de Marta. Pour qui l'aurait observée, elle semblait calme et posée. Mais sous la surface, les battements de son cœur étaient comme les vagues qui s'écrasent sur un rivage, encore et encore.

À un embranchement au milieu de la campagne verte et plate, à quelque trois lieues de Chartres, Le Maistre arrêta son cheval. La route où ils étaient continuait droit vers l'ouest, tandis que l'autre, plus étroite, partait sur la gauche.

« Ce chemin mène au domaine d'Évreux.

– À quelle distance se trouve-t-il ? demanda Piet.

– Deux lieues environ, au sud, répondit Le Maistre. Le relais où Cabanel et sa fille sont censés séjourner se trouve sur la route où nous sommes, à environ une demi-heure de cheval.

– Vous n'en êtes pas certain ? demanda vivement Piet.

– Aussi certain qu'on peut l'être, répliqua Le Maistre, mais vous savez comment c'est. Un message passe d'une personne à une autre, puis encore à une autre. Lorsqu'il arrive enfin à l'oreille de celui à qui il est destiné, la vérité a commencé à se perdre. » Il fit une grimace. « Tant que nous n'aurons pas parlé au logeur en personne, je ne pourrai être sûr de rien. Vous comprenez ?

– Piet comprend, le rassura vivement Minou. Et moi aussi. »

Domaine d'Évreux

« La terre et le ciel s'enfuirent devant Sa face, et il ne fut plus trouvé de place pour eux. »

Vidal n'était pas sûr d'avoir formulé les mots à voix haute. Il semblait désormais exister dans un état intermédiaire entre l'éveil et le sommeil, causé par la douleur et le mal qui lui rongeait le cerveau. Il sentait le poids de la bible sur ses genoux. Elle était ouverte au chapitre XX de l'Apocalypse, bien qu'il n'ait nul besoin de s'y référer. Les mots étaient gravés dans son cœur.

« Et je vis les morts, les grands et les petits, qui se tenaient devant le trône. Des livres furent ouverts. Et un autre livre fut ouvert, celui qui est le livre de vie. Et les morts furent jugés selon leurs œuvres, d'après ce qui était écrit dans ces livres. »

Quels rêves. Quels sombres et terribles rêves. Le Jugement dernier, tel qu'il était prédit. Serait-il épargné assez longtemps pour faire de nouveau pencher la balance en sa faveur ? Pour voir la lumière blanche du Ciel et goûter la compagnie des anges et des archanges ? Si cette Cabanel apportait ce qu'elle avait promis, peut-être le pourrait-il. Sauf que, lui chuchotait le diable à l'oreille, Dieu démêlera le vrai du faux. Quelle grâce pourrait-il trouver là ?

« Père ? »

Vidal sursauta, faisant tomber la bible de ses genoux.

« Xavier, est-ce toi ?

– Non, c'est moi, père. Louis. »

Il fallut un moment à Vidal pour vraiment voir ce qui l'entourait. Les hautes fenêtres donnant sur les jardins, les étagères vitrées. Il était dans la bibliothèque, en train d'attendre le coucher du soleil. Il se rappelait, maintenant.

Il fixa les yeux sur son fils. L'espace d'un instant, il crut voir son reflet dans un miroir. Le même regard sombre et direct, la même mèche blanche caractéristique. Le garçon était-il à la hauteur de la tâche qui l'attendait ? Il voulait en être sûr, mais Louis ne laissait jamais rien paraître de ses pensées ; il était impossible de savoir ce qui lui passait vraiment par la tête. C'était pour cette raison que Xavier ne faisait pas confiance au garçon, depuis le début. Vidal passa la main sur le chaume de sa tête.

« Où est-il ? Je souhaite être prêt à accueillir notre visiteuse ce soir.

– Je suis désolé, père. Je l'ai cherché partout – dans toute la maison, sa chambre, l'écurie, la cuisine. Je suis même allé voir au village. Personne ne l'a vu. »

Vidal laissa retomber sa main sur ses genoux. Cette lassitude était malvenue.

« Apporte-moi du vin et mon tonique. »

Il regarda Louis lui servir une dose généreuse de vin puis y verser le contenu d'une papillote et mélanger.

« Tenez, père. »

Vidal but à grands traits, vidant son verre en trois gorgées. Il en fut immédiatement revigoré. Il tendit sa coupe pour se faire resservir.

« Je pourrais le faire, dit Louis en revenant avec la carafe.

– Quoi donc ?

– Étant donné que Xavier n'est pas là – et que vous voulez procéder à vos préparatifs habituels –, je pourrais vous servir de barbier à sa place ? Je l'ai assez souvent regardé manipuler le rasoir et la serviette. »

Vidal passa de nouveau la main sur sa tête, puis hocha la tête.

« Veille à ce que ta main ne glisse pas. »

Le temps que Minou, Piet et Le Maistre arrivent au relais de poste, le ciel était devenu gris et l'air s'était rafraîchi. L'horizon était désormais traversé de rapides nuages noirs alors qu'une énième tempête se préparait. Minou resserra sa cape autour de ses épaules et regretta de ne pas avoir mis de gants d'équitation plus chauds.

« Laissez-moi faire », dit Le Maistre en sautant à bas de sa monture pour disparaître à l'intérieur.

Minou et Piet mirent pied à terre. Par la porte ouverte, ils pouvaient voir que le relais était plein à craquer. Les longues tables flanquées de bancs étaient essentiellement occupées par des hommes. Une matrone aux formes généreuses était en train d'y déposer, au centre, des plateaux de pain et de jambon sec, ainsi que des assiettes de cochelins sucrés et de prunes coupées en morceaux. Un serviteur courait le long des rangs avec un pichet pour remplir de bière des chopes en bois. C'était exactement le genre d'endroit où l'on pouvait aller et venir sans se faire remarquer. Un endroit où attendre à l'abri des regards indiscrets.

Bientôt, Le Maistre ressortit.

« Voici ce que je sais. Le logeur confirme qu'il a loué deux chambres au deuxième étage en juin à un Pierre Cabanel et sa fille. Elle est venue la première, pour vérifier que les chambres convenaient, car son père est un invalide de guerre.

– Un invalide ! s'exclama Piet.

– J'imagine que c'était juste une excuse pour lui permettre de rester caché. Le logeur admet qu'il l'a rarement vu. Tous ses repas lui étaient apportés dans sa chambre. Le loyer était payé dans les temps. Ils étaient tous deux discrets et n'ont causé aucun problème.

– Et la jeune femme ? demanda anxieusement Minou.

– Mlle Cabanel a fait forte impression à ce brave logeur, répondit Le Maistre en haussant les sourcils. Charmante, polie, bien habillée. Il l'a décrite dans les moindres détails et, bien que l'homme soit un ivrogne, je suis absolument certain qu'il s'agit de la jeune femme que j'ai vue à Chartres. Il était intarissable sur la beauté de ses yeux. Elle lui a laissé entendre qu'ils avaient de la famille à Chartres même. À la différence de son père, elle sortait parfois à cheval. »

Minou leva les yeux vers les fenêtres qui donnaient sur la cour. Elle avait brusquement les jambes flageolantes.

« Sont-ils ici maintenant ? »

Le Maistre se rembrunit.

« J'ai le regret de vous dire que depuis ce matin, ils n'y sont plus. Mlle Cabanel a réglé leur note très tôt, dans la plus grande hâte, et ils sont partis avant le lever du soleil. »

Une terrible déception s'empara de Minou. Être si près du but et voir pourtant ses espoirs trompés, c'était plus qu'elle ne pouvait endurer.

« Pourquoi si soudainement ? demanda Piet. Le logeur vous l'a-t-il dit ? »

Le Maistre secoua la tête.

« Non, pas plus que leur destination. Il a par contre mentionné qu'un messager était arrivé pour Mlle Cabanel avant l'aube. Réveillant presque toute la maison en tambourinant à la porte. »

Piet regarda Minou.

« Se peut-il que Cabanel ait découvert qu'Évreux n'était pas Vidal ? »

Minou rassembla ses esprits.

« Non, à mon avis, il a plus probablement reçu confirmation qu'il s'agissait bien de lui. Je crois qu'il est parti le tuer. »

Elle sentit le poids du regard de Piet sur elle.

« Es-tu en train de dire que nous devrions les suivre ?

– Je ne vois pas ce que nous pouvons faire d'autre. Si je me trompe, nous n'aurons aucun moyen de les retrouver maintenant. Ils peuvent être n'importe où. Notre seule option est d'aller au domaine d'Évreux et de prier pour y trouver Cabanel et sa… » Minou s'interrompit. Elle était désormais tellement convaincue que c'était bien Marta dont ils suivaient ainsi la piste, qu'elle ne supportait plus de l'appeler Marie Cabanel. « Notre fille est en grand danger.

– Si c'est elle », ajouta doucement Piet.

Minou se détourna.

85

Domaine d'Évreux

Marie tendit vivement la main pour ne pas basculer alors que la voiture s'engageait après un virage brutal dans la longue allée conduisant au manoir d'Évreux. Enfin, le crépuscule était arrivé. Pierre et son frère Jean devaient déjà être en position dans les bois à côté du lac. Elle refusait de penser à ce qui arriverait si Évreux déviait de ses habitudes et restait dans le manoir même. Cela la laisserait avec le cocher pour seule protection, en cas de problème.

Elle était plus nerveuse qu'elle ne se rappelait l'avoir jamais été dans sa vie. Elle porta la main à la dague de son père, glissée à sa ceinture et cachée sous les plis de sa cape. Elle était capable de se défendre. N'avait-elle pas survécu par ses propres moyens ces sept derniers mois ?

Elle avait soigneusement choisi sa tenue : élégante, mais pas excessivement. Ses cheveux bruns étaient roulés sous un attifet qui laissait voir leurs reflets chatoyants, associé à un chaperon bleu. Au lieu d'une robe, elle portait une sorte de pourpoint qui descendait en pointe sur le devant de la taille, et une large jupe, également bleue, par-dessus un vertugadin à la française. Une collerette de dentelle blanche au point coupé complétait sa tenue.

La voiture continua d'avancer en ligne droite vers le manoir. Marie prit une autre grande inspiration. Puis elle posa fermement les mains sur la boîte contenant le Sudarium, sur ses genoux, pour les empêcher de trembler.

Alors qu'elle descendait de voiture, il se mit à pleuvoir.

« Attendez ici », ordonna-t-elle au cocher.

Il régnait un calme étrange autour du manoir. Il n'y avait personne en vue, ni domestiques ni jardiniers, aucun garde, pas la moindre trace de vie. Alors qu'elle remontait l'allée menant à travers un jardin à la française de buis et de troènes jusqu'à la porte d'entrée, elle n'entendit que le bruit de ses pas sur le sol humide et le bruissement de ses jupes. Elle leva brièvement les yeux en sentant un regard posé sur elle, mais les fenêtres à meneaux étaient plongées dans l'ombre et elle ne vit personne.

Elle leva la main pour soulever le lourd anneau de fer forgé du heurtoir. Le son résonna à l'intérieur de la maison. Puis, un bruit de pas et un verrou qu'on tirait.

Un domestique en livrée noire apparut sur le seuil.

« Mademoiselle.

– Monseigneur d'Évreux m'attend », répondit-elle avec un sourire plein d'assurance.

Il inclina la tête.

« Si vous voulez bien me suivre. »

Alors que Marie entrait dans le vestibule carrelé, elle entendit la lourde porte se refermer derrière elle et frissonna.

De la tribune à l'autre bout du vestibule, Louis l'observait.

Elle était plus jeune qu'il ne s'y était attendu. Bien habillée et sûre d'elle, mais il était tout de même surpris qu'elle soit venue sans chaperon. Il était possible qu'une suivante ou un garde du corps l'attende dans la voiture, mais il semblait extrêmement stupide de sa part d'être entrée seule dans la maison.

Il regarda le domestique la conduire à travers le vestibule en direction de la bibliothèque, comme convenu. Les ordres de son père étaient de l'y laisser quelques minutes, puis de se présenter et de lui expliquer que le seigneur d'Évreux la recevrait dans le reliquaire même.

Louis persistait à penser que c'était une erreur. Mais alors que les aiguilles de l'horloge tournaient, son père avait semblé redevenir un peu plus fidèle à lui-même. Il avait retrouvé sa vivacité d'esprit, était sorti de sa léthargie et avait pris plaisir à se préparer à la venue de leur visiteuse. Si ses yeux avaient brillé juste un peu trop, s'il avait semblé mettre dans ces quelques moments toute l'énergie qui lui avait manqué ces derniers mois, Louis avait décidé d'y voir un signe d'amélioration. Et, finalement, Évreux avait laissé son fils l'aider à s'habiller. Il n'avait plus demandé où était Xavier après cela.

Louis attendit que le domestique se retire, puis descendit l'escalier pour gagner la bibliothèque, prêt à jouer son rôle.

Dès que le domestique fut ressorti, Marie ouvrit la fenêtre pour vider son vin dans le parterre de fleurs en dessous, avant de reposer sa coupe vide sur le plateau en étain.

Elle n'était pas naïve au point d'accepter à boire ou à manger dans la maison d'un inconnu. Même si elle n'était jamais entrée dans le palais du Louvre, il était de notoriété publique que la cour était rongée par la peur d'être empoisonnée. Le roi avait son propre goûteur à qui il faisait tester chaque plat, et même embrasser les assiettes et les serviettes de table avant que la main royale n'y touche. La reine mère aussi. Tant d'épices des Indes pouvaient être utilisées pour masquer la présence de jusquiame ou de belladone, et un vin très parfumé pouvait contenir une drogue.

Une cloche sonna le quart.

Marie prit un livre sur une étagère et admira la qualité de sa reliure avant de le remettre à sa place. Elle fit quelques pas en laissant courir ses doigts sur le dos des volumes, jusqu'à ce qu'elle atteigne le bout de la rangée. Puis, lassée de la bibliothèque, elle se dirigea vers la double porte, l'ouvrit et découvrit la pièce voisine.

Celle-ci était plus à son goût. Claire et agréablement aménagée, avec des meubles en palissandre. La haute commode en noyer qui brillait de reflets dorés dans la lumière du soleil couchant, les coussins en soie brodés, les tissus d'ameublement du blanc argenté des fleurs de pommier : il y avait beaucoup à admirer.

Son attention fut attirée par une magnifique boîte en émail. Décorée selon la technique du champlevé si populaire à Limoges, elle représentait des silhouettes dorées qui dansaient et se réjouissaient sur un fond bleu : des satyres et des nymphes banquetant dans les bois. Marie la retourna entre ses mains, persuadée d'en avoir vu une autre quelque part, exactement comme celle-ci. Un vague souvenir affleura dans ses pensées, évoquant un chaud après-midi d'été en compagnie d'enfants, le don d'une boîte si semblable à celle-ci qu'elle aurait pu être sa jumelle. Une robe bleue et un bonnet blanc brodé de...

« Pouvez-vous me dire ce que vous faites ici ? »

Prise au dépourvu, Marie faillit lâcher l'objet. Elle le replaça soigneusement sur la table, se donnant le temps de se ressaisir.

« Vous m'avez fait peur », dit-elle en se retournant.

Le jeune homme qui avait parlé garda la position, arrêté sur le seuil à l'autre bout de la pièce. Marie approuva ce qu'elle voyait. Grand et large d'épaules, il avait une barbe sombre soigneusement taillée en pointe et de longs cheveux noirs coiffés en arrière sous un chapeau de velours gris. Il portait un haut-de-chausses pâle, un pourpoint aux boutons ornés de pierreries placés sur le côté à la mode moderne et un col en lin ajouré plutôt qu'une collerette.

« Qui êtes-vous ? »

Il rit.

« Question plus pertinente, qui êtes-vous ?

– J'attends le seigneur d'Évreux. Il a été informé de ma visite.

– Oh, vraiment ?

– Oui, même si je doute que cela vous concerne. »

Il continua de la dévisager depuis le seuil.

« Sauf que vous vous trouvez être dans les appartements privés de mon père, alors qu'on vous avait laissée patienter dans la bibliothèque. Essayez encore, mademoiselle Cabanel. »

Marie se sentit rougir, mais décida de payer d'audace.

« La porte était entrouverte. »

Il croisa les bras. Quelque chose dans ce geste réveilla en elle une autre vague réminiscence, qui disparut aussi vite qu'elle était venue. Marie se creusa l'esprit pour essayer de la rattraper, mais le souvenir refusa de ressurgir.

« Pardonnez-moi, mais nous sommes-nous déjà rencontrés ?

– Êtes-vous déjà venue à Chartres par le passé ?

– Non.

– Alors je ne peux pas imaginer que ce soit le cas. »

Marie le dévisagea, décontenancée par sa conversation étrange. Elle attendit qu'il ajoute quelque chose, mais il continua de la regarder sans bouger, en silence.

« Votre père m'attend, finit-elle par dire. J'ai quelque chose de grande valeur à lui montrer. »

Elle s'avança dans la lumière, en tendant la boîte à bout de bras. À sa grande stupéfaction, il pâlit brusquement.

« Quel est donc le problème ? demanda-t-elle, commençant à s'impatienter devant son comportement. Où est monseigneur d'Évreux ? Nous avions rendez-vous à cette heure-ci. Pourquoi n'est-il pas là pour me recevoir ? Est-il donc si peu courtois ?

– Pardonnez-moi, mademoiselle Cabanel, répondit-il, retrouvant brutalement tout son charme. J'ai reçu l'ordre de vous amener à lui. Il va vous recevoir dans le reliquaire. Il a jugé cela plus approprié étant donné la nature de votre visite. »

Bien que ce soit là ce à quoi Marie s'était préparée, elle fut soudain prise de peur. Puis le fils d'Évreux tendit la main vers elle, et quelque chose dans ce geste, également, lui sembla familier. Un frisson lui parcourut l'échine.

86

Minou, Piet et Antoine Le Maistre mirent pied à terre et, guidant leurs montures, s'enfoncèrent dans les bois dont la terre détrempée étouffait presque le bruit des sabots.

Ils ne virent personne, n'entendirent personne.

Le crépuscule était en train de laisser place à la nuit, qui apportait avec elle un vent froid et humide. Hors du couvert des arbres, la bruine avait tourné à la pluie.

Ils se rapprochèrent autant qu'ils le pouvaient sans être repérés. La voiture qu'ils avaient vue quitter la route pour entrer dans le domaine était à présent arrêtée devant le manoir, mais aucune lumière ne brillait aux fenêtres de celui-ci. Même les communs et l'écurie semblaient déserts.

« Où sont-ils tous ? chuchota Piet. Se peut-il que Vidal – Évreux – soit parti ? »

Le Maistre secoua la tête.

« Nous l'aurions vu. Nous observons les lieux depuis le début de l'après-midi.

– Se peut-il qu'il soit passé par un autre chemin ? À travers bois, peut-être ?

– C'est possible, mais pas si toute sa maison est partie avec lui. La seule route praticable est celle-ci.

– Laissez-moi d'abord vérifier que le manoir est vraiment vide, dit Piet. Il est possible que les communs soient tous situés à l'arrière du bâtiment.

– Je vous accompagne, répondit Le Maistre.

– Soyez prudents », murmura Minou en étreignant brièvement le bras de son époux.

Elle regarda les deux hommes sortir furtivement des bois et, mettant à profit la haie de buis du jardin à la française pour avancer à couvert, s'approcher de la maison avant de disparaître, hors de vue.

Alors qu'ils approchaient de leur destination, le passeur commença à ralentir, en refermant les mains à intervalles plus serrés sur la chaîne et en tirant moins fort.

« Est-ce que ça va, mademoiselle Cabanel ? » demanda Louis.

Elle était assise le dos tout droit, son paquet serré contre elle comme un bouclier.

« Très bien, merci », répondit-elle d'un ton qui démentait ses mots.

Près d'une heure avait passé depuis l'arrivée de Marie Cabanel, et Louis avait encore les pensées en émoi. Il ne semblait pas possible que la femme venue négocier avec son père – venue le tromper – soit la fillette qu'il avait abandonnée dans la chambre bleue de la rue d'Orléans douze ans plus tôt, et pourtant cela ne faisait aucun doute. Dès l'instant où elle était sortie de l'ombre dans le bureau de son père, il l'avait su. Ces yeux étaient reconnaissables entre tous.

Marie Cabanel était Marta Reydon-Joubert.

Cela changeait tout. Se pouvait-il que le danger qui menaçait son père – car Louis était sûr que la relique n'était qu'une contrefaçon, un simple prétexte pour accéder au manoir – vienne non pas d'un assassin à la solde du duc de Guise, mais de l'ancien ennemi de Vidal ? Il savait que son père était hanté à longueur de journée par la pensée de Piet Reydon, d'autant plus désormais qu'il commençait à perdre l'esprit. Cela confinait à l'obsession. La montagne de documents qu'il conservait sur son bureau – décisions de justice, témoignages, ainsi que le testament de son défunt oncle – l'attestait.

Ce que Louis n'arrivait pas à savoir, c'était si Marta l'avait reconnu aussi. Elle avait eu l'impression de le connaître, elle l'avait dit elle-même, mais il ne pensait pas qu'elle en soit sûre. Dès qu'ils seraient à l'intérieur, il lui faudrait informer son père de qui elle était. Après, ce serait son problème.

Dans la lumière du jour qui déclinait, il jeta un coup d'œil dans l'eau. L'espace d'une seconde, il crut voir le visage de Xavier qui le regardait des profondeurs vertes et miroitantes en dessous du bateau. Ses yeux morts grands ouverts. Il recula avec un sursaut, faisant rouler le bateau.

« Faites attention, ou vous allez nous faire chavirer. Je suis déjà assez mouillée comme cela. » Marie se retourna pour le regarder. « Qu'y a-t-il ? Vous avez une expression étrange. »

Ces mots le ramenèrent à ce jour, lorsqu'il avait neuf ans, où une fillette précoce l'avait sommé de lui expliquer la présence d'une étrange mèche blanche dans ses cheveux. Brusquement mal à l'aise, il rabattit son chapeau gris sur son front.

« Nous sommes arrivés, dit-il inutilement alors que la barque heurtait la rive en douceur. Laissez-moi vous aider, mademoiselle. »

Il lui tendit la main. Après un moment d'hésitation, Marie la prit.

« Avez-vous pu voir quelque chose ? demanda vivement Minou lorsque Piet et Le Maistre réapparurent. Sont-ils là ? »

Piet secoua la tête.

« Je ne peux pas être sûr de ce qui se passe à l'intérieur, mais la maison semble totalement déserte.

– Et pourtant les chevaux sont à l'écurie, fit remarquer Le Maistre d'un ton songeur. Il y avait un palefrenier solitaire, profondément endormi. C'est étrange.

– Et là-bas ? » suggéra Minou en indiquant le lac en contrebas du manoir. Les derniers rayons du soleil rendaient tout juste visible une tour blanche dans le crépuscule. « Il y a de la lumière. »

Piet plissa les yeux pour mieux voir.

« En effet. Qu'en pensez-vous, Le Maistre ? Vaut-il mieux tenter de pénétrer dans la maison, ou…

– Mais bien sûr ! s'exclama Le Maistre, l'interrompant. Tout le monde sait qu'Évreux a fait construire son propre reliquaire ici. J'avais toujours supposé qu'il se trouvait dans la maison elle-même, mais il se peut très bien que ce soit cela. »

Ils se tournèrent tous trois vers le lac.

« Écoutez, dit Minou en posant la main sur le bras de Piet. Vous avez entendu ?

– Non.

– Cela ressemblait au bruit d'une chaîne qu'on tire. Vous savez, comme dans le Lastage lorsque les bateaux sont hissés hors de l'eau pour être réparés pendant l'hiver. »

Ils tendirent tous l'oreille, mais l'air nocturne resta cette fois silencieux.

« Voulez-vous que nous descendions voir, ou que nous essayions d'entrer dans la maison ? demanda Le Maistre. C'est à vous de décider.

– Minou ? » fit Piet en se tournant vers elle.

Elle réfléchit un moment.

« Vous avez tous deux l'impression que la maison est vide, mais la voiture est là, donc ils sont forcément quelque part. Je pense que nous ferions mieux de descendre voir au lac. »

Piet hocha la tête.

« Je vous propose de gagner ce bosquet près de l'eau. Un par un, juste au cas où on nous observerait. Moi d'abord, puis toi, Minou. Le Maistre, vous ferez le tour par l'autre côté pour voir s'il y a le moindre signe de vie, puis vous nous rejoindrez. »

Piet dévala la pente herbeuse séparant la maison du lac sous une pluie battante. Minou attendit qu'il ait disparu puis le suivit, en serrant sa cape autour de son cou.

« Que vois-tu ? chuchota-t-elle lorsqu'elle arriva près de lui.

– Il y a une barque amarrée à la jetée, répondit Piet avec un geste en direction de l'embarcadère. Et vois-tu les pieux plantés dans l'eau ? Il y a une chaîne tendue entre ici et l'île pour que le passeur puisse haler l'embarcation d'une rive à l'autre. Ce doit être le bruit que tu as entendu.

– Y a-t-il quelqu'un dans la barque ?

– Pas de ce que j'ai pu voir.

– Alors je dois l'avoir entendue revenir de l'île tout à l'heure. Mais le passeur, est-il là ?

– Je n'ai pas l'impression. »

Tandis qu'ils attendaient que leur ami les rejoigne, les dernières lueurs s'effacèrent du ciel et un vent frais se leva. Une brume légère se forma à la surface du lac peu profond, nimbant tout d'une étrange lumière grise. La complainte nocturne des rossignols et des engoulevents commença à s'élever dans les airs.

« Alors ? demanda Piet lorsque Le Maistre réapparut.

– Il y a deux hommes qui surveillent le reliquaire de l'autre côté du lac.

– Cabanel ?

– Je ne l'ai jamais vu, mais c'est une hypothèse raisonnable.

– Et l'autre ?

– Je ne sais pas, répondit Le Maistre avec un haussement d'épaules.

– Avez-vous vu Marta ? » demanda Minou, les mots s'échappant de sa bouche dans un seul souffle.

Elle ne s'était pas rendu compte qu'elle avait arrêté de respirer.

« Je crains que non, madame Reydon. »

Piet étreignit le bras de Minou.

« Au moins, cela suggère que Cabanel croit Vidal sur l'île. Et s'il est là, sa fille est sûrement avec lui. »

Minou avait conscience qu'ils faisaient trop de suppositions allant dans le sens de l'histoire qu'ils voulaient voir racontée. Elle ne savait pas ce qu'ils devaient faire à présent. Attendre, observer, essayer d'intervenir ? Toutes les possibilités comportaient une certaine dose de risque. Ils ne pouvaient pas rester sans rien faire, mais si jamais leurs actions mettaient Marta en danger ?

« Vous êtes vraiment sûr qu'elle n'était pas là ?

– Il est possible qu'elle ait été cachée parmi les arbres », répondit Le Maistre d'un ton dubitatif. Il se tourna vers Piet. « Que voulez-vous faire à présent ? »

Piet réfléchit un moment.

« Je vais traverser pour aller voir dans le reliquaire…

– Je viens aussi », l'interrompit Minou.

Il soupira.

« Très bien. Le Maistre, vous gardez un œil sur Cabanel et son complice. S'ils traversent aussi, vous les suivez.

– J'ai vu deux gardes patrouiller sur l'île, répondit l'intéressé. Il y en a peut-être plus. Un tour complet leur prend environ un quart d'heure.

– Dans ce cas, je m'arrangerai pour passer à un moment où ils ne me verront pas. Rendez-vous ici dans une heure pour faire le point sur ce que nous aurons découvert ? »

Le Maistre hocha la tête.

« Bonne chasse, mon ami. »

87

Le reliquaire

Lorsqu'ils entrèrent dans la tour blanche, l'odeur d'encens et de cire emplissant l'air confiné assaillit les sens de Marie.

Ils se trouvaient dans un long et étroit couloir éclairé de chandelles plantées par deux dans des appliques en fer forgé. La lueur des flammes dansait sur le mur opposé, éclairant une série d'alcôves peintes de fresques religieuses : le Christ en croix sur le Golgotha, la sainte couronne apportée à la Sainte-Chapelle, toutes les scènes de la Passion.

« Ce n'est plus très loin », dit Louis.

Alors qu'ils arrivaient devant la représentation de sainte Véronique, Marie s'arrêta. La reproduction du Sudarium qu'elle avait entre les mains était excellente, mais serait-elle assez bonne pour convaincre un chasseur de reliques tel que le seigneur d'Évreux – à savoir le cardinal travaillant autrefois pour Guise, comme l'avait cru son père ? Elle n'en était pas sûre.

Elle se rendit compte que le fils d'Évreux la dévisageait de nouveau. Elle fit volte-face pour lui parler de front.

« Ai-je fait quelque chose qui vous ait offensé, pour que vous fixiez votre attention sur moi de la sorte ?

– Pourquoi, mon attention vous perturbe-t-elle ?

– C'est impertinent. »

Il s'inclina moqueusement.

« Dans ce cas, je vous présente mes excuses. »

Marie sentit sa colère monter.

« Et impoli, continua-t-elle. Vous n'avez même pas eu la courtoisie de me dire votre nom. »

Un sourire éclaira brièvement les yeux du jeune homme.

« Quel besoin avez-vous de mon nom, Marie Cabanel ? C'est mon père que vous êtes venue voir. Je suis le fils du seigneur d'Évreux, n'est-ce pas suffisant ? »

Marie fronça les sourcils.

« Pourquoi ne cessez-vous de prononcer mon nom, comme si quelque mystère y était attaché ?

– Ne savez-vous pas ? » demanda-t-il, d'un ton qui semblait sincèrement intéressé.

Encore une fois, elle sentit tout le poids de son regard posé sur elle.

« Quoi donc ? »

Il fit entendre un sifflement.

« Mon Dieu, vous ne savez vraiment pas…

– Quel est votre nom ? demanda-t-elle sèchement, à bout de patience.

– Si c'est tout ce qui vous préoccupe, il est aisé d'y remédier. Je m'appelle Louis. » Il s'inclina profondément. « À votre service. »

Antoine Le Maistre entreprit de refaire le tour du lac.

Il regarda Cabanel et son complice se hisser sur l'île et sortit du couvert des arbres pour les suivre. Il s'était cru à l'abri des regards et du danger. Mais il sentit soudain une présence derrière lui, puis la pointe d'un couteau contre son dos.

« Vous faites une erreur, l'ami.

– Pas d'erreur », répliqua l'homme avec un rire, en lui plongeant son arme entre les côtes.

Le Maistre eut un hoquet de stupeur en sentant la lame s'enfoncer, avec précision et expertise. L'espace d'un instant, il ne ressentit rien de plus. Puis le premier flot de sang imbiba sa chemise, et un froid terrible comme un gel hivernal l'envahit jusqu'au bout des doigts. Il tomba à genoux et perçut un goût de sang dans sa bouche.

Pourquoi n'arrivait-il pas à respirer ?

Il ne comprenait pas. L'homme avait parlé avec un accent de la région, mais Cabanel était censé être parisien. Sa blessure commença à le faire souffrir, la douleur grandissant rapidement pour se propager au reste de son corps.

Tout sembla soudain s'illuminer autour de lui. Puis la douleur s'estompa. Il vit le visage de sa chère épouse. Elle lui tendait les mains en souriant. Leurs enfants étaient là aussi, exactement comme il se les rappelait avant la venue des soldats.

Il faillit en rire. Il avait survécu à sept guerres, combattu dignement et courageusement aux côtés des plus grands commandants huguenots de son époque. Tout cela pour finir victime d'un spadassin. Il voulut lancer un cri d'avertissement à Piet et Minou, mais les mots restèrent coincés dans sa gorge.

Il sentit l'homme l'attraper par son pourpoint et le pousser dans le lac, puis appuyer une botte sur son cou pour lui maintenir la tête sous l'eau. Alors que les ténèbres envahissaient ses poumons, il vit de nouveau sa femme et ses enfants.

Ils l'attendaient.

Marie fronça les sourcils, les pensées traversées d'un autre souvenir immédiatement disparu. Pourquoi ses paroles lui semblaient-elles si familières, et son nom aussi ?

« Nous y sommes », dit Louis en soulevant un lourd rideau rouge.

Elle réussit à rassembler ses esprits.

« Monseigneur d'Évreux se trouve-t-il à l'intérieur ? »

En guise de réponse, elle sentit sa main au creux de son dos la pousser en avant. Elle se retrouva dans une immense pièce pleine d'ombre et de lumière. Il y avait un autel au milieu, avec deux cathèdres placées devant. De hauts candélabres se dressaient de part et d'autre telles des sentinelles, leurs flammes vacillantes projetant des ombres dansantes aux quatre coins de la pièce. La pleine lune entrait par un large lanterneau au plafond, baignant tout d'une étrange clarté blanchâtre. À l'autre bout, elle distinguait tout juste une autre porte, plus petite.

Alors que ses yeux s'accoutumaient à la pénombre, Marie se rendit compte qu'il y avait là aussi des fresques sur les murs. Sept en tout, chacune avec un coffret posé devant, et une chandelle solitaire. Et, en dépit de sa peur, ses yeux étincelèrent d'émerveillement.

« J'ai ressenti la même chose la première fois que je suis venu ici, dit Louis à voix basse, derrière son épaule. C'est absolument magnifique.

– En effet. Une relique pour chacune des sept stations du chemin de croix.

– Oui. Seul le sixième de nos coffrets est vide. »

Cela rappela brusquement à Marie la raison de sa présence à cet endroit.

« Mais plus pour longtemps, répondit-elle avec une assurance qu'elle ne ressentait pas.

– Si ce que vous nous avez apporté est authentique, répliqua-t-il avec un rire.

– Je le tiens de source sûre, même si je ne suis pas moi-même une experte.

– Et pourtant vous avez l'audace de venir ici m'offrir cette relique », dit une voix dans les ténèbres.

Marie sursauta. Elle avait cru qu'ils étaient seuls. Louis prit la boîte qu'elle tenait, lui effleurant la main, et se dirigea vers la voix.

« Merci, Louis. C'est là le Sudarium ? »

Marie se tourna vers la voix. Un homme en vêtements sacerdotaux était à présent assis dans une des cathèdres. Il portait une chasuble blanche, avec un pallium et une étole dont la soie rouge chatoyait à la lueur des bougies. Marie ne sut que penser. Son père lui avait dit que Vidal avait renoncé à sa charge de cardinal pour adopter une nouvelle identité afin d'éviter d'être capturé, et pourtant il était là à présent, vêtu comme un évêque.

« C'est ce qu'affirme Mlle Cabanel. »

Marie attendit qu'Évreux se lève pour la saluer. Il ne le fit pas. Elle attendit qu'il se présente. Il ne le fit pas. Elle sentit la nervosité faire palpiter son cœur alors qu'elle regardait Louis tendre la relique à son père, puis se pencher pour lui murmurer quelque chose à l'oreille.

Les deux hommes se retournèrent pour la regarder. La ressemblance entre eux était si forte qu'il ne faisait aucun doute que c'étaient le père et le fils. Pourquoi la dévisageaient-ils ainsi ?

Une vague de panique l'envahit. Qu'elle avait été stupide de se laisser amener sur cette île ! Si quelque chose allait de travers, Pierre et son frère seraient trop loin pour l'aider, et son cocher était resté au manoir avec la voiture. Elle prit une grande inspiration. Sa seule chance était de rester ferme. Elle ne pouvait pas laisser sa peur ou sa culpabilité la trahir.

Elle s'avança.

« Monseigneur d'Évreux, c'est un plaisir de faire votre connaissance.

– Qui vous envoie ? »

Sa voix était glaciale.

« Personne, monseigneur. » Son courage vacilla. « Je vous ai apporté le plus beau et le plus extraordinaire des objets, lequel – d'après ce que m'a montré votre fils – rendra votre collection complète. »

Elle se rapprocha encore, et put voir qu'il portait un camauro de velours rouge, ce bonnet que seul le pape était autorisé à porter. Sa confusion s'accentua.

« Êtes-vous une honnête femme ? »

Elle soutint son regard.

« Oui, monseigneur. »

Vidal regarda son fils, avant de reporter les yeux sur elle.

« Néanmoins, il vaudrait mieux s'en assurer. Ligote-la. »

88

Piet et Minou attendirent que les gardes aient entamé un autre tour, puis sortirent de l'embarcation. Vivement, ils secouèrent leurs vêtements pour en faire tomber la pluie, puis ils gagnèrent la tour blanche au pas de course, en essayant d'éviter les flaques.

« Et s'ils remarquent que la barque a été ramenée ? chuchota Minou.

– Nous ne pouvons rien faire à ça », répondit Piet. Il reprit son souffle. « Peut-être devrions-nous attendre que Le Maistre...

– Il n'est pas question de faire demi-tour maintenant. J'ai besoin de savoir. »

Se courbant pour rester cachée derrière la balustrade, elle monta rapidement les marches. Elle se sentait intrépide, animée d'un esprit de bravoure et d'aventure. Elle se rappelait ces jours, avant qu'ils ne soient mari et femme, où Piet et elle avaient couru main dans la main dans les rues de Toulouse : échappant à des soldats, aidant des femmes et des enfants innocents à se mettre à l'abri, puis chevauchant toute la nuit pour gagner Puivert afin de sauver Alis et leur père bien-aimé, retenus captifs dans le château. Elle avait eu le cœur vaillant, à l'époque.

Pendant une fraction de seconde, elle s'autorisa à goûter la compagnie des fantômes du passé, ceux qu'elle avait aimés et perdus, les disparus et les morts. Puis elle prit une grande inspiration.

Mais pas Marta. Marta n'était pas morte.

Minou fit signe à Piet de la rejoindre, puis appuya sur la lourde porte. À sa grande surprise, celle-ci s'ouvrit.

« Minou, attends », dit Piet en se glissant devant elle. Il jeta un coup d'œil à l'intérieur, puis hocha la tête. « La voie est libre. »

Mais c'était au tour de Minou d'hésiter.

« Et si nous nous sommes trompés ? S'ils sont au manoir, finalement ?

– Quelqu'un est passé ici récemment, chuchota Piet. Regarde, les chandelles viennent d'être allumées. Referme la porte, pour que les gardes ne se rendent compte de rien. »

S'attendant à recevoir à tout moment une sommation, Minou remonta silencieusement le couloir, suivie de Piet. Elle voyait les fresques sur le mur du coin de l'œil, mais ne leur accorda aucun regard. Toute son attention était fixée sur la porte à l'autre bout, et sur ce qui se trouvait derrière. Le lourd rideau rouge qui devait la cacher d'ordinaire était tiré, et un mince rai de lumière était visible entre le battant et le chambranle.

Puis, derrière eux dans le couloir, elle entendit des pas.

« Lève la lampe plus haut », ordonna Vidal.

Louis obéit, inondant de lumière le morceau de tissu posé sur l'autel.

Attachée à l'un des fauteuils, Marie s'efforçait d'assouplir ses liens sans attirer leur attention. Elle avait essayé de prendre la fuite dès qu'elle avait compris que Vidal voulait la retenir en otage, mais Louis lui avait bloqué la route. Il avait trouvé la dague de Cabanel à sa ceinture et la lui avait prise, puis lui avait ligoté les poignets avant de passer la corde autour d'un barreau du dossier pour l'attacher au fauteuil. Mais la corde n'était pas serrée. Si elle parvenait à dégager ses mains, elle avait une chance de réussir à s'enfuir pendant qu'ils étaient concentrés sur la relique. Louis n'avait pas fermé la porte à clef lorsqu'ils étaient entrés dans la pièce, et il ne semblait pas y avoir de domestiques ou de gardes.

« Vois-tu, Louis ? Ceci est censé être l'empreinte du visage du Christ. »

Entendant le doute dans la voix, Marie tira encore plus désespérément sur ses liens.

« Plusieurs fois par le passé, je me suis vu proposer un objet prétendant être le voile avec lequel sainte Véronique essuya le visage du Christ sur la Via Dolorosa. Certains disent qu'il n'a jamais quitté Rome, d'autres qu'il a été emporté à Vienne, ou Jaén, ou encore Alicante, où Mlle Cabanel prétend avoir trouvé ceci. » Vidal baissa les yeux sur l'étoffe. « Et c'est bien fait. De l'excellent travail, en fait. Presque à la hauteur du tien, Louis.

– Monseigneur ?

– Ta couronne d'épines. Un jour, nous retournerons à la Sainte-Chapelle la comparer à l'originale. »

Marie se figea. La couronne d'épines, la Sainte-Chapelle. Était-il possible qu'elle ait déjà vu Louis avant, à Paris ? Chronologiquement, cela n'avait pas de sens. Si Louis était vraiment le fils de Vidal, et que Vidal n'avait pas été vu à Paris depuis la nuit du massacre de la Saint-Barthélemy, elle ne pouvait pas avoir eu plus de sept ou huit ans. Et lui à peine plus.

Un frisson lui parcourut le dos à la vision d'un garçon à la mèche blanche tendant la main à une petite fille… « Viens, ce n'est pas loin », lui avait-il dit, et elle l'avait suivi.

Le souvenir se fit encore plus net : une pièce bleue tout en dorures et miroirs, un virginal brillant, des heures entières passées seule enfermée dans le noir, les cris et l'haleine chargée de bière d'un soldat ; un homme agonisant, le bras désespérément tendu vers la dague qui allait devenir le talisman de son père.

« Mais voici le problème, était en train d'expliquer Évreux. Ça, là, tu vois ? C'est un peu trop bien fait. Vois-tu les traits de pinceau ?

– Oui.

– Ils sont à peine visibles, mais s'il s'agissait vraiment d'une empreinte du visage du Christ, il n'y aurait aucune marque de fabrication humaine. »

Marie se força à calmer le tourbillon de ses pensées et à se concentrer sur le présent. Maintenant, plus que jamais, il lui fallait fuir. Et si Louis l'avait reconnue aussi ?

« Quant à l'étoffe, continua Vidal, elle aussi offre une excellente ressemblance. Il est même possible qu'elle vienne vraiment de Terre sainte, et qu'elle ait été rapportée par un croisé il y a des siècles de cela. Qui peut le dire ? »

D'un dernier coup sec sur ses liens, Marie réussit enfin à dégager sa main droite. À tâtons, elle commença immédiatement à détacher la corde du fauteuil.

Mais c'était trop tard. Vidal repoussa brusquement son fauteuil et se leva. Il ôta son bonnet, passa les doigts sur son crâne presque lisse et s'approcha lentement d'elle. Marie vit que son pallium était décoré de six petites croix, blanches au lieu du noir habituel.

Elle s'immobilisa, en gardant les mains derrière son dos.

« Beaucoup d'argent et de savoir-faire ont certainement été consacrés à ce Sudarium – il tromperait n'importe quel œil inexercé – mais j'ai le regret de vous annoncer que c'est une contrefaçon, mademoiselle. Qu'espérait accomplir par cette comédie la personne responsable de tout ceci ? Et pourquoi vous a-t-elle envoyée plutôt que de venir en personne ? »

Marie se força à garder une voix ferme.

« Je ne comprends pas ce que vous voulez dire. Personne ne m'a envoyée. »

Alors qu'il se dressait, menaçant, devant elle, elle put voir qu'il était atteint de maladie. Il avait une tumeur à la tempe, le teint grisâtre et les yeux enfoncés dans leurs orbites. Mais malgré tout cela, elle pouvait sentir la puissance de cet homme.

« Votre père, reprit Vidal. Pourquoi vous a-t-il envoyée ?

– Mon père est mort l'hiver passé, monseigneur. »

Il posa les mains sur les accoudoirs de part et d'autre d'elle.

« Je ne vous crois pas. »

Marie se pressa contre son dossier.

« Ce Sudarium m'a été vendu comme authentique, insista-t-elle en essayant d'injecter dans sa voix une assurance qu'elle ne ressentait pas. Le prêtre à qui je l'ai acheté l'avait apporté lui-même d'Espagne.

– Est-ce là ce qu'il vous a dit de me dire ?

– C'est la vérité, monseigneur.

– Vraiment ? fit-il avec un rire sans joie. Dans ce cas, comment l'avez-vous payé ? Par les moyens habituels dont usent les femmes pour obtenir des hommes ce qu'elles désirent ? »

Il lui posa rudement la main sur le sein et elle tressaillit.

« Père ! »

Elle vit Vidal lever l'autre main et tenta d'esquiver le coup, mais fut trop lente. La gifle s'abattit brutalement sur sa pommette.

« Père, je vous en prie ! » protesta de nouveau Louis.

Vidal l'ignora.

« Où est-il ? »

Marie essaya de se dégager, mais il la tenait fermement par l'épaule.

« Croyez-vous donc pouvoir me duper ? Mon fils m'a raconté qu'il vous avait trouvée errant dans les rues de Paris il y a toutes ces années. Il vous a reconnue. Quel genre de père envoie sa fille faire son travail de traître à sa place ?

– Je vous jure que je ne sais pas... »

Vidal leva de nouveau la main, mais cette fois Louis s'interposa, et reçut le coup à sa place. Il recula en trébuchant et son chapeau tomba au sol, donnant à Marie l'ultime confirmation qu'Évreux était bien Vidal : Louis avait la même mèche de cheveux blancs que son père autrefois.

« Elle est venue seule, père, dit-il. Je l'ai regardée arriver. Et le cocher est resté au manoir. »

Vidal lui jeta un regard de mépris.

« Si tu crois vraiment cela, tu es un imbécile. » Il se retourna vers Marie. « Où est votre père, mademoiselle Reydon ? Ne m'obligez pas à vous reposer la question.

– Reydon ? » Marie le dévisagea avec confusion. Si c'était là une ruse, elle n'en comprenait pas l'objectif. « Je m'appelle Marie Cabanel. Mon père était Pierre Cabanel, capitaine d'armes. Il est mort en janvier dernier à Rouen. Je vous le jure.

– Cabanel ! s'exclama Vidal avec un rire. Je ne m'attendrais pas à ce que vous vous présentiez sous votre vrai nom, mademoiselle Reydon. Même pour une femme, ce serait le comble de la stupidité. Mais je vous repose la question, pour la dernière fois : où est Reydon ? »

Marie se prépara à recevoir une autre gifle, mais à cet instant, les portes derrière eux s'ouvrirent à la volée.

Elle resta interdite. Pierre et son frère Jean se tenaient sur le seuil, trempés, tenant captive une femme de haute taille à la cape verte. Marie avait généreusement rémunéré leurs services ; étaient-ils vraiment acquis à la solde du seigneur d'Évreux ?

Minou avait l'impression de voir ce qui se passait de très haut. Comme si elle était une des gargouilles de Saint-Nazaire à Carcassonne, qui l'avaient tant effrayée lorsqu'elle était petite. Tout dans la pièce semblait déformé par la lueur vacillante des chandelles, qui projetaient de longues ombres dansantes sur le mur couvert d'images de mort et d'agonie. Sept coffrets à bordure d'or étaient alignés devant, tels des présents pour un roi.

Elle vit la scène devant elle en un clin d'œil. Un homme de haute taille, en vêtements liturgiques, le crâne recouvert d'un duveteux chaume blanc. À côté de lui, près d'un fauteuil renversé, une jeune fille. La peau pâle, les cheveux longs et bruns, habillée tout de bleu, dans les bras d'un garçon qui était le portrait craché de Vidal. Presque comme s'ils étaient en train de danser.

Sa respiration s'arrêta : elle avait l'impression de voir son reflet dans le miroir. Tout doute s'était envolé. Elle avait la tête qui tournait, folle de gratitude et de soulagement.

« Marta... », dit-elle, osant à peine prononcer son nom.

La jeune femme ne sembla pas l'entendre. Et bien qu'elle se soit préparée à cette éventualité, Minou sentit son cœur se briser comme de la glace.

Puis un hurlement leur parvint du couloir. Quelques secondes plus tard, Piet fit irruption dans la pièce, couteau au poing, parant les attaques de deux gardes armés.

Minou vit Vidal vaciller un moment, comme s'il avait reçu un coup.

« Saisissez-le ! hurla-t-il cependant très vite, avant de se tourner vers le garçon. Emmène la fille. Tu sais quoi faire. »

Louis hésita, puis commença à traîner Marie, qui se débattait furieusement, vers la porte de l'autre côté de la pièce.

« Marta ! » s'écria Minou.

Elle ne pouvait pas laisser sa fille lui être à nouveau enlevée.

Prenant ses ravisseurs par surprise, elle se dégagea de leur étreinte pour s'élancer après les deux jeunes gens. Mais ils la rattrapèrent presque immédiatement. Elle sentit un bras brutal se faufiler autour de son cou et la tirer en arrière, la soulevant du sol. Des doigts crasseux se plaquèrent sur sa bouche, répugnants et terriblement intimes. Elle entendit Piet crier quelque chose, à l'autre bout de la pièce. Mais ensuite, elle perçut le grognement que lui arrachait un coup de poing dans l'estomac, et elle sut qu'il était à terre.

Lorsqu'elle se retourna vers la petite porte, sa fille avait disparu.

89

Piet essaya de relever la tête. La douleur dans ses épaules fut si vive qu'il lâcha un gémissement.

« Minou... »

Il relâcha son souffle puis tenta à nouveau de se redresser, plus lentement cette fois.

Il avait mal partout. Il essaya d'écarter les bras et se rendit compte qu'il avait les mains liées dans le dos. Il se força à ouvrir les yeux, fixant son regard sur ses bottes, encore humides, puis sur le sol de pierre, et enfin sur les pieds d'un fauteuil. Ce n'est que lorsque la pièce eut cessé de tourner qu'il réussit à lever la tête et à regarder en face l'homme assis devant lui.

« Vidal », laissa-t-il échapper de ses lèvres enflées.

Il avait une dent branlante et le goût métallique du sang sur la langue.

« Comme tu peux le voir.

– Où est ma femme ? »

Vidal ne répondit pas.

« Où est-elle ? » répéta Piet en le regardant dans les yeux.

Il vit instantanément que son ancien ami était malade. Son teint blafard et ses yeux excessivement brillants indiquaient de la fièvre, et il avait une grosse tumeur sur la tempe. Il était extraordinaire qu'un homme puisse voir son apparence tellement altérée par le passage des années tout en restant fondamentalement le même.

« Qu'as-tu fait de ma femme ?

– Tu la retrouveras bien assez vite. » Vidal joignit le bout des doigts d'un air songeur. « Pourquoi es-tu venu, Reydon ?

– Tu sais pourquoi je suis ici. »

Piet vit une expression fugace passer sur le visage de son vieil ennemi. De la colère, peut-être ? Puis il comprit : c'était la confirmation de ce que Vidal avait redouté.

« Ah, donc les documents ont finalement été découverts à Amsterdam. Je craignais cette éventualité. J'ai tout fait pour l'empêcher.

– Je n'aurais jamais su qu'il y avait quelque chose à chercher. C'est ton intervention qui a mis toute l'affaire en lumière. »

Vidal afficha un sourire étrange.

« Ainsi vont les choses, je le crains. »

Piet fit le point sur sa situation. Ils étaient seuls dans la pièce, mais il nc doutait pas un instant que les gardes étaient postés derrière la porte. Il ne savait pas où Minou avait été emmenée. La chance n'était pas de son côté. La meilleure chose à faire était de continuer à faire parler Vidal le plus longtemps possible et de prier pour que Le Maistre trouve un moyen de leur venir en aide.

« Est-ce toi qui l'as tuée ? demanda-t-il.

– Ta catin de mère ? Tu surestimes mes pouvoirs, Reydon. Je n'étais guère plus qu'un petit enfant quand elle est morte.

– Mariken Hassels, de la communauté des béguines, savait la vérité, dit Piet en gardant un ton égal. Et ma mère et mon père – ton oncle – étaient légitimement mariés, comme tu le sais.

– Il n'en existe aucune preuve. »

Piet le regarda dans les yeux.

« Il y a un document qui l'atteste.

– Et tu es maintenant en sa possession ?

– Oui.

– Ah. »

Piet reprit son souffle.

« Depuis combien de temps sais-tu que nous sommes cousins ? »

Vidal tapota du bout des doigts sur l'accoudoir de son fauteuil, un geste que Piet se rappelait bien.

« Réponds-moi.

– Mon oncle a avoué la liaison sur son lit de mort.

– Pas une liaison, un mariage », répéta Piet. Puis, bien qu'il sache que c'était une erreur, il demanda : « Est-ce que du Plessis a parlé d'elle ?

– De ta mère ? fit Vidal avec mépris. Non. Elle ne représentait rien pour lui. Juste une erreur de jeunesse. »

Piet se força à rester calme. Il ne pouvait pas laisser Vidal le provoquer.

« Savait-il qu'il avait un fils ?

– Cela aurait-il importé qu'il le sache ?

– Beaucoup, répliqua Piet en luttant pour chasser la colère de sa voix. N'est-ce pas la raison de tout cela ? Et tu as toi-même un fils, à l'évidence. Le reconnais-tu comme tel ? »

Vidal jeta un coup d'œil en direction de la porte à l'arrière de la pièce.

« Le garçon m'est utile. S'il cesse de l'être, je le renverrai d'où il vient.

– Tu n'as donc aucun amour pour lui ? »

Vidal éclata de rire.

« Je n'ai que faire de ce genre de mièvreries, Reydon.

– Est-ce toi qui as commandité l'assassinat de ma femme à Puivert ? »

Vidal feignit de réfléchir.

« Je ne me... »

Enfin, Piet céda à la colère.

« Réponds-moi ! »

Vidal afficha le lent sourire que Piet se rappelait encore de l'époque où ils étudiaient ensemble à Toulouse.

« Très bien. Ai-je tenté de débarrasser Puivert de sa fausse châtelaine ? Oui. Il s'est avéré par la suite que l'homme choisi pour ce faire n'avait pas été à la hauteur de la tâche. Il a tiré sur la mauvaise catin huguenote. »

Piet secoua la tête.

« Alis portait une robe verte ce jour-là.

– Ah, c'est donc cela qui s'est passé. Alis, oui. Je me souviens d'elle. » Vidal s'interrompit. « En vérité ma seule intention était de te retenir dans le Languedoc pendant que je déterminais où pouvait se cacher la preuve de l'erreur de jeunesse de mon oncle. »

Piet le dévisagea, horrifié.

« C'était là ta raison ? Tu considères vraiment l'assassinat avec autant de désinvolture ? »

Vidal balaya la pièce d'un grand geste du bras.

« Tout cela a un coût, Reydon, tu devrais le savoir. Et de toute façon, l'assassin a échoué. Ta famille et toi êtes venus à Paris quand même. Et j'ai cru comprendre que Puivert avait réintégré la seule vraie Église sans autre intervention de ma part. Je ne vis que pour servir Dieu.

– Je vois cela, répliqua Piet en regardant autour de lui. Mais tu sembles être sérieusement monté en grade depuis la dernière fois que je t'ai vu. Je croyais que seul un pape avait le droit de porter un pallium. »

Vidal eut un sourire sarcastique.

« Je vois que tu n'as pas oublié tout ce que nous avons appris lorsque nous étions au séminaire. » Il palpa la soie rouge. « Mais tu constateras que j'y ai apporté une modification personnelle. Des croix blanches plutôt que noires, pour commémorer la joyeuse rébellion de la Saint-Barthélemy, à l'occasion de laquelle la véritable Église de Dieu a commencé à reprendre le contrôle des mains des faux chrétiens. »

Piet pouvait voir le zèle briller dans les yeux de Vidal.

« Guise est-il au courant de cela ?

– Je n'ai de comptes à rendre à personne.

– Tu te caches depuis des années pour lui échapper.

– Guise ne vivra pas éternellement.

– Certes. Mais tu seras jugé pour tes péchés, Vidal. Lorsque viendra l'heure du jugement, il te sera demandé des comptes. Tu es un meurtrier et un voleur.

– Et toi, un hérétique, cria Vidal. Tu seras jugé plus sévèrement que moi. » Il se rassit dans son fauteuil d'un air triomphant. « Regarde ce que j'ai accompli. C'est le début d'une nouvelle ère, d'une nouvelle Église, avec moi à sa tête. Les saintes reliques rassemblées pour la gloire de Dieu. Ma place au Ciel est assurée. »

Piet éclata de rire.

« Tu oublies que je te connais. Tu ne crois pas réellement en l'importance de ces reliques, que leur provenance soit authentique ou non.

– Tu n'as aucune idée de ce en quoi je crois, répliqua Vidal d'un ton moqueur. Mais envoyer ta fille faire... Eh bien, faire quoi exactement, Reydon ? Pensais-tu vraiment que je serais dupé si aisément ? C'est de toi que j'ai appris les ficelles de ce métier, rappelle-toi. »

La respiration de Piet s'arrêta.

« Ma fille ? »

Vidal fit un geste dédaigneux de la main.

« Il n'y a personne d'autre ici, Reydon. Nul besoin de te livrer à cette mascarade. »

Piet resta muet, incapable de parler. Il ne s'était jamais vraiment autorisé à croire que la fille de Cabanel pouvait être Marta, même s'il avait conscience qu'ils étaient obligés de le vérifier par eux-mêmes. Mais si c'était vrai ? Si leur fille était en vie ? Si elle était là ?

Une myriade d'images du passé déferla dans ses pensées. Tous ces moments de joie et de tendresse dont il avait refoulé le souvenir, sachant qu'il ne pourrait pas le supporter, lui revinrent en masse à l'esprit : ces jours où il avait traversé la basse cour avec Marta sur les épaules, où il lui avait appris à jouer aux échecs, où il l'avait hissée sur le dos d'un cheval pour la première fois.

Puis ces heures passées à écumer Paris, éperdu d'angoisse ; les croix blanches peintes sur les portes et les brassards blancs. Le massacre. Leur fuite sans elle. Aucun mot ne pourrait jamais expier la culpabilité qu'il ressentait.

« Où est-elle ? » chuchota-t-il d'une voix blanche.

Vidal lui indiqua la porte à l'arrière de la pièce, comme si la question était sans importance.

« Comment as-tu su que c'était elle ? réussit à demander Piet.

– Extraordinaire coïncidence, en vérité, répondit Vidal en agitant le bras. Il semble que mon fils l'ait trouvée en train d'errer dans la rue de Béthisy avant la Saint-Barthélemy et l'ait emmenée à l'abri. Il me l'a dit ce soir. Il lui a sauvé la vie ; de cela, je n'ai aucun doute. Lorsqu'elle est arrivée ici en se faisant appeler Marie Cabanel, il l'a reconnue et j'ai compris que c'était toi qui l'avais envoyée. »

Les pensées de Piet tourbillonnaient dans sa tête. Était-il possible que Vidal n'ait pas la moindre idée qu'ils avaient perdu Marta toutes ces années ?

« Alors je te repose la question, continua brusquement Vidal. Que fais-tu ici, Reydon ? Tu n'imagines tout de même pas que je vais renoncer à mon héritage ?

– C'est moi, l'héritier de mon père.

– Mon oncle ne connaissait même pas ton existence. » L'espace d'un instant, le regard de Vidal se perdit dans le vide, puis il sembla changer d'humeur encore une fois. « Tu n'aurais pas dû venir, reprit-il froidement. Aucun de vous. Regarde autour de toi. Seul un coffret reste à remplir. Tu as bien formé ta fille. La contrefaçon qu'elle m'a apportée ce soir est excellente. Pas tout à fait suffisante pour me convaincre, mais excellente. » Il effleura brièvement de la main le faux Sudarium. « Je vais placer cette excellente copie dans le sixième coffret. Elle pourrait s'avérer utile le temps que la vraie relique refasse surface. »

Puis il tendit le bras pour attraper un couteau sur l'autel.

« Tout ceci est pour la gloire de Dieu, Reydon. Il comprendra. Il me pardonnera ce que je fais en son nom. »

Piet regarda fixement l'arme. Cela faisait douze ans, mais il aurait reconnu sa dague partout. Celle qu'il avait donnée à Aimeric la dernière fois qu'il était reparti de Puivert.

« Où as-tu trouvé cela ? »

Vidal haussa les sourcils.

« C'est l'arme de ta fille, tu le sais sûrement ? » Il en tourna la pointe vers Piet. « Nous perdons du temps. Toi et moi sommes adversaires depuis trop longtemps. Je ne te laisserai pas me voler ce qui m'appartient de droit. Cela me surprend que tu aies eu la stupidité de venir ici. Mais j'avoue que je dormirai mieux cette nuit, lorsqu'enfin tu ne hanteras plus mes rêves.

– C'est à moi que reviendra cet héritage, dit Piet pour essayer de continuer à le faire parler.

– Tu seras mort, Reydon. Gardes !

– N'as-tu donc pas le courage de me tuer toi-même ? »

Vidal approcha un moment la lame de la gorge de Piet, avant de reculer.

« Je ne souhaite pas me souiller les mains de ton sang. »

Les deux soldats revinrent dans la pièce.

Piet tenta de résister alors qu'ils le remettaient debout, mais il ne pouvait rien faire. Il avait les mains liées et ils étaient armés, Vidal aussi. Réfléchissant furieusement, il réalisa que sa seule chance était de tenter d'échapper aux gardes une fois qu'ils seraient à l'extérieur. Puis il faudrait qu'il trouve Minou et... et sa fille.

« Gardes ! les rappela Vidal alors qu'ils s'apprêtaient à ressortir. Où est mon fils ?

– Il vous attend sur l'embarcadère, répondit l'un d'eux.

– Dites-lui de revenir me voir.

– Bien, monseigneur. »

Piet sentit la main du garde sur sa nuque, le forçant à sortir dans le couloir. Du coin de l'œil, il vit le fils de Vidal se renfoncer dans une alcôve. Il se demanda depuis combien de temps le garçon était là. Et s'il avait entendu son père le renier.

90

Lorsque Minou revint à elle, les premières choses qui s'imposèrent à ses sens furent un bruit d'eau et une odeur de souterrain humide. Au loin, assourdi par la pierre épaisse, elle pouvait aussi entendre le crépitement rythmé d'une forte pluie tombant sur le lac.

Elle n'avait aucune idée de l'endroit où elle se trouvait. L'espace d'un instant, elle se crut de retour à Amsterdam, cette ville bâtie sur l'eau. Puis tout lui revint brutalement.

Elle frissonna dans ses vêtements humides, dont l'étoffe alourdie lui collait aux jambes. Elle essaya de se redresser, mais l'effort lui donna le tournis et elle dut fermer les yeux. Ses pieds étaient comme deux blocs de glace. Lorsqu'elle les bougea, elle se rendit compte qu'elle avait de l'eau jusqu'aux chevilles.

Elle attendit que ses yeux se fassent à l'obscurité, puis essaya de se repérer. Elle se trouvait dans une sorte de canal couvert ou d'égout pluvial, mais elle avait de l'air frais. Le clair de lune entrait par l'arche de pierre séparant le canal du plan d'eau voisin, faisant passer les couleurs du vert au pourpre et à l'argenté. Et derrière, à peine visible, se trouvait l'alignement de peupliers qui bordaient le lac. Mais les ombres projetées par les barreaux de la grille en fer forgé donnaient à l'endroit des airs de cachot. Elle distinguait tout juste la vanne d'écluse en dessous du niveau de l'eau.

« Vous êtes réveillée. »

Le cœur de Minou fit un bond.

Cela avait beau faire douze ans, elle avait immédiatement reconnu la voix de Marta. Adulte, à présent, mais indéniablement sienne. Pendant un moment, chaque minute perdue de la vie de sa fille depuis sa disparition revint s'abattre sur elle. Elle n'avait envie que d'une chose, la serrer dans ses bras et ne plus la lâcher. L'embrasser et lui promettre qu'elle ne l'abandonnerait plus jamais. Puis elle réfréna ses élans. Elle avait crié le nom de Marta en la voyant, mais cette dernière n'avait pas réagi. Elle n'avait pas non plus reconnu la voix de sa mère.

« Est-ce que ça va, madame ? »

Minou se força à se calmer.

« J'ai un peu mal à la gorge, mais ça va, oui.

– Est-ce qu'ils nous ont laissées ici pour que nous nous noyions ? »

Minou plissa les yeux pour la regarder. Dans la pénombre, elle discernait tout juste sa fille, assise sur un autre rebord de pierre près de la grille. Il faisait trop sombre pour voir son visage – elle ne distinguait que sa silhouette – mais elle la reconnut quand même, viscéralement. Elle avait si longtemps rêvé de ce moment. Imaginé ce qu'elle dirait. Mais à présent qu'il était là, elle ne savait pas par où commencer.

« Je m'appelle Marie Cabanel », se présenta la jeune femme.

Le cœur de Minou se brisa un peu plus. Elle répondit en choisissant ses mots avec soin, consciente qu'il ne fallait pas qu'elle aille trop vite.

« Et moi, c'est Marguerite Reydon, mais tout le monde m'appelle Minou. »

Pendant un moment, les mots semblèrent rester suspendus entre elles. Était-ce l'imagination de Minou, ou bien la respiration de Marta s'était arrêtée un instant ?

« Ravie de faire votre connaissance, madame Reydon, finit-elle par répondre d'un ton cérémonieux et courtois. Je suis contente de ne pas être seule. »

Le cœur de Minou se brisa encore un peu plus.

« Vous n'êtes pas seule. Je ne vous abandonnerai pas. »

Bien que tout son être lui crie de parler, les mots semblaient se réduire en cendres dans sa bouche. Elle devait procéder avec prudence. Persuader Marta de lui accorder sa confiance avant de lui révéler la vérité.

« En attendant que vous vous réveilliez, dit la jeune femme, j'ai cherché une issue. Cette grille, ici, nous sépare du lac et d'une écluse. J'ai essayé de tourner la manivelle, mais elle est coincée. Quant à la grille, elle est fermement encastrée dans le mur. » Elle secoua les barreaux. « L'eau n'arrête pas de monter. » Sa voix se brisa et elle sembla soudain très jeune. « Ce n'est pas comme cela que les choses étaient censées se passer. Je pensais avoir assuré ma sécurité. J'avais tout planifié si soigneusement. »

Elle éclata en sanglots.

Entendre sa fille pleurer fut plus que Minou n'en pouvait supporter. Elle n'eut plus qu'un seul objectif en tête, la réconforter. Le reste pouvait attendre. Il y aurait le temps.

« Venez vous asseoir près de moi, lui dit-elle dans le noir. Racontez-moi quelque chose de votre vie. Cela nous fera passer le temps en attendant que quelqu'un vienne.

– Vous pensez vraiment que quelqu'un va venir ? demanda Marta d'une petite voix.

– Piet, oui, répondit Minou. Mon époux. Il ne nous abandonnera pas. »

Il y eut un silence, puis elle entendit l'eau clapoter alors que Marta traversait la cave de pierre pour venir s'asseoir à l'autre bout du banc qu'elle occupait.

Pendant un moment, ni l'une ni l'autre ne parla. Les seuls sons qu'entendait Minou étaient le martèlement incessant de son propre sang dans ses tempes et la pluie qui continuait de tomber sur la surface agitée du lac.

« J'ai grandi à Paris », commença enfin Marta.

91

Louis entra dans la pièce et referma la porte.

Les mots de son père résonnant encore à ses oreilles, il longea lentement les murs, s'arrêtant lorsqu'il arriva dans le champ de vision de Vidal. Ce dernier était penché au-dessus de l'autel au centre de la pièce, en train d'examiner le Sudarium.

« Je n'ai jamais su ce que c'était que d'être aimé », murmura Louis.

Vidal ne lui prêta aucune attention.

« Vous m'avez fait croire que j'étais digne d'amour. Mais ce n'était qu'un mensonge. J'ai pris l'utilité que vous me trouviez pour de l'affection. Je suis votre fils. »

Attrapant sa loupe, Vidal se pencha sur l'étoffe pour étudier de plus près le visage imprimé.

« C'est vraiment une excellente contrefaçon. En fait, je serais content de savoir qui l'a fabriquée... Je demanderai à Xavier de le découvrir. »

Puis il fronça les sourcils, se rappelant seulement à cet instant que son intendant avait disparu.

Louis frissonna. Plus d'une fois, à l'orphelinat, il avait imaginé ce que cela ferait de tuer un homme. Pendant ces heures dangereuses entre le crépuscule et l'aube, lorsque les moines venaient, il avait pris ses distances avec ce qui était en train de lui arriver en se représentant un couteau dans la paume, ou ses petites mains crispées autour du cou de son bourreau. Il avait imaginé alors qu'il en tirerait un sentiment de puissance et de liberté. Mais tout ce qu'il voyait à présent étaient les yeux morts de Xavier le fixant des profondeurs du lac. Il n'éprouvait que répulsion au souvenir de ce qu'il avait fait.

Vidal releva soudain les yeux.

« Louis. Puisque tu es là, rends-toi utile. Va demander à la fille qui a fabriqué cette copie. »

Louis se força à ouvrir la bouche.

« Père, la pluie s'accentue. Ne l'entendez-vous pas sur le toit ? L'eau est en train de monter dangereusement.

– Et ? »

Il hésita, décontenancé.

« Les hommes ont déjà quitté l'île de peur de s'y trouver coincés.

– Quels hommes ? fit sèchement Vidal.

– Je ne sais pas qui ils sont. Ceux qui accompagnaient Mlle Cabanel, même si je suppose que c'est pour vous qu'ils travaillent, étant donné qu'ils… »

Vidal l'interrompit d'un soupir impatient.

« Où veux-tu en venir, Louis ?

– L'eau monte rapidement. Ne devrais-je pas déplacer la jeune fille dans un endroit plus sûr ? Et Mme Reydon aussi. »

À sa grande horreur, son père se mit à rire. Il avait le front luisant de sueur.

« Père, vous sentez-vous bien ?

– Es-tu donc assez imbécile pour croire que j'ai l'intention de les laisser sortir d'ici indemnes ? Reydon, ses hérétiques d'épouse et de fille ? »

Vidal se redressa et le dévisagea avec une telle répugnance dans son expression que Louis recula d'un pas.

« Si les gardes ont fait leur travail, l'eau le détient déjà. Quant à la fille, à laquelle tu sembles tant t'intéresser, si le lac dépasse son niveau habituel, elle le rejoindra bientôt. Sa mère aussi. Sinon, elles peuvent croupir dans cette cave jusqu'à ce que le diable les emporte.

– Vous ne pouvez pas dire cela sérieusement. »

Son père le regarda d'un œil où se lisait la folie.

« Pense à ce qui est dit dans le livre de l'Exode, dans le Lévitique. C'est très clair. » Il balaya la pièce d'un geste du bras. « Il y aura des sacrifices au nom de Dieu. Les justes s'élèveront sur les os de nos ennemis, tous ceux qui cherchent à s'opposer aux voies du Seigneur. »

Louis ne se faisait pas d'illusions sur son père – au cours des douze années qu'il avait passées en sa compagnie, il avait eu bien assez de preuves de sa cruauté, et des actes ignobles accomplis par les hommes de foi au nom de Dieu – mais Marta n'avait rien fait de mal. Rien ne pouvait justifier pareil traitement.

« Vous allez la laisser se noyer ? protesta-t-il éperdument. Mais elle ne sait pas qui elle est, n'avez-vous donc pas vu cela ? Le nom n'évoquait rien pour elle. Quelle que soit la raison de la présence de Reydon, elle n'a rien à voir avec. Elle n'est pas votre ennemie. »

Vidal fit un pas vers lui.

« Mets-tu en doute mon jugement ?

– Non, monseigneur, bredouilla Louis, c'est juste que…

– Désobéis-tu à mes ordres ?

– Elle ne mérite pas la mort. »

Ses derniers mots lui furent ôtés de la bouche par le violent coup que lui porta Vidal au visage. Sous le choc, Louis leva les mains pour se protéger, mais son père le frappa de nouveau. C'était la maladie, ne cessait-il de se dire. Ces derniers temps, Vidal disparaissait souvent dans le chaos de ses pensées, oubliant complètement où il était, qui il était. Louis ne voulait pas se défendre, mais il n'allait peut-être pas avoir le choix.

« Père ! C'est moi. »

Le coup suivant le cueillit à la mâchoire. Il recula en trébuchant, heurtant la cathèdre derrière lui et faisant tomber les candélabres. La cire des chandelles se répandit sur le sol de pierre et les flammes s'éteignirent rapidement, plongeant la pièce dans les ténèbres. La seule clarté provenait désormais de la lune blanche qui entrait par le lanterneau et des minuscules flammes brûlant devant chaque coffret du reliquaire.

« Je vous en supplie, arrêtez ! »

Vidal ne semblait pas l'entendre. C'était comme si un voile rouge lui était tombé devant les yeux. Louis pouvait voir qu'il avait les poings fendillés et ensanglantés aux articulations. Son pallium de soie était maculé de taches de sang : le sien ou celui de son fils, ce dernier n'aurait su dire. Pourquoi personne ne venait-il s'interposer ? Où étaient les gardes ? Il para le coup suivant, mais celui d'après l'envoya rouler au sol.

Le visage ruisselant de sang, dans le noir, il trouva sous sa main quelque chose de dur et de froid. Se relevant précipitamment, il tendit la dague à bout de bras devant lui.

« Je ne veux pas vous faire de mal ! Restez à distance. »

Mais Vidal se rua sur lui et, dans la fraction de seconde avant que Louis comprenne ce qui était en train de se passer, il sentit la lame s'enfoncer entre les côtes de son père.

Vidal écarquilla les yeux de surprise, retrouvant brusquement ses esprits, et le dévisagea.

« Je ne voulais pas…, murmura Louis, horrifié.

– Un nouveau royaume sur terre…, répondit Vidal en vacillant sur ses jambes. À la gloire de Dieu… C'est à toi de continuer…

– Père ! s'écria Louis en tombant à genoux. Père ! »

92

Minou regarda un autre flot d'eau entrer dans la cave. Elle ne pouvait rien faire pour l'en empêcher. Elle avait appris à vivre entourée d'eau à Amsterdam, sa cité de larmes. Elle avait appris à en respecter, craindre et aimer la puissance. Elle n'avait pas pensé qu'elle subirait pareil sort dans la plate campagne chartraine.

Cependant la pluie continuait de tomber sans relâche. Elles s'étaient éloignées de la grille pour se percher le plus haut possible, au sommet des marches de pierre juste au-dessous de la trappe de bois par laquelle elles avaient été jetées dans leur cachot, mais même ainsi, l'eau du lac leur arrivait déjà aux genoux. Si personne ne venait bientôt, elles allaient se noyer.

Minou baissa les yeux sur Marta, qui s'appuyait contre elle exactement comme elle l'avait fait étant enfant, et sourit. Quoi qu'il arrive, que Piet les trouve à temps ou qu'elles meurent là, elle savait sans l'ombre d'un doute qu'elle n'aurait renoncé à ce temps passé avec sa fille pour rien au monde.

Marta s'était montrée réservée tout d'abord; l'indépendance d'esprit d'une jeune femme habituée à se débrouiller seule. Mais comme elle s'accoutumait à la hausse du niveau de l'eau, elle avait commencé à faire confiance à Minou. Celle-ci l'avait écoutée avec un mélange de mélancolie, d'émerveillement et de soulagement. Toutes les terribles visions qui l'avaient hantée ces douze dernières années s'étaient effacées – sa fille était une jeune femme pleine d'assurance et maîtresse d'elle-même –, laissant place à un chagrin suffocant de ne pas avoir été là pour la voir grandir.

Elle avait continué de l'écouter, attendant le bon moment. Mais plus Marta parlait, plus certaines choses étaient devenues évidentes. D'abord, que la vie qu'elle avait menée avec l'homme qu'elle voyait comme son père, Pierre Cabanel, avait été compliquée. Du peu qu'elle avait laissé échapper à son sujet, Minou avait compris que ç'avait été un capitaine d'armes et, soupçonnait-elle, un mercenaire. De ce qu'elle faisait à Chartres, la jeune femme n'avait rien dit et, ne souhaitant pas altérer la fragile confiance qui s'était établie entre elles, Minou n'avait pas insisté pour le savoir.

Marta semblait sincèrement n'avoir aucun souvenir d'être née dans une vie différente. Elle était Marie Cabanel. C'était comme si les sept premières années de sa vie avaient été complètement effacées. Elle avait parlé de son amour pour Paris et du fait qu'elle n'avait jamais vécu ailleurs. Elle avait évoqué avec dédain Henri de Navarre et ses partisans huguenots, les tenant manifestement pour responsables de ces guerres qui n'en finissaient pas. Elle avait exprimé son admiration pour le duc de Guise et la cour des Valois.

Tout en s'efforçant de décider comment procéder, Minou avait pris plaisir à repérer les traces de la petite fille que Marta avait été dans la jeune femme qu'elle était devenue : son amour des bijoux, son esprit vif, son mépris pour les hommes qui livraient leurs secrets sur l'oreiller, son assurance.

Marta s'était peu à peu rapprochée d'elle, pour finalement poser la tête sur son épaule et s'endormir. Minou lui avait passé sa propre cape autour des épaules pour la réchauffer un peu, mais elle la sentait encore frissonner sous les épaisseurs.

Pendant que sa fille dormait, Minou lui avait raconté à voix basse des histoires de leur passé perdu, espérant en ressemer le souvenir dans son esprit. Elle lui avait parlé des montagnes et des vignobles du Languedoc, de leur demeure à Puivert et de la vie que leur famille y avait menée. Puis, ne souhaitant pas la réveiller, elle avait déposé un baiser sur ses propres doigts avant de les placer doucement sur le front de Marta.

« Petite », avait-elle murmuré, un terme d'affection qu'elle avait cru perdu à jamais.

93

Ressortant de la tour par l'entrée principale et le tenant chacun fermement par un bras, les deux gardes forcèrent Piet à descendre les marches sous la pluie battante. Les rafales de vent les frappaient de plein fouet, faisant claquer leurs capes dans le visage de Piet. Un torrent d'eau dévalait l'escalier incurvé pour aller inonder le sol.

Une occasion finit par se présenter pour Piet lorsque, presque arrivés à l'embarcadère, un des gardes dérapa. Il lui décocha un violent coup de pied dans le flanc et l'homme s'écroula comme une masse, allant se fêler le crâne contre la balustrade en pierre. L'autre garde dégaina son épée, mais pas assez vite. Ramenant vivement ses poings liés vers le haut, Piet lui cassa le nez avec un craquement écœurant.

Il regarda éperdument autour de lui, à la recherche d'une pierre, d'un rocher, n'importe quoi d'assez tranchant pour rompre ses liens en les frottant dessus. Les deux hommes étaient inconscients pour le moment, mais ils pouvaient se réveiller à tout instant. S'il parvenait à se délier, il aurait une chance de leur tenir tête. Mais il ne trouva rien.

Le niveau du lac avait rapidement monté et continuait encore. La barque amarrée était désormais pratiquement à la hauteur de l'embarcadère. Il ne pouvait pas rester là plus longtemps. Son épouse et sa fille étaient en danger.

Faisant volte-face, il retraversa les flaques profondes et remonta l'escalier quatre à quatre pour retourner dans le reliquaire. Déjà, l'eau semblait s'y infiltrer. De minces lézardes apparaissaient dans le plâtre des murs. Il n'y avait plus de temps à perdre. Il fallait qu'il trouve Minou et Marta, et vite. Sa gorge se noua lorsqu'il prononça ce nom dans sa tête. Il pria le Ciel pour qu'elles soient ensemble. Que Minou sache qu'elle avait eu raison de garder foi, de persister à croire sa fille encore en vie.

Il remonta le couloir en trombe, indifférent aux fresques sur le mur, et fit irruption dans la pièce. Pour s'arrêter net.

Louis se tenait debout devant l'un des fauteuils. L'autre gisait sur le flanc au milieu d'un chaos de chandelles cassées où traînaient également la nappe d'autel et la patène. Dans la pénombre, Piet vit luire la lame d'un couteau au clair de lune tombant du lanterneau.

« C'est ma faute », dit le garçon d'une voix blanche. Il se retourna pour regarder le corps de Vidal, affalé dans sa cathèdre. « Ça ne me paraissait pas bien de le laisser par terre. Il aurait détesté cela. »

Piet s'avança prudemment.

Bien que Vidal ait les yeux ouverts, il n'était plus là. Piet pouvait voir l'endroit où le couteau lui était entré dans le corps. Son vêtement papal était imbibé de sang, les croix blanches devenues rouges. Par terre à ses pieds gisait l'étoffe avec l'image du visage du Christ, piétinée et tachée de sang.

Piet fit un autre pas.

« Il n'avait jamais voulu de fils, dit Louis en le regardant avec des yeux débordant d'angoisse. Je pensais que si. Je m'étais trompé.

– Vous avez entendu ce qu'il a dit, fit Piet, commençant à comprendre la scène qui s'étalait devant ses yeux.

– Il n'a même pas remarqué que j'étais là. J'étais moins important à ses yeux qu'un morceau d'étoffe contrefaite.

– Alors vous l'avez tué.

– Non ! protesta Louis d'un ton choqué. Je ne l'ai pas fait exprès. » Il se tapota la tête. « La maladie lui faisait faire des choses. Il a commencé à me battre. Je ne voulais pas riposter… Mais il a foncé sur moi. La lame lui est entrée dans le corps. »

Il ramassa la dague et se tourna vers Piet.

« Je ne suis pas une menace pour vous », dit ce dernier en reculant hors de portée et en lui montrant ses poings liés.

À sa grande surprise, Louis lui prit les poignets pour couper ses liens. Piet regarda l'arme : il ne faisait aucun doute que c'était la sienne.

« Où avez-vous trouvé cette dague ? »

Louis fronça les sourcils.

« Mon père m'a posé la même question. C'est votre fille qui l'avait. » Il regarda Piet avec des yeux sans expression. « Car Marie est votre fille.

– Oui », répondit-il, le souffle coupé par l'émotion.

Louis afficha un sourire étrange.

« Je ne crois pas qu'elle le sache.

– Que voulez-vous dire ?

– Elle ne se souvient pas. Mon père pensait que c'était vous qui l'aviez envoyée. Il l'a appelée Mlle Reydon, mais elle n'a pas compris. Elle croit être Marie Cabanel, la fille d'un homme embauché pour tuer mon père. » Il s'interrompit. « Du moins, je crois que c'est cela.

– Vidal m'a dit que vous aviez trouvé Marta à Paris », dit Piet, le cœur battant à tout rompre.

Le visage de Louis s'éclaira un instant.

« C'était le jour où l'amiral de Coligny a été assassiné. Mon père savait ce qui se préparait, aussi sommes-nous partis soudainement le soir même, avant que le massacre commence. Je n'ai rien pu faire. J'ai dû laisser Marta dans notre maison de la rue d'Orléans. Je m'étais toujours demandé ce qui lui était arrivé.

– Vous lui avez sauvé la vie », dit Piet en lui mettant la main sur l'épaule. Louis tressaillit et se déroba. « M'aiderez-vous à la sauver de nouveau ? Où est-elle ?

– Sous le reliquaire, il y a une pièce, répondit Louis, qui semblait dans un état second. Avec une trappe qui donne sur un tunnel où il y a une écluse. Mon père m'a expliqué sa fonction une fois. Il se remplit quand l'eau monte trop haut.

– Et ma femme, où est-elle ?

– Avec Marta. »

Piet mit la main sur le bras du garçon.

« Montrez-moi. Tout l'édifice menace de s'écrouler d'un moment à l'autre, il faut que nous les sortions de là.

– Si la vanne de l'écluse n'est pas fermée, une fois le tunnel rempli d'eau, l'île s'inondera de l'intérieur. C'était une mesure de sécurité mise en place par mon père. Au cas où Guise arriverait avant que ses préparatifs soient terminés, il avait l'intention de détruire les reliques plutôt que de s'en dessaisir. » Louis balaya la pièce du regard. « Un déluge. Pour que tout soit emporté. Livre de la Genèse, chapitres VI à IX.

– Et si nous fermons l'écluse ?

– Il est trop tard. C'est pour cela que les gardes sont partis. Ils savaient qu'il était temps de fuir. » Louis regarda fixement son père. « Tout le monde l'abandonne. Je suis le dernier. »

Piet contempla le visage de l'homme qui avait hanté ses rêves toute une vie, et ne ressentit que de la pitié. Il se pencha pour lui fermer doucement les paupières.

« Que Dieu ait pitié de ton âme. »

Puis il attrapa Louis par le bras.

« Amenez-moi à elles. Vite. »

94

Personne n'allait venir.

Minou tenait le vieux bonnet de lin brodé sur ses genoux, bien qu'elle ne sente plus ses doigts.

« Qu'est-ce que vous avez là ? demanda Marta en se redressant lentement.

– Rien, répondit vivement Minou. Avez-vous froid ?

– Pas plus qu'avant. Puis-je le voir, s'il vous plaît ? »

Minou hésita, puis lui passa le bonnet. Elle la regarda le retourner délicatement entre ses mains.

« Je... », commença Marta avant de s'interrompre.

Minou retint son souffle. Peut-être restait-il à sa fille, profondément enfouis, quelques souvenirs de l'enfant qu'elle avait été.

« Il appartenait à ma fille », dit-elle.

Marta suivit des doigts les initiales brodées.

« C'est étrange. Je crois que j'avais un bonnet qui ressemblait un peu à cela lorsque j'étais petite. Les lettres étaient en rouge.

– Celles-ci également : MRJ. »

Minou perçut la confusion de Marta alors que la jeune femme s'écartait et enfonçait les mains dans sa poche, manifestement pour y chercher quelque chose.

« J'ai un mouchoir, si vous en avez besoin.

– Ce n'est pas cela. » Marta ouvrit la main pour lui montrer, au creux de sa paume, un chapelet en bois tout simple. « Il appartenait à ma mère, je crois. Elle est morte lors d'une épidémie à Paris quand j'étais petite. Je me souviens à peine d'elle. »

Même dans la pénombre de la cave, Minou reconnut son vieux chapelet. Elle l'avait cru perdu pendant douze ans, à jamais pensait-elle, mais c'était sa chapardeuse de fille qui l'avait eu tout ce temps.

« Tu as toujours été une pie voleuse », murmura-t-elle.

L'eau continuait à monter, elles étaient toutes deux bleues de froid, et personne n'était venu les sauver. C'étaient peut-être là leurs derniers instants sur terre.

Étrangement calme à présent que le moment était venu, Minou prit la main de sa fille.

« Il y a quelque chose que je dois vous dire, commença-t-elle. Vous n'êtes pas celle que vous pensez. »

Soudain, elles entendirent tambouriner à la trappe au-dessus de leurs têtes et le moment lui échappa.

« Minou ? Minou, es-tu là ? »

Son cœur fit un bond au son de sa voix.

« Piet ! cria-t-elle en se relevant d'un bond. Je suis là. Nous sommes là toutes les deux. Nous n'avons rien. »

Elle l'entendit tirer les verrous, puis la trappe s'ouvrit brutalement et le visage de son époux apparut dans l'encadrement.

« Je craignais que tu ne nous trouves pas.

– Il faut vous sortir d'ici tout de suite.

– Hisse d'abord Marie. »

Il n'y avait pas le temps d'en dire plus.

Piet s'allongea à plat ventre sur le sol au-dessus d'elles et tendit les bras.

« Prêt.

– Vas-tu y arriver tout seul ? demanda Minou.

– J'ai le fils de Vidal avec moi », répondit-il, en secouant légèrement la tête pour lui indiquer de ne pas poser de questions.

Minou hocha la tête puis se tourna vers Marta.

« Qu'alliez-vous me dire ? Madame ? Dites-moi.

– Dès que nous serons libres, je vous dirai tout, répondit Minou en gardant un ton léger. Mais pour l'instant, nous devons consacrer tous nos efforts à sortir d'ici. » Elle entrelaça ses doigts. « Montez sur mes mains puis, une fois que vous aurez retrouvé l'équilibre, tendez les bras. Mon époux vous hissera.

– Et vous ?

– Ne vous inquiétez pas pour moi. »

Marta fit ce qu'elle lui avait dit. Elle vacilla un peu, puis réussit à se redresser et agrippa le poignet de Piet à deux mains.

« Prête ?

– Oui, monsieur.

– C'est parti. »

Avec un grognement, il commença à la soulever. Elle battit un peu des jambes mais tint bon et, en quelques secondes, se retrouva saine et sauve hors du trou.

Le visage de Piet, rouge d'effort, réapparut par l'ouverture.

« Comment vas-tu faire, Minou ? Y a-t-il le moindre objet sur lequel grimper ?

– Si j'arrive à m'arc-bouter dans l'angle du mur, je devrais réussir à me hisser suffisamment haut pour attraper ta main. »

Il se pencha un peu plus pour chuchoter :

« C'est bien elle, n'est-ce pas ? »

Minou sourit brièvement.

« Oui, mais elle ne se souvient pas. » Puis, haussant de nouveau la voix pour ceux qui les écoutaient, elle ajouta : « À mon tour. »

Sa première tentative se solda par un échec. Ses vêtements mouillés la tiraient vers le bas et elle ne semblait pas pouvoir trouver prise sur les murs glissants. Son deuxième essai ne fut guère plus fructueux. Mais la troisième fois, elle réussit à tendre les doigts un peu plus loin, Piet se pencha un peu plus dans le vide, et bien que cela leur demandât à tous deux un énorme effort et achevât de la vider de ses forces, elle se retrouva soudain libre.

« Ma Dame des Brumes », murmura Piet en la serrant dans ses bras.

Elle s'emplit les narines de son odeur familière de santal et d'huile capillaire, puis leva les yeux, prenant conscience de la présence des deux jeunes gens à côté d'eux. Le garçon semblait hébété, mais Marta la fixait intensément. Les premières lueurs de l'aube commençaient à s'infiltrer dans l'antichambre par une petite fenêtre en hauteur, permettant à Minou de voir clairement, pour la première fois, le visage de sa fille. Comme l'avait dit Antoine Le Maistre, elle était son portrait craché.

Elle sourit, mais Marta fronça les sourcils et se détourna.

« Minou, je te présente Louis », dit Piet.

Gardant les yeux fixés sur sa fille, Minou hocha la tête. Elle ne comprenait pas pourquoi, apparemment, le garçon leur était désormais allié plutôt qu'à son père, ni pourquoi Marta semblait avoir repris ses distances. Elle avait cru avoir réussi à établir une bonne relation avec elle.

« Où est Vidal ? demanda-t-elle.

– Il ne nous dérangera pas », répondit Louis d'un ton bizarrement détaché.

Elle vit Piet observer brièvement le garçon du coin de l'œil avant de poursuivre.

« Les gardes sont notre souci principal. J'ai réussi à leur échapper, mais ils peuvent être n'importe où maintenant. Je suis surpris qu'ils ne nous aient pas déjà trouvés. L'édifice n'est pas stable. Il nous faut regagner la barque et nous éloigner au plus vite. » Il jeta un autre coup d'œil à Louis. « Nous n'avons d'autre choix que de repasser par la salle des reliques. »

Piet attira ensuite Minou à l'écart.

« Traverse rapidement la pièce, lui chuchota-t-il. Garde Marta près de toi et ne la laisse pas s'arrêter. »

Minou écarquilla les yeux.

« Pourquoi, que s'est-il passé ?

– Continue d'avancer, c'est tout. Ne regarde pas autour de toi. »

95

Minou passa le bras autour des épaules de sa fille et celle-ci n'essaya pas de se dégager. Elle tremblait ; de froid, de soulagement ou de peur, Minou n'aurait su dire. Marta n'avait pas dit un mot depuis qu'elles étaient sorties de la cave.

Une aube grise et maussade filtrait par le lanterneau lorsqu'elles se précipitèrent dans la salle des reliques. Louis y était entré le premier, suivi de près par Piet.

Minou s'arrêta. Vidal lui-même était assis dans un fauteuil au centre de la pièce.

« Piet ! appela-t-elle à voix basse. Il va nous voir. Il doit bien y avoir une autre issue.

– Il ne peut plus nous faire de mal maintenant, Minou, continuez d'avancer.

– Que veux-tu dire ? »

Un craquement se fit entendre, puis un autre, plus fort, comme si un animal des montagnes se réveillait de son hibernation. Une lézarde apparut sur le mur, sinuant à travers la pièce comme un éclair et s'élargissant au fur et à mesure.

« La tour risque de s'écrouler à tout moment, Minou, ne vous arrêtez pas. »

Piet s'engagea en courant dans la pièce. Après un moment d'hésitation, Minou le suivit. Vidal ne bougeait toujours pas.

Alors qu'elles arrivaient à hauteur de l'autel, Marta s'écarta brusquement d'elle pour se précipiter vers la cathèdre. Dans la clarté plus grande, Minou vit le sol taché, le Sudarium piétiné et Vidal lui-même, affalé sur son siège, les vêtements trempés de sang.

« Ne regardez pas », dit-elle en essayant d'entraîner Marta à l'écart.

La jeune femme se dégagea d'une secousse.

« Mon père a passé sa vie entière à chercher cet homme. Il a dépensé tout ce que nous avions pour essayer de le retrouver, et à présent... » Elle se tourna vers Piet pour demander durement : « Est-ce vous qui avez fait cela ?

– Non, pas moi.

– Qui, alors ? »

Louis s'était arrêté près des reliques à l'autre bout de la pièce.

« C'est un accident », dit-il calmement, comme si l'affaire importait peu.

Ils perçurent un tremblement sous leurs pieds. Le sol était en train de céder.

« Les reliques sont sans importance, cria Piet. Laissez-les ! »

Mais Louis souleva le couvercle du troisième coffret.

« Celle-ci est la Sancta Camisia. Elle est authentique. Elle mérite d'être sauvée. Et le Suaire d'Antioche aussi, mais bien sûr, vous savez déjà cela, monsieur Reydon.

– Nous n'avons pas le temps ! »

Minou attrapa Marta par le bras alors même que des fissures se formaient dans les murs, chacune ouvrant la voie à une autre pour fendre la pièce en deux.

« Sauvez-vous ! » hurla Piet.

Ils se ruèrent hors de la pièce et remontèrent en trombe le couloir, alors qu'une autre puissante convulsion secouait le sol sous leurs pieds. Les fresques sur le mur commencèrent à se craqueler, les briques à tomber des alcôves. Un énorme morceau de plâtre bleu s'écrasa au sol, un fragment de la croix peinte de Charlemagne atterrissant juste à côté des pieds de Minou.

Piet ouvrit à la volée la porte donnant sur l'extérieur. L'escalier était déjà en train de se désolidariser de la bâtisse. Ils dévalèrent les marches quatre à quatre, poussés par le vent, et réussirent à sauter au sol pour gagner le bord de l'eau.

« La barque n'est pas là, Piet ! s'écria Minou. Les gardes doivent l'avoir prise. Qu'allons-nous faire ? »

Mettant la main en visière pour se protéger les yeux de la pluie battante, Piet montra le milieu du lac.

« Elle est là-bas. Elle s'est détachée de son amarrage.

– Peux-tu la récupérer ? demanda Minou, s'époumonant pour se faire entendre par-dessus le bruit de la tempête.

– Je peux essayer. »

Retenant son souffle, Minou regarda Piet se jeter dans l'eau torrentueuse. Une énorme vague le submergea et elle hurla en le voyant disparaître sous l'eau, mais sa tête réapparut un peu plus loin. Luttant contre le courant, il commença à gagner du terrain. Plusieurs fois encore, il disparut sous la surface, jusqu'à ce qu'enfin, il réussisse à attraper la corde de l'embarcation. Il entreprit immédiatement de regagner l'île, la barque se cabrant sur les vagues derrière lui comme un cheval indompté.

« Tu y es presque ! lui cria Minou.

– Vous allez devoir sauter, répondit-il en s'efforçant de stabiliser l'embarcation qui tanguait. Je ne peux pas me rapprocher davantage, de peur que la coque se brise contre le quai.

– Attendez, s'écria soudain Marta, ouvrant la bouche pour la première fois depuis qu'ils étaient sortis du reliquaire. Il faut que nous attendions Louis.

– Il connaît l'île, répondit vivement Minou. Il saura où s'abriter en attendant que la tempête passe. »

À son grand soulagement, Marta n'insista pas. Avec un dernier regard par-dessus son épaule en direction de la tour blanche, elle empoigna ses jupes et sauta.

« Brave enfant », s'entendit dire Minou.

Puis, prenant une inspiration, elle fit de même.

Dès qu'elles furent installées dans la barque, Piet se hissa à son tour dedans, la faisant dangereusement pencher. De l'eau passa par-dessus la poupe. Puis il arc-bouta les genoux et tenta de se redresser pour attraper la chaîne.

« C'est trop dangereux, s'écria Minou. Tu vas tomber.

– Il n'y a pas le choix. »

Avec Minou qui lui agrippait les jambes pour le stabiliser, il tourna le visage vers le vent et, saisissant l'un après l'autre les maillons de fer, entreprit de les haler à l'écart de l'île. Des années de vie à Amsterdam avaient appris à Minou ce qui se passait lorsqu'une grosse quantité d'eau était brusquement déplacée. Si l'édifice s'effondrait – lorsqu'il s'effondrerait –, il créerait un énorme raz-de-marée. Leur fragile embarcation à fond plat se trouverait entraînée vers le fond.

Les eaux houleuses du lac les secouaient en tous sens et Piet manqua tomber plusieurs fois, mais ils continuèrent leur lente progression.

Ils étaient presque arrivés lorsque le pieu soutenant le câble sur l'île céda et s'abattit dans le lac comme un arbre coupé, faisant courir une onde de choc sur toute la longueur de la chaîne. Celle-ci ondula comme une lanière de fouet et s'écrasa dans l'eau, renversant la barque.

Minou agrippa vivement Marta et, ensemble, elles parvinrent à faire les derniers mètres qui les séparaient du rivage à la nage, arrivant trempées et meurtries, mais vivantes.

Derrière eux, il y eut un énorme bruit d'éruption, comme si la terre se fendait en deux. Ils se retournèrent tous les trois. Le son sembla se réverbérer dans toute la cuvette, comme le tonnerre dans les montagnes.

« Louis ! » s'écria Marta.

L'espace d'un instant, le fils de Vidal fut visible à l'entrée de la tour. Puis il disparut. Quelques secondes plus tard, une énorme vague monta du lac pour déferler sur l'île. Le reliquaire sembla vaciller sur ses fondations, puis s'effondra dans les salles souterraines que Vidal avait fait creuser. Un nuage de débris blancs s'éleva dans l'air gris de l'aube.

L'eau avait reconquis l'île.

96
Le lendemain

Domaine d'Évreux
Jeudi 23 août

C'était l'heure bleue, ce moment magique dans un après-midi d'août où le ciel passe du bleu à l'orange puis au blanc. Aussi loin que portait le regard alentour s'étendaient champs verdoyants, blés dorés et timides coquelicots rouges.

À ce moment de la journée, lorsque soufflait un vent léger, de longues ombres dansantes semblaient courir dans les allées comme si elles étaient en retard pour quelque charmant rendez-vous. Les papillons voletaient de fleur en fleur, se posant pour étaler leurs ailes avant de repartir en tourbillonnant dans le ciel. L'air vibrait du bourdonnement des abeilles et des conversations d'oiseaux chanteurs. Une grive des bois appelait sa compagne. Des moineaux faisaient chatoyer l'air en entrant et sortant des haies bien taillées de buis, de romarin et de troène qui menaient à la porte d'entrée.

La façade du manoir lui-même était baignée par le soleil de la fin d'après-midi. C'était une maison qui était particulièrement à son avantage en été, lorsque le chèvrefeuille couvrant les murs passait du gris au vert, au jaune et au blanc.

Le domaine était magnifique, élégant et serein. Il semblait impossible que la veille seulement, une crue y ait entraîné pareille dévastation. La tempête était passée aussi vite qu'elle était arrivée. Le lac était à présent aussi calme et tranquille que la retenue d'un moulin. L'île y était de nouveau visible, mais la tour blanche avait disparu.

Chartres n'avait jamais connu pareille catastrophe naturelle. Lorsque les eaux s'étaient retirées, les corps de deux frères de la région et de deux gardes avaient été retrouvés, ainsi que ceux d'un gentilhomme de Chartres, du seigneur d'Évreux lui-même et de son intendant. Bien que leurs blessures ne concordent pas avec une noyade, personne n'avait été enclin à poser des questions. Piet pleurait la mort de son ami Antoine Le Maistre que, du reste, Minou imaginait réuni avec son épouse et ses enfants tant aimés, et enfin en paix.

Seul le corps du fils d'Évreux, Louis, n'avait pas encore été retrouvé.

Minou et Piet, assis dans la bibliothèque, attendaient qu'on amène leur voiture à la porte. La veille, ils étaient revenus au manoir pour trouver les domestiques de retour. Tous avaient la même histoire à raconter : le seigneur d'Évreux les avait congédiés au soir du vingt et unième jour d'août, leur accordant une journée et deux nuits en compagnie de leur famille et leur demandant de revenir à l'aube le jour suivant. Le cocher de Marta, qui était resté à son poste durant toute la tempête, le confirmait. Et bien que certains admettent que le maître avait été capricieux ces derniers temps, d'humeur changeante, Piet avait remarqué qu'ils étaient tous attristés par sa mort. Le fait que le corps de Louis n'ait pas été retrouvé leur donnait espoir que l'avenir du domaine resterait assuré.

« Je n'aurais pas dû lui dire, répéta Minou. C'était trop pour elle. Après tout ce qui s'est passé, j'aurais dû lui laisser le temps de...

– Mon amour, cesse de te torturer, l'interrompit Piet en posant la main sur les siennes. Marta méritait de connaître la vérité. Et même si elle ne voulait pas l'entendre, même si elle ne garde aucun souvenir de sa vie avant Paris, elle ne peut manquer de se voir dans tes traits, et cela la perturbe. Laisse-lui un peu de temps. Elle nous reviendra lorsqu'elle sera prête.

– Et si elle ne le fait pas ? »

Piet regarda la campagne verdoyante au-dehors.

« Il faut lui laisser le temps. »

Minou était moins optimiste. Après qu'ils avaient gagné le manoir en chancelant la veille, trempés jusqu'aux os, Marta avait à peine dit un mot. Elle avait les joues rouges et sa température indiquait un refroidissement. Prenant ses quartiers dans les appartements privés de Vidal, Minou était restée au chevet de sa fille tout l'après-midi, lui mettant des compresses fraîches sur le front et faisant brûler des herbes pour purifier l'air de la pièce. Le chagrin des douze dernières années en avait été quelque peu apaisé. Juste un peu.

Alors que Marta luttait ainsi contre la fièvre, Minou lui avait raconté qui elle était vraiment et comment elle s'était retrouvée séparée d'eux, dans un effort pour lui rendre ses souvenirs : de Puivert et de Carcassonne, de la tapisserie représentant la famille Reydon-Joubert, désormais accrochée au-dessus de la cheminée à Amsterdam ; de son oncle, sa tante et sa grand-tante ; de l'amour dont elle avait été entourée toute son enfance.

« Tu es toujours restée dans mon cœur, lui avait-elle chuchoté à l'oreille pendant qu'elle dormait. Il ne s'est pas passé un jour sans que je pense à toi. »

Au coucher du soleil, la fièvre de Marta était tombée et Minou s'était réjouie. Mais lorsque sa fille avait repris la pleine possession de ses moyens, elle avait détourné le visage. Minou avait essayé de retrouver la camaraderie des moments qu'elles avaient passés ensemble dans leur prison de pierre, mais Marta était devenue distante et courtoise. Elle n'avait pas voulu écouter.

Minou avait fini par se retirer en laissant ses journaux sur la table à côté de la méridienne. La défiance de Marta lui brisait le cœur, mais elle ne voulait pas lui causer la moindre peine supplémentaire. Elle ne pouvait pas.

« Je ne suis pas sûre que nous devrions partir, répéta-t-elle à Piet. Et si elle refuse de nous accompagner ? Si Louis a survécu ? Nous devrions rester.

– Nous sommes sa famille, répondit doucement Piet, mais c'est une adulte, Minou. Et même si Louis n'est pas mort, elle ne peut pas rester ici. Elle n'a pas voulu te dire ce qu'elle était venue y faire, n'est-ce pas ? Nous savons qu'elle avait apporté une contrefaçon de relique. Nous savons également que l'homme qu'elle considère comme son père, Pierre Cabanel, était l'homme qui avait été engagé pour tuer Vidal.

– Qu'essaies-tu de me dire ? » demanda Minou d'un ton que ses propres craintes rendaient sec.

Piet soupira.

« Elle est venue ici avec un objectif, Minou. »

Minou resta muette. Quoi que sa fille ait fait, quelle que soit la vie qu'elle avait menée, elle l'accepterait. Le pardonnerait. Qui étaient-ils pour la juger, eux qui avaient abandonné leur enfant lorsqu'elle avait le plus besoin d'eux ?

Mais à présent, à la perspective qu'ils ne l'aient retrouvée que pour la voir se détourner d'eux, Minou savait qu'elle ne se remettrait jamais de cette nouvelle perte.

« Rien de tout cela ne m'importe, Piet. C'est notre fille. »

Il leva les mains d'un geste conciliant.

« Je ne veux pas me disputer avec toi. Mais beaucoup de choses peuvent arriver en douze ans, mon amour. »

Ravalant ses larmes, Marta s'écarta de la porte.

Elle avait feint le sommeil. Elle avait entendu ce que Minou lui avait murmuré lorsqu'elles pensaient mourir noyées dans cette cave, et la veille encore lorsqu'elle était en proie à la fièvre. Elle s'inquiétait de ce qu'elle-même avait pu dire dans son délire. Des souvenirs dont elle avait ignoré l'existence, nébuleux mais entrevus, avaient refait surface, pour se fondre avec les fragments de sa vie qu'elle n'avait jamais su expliquer : la traversée de la cour d'un château de montagne sur les épaules de quelqu'un ; un jeu avec l'aiguille d'une boussole en boîte avant d'être doucement grondée par un vieil homme à la voix affable ;

une plume noire ramassée, tombée d'un éventail; un chapelet en bois subtilisé dans un coffret; un bonnet brodé couvert de sang, qu'elle avait jeté.

L'attente dans une pièce bleue où l'avait laissée un petit garçon. Louis.

Elle crispa les doigts sur son chapelet, l'estomac noué de honte. C'étaient des gens droits. Qui s'aimaient profondément, elle pouvait le voir. S'ils apprenaient la vérité à son sujet, ils la mépriseraient. La vie qu'elle avait menée n'était pas honorable, elle le savait, même si c'était la seule qu'elle avait connue.

« Ma Dame des Brumes... »

Elle secoua la tête. S'ils savaient ce qu'elle était, ce qu'elle avait fait, ils la rejetteraient. Ces gens étaient honnêtes : comment pouvait-elle espérer qu'ils l'acceptent de nouveau comme leur fille ? Cela ne servait à rien. Elle retournerait à Paris, comme elle en avait toujours eu l'intention. Elle dirait ce qu'elle savait au duc de Guise et s'en remettrait à sa merci. Tout pouvait encore s'arranger. Tout pouvait encore se finir comme elle l'avait prévu.

Alors qu'elle balayait une dernière fois la pièce des yeux, son regard s'arrêta sur le journal que Minou lui avait laissé. Un sanglot lui noua la gorge au souvenir de la dernière conversation qu'elles avaient eue la veille au soir.

« J'ai quelque chose pour vous, avait dit sa mère, étrangement nerveuse.

– Avant que vous me le donniez, madame Reydon, puis-je dire quelques mots ?

– Bien sûr.

– Je comprends que vous croyiez à l'existence d'un lien qui nous unisse. La ressemblance entre nous est criante, tout le monde peut la voir. Notre tournure, nos yeux, c'est frappant. Mais vous n'avez nul besoin de vous sentir responsable de moi. Mon père m'a laissé de quoi vivre confortablement. »

Elle cligna des paupières, essayant d'oublier l'expression dévastée qui était apparue dans les yeux de son interlocutrice, bien que celle-ci ait fait de son mieux pour la lui cacher. C'était alors que Mme Reydon avait plongé la main dans la poche de sa robe pour en sortir son journal.

« Prenez ceci. Lisez-le, si vous en avez envie.

– Qu'est-ce que c'est ? »

Minou s'était forcée à sourire.

« C'est l'histoire d'une fille. »

Dans la lumière bleutée du crépuscule approchant, Marta ouvrit le volume et lut la première date à voix haute.

« Château de Puivert, vendredi 6 juin, 1572. »

Elle jeta un dernier coup d'œil autour d'elle dans la chambre, puis glissa le journal dans son escarcelle et gagna discrètement l'écurie, où l'attendait son cocher.

« Je devrais retourner lui parler, dit Minou. Il faut qu'elle revienne avec nous à Amsterdam, tout le monde l'attend.

– Tu as fait tout ce que tu pouvais. »

Minou balaya le sujet d'un geste de la main.

« Que dis-tu de ceci, mon cœur ? lança-t-elle d'un ton faussement enjoué. Même si Louis a survécu, tout ceci t'appartient de droit. Ce domaine a été acheté avec la fortune de Du Plessis. »

Piet laissa tomber sa tête entre ses mains.

« Je n'arrive pas à croire qu'il n'est plus de ce monde.

– Vidal ? » Minou tira sur un fil dépassant de l'accoudoir de son fauteuil. « Vidal se croyait invincible. Il n'avait jamais pensé que la mort viendrait le chercher – du moins pas avant qu'il ne soit prêt. » Elle marqua un temps. « Crois-tu vraiment que c'était un accident ? »

Il passa la main dans ses cheveux gris.

« C'est difficile à dire. Le garçon était choqué par ce qu'il avait fait, cela, je le crois. Et dans le bref instant que j'ai passé avec Vidal, j'ai effectivement pu observer chez lui une ferveur, un fanatisme, une obsession pour ce qu'il pensait accomplir ici.

– Que voulait-il ? »

Piet soupira.

« Il se voyait comme le prêtre-confesseur d'une nouvelle Église, capable de rivaliser avec la Ligue catholique. Avec Rome. Acquérir ces reliques était selon lui le moyen d'y parvenir.

– Il voulait le pouvoir, donc. »

Piet réfléchit un moment.

« Non. Il craignait la nuit éternelle. Et ce qui l'y attendait. L'enfer, non le paradis. Il est mort effrayé, Minou, et sans avoir pu se confesser. »

Minou posa sa main sur la sienne.

« C'est fini, maintenant. Tu ne peux rien faire de plus. »

On frappa à la porte.

« Entrez, lança Piet.

– Monsieur, votre voiture est prête.

– Très bien. »

Minou se leva.

« Je vais aller la trouver, dit-elle rapidement. Voir si elle est prête. »

Le domestique s'éclaircit la voix.

« Mlle Cabanel m'a demandé de vous donner ceci, madame Reydon. »

Minou sentit le sol se dérober sous ses pieds. Elle eut l'impression de voir quelqu'un d'autre tendre la main pour prendre la lettre et l'ouvrir, bien qu'elle sache déjà ce qu'elle allait y trouver.

« Minou, qu'y a-t-il ? demanda Piet d'une voix qui semblait venir de très loin. Minou ? »

Incapable de parler, elle lui tendit le pli. Il ne contenait que deux mots, mais ceux-ci avaient suffi à lui briser le cœur.

Pardonnez-moi.

97
Deux mois plus tard

Zeedijk
Mercredi 31 octobre

Les cloches de l'Oude Kerk résonnaient au-dessus des canaux d'Amsterdam. Sur la place, vendeurs et acheteurs marchandaient le prix du hareng et de la tourbe comme ils l'avaient toujours fait. Sous les arcades du vieil Hôtel de Ville médiéval, où siégeait désormais un conseil majoritairement calviniste, hommes et femmes soufflaient dans leurs mains pour les réchauffer.

Après un doux mois de septembre, où les feuilles des arbres avaient enluminé la ville de bordeaux, d'ors et de cuivres, le temps commençait à changer. Il ne restait presque plus de mâts dans l'IJ. Les derniers bateaux de haute mer étaient tous partis avec les marées d'octobre. Les oiseaux faisaient leurs derniers préparatifs avant de prendre la route du sud pour aller trouver le soleil. Aux îles Canaries, à Lisbonne et à Séville, au cap de Bonne-Espérance.

Minou avait terminé les comptes du dernier trimestre. Alors que l'air se rafraîchissait dans la pièce, elle baissa ses manches et envisagea de demander à Agnes d'apporter du bois pour le feu. Elle regarda l'âtre froid. Le raccourcissement des jours la rendait toujours mélancolique, bien qu'elle aimât aussi l'hiver à Amsterdam, lorsque les canaux gelaient et que les enfants pouvaient patiner sur le Singel, creusant dans la glace, avec leurs patins de bois, de si belles figures blanches.

Elle retourna à ses papiers. Ils étaient tous attendus chez Cornelia et Alis pour fêter son anniversaire. Salvadora s'y trouvait déjà, préférant le confort de Warmoesstraat à l'ambiance active de l'hospice. En ce jour, Minou avait quarante-deux ans. Elle avait survécu assez longtemps pour faire de vieux os. Piet, Johannus et Bernarda étaient tous de la fête, ainsi que Frans et Agnes, les deux plus anciens résidents de leur orphelinat.

Il ne manquait qu'une seule personne.

Minou tamponna la colonne de chiffres pour sécher l'encre. Elle était heureuse de cette distraction. La veille de la Toussaint était peu célébrée dans l'Église calviniste mais, ces jours-là, elle se rappelait les rituels de son enfance catholique : les biscuits à l'eau de rose, la gorgée de vin chaud, les fleurs placées sur les tombes. Aimeric, Alis et elle, immobiles dans l'ombre de la cathédrale Saint-Nazaire à Carcassonne, en train d'écouter leur père réciter une prière sur la sépulture de leur mère, avant de regagner précipitamment le coin du feu.

Elle ouvrit un dossier en papier cartonné brun pour accorder son attention aux dernières propositions avancées par les administrateurs du nouvel orphelinat municipal, ouvert dans l'ancien couvent Sainte-Lucie, dans Kalverstraat. Le succès de l'hospice qu'elle et Piet avaient fondé dans Zeedijk leur valait de voir leur avis très prisé. Tante Salvadora, en résidence depuis le mois d'août, s'était elle aussi révélée excellente conseillère. Elle avait également été d'un soutien sans faille dans les jours sombres qui avaient suivi leur retour de Chartres, seuls.

Elle rapprocha la chandelle et commença à lire.

« *Moeder ?* »

Minou leva les yeux.

« Bernarda, tu es en avance. Il n'est pas encore temps de partir. Peux-tu t'occuper toute seule encore un moment ?

– Il y a quelqu'un à la porte qui désire vous voir. Une dame. »

Minou se laissa aller contre son dossier.

« T'a-t-elle donné un nom ? Ou la raison pour laquelle elle souhaite me parler ? »

L'enfant fronça les sourcils.

« Je ne suis pas sûre. Elle parlait français, et si vite. Je crains d'avoir mal compris.

– Je suis sûre que tu en as davantage compris que tu ne le penses, répondit Minou avec un sourire. Que crois-tu qu'elle a dit ? »

Bernarda regarda ses pieds.

« Je ne sais pas. Elle est très belle. »

Minou ressentit un élan de pitié pour sa fille si gauche, qui bredouillait, rougissait et croyait toujours être en faute.

« Peu importe. Je suis sûre que tu t'en es très bien sortie. » Elle se leva. « Fais-la entrer. Puis va dire à ton frère et à ton père de se préparer. Je suis sûre que cette entrevue ne durera pas longtemps. À 6 heures, nous irons dans Warmoesstraat manger des crêpes. »

Le visage de Bernarda s'éclaira.

« Et boire de la bière ?

– Puisque c'est mon anniversaire, tu auras droit à un peu de bière, oui. Mais seulement un peu, attention. Allez, file. »

Minou rangea les papiers qui jonchaient son bureau. Elle replaça le couvercle de son encrier et enveloppa la pointe de sa plume pour qu'elle soit prête à l'emploi le lendemain matin.

Puis elle entendit des pas et se retourna pour accueillir sa visiteuse, en espérant que l'affaire ne prendrait pas trop de temps.

La femme entra dans la pièce comme nimbée de velours et de soie bleus. Minou la regarda tourner les yeux vers la tapisserie sur le mur avant de les reposer sur elle. Des yeux si extraordinaires, l'un bleu et l'autre brun.

« Je suis Marta », dit-elle.

Minou hocha la tête. Il n'y avait pas besoin d'en dire plus.

ÉPILOGUE

CHARTRES

Février 1594

Dix ans plus tard

Cathédrale de Chartres
Dimanche 27 février 1594

Sous le froid soleil d'un après-midi de février, Minou et sa famille se tenaient avec d'autres invités d'honneur dans l'immense nef. Arborant velours, fourrures et pierreries, diadèmes et couronnes, ils étaient tous venus assister au tout premier couronnement d'un roi français dans la majestueuse cathédrale de Chartres.

Henri de Navarre était nominalement monarque depuis cinq ans, mais ni la Ligue catholique ni Catherine de Médicis n'étant prêts à accepter un huguenot sur le trône de France, les guerres avaient continué. Maintenant, enfin, Guise était mort et Navarre, en bon pragmatiste, s'était converti au catholicisme en juillet 1593 afin de gagner l'adhésion de Paris. Bien que sa décision ait déplu à beaucoup, Minou était convaincue que c'était la meilleure chance pour toute une génération de connaître une paix durable. Salvadora, après avoir méprisé Navarre toutes ces années, était désormais sa plus grande partisane. Un prince du sang, en effet.

Minou tourna la tête pour sourire à Piet, dont l'occasion faisait briller les yeux. Toute la noblesse protestante était là, aux côtés de ses frères et sœurs catholiques. Alis et Cornelia étaient restées à Amsterdam avec Salvadora, trop fragile pour voyager, mais le reste de la famille les accompagnait : Johannus, Bernarda et Marta.

Henri de Navarre s'approcha de l'autel où l'évêque de Chartres l'attendait. Vêtu d'une chemise de satin écarlate, il embrassa l'épée de Charlemagne, puis se prosterna devant l'autel.

« Pourquoi sa reine Marguerite n'est-elle pas avec lui ? »

Minou sourit à sa petite-fille de huit ans.

« Ils sont séparés.

– Qu'est-ce que ça veut dire ? Et pourquoi s'allonge-t-il ainsi ? »

Minou porta le doigt à ses lèvres.

« C'est une tradition. »

L'évêque de Chartres pria devant le roi agenouillé, lui oignant la tête, la poitrine, le creux des omoplates et les coudes, en disant chaque fois les mêmes mots : *Ungo te in Regem.*

« Pourquoi n'arrête-t-il pas de répéter la même chose ?

– Chut, chuchota Marta. Il ne faut pas parler. »

Minou et Piet échangèrent un grand sourire, se rappelant chaque moment de l'enfance de Marta où ils avaient dû la supplier de tenir sa langue. Ils ne savaient rien du père de son enfant – elle avait refusé de parler de ce qui lui était arrivé ou de l'endroit où elle avait été entre le moment où elle avait quitté Chartres en août 1584 et celui où elle était arrivée à Amsterdam la veille de la Toussaint, deux mois plus tard –, mais de nature et de tempérament, la fillette était le portrait craché de sa mère : l'esprit vif, impatiente et plus audacieuse que ne l'aurait laissé supposer son âge.

Navarre se releva pour être revêtu d'une tunique bleue brodée de lys dorés et d'une chasuble damasquinée de grenades, puis se ragenouilla pour que l'évêque lui oigne la paume des mains.

« Pourquoi est-ce que cela prend si longtemps ? »

Cette fois, personne ne lui répondit et Bernarda passa le bras autour des épaules de sa nièce.

Gants, bottes de velours, bague et sceptre furent ensuite offerts au roi par les seigneurs du royaume, puis, enfin, l'évêque prit la couronne sur l'autel et la plaça sur sa tête.

« Vive le roi ! Vive le roi ! »

Le cri retentit dans toute la cathédrale avant de se répandre dans les rues alentour, où s'amassait la foule. Puis les hautbois, clairons, trompettes, fifres et tambours sonnèrent, les canons grondèrent le salut, les mousquetaires tirèrent salve après salve, et l'on chanta le Te Deum. Minou prit la joue de Piet dans sa main. Il avait les cheveux blancs à présent, mais n'avait rien perdu de son énergie.

« C'est un jour à marquer d'une pierre blanche.

– La France est enfin unie, une fois de plus. Une nouvelle ère commence. »

Souriante, Minou se tourna vers Marta et fut stupéfaite de voir le changement qui s'était opéré chez sa fille. Elle avait les yeux ronds d'effarement et toute couleur avait quitté ses joues.

« Qu'y a-t-il donc ? Quel est le problème ? »

Secouant la tête, Marta plaqua la main sur sa bouche.

Minou suivit son regard jusqu'à l'autel, où les nobles de Chartres fournissaient une garde d'honneur autour du nouveau roi. Au milieu du rang se dressait un homme de haute taille, avec une mèche blanche dans sa chevelure brune.

Son sang se glaça. Elle tourna de nouveau les yeux vers sa fille, puis vers sa petite-fille, qui traçait des motifs dans la poussière du bout de sa chaussure. Et elle comprit.

« C'est lui ? demanda-t-elle dans un murmure horrifié. C'est lui le père de Louise ? »

Marta soutint son regard, puis hocha la tête.

Dehors, les hérauts lancèrent des pièces d'or et d'argent dans la foule.

REMERCIEMENTS

Il y a tant de personnes généreuses qui m'ont apporté un soutien concret, professionnel et enthousiaste pendant la rédaction de *La Cité de larmes* :

Ma chère amie et éditrice chez Mantle, Maria Rejt, ainsi que toute la bande de la branche londonienne de Pan Macmillan, notamment Anthony Forbes Watson, Josie Humber, Kate Green, Sarah Arratoon, Lara Borlenghi, Jeremy Trevathan, Sara Lloyd, Kate Tolley, James Annal, Stuart Dwyer, Brid Enright, Anna Bond, Charlotte Williams, Jonathan Atkins, Laura Ricchetti, Cormac Kinsella ; tout le monde chez Pan Macmillan Australie, Nouvelle-Zélande et Inde, et enfin Terry Morris et Veronica Napier chez Pan Macmillan Afrique du Sud.

Mon fabuleux agent, Mark Lucas, et tous mes alliés à The Soho Agency et ILA, notamment Niamh O'Grady, Alice Saunders, Nicki Kennedy, Sam Edenborough, Jenny Robson, Katherine West, Alice Natali et George Lucas chez Inkwell Management à New York.

J'ai de la chance d'avoir tant d'éditeurs étrangers et traducteurs exceptionnels, en particulier : Maaike le Noble, Frederika van Traa et Jorien de Vries chez Meulenhoff-Boekerij, ainsi que Rienk Tychon, qui m'a été d'une aide précieuse pour comprendre l'histoire néerlandaise du XVIe siècle (et épeler les mots correctement !) ; mon éditrice Catherine Richards chez Minotaur Books, et toute l'équipe de St Martin's à New York, notamment Hector DeJean, Danielle Prielipp et Nettie Finn ; tout le monde chez Planeta de Libros, surtout Míriam Vall Rosinach ; chez

Sonatine Éditions, Marie Misandeau, Carine Fannius, Auxanne Bourreille et Muriel Arles ; Lena Schaefer, Stefanie Zeller et Barbara Fischer chez Bastei Lübbe ; et enfin tout le monde chez Newton Crompton Editori.

Tous mes remerciements au Dr Emily Guerry (maître de conférences en histoire médiévale à l'université du Kent et directrice du centre d'études médiévales et pré-modernes), pour ses excellents conseils au sujet de la Sainte-Chapelle et du Paris du XVIe siècle (toute erreur vient de moi !) ; au Dr Diana Winch, directrice du musée huguenot, et à son équipe ; au Dr Tessa Murdoch, FSA, pour m'avoir mise en relation de façon si utile avec les organisations huguenotes de New Paltz, New York et Caroline du Sud ; au personnel du musée huguenot de Franschhoek en Afrique du Sud. Un grand merci également à Alain Pignon, manager du centre-ville de Carcassonne (qui sait tout ce qu'il y a à savoir sur l'histoire carcassonnaise) et à Christine et Adélaïde Pujol pour leur hospitalité à l'hôtel de la Cité toutes ces années.

Je suis extrêmement reconnaissante à la Nederlands Letterenfonds, fondation néerlandaise pour la littérature, de m'avoir invitée à être auteur résident à Amsterdam en avril 2019 pendant que je faisais mes recherches pour ce roman. Mes plus vifs remerciements à Maaike Pereboom.

Tous les écrivains savent comment famille, amis et voisins aident à maintenir une vie quotidienne normale pendant la rédaction d'un livre, en apportant café, vin et bonne humeur du monde extérieur, aussi tiens-je à remercier : Jon Evans, Clare Parsons, Tony Langham, Jill Green, Anthony Horowitz, Saira Keevil, Stefan van Raay (qui m'a également autorisée à « emprunter » son nom de famille), Linda et Roger Heald, Dale Rooks, Syl Saller, Tessa Ross, Margaret Dascalopoulos, Sylvia Horton, Pierre Sanchez et Chantal Bilautou.

Tout mon amour et mes remerciements à ma famille, notamment à ma légendaire belle-mère, Rosie Turner, à mes beaux-frères Mark Huxley et Benjamin Graham, photographe, si généreux de son temps et toujours disponible ; à mon adorable sœur Caroline Matthews ; à ma brillante sœur Beth Huxley (et à Thea et Ellen) pour son soutien infaillible (qui ne se borne pas à promener le chien, acheter des ballons ou faire du thé !) ; à Ollie Burston pour les puzzles et le fromage ; et à la mémoire de mes parents, Richard et Barbara Mosse, tant aimés et si regrettés.

Enfin, comme toujours, je n'aurais rien pu accomplir de tout cela sans mon époux bien-aimé, Greg Mosse – mon premier amour et premier lecteur – et nos brillants et incroyables enfants (adultes maintenant !), Martha Mosse et Felix Mosse. Sans vous trois, rien de tout cela n'aurait grand sens. Je suis tellement fière de vous.

Imprimé en France par CPI
en décembre 2020
N° d'impression : 3040854